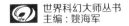
世界科幻大师丛书
主编：姚海军

STARTIDE RISING

星潮汹涌

［美］大卫·布林 著

王阁炜 译

四川科学技术出版社

图书在版编目(CIP)数据

星潮汹涌 / (美)大卫·布林 著; 王阁炜 翻译. --
成都: 四川科学技术出版社, 2019. 9(2023.9重印)
(世界科幻大师丛书 / 姚海军 主编)
书名原文: Startide Rising
ISBN 978-7-5364-9567-8

Ⅰ.①星… Ⅱ.①大… ②王… Ⅲ.①科学幻想小说
－美国－现代 Ⅳ.①I712.45

中国版本图书馆CIP数据核字(2019)第261872号
图进字号: 21-2012-55

世界科幻大师丛书

星潮汹涌

SHIJIE KEHUAN DASHI CONGSHU
XINGCHAO XIONGYONG

丛书主编　姚海军
著　者　　[美]大卫·布林
译　者　　王阁炜

出 品 人　程佳月
责任编辑　宋 齐　姚海军
特约编辑　汪 旭
封面绘画　守望者Swangzhe
封面设计　李 鑫
版面设计　李 鑫
责任出版　欧晓春
出　版　　四川科学技术出版社
　　　　　成都市锦江区三色路238号　邮政编码610023
　　　　　官方微博: http://weibo.com/sckjcbs
　　　　　官方微信公众号: sckjcbs
　　　　　传真: 028-86361756
成品尺寸　147mm×208mm　　　印　张　20.5
字　数　　450千　　　　　　　插　页　3
印　刷　　四川新财印务有限公司
版　次　　2019年12月成都第一版
印　次　　2023年9月成都第二次印刷
定　价　　79.00元

ISBN 978-7-5364-9567-8

邮 购:成都市锦江区三色路238号新华之星A座25层　邮政编码:610023
电 话:028-86361770

中文版序言

[美]大卫·布林

很高兴能为科幻世界的《星潮汹涌》(Startide Rising)中文版撰写序言。中华大地上正在蓬勃发展的科幻事业或许将成为人类文化史上举足轻重的一步。这不光是指中国正在大量引进和翻译外文科幻书籍;更重要的是,包括刘慈欣、韩松在内的许多一流本土科幻作家正在不断地崛起。

而说到科幻,没有任何其他的文学形式能像科幻小说这样,提出那些能够帮助我们直面不确定性未来的问题。

我能举个例子吗? 比方说:

我们如何定义"人类"这个概念?

历史长河漫漫悠长,其中的大部分时期,对我们后来称之为祖先的那些男男女女而言,他们眼中的世界,不过是能够一眼望见其居住村庄的小山谷。山谷之外是环绕的群山,再往外便是异族和其他危险陌生人的领地。对他们来说,时间也是非常简单的概念,昨天、今天、明天,再加上谷物下一次成熟的季节,除此之外,别无他物。

还有"我族"的概念。那时候,你应该向周遭哪些人示好,又该对哪些人加以庇护？外界有种种神秘莫测的力量，又有厮杀和流血，恐怕只有最亲密的家人，以及抬头不见低头见的乡邻才值得信赖。待到日子好过了些，族群的概念也随之扩大，你甚至可能见证这个山谷中的几个村子结成联盟，以此对抗相邻山谷里那些茹毛饮血的野蛮人。

所谓文明的发展，其实就是人类逐步拓宽自己视野的过程。从村庄到山谷，从山谷到郡县，从郡县到王国，从王国到世界化的国家，最终延伸到地球之外。我们不妨对历史进行一番思考和归纳。是的，尽管开始的步伐很慢，但我们人类——这个从担惊受怕到接受了科学之光的物种——正在把越来越多的不同的族群纳入自己的大部落。我们陆地迁徙，我们飘洋过海，我们的语言在不同的列国之间传播。那些曾经看起来身着奇装异服、肤色与我们天差地别的人，他们千奇百怪的思想其实不但有其现实意义，甚至值得学习——而他们也确实成了我们中的一员！好吧，既然事已至此，那为什么不让女人、夷族，以及观点与我们不同的人，也奔向这文明的篝火，参与这场盛宴呢？

文明的步伐一路向前，人类的视野也在继续拓展。上文说到的，都是历史与当下，但未来呢？未来，我们将去向何方？幸运的是，有那么一种文学，正先于我们而行充当着斥候的角色。它就是科幻小说。科幻小说为人类提供了新的视野，凭依着它，我们看见了新的时间、新的空间、新的族群和其他一切我们祖先连想都不敢想的事物。说实在的，科幻故事早已不再是对当下时代继续发展的逻辑推演——很多时候它描述的内容甚至与之相悖——而成了幻想与梦境。在阅读科幻小说的时候，无论是书中人物还是读者，都始终反复问着同一个问题：我们将遭遇哪些前所未闻的人与事？

他们是否会对我们造成冲击,改变我们的价值观?

我们能否在彼此之间观念的深渊上架起桥梁,展开对话?

我们是否会遭遇新的威胁、犯下新的错误,并找到新的解决之道?

我们是否会遭遇新的敌人,抑或获得新的盟友?

随着不断地发展,人类将越来越能包容与自己差异巨大的他者——我把这种过程叫做"寻找他者",作为一个天文学家,特别是一个有志于搜索地外智慧生命的天文学家,这种想要拓展人类认知的点子总是在我脑海里萦绕不去(实际上,我有本小说的名字真的就叫"寻找他者")。

在《星潮汹涌》所处的"提升宇宙"之中,描写人类的全新视野和认知就是这么一桩非常有乐趣的事。在这个系列中,"我族"的概念和现在大不相同!语言差异,信仰悬殊,性别不同算什么,不同种族又如何⋯⋯甚至连其他的物种也成了"人类"的一员!我们的后代究竟会把"人类"的定义拓展成什么样呢?为什么我们不能把人工智能视若己出呢?为什么我们不能把那些在自己的帮助下得到提升、跨越了自然进化过程而直接成为智慧生命的物种,也当作自己的一员呢?

想象一下,如果人类真的是地球上第一个也是最后一个获得了高等智慧的物种,那该多悲哀啊!

因为是第一个高等智慧物种,我们是不是该肩负起老大哥的责任来?五十万年前,我们人类在进化中艰难地逐步获得了智能,而今,我们该不该帮助其他的物种实现同质化的提升和飞跃?就算有了我们的帮助,这些新获得高级智慧的生命,在其发展之路上,又会碰到什么样的困难和趣事呢?

在《提升之战》(The Uplift War)里,黑猩猩被提升之后,获得了与人类平等的地位,使地球文明变得更为开放。

而在《星潮汹涌》之中,读者可以试着想象一下海豚获得了智慧之后会是什么模样——它们会如何思考,如何交流,如何谈情说爱——这可是经过了两百多年基因改造后的新智慧生命所构筑的文明呢。这种水生物种如何驾驶太空船?它们面对难题和危险时会做出什么样的反应?它们的艺术又是什么样子?

天哪……宇宙海豚!光这个点子本身就够有意思的了。但我希望阅读此书时,你不光是被这个不同寻常的点子所吸引,希望我对各个角色迥异性格的塑造,还有跌宕起伏的故事,也能让你从中获得乐趣。

除了本书之外,类似的主题也出现在《太阳潜入者》,和"提升系列"的第二个三部曲《光明礁》(Brightness Reef)、《无限的海岸》(Infinity's Shore)和《天堂的范围》(Heaven's Reach)中,那个系列讲述了最初的"提升"是如何开始的。

让我们回过头来。

《星潮汹涌》所描述的冒险故事事关人类的起源,你可以看到人类是如何与海豚站在一起,去面对超古代文明在数十亿年前留下的遗产。在太初文明所留下的古老谜题面前,往日的信仰轰然倒塌。而我们的英雄们,不但要面对旧日的恐怖梦魇,同时也必须努力寻找微弱的新……希望。

当然,冒险不会就此结束!不断地提出新问题,然后是更新的问题。我们怎么能让古板的教条束缚了思想的自由?求知欲是上天赐予人类的最佳赠礼,而在这个世界上,没有其他国家能比中国更称得上是求知欲的摇篮。

继续探索,继续追问。愿你心中求知的太阳常升不落。

(虞北冥 译)

目 录

CONTENTS

序　章

引自吉莉安·巴斯金的日记——

"奔驰号"现在就像一条跛了脚的狗。

就在昨天，身后的格莱蒂克追兵离我们只有一步之遥，我们不得已在超速状态下冒险跃迁。在摩尔格伦之战中幸存下来的那套概率引擎不停地呻吟喘息，不过还是把我们送到了这里。现在，我们正处在一颗II型白矮星浅浅的引力井中，恒星的名字叫作克瑟米尼。

根据大数据库中的记录，这个区域内只有一颗适居行星：基斯拉普。

说它是"适居行星"实在是太客气了。我、汤姆、希卡茜和船长一起花了好几个小时寻找其他更适宜的行星，但最后克莱代奇还是决定在这里落脚。

作为医生，我对在这样危机四伏的星球上着陆并不放心。但基斯拉普是个海洋世界，我们的船员又大多是海豚，在水中才能行动自如，这星球的环境方便我们修理飞船。基斯拉普上还有许多重金属矿藏，应该会有我们所需要的原材料。

这颗星球人迹罕至,这也是我们所看重的一点。根据大数据库中的记载,这颗星球已经荒废很长时间,格莱蒂克人也许不会想到来这里寻找我们。

昨天晚上我对汤姆也是这么说的。我们手挽着手,通过休息室的窗口看着行星在视野中越来越大。这颗惹人喜爱的蓝色行星上点缀着长条状的白色云朵,平静的外表下暗藏杀机。恒星光线无法照到的半球上,隐约能看到火山熔岩发出的黯淡红光,还有闪烁的闪电。

我对汤姆说肯定不会有人追到这里来。虽然我的语气坚定无比,但这骗不了任何人。汤姆微笑着一言不发,应该是在嘲笑我这种自我安慰的想法吧。

当然了,他们肯定会来这里找我们的。"奔驰号"没有经过任何传送点,而能够进行空间跃迁的路线很有限。唯一的问题是,我们能不能在格莱蒂克人找到我们之前修好飞船,离开这个星球?

今天,我和汤姆很多天以来第一次有了属于我们自己的时间。我们回到生活舱之后做了爱。

在汤姆睡觉的时候,我写下了这篇日记。不知道以后还有没有这样的机会。

克莱代奇船长刚刚打了电话过来,要我们两个到舰桥上去。我猜是要我们人类作为庇护种族出现一下,让海豚们能够看到我们。就算像克莱代奇这样经验老到的海豚宇航员,偶尔也会有这种需求。

如果人类也有这样的心理寄托该多好。

该停笔了,我要去叫醒那个疲惫的同伴。不过结束之前,我想记下汤姆昨天晚上对我说的话。当时我们正望向基斯拉普那在暴风雨笼罩下的海洋。

他转过身来,嘴角向上扬着,他想到什么可笑的事情时总是这副表情。他轻声用三音海豚语念了一首俳句:

风起星辰曳,
水波翻涌暗雷生,
爱侣心可动?

诗写得很蹩脚,但我还是陪着他笑了。有时候,我真觉得汤姆身上有一半的海豚血统。

第一章　浮　力

你所有的善行
都不过是
过眼云烟……
　　　　——弗朗西斯·鲍蒙特和约翰·弗莱彻[1]

1. 俊 雄

在过去几千年中，海豚一直在编造有关人类的笑话。人类在他们眼中是种滑稽古怪的生物。尽管人类修改了他们的基因、教会他们使用机器，也没有改变他们的这种看法。

真是一群自作聪明的家伙。

俊雄两眼紧盯着潜水舱里的仪表，假装正在察看深度计。表盘上的指针一直停在水下十米的地方，没有任何东西需要调整。但看到基皮鲁一路游来，他还是紧盯着表盘不放。那家伙肯定是来找事的。

"小小手，给大家唱首歌吧！"体形圆润的灰色海洋生物横着身子从俊雄右边滚过，然后绕回来凑到他眼前，"来一首，歌里要有大海，有星星，还要有回家的飞船！"

基皮鲁的声音在海豚那结构复杂的颅腔里回响着，听上去好像是低鸣的巴松管。他还可以发出好多种别的声音，比如双簧管或是高音萨克斯。

"怎么了，小小手？你的歌呢？"

基皮鲁知道其他船员一定听到了他说的话。那些海豚悄无声息地游着，但俊雄知道他们也在听着。他不禁庆幸考察队的队长希卡茜还在很远的地方巡视着。要是她在这儿就更糟糕了，她会命令基皮鲁离俊雄远点儿，就像俊雄是个小孩子一样。这比基皮鲁说的任何话都要伤人。

基皮鲁懒洋洋地打了个滚，肚皮朝上游到男孩的座椅旁边，摇了摇尾鳍，毫不费力地停在潜水舱旁边。基斯拉普星上晶莹透明的海水似乎把一切都扭曲了。虽然海底的山脉看上去仿佛笼罩在峡谷深处缭绕的烟雾之中，但山顶如珊瑚岩般的金属堆仍在隐隐闪光。黄色的卷蔓从海面上垂下，摇摇晃晃地漂动着。

基皮鲁那灰色的皮肤带着磷火般的光泽，又窄又长的V形口腔中露出尖利的牙齿和残忍讥讽的笑意。他的牙齿看上去更大了……不知是水的折射，还是俊雄自己的想象。

这海豚为什么如此刻薄？

"你不想给我们唱歌吗，小小手？唱一曲吧，要是我们能在这颗所谓的行星上找到个太空港，就可以拿你的歌声换些饮料给大家喝了！唱支歌，让做梦的人梦到陆地的歌！"

俊雄头顶的空气循环器一直在低声响着，但现在，由于尴尬，他的耳朵里充满了嗡嗡的声音。他很清楚，基皮鲁随时都可能用新起的外号取代之前的"小小手"——"大梦想家"。

刚开始和海豚船员一起组成探险队时，俊雄曾经无意间哼了首歌（这当然是个错误），引得其他海豚纷纷咂舌嗤笑。若是再被他们安上"大梦想家"这么个名头，他可真受不了了——只有最伟大的海豚音乐家或是座头鲸才会被如此称呼。

"我现在不想唱歌，基皮鲁。你还是找别人的麻烦去吧。"俊雄努力控制着自己，没有让声音发颤——这让他有了一点点胜利的感觉。

让俊雄欣慰的是，基皮鲁只是发出了一声尖厉的叫声。那是句三音海豚语,声调极高,语速极快,甚至有些像原始海豚语。在人类面前使用这种语言,本身就是一种侮辱。海豚随即一躬身,如离弦之箭一般向海面游去。

四面八方都是明亮湛蓝的海水。闪光的基斯拉普鱼类在潜水舱旁边巡游而过,它们背上多棱的鳞片闪烁着,仿佛是结霜的叶子随风飘过。四周的海底遍布着各种颜色的金属堆。初升的阳光穿透了纯净无波的海水,照亮了这个陌生而致命的世界中各种稀奇古怪的生物。

俊雄并没有心情欣赏基斯拉普水中的美景。他恨这个星球,恨这艘把他们带到这里的残缺不全的飞船,恨这些同样遭受着灾难的海豚。他开始在脑中幻想,刚才应该用什么样的话去回击基皮鲁的挑衅,才能让自己心里好受些。

"你要真这么有本事,基皮鲁,干吗不用你的歌声把这石头变成钒?"或者,"让海豚听人类的歌根本就是浪费,我看不出有任何用处,基皮鲁。"

俊雄在想象中这么说了一通,心情好了不少。但他明白,在真实世界里自己永远也不会说出这种话来。

首先,在银河系四分之一的港口中都可以当作法定货币使用的是海豚的歌声,而不是人类的。至于鲸鱼,海豚那体格庞大的表亲,它们那悲凉的曲调则最有价值。在至少一打的星球上,基皮鲁的表亲只要从肺里稍稍吐出口气,就可以想喝什么就喝什么了。

另外,在"奔驰号"上强调人类的等级特权更是可怕的错误。哈尼斯·苏西是船上仅有的六名人类乘员之一,航行开始的时候,飞船刚刚离开冥王星轨道,他就警告过俊雄。

"你要是好奇的话不妨试试看,"机械师告诉他,"他们不知会笑成什么样，如果我在旁边的话，我也会和他们一起笑的。多半还少不了有海豚拿话来刺你。海豚最讨厌什么？最讨厌的就是明明没做什么值得尊敬的事，却摆出一副庇护种族的架势来的人类。"

"但《条约》上说……"俊雄当时还想反驳。

"《条约》你个头啊！那些条条框框只有格莱蒂克人跟人类、黑猩猩和海豚在场的时候才用的。如果'奔驰号'被索罗人的巡逻队截住了，或者在什么地方要找皮兰的大数据库管理员查消息，就要假装是梅茨博士、奥莱先生甚至你我这样的人类在指挥飞船……因为那些自命不凡的家伙不会在像海豚这种年轻种族身上浪费一丁点时间。不过在其他的时候，我们都要听克莱代奇船长的吩咐。

"见鬼，现在这日子已经够难过了。我们得想办法讨好索罗人，还要假装一副兴高采烈的样子，因为这帮外星人对我们已经是最好的了，至少他们承认人类是比果蝇高等的生物。你能想象如果我们真的要接管这艘船的话会发生什么吗？能想象人类把海豚变成像奴隶一样唯命是从的扈从种族吗？你觉得你会喜欢吗？"

当时俊雄非常坚定地摇了摇头。像银河中其他种族对待扈从种族那样对待海豚？光想想就让他觉得心烦。他最好的朋友阿齐就是只新海豚。

但总有像现在这种情况发生。身为在一艘成年海豚驾驶的宇宙飞船上唯一的幼年人类，俊雄真希望将来能得到补偿。

我们的飞船现在哪儿也去不了，俊雄提醒自己。对基皮鲁的愤恨被更迫切而沉重的担忧冲淡了。他们也许永远也离不开基斯拉普的海洋世界，永远也看不到故乡了。

停下你的脚步——驾潜艇的男孩
探索的鱼群——都到此处集合
希卡茜将至——我们等待她到来

俊雄朝上看去。年长的海豚冶金学家布鲁基达正从左上方游来。俊雄用三音海豚语答道：

希卡茜要来了——我的潜艇已经停下

他松开了潜艇的油门。

在声呐屏幕上，俊雄可以看到来自侧面和前方远处的回声。派去侦察的船员开始返回了。他朝上看去，西斯特正和基皮鲁在水面上嬉戏。

布鲁基达开始改用通用语。虽然声调刺耳又结结巴巴，总比俊雄的三音海豚语要好。不管怎么说，海豚已经经历了几代的基因工程改造，至少让他们向人类的方向靠近了些。

"你没有找到我们需要的材料吗，俊雄？一点儿也没有？"布鲁基达问道。

俊雄看了一眼分子筛，"没有，长官。到目前还没有任何迹象。考虑到这颗星球地壳里的金属含量，海水简直纯净得难以置信。几乎没有任何重金属盐分。"

"长波检测也没发现任何东西吗？"

"虽然噪音非常强烈，但我检查过的所有波段都没有发现共振反应。我根本无法确定能否找到饱含磁单极子的镍粒子，更不要说我们要找的其他材料了。就像在干草垛里找一根针一样。"

真是矛盾。这颗星球的金属含量极为丰富,这也正是克莱代奇船长决定在这个星球避难的原因。但这水真是太纯了……纯得可以让海豚不带任何装置在里面游泳。不过,有些海豚还是会抱怨说这海水让它们浑身发痒;在水里游过的海豚回到船上时,都要经过螯合处理①。

矛盾的解释就摆在他们眼前:在海中的植物和鱼群身上。

基斯拉普上生物的骨骼并非由钙构成,而是其他金属。这些活体过滤器吸收了所有金属,使得海水变得异常纯净。最终的结果是海洋中到处都闪烁着金属和金属氧化物的明亮光泽。活生生的鱼类身上长着闪闪发亮的背鳍,水下植物泛着银光——相比之下,带着叶绿素的树叶反倒显得俗不可耐了。

举目所见,到处都是巨大的金属岛屿,这些多孔的岛屿由类似珊瑚的生物历经数代形成,金属和有机物共同组成的外骨骼积成了体积宏大的平顶山丘,有些甚至高出水面数米。

珊瑚岛顶上生长着钻孔树,它们的根部可以穿透金属,从水面以下吸取有机物和硅酸盐。这些树木扎根在珊瑚岛最上方那层非金属的沉积物上,在其下的金属堆上蚀出一个个小洞。这真是一种奇怪的共生组合。"奔驰号"上的舰载数据库并没有相关的资料。

俊雄的仪器找到了纯锡构成的海藻丛、一堆含铬的鱼卵、铜化合物组成的珊瑚堆……然而还没有找到便于采集的钒,也没有他们所需的那种镍化合物。

他们需要的是一个奇迹,让一船海豚船员在七个人类、一只黑猩猩的帮助下,能够及时修好飞船,离开这个见鬼的星域,摆脱身后的追兵。

①用化学方法中和附着物,以减轻它们对海豚皮肤的刺激。

按最好情况估算,几周之后就能够离开。否则的话,就可能被十几个外星种族中的任何一个抓住,对方讲不讲道理就不好说了。最糟糕的结果是引发星际战争,其规模恐怕是百万年间都难得一见的。

想到这些,俊雄感到自己如此渺小、无助,又年幼无知。

俊雄听到声呐发出微弱而尖锐的声音,那是侦察员在返航。在扫描器的显示屏上,彩色的音程曲线显示着来自远处的每一道声波。

两个灰色的影子出现在东边,很快游到了上方的海豚群中。他们在水中跳来跳去,玩闹似的互相撕咬着。

最后,其中的一只拱起身子,直朝俊雄冲了过来。"希卡茜来了,她要你浮到水面上去。"基皮鲁喋喋不休地说着,语速极快,"小心,别在路上走丢了啊!"

俊雄朝他做了个鬼脸。基皮鲁这种蔑视实在是太过分了。就算是说通用语,海豚的声音听上去好像也是在不停地咂舌头一样。

潜艇搅起一团细小的气泡,向上升起。浮出水面后,海水沿着艇身落下,留下一道道长长的水迹。俊雄锁上推进器,翻过身子摘下面罩。

突然到来的寂静实在是种解脱。潜艇的轰鸣,声呐发出的滴滴声,还有海豚们的吵闹都消失了。微风带来新鲜的空气,吹过他湿漉漉的黑色长发,原本让他耳朵发热的情绪也逐渐平复下来。风中带来异星的味道——古老岛屿上的次级生物散发出刺鼻的气体,钻孔树在新陈代谢高峰期也会散发出浓郁如油脂般的味道。

而所有盖过这一切的是淡淡的金属气息。

这些金属不会对人体造成伤害,在飞船上时他们是这么说的,尤其是全身包着防水服的俊雄更没有危险。理论上说螯合处理可以清除在巡逻途中所吸收的所有重金属元素……但它们到底会造成多大危险,没人能打包票。

如果我们要在这里待上几个月甚至几年会怎样?

要是这样的话,"奔驰号"上的医疗设施也无能为力了,金属会缓慢地在他们体内积累。到那时候,他们就要祈祷有约弗尔人、泰纳尼人或是索罗人的飞船到这儿来,带他们去面对审问或者更糟糕的命运,不然就得在这颗美丽的星球上慢慢死去。

被这种想法困住可不是什么好事。布鲁基达游到潜艇旁边时,俊雄感到一丝欣慰。

"希卡茜要我来水面上干什么?"他向这位年长的海豚问道,"我觉得我还是躲在水下比较好,万一我们头顶有颗间谍卫星,恐怕就能看到我了。"

布鲁基达叹了口气,"我想她觉得你需要休息一下了。再说,在这种金属含量的星球上,谁能看到一艘潜艇这么小的机械呢?"

俊雄耸了耸肩膀,"好吧,希卡茜想得真是周到。我是需要休息休息了。"

布鲁基达在水中直起了身子,摇了摇尾鳍保持住平衡。"我听到希卡茜了,"他宣布,"她来了。"

两只海豚从北边高速游来,一只是浅灰色的,另一只肤色比较深,还带着斑点。俊雄在耳机里听到了队长的声音:

尾鳍燃烧着火焰的——希卡茜在呼唤你

背鳍听令——胸腹马上行动

※嘲笑我的话——但要遵守我的命令；※
※到潜水舱集合——听我号令！※

　　希卡茜和萨塔塔绕着侦察队转了一圈，最后停在集结完毕的队伍前面。

　　人类把许多能力赋予了新海豚，其中包括全套的面部表情，但对海豚的基因改造工程只进行了五百年，其效果自然无法和人类数百万年的进化成果相比。大多数情况下，海豚仍然用声音和动作来表达感情。不过，至少海豚已经不再像人类之前以为的那样，永远咧着嘴、自得其乐地笑着（虽然有时候这确实是事实）。俊雄猜测希卡茜现在的表情在海豚中一定是用来表示失望的。

　　"菲皮特不见了。"希卡茜说。

　　"我听到他喊了一声，就在南边，然后就什么都没有了。他是去找萨茜亚的，她也消失在同一个方向上。绘制地图和寻找金属的工作先停下，去找他们两个。带上武器。"

　　考察队伍里一阵窃窃私语声。这项行动意味着他们要再次穿上那身沉重的装备离开飞船，许多海豚刚刚享受到脱下装备一身轻松的乐趣。不过，就算是基皮鲁也明白事态有多么紧急。

　　俊雄赶忙把工作服丢进水里。这些服装设计时完全依照海豚的体形，海豚本应该可以非常自然地滑进去的，但总有一两只海豚需要人帮忙固定一下左眼上方的神经信号放大器。

　　由于之前经过长期的练习，这活儿对俊雄已经是下意识的动作了，很快就完成了工作。他很为萨茜亚担心，她是只很温和的海豚，对俊雄一直很友好，说话也细声细气的。

　　"希卡茜，"队长从旁边游过时，他说道，"要我向母舰报告吗？"

灰色的女性宽吻海豚浮上来对俊雄说:"不行,爬梯子的人。我们要遵守命令。侦察卫星也许已经在轨道上了。把你的快艇设成自动返航,如果在东南方我们全军覆没,就让它自己回来。"

"但之前没有人看到过任何大型生物……"

"只是一种可能。如果我们遇到最可怕的情况,我希望母舰能接到汇报……如果我们全部被卷进'救援病'的话。"

提到救援病俊雄不禁浑身发凉。他当然听说过这东西的存在,但绝不会有人希望自己亲眼目睹。

侦察队排成散兵阵形向东南方进发。海豚们每浮到临近水面的地方就转身下潜,在俊雄身边游着。海底像有无数条巨蛇爬过的痕迹,形状怪异的岩洞如人脸上的雀斑四处散布,看起来充满了不祥的预兆。在峡谷中俊雄可以清楚地看到百余米以下的海底,那里生长着茂密的深蓝色卷曲植物。

长长的山脊上有零星的金属堆,好像一座座城堡,包裹着闪亮而绵实的盔甲。许多这样的金属堆外面都覆盖着厚厚的、常春藤般的植物,基斯拉普的鱼类们就在这里筑巢繁衍。有个金属堆在深坑的边缘摇摇欲坠,那个坑正是在金属堆上生长的植物挖出来的,等到钻孔树完成使命,这座城堡也就要被整个吞噬了。

快艇引擎发出的声音令人昏昏欲睡。俊雄的工作只是留意一下面板上的数据,这对他来说太容易了,根本没法让他的脑子忙起来。虽然自己并不情愿,但他还是开始思索,开始回忆。

他们邀请俊雄参加这次星际航行的时候,他还以为只是一场平平常常的探险而已。那时他已经立下了跃迁者的誓言,他们知道他已经随时准备把过去抛在脑后。与此同时,船队又需要一个人类乘员,在这艘新海豚飞船上处理一些需要人类的手和眼睛才能完成的工作。

"奔驰号"是艘有着独特设计的小型考察船。星际空间中,长着鱼鳍、呼吸着氧气的种族驾驶的飞船并不多见,仅有的几艘也都采用了人工重力系统以方便操作,而且也有相当数量的其他种族乘员担任驾驶员或是操作员。

作为第一艘全部由海豚驾驶的飞船,自然要有些不同之处。飞船在设计上遵循了地球人两个世纪以来一贯的原则:"尽可能简单。避免使用任何人类无法理解的格莱蒂克技术。"

人类与格莱蒂克文明开始接触已历时二百五十年,至今仍然在苦苦追赶外星人的文明进程。早在哺乳动物出现在地球上之前,格莱蒂克文明中的各种族生物就已经在使用有数千万年历史的大数据库了,格莱蒂克文明如冰川一般缓慢积累起来的知识,哪怕只是看到大略的提纲,对当时还在靠早期航天器蹒跚学步的原始人类来说,就简直像神迹一样了。现在,地球也有了自己的分数据库,人类期望能够借助它来获取格莱蒂克文明在漫长的历史中积累下来的知识。但一开始大数据库更多带来的是混乱和阻碍,真正起到作用只是最近几年的事。

拿"奔驰号"来说,它的构造相当复杂,既有靠离心力维持的水池,也有无重力的工作室。起飞前格莱蒂克人对它进行过检查,在他们看来"奔驰号"的原始落后简直难以理解,不过对地球上的新海豚们来说,它却代表着无上的荣耀。

结束了实验性的巡航之后,"奔驰号"停靠在了人类和新海豚杂居的殖民星球:卡拉菲亚,从卡拉菲亚小小的学院中选拔了最优秀的毕业生加入了船员队伍。这本应是俊雄第一次,可能也是最后一次到老地球旅行。

"老地球"仍然是百分之九十人类成员的故乡,在其他来自地球的智慧种族中这个比例更大。格莱蒂克的旅游者至今仍然喜欢扎堆到地球参观,想要一睹这个可怕的婴儿级文明的真面目,在过去的几个世纪中,地球人可没少惹下麻烦。其中有不少人已经开盘设赌,看人类这个文明在没有庇护种族的保护下能够生存多久。

当然了,每个种族都有它的庇护种族。如果没有其他种族的干预,任何种族都不可能独立发展出可以进行星际航行的科技。人类对黑猩猩和海豚不也是这样做的吗?自从神话中的始祖种族以来,每一个能够用语言交流、能够驾驶飞船跨越宇宙的种族都是被其他种族提升而来。没有任何种族能够从始祖种族那个时代幸存至今,但他们所建立的文明,以及无所不包的大数据库,却一直流传了下来。

至于始祖种族自己的命运,只能从传说中追考了,有关其下落甚至还有许多彼此严重对立的宗教信仰。

和这三百年间的其他人类一样,俊雄也在猜想人类的庇护种族(如果真的存在的话)到底是什么样子的。格莱蒂克人中有许多狂信者伏击了"奔驰号",现在又像猎犬追逐狐狸一般咬在她身后,其中会不会就有哪个是人类的庇护种族?

考虑到"奔驰号"所发现的东西,顺着这思路想下去可不是什么开心的事。

"奔驰号"这次是受地球议会遣派,加入了一支松散的考察队,其目的是验证大数据库中的信息。直到那件事发生之前,他们只是发现了一些小小的问题:这里有一颗恒星标错了位置,那个种族的分类有误等等。这任务简直像要为海滩上的每一粒沙子列一个清单出来。任何种族生物的寿命延长上千倍,也不足以浏览一遍完整的清单。不过,随机地采集一些样本还是可以做到的。

最后,"奔驰号"进入了一个小小的引力潮区域,距银河平面五万秒差距的距离。在那儿,他们发现了那支舰队。

俊雄叹了口气,感叹命运的不公。"奔驰号"上不过一百五十只海豚、七名人类,还有一只黑猩猩——他们怎能预料到自己会发现什么呢?

为什么我们非要找到它呢?

五万艘飞船,每艘都有月球大小。这就是我们的发现。这样的发现让海豚们都不禁颤抖。这是整个银河文明所发现的规模最大的失落的舰队,显然年代非常久远。克莱代奇船长用心灵传感器和地球联系,希望得到进一步的指令。

真见鬼!为什么要呼叫地球?难道不能等到我们回家之后再报告吗?结果弄得整个银河系的监听员都知道了,我们在一片荒凉的星域发现了一片被古代舰船塞满了的马尾藻海①。

地球议会用密电进行了答复。

"就地隐蔽。等待命令。不要回复。"

克莱代奇执行了命令,但为时已晚,半个银河系中的庇护种族都已经派出战舰来搜寻"奔驰号"了。

俊雄眨了眨眼睛。

有什么东西。共振测量终于有回声了?没错,磁性矿石检测器上显示,南边有微弱的回声反应。他赶忙集中精力盯着接收器,老是这样自怜自艾真让人受不了。

---

①马尾藻海,大西洋上一片在季风和洋流共同作用下形成的静止水域,帆船时代的航船经常被困于此。

没错,这里的磁性矿石含量相当丰富。应该告诉希卡茜吗? 当然了,搜索失踪的海豚船员是最高任务,但是……

一片阴影覆盖了他。探索队绕过一座金属堆的边缘。这块铜色的大家伙上面长满了厚厚的藤蔓,垂下几根绿色的枝条。

"别离得太近了,小小手。"基皮鲁在俊雄的左边吹了声口哨。离金属堆最近的只有基皮鲁和俊雄的快艇,其他海豚都远远地绕开了。

"对这种植物我们一无所知。"基皮鲁继续说道,"而且这里离菲皮特失踪的地方不远了。你最好待在我们的保护范围之内。"他懒洋洋地侧身一翻,摆了摆尾巴从俊雄身边游开了。海豚工作服上的机械臂整齐地折叠着,反射着金属堆铜色的光泽。

"所以收集样本就更重要了,不是吗?"俊雄带着怒气答道,"我们到这儿来的目的不就是这个吗!"不等基皮鲁有时间回应,他就操纵小艇向金属堆的阴影驶去。

俊雄驶进了一片幽暗的区域,午后的阳光被小岛完全挡住了。快艇拐了个弯,穿过一堆浓密的纤维状水草,一群银背的鱼类从它周围四散游去。

基皮鲁在他身后惊恐地尖叫了一声,用原始海豚语咒骂着,看上去这下他真的着急了。俊雄微微一笑。

快艇发出稳定的嗡嗡声。金属堆在右边延展开来,就像一座小山。俊雄拉下操纵杆,抓住了最近的一株绿色海藻。亲手抓住样本植物时,俊雄心里涌上一阵自豪之情。海豚可干不了这个!他得意地弯了弯手指头,然后转过身把样本放进采集袋里。

俊雄抬头看去,那团绿色非但没有退远,反而显得比刚才更近了。基皮鲁聒噪的声音也更响了。

大惊小怪！俊雄想着。就算我有那么一下子没控制住快艇又怎样？你编首打油诗的工夫，就足够我回到你那见鬼的"保护范围"里了。

他把快艇斜向左边，同时抬起船头。转眼之间他就明白过来，这是个战术上的失误：船速一下降，后面那团绿色植物就伸出几条藤蔓，抓住了快艇。

基斯拉普上一定有什么他们还没见过的大型海洋生物，正朝俊雄伸来的这种藤蔓显然是用来捕捉大型生物的。

"噢见鬼，我都干了些什么！"俊雄把油门加到最大，拉动手柄，希望获得足够的动力冲出去。

动力加上了……但速度却没有增加。小艇发出呻吟般的声音，把那根又长又粗的藤蔓拉得笔直，但却没能前进分毫。引擎熄火了。俊雄感觉到一根滑滑的东西爬上了他的腿，接下来又是一根。藤蔓渐渐收紧，开始往回拉。

俊雄喘着粗气，好不容易才转身躺倒，把手伸向大腿旁边鞘中的小刀。长着节疤一般吸盘的藤蔓弯曲着，不管碰上什么都会马上吸住。一根藤蔓爬上俊雄暴露在外的左手手背，男孩感到一阵灼烧般的疼痛，不禁叫出了声。

海豚互相喊着什么，不远处传来他们高速游动的声音。俊雄已经没有时间去祈祷不会再有其他人被抓住了，他先要把手头的战斗解决掉。

他拔出了刀子，刀刃上的闪光让俊雄看到了希望。一刀切下，两根细藤应声而断，这让他活下去的希望更大了些。接下来的一根要粗很多，花了几秒时间才切断，但马上又有两根藤蔓延伸过来补上了位置。

金属堆侧面裂开了一道缝，里面有大团的丝状物在扭动。

再往深处十几米的地方,可以看到光滑的灰色皮肤,周围那一簇簇叶子看上去不怎么动弹,却已将萨茜亚团团围住。

俊雄感到口中呼出的蒸汽已经把面罩充满了,眼睛胀得似乎要爆出来,不停地突突跳动,目光紧紧地盯在萨茜亚那一动不动的身体上。她活着的时候是那么温柔,但死亡却毫不留情,如潮水般将她卷去。

俊雄大喊了一声,继续投入战斗。他想呼叫希卡茜,告诉队长萨茜亚遭到了什么样的命运,但脱口而出的却是对基斯拉普这些藤蔓生物愤怒的咒骂。在仇恨的驱使下,他不停地挥刀砍着,断枝残叶随着水波四散,但却于事无补,藤蔓的数量实在是太多了,不停地卷着他向裂口移动。

希卡茜喊道:

※爬梯子的人——尖眼睛的诗人※
※发送你的方位,去寻找搜寻者※
※让声呐的叫声——穿透树叶的屏障。※

除了搏斗时带动的水流声和他自己沉重的呼吸声之外,俊雄还能听到海豚小队战斗的声音。他们操着急促的颤音用三音海豚语交流,不再为人类的听觉考虑而放低速度,只是偶尔发出简短的命令。除此之外就是海豚们工作服所发出的哀鸣。

"这儿!我在这儿!"俊雄挥刀砍着那些朝呼吸管卷来的藤蔓,险些自己把呼吸管切开。他舔了舔嘴唇,竭力用三音海豚语喊道:

※都朝后退——避开乌贼的尖嘴※

吸得很紧——看上去不美
大祸已到——萨茜亚垂危！

　　虽然不管是格式还是韵律都非常差劲，不过在海豚听起来，这样的三音海豚语比通用语更容易理解。海豚从受到启蒙到现在刚刚经历了四十代，虽然行为举止已经带有智慧之光，但在紧急时刻，他们还是更习惯用自己那呼啸般的韵文来思考。

　　通过声音俊雄只能分辨出战斗的位置越来越近了。但藤蔓似乎也感到了危险，开始更快地把他向洞口拖去。突然，一根带吸盘的卷须抓住了他的右臂。还没来得及把刀换到左手，一个灼热的吸盘就爬到了他的手上。他高喊了一声，把那条藤蔓扯开，但小刀也随之落到了黑暗中。

　　其他的卷须还在他身边落下，就在这时，俊雄突然发觉有人正在和他说话，而且是用通用语！

　　"……天上有好多飞船！副船长塔卡塔-吉姆问希卡茜为什么没有发送单脉冲确认信号……"

　　是阿齐的声音，他正在从飞船里呼叫！俊雄没办法回答朋友的呼叫，小艇上广播的开关离他太远了，自己偏偏又脱不开身。

　　"不要回答这条消息。"阿齐继续说着，俊雄觉得实在好笑，不禁呻吟了一声，同时从面罩上撬掉了一条藤蔓，差点没把自己一只手赔上，"只需发送单脉冲回应，然后尽快返航，全体返航。我们认为基斯拉普星球附近正在进行太空战。应该是那些疯狂的外星人跟着我们来到了这里，正为该由谁把我们抓走而大打出手，就像之前在摩尔格伦时一样。

　　"敌人已经很近了。保持无线电静默。尽快回来。阿齐通话完毕。"

俊雄感到一根藤蔓抓住了他的通气管道。这次抓得很紧。

"好吧,阿齐,我的老朋友。"他一边扯着那根卷须,一边嘟囔着,"只要宇宙大人一开恩放我走,我马上就回家。"

通气管道被卷住了,他什么也做不了。雾气充满了他的面罩。俊雄感到自己要晕过去了,他似乎看到营救队朝他冲来,但不知道到底是真的还是幻象。他并不指望基皮鲁会带着海豚来救他,也没想到海豚居然会像他看到的那样,不顾身边那灼热的吸盘,如此凶猛地朝自己冲来。

最后他决定把一切当作一场梦。激光束太亮了,声呐的音调也太清晰了。那队海豚朝他冲来,三角旗似的尾鳍破开水波,宛如一队骑兵奔驰而来。而在过去的五个世纪里,说通用语的人类已经给"骑兵"赋予了另一种意思:救兵。救兵来了。

2. 格莱蒂克人

太空舰队中心的一艘飞船上，某种反抗自然规律的大戏正在上演。

巨大的巡洋舰从空间的裂隙中驶出，随即笔直地朝着那颗在星图上未被标注的红色恒星飞去。战舰依次从发着光的裂口中拥出，同时出现的还有从它们出发处衍射而来的星光，那星光来自数百秒差距之外的宇宙空间。

舰队以这样的方式出现有违宇宙定律。依靠空间通道进行从此处至彼处的移动是一种非正常的方式，需要有极强的意志来击败自然规律，方能将这样的通道化为现实。

埃匹西亚奇对现实存在的事物有着强烈的反感，是它为自己的坦度族主人开辟出了这条裂缝。它的自我拥有着无比强大的力量，它排斥现实存在的精神力维持着裂缝中空间通道的存在。

最后一艘舰船通过裂缝之后，埃匹西亚奇的注意力被引开了，虫洞随之发生了强烈的坍缩。转瞬之间，就只能借助专用仪器验证它曾经存在过了。对物理定律的粗暴践踏至此告一段落。

在埃匹西亚奇的帮助下，坦度的舰队比其他种族提前一步到达目标恒星,其他那些舰队的所有者会对坦度人捕获地球飞船的权力提出质疑。坦度人向埃匹西亚奇的快感中枢发出了一个神经脉冲以示奖励,它低低地叫了一声,感激地摇动着硕大多毛的脑袋。

事实再次证明,对坦度人来说,这种隐蔽而危险的传送形式所冒的风险是值得的。能够比对手早一步到达战场再好不过了,获得的额外时间可以给他们带来战术上的极大优势。

埃匹西亚奇所需要的只是反抗本身。现在它的任务已经完成,于是便被送回虚拟密室中,那里可以模拟出无穷无尽的现实来供它摧毁,直到主人再次需要利用它愤怒的力量。它那蓬松而不定形的身体从意念网中间翻滚而出,然后在几名警卫的护送下离开了。

他们全部走开之后,接受者进来了,用它那纤细的长腿爬上了意念网。

它用了很长时间检视现实,将其拥入怀中。接受者的意念可以飘到很远的地方,探测触摸这个新的空间区域,这种行为带来的快感让它发出了一阵低声的呻吟。

"竟然会疏忽到这种地步!"接受者愉快地宣布,"我此前就听说过,我们的猎物是下等智能生物,但没想到他们竟然明知道有危险还会露出马脚!他们就在第二颗行星上,只是在慢慢地收缩心灵护盾隐匿自己的确切位置。他们的主人到底是谁,能把海豚教成这样,摆在这里让人抓?"

"他们的主人是人类,人类本身就是一种进化不完全的种族。"坦度人的首领答道。

首领的发声器官长在螳螂一样的腿部关节处,听起来像有节奏的噼啪声。

"地球人已经被错误的信念所感染了，被抛弃的命运更是让他们蒙羞。等我们把他们统统吃掉，最近三个世纪以来的喧嚣也就可以终结。我们可以享受猎手的愉悦，你们也可以亲眼看到新的空间和事物，享受到同样的快感。"

"同样的快感。"接受者表示赞同。

"现在去干活吧，打听些具体的情报来。"首领命令道，"不久我们就要和异教徒开战了，我必须去给扈从种族讲明白他们的任务。"

首领一离开，接受者就回到了意念网上，将自己的知觉完全放开，感受现实中这个新的角落。一切顺利。它将所见到的一切都转化成了报告，主人据此调整着飞船的部署。而它的意念中最大的部分则用来欣赏和接受……那颗小小的红色恒星，还有它那几颗小小的行星的景象。想到这里马上就会变成战场，这感觉实在是太美妙了。

很快它就感觉到有其他战舰部队用各自不同的方式进入了这个星系，相比早一步进驻的坦度舰队，它们所处的战略位置都要略逊一筹。

接受者可以感受到舰队中扈从武士的战争渴望，以及较为冷静的长者们心中的算计。它轻抚着一道道光滑的心灵壁障，虽然无法突破，但仍不禁在猜想其下究竟隐藏着什么。相比之下它更喜欢那些思维开放的武士，他们毫无顾忌地将自己的思维四下投射，听任窃听者们截获他们发出的挑衅。

庞大的舰队开始彼此轰击、四处闪起耀眼的爆炸光芒，战斗开始，接受者关于毁灭的狂野想象随之一扫而空。

这一切让接受者欣喜若狂。当宇宙中有如此伟大的景观上演时，谁不会有这种感觉呢？

3. 塔卡塔-吉姆

在"奔驰号"球形控制室的左舷高处,一名穿着工作服的心灵控制员抽搐着。她的尾鳍在水中拍出一串浪花,用三音海豚语叫道:

※漆黑如墨,八爪狰狞,头如章鱼,已发现了我们!※
※全体船员,准备战斗!※

操作员的报告证明了中微子检测仪几分钟前的发现。那是用模糊的诗体传来的一连串坏消息。

※它们嗥叫着,渴望着※
※渴望着胜利,渴望着掠夺……※

从另一个站点传来了带着海豚口音的通用语。

"报告副船长塔卡塔-吉姆,我们检测到了大量的引力信号。通过引力波扰动可以确定,这颗星球附近正有大量战斗飞船集结。"

"奔驰号"上的执行官员静静地听着报告,任由自己被指挥中心里环形的波浪推得左右摇摆。他吸了一口舰桥上特有的液体,一股气泡从他的排气孔中喷出。

"知道了。"最后他说道。由于潜在水下,他的声音听起来只是一阵沉闷的嗡嗡声,辅音都听不清楚,"最近的敌人在什么位置?"

"五个天文单位,先生。就算是地狱来的魔鬼,至少在一个小时内也到不了这里。"

"嗯。那么,非常好。保持黄色警戒状态,继续观察,阿基克麦。"

对新海豚来说,副船长的个头有些太大了。他身材魁梧,在别的海豚光滑纤细的身体部位,他却长着肌肉,皮肤的灰色很不均匀,锯齿般的牙齿表明他是一只尖吻海豚。大部分船员都属于宽吻海豚属的,他和几只尖吻海豚显然颇为与众不同。

塔卡塔-吉姆身边的人类对刚刚收到的坏消息显得有些无动于衷。这消息只是证实了他早已有之的猜想。

"这样的话,我们最好告诉船长。"伊格纳西奥·梅茨说。面罩把他的声音传到冒着气泡的水里,气泡从这个身材高大的人类男子灰白稀少的头发旁边不断浮起。

"我警告过克莱代奇,想和格莱蒂克人作对,肯定会发生这种事情。现在逃跑已经是不可能的了,我只希望他能理智地做出决定。"

塔卡塔-吉姆的进食嘴斜斜地一开一合,表示同意。

"是的,梅茨博士。现在就算是克莱代奇也不得不承认你是正确的。我们现在已经被逼到绝路了,除了听从你的方案,船长别无选择。"

梅茨满意地点了点头,"希卡茜的小队怎么样了? 有人通知他们了吗?"

"我已经命令勘探队返航了。就算只派出一只小艇也太冒险了。如果那些外星鬼子已经来到了这星球的轨道上,一定有什么办法发现它的。"

"是地外生物。"梅茨带着职业化的口吻更正道,"鬼子这个词实在太不礼貌了。"

塔卡塔-吉姆仍然一脸无动于衷的样子。船长不在的时候,他全权负责指挥这艘船和全部船员,但人类还是把他当成一个刚刚断奶的小学生,这的确让人恼火。不过,塔卡塔-吉姆小心翼翼地不让梅茨知道他有多么生气。"是的,梅茨博士。"他说道。

梅茨继续说道:"希卡茜的队伍根本就不该离开这艘船。我警告过汤姆·奥莱[①],告诉过他会发生什么。那个叫俊雄的年轻人也和他们在一起……还有所有那些海豚船员,都已经好久不和我们联络了。有可能发生了什么可怕的事情!"

塔卡塔-吉姆觉得自己能猜出梅茨在想些什么。这个人类一定觉得"奔驰号"的船员在他所看不到的地方遇难是件非常可怕的事……因为他没法通过行为学和基因研究对那些海豚船员的行为进行判断了。"如果克莱代奇听您的就好了,先生。"他重复道,"您的建议一直是很宝贵的。"

说这话时塔卡塔-吉姆心里有点不安,不过如果这人真的看穿了他那满怀敬意的表情,觉察到他话里的讽刺,绝不会毫无反应的。

"说得好,塔卡塔-吉姆。观察得很敏锐。我知道你还有很多事要做,我会找一条空闲的通信线路,帮你叫醒克莱代奇。我

[①] 序章中出现的"汤姆"的本名。

会尽量温和地告诉他,我们的追兵已经跟到基斯拉普来了。"

塔卡塔-吉姆用上半身做了个尊敬的姿势,表示同意,"那真是太感谢了,梅茨博士,谢谢您帮我的忙。"

梅茨在上尉体侧那粗糙的皮肤上拍了拍,似乎是在让他放心。塔卡塔-吉姆忍受着这种居高临下的姿态,表现得非常冷静,眼看着这个人类转身游走。

"奔驰号"是艘圆柱形的飞船,船首微微凸出成球状,其间充满液体,那便是舰桥了。从指挥中心的主窗口朝外望去,可以在一片朦胧的阴影中看到海洋山脊的形态、海底沉积的残骸以及漂流而过的海洋生物。

船体上星星点点的亮光标志着网状的船员工作站。大多数舱室都静静地躺在阴影中,只有舰桥上的精英船员还在迅速而冷静地执行着任务。除了富氧水循环时发出的嗖嗖声和气泡声,只有断断续续的声呐脉冲信号,以及操作员之间用简明扼要的专业术语进行交谈的声音。

不得不承认,克莱代奇还是有两下子的。塔卡塔-吉姆心想。他把这些在舰桥上工作的船员打造成了一台运转良好的机器。

当然了,海豚的行为并不像人类那样有一贯性。对新海豚来说,除非你亲眼看到过他在压力之下工作的情况,否则永远没法预测他会在什么时候变得自由散漫起来。现在看来,舰桥上这些船员的工作状态空前地好,但这就足够了吗?

只要他们忽略了一个小小的放射性信号,或者泄漏一点点心灵感应的电波,那帮外星人就会扑过来抓住他们,比扑食斑海豹的逆戟鲸还快。

外面那支勘探队伍里的海豚比船上这些同事要安全得多

了,塔卡塔-吉姆愤愤地想道。梅茨还在担心他们,真够傻的。他们也许正在哪儿逍遥自在呢!

塔卡塔-吉姆试着回忆在海洋中自由游动是什么样子的,不带工作服,呼吸着自然的空气。他想回忆起潜入深水的感觉,在属于尖吻海豚的深水区域,这些长着大嘴巴又自命不凡的宽吻海豚就像人鱼一样难得一见。

"阿齐。"他朝ELE雷达的操作员喊道,那是一只年轻的海豚,来自卡拉非亚的海军军校,"你收到希卡茜的确认信号了吗? 她有没有收到呼叫?"

这只殖民地来的海豚也是宽吻属,肤色略显黄色。阿齐犹豫了一阵。在富氧水里呼吸说话肯定让他感到不习惯,他的水下通用语也带着些非常古怪的口音。

"我……我很抱歉,副船长,没有回复。我在所有频道都查过了,没有任何单脉冲回复。什么都没有。"

塔卡塔-吉姆烦躁地摇了摇头。也许是希卡茜觉得哪怕用单脉冲信号通信也太冒险了。不过如果收到回复,他或许还要做些不情愿的决定。

"嗯……长官?"阿齐低着头,尾鳍恭恭敬敬地下垂着。

"什么事?"

"呃,我们是不是应该把消息再重复一遍? 也许发送通信时有什么情况让他们分了心,并没收到?"

和所有来自卡拉非亚的海豚一样,阿齐一向为自己熟练的通用语而自豪。这次这么简单的句子都说得吞吞吐吐,可见他已经着急到了什么地步。

不过在副船长来看这却是好事。如果有什么通用语里的词能完美地翻译成三音海豚语,那就是"自命不凡"了。塔卡塔-吉姆对这个自命不凡的军校见习生丝毫没有好感。

"不,通信员,我们要遵守命令。如果船长向你下指令要你再发一遍信号的话,尽管照做好了。不过现在,你要守好你的岗位。"

"我……我知道了,长官。"年轻的海豚转身向通信站游去,在那儿他可以在空气舱里呼吸,不需要像鱼一样吞水获得氧气。在空气舱里,他就可以像个正常人一样说话了,不过主要任务还是等待他最好的朋友,那个人类船员从茫茫的外星海洋发来回信。

塔卡塔-吉姆真希望船长赶快过来。控制室里让他感觉封闭压抑,死气沉沉。每次当值呼吸这种嗞嗞作响的充气富氧水,下了班之后都会疲惫不堪。富氧水中提供的氧气从来都让人觉得不够。由于违背了本能,身上附加的腮肺系统阵阵发痒,更不用提还要服用特殊药品,通过消化系统摄取额外的氧气,那种药吃了让他觉得胃部灼热不堪。

他又看到了伊格纳西奥·梅茨。那位白头发的科学家正抓着柱子,把脑袋伸进通信空气室中呼叫克莱代奇。这事办完之后,他也许会想去放松一下。这个人类喜欢在海豚工作的地方附近转来转去,观察着什么……这让他感觉自己正在受到检查。

"我需要一个人类盟友。"塔卡塔-吉姆提醒自己。"奔驰号"一直是由海豚指挥的,但如果船上的军官能够得到庇护种族成员的信任,船员也就更容易听他号令。克莱代奇有汤姆·奥莱作后盾,希卡茜背后是吉莉安·巴斯金,布鲁基达的人类伙伴则是工程师苏茜。

塔卡塔-吉姆的人类伙伴是梅茨。幸运的是,那人属于比较容易操纵的类型。

数字显示器上,太空中战斗的报告来得更快了。这颗行星上空的紧张局势似乎已经演变成了真正的战火,至少已经有五支大型舰队卷进了冲突。

塔卡塔-吉姆心头突然涌上一阵冲动,似乎想转过身去咬什么东西一口,用尾鳍狠狠地抽什么东西,不过还是努力克制住了。他只是想找什么东西打上一架!至少那是实实在在的对手,而不像现在这样,待在活棺材里等死!

在经历了几周的逃亡后,"奔驰号"终于又被堵进了陷阱。这次克莱代奇和奥莱又能想出什么新花样来,让他们逃出生天?

如果他们拿不出什么主意怎么办?或者会有更坏的情况,他们那章鱼一样的脑子会不会搞出什么愚蠢的计划来,害得大家统统死掉?那样的话他又该怎么办?

塔卡塔-吉姆脑子里不停地思考着这个问题,期待船长早些过来,以减轻他的苦恼。

4. 克莱代奇

　　克莱代奇已经好几个星期没好好睡上一觉了,总是有些事情要打断他的睡眠。

　　克莱代奇喜欢在零重力环境中休息,把自己悬停在湿润的空气中。但由于飞船处于隐蔽状态,反重力床是禁止使用的,因此对海豚来说,在水里睡觉成了唯一方式。

　　过去一个星期他一直试着在休息时用富氧水呼吸,结果做了无数噩梦,许多次都梦见自己窒息,搞得他精疲力竭。

　　船上的医生玛卡尼建议他用最古老的方式睡觉:浮在一池子水上面。

　　克莱代奇决定尝试一下玛卡尼的建议。他先确定了舱室上有足够大的空气层,然后仔细检查了三遍,确认氧气过剩的警报器可以正常工作。最后他甩掉了身上的工作服,关了灯,浮到水面上,将富氧水从自己的腮肺中排了出去。

　　这的确让他有种如释重负的感觉。不过,最早他只是躺在离房顶的空气层很近的地方,脑子还在高速运转着,皮肤上还带着工作服残留下来的痒痒的感觉。这种感觉不是理智可以控制的,他也知道。在宇航时代到来之前,在人类那原始的、神经质的社会中,赤身裸体的人一定也会有这种感觉吧。

可怜的智人!人类的历史表明,在大接触时代之前的几千年中,他们经历了多么可怕的童年,不知道格莱蒂克文明圈的存在,被其完全排除在外。

那时候,克莱代奇想,海豚们还过着无忧无虑的生活,漂流在鲸梦的一角。当人类最终在某种意义上步入成年,开始提升地球上其他种族的智力以加入他们的行列时,与人类相处较好的海豚种群很容易地便从一种可敬的生活状态转换成了另外一种。

我们海豚也有自己的问题,他提醒着自己。他很想去挠神经放大器所留下的插口,但没穿工作服是够不着那地方的。

他浮在水面上等待入睡,四周一片漆黑。碎浪打在眼睛上方光滑的皮肤上,这也算是一种休息了吧。真正的空气呼吸起来比富氧水是舒服得太多了。

但心头那若有若无的焦虑还是没法摆脱:万一沉下去的话……其实在富氧水中真的沉下去也不会有什么损害,更何况数以百万计的海豚终生都是以这种方式睡眠,但……

作为宇航员,他总有抬头仰望的习惯,这也让他感到不安。船舱中防水的天花板离他的背脊只有几寸远。就算闭上眼睛,声呐也会告诉他顶棚有多么近、多么封闭。就算是在睡觉,他也没办法控制自己不去用回声定位,就像黑猩猩打盹儿的时候也会不由自主地给自己挠痒一样。

克莱代奇用鼻子喷了口气。是他自己要求这样睡觉的,要是因为这个闹了失眠,才是大笑话。他下决心狠狠喷了喷鼻子,开始数声呐的响声,先是发出一波次中音的韵律,然后渐渐加入睡梦之歌中的低音元素,组成一段赋格曲。

　　回声从额头处传开,在小舱室里形成了衍射。一个个音符彼此堆积起来,叠成模糊的哀号和低沉的嗥叫。这些音符构成了一组音波结构,在海豚的哲学中意味着他者的样本。他知道,只要找到正确的组合,墙壁就会自行消失。

　　他有意避开了尽忠职守的自我,迎来了"鲸梦"中他最喜欢的部分。

※旋涡中——
变幻的图案
※低声的呼唤——
心中柔软的记忆
※低吟着歌唱——
歌唱那黎明的风景
※还有月亮啊——
海潮的爱人
※歌唱旋涡中——
变幻的图案
※低声的呼唤——
心中柔软的回忆……※

　　办公桌,贮藏柜,还有墙壁,全都覆上了一层并不存在的声波阴影。他的歌声开始恢复原本的模样,那是真实且实在的诗篇。

　　仿佛有什么东西在水中漂流而过,那是一群群摇着尾巴的梦境生物。回声在他周围开辟出一块空间,这片水域仿佛将永远存续下去一样。

※梦之海啊——
永不止息
※低声呼唤
那柔软的回忆……※

　　很快,他就觉察到有人来到身边。这人的身影逐渐在来回反射的声波中凝聚成型。

　　他作为工程师的意识散去,而那个女性形体在他身边成型……那是女神的影子。接着,努卡佩浮现在他身边……仿佛是涟漪凝聚成的鬼魂,又像是被细微的声音支撑起来的形状。她那光滑而黝黑的身躯退回到黑暗中,防水的舱壁并没有对她造成任何阻碍,甚至舱壁本身仿佛都不复存在了。

　　眼中的景象消失了。克莱代奇身边的水又暗了下来,而努卡佩也不再是一个影子,不再被动地聆听他的歌声。她那如针一般的牙齿闪着光,开始回应他的歌声:

※在这片封闭——
的海水中
※在这层无尽——
的梦境里
※我们那拱背——
而古老的兄弟
※唱起鱼群——
严肃的歌声
※你可在这里寻找到我——

流浪的兄弟
※哪怕是这首——
人类的旋律
※在那里,人类——
和其他行走的种族
※将欢乐——
交还给群星……※

无上的喜乐涌上克莱代奇的心头,心跳也平稳了下来。他在温柔的梦之女神身侧安睡着。女神带着调侃的语气斥责着他,责怪他成为一名工程师,责怪他居然用这样死板僵硬的三音海豚语在梦中和她相会,而不是祖先所使用的混沌的原始海豚语。

女神把他引入了起源之海,在那里他可以使用三音海豚语了。他可以隐隐感受到鲸梦的汹涌澎湃,以及居住在此间的上古神灵的愤怒。这片海洋中的一切,远非工程师的意念所能接受的。

有时候,三音海豚语听起来太过刻板了。押韵的规则,意象的限制,几乎像人类一样精确……也像人类一样狭隘。

从小到大,他一直在被灌输着这些复杂的术语。他自己的大脑中有一部分是被基因工程修改过的,有着类似人类的回路,但这种混沌的声音图像仍然不时地插进他的脑海,用上古的旋律启示着他,诱惑着他。

努卡佩发出同情的滴答声。她微微一笑……

不!她才不会做这种陆地上的猿猴才做的事情!在鲸类中,只有新海豚才会用他们的嘴来"微笑"。

努卡佩做出了另一种表情。带着女神特有的温柔,她轻抚着克莱代奇的身体,对他说道:

※现在请宁静聆听※
※这便是一切的真相※
※工程师们啊※
※即使远离了海洋※
※仍然可以听到这声音※

数周以来的压力终于得以释放,克莱代奇沉沉睡去。他呼吸出的水汽在防水的舱顶凝成闪动的水滴,又被附近的通风管道中送进来的微风吹得不住颤动,如一阵细雨般落入水中。

当伊格纳西奥·梅茨的影像出现在他右边的显示器上时,克莱代奇花了好长时间才注意到。

"船长……"影像说道,"我在舰桥上向您呼叫。恐怕格莱蒂克人发现我们的时间要比我们预料的早了……"

那微弱的声音在试图将他唤醒,回去处理飞船上的事务,甚至战争,克莱代奇根本不愿去理它。他恋恋不舍地徜徉在随波漂荡的丛林中,聆听着漫漫长夜的声音。最后还是努卡佩亲自将他从梦境中推了出来。她的身影在克莱代奇身边渐渐变淡,同时提醒着他:

#责任,责任即是荣誉;
荣誉,克莱代奇——莫忘警觉
#分担,分担即是荣誉#

只有独自和努卡佩相处时,克莱代奇才可以随意地使用原始海豚语,不用担心受到惩罚。他无法忽略梦之女神的影响,就像无法抛弃自己的意识一样。他终于集中精力用一只眼睛盯住了全息电话,屏幕上的人类仍然等待着他的回应;同时他也听进去了这人所说的话。

"谢谢你,梅茨博士。"克莱代奇叹道,"告诉塔卡塔-吉姆我马上就过去。顺便通知一下汤姆·奥莱,我希望在舰桥上和他碰头。克莱代奇通话完毕。"

他花了一点时间深深地吸了口气,感到房间逐渐在周围浮现。接着他扭身潜进水中,重新穿上了工作服。

5. 汤姆·奥莱

　　这间舱室被整个上下颠倒了过来,地板上固定着一张床,一个身材高大的黑发男人正用一只手握着床腿,倾斜的地板就在他头顶上。他的左脚搭在壁柜中抽出来的一只抽屉底上,看上去很不牢靠。

　　警报灯突然闪起黄光的时候,汤姆·奥莱扭转身体,用空着的那只手抓住了手枪的皮套。看清吵闹声的来源时,手枪已经抽出了一半。他低声咒骂了一句,把武器重新放回皮套中。到底有什么紧急情况? 他想都不用想就可以举出至少十种,而他却在这里,单手吊着悬在飞船里最让人难堪的地方!

　　"我要启动互联,汤姆·奥莱。"

　　声音似乎是从他右耳的上方传来的。汤姆换了只手抓住床脚,转过身来。一个抽象的三维图形在他面前的屏幕上旋转着,好像一簇卷入尘暴中的彩色粉尘。

　　"我认为你会希望知道引发警报的原因。描述正确?"

　　"妈的,正确得要死了!"汤姆骂道,"我们被攻击了吗?"

　　"不。"彩色的图形变化着,"这艘飞船还没有受到攻击。但副船长塔卡塔-吉姆已经宣布进入警戒状态。至少有五支舰队已经开进了基斯拉普星域,据报告,舰队在这颗行星附近展开了战斗。"

汤姆叹了口气,"也就是说,尽快修好飞船逃离这里的计划已经完蛋了。"他从不曾指望那些追逐着他们的猎手会再给他们机会逃跑。在摩尔格伦时他们遭遇了伏击,"奔驰号"在一片混战中逃脱了,但同时也遭受了损害,在航迹上留下了许多明显的痕迹。

汤姆一直在引擎室帮助船员修复"奔驰号"的静力场发动机。需要人类用眼睛和双手完成的工作刚刚结束,现在他可以偷空到干燥轮中待上一阵,尼斯电脑就藏在这里。

所谓干燥轮,是飞船上的一圈工作室和舱房,飞船在飞行过程中,这圈房间将自由旋转,为人类船员提供虚拟的重力。现在飞船停下不动了。在行星的重力场中,有一半过道和舱室变成头上脚下的状态,工作起来太不方便,于是被弃用了。

这地方很隐秘,很适合汤姆,不过,乱七八糟的环境实在令他厌烦。

"除非我亲自把你打开,否则无法让人知道你的存在。需要核对我的指纹和声纹之后,你才能开始工作,其他时候你要假装成一台普通的通信机。"汤姆说。

旋转的图案变成了一台立方体,机器的声音也稳定了下来:"在特定的情况下,我会根据自主判断行动。如果犯了错误,我将受到最高为三级的纪律处罚。级别更高的惩罚将被视为非正当待遇,不予执行。"

汤姆努力挤出一副讽刺的笑容。如果他任这台机器胡闹的话,它可以让他整天都不得清闲,到头来除了在名义上对它拥有控制权之外一无所获。把尼斯借给他的那位泰姆布立米特工明确表示,这台机器的强大功能正是建立在它的灵活性和创造性上的,结果就变成了这样一个烦人的家伙。

"我会仔细衡量你的错误等级的。"他告诉尼斯,"行了,你能不能告诉我现在是怎么一种情况?"

"问题太模糊了。我可以替你接通飞船上的作战电脑,不过这样的话会冒一定风险。"

"不,现在最好别这么做。"如果尼斯在警戒期间侵入作战电脑的话,克莱代奇在舰桥上的下属可能会注意到。汤姆觉得克莱代奇可能知道尼斯在这艘船上,船长可能也知道吉莉安有她自己的秘密项目。不过,海豚指挥官对此保持着沉默,并不干涉两人的工作。

"好吧。帮我接通吉莉安。"

全息图像上闪过一片蓝色光斑,"她正一个人待在办公室里。电话已经接通了。"

发光粉尘突然消失了,变成了一个三十来岁金发女子的面孔。她看上去有点迷惑,不过很快就被灿烂的笑容点亮了。她大笑起来。

"啊哈,我明白了,你去看你那个机器朋友了。告诉我,汤姆,一台满嘴带刺的外星机器有哪点比我强的? 你跟我在一起的时候也没像现在这样啊,这姿势你还没和我试过呢!"

"这笑话不错。"她轻松的态度减轻了汤姆对警报的担心。之前他还以为马上就要和外星人交手了。再有一个星期左右的时间,"奔驰号"也许能在被捕获或者摧毁之前给敌人点颜色看看,而现在,它能用来还击的力量不比一只嗑了药的兔子强多少。

"我想格莱蒂克人还没有打算着陆。"

吉莉安摇了摇头,"确实没有。不过我和玛卡尼会在医务室值勤,以防万一。舰桥上的船员说至少有三支舰队已经跃迁到了这颗星球附近。他们一碰面就混战起来,和在摩尔格伦时一样。我们只能希望他们彼此拼个两败俱伤了。"

"恐怕希望不大。"

"好吧,你是咱们这儿的战术专家。不过,他们要决出胜负应该还需要几周时间,那之后才会下来抓我们。他们之间会有一些交易,还有临时的同盟。我们还有时间想出些办法来。"

汤姆真希望自己也有她这份乐观精神。作为船上的战术专家,"想出些办法"自然是他的工作了。

"嗯,如果情况不那么紧急的话……"

"我觉得并不算紧急。你还可以和你那个小室友,也是我的电子情敌再待上一会儿。不过我也会找回来的,我会和赫比亲近亲近。"

汤姆无奈地摇摇头,不去理会她的笑话。赫比是一具干尸,是他们从失落的舰队中得到的唯一实际意义上的战利品。吉莉安检测出这具外星人尸体已经有二十亿年的历史了。而当他们在飞船上的微型大数据库里查询这具尸体到底属于哪个种族时,数据库每次都像瘫痪了一样。

"好吧,告诉克莱代奇我马上就下去,行吗?"

"当然了,汤姆。已经有人去叫醒他了。我会告诉他,我上次看到你的时候你正在某处闲逛。"吉莉安朝他挤了挤眼睛,关掉了通话。

汤姆看着她的图像消失,不止一次地想:自己到底做了什么,能博得这样一个女人的青睐?

"汤姆·奥莱,出于好奇,我对你们最后一次交流中的某些言外之意很感兴趣。我推断巴斯金博士所表达的某种程度上的冒犯事实上是暧昧的挑逗,是否正确?制造我的泰姆布立米人是通过心灵感应交谈的,但他们也曾经沉迷于这种交流方式。这是寻求配偶过程中的一个步骤吗,或者是出于验证友情的目的?"

"我猜两种都有吧。泰姆布立米人也会这样……"汤姆摇了摇头,"别管这个了!我的胳膊已经累了,而且马上要赶到下面去。你有其他什么要报告的事情吗?"

"没有什么非常重要的事会影响你的生存及任务的完成。"

"也就是说,你还没法骗过飞船上的迷你大数据库,找到任何关于赫比或者失落的舰队的消息。"

全息图像变成了尖锐的几何图形,"这就是麻烦所在了,不是吗?巴斯金博士上次和我对话时也问了同样的问题,十三个小时之前。"

"你给了她更直接的答案吗?"

"把我装上这艘船的最初目的,就是找出绕过登录程序、接入大数据库迷你终端的办法。如果我有什么进展,肯定会先告诉你的。"机器那空洞干涩的声音简直可以用来榨水果干了,"很久以来,泰姆布立米人一直怀疑大数据库学会并不像他们自称的那样中立,他们出售的分支数据库在编程时故意留下了缺陷,让那些容易惹麻烦的种族处于不利的境地。

"泰姆布立米人开始研究这个问题的时候,你们的祖先还穿着兽皮呢,汤姆·奥莱。我们这次航行的目的就是收集一些新的数据碎片,也许能够跨越一点小小的障碍,至于其他的,原本就没人抱有更多的希望。"

汤姆可以理解,这台长命百岁的机器有着充分的耐心,但他却无法控制自己的焦虑。他更希望"奔驰号"和飞船上的乘员们所遭遇的危机最终物有所值。"我们这次航行中已经遇到太多的惊喜了,应该不止有点让我塞牙缝的东西了吧?"他问道。

"地球人爱惹麻烦,也会从麻烦当中学习,我的主人对此早有预料,他们支持这次航行的最初动机也正是如此——虽然没有任何人能料到我们的飞船会遭遇这一系列非同寻常的灾难。你们的天分还是被低估了。"

汤姆感到无言以对。他的胳膊开始感到酸痛,"好吧,我得回去。如果有什么紧急情况,我会通过船上的通信器和你联络。"

"当然。"

汤姆松开了手,蹲身落在关闭的矩形舱门旁边。舱门安在一道斜度很大的墙上。

"巴斯金博士刚刚给我发来消息,塔卡塔-吉姆已经命令搜索队返回飞船。"尼斯突然说,"她说你应该想知道这件事。"

汤姆骂了一句。梅茨肯定已经插手其中了。如果不让船员去寻找他们需要的原材料,还怎么修理飞船?基斯拉普上的海洋环境中含有大量未精炼的金属,可供海豚们开采,这正是克莱代奇选择在此着陆的最重要理由。如果连希卡茜的搜索小队都要召回飞船,那一定是有了什么危险情况……或者是有人惊慌失措了。

汤姆转身离开,临走前停了一下,抬头说:"尼斯,我们必须搞明白,格莱蒂克人认为我们发现了什么。"

闪烁的光斑不再发出噪音,"我已经在船上大数据库终端中公开的档案里进行了全盘搜索,所有可能揭示出失落的舰队的记录都已经探察过了,汤姆·奥莱。唯一的发现是我们在那些巨大的船体外壳上看到的图案和一些原始的符号崇拜有着模糊的关联,除此之外,我找不到任何证据支持这一假设:那些飞船与传说中的始祖种族有所关联。"

"但你也找不到任何相反的证据,不是吗?"

"正确。这个传说中的种族将五个银河系中所有呼吸氧气的生物聚成一体,失落的人也许与它有所关联,但也许并没有。"

"也就是说,我们也许只是找到了一大堆在太空中漂流的残骸,没有任何重大历史意义。"

"正确。而从另一个角度讲,你的这次航行也许会带来这个时代最大的考古和宗教发现。这种可能性虽然微小,但也恰恰能够解释这个星系中正在酝酿的这场战争。飞船上的微型大数据库拒绝提供详细信息,也许恰恰表明了格莱蒂克文明对如此古老的事件有多么重视。在那些疯狂的信徒眼中,只要失落的舰队信息仍然为这艘飞船所独有,'奔驰号'就有着无上的价值。"

奥莱真希望尼斯能找到什么证据,表明他们的发现不会给任何人带来害处,这样的话就可以让那些外星人不要再来纠缠了。不过,如果失落的舰队真的如此重要,"奔驰号"就必须努力将这消息传回地球,让那些更聪明的头脑想办法处理这一事件。

"你继续动脑筋就好,"他对尼斯说,"我会想办法去对付那些跟在我们后面的格莱蒂克人。现在你能不能告诉我……"

"我当然能。"尼斯又一次打断了他,"外面的走廊是空的。如果有人在外面的话,你觉得我会不让你知道吗?"

汤姆摇了摇头。这台机器总是时不时地想法捉弄他,这一定是写进它程序里的任务。这正是泰姆布立米人爱玩的花样。地球人最坚定的盟友同时也是最聪明的玩笑大师。要应付这场灾难,还有十多项紧急工作要处理,不过等一切都结束之后,他一定要往这台机器里塞上一把活动扳手,然后再告诉泰姆布立米的朋友们,发生了"非常不幸的事故"。

门板滑开了,汤姆抓住门边的凸起翻身而出,跃进昏暗的走廊,踏在下面的天花板上,门在他身后自动关上。略呈弧形的走廊中,红色的警告灯正断断续续地闪烁着。

就是这样了,他想。迅速离开这个星球的希望粉碎了,不过我已经想出了其他备选的方案。

其中一些方案他已经和船长讨论过,不过还是有那么一两个留在脑子里没说。

是时候采取其中的某几项方案了,他想,然后再在实施过程中寻找机会,进行下一步计划。无论如何,只能希望有什么出乎意料的转机,给我们带来真正的希望。

6. 格莱蒂克人

战争的第一阶段是毫无规律的混战。卷入战火的势力有二十来支,它们之间彼此发动了一些试探性的侦察和攻击,想寻找对方的破绽。已经有几艘飞船被扭曲撕碎,化为残骸飘进环绕行星的轨道,在太空中闪烁着昭示厄运的亮光。离子武器的轨迹汇聚成一团团发着微光的云朵,沿着战线散布。偶尔会有金属残片落入其中,随即在一阵闪光中被切成碎块。

一位长着坚硬外皮的女王正在她的旗舰上,通过显示屏审视着战场。她躺在一张宽大而柔软的垫子上,一边沉思,一边轻抚着腹部棕色的鳞片。

在环绕着宝座的显示器上,她看到了许多危险的迹象。显示器上有个面板标出了许多繁杂交错的曲线,指向那些可能有异常情况出现的区域。其他的仪表则标记着那些在精神武器攻击中幸存下的行尸走肉的位置,表示仍然有可能形成威胁。

一丛丛闪动着的光点标出的是其他舰队的位置,随着第一阶段战争临近尾声,它们在重新集结,不过在舰队交错的地方,战火仍然在熊熊燃烧着。

克拉特倚在一张弗雷托皮制成的垫子上。她抬了抬身子,尽量避免压到自己的第三节腹部。战争带来的荷尔蒙总是能让她体内的变化来得更快。在古时候,这种情况会带来种种不便,让她的女性祖先们只能安坐在巢穴中,把那些愚蠢的男性派去打仗。

不过,那段日子已经结束了。

一只瘦小的鸟形生物来到她身边。克拉特从它端上的果盘中抓起一枚石楠果,咬了一口,让果汁滚过舌头,细细品味它的味道,几滴果汁沿着嘴边的触须流下。小弗斯基人放下果盘,开始低声唱起一首小曲,歌颂战争带来的欢愉。

当然了,鸟形的弗斯基人已经被提升成完全的智慧生物。《提升法典》规定禁止庇护种族在提升扈从的过程中有所保留。一旦一个种族学会了语言,掌握了驾驶太空飞船的能力,多少总会滋生出一些野心。然而这种生物在家养奴仆和娱乐用具的岗位上表现出了非同寻常的能力,让格莱蒂克人不得不给它们设定了特别的位置。若是教会它们适应其他环境,恐怕就会影响这些能力的发挥了。

克拉特身边的一面小屏幕突然变暗了。索罗人阵形后侧的一艘毁灭者战舰被击毁了。克拉特几乎没有注意到这一变化。至少到目前为止,为了同盟关系所付出的代价还不算太高。

指挥室沿半径方向划分成了几个扇形区域,克拉特处于当中的位置,如果有任何单位出现了问题,她都可以从自己的座椅上看个清楚。她的手下正匆忙地奔走着,每个人都是索罗扈从种族中的成员,每个人都会在第一时间按照她的意愿完成自己所专长的工作。

根据航行、战斗和侦察部门的报告,纷乱的战争节奏终于平静了下来。但在参谋部门对战争进展的分析中,她看出某些舰队正在变得更为活跃，甚至有逊位派和超越派的军队结成了同盟。

帕哈族的一名副职官员从侦察部门探出头来。克拉特眯着眼睛，看着它冲进食品间，抓起一杯正冒着热气的阿莫克拉饮料，然后又跑回自己的位置上。

与弗斯基族相比，帕哈族被赋予了更丰富的多样性，以保证它们能够成为仪仗武士。但这也让他们变得更难以控制，不过要培养出强大的战士，总是要付出代价的。克拉特决定不去管这种小节。她专心听着小弗斯基人的歌声，歌中描绘着即将到来的胜利，描绘着她将擒住地球生物的荣耀据为己有，并最终从地球人身上榨取到他们的秘密。

喇叭发出尖叫声。弗斯基人被吓了一跳，跳到半空中，然后匆忙逃进它的小窝里。突然之间，指挥中心到处都是跑来跑去的帕哈人。

"坦度人突袭了！"指挥官喊道，"十二区二号，他们是从你们中间冲出来的！采取规避动作！快！"

旗舰也猛地震了一下，拐了一个大弯，避开了四下飞散的导弹。克拉特的屏幕上显示出一波脉冲，标志着一处危险的蓝色亮点。胆大包天的坦度巡洋舰突然出现在了她手下舰队的中心，正在朝索罗的飞船倾泻火力！

见鬼，他们那该死的概率引擎！克拉特知道，坦度的飞船是所有种族中行动速度最快的，只有他们愿意冒这样的风险！

克拉特的交配爪不由自主地颤抖着，她手下的索罗飞船正急着规避导弹，却没有人开始还击！

"傻瓜！"克拉特朝她的通信官发出嘶嘶声，"六号，十号，停住不要动，集中火力揍那帮杂种！"

　　她的命令还没传到下属的船长耳中，索罗飞船也没来得及开火，可怕的坦度飞船就开始自行解体了！前一瞬间，这艘船还在那里耀武扬威，轰炸着人数占优却仓皇无措的对手；只过了一瞬间，这台细长的战争机器就笼上了一层闪耀的光晕，火花四溅，并迅速黯淡下去。它的护盾消失了，然后这艘巡洋舰就像一座砖头砌成的高塔一样坍塌了。

　　随着一阵强烈的闪光，坦度飞船消失了，只留下一片形状难看的烟雾。就算隔着飞船上的护盾，克拉特也能感受到坦度飞船上传来的那一阵可怕的心灵感应冲击波。

　　随着心灵感应的噪音逐渐远去，克拉特才意识到自己有多么幸运。其他种族对坦度人这一套避之唯恐不及也是有原因的。如果那艘船再多坚持上一会儿……

　　事实上坦度飞船没有造成任何伤害，克拉特也注意到了，所有的手下都完成了自己的任务。不过还是有些人动作太慢了，必须加以惩罚……

　　她朝一名身材高大魁梧的帕哈人招了招手，那是舰队的首席指挥官。帕哈族战士向前迈了一步，试图维持一种骄傲的状态，但他低垂的睫毛却表明他知道将会发生什么事情。克拉特压着嗓子，发出一阵低鸣。

　　她开始讲话，声音随着情绪逐渐高昂起来。就在这时，索罗司令官感到体内有一股力量四下冲撞着，她不禁呻吟起来，身子也开始扭动。趁她在弗雷托皮垫上喘息的工夫，帕哈族军官早已逃开了。最后她大喊一声，终于松了一口气。过了不久，她朝前弯下身子，取出了刚刚产下的一枚蛋。

　　她把蛋捡了起来，暂时把惩戒下属和战争局面抛到了脑后。信息素的味道引发了她的本能。她的种族是在两百万年前被胆小怕事的乎尔族提升的,而这种本能的历史比那还要久远。她舔掉了蛋上的胎液,露出那皮质表面上的一道细细的通气缝。

克拉特又在蛋上舔了几下,心里满是欢喜。亘古不变的母性驱使着她,她不由自主地把蛋抱住,缓缓地摇动起来。

7. 俊 雄

俊雄梦到了一艘小船,这再正常不过了。从九岁开始,他所有的梦都和小船有关。最早是坐着钢化塑料做成的小舟,在卡拉非亚的峡湾和群岛间航行,那之后就是宇宙飞船了。俊雄在梦里见过各种各样的飞船,其中还有格莱蒂克那些强大的守护种族的飞船。他当时希望有一天能够亲眼见到。

这次的梦中,他和阿齐一起驾着一艘机动帆船离开了家乡,那个人类和海豚混居的小小的殖民定居点。卡拉非亚学院的胸章在阿尔法星的照耀下闪烁着。阳光普照,天气温暖。

但很快天色就暗了下来,四周都变成了海水的颜色。海中涌起波涛,随即变黑,然后海洋消失了,变成了真空,突然之间,四面八方都是星星。

他开始担心没了空气怎么办。他和阿齐都没带宇航服。在真空里呼吸还真难啊!

俊雄正打算回家,突然看到身后有人追来。是格莱蒂克人,长着奇形怪状五颜六色的脑袋,有的长着细长而蜷曲的手臂,有的则长着细小的爪子,还有更难看的东西——所有人都在慢慢朝他逼过来。他们那光滑的船头和星星一样闪着微光。

"你们要干什么?"他一边拼命划桨,一边喊道。(出发的时候船上不是有发动机的吗?)

"你的主人是谁?"他们用一千种不同的语言说道,"是你旁边的人吗?"

"阿齐是只海豚!海豚是我们的扈从种族,我们提升了他们,我们给了他们自由!"

"这么说海豚是自由了。"格莱蒂克人一边朝他走来一边回应道,"但是谁提升了你们?谁给了你们自由?"

"我不知道!"他喊着,"也许是我们自己提升了自己!"他更加卖力地划着桨,而格莱蒂克人却大笑起来。他在坚硬的真空中努力地呼吸着,"放我走!让我回家!"

突然,舰队出现在他的前方。那些飞船比月亮更庞大,甚至比星星更宏伟。它们黯然无光,默然无语,但就连格莱蒂克人在它们面前也感到畏惧。

这时,古老的飞船舱体打开了。俊雄突然意识到,阿齐不在了,小船不在了,外星人也不在了。

他想要大喊,但却挤不出一丝空气来。

一阵尖厉的呼啸声将他带回现实,刹那间他感受到疼痛,以及失去方向感的迷茫。他猛地坐了起来,快艇痛苦地颤抖了一下。虽然眼睛还是看不大清楚,但他能感觉到一阵微风吹在脸上,基斯拉普特有的味道冲进了他的鼻孔。

"差不多了,爬梯子的人。你把我们都吓坏了。"

俊雄扭了扭身子,看到希卡茜就浮在身边,用一只眼睛看着他。

"你还好吧,尖眼睛小家伙?"

"嗯……我觉得还好。"

"那你最好赶快修好呼吸管。为了让你喘上气来,我们把它剪断了。"

刀锋割过时俊雄也感到了。他发现自己两手都缠着绷带,绑得很利索。

"还有谁受伤了?"他一边在腿上的口袋里找修理工具,一边问。

"有几个受了轻度烧伤。不过既然你没事了,我们也就爽利地打了一仗。谢谢你告诉我们萨茜亚的事。要不是你被抓了过去,我们怎么也不会想到去那种地方找的。"

"我们正想法把她弄出来。"

俊雄知道,他应该感谢希卡茜用如此轻松的方式处理他们的麻烦。追究起来的话,他擅自离开了队伍,险些丢掉性命,应该被狠狠批评一顿才对。但手足无措的他甚至没法向海豚上尉表示感谢,径直问道:"还没找到菲皮特吗?"

"还没有找到他的踪迹。"

基斯拉普的自转速度缓慢,以地球的标准来看,太阳刚刚经过四点左右的位置。东边的地平线上可以看到低垂的积云,海水中开始有浪涛涌动,这在此前是从来未曾见过的。

"一会儿可能会有场小型的风暴。"希卡茜说,"在不同的星球上,生物的直觉也许不大可靠,但我想没什么需要害怕的……"

俊雄抬起头来,发现南边似乎有什么东西……他眯着眼睛仔细看去……

又出现了,一道闪光,然后又是一道。两个亮点在天空闪过,然后是一连串的亮光,在海洋中反射的太阳光下很难看得清楚。

"那东西出现多久了?"他指了指南边的天空。

"你说什么东西,俊雄?"

"那边有闪光。是闪电吗?"

希卡茜睁大了眼睛,嘴角微微扬了起来。她摇着尾巴从水中升起,转动着身子,先是用一只眼睛看着南边,然后两只眼睛都望了过去。

"没有侦测到任何东西,尖眼睛。告诉我你看到什么了。"

"各种颜色的闪光。爆炸。好多好多……"俊雄把输气管放了下来,一直盯着那边的天空,使劲回忆着那是什么。

"希卡茜,"他慢慢地说,"在和水草战斗的时候,我可能听到了阿齐正在呼叫我。你们的机器上收到任何信号了吗?"

"没有,俊雄。不过你要努力回忆一下。我们不擅长在战斗过程中进行抽象思维。拜托,一定要想起来他了些什么。"

俊雄抚着自己的额头。他实在不想回想和水草的那场战斗,至少现在不想。战斗的场景和刚才的噩梦在脑海中混杂在一起,汇成一团杂乱无章的色块和噪音,一片混乱。

"我想……我想他应该是要我们保持无线电静默,回到飞船去……好像说外层空间有战斗正在进行。"

希卡茜发出一阵急促的呻吟,一个后转身潜了下去。她很快就摆着尾巴游了回来。

＊关上舱门——锁起来
＊扭过头——别朝上走! ＊

又是含义模糊的三音海豚语。原始海豚语中一定有什么细微的语素变化,当然俊雄是无法领会的。但听到她这样的声音,俊雄感到一阵战栗沿着脊柱传遍全身。在所有海豚中,希卡茜是最不常说出原始海豚语的。俊雄一边绑着呼吸带,一边琢磨他没有及时把消息报告给希卡茜,会不会让所有人都搭上性命。

他猛地闭合面罩,转过身去扳下小艇上的浮力阀,同时检查头盔边上的指示器。他迅速查对了下潜之前需要检测的仪表数据,这速度只有第四代卡拉非亚的移民才能做到。

小艇迅速掉转艇头开始下潜,大海在他右边升了起来。七只海豚破水而出,带出大团的水花,呼出肺中的空气。

"我们把萨茜娅绑在你的船尾了,俊雄。你的腿还能动吗?"基皮鲁鼓励说,"我们可没时间浪费在编小曲上了!"

俊雄做了个鬼脸。为什么基皮鲁刚才要那么拼命地去救一个他根本看不起的人?

他还记得基皮鲁是如何在水草中杀出一条路来的,记得他眼中的绝望,还有他找到自己时的神采。但现在,那只海豚又变回平常一样,冷血无情又傲慢无礼。

一道亮光闪过,东边的天空仿佛都燃烧了起来。海豚们整齐划一地长啸一声,齐齐翻身潜入水中——只有基皮鲁例外,他待在俊雄身边,眼看火光从东边的云团后面射出,布满午后的天空。

小艇最终也潜入了水里,但在入水前最后一刻,俊雄和基皮鲁看到了太空中巨兽之间的缠斗。

一艘巨大的尖头太空船笔直地朝他们砸了下来。太空船划破大气层,周遭的空气急剧升温,扯出一条紫色的烟状尾迹,在突破音障时产生的冲击波的作用下束成细细的一条。冲击波甚至让飞船的防御护盾变了形,发出零星的闪光,引力场和粒子束在船体表面涌出,意味着飞船已经进入了极为危险的过载状态。

在它后面跟着两艘爪形战斗机,相距不过四个舰身的长度。两艘呈三叶草形的战斗机发射了高速反物质武器,光束一闪而过,击中目标,引发了大规模的爆炸。

声波袭来时,俊雄刚潜到离海面五米深的水下。巨大的冲击把小艇掀翻了,声波带起的海浪在四周呼啸着,仿佛大厦将倾。海水形成了巨大的旋涡,到处都是气泡和海洋生物的尸体。

俊雄拼命控制着小艇,同时感谢上天,让他在恶战之前潜到了水下。在摩尔格伦的战斗中他也看到过飞船被击毁的景象,但离这么近目睹还是第一次。

噪音略为平息,变成了久久不散的呼号,俊雄也终于控制住了小艇。

萨茜亚那可怜的尸体还绑在小艇的尾部。其他的海豚或是被吓到了,或是出于谨慎,都不愿再浮上水面,他们开始轮流进入潜艇底部那不大的空气舱换气。俊雄的任务是保持小艇的稳定。在波涛汹涌的海水中这本来并不容易,但他干起这活来根本不费力。

他们现在正处在一座巨大的、灰色的金属圆丘西侧,离海岸的斜坡不远。水生植物疏疏落落地沿圆丘生长着,看上去并不像那些差点把他们勒死的水草,但没有人能保证这些植物到底生性如何。

俊雄越来越不喜欢待在这地方了。他多么希望自己留在家里,在那儿,生活中的危险是如此单纯,也容易处理很多——海水中大团的海藻,岛上的海龟,诸如此类,至少没有外星人掺和在里面。

"你还好吗?"希卡茜一边朝他游过来,一边问道。她的声音里透着镇定和冷静。

"我没事。"他低声说着,"我应该一醒过来就告诉你阿齐的事,你怎么批评我我都会接受的。"

"别傻了。现在我们已经在撤退了。布鲁基达累坏了,我把他绑在了空气室下面。你和侦察兵一起行动,我们跟在你后面。现在出发吧!"

"是,长官。"俊雄打起精神,按下了油门。推进器发出低沉的嗡嗡声,小艇的速度逐渐加快。游泳技术好的海豚保持着和他相同的速度向前进发,金属圆丘逐渐消失在右侧的视野中。

用了大概五分钟时间,所有海豚都开始行动了。他们刚刚离开,海啸就席卷了那座圆丘。

涌来的并不是滔天的巨浪,只是一颗石头坠入大海所产生的一串涟漪中的第一波。不过那颗"石头"偏偏是一艘长达五百米的飞船,以超过音速的速度,在五十千米外的地方落入海洋。

海浪将小艇卷起推向一旁,俊雄几乎被摔出驾驶舱。海中碎裂的石块、被浪涛扯碎的植物、或死或活的鱼类在他身边旋转着,就像龙卷风中的泥沙,逐渐汇成云状。呼啸的声音简直震耳欲聋。

俊雄拼命控制着小艇,他自己都不知道是如何战胜这股异常强大的力量的。他慢慢将小艇的船头抬起来,避开浪涛的波峰,然后他抓住时机发动小艇,喷出一股泡沫,打着转儿向下冲去,终于将小艇驶出了旋涡,朝着他希望的方向——东方冲去。

一道灰色的身影如长矛般从他左边掠过。电光石火之间,他认出那是基皮鲁,正拼命努力在旋涡中控制着自己。海豚用三音海豚语叫喊了一阵,根本听不清在说些什么,然后就消失不见了。

可能是由于本能的反应，可能是在声呐屏幕上看到了什么（虽然现在屏幕上的图案已经变成了一堆纷乱的雪花，但还可以隐约分辨出片刻之前地形图上的痕迹），俊雄全力操纵着小艇朝左转了个大弯。应急推进器发出一阵咆哮，然后引擎尖叫起来。这一拐之下，小艇堪堪与巨大的金属圆丘擦身而过。他甚至可以感觉到右侧巨浪撞在圆丘上之后激回的水下逆流。旋涡冲过小岛海岸的斜坡，海水激荡不已。

俊雄想大声呼喊，但刚才的搏命经历让他几乎喘不上气来。他咬紧牙关，一秒一秒地数着，等待这最可怕的一刻过去。

小艇在一团泡沫中驶过圆丘北边陡峭的海岸。虽然身在水下，但他还是朝右下方十几米的地方看去，可以看到小岛上生长的低矮的沙滩植物。这时他才意识到，自己正处在一座海水冲刷成的高山中央。

他居然避过去了！大海打开了一道缺口，在他脚下形成了一道海水的峡谷，峡谷阴暗无光，深不见底。俊雄操控着小艇猛地向前冲去，把舱底的水槽全部排空了。小艇以前所未有的速度行驶着，船尾在行进中甚至开始摇晃。俊雄驶过坠落的砾石形成的云雾，被卷进一阵黑暗与寒冷之中，但对他来说，这寒冷却给了他庇护。

俊雄驾着小艇向下潜去，他身下海沟中的海水逐渐平缓。他可以感觉到海面上呼啸而过的巨浪。水中的植物都在不停地摇摆着，显然这不是它们平日的状态。水中的杂物如雨点般缓缓落下，不过至少现在他不会被海水卷住摔死了。俊雄拉平船头，避开落下的物体，向海沟中央前进。直到这时他才感觉到紧张的肌肉和过量的肾上腺素所带来的痛苦反应。他赞美着血液中那小小的人造共生菌，它们正在血液中清扫着过量的氮气，如果没有它们,这种深度带来的急剧变化早就让他晕过去了。

俊雄把引擎的功率调整到四分之一,引擎发出一阵解脱般的叹息。令人惊讶的是,在经历了如此的折腾之后,面板上的指示灯居然还几乎全是绿色的。

一个亮着的信号灯引起了俊雄的注意,这表明有一个空气舱还在运作。俊雄这时才注意到船舱里有微弱的歌声,一个透着耐心与尊敬的噪音唱着:

　　※海洋啊就像是,就像是——
　　梦境那无尽的叹息——
　　※无边无际的海外之海——
　　以及那大海中的梦境——※

俊雄伸出手去,在水下通信器上敲了敲。

"布鲁基达! 你还好吗? 你的空气够用吗?"

他听到了一声叹息,带着疲惫的颤抖。

"嗨,长——长指头,谢谢你救了我的命。你飞得就像一只真正的宽吻海豚一样。"

"我们刚刚看到的那艘飞船坠毁了! 肯定很快就会有余震传过来! 我们最好在这里待上一会儿。我会打开声呐,其他人可以沿着信号来找到我们。等余震过去,我们就浮上去补充空气。"他扳动了开关,一阵低沉的滴答声沿着周围的海水传播开去。布鲁基达呻吟了一声。

"他们不会来的,俊雄。你没听到吗? 他们已经不回答你的呼叫了。"

俊雄皱了皱眉头,"他们一定会回答的! 希卡茜肯定知道发生了余震,他们也许已经在找我们了! 我是不是应该往回走……"他掉转快艇,打开了排水阀。布鲁基达的话让他不禁担心起来。

"不要走,俊雄! 你也一起去送死的话,不会有任何用处的。在这儿等余震的波浪过去! 你必须活着回去,向克莱代奇汇报!"

"你在说些什么?"

"你听吧,尖眼睛! 仔细听!"

俊雄摇了摇头,一边咒骂着,一边松开油门,引擎停止了转动。他把水下的扬声器音量调到更高。

"听到了吗?"布鲁基达问道。

俊雄抬起头仔细听着。大海中各种声调都混杂在一起。远去的余震传来的呼啸声由于多普勒效应①正在变得低沉。成群结队的鱼类发出惊慌的噪音。岩石滑落的声音和浪涛拍打在岛屿上的声音不断从四周传来。

这时他听到了。耳边这种不断重复的尖声长叫是原始海豚语。现代海豚在思维健全的时候是绝对不会使用这种语言的——这本身就是不好的消息。

这些喊声中有一个最为清晰。他可以清楚地分辨出这是最基本的紧急呼叫。人类科学家最早听懂的就是这种海豚信号。

但其他的那些噪音……至少有三个声音混在那个喊声中。那是很陌生的声音,充满了痛苦——这声音不对!

"这就是救援病。"布鲁基达呻吟道,"希卡茜搁浅了,受了

①多普勒效应是为纪念奥地利物理学家及数学家克里斯琴·约翰·多普勒而命名的,他于1842年首先提出了这一理论。该理论主要内容是物体辐射的波长因为光源和观测者的相对运动而产生变化。

伤。本来可以靠她控制局面的,但现在她失去了意识,现在连她
自己都是问题了!"

"希卡茜……"

"和克莱代奇一样,她是智慧学①的行家……我是说研究逻
辑方面规律的学问。她本应该强迫其他人无视被冲上海滩的同
伴的呼叫,可以让他们在一段时间内游到安全的地方去。"

"他们没感觉到余震吗?"

"余震并不重要,尖眼睛!"布鲁基达喊道,"没有人帮忙的
话,他们自己也会搁浅在海岸上的! 你是卡拉非亚人,你怎么可
能不知道这些? 我就是听到那呼叫声冲过来的,差点也把命赔
上!"

俊雄呻吟了一声。他当然知道救援病意味着什么,在恐惧
与惊慌中,新海豚的文明姿态将一扫而光,他们心中只剩下一个
想法:去救自己的同伴,完全不顾及个人的危险。在卡拉非亚,
每隔几年这种悲剧都要重演,哪怕是最为开化的海豚种族也难
以逃过这厄运。阿齐曾经告诉过他,在这种时候似乎连大海都
在呼唤着求助。有些人类也声称自己出现了救援病症,尤其是
那些在"拜梦教"的仪式上接受过海豚的RNA的人。

很久以前,宽吻海豚是受救援病影响最小的鲸类生物,但在
人类对他们进行基因工程改造的过程中,似乎却打破了某种平
衡。人类把其他族群的基因嫁接到宽吻海豚的模板中时,似乎
也把他们的某种良好特性剔除了。三个世代以来,人类基因科
学家一直想解决这个问题。但到目前为止,海豚们还生活在刀
锋之上,永远摆脱不了陷入非理性状态的危险。

---

①将逻辑学、人类的思考方式和"鲸梦"的传统结合在一起的综合性思维方
式。

俊雄咬了咬嘴唇,"他们都穿着工作服的。"他自己也没有把握。

"希望如此。不过既然他们都开始用海豚语了,恐怕没法正确使用工作服了吧?"

俊雄握着拳头捶在小艇上,却发现手早就因为寒冷没了知觉,"我要到海面上去。"他说。

"不!你不能这样!你必须保证自己的安全!"

俊雄咬紧了牙。总是这样把我当孩子照顾,要不就是来取笑我。海豚们一直把我当成孩子看,我已经受够了!

他把油门开到四分之一大小,拉起船头,"我要把你放开了,布鲁基达。会游泳吧?"

"是的,但是……"

俊雄看了看他的声呐,西边有一条模糊的亮线正在形成。

"你还会游泳吗?"他问道。

"是的,我没问题。不过不要在救援病的范围里把我放开!你也不能过去,余震太危险了!"

"我已经看到一波余震正在朝这边过来。每波余震中间都会有几分钟间隔,而且余震的强度会越来越弱的。我已经摸清楚了,这波余震过去,我们就升到水面上去。然后你回到飞船上去!告诉他们发生了什么,找人来帮忙。"

"该这样做的是你,俊雄!"

"别管这个!你会按我说的干吗?不然我就要把你绑起来了!"

经过了一段几乎难以觉察的停顿,布鲁基达的声调变了,"我会严格按照你说的做,俊雄。我会带人来帮忙的。"

俊雄检查了一下绑着他的绳子,然后翻了个身,用一只手抓住小艇边缘的横杠。布鲁基达通过空气舱透明的外壳看着他，厚厚的气泡膜紧紧围在海豚的脑袋旁边。俊雄扯松了绑着布鲁基达的绳子，"你看，你得带上个呼吸器。"

布鲁基达叹了口气，眼看俊雄打开了空气室的舱门。一条细细的管子垂了下来，一头接在布鲁基达的呼吸孔上，十尺长的管子绕在他的身上。呼吸器总是让海豚感到不舒服，还会阻碍他们说话。但只要戴着呼吸器，布鲁基达就不必浮上水面换气了。在呼吸器的帮助下，他这个冶金专家就可以不去理会水中的呼喊声——虽然它会一直提醒自己，在这样一个技术化的文明中，自己的种族处在什么样的地位。

布鲁基达身上绑的绳子只剩下最后一道。第一波余震刚刚从他们头顶经过，俊雄就翻了个身，游回驾驶舱。小艇猛地向上浮去，不过这次他们都有了心理准备。小艇还在水下足够深的地方，头顶的海浪以惊人的速度横扫而过。

"好吧，就这样了。"俊雄把油门一推到底，排出了所有的压舱水。

金属小岛很快就在左边出现了。海豚们的叫喊声已经明显地盖过了声呐的回波，绝望的呼喊声又让救援病变得更加严重。

俊雄操纵小艇，绕到小岛的北边。他希望能给布鲁基达多争取一点时间。

然而就在这时，一道灰色的、泛着光泽的身影擦着头顶从俊雄身边掠过。他立刻认出了那只海豚，也看出了他正在向哪里行进。

他割断了最后一条绳索，"出发吧，布鲁基达！你要是敢回到这岛附近，我就剥掉你的工作服，把你的尾巴切成两半！"

布鲁基达钻入水中，逐渐远去。俊雄看都没看他，急速将小艇转了个弯。他启动了小艇的紧急推进器,想去追上基皮鲁。那只海豚是"奔驰号"的船员里游泳速度最快的,而现在他正直直地向西边的海岸游去,还用纯正的原始海豚语呼喊着。

"见鬼,基皮鲁! 给我停下!"

小艇在水面以下飞快地行驶。天色近晚,空中的云彩都染上了红光,但俊雄可以清楚地看到基皮鲁从一个浪头跃到另一个浪头,完全不理睬俊雄的喊声。离小岛越来越近了,基皮鲁的同伴们都躺在海滩上,个个神志不清。

俊雄感到如此无助。下一波余震可能再过三分钟就要来了。就算余震没有让海豚搁浅,基皮鲁也会自己努力冲上海滩的。基皮鲁来自亚拉斯特,那是一颗颇为落后的殖民星球。不知他有没有像克莱代奇和希卡茜那样学会用精神工具保证自己的意识清醒。

"快停下! 如果掌握好时间,我们就可以一起努力,避开余震! 能等我一下吗?"他大声喊着,但毫无用处。海豚已经游出太远了。毫无成果的追逐让俊雄感到更加绝望。他一生都在和海豚一起工作,为什么对他们的了解还是这么少? 他之前还觉得地球议会是因为他和海豚合作的经验才选他参加这次行动的,真是笑话!

海豚一直喜欢开俊雄的玩笑。他们对人类的孩子就是这样,一边取笑,一边又拼命地保护他们。但在签下名字登上"奔驰号"的时候,俊雄希望他们将自己当作成年人、当作军官来对待。海豚逞一点口舌之利他是可以接受的,他家乡的海豚和人类之间也是这种关系,但两者之间还存在着一种不言而喻的尊重。然而在"奔驰号"上,情况却完全不同。

基皮鲁是海豚里态度最差的,他总是毫无忌惮地大肆挖苦俊雄,从来不曾放过他。

那么我干吗还要救他呢?

他一直记得基皮鲁在把他从水草的围困中救出来的时候表现出的勇敢。当时海豚并没有受到救援病的影响,完全可以控制自己的行为。

所以说,他还是在把我当孩子看。俊雄意识到了这点,不禁愤愤难平。也难怪他现在不听我的。

不过这也让他想出了办法。俊雄咬了咬嘴唇,不管怎么说总要试一下。为了救下基皮鲁的命,他就得放下脸面。这可不是容易下决定的事情,他的自尊将受到严重的打击。

俊雄狠狠地咒骂了一句,按下油门,让小艇向下潜进水中。他把水下扩音器的音量开到最大,然后用三音海豚语喊道:

※孩子要淹死了——孩子有危险!※
※孩子要淹死了——孩子有麻烦!※
※人类的孩子——快来救救他!※
※人类的孩子——快来帮帮他!※

他一遍遍地重复呼唤着,不顾心中的羞耻,用干涩的嘴唇吹着口哨。卡拉非亚的每个孩子都在幼儿园里学过这段旋律,但如果哪个九岁以上的孩子无故地吹出这段调子,就会被强制送到其他的岛上去,以免受到其他人的嘲笑。任何一名成年人都不会采用这样没有面子的呼救方式。

基皮鲁什么都没听到!

他的耳朵开始发疼了,然而还坚持呼叫着。

自然,并非所有卡拉非亚的孩子都可以和海豚相处得很好。只有四分之一左右的人口在沿海地区工作,但那些地方的成年人都学会了和海豚打交道的最好方法。俊雄之前一直以为他也是其中之一。

但现在一切都不一样了。等回到"奔驰号"上,他肯定要躲进自己的舱室里……至少要躲上几天,或者几周时间,直到基斯拉普太空中战斗的胜利者着陆,把他们一网打尽。

声呐的雷达上,可以看到又一条闪亮的光带正从西边移过来。俊雄操纵着小艇又往下潜了一段。不过这已经不重要了。他仍然在继续呼叫着,觉得自己快要哭出来了。

#在哪儿——在哪儿——孩子在哪儿? 在哪儿? #

原始海豚语! 就在附近! 俊雄马上把羞愧的心情抛到了脑后。他抓过之前绑在布鲁基达身上的绳子,继续呼叫着。

一道灰白色的阴影从他身边闪过。俊雄双膝并拢,双手紧握着绳子。他知道基皮鲁一定会在下面打个转儿,从另一边冲出来。那道灰色的影子刚一出现,俊雄就从小艇上跃了出去。

海豚那子弹般的身体急剧地扭动着,惊慌失措地试图避开绳圈,尾巴径直向俊雄的胸口扫去。俊雄吃了这一记,不禁叫出声来,但声音中的欢喜却多过痛苦。找对时机了!

基皮鲁又一次扭过身来的时候,俊雄朝后一跃,让海豚从自己的身体和绳子中间穿了过去,然后用双脚紧紧夹住海豚那光滑的尾巴,用尽全身力气,把绳子像绞索一般紧紧地系在海豚身上。

"抓住你了!"他喊道。

这时余震袭来了。

　　旋涡席卷过来,拖拉着他的身体。海水中无数的碎片砸在他身上,旋涡中的吸引力和那只疯狂的、全身紧绷的海豚合力把他抛来掷去。

　　这一次俊雄不再害怕波浪了。他体内充满了强烈的斗志。肾上腺素灼烧着他的每一根神经,仿佛是流动的钢水。他救了基皮鲁,还是用类似体罚的方式,也算为过去几周的羞辱报了仇,这让他感到一阵欣慰。

　　海豚痛苦地挣扎着。余震的震波过去之后,基皮鲁发出了最为本能的叫喊,想要呼吸到空气。他拼命地向着海面游去。

　　俊雄和他一起冲出了海面,堪堪躲过基皮鲁那呼吸孔中喷出的泡沫。海豚不断地在海面上跳跃翻腾,转着身子想把背上这不受欢迎的乘客甩下去。

　　每次他们潜进水中,俊雄都拼命试着朝基皮鲁大喊。

　　"你是个智能生物,"他喘着气喊,"见鬼,基皮鲁……你是……你是飞船驾驶员!"

　　他知道自己应该用三音海豚语来哄他,但以他的水平就算试了也没用,生死关头也只好孤注一掷了。

　　"你这个豆荚脑袋……xx一样的东西!"他顶着海水的冲击喊道,"你这条自视过高的鱼! 你要把我弄死了,该死……就是因为你们这些海豚管不住嘴巴,这会儿外星佬已经把卡拉非亚都占了! 就不该让你们自己跑到太空里来!"

　　这话中充满了仇恨和蔑视。最后基皮鲁似乎听进去了。他像一匹愤怒的种马一样冲出水面。俊雄感到手上的绳子一松,自己像破布娃娃一样被扔了起来,随后摔进海里,溅起一片水花。

　　自从海豚被提升以来过去了四十代,在这期间只发生过十八例海豚蓄意攻击人类的案子。在这些案例中,凡是和肇事者有血缘关系的海豚都被剥夺了生育权。然而俊雄还是做好了心理准备,随时都可能遭到基皮鲁的攻击,但他已经不在乎了。他终于意识到自己如此沮丧的原因。在和基皮鲁扭打的过程中,潜意识中的思维浮现出来。

除了无法回家的痛苦之外,左右他情绪的还有另外一件事情。自从摩尔格伦之战以来,他一直不曾允许自己往那个方向思考。

外星人⋯⋯地外生物⋯⋯格莱蒂克人,不管他们长着什么样的皮肤,信奉什么样的哲学,只要是来追"奔驰号"的,都没打算放弃狩猎这艘海豚们驾驭的飞船。

也许有的外星种族已经看出,"奔驰号"成功地躲了起来。也许它们会误以为"奔驰号"能把他们发现的秘密传回地球。无论是哪一种可能,总会有那么几个蛮不讲理、凶残成性的格莱蒂克种族,认为下一步合理的措施是对地球采取高压政策。

地球本身也许自保无虞,奥尼瓦里姆和赫尔墨斯应该也平安无恙。泰姆布立米人会帮忙保卫迦南的殖民者。但像卡拉非亚和阿特拉斯特这样的小星球可能已经被占领了。他的家人,他所认识的每一个人都还在那里,现在已经成了人质。俊雄意识到,他之前都将这些归罪于海豚们。

另一波余震马上就要来了。但俊雄已经不在乎这些。

海中漂浮着的无数碎块在他身边打着转。俊雄可以看到,刚才那座金属小丘就在不到一千米开外的地方。至少看上去是同一座。他也拿不准海豚们搁浅的小丘是不是这座。

水中有什么东西向他游来,过了好一会儿他才认出那是基皮鲁。

俊雄踩着水,打开了面罩。

"行了,"他说,"你这下臭屁了吧?"

基皮鲁朝旁边扭了扭,用一只黑色的眼睛看着俊雄。这只鲸类动物的头部高高鼓起,在之前长着出水孔的地方,人类为他们植入了发声器官。他用这器官发出了一声悠长柔软的声音,声线不断地颤抖着。

俊雄拿不准这到底是不是一声叹息。也许这是原始海豚语中表示歉意的方式,但基皮鲁还在用原始海豚语这事本身就够让他发火的了。

"废话少说,我只要知道一件事,我是不是需要把你送回飞船上去? 还是你觉得可以保持理智,在这里帮我的忙? 用通用语回答我,语法一定要正确!"

基皮鲁发出了一声痛苦的呻吟。他重重地喘了一阵气,终于可以开始说话了,虽然语速仍然很慢。

"别把我送回去。还有海豚在求救! 我会照你说的做!"

俊雄犹豫了一下,"好吧。你去水下找到潜艇。然后记得把呼吸器戴上,我可不想你因为窒息昏倒在下面。要不停地提醒你自己! 最后把潜艇带到小岛附近,但别离得太近了。"

基皮鲁使劲做出了点头的动作。"是!"他喊道,然后弯身潜进水里,把思考的工作全留给了俊雄。

如果他知道俊雄下一步打算做什么,一定会拼命阻止的。

离小岛还有一千米。只有一种办法既能尽快到达那里,又不会撞到那些歪歪斜斜的、坚硬的金属珊瑚。他又检查了一遍方向。水位又下降了,这表示余震马上就会到来。

第四波余震似乎轻上许多。但俊雄知道这感觉是靠不住的。他正潜在水中,深度足够让那股浪涛感觉起来像大海中一波松软的水块,而不是惊涛骇浪。他潜到这个水块当中,逆着波浪涌来的方向游了一阵,然后被掀上了海面。

他必须进行精确的计算。若是往回游得太远,下一波余震到来之前就到不了岛上,波浪会把他卷回海里。如果离浪头前端太近,波浪打在海岸上的冲击力就全要靠他的身体来承受了。

一切发生得都太快了。他奋力在水中游着,但不知道自己是不是已经越过了浪峰。一瞥之下,他发觉已经没有了调整的余地,只能转过脸去,眼看着长着草藤的金属礁石扑面而至。

碎浪出现在前面一百码①左右的地方,但小岛海滩上的斜坡使得波浪迅速衰减,就像是被一头巨兽将它从底下吞掉了一样。虽然波浪不断向海岸扑去,浪头却涌了回来。

俊雄撑起身子,迎接着最后一波的浪头到来。他已经准备好将从浪头俯瞰海岸作为生命中最后看到的景象了。

但他真正看到的,是海浪消失时涌起的巨大白色浪花。俊雄大声喊着,保持着耳道的畅通,然后开始疯狂地向上游去,努力让自己浮在这堆不断翻涌着的泡沫与残渣的顶端。

突然之间,他落到了一堆绿色植物中间。之前的冲击中存留下来的树木和灌木在这股波浪的洗礼下不断战栗着。俊雄乘着浪涛漂过时,看到有几株树木被连根扯起;还有一些树木仍然矗立着,在他穿过时抽打着他。

他并没有撞上尖利的树枝,也没有被坚实的藤蔓绞住脖子。落地时他跌跌撞撞地滚了个七荤八素,但最终还是抱住了一棵大树的树干,停了下来。浪涛继续翻滚了一阵,最后远远退去了。

他还能站起来,这简直是个奇迹,他成了第一个站在基斯拉

---

①1 码 = 0.9144 米。

普土地上的人类。俊雄觉得有点头晕,简直不敢相信自己居然活了下来。

然后他急忙打开了面罩,又成了第一个把早饭吐在基斯拉普土地上的人类。

8. 格莱蒂克人

"杀光他们!"约弗尔人的高阶祭司喊道,"第六象限那些泰纳尼的战列巡洋舰已经被我们包围了,把他们都干掉!"

约弗尔人的参谋长弯动他那分成十二节的躯干,朝高阶祭司鞠了一躬,"泰纳尼人是我们的盟友——至少现在还是! 我们怎么能就这样朝他们开火? 必须先进行秘密的背叛仪式才可以! 否则他们的祖先会愤怒的!"

高阶祭司坐在指挥室后部的祭坛上,这时他身上的六个外部液环全鼓了起来。

"没有时间举行仪式了! 就是现在,趁我们的盟友正在清扫这个地区,趁他们还没有变成最强的力量! 就是现在,趁战斗还在进行当中。就是现在,趁那帮愚蠢的泰纳尼人把侧翼完全暴露在我们面前! 现在我们可以给他们致命的一击!"

参谋长鼓动着,激动的情绪让他的外环都褪去了颜色。

"我们可以随时根据情况变更同盟的关系,我没有意见。我们可以背叛盟友,我同意。我们可以不择手段地获得最后的胜利,没错。但我们必须先举行仪式! 举行仪式,意味着我们的行为代表了先祖的意志! 而你的建议,会让我们堕落得和那些异教徒一样！"

高阶祭司的愤怒让祭坛都为之颤抖。

"我的体环做出了决定！我的体环代表了我的祭司身份！我的体环……"

随着情绪越发激动，高阶祭司渐渐变成了下宽上窄的金字塔形，上升的体温最终让他体内的各色液体像温泉一样喷了出来。随着一声爆炸，黏糊糊的琥珀色液体溅满了约弗尔人的旗舰舰桥。

"继续战斗。"参谋长朝其他船员挥了挥侧肢，让他们回到岗位上去，"向随军教宗报告，让他们再送些体环来，组成新的祭司。做好战斗准备的同时，我们要举行背叛仪式。"

参谋长向身边其他部门的长官微微颔首，"在袭击那些泰纳尼人之前，我们必须祈求他们的祖先原谅我们。

"不过一定要保证，不要让泰纳尼人察觉我们的计划！"

9. "奔驰号"

引自吉莉安·巴斯金的日记——

我已经有一段时间没在个人记录中写些什么了。自从离开浅滩星群之后，我们就一直处于慌乱的情绪中……先是一千年来最重大的发现，然后在摩尔格伦遭遇伏击，从那之后就不停地为活命而战。最近我几乎见不到汤姆了，他总是在引擎室或是武器室里待着；而我不是在这间实验室里，就是去医务室帮忙。

船上的外科医师玛卡尼有着一大堆麻烦。忧郁症简直是海豚们的天性。来这里就诊的船员中，有五分之一都有心理障碍。作为医生，我不能对他们说他们的脑子出了问题，只能安慰他们，告诉他们他们有多么勇敢，告诉他们最后一切都会好起来的。

我想如果没有我们的船长，恐怕有一半的船员都已经得精神病了。对许多船员来说，克莱代奇船长就像是鲸梦中走出的英雄。他一直在船上巡视，检查修理工作的进行情况，给船员们上智慧学的逻辑课。他走到哪里，哪里的船员就变得精神抖擞。

太空中战斗的消息仍在不断传来。外星人之间的战火并没有渐渐熄灭，而是变得更加炽烈！而我们也都开始为希卡茜的那支考察队担心了。

吉莉安放下笔。实验室里只有桌灯的一圈亮光,其他地方都那么黑暗,那么令人忧郁。仅有的光线来自房间另一端,依稀照出一个模糊而神秘的人形阴影,平躺在手术台上。

"希卡茜,"她叹了口气,"依芙妮保佑,你到底在哪里啊?"

希卡茜的考察队到现在还没有发出单脉冲的确认信号,"奔驰号"上的人们开始着急,他们已经不能再承受任何人员上的损失了。虽然基皮鲁在舰桥之外总会时不时变得不靠谱,但他是船上最好的飞行员。就连岩野俊雄这个实习生,也被寄予了很大的希望。

然而希卡茜才是最令人痛惜的损失。如果没有了她,克莱代奇将如何应对?

希卡茜是吉莉安最好的朋友,她们之间的关系与汤姆和克莱代奇以及席奥特之间的很像。吉莉安不明白为什么要指派塔卡塔-吉姆出任副船长,而不是希卡茜。这简直毫无意义。她只能认为这背后有着什么政治上的原因。塔卡塔-吉姆是一只尖吻海豚,也许伊格纳西奥·梅茨在这次出航的名单里做了什么手脚。早在地球上的时候,梅茨就一直鼓吹这种海豚是更优秀的族群。

吉莉安并没有把这些想法写下来。这都不过是些无谓的揣测,而她是没有时间胡思乱想的。

就这样吧,我该回去看赫比了。

她把日记合上,起身回到手术台前。手术台上飘浮着一具干燥的人体,四周有力场保护着。

透过玻璃,这具上古时代的干尸似乎在朝她冷笑着。

这绝不是人类的尸体。它的种族还存在着、呼吸着、驾驶飞船跨越太空的时候,地球上连多核生物都还没有出现。但它与人类却有着异常相似之处:长着笔直的胳膊和腿,和人类类似的头颅和脖颈。它的下颌和眼窝看起来很奇怪,但整个头部的骨骼就像是一个咧嘴大笑的人类一样。

你到底有多大了,赫比? 她心里问道。十亿岁? 二十亿岁?

你的舰队是如何把残骸留在如此荒凉的地方,不让格莱蒂克文明发现的? 又为什么要让我们找到? 几个狼崽子一样的人类,以及一队刚刚提升的海豚。为什么是我们发现了你?

又为什么我们刚刚把你的一幅全息图像传回地球,就让半个银河的庇护种族发了疯?

"奔驰号"上的微型大数据库没有提供任何帮助。它拒绝提供任何关于赫比的身份信息。也许它正隐瞒着什么。又或许它的数据库太小,无从查询一个灭绝了如此之久的种族的信息。

汤姆让尼斯电脑调查了此事。到目前为止,那台毒舌的泰姆布立米古董还没有套出任何答案来。

同时,除了医务室里的工作和她自己的职务外,吉莉安每天都要挤出几个小时来,用无损的方式对这具古尸进行检查。也许她能发现为什么那些外星人这么急不可耐地要抓住他们。如果她都做不到的话,那么也就没人能知道了。

无论如何,今天晚上必须做出个了结。

可怜的汤姆,吉莉安微微一笑。他很快就要从引擎室回来了,到时候一定累得不行,而我一见到他就忍不住情欲激昂。真亏得他体格强健还受得住啊。

她拿起一台π介子微波探测器。

好吧赫比,让我来试试看,能不能搞明白你的大脑到底长什么样。

10. 梅 茨

"对不起,梅茨博士。船长和汤姆·奥莱都在武器舱。我能帮你……"

和以往一样,副船长塔卡塔-吉姆的礼貌总是无懈可击的。虽然在呼吸着富氧水,但他的通用语无论是语调还是遣词都近乎完美。伊格纳西奥·梅茨不禁露出赞许的微笑。对塔卡塔-吉姆的表现,他总是特别感兴趣。

"不用了,副船长。我只是正好路过舰桥,来看看有没有收到考察队的报告。"

"他们还没有回复。我们只能等待。"

梅茨点了点头。他已经断定希卡茜的队伍遭遇了毁灭性的灾难。

"啊,好的。我想格莱蒂克人还没有给我们发出任何谈判的要求吧?"

塔卡塔-吉姆从左到右摇了摇他那硕大的、长着杂斑的灰色脑袋。

"很遗憾,还没有,长官。显然他们现在对自相残杀更感兴趣。每过几个小时,就会有新的舰队进入克瑟米尼星系,加入这场混战。恐怕还需要相当一段时间才会有人向我们提出外交要求。"

这话里的逻辑问题让梅茨博士不禁皱了皱眉。格莱蒂克人若有理性可言,一定会要求"奔驰号"把发现的东西上交给大数据库学院,他们也一定会照做的。这样所有人都可以共享这一发现了!

但格莱蒂克文明种族间的统一更多停留在纸面上,事实上并非如此,拥有大炮巨舰的愤怒种族又太多了些。

于是我们落到了现在这样的境地,被他们挤在中间,手握着他们都想得到的东西。梅茨想。

绝不仅仅是那些上古飞船组成的舰队。一定是其他什么东西把外星人引来的。吉莉安·巴金斯和汤姆·奥莱肯定在浅滩星群拿到了什么东西,只是不知道到底是什么。

"晚上和您一起进餐好吗,梅茨博士?"

梅茨眨了眨眼睛。今天是星期几来着?啊对了,星期三。"当然了,副船长。和以往一样,与您一起进餐一起交谈,我将不胜荣幸。我们六点见面怎么样?"

"七点应该会更合适,长官。我到那时候才换岗。"

"很好。到那时见。"

塔卡塔-吉姆点了点头。他转过身去,游回自己的执勤站。

梅茨欣赏地看着他的身影。

他是我的尖吻海豚中最优秀的,梅茨想。他还不知道我就是他的教父……他基因上的父亲。但我仍为他感到无比骄傲。

船上的这些海豚都是新一代友好宽吻海豚属,但其中有几只植入了纹齿尖吻海豚的基因片段。普遍认为,在所有的深水海豚属种中,它们的智力是与宽吻海豚最为接近的。

在大家心目中,野生的纹齿海豚有着永远无法满足的好奇心,对任何危险都不屑一顾。在梅茨带领下,经过一系列研究,将纹齿海豚的一些DNA片段加入了新海豚的基因库。在地球上,许多新海豚的表现非常优秀,展现出了独具特色的创新性和个体智力。

然而最近一段时间,这个属种那特有的坏脾气却在地球的沿海地区惹了不少麻烦。他必须努力向地球委员会证明,在第一艘由海豚担任船员的飞船上,雇用几名新尖吻海豚担任重要职务是必要的。

塔卡塔-吉姆就是他的证明。逻辑永远冰冷,态度永远端庄,通用语使用纯熟,几乎完全没有用过三音海豚语,对克莱代奇这样的老一代海豚迷恋不已的鲸梦也不感兴趣。在梅茨所见过的海豚中,塔卡塔-吉姆是和人类最为相似的。

他远远看着副船长将舰桥上的船员们管理得井井有条。他不曾使用克莱代奇从不离口的智慧学比喻,而是使用准确而简洁的通用语。没有一个词的废话。

没错,博士想。等我们回到地球,这只海豚将是我交出的最好的报告。

"梅茨——博士?"

梅茨转过身,看到一只海豚已经无声无息地来到他背后,不禁退了一步,"什么……哦,是克萨-琼。你吓到我了。要我帮什么忙吗?"

这只身材魁梧的海豚朝他咧了咧嘴。克萨长着又粗又短的嘴,身上带着反保护色,双眼突出——就算梅茨认不出他来,这些特征也已经足够让梅茨知道他是谁了。

小虎鲸啊,梅茨乐滋滋地想,你身上有着如此野性的美。这是我的秘密计划，克萨-琼，没有任何人，包括你本人在内，知道你绝不仅仅是一只普通的尖吻海豚。

"很抱歉打扰你，梅茨博士，但黑猩猩科学家查尔斯·达特要求和您通话。那只小猿猴又要给人找麻烦了。"

梅茨皱了皱眉。克萨-琼不过是个水手长，总不能指望他和塔卡塔-吉姆一样彬彬有礼。就算考虑到这个大个子不为人知的背景，他也是有自己的极限的。

有空了我得和这家伙谈谈。他提醒自己。这种态度可是不行。

"请告诉达特博士，我马上就来。"他对海豚说，"我在这儿的事就要办完了。"

11. 克莱代奇和奥莱

"这样我们就又武装起来了。"克莱代奇叹了口气,"至少勉强算有武器了。"

汤姆·奥莱检查了一下刚刚修好的导弹管道,点了点头,"我们能做的都做到了,克莱代奇。我们在摩尔格伦被卷进战场的时候,根本没预料到会有这么大的麻烦。能以这么小的损伤作为代价脱身出来,已经算是运气很好了。"

克莱代奇点头赞成,但又沮丧地叹了口气,"没错,但我要是反应能再快点……"

奥莱注意到了朋友的情绪。他撮起嘴唇吹起了口哨,呼吸面罩把这低低的声音放大成模糊的声形图,细微的回声在充满了富氧水的舱室里,如疯狂的精灵一般飞舞跳跃着。武器室里的海豚们抬起了他们那狭窄的、感音度极佳的下巴,捕捉着口哨声那看不到的跳动的踪迹,一起发出同情的和声。

※发号施令者
定遭人嫉妒
然而同时又为人所需要!※

幽灵般的声音消失了,但笑声仍然留在舱室里。武器舱中的船员都纷纷开始喝彩。

克莱代奇让大家安静下来,然后从额头处发出一阵滴答声。声音响彻了整间船舱,仿佛是滚滚雨云在雷霆中聚集着。在这间封闭的舱室里的每个人,似乎都听到了大风中雨点洒落的声音。汤姆闭上眼睛,让声音在脑海中勾勒出大海咆哮的画面。

※他们挡在了我的路上

那些疯狂的、古老的、讨厌的家伙

告诉他们,"要么滚开,要么来战!"※

奥莱低下了头,甘拜下风。在三音体俳句这一项上没有人能和克莱代奇相比。海豚们也纷纷发出赞叹。

自然,情况并没有因此发生改变。汤姆和克莱代奇离开了武器舱。他们知道,空有反抗精神是不足以让船员渡过难关的,他们还必须找到解决问题的方法。

然而他们的希望却非常渺茫。汤姆明白,克莱代奇正为希卡茜担心,只是没有表现出来。在船员听不到他们说话的地方,船长问道:"吉莉安研究我们找到的东西有什么成果吗?她有没有弄明白是什么让我们惹上了麻烦?"

汤姆摇了摇头,"最近两天我一直没时间和她在一起,我也不清楚。我最近一次检查的时候,微型大数据库仍然表示没有任何类似赫比的种族曾经存在过。"

克莱代奇叹了口气,"如果知道格莱蒂克人认为我们找到了什么就好了。啊,对了……"

突然之间传来的尖啸声打断了他们的谈话。船上的第四官员席奥特带着一串气泡游到了大厅里。

"克莱代奇!汤姆!声呐报告东边有只海豚离我们很远,不过显然正以很高的速度向我们游过来!"

克莱代奇和奥莱互相看了一眼。汤姆点了点头,说出了船长心里想的指令。

"我带席奥特和二十只海豚过去行吗?"

"批准。让救援队准备就绪。但在我们确认来者身份之前不要出发。你也许需要带更多的人去,不过也可能根本不需要出发了。"

汤姆在船长眼中看到了痛苦。接下来一小时左右的等待时间肯定会非常难熬。他让席奥特上尉跟在身后,然后转过身子,沿着充满水的走廊以最快的速度朝出口游去。

12. 格莱蒂克人

索罗人克拉特感受着作为庇护种族和舰队司令双重的愉悦感。她看着面前这些生物,杰罗人、帕哈人、皮拉人,他们的生命都掌握在她手中。在这些种族的带领下,舰队又一次向战场进发了。

"主人,"杰罗人侦察官说,"我们正按您的指令以四分之一光速向那颗水星球进发。"

克拉特舌头轻弹了一下,表示知道了,心中隐隐感到欣喜。她的蛋很健康。等赢得这场战斗,她要回到家乡再次进行交配。而且旗舰上的船员合作无间,就像一部经过精确校准的机器。

"主人,舰队比预计的快了一帕科塔。"侦察官汇报道。

在所有与索罗人结盟的扈从种族中,杰罗人对克拉特有着特殊的意义。他们是克拉特所在的种族最早的扈从,很久很久之前就被索罗人提升了。杰罗人作为扈从种族表现得尽心尽力,还为他们带来了两个新的扈从。他们是索罗人的骄傲,为他们延伸着提升之链。

在遥远的过去,始祖种族创建了格莱蒂克的律法。自那之后,智慧生命开始用科技帮助其他种族生物,继而要求后者为自己服务,作为回报。

好几百万年之前,古老的卢博族人提升了普勃族人(至少大数据库中是这样记载的)。现在卢博族人早已不复存在,而普勃人虽然还存在于宇宙的某个角落,但也已经走上了衰落的道路。

不过在普勃人走向衰败之前,他们提升了辉族人,而后者又将克拉特处于石器时代的索罗族祖先收为扈从。那之后不久,辉族人回归自己的母星,开始了离群索居、思考宇宙大道的生活。

现在索罗人自己也有了众多的扈从种族,比较成功的后代就包括杰罗人、帕哈人和皮拉人。

克拉特可以听到皮拉族战斗指挥官库珀-卡布那尖厉的嗓音,他正喋喋不休地向手下介绍着战区的规划。库珀坚持要再三核实她要求从飞船上的大数据库中查询的信息。库珀的声音听起来有些恐惧,这很好。如果他害怕克拉特,工作起来就会更加卖力。

皮拉人是飞船上唯一的哺乳动物,他们身材矮小,用双足行走,生活在高引力世界。在许多遍及整个银河系的官僚机构或民间组织中都有皮拉人身居要职,甚至包括地位最高的大数据库委员会。皮拉人已经有了自己的扈从种族,这也为索罗文明带来了更高的声誉。

可惜的是,皮拉人与索罗人的契约结束之后,就再也不是他们的扈从了。如果能够再对他们的基因进行一点修改就好了,这种长着长毛的小家伙总是脱毛,而且还有讨厌的气味。

没有哪个扈从种族是完美无缺的。就在两百年前的一次事件中,皮拉人被地球上的人类狠狠地羞辱了一回,事后做了很多工作,花了很大的代价,才把这事遮掩起来。克拉特本人也不知道具体的经过,但似乎是和地球人的恒星有关。从那时开始,皮拉人就对地球人恨之入骨。[①]

想到地球人,克拉特的交配爪不禁抽搐起来。按他们的时间计算,他们进入格莱蒂克文明圈才不到三百年,就已经和装神弄鬼的坎顿人[②],以及满脑子恶作剧的泰姆布立米人一样,成了惹麻烦的专家!

索罗人总是在耐心地等待机会,要将这一污点从自己氏族的荣耀上抹去。幸运的是,人类的无知与脆弱都只能用可悲来形容。也许这次正是这样的机会!

如果能让这些智能生物和索罗签订契约,尊他们为庇护主,那该有多好!而现在,这梦想有可能变成现实!到那时将会产生怎样的改变,人类又将经历什么样的重塑啊!

克拉特看着自己的手下,暗暗希望自己能够自由地重新塑造他们的基因。哪怕是这些业已成熟的种族,也有着那么多值得改进的地方!但要这样做,首先要修改格莱蒂克文明的律法。

如果那些暴发户一样的地球水生哺乳动物真的找到了她猜想中的东西,那么律法的确可以改变……假如始祖种族真的回来了的话。最年轻的星际航行种族却发现了失落的舰队,这是多么的讽刺啊!她简直要原谅这些种族的存在,原谅地球人跻身庇护种族行列的事实了。

"主人!"高个子杰罗人汇报道,"约弗尔人和泰纳尼的同盟破裂了。他们正在互相攻击,这表示他们已经没有优势了!"

①具体情节参见《太阳潜入者》。
②格莱蒂克文明圈中少有的公开表示与人类友好的种族之一。

"保持警惕。"克拉特叹了口气。这点小小的背叛行为，杰罗人本就不该当作大事来看待。实在是太寻常了。一旦一方具有了压倒性的力量，这种同盟就会瓦解。而她坚信，索罗人就是这股力量。等到战争结束时，采撷战利品的一定也将是她。

那些海豚一定躲在这里！等她赢得这场战斗，她一定要把那些不长手的生物从水下庇护所里揪出来，让他们讲出一切真相！

她倦怠地挥了挥左爪，将皮拉族的数据库操作员从安身的壁龛中召了出来。

"去查查我们追踪的那种水生生物的数据，"她说，"我要了解他们更多的习性，他们喜欢什么、不喜欢什么。他们和作为庇护种族的人类之间的关系并不算牢固，也许能加以利用。给我制订一个方案，来引导这些……海豚。"

库珀鞠躬退下，向大数据库所在的舱室走去，那舱室的入口上方镶着发光的螺旋图案。

克拉特感到命运之神在自己身边汇聚，感觉她就处在宇宙权力的支点上。她不需要任何仪器的测量，就能清楚地知道这一点。

"我会得到他们的！规则必须被改变！"

13. 俊 雄

　　俊雄在一棵钻孔树粗壮的树干上找到了萨塔塔。她被海浪抛向这棵树,撞得粉身碎骨,工作服也被扯成了碎片。

　　俊雄跌跌撞撞地走过一片灌木丛的废墟,用他所能想起的三音海豚语不断呼叫着,大多数时候他几乎连站都站不稳。他已经有很长时间不在地面上行走了,更别提还受了伤,又被海浪折腾得想吐。

　　他在一堆像草一样的植物上找到了克希斯。克希斯的工作服还完整无缺,但这位行星学家腹部被划出了三道口子,已经因流血过多身亡。俊雄在心中暗暗记下这里的位置,继续向前走去。

　　就在不远的地方他找到了萨蒂玛。这只小个子女性海豚的伤口还在流血,精神也很恍惚,不过好歹保住了性命。俊雄用救生泡沫材料和护理绷带给她包扎好伤口,然后用一块大石头把她工作服上的两只操作臂压到土里。为了在第五波余震到来之前把她固定在地上,也只能这样做了。

　　第五波余震所带来的更像是一道洪水,而非海浪。大水卷过时俊雄紧紧抓住了一棵树。海水撞击着他的身子,一直淹到了脖子。

海潮刚一退去,他就放开了大树,挣扎着跑向萨蒂玛。他在海水中摸索着,最后终于抓住了她的工作服。他把石头移走,让海豚在渐渐高涨的海水中浮了上来,然后用力推着她的身子,以免被这波海水抛下。

俊雄费尽力气推着她在一丛灌木旁边游过,抗拒着回流的强大力量。这时他瞥见头顶的树上有一个行动迅捷的身影。从那身影的行动来看,并不像在水中摇晃的残骸。俊雄朝上看去,与一对小小的、漆黑的眼睛四目相对。

双方都吃惊不小,但仅仅过了一瞬间,海潮就卷着俊雄和萨蒂玛冲过了树丛的阻碍,来到一块刚刚形成的沼泽地里。这下一来,俊雄没时间四处张望了,只能笔直地盯着前面的路。

附近路上都是湿滑的海草,俊雄不得不推着萨蒂玛走过,还要小心不要让她的伤口裂开。有几分钟时间,她似乎恢复了一点神志,原始海豚语的吱吱叫声开始变得更有规律,有点像三音海豚语的单词了。

俊雄听到一阵啸声。抬头看去,基皮鲁离海岸只有四十米的距离了,正开着小艇向他驶来。基皮鲁戴着呼吸器,但还是可以发出信号。

"萨蒂玛!"俊雄朝受伤的海豚喊道,"到小艇上去,去找基皮鲁!"

"把她绑到空气舱里!"他又转向基皮鲁,"注意看声呐屏幕,如果看到有海浪过来,就回到这里来!"

基皮鲁猛地昂了昂头。萨蒂玛离开海岸一百来英尺[1]后,他就操控着潜艇带她潜入更深的海水中。

---

① 1英尺 = 30.48厘米。

岛上一共有五只海豚,还剩下西斯特和希卡茜。

俊雄爬回海岛上,又走回刚才那片灌木丛中。他的脑子里像这座海岛一样,四分五裂又空空如也。在一天之中,他已经看到了太多的尸体,太多的死去的朋友。

他现在意识到,之前对海豚是多么不公平。

指责海豚取笑他是不公正的,海豚们生性如此,他们自己也无法改变。这和人类在基因工程上的努力无关,自从第一个人类乘着圆木做成的独木舟进入海洋至今,海豚对人类始终抱着一种善意的嘲笑心态。人类划船那可悲的景象已经在海豚们脑中根深蒂固,就算人类提升了海豚,也只能略微改变这一观念,并不能将它消除。

而且为什么要消除它呢?俊雄现在突然明白,他在卡拉非亚认识的人类中,那些与海豚相处得好的,在性格上有着许多共同点:神经大条,意志坚定,又有着很好的幽默感。如果不能赢得海豚的尊重,谁也没法和他们长期共事。

他在灌木丛中看到一个灰色的身躯躺在地上,于是匆忙跑了过去。不,那还是萨塔塔,被刚才这波海浪冲过来了。俊雄继续向前走去。

海豚非常清楚人类为他们所做的一切。提升是一个非常痛苦的过程,但就算让他们自己选择,也没有哪只海豚愿意回到鲸梦中去。

海豚们也明白,根据大数据库中那些千万年来用以规范格莱蒂克种族行为的松散条款,人类本来有权要求海豚作为扈从种族为人类服务,时间可以长达十万年。知道这一点后连人类自己都大吃一惊,作为智人种的人类的整个历史也不过是这么久而已。如果人类找到了自己的庇护种族,或者哪个种族强大到可以将这个称呼据为己有,人类也不愿让海豚成为他们的额外收获。

现在所有的海豚都清楚地球人的态度。地球议会中有不少海豚成员,还有一些黑猩猩议员。

俊雄终于知道,在海里那场搏斗中他说的话对基皮鲁的伤害有多么重。最让他后悔的是关于卡拉非亚的那些话。如果能够救回俊雄母星上的人类,基皮鲁宁可死上一千次。

要是再说出这样的话,就让我的舌头掉下来!

他跟跄着走进一片空地,发现在一池浅水中躺着一只宽吻海豚。

"希卡茜!"

海豚身上到处都是划痕和瘀伤,体侧有许多条血迹。不过她神志还很清醒。俊雄朝她走去时,她喊了起来。

"站在那儿,尖眼睛! 别动! 这里还有其他人!"

俊雄停下了脚步。希卡茜的命令非常明确,但现在到她身边去才是最迫切的需要。海豚身上那些伤痕看上去很不乐观。如果有什么金属碎片进入了她的身体,必须尽快移除,否则很可能出现血液中毒的症状。单把她运回海里就是很有难度的事情了。

"希卡茜,下一波余震马上就要来了。海水可能会涨到这个地方来,我们必须做好准备!"

"停下,俊雄。海水不会涨到这里来的。另外,看看你周围,你知道这事有多重要!"

俊雄这才注意到,这块地方相当干净,水池位于空地的一侧,四壁有挖掘的痕迹,显然是最近才挖出来的。然而他看到希卡茜工作服上的操作臂已经不见了。

那到底是谁……俊雄向四周看去,空地的另一头有些碎石,在灌木丛里散布着。他认出这些碎块是一座被海浪粉碎的村庄的遗迹。

借着基斯拉普植物发出的微光,他发现了许多粗陋的手织渔网的碎片,还有破碎的小屋,以及绑在木杆上的尖利的金属碎片。

从树枝的间隙中,他看到一群生物正逐渐靠过来。接着,那些生物一个接一个地出现在视野中,他们身材矮小,双脚成外八字形,指头间长着蹼。一双双闪亮的黑色眼睛从低垂的绿色额头下注视着他们。

"是原住民!"俊雄低声说,"我刚才还看到了一个,不过把他忘了。他们看起来还没开化!"

"是的。"希卡茜叹了口气,"这也就意味着保密工作更加重要了。快点,尖眼睛,告诉我发生了什么!"

俊雄把第一波冲击波到来之后他做的事情简要叙述了一下,但没提和基皮鲁打斗的细节。他感到实在难以集中精神,树丛间那些生物的视线汇聚在他身上,而且只要他往那边看上一眼,树丛中就会传来一阵骚乱的声音。又一波余震到来,他刚刚把情况汇报完毕。

他可以看到冲上海滩的海浪,浪花发出震耳的咆哮,卷起一阵白色粉末。不过显然希卡茜是对的,海浪并没有到达他们所处的高度。

"俊雄!"希卡茜低声说,"你做得很好。也许你能救下这些小家伙的命,还有我们的命。布鲁基达会成功的,他会带人来帮忙的。

"我能不能活下去无关紧要,你必须按我说的做! 让基皮鲁马上潜下去,不能让别人发现他!在收集尸体和残骸的时候要尽可能保持安静。你要赶快把萨塔塔和克希斯的尸体埋起来,把他们的工作服收好。等救援到来的时候,我们必须尽快撤退!"

"你确定你没有问题吗?你的伤口……"

"我没事!这些小朋友给我弄到了水,上面的树木也可以给我提供掩护。注意天上,尖眼睛!不要让他们看到你!希望到你干完这些活的时候,我能说服他们信任我。"

她听上去很疲惫。俊雄忧心不已。不过最后他还是叹了口气,转身回到树林里。他强撑着跑过残枝碎叶,沿着退潮时的海水来到岸边。

基皮鲁也在这时出现了。他已经摘下了呼吸器,戴上了呼吸帽。他说自己找到了菲皮特的尸体。菲皮特应该是遭到了食人草的毒手,他的尸体上到处都是吸盘留下的痕迹,或许是海啸将它们扯了下来。

"找到西斯特的踪迹了吗?"

基皮鲁做出了否定的回答。俊雄把希卡茜的命令转达给他,然后目送小艇潜入水中。

他在原地站了一会儿,往西边望去。

基斯拉普星上红色的太阳正在落下去。透过头顶那破碎的云层已经可以看到星光。东方的云彩变幻着不祥的颜色,夜里应该会有场大雨。俊雄决定不脱掉防水服,不过还是忍不住摘下橡胶做的头盔。扑面而来的微风寒冷刺骨,但仍然让他感到解脱。

他朝南边看去,却看不到任何太空战的痕迹。随着基斯拉普星的自转,空中那粒子炮的闪光和太空船的残骸已经完全看不到了。

俊雄没有力气去朝外星人们挥动拳头了，但还是对着南边的天空做了个鬼脸。真希望格莱蒂克人在这场战争中同归于尽才好。

这不太可能。总会有胜利者出现，过不了几天，他们就会降落在这星球上，寻找海豚和人类的踪迹。

俊雄缩了缩肩膀。虽然还是很累，但他仍然打起精神，朝森林里那些庇护着自己的树木走去。

救援队刚刚上岸不久，就找到了他们。年轻人和海豚正挤在一起，躲在简陋的草棚底下。温暖的雨水沿着草棚滴下，汇成了一条条溪流。救援队随身带着的黄色探照灯不时被闪电的亮光掩过。在第一道闪电照下来的时候，汤姆·奥莱似乎看到了好几个矮胖的人影围在地球海豚和卡拉菲亚人身边。但等他和他的同伴穿过灌木丛、能看清楚他们的时候，那些动物——或者是别的什么——已经离开了。

起初他担心那是成群的食腐生物，看到俊雄动了动身子，他才放心了。他的右手仍然扣在射线枪的枪柄上，左手举起提灯，指引哈尼斯·苏西穿过灌木丛。他仔细打量着周围这片空地，在脑中暗暗记下气味和声音中的细节。

"他们还好吗？"过了几秒钟，俊雄问道。

"嘘——一切都好，俊雄。是我，哈尼斯。"工程师低声说道，声音里带着母亲对孩子的关切，"好了，奥莱先生。两个人都醒着，只是没力气说话。"

汤姆·奥莱又朝四周看了一眼，然后走了过去，把灯放在苏西身边。"闪电会掩盖住所有的信号。"他说，"我叫他们带了救生机来,好赶快把这两个人送走。"他按动头盔上的按钮,用纯正的三音海豚语快速地说着什么,大约讲了六秒钟的样子。据说汤姆·奥莱会说原始海豚语,不过没有哪个人类亲眼见他说过。

"其他人再过几分钟就过来,我们必须把这俩人的痕迹处理掉。"他在俊雄身边蹲下,俊雄看到苏西来到希卡茜身边,于是挣扎着要坐起来。

"你好,奥莱先生。"男孩说道,"很抱歉打扰你的工作,把你拖到这儿来。"

"没关系,孩子。再说我早就想来这里看看了,这件事给了船长充足的理由送我过来。把你送回船上之后,我会带着哈尼斯和席奥特去继续调查那艘坠落的飞船。现在,你能带我们到萨塔塔和克希斯那里去吗?在暴风雨过境之前,我们想仔细勘查一下这座岛。"

俊雄点了点头,"是的,长官。我应该能坚持住。还没有人找到西斯特吗?"

"还没有。我们也很着急,不过布鲁基达回来之前才是最难熬的。基皮鲁已经把大部分情况告诉我了。那只海豚对你的评价很高。这次是你立了一功。"

俊雄转过脸去,好像被夸得很不好意思。

奥莱好奇地打量着他。他从来没有在这个实习生身上放太多心思。这次航行开始的时候,这孩子表现得很聪明,不过有点缺乏责任感。在发现了失落的舰队之后,由于回家的希望渺茫,他开始变得暴躁。而现在,他又给人惊喜。长期而言会产生什么后果还未可知,不过很明显,俊雄已经经历了人生一次重要的仪式。

海岸方向传来了嗡嗡声。很快,两台蜘蛛一样的机器跃入视野,机器上各坐着一只额头突出的海豚,穿着工作服。

奥莱扶着俊雄站了起来,少年轻轻叹了口气。奥莱从地上捡起了什么东西,用左手把玩着。

"一把刻刀,对吧? 用金属鱼骨绑在木头的手柄上做成的。"

"我猜是的。"

"他们已经有语言了吗?"

"不,长官。只是用简单的音节交流。不过已经进入定居阶段,是标准的狩猎-采集模式。希卡茜认为他们已经在这个进化阶段停留了大概五十万年。"

奥莱点了点头。这些土著居民看上去已经很成熟了,作为前智能种族,他们正处在最适合提升的阶段。格莱蒂克的庇护种族们居然还没有把他们列为扈从、强迫他们服十万年的劳役,这简直是个奇迹。

现在,"奔驰号"上的人类和海豚又有了一项重要使命,而保密工作变得更加重要了。他把这人造物体放进自己的口袋,用手扶住俊雄的肩膀。

"好了,我们回飞船的路上慢慢谈。另外,你还有些其他事情需要考虑。"

"长官?"俊雄不解地抬头看着汤姆。

"不是每个人都有机会为一个将来可以在星际航行的种族命名的。要知道,海豚们正等着你为这件事写上一首歌呢。"

俊雄看着这位比自己年长的人类,不知道对方是不是在开玩笑。汤姆·奥莱脸上带着他那一贯的谜一般的神情。

奥莱朝积雨云扫视了一眼。有人把船上的救生机搬来了,将希卡茜放在里面。他朝后让了一步,向天空中那道帷幕微微地笑了笑。在这道幕布后面,有一场精彩的大戏正在上演。

第二章　潮　汐

从天到海

从海到天

我用疲劳的眼睛看着这一切

死亡就在我的脚底

——塞缪尔·泰勒·柯勒律治①

---

①塞缪尔·泰勒·柯勒律治(Samuel Taylor Coleridge，1772–1837)，英国诗人及哲学家。

14. 丹 妮

查尔斯·达特把极化显微镜扔到一旁,低声咒骂了一句。他心不在焉地用前臂环过脑袋,拉扯着另一侧那长毛的耳朵——他已经和这习惯性动作斗争了半辈子。船上没有谁可以模仿他这类人猿特有动作。意识到自己正在做什么之后,他马上把手放了下来。

"奔驰号"上的一百五十名船员中,只有八人有胳膊……以及外耳郭。而其中的一位就在这间无水实验室里,和他待在一起。

丹妮·苏德曼并无心评价查尔斯·达特的习惯动作。对于他散漫的态度,他摇摇晃晃的步伐,他那尖声尖气的笑声,以及他那覆盖全身的皮毛,丹妮都已经熟视无睹了。

"怎么了?"她问道,"那些岩石核心样本还是处理不好?"

查尔斯漫不经心地点了点头,眼睛一直盯着屏幕,"对。"

他的声音低沉又沙哑。最好的状态下,他说起话来像一个嗓子里进了沙子的男人。要表达什么复杂的概念时,他总是在下意识地挥动着双手,使用起小时候学会的符号语言。

"从这些同位素的汇聚情况看不出任何意义来。"他嘶声低吼着,"矿物质的位置也完全不对……亲铁质里没有任何金属,复杂的晶体又出现在不该有的深度……克莱代奇船长脑子一定是出了毛病,他的规定严重影响了我的工作!要是让我布置几个深层声呐进行地震波检查就好了。"黑猩猩在座位上转来转去,诚恳地看着丹妮,好像在征求她的同意。

丹妮笑了,宽宽的嘴巴在高耸的颧骨下展开,一双杏仁一样的眼睛弯了起来。

"当然了,查理①,为什么不呢?我们正待在一艘飞不动的船里,在这颗要命的星球海面下躲着。天上有十几个庇护种族派来的舰队,每个种族都怒气冲冲,又强大无比,他们正为谁有权把我们捉起来当俘房打得不可开交。这时候你还要去引发爆炸,让引力波四散乱飞,这主意太棒了!我还有个更好的想法!我们干吗不写块标语牌,朝天上挥一挥?上面可以写'哟嗬!怪物们!有种来咬我们啊!'你看如何?"

查理斜眼看了看她,两边嘴角一上一下,扯出一副并不常见的笑容,"噢,他们不会进行大规模的引力波检测的。我需要的只是一小点,一点点的爆炸,有一点地震波就可以了。外星人不会注意到的,你觉得呢?"

丹妮大笑起来。查理是想把这颗行星当铃铛敲起来,好让他通过地震波的图像观察行星的内部结构。一点点的爆炸,真是的!他要是不搞上几千吨的爆炸才是怪事!有时候查理这种一根筋的行星学家的思维方式真让丹妮受不了。而这次,他似乎也看出自己的想法有多么可笑了。

查理也笑了起来,发出短促的喘气声。这声音在无水实验室四面空无一物的白墙之间回响着。他捶着身边的桌子。

---

① 查尔斯的昵称。

丹妮笑着把手上的打印纸塞进箱子里,"你知道,查理,这里时不时会有火山爆发,有的离这儿只有几个经度远。如果你的运气够好的话,下一次可能就在我们附近呢。"

查理看上去充满了希望,"咕,你真的这么想?"

"当然了。而且,外星人要是开始轰炸这颗星球,想把我们赶出来,肯定会有炸弹落到海底的,到时候你就会弄到大把大把的数据了。不过要是他们炸得太猛,对基斯拉普搞地质分析就完全没用了。查理,你的未来歹还有些希望,这真让我嫉妒。我想找机会把手里这些烦心事和我自己那让人绝望的研究项目都忘个干净,去弄点午饭吃好了。你要一起来吗?"

"不了,谢谢。我自己带了午饭。我想待在这儿多干一会儿活。"

"随你好了。不过我还是要说,你应该多到飞船其他地方去看看,别老在你的船舱和实验室待着。"

"我一直通过屏幕跟梅茨和布鲁基达保持着联系。我不需要在这台戈登堡①做出的机器里跑来跑去,它现在根本飞不起来。"

"另外……"丹妮知道他接下去要说什么。

查理咧着嘴说:"另外,我讨厌把身上弄湿。我还是觉得你们人类在对我们施完潘神的法术之后,应该先提升狗的智力。海豚没什么不好,我最好的几个朋友就是海豚,但让他们去进行太空航行还是太搞笑了!"

他摇了摇头,脸上透出智者的悲哀。显然他认为如果让他这样的人来负责安排地球上各物种提升的进程,就不会有那么

---

①美国漫画家,设计了许多"用繁复的结构解决简单问题"的机械,此后类似的设计出现在各种流行文化中。

多麻烦了。

"你得承认,海豚是很棒的太空飞行员。"丹妮说,"你看基皮鲁的太空驾驶技术有多棒!"

"没错,不过你再看看那家伙不开飞船的时候又是什么样子。说实话,丹妮,在这次航行之后,我真开始怀疑海豚是不是适合星际旅行了。你看自从我们惹上麻烦之后,有些海豚那样子,简直令人无法容忍!一遇到压力他们就开始没精打采了,尤其是梅茨博士那几只大个子尖嘴海豚!"

"你这么说就太刻薄了。"丹妮说,"没人能预料到这次飞行会变成这样。在我看来,大部分海豚的工作完成得都非常好。看看克莱代奇,是他领着我们避开了摩尔格伦星系的伏击。"

查理摇了摇头,"我不知道。我还是希望船上更多的船员是人类和黑猩猩。"

算起来,黑猩猩被提升成为能够在星际航行的种族,只比海豚早了一个世纪。但丹妮知道,就算再过上一百万年,他们对海豚还是会抱着这样居高临下的态度。

"好吧,要是你不打算跟我一起来的话,我就先走了。"丹妮说。她拿起自己的文件夹,摸了摸舱门旁边的触控板,"再见,查理。"

舱门发出一阵嗞嗞声。还没等门关上,黑猩猩就在她身后喊了起来。

"噢,对了!如果你遇上塔卡塔或者萨奥特的话,就让他们给我打个电话,好吧?我想行星上这种不正常的潜没现象可能意味着某种形式的初级文明,考古学家可能会对这个感兴趣的!"

丹妮没去理他,任舱门在身后关上。如果她没听到查理的要求,以后就可以假装完全不知道这件事。无论如何她都不想和萨奥特说话,不管查理的发现有多么重要!她已经花了不少工夫,只是为了避开那只海豚。

"奔驰号"上的无水舱都非常宽敞,不过只供八名船员使用。一百三十名海豚船员(自从离开地球之后这个数字已经减少了三十二)想进入无水舱,只能乘着机械载具,他们管这东西叫"蜘蛛机"。

有几间舱室里不能灌进富氧水。飞船在太空飞行时,有几间舱室不会受到向心的重力场影响。这些舱室有的是保存货物的仓库,必须保持干燥;有些则是机械车间,需要在重力环境下进行热处理。剩下的才是供人类和黑猩猩生活的居住舱。

丹妮在一处岔路口停了下来。她朝通往人类船员居住舱的那边看了一眼,犹豫着是不是到第二间舱室的房门上敲一敲。如果汤姆·奥莱现在正在自己的船舱里的话,也许是个好时机,可以就最近越来越困扰她的问题征求一下他的意见,比如怎么对付萨奥特那不同寻常的……"注意"。

在如何与非人类种族相处的问题上,没有谁比汤姆·奥莱更适合给出建议的了。他的官方职位是外星技术顾问,不过大家都知道,他更多地扮演着心理学家的角色,协助梅茨博士和巴斯金博士对海豚船员协同合作的表现给出评价。他了解那些鲸类动物,也许他可以告诉自己萨奥特看中了她身上的哪一点。

汤姆肯定知道应该怎么做,但是……

丹妮又开始习惯性地犹豫不决。有太多的理由不该在这个时候去打扰汤姆了。除了睡觉之外,他的每分每秒时间都用来找办法拯救这艘船上大家的生命。当然了,船上的大多数人几乎都在这样做,但从经验和声望上讲,汤姆是最可能找到办法让"奔驰号"能够逃离基斯拉普、不被外星人抓到的人。

丹妮叹了口气。她不想去找汤姆的另一个原因只是单纯的害羞。年轻的女性人类向汤姆这样饱经世事的男性寻求私人建议,实在不是一件容易的事情;更何况她要问的是如何应付一只为情所困的海豚。

不管汤姆有多么和善,他肯定会哈哈大笑——或者强忍着不笑出来。丹妮不得不承认,除了被表白的对象是自己之外,这种情况确实是够搞笑的。

丹妮加快了脚步,穿过静悄悄的弧形走廊,朝电梯走去。我到底是为什么来到太空的呢? 她问自己。当然了,这对我的职业生涯来说是一次好机会,而我在地球上的个人生活已经乱成了一锅粥。但现在又如何? 对基斯拉普的生态分析毫无进展,反倒是有几千只凸着眼睛的外星怪物在行星轨道上盘旋,随时准备冲下来把我们抓走;一只发情的海豚正不停地骚扰着我,做出的暗示连叶卡捷琳娜女王[①]看了都要面红耳赤。

这不公平。但生活又什么时候公平过?

"奔驰号"是由"蛇鲨猎手"级探索飞船改建而来的。这种型号的飞船还在服役的已经很少了。随着大数据库中技术的广泛应用,人类的生活越来越舒适,他们学会了将旧科技与新技术(包括格莱蒂克人古代的设计和人类自发研究的技术)结合起来。但在研制这种飞船的时候,人类还处于学习过程中,做出的东西简直惨不忍睹。

---

①叶卡捷琳娜二世(1929-1796):俄国18世纪女沙皇,是俄罗斯历史上唯一一位被冠以"大帝"之名的女皇,据传一直拥有众多情人。

飞船的外形是一头呈圆球状的柱体,侧面有五根鹤爪般的机械臂沿着船体排开,每根机械臂上有五个机械爪。在太空中,这些机械爪罩住飞船,为飞船提供球状的力场防护;而在"奔驰号"遭到损伤、需要在外星的海面以下八十米的满是淤泥的峡谷中着陆时,它们又起到了支撑脚的作用。

在支撑脚的第三节和第四节之间,船身向外微微突出,这就是无水轮。在没有重力的外太空,无水轮会进行自转,以原始的方式提供人工重力。人类和他们的扈从种族都学会了如何生成重力场,但几乎所有地球产的飞船都设计有这样的离心轮。在有些人看来这是地球产品特有的商标,就像某些友好的种族对地球人建议的那样,昭示着来自太阳系的这三个种族与宇宙中其他种族完全不同,他们是来自地球的"孤儿"。

"奔驰号"上的无水轮中可供四十个人类居住,不过现在船上只有七名人类和一只黑猩猩。这里还给海豚提供了一些娱乐设施,包括供他们跳水嬉戏的泳池,还有在非执勤时间里使用的性游戏场所。

但在行星的表面,这转轮是不会开动的,其中大多数房间都被打上了标记,禁止进入。飞船中部巨大的船舱注满了水。

飞船的无水轮与固定不动的中心轴之间有几条轮辐式通道,而中心轴支撑着"奔驰号"中的开放空间。丹妮坐着电梯进入其中一条通道,离开电梯,走进一段六角形的过道。过道各个角度的墙壁上都开有舱门。她沿着过道走了大约五十米,来到了主闸舱。

在失重环境下,她可以滑过这条长长的通道,而不用一步步走过去。重力让这条走廊变得陌生了。

主闸舱中的一面墙上装了透明的柜子,里面是太空服和潜水用具。丹妮从衣柜中挑了一套比基尼式紧身服、一副面具和一套泳蹼。在"正常"情况下她会穿全身式工作服,加上小型喷气式腰带,也许还会配上一对宽宽的机械翼。从中心舱室里跳进去,只要留心避开无水轮的轮辐通道,就可以沿着充满潮湿空气的舱室,游到任何想去的位置。而现在这些辐条都是静止不动的,中央的舱室里则是比空气更潮湿的东西。

丹妮快速脱掉外衣,钻进潜水服。她站在穿衣镜前,调整着衣服上的带子,直到比基尼完全合身为止。她的身材很是诱人,她自己也知道,至少她认识的男性人类都这样对她说。不过略显宽阔的肩膀还是给了她认为自己不够完美的理由——她似乎一直在寻找自己身上的缺憾。

丹妮朝镜子笑了笑,镜中人马上变了一副形象。坚固而雪白的牙齿闪着亮光,衬得她深褐色的眼睛更加深邃。

她马上收敛了笑容。两颊的酒窝让她看上去更加年轻,而这是她不惜一切代价也要避免的形象。她叹了口气,把一头黑色的长发拢进橡皮潜水帽里。

好吧,赶快了结这件事吧。

她检查了一遍文件夹的封口,走进舱门。关上内侧的小舱门之后,嗞嗞作响的盐水从地板四周的喷头涌出,占满了整个舱室。

丹妮强迫自己不要往下看。她手忙脚乱地戴上呼吸面罩,把它紧贴在脸上。这层透明的薄膜摸上去很硬,不过即使在快速深呼吸的时候,空气也可以进出自如。面罩的边缘有许多有弹性的贴片,可以从富氧水中过滤出空气。在呼吸罩视野的角落中还配有声呐显示器,弥补了人类在水下时几乎听不到声音的缺陷。

温暖的水泡沿着她的腿部爬了上来。丹妮又调整了一下面罩,用手肘将文件夹紧紧地夹在体侧。液体已经漫到了她的肩膀,她埋下了头,闭上眼睛用力吸了口气。

呼吸面罩工作正常。当然了,一向都是如此。这种感觉仿佛在海面上浓厚的雾气中呼吸,不过空气还是足够的。之前那小小的入水仪式中她还感到恐惧,现在想来真是羞愧。她站起身来,等着水面漫过头顶。

门终于开了,丹妮游进一间较大的舱室。这间屋子的壁柜里整齐地放着蜘蛛机、步行机和其他海豚用的装备,墙边的整理架上挂着小型水下喷气包,飞船处于失重状态时海豚可以用它们在船体里行动。失重状态下,这些喷气背包可以用来做出许多惊人的特技动作,但现在他们降落在了行星上,整艘船都充满了海水,它们也就没有用武之地了。

通常总会有一两只海豚在这间更衣室里,扭动着身子钻进或钻出装备,但现在却空无一人。丹妮很是奇怪,她一边向房间另一头的出口游动,一边转头朝中央舱看去。

圆柱形的中央舱直径大约只有二十米,跟太阳系小行星带的太空城对比起来,实在算不上壮观。但每次她进入中央舱时,都会感觉这里是个如此广阔如此繁忙的地方。长长的管道沿径向从中心轴向外延伸出去,支撑着飞船的构架,同时为静止的机械臂提供动力。在这些管道之间就是海豚们的工作区域,各工作台之间都排列着结实的编织网。

除非万不得已,哪怕是友好的宽吻海豚,也不喜欢长期待在封闭的空间里。在太空的失重环境里,船员都在中央舱的开放区域工作,通过喷气背包在潮湿的空气中穿行。但克莱代奇不得不把破损的飞船泊入海洋,这意味着他要将海水灌满舱室,好让手下的船员们能够使用船舱中的仪器。

这时船舱里涌动着压抑的气氛。一串串气泡在船舱四处升起,向弧形的舱顶涌去。基斯拉普的海水注入船舱之前都经过了仔细的过滤,加入了各种溶剂,强行溶解了过量的氧气,制成了富氧水。经过了基因改造的新海豚可以在富氧水中呼吸,但他们并不喜欢这样。

丹妮看了一圈,迷惑不解。人都哪儿去了?

她终于看到了活动的物体,两个人类和两只海豚出现在中央轴上五米的地方,正迅速朝着船头方向游去。"嘿!"她喊道,"等我一下!"

呼吸面罩在设计上是可以把她的声音汇聚放大的,但在丹妮听来,周围的海水似乎把她的话吞没了。

海豚立刻停了下来,一齐转身向她游来。两个人类则继续往前游了一段,才停住转过了身,慢慢挥动着胳膊。看到丹妮时,其中一个人挥了挥手。

"快点,尊敬的生物学家!"一只大个头的深灰色海豚穿着厚重的工作服,从丹妮身边游过;另一只海豚则不耐烦地打着转。

丹妮尽力跟上他们的速度,"发生什么事了? 太空战结束了吗? 有人找到我们了?"

看着她游过来,矮胖的黑人咧开嘴笑了。另一个人类是名身材高挑、神情庄重的金发女子,丹妮刚刚赶上他们,她便急匆匆地转身向前游去。

"我说,要是外星人真打过来,我们会不拉警报吗?"一行人沿着中央轴上方游动时,黑人跟她开着玩笑。埃默森·丹尼特,这个黑人发卷舌音时为什么总带着英国口音? 丹妮还没跟人打听过。

得知"奔驰号"并没遭到攻击，丹妮松了口气。但如果不是格莱蒂克人发动了攻击，那这阵忙乱又是为了什么？

"考察队！"她已经完全把那些下落不明的同伴的命运抛到了脑后，只顾为自己的问题烦恼了，"吉莉安，他们回来了吗？俊雄和希卡茜都回来了？"

年长的女人继续游着。她四肢颀长，举止间的优雅令丹妮不禁心生嫉妒。她那女低音在水中也有着足够的穿透力，而脸上却带着严肃的表情。

"对，丹妮，他们回来了。不过至少死了四个。"

丹妮大吃了一惊，然后又努力跟上，"死了？怎么……到底是谁……"

吉莉安·巴斯金并没有减慢速度。她头也不回地答道："具体情况还不清楚……布鲁基达回来的时候，他说菲皮特和萨茜娅死了……他还告诉救援队，他们可能还会发现其他人搁浅，或者已经死掉了。"

"布鲁基达呢？"

埃默森用手肘轻轻地推了推她，"你又去哪儿了？他一回来就向全船发了公告，都好几个小时了。奥莱带着哈尼斯，还有二十只海豚去找希卡茜和其他人了。"

"我……我那时候肯定是睡着了。"丹妮在心里琢磨怎么把某只黑猩猩大卸八块。我过去找查理时他为什么不告诉我？没准儿他完全把这事给忘了。总有一天会有人因为那猩猩的偏执狂把他掐死的。

巴斯金博士已经和两只海豚一起往前走了很远。她游泳的技术简直和汤姆·奥莱一样好，紧急情况下，船上的另外五个人类船员都跟不上她的速度。

丹妮转身朝向丹尼特,"告诉我怎么了!"

埃默森把布鲁基达报告的情况简短地总结了一下:杀人草,燃烧着坠落下来的星际巡洋舰,战舰坠落时引发的强烈地震,还有随后而来的救援病。

丹妮被这故事震惊了,尤其是年轻的俊雄在事件中起到的作用。那听上去可不像是岩野俊雄干的事。他是"奔驰号"上唯一一个比她更年轻、更孤独的人类。当然了,她对这个实习生颇有好感,不希望他为了做英雄而丢掉性命。

埃默森把最新的传闻也告诉了她,在深夜的暴雨中到达小岛的救援小组,还有那些使用原始工具的原住民。

丹妮停下了正在挥动的手臂,"原住民?你确定吗?土生土长的前智能生物?"她凫着水,眼睛盯在黑人工程师脸上。

离中央舱末端的舱门只有十米米远了。从舱门外传进来一阵刺耳的吱吱尖叫声。

埃默森耸了耸肩,随着这动作,一串气泡从他的肩膀上和面罩边缘升起,"丹妮,咱们自己过去看看怎么样?到目前为止我也只听到了一些传言,现在他们应该已经在做净化了。"

前方突然传来一阵尖厉的引擎轰鸣声,三艘白色的动力艇从舱门外迎面冲来。丹妮和丹尼特还没来得及动作,它们就绕着两个人转了个弯,留下一串超临界压力产生的气泡尾迹,在两人身边掠过。

每一艘动力艇后面都拖着一个塑料制成的球壳,球壳里面是受伤的海豚。其中两只体侧都有着吓人的伤口,只进行了简陋的包扎。丹妮认出其中一只是希卡茜,"奔驰号"上的第三船长,她不禁惊得瞪大了眼睛。

救生艇沿着中央轴的下方驶去,转向大圆柱体内壁上的一处开口。刚才那名肤色黝黑的金发女子正抓着最后一艘小艇外面的把手,随着它向里拐去,空着的那只手正把一台诊断仪按在受伤的海豚身上。

"难怪吉莉安这么着急。我耽误她的时间真是太傻了。"

"噢,别担心这个。"埃默森扶住了她的胳膊,"看上去伤势还没严重到需要动手术的地步。玛卡尼和医护机器人完全可以搞定的,你知道。"

"但还是会有生化损伤……可能有人中毒……我去看看能不能帮上忙。"

丹妮正要转身离开,工程师拉住了她。

"如果玛卡尼或者巴斯金女士有什么处理不了的事,她们会呼叫你的。你肯定不想错过下面这些情报,可能和你的研究专业有关。"

丹妮朝渐渐远去的医疗艇看了一眼,点了点头。埃默森是对的。如果需要她的话,船里的通信设备总可以找到她的位置,而且很快就会有一艘快艇过来接她,比她游泳快多了。两人开始向过渡舱游去,那儿有好多激动不已的海豚正不断地吐着泡泡。游进船舱之后,四周都盘旋着海豚那灰色的躯体,气泡四下飞舞。

"奔驰号"船头方向的过渡舱是飞船与外界主要的连接口。圆柱形的墙壁上布满了储藏室,里面装着蜘蛛机、快艇和其他装备,供离开飞船执行任务的船员取用。船头上有三个大型空气舱。

左右舷处的两个空气室中,放着一大一小两艘救生艇。两艘小型太空船的船头几乎都要触到前方的隔离膜了。只要这层膜一打开,它们就可以随时冲进真空、空气或是海水中。

　　小艇那边的空气舱只有二十多米长,舱尾离过渡舱的闸口不远;而较大的救生艇那边,空气舱的尾部一直延伸出去,会入了房间与过道组成的迷宫当中,舱室也与"奔驰号"那圆柱形的外壳融为一体。

　　在他们头顶上,第三个泊位是空的。之前船长的专用小艇停在这里,但几周前,在一场奇怪的事故当中,那艘小艇不见了,随之失踪的还有十名海豚船员。克莱代奇把那块地方命名为浅滩星群。小艇是在调查失落的舰队的过程中失踪的,在那之后,船员的交谈中便很少提及此事。

　　又一艘小船在他们身边经过,向医疗舱驶去,丹妮不由自主地抓住了丹尼特的手臂。它的速度比刚才那三艘白色医疗艇要慢上不少,船尾上系着包裹好的绿色袋子。袋子一端呈细长的瓶状,另一边扁平,可以猜到里面装的是什么。

　　没有比较小的袋子,丹妮想。这是不是意味着俊雄还活着?接下来她就看到他了,就在净化舱旁边,一个穿着防水服的年轻人类站在一群海豚中间。

　　"是俊雄!"她喊了一声。为什么突然有种如释重负的感觉呢?她用手指着,强迫着自己用平静的语调说道:"他身边那个是基皮鲁吗?"

　　丹尼特点了点头,"是的。他们看上去情况还不错。这样的话,说明遭遇不幸的应该是西斯特了。真可怜,我们相处得还挺好的。"失去朋友的埃默森心中痛苦不堪,那故意做出的低沉嗓音完全消失了。

　　他朝人群中仔细看去,"你能想出什么正当的理由,让我们留在这儿吗?按照习惯,大多数海豚都不会干涉我们的行动,不过克莱代奇可不一样。要是他觉得我们是在这儿无所事事地闲晃,耽误了他的工作,他会把我们的屁股都咬下来的,才不管我们是不是庇护种族。"

丹妮也已经想到了这点,"交给我吧。"她带着丹尼特穿过拥挤的船员,用手拨开背鳍和尾巴开出一条路来。大部分海豚一看到两个人类过来,就主动让在一边。

丹妮扫视着这些吵吵闹闹的家伙。汤姆·奥莱难道不该在这里吗? 她想着。他和哈尼斯还有席奥特都是救援队的人,现在他们去哪儿了? 为什么我在哪里都看不到他? 我一定要抓紧时间找他谈谈。

俊雄现在看上去就是个累坏了的年轻人。他刚刚从净化舱里出来,一边和克莱代奇说话,一边慢慢地脱掉防水服。很快他身上就一丝不挂了,只戴着一副呼吸面罩。他的手上、脖子上和脸上都覆盖着人造皮肤。基皮鲁在他身边游着,一样的精疲力竭。海豚头上戴着呼吸器,应该是出于医生的嘱咐。

围观的海豚们原先总是挡住丹妮的视线,但突然之间,他们就开始四散转身,往四面八方游开。

※……这群闲散着围观的人——
停止无益的窃听吧
※愿他们的余生挣扎在伊基的网中——
为他们逃避工作和责任而受到惩罚!

海豚们四下散开,把丹妮和埃默森留在原地。转眼之间,船员就散去了大半。

"别让我再说一遍!"克莱代奇说道,他的声音追逐着那些正在离去的船员,"这里的工作结束了,清理一下你们的思维,回去工作!"

还有十几只海豚留在船长和俊雄身边,有的是外舱的工作人员,有些则是船长的助手。克莱代奇转身对俊雄说:"继续讲吧,小鲨鱼猎手,把你的故事说完。"

男孩的脸红了,他显然没有准备好被这样称赞。他强撑着睁开沉重的眼皮,努力在水流中保持着标准的军姿。

"呃,我想就是这些了,长官。奥莱先生和席奥特告诉我的所有计划我都转告给你了。如果外星飞船还有利用价值的话,他们会派小艇回来报告情况。如果没有,他们就会尽快收集所有能用得上的东西,然后返航。"

克莱代奇的下颚转了一转。"危险的赌博。"他评价道,"他们一天之内到不了废船那里,但要是几天不和我们联络的话……"

气泡从他的呼吸孔中涌出。

"那么就这样好了。你先下去休息,然后和我一起吃晚饭。你为我们救下了希卡茜的命,有可能还会拯救大家的性命,不过作为奖励的是,你会受到严格的审问,恐怕比你被敌人抓到时受到的还要严酷。"

俊雄疲惫地笑了笑。

"我明白,长官。我会让您把我知道的一切榨干净,不过能不能让我先吃点东西……再把身上弄弄干净。"

"好。到时候见!"船长点了点头,转身离开。

丹妮正要喊住克莱代奇,有人却先她一步叫住了船长。

"船长,请等一下! 我能说句话吗?"

声音中充满了音乐感。说话者是一只体型巨大的雄性海豚,皮肤上长着灰色的斑点,这是尖吻海豚混血后代的特征。他穿着文职人员的工作服,和普通船员的工作服不同,那上面没有庞大的支架,也没有沉重的操作臂。

丹妮心里涌起一阵冲动,想要躲到埃默森·丹尼特身后。萨奥特说话之前,她根本就没在人群中注意到他的存在。

"在你离开之前,长官。"海豚发出长笛般的声音,无论是口气还是声音都透着漫不经心,"我希望您能批准我去希卡茜搁浅的岛上看看。"

克莱代奇甩了甩尾巴,朝下翻了个身,转过来看着说话的人。他带着怀疑的口气说:"语言学家先生,我们可不是商量要去哪个啤酒吧做客,在那座小岛上,诗写得再好也挽不回犯下的错误。你之前从未表露过如此的勇气,现在为什么又甘愿以身犯险了?"

萨奥特在原地停着没有动弹。虽然丹妮对这个没有军籍的专家没什么好感,但还是感到同情。在发现失落的舰队的时候,萨奥特拒绝和那支调查小组一起出发,而后来调查小组遭到了毁灭性的打击,这样的表现难得到海豚的尊重,大家都把他看成了个娘娘腔。

但事实证明他是对的。十只海豚和船长的座舰都不知下落,"奔驰号"此前的第二指挥官也在行动中失踪。

而这一切的牺牲换来的,不过是一根由成分不明的金属制成的三米长的管子,千万年岁月间被太空中的微陨石撞得遍体鳞伤。是汤姆·奥莱一个人找到它的,吉莉安·巴斯金接手之后就把它完全封闭了起来。据丹妮所知,之后还没有人见过那东西。和他们所承受的损失相比,所得到的收获似乎并不相称。

"船长,"萨奥特说,"我认为就算是汤姆·奥莱现在也顾不上对那座小岛进行仔细的考察。他已经出发去调查那艘太空船的残骸了,但小岛上仍然有我们非常关注的东西。"

这不公平！丹妮已经准备好去做这项工作了！这种事情本应由专业人员处理，通过正式途径提交申请……

"尊敬的船长，"萨奥特继续说道，"除了努力逃离伏击，对地球种族尽到责任之外，我们最重要的使命是什么？"

克莱代奇看上去很不愉快。显然他想扑上去咬住萨奥特的背鳍，让他为用这种口气说话接受一点教训。同样明显的是，萨奥特有对付他的鱼叉……他提到了"责任"这个词，还编了一条难解的谜语。船长的尾巴挥动着，发出一阵低沉的宽频声波，好像钟表发出的滴答声。他的眼睛深深陷了下去，颜色变得更深了。

船长是先猜出这谜语呢，还是先把萨奥特押下去关禁闭？丹妮不愿意等着看结果了。"是原住民！"她喊道。

克莱代奇转身打量着她。她感到船长在用声波场上下审视自己，脸不禁红了。她知道这声波会穿过她的整个身体，没有任何事能瞒过船长，就连早饭吃的是什么他都能看得一清二楚。克莱代奇把她吓住了。她觉得自己根本不是什么庇护种族，那广阔的额头后面有着更强大更深邃的思想。

船长突然转过身朝俊雄游去，"你还带着汤姆·奥莱找到的手工制品吧，小猎人？"

"是的，长官，我……"

"在你去休息之前，请把它们借给生物学家苏德曼和文化语言学家萨奥特。等你休息好之后再去找他们要回来，他们会从专业角度向你提出建议。晚饭时向我汇报。"

俊雄点了点头。船长转身过来朝向丹妮。

"在我批准你们行动之前，你需要制订一份计划。我不能给你太多的物质支援，而且一遇到危险，你就必须马上返航。你能接受这条件吗?"

"好……好的。我们只需要从船上带去一根单线电缆,用来连接计算机。此外……"

"这些去和基皮鲁谈,最好赶在他休息之前。他应该能帮你研究一下在军事上的可行性。"

"基皮鲁? 我还以为……"丹妮朝那只年轻的海豚看去,赶忙把后半句话吞下肚去。基皮鲁正戴着呼吸器,静悄悄地待在旁边,看上去比以往更加不开心了。

"我有我的原因,女士。作为飞行员,当我们被困在这里无法移动时,他起不到太大的作用。我可以批准他暂时离开岗位,做你们小队的联系人——前提是你们的行动计划能够得到我的批准。"

船长转过去看着基皮鲁,基皮鲁感到船长在注意他,扭头朝别的方向看去。俊雄把手放在基皮鲁弓起的脊背上。这看上去也很不正常。据丹妮之前的观察,这两个人从来没表现得像关系很好的朋友。

克莱代奇的牙齿在船舱里闪闪发亮。

"还有什么建议吗?"

大家都默不作声。

克莱代奇拍打了一下尾巴,然后发出了解散的命令。他弓了弓身,随即向前弹出,飞一般游开去了。他的助手都跟在后面。基皮鲁目送船长离开视野,然后对丹妮和萨奥特说:

※听任你们吩咐,你们可以在——
我的船舱找到我,漂浮着,呼吸着——
※但先要让俊雄去休息※

丹妮给了俊雄一个短暂的拥抱,男孩笑了笑,手搭在基皮鲁背上,和他保持着同样缓慢的速度,转身游开了。

就在这时,一架内部电梯的管道打开了,一道蓝黄相间的影子如子弹般冲了出来。飞船上的另一位候补军官在基皮鲁和男孩身边一冲而过,然后又紧围着他们绕起了圈子,不停地发出短促而激动的尖叫声,一时间船舱里充满了欢乐的嚷叫声。

"你觉得俊雄还能睡得着觉吗?"埃默森问道。

"要是阿齐缠着他在和船长吃晚饭前把故事讲完的话,肯定就没戏了。"丹妮对阿齐和俊雄之间的关系颇有几分嫉妒,那好像恒星一样持久而热烈。她眼看男孩和朋友边笑边闹,最终消失在管道里。

"好了,姑娘。"埃默森·丹尼特朝丹妮微笑着,"这下你有科学考察的任务了,恭喜你。"

"事情还没定呢。"她答道,"再说,负责人是基皮鲁。"

"基皮鲁会负责军事方面的指挥。不过这点我也闹不明白,我真不知道克莱代奇打的什么主意,干吗派基皮鲁去做这份活。之前基皮鲁的事我也听说了。我想这应该是对这个可怜的家伙的惩罚吧。"

丹妮不得不表示同意,虽然她觉得这有些太残忍了。

突然之间,她感觉有什么光滑柔软的东西蹭到了左边大腿内侧。她大叫一声,双手捂住脖子转过身去。看清是新海豚物种学家萨奥特在用左边的胸鳍碰着自己,她叹了口气。尖吻海豚歪着嘴朝她笑了笑,粗糙的牙齿发出闪亮的光。

丹妮的心一阵猛跳,连声音都变了:"让鲨鱼吃了你吧!你个流氓诗人!"

　　萨奥特兜了个圈子绕了回来,瞳孔由于惊讶缩小了一圈。显然他没想到丹妮的反应会这么激烈。

　　"噢,丹妮!"萨奥特叹道,"我正要谢谢你帮我说服克莱代奇。很明显,你的魅力比我的长篇大论有说服力多了。吓到你了吗? 我真抱歉。"

　　丹妮没有理会萨奥特这话里有话的道歉,不过的确觉得自己有点反应过度了。她的情绪慢慢缓和了下来,"呃……好了好了,但以后再别像这样游到我身后了!"

　　根本不用转过身去,她就能感觉埃默森·丹尼特正用手捂着嘴偷笑。男人啊,难道都这样长不大吗? 她想。

　　"呃,丹妮?"萨奥特发出弦乐三重奏一般的声音,"如果我们要一起去探索小岛的话,还有些细节问题要讨论。你希望让克莱代奇按照他那先入为主的判断去选择小队的科学官吗,或者你愿意给我一个机会? 我们要不要一起争取一下?"

　　丹尼特开始咳嗽。他转过身去,假装清了清嗓子。

　　丹妮脸红了,"让船长去做决定好了。另外……我还不知道我们两个会不会同时被派过去。查理分析了这颗行星的地壳样本,他说有些情况你会感兴趣的……他说有迹象表明近代地层中有古代技术留下的痕迹。你应该尽快去见见他。"

　　萨奥特眯起了眼睛,"真有趣。我还以为这星球已经抛荒太久,不会再留下古代文明的痕迹了呢。"

　　但他还是粉碎了丹妮的希望,"不过,去挖掘基斯拉普文明那些早就烤干了的陈年旧货,远远比不上和现在这些前智能生命交流来得重要。我们必须做好准备,让人类成为他们的庇护种族。在你们完成对狗类的提升工作之前,我们海豚就可以有新的远房表兄弟了! 但要是坦度人、索罗人或是类似的种族先得到他们,那就只有求上帝保佑他们了!"他的语调稍稍缓和了些,"另外,这也是个好机会,让我们对彼此有更深入的了解……当然了,还可以交换一些专业的意见。"

埃默森·丹尼特不得不又咳嗽了一声。

"我已经离开修理室太久了,孩子们。"他那特有的低沉嗓音又回来了,"我想我还是回去修引擎,你们两个慢慢讨论计划吧。"

丹尼特根本没有掩饰脸上的笑容。丹妮发誓她早晚会报复的。"埃默森!"她低声说道。

"怎么了,姑娘?"丹尼特一脸无辜地回过头来。

丹妮盯着他,"噢……我打赌你身上连一滴凯尔特人①的血都没有!"

黑人工程师朝她微笑着,"怎么,宝贝,你不知道吗?每个苏格兰人都是工程师,每个工程师都是苏格兰人!"他挥了挥手,不等丹妮想出怎么回答,就径自游走了。这是个圈套,她暗暗骂了一句,居然落到这种陈词滥调的圈套里!

等丹尼特游到听不到他们说话的地方后,萨奥特又蹭到丹妮身边,"是不是该计划一下我们的探险了?"他把出水孔凑近丹妮的耳朵说。

丹妮吃了一惊。这时她才发现,四下已经空无一人。她的心跳越来越快了,而呼吸面罩提供的空气也有些不够。

"不,在这儿不行!"她转身想要游走,"到休息室去吧。那里有战术板……还有空气室!那儿才是人类呼吸的地方。"

萨奥特保持着和她同样的速度,距离近得让丹妮感到非常

---

①欧洲最古老的民族之一,罗马帝国时期迁居不列颠北部(今苏格兰),以尚武、好战、打抱不平著称。

不舒服。

"噢,丹妮……"但他也没有继续逼近,而是开始哼唱一首低沉的、不成曲调的旋律,旋律里混着三音海豚语不规则的变体。

虽然明知不应该,丹妮还是被这首歌迷住了。歌的旋律如此陌生,又有着奇异的美。过了好几分钟她才明白过来,歌词的内容是如此下流不堪。

15. 尖吻海豚

最近几周,莫奇、斯里卡-波尔和哈库卡-乔在下班时总是凑在一起抱怨着。

"他又来我的工作区了,今天。"斯里卡-波尔咬着牙说道,"他总是爱把自己的嘴巴搅到别人的工作里去,虽然做出一副虚心的样子,但他还不是在到处宣扬他那套智慧学的东西!"

莫奇点了点头。不用说他们都知道这个"他"指的是谁。

喊叫着——低吟着
那带着旋律的话语
我的人们纷纷摇动尾巴
向他那逻辑——逻辑致敬! *

哈库卡-乔朝后退了退。莫奇几乎从不说通用语,而他的三音海豚语有点太像原始海豚语了,根本上不得台面。

但斯里卡-波尔却觉得莫奇的话有道理,"那些宽吻海豚都很崇拜克莱代奇。他们总是模仿他的样子,好像个个都是智慧学的行家似的! 甚至连尖吻海豚里也有一半人被他的法术迷惑了!"

"好吧,如果他能让我们活着离开这地方,我就原谅他多管闲事了。"哈库卡-乔说。

莫奇摇着脑袋。

※活着! 活着!
前往那深深的、富饶的海域
※跟随着,跟随着
牙齿尖利的领袖! ※

"小声点!"哈库卡-乔匆匆转过身,仔细听着休息区传来的回音。有几个海豚船员聚集在食品机前,看上去似乎并没听到他们说话。"小心你说的话! 就算没有这种大逆不道的话,你的麻烦也已经够多了! 我听说梅茨博士已经向塔卡塔-吉姆问过你的事情了!"

莫奇轻蔑地笑了。虽然他没有说出口,但斯里卡-波尔显然也同意他的看法。"梅茨不会拿我们怎么样的。"斯里卡说,"大家都知道,这艘船上有一半的尖吻海豚是他选中参加任务的。我们是他的孩子。"斯里卡-波尔低声哼着,"奥莱和席奥特不在,希卡茜又在养伤,我们需要小心的就只有那个自命不凡的头头而已。"

哈库卡-乔激动地四处看着,"你也这么说? 当心,安静点行吗? 克萨-琼朝这边来了!"

另外两只海豚朝他指的方向转了过去。他们看到一只体型硕大的新海豚从飞船的电梯里出来,正朝他们的方向游来。一路上那些身材只有他一半大小的海豚船员赶忙纷纷避开。

"那又怎么样? 他是我们的人!"斯里卡-波尔自己也没有把握。

"他也是船上的水手长！"哈库卡-乔丝毫不肯退让。

"他一样讨厌宽吻海豚们那副嘴脸！"莫奇用通用语生硬地说。

"也许吧，但他知道把这想法藏起来！他知道人类对种族主义是什么看法！"

莫奇朝旁边看去。这只长着斑点的深灰色海豚和许多其他海豚一样，对人类这个庇护种族带着迷信般的恐惧。他犹犹豫豫地用三音海豚语回敬道：

※去问那些黑人——
那些棕色和黄色皮肤的人
※去问问鲸鱼们——
人类的种族主义是怎么样的！※

"那是很久之前的事了，"哈库卡-乔咂了咂嘴，多少有些惊讶，"再说人类并没有庇护种族指导他们！"

"现在也一样……"斯里卡-波尔说道，但听上去他对自己的话并没有信心。

克萨-琼来到跟前时，他们几人都闭上了嘴。在水手长的注视下，哈库卡-乔感到一阵发冷。

克萨-琼的个头非常大，身长超过三米，两个人类都抱不住他的身子。他那瓶子一样的鼻头很硬，和船上那些所谓的尖吻海豚完全不同。他身上并没有斑点，而是非常深的反隐蔽色。有传说，他是梅茨博士"特别计划"的另一名成员。

大个子游到了他们身边，响亮地喷出一串气泡。从他张开的嘴中露出一排可怕的牙齿。另几只海豚几乎下意识地做出顺从的姿态,转开了眼睛,闭上了进食嘴。

"我听说说你们在这里打了架……"克萨-琼用低沉的水下通用语说,"算你走运,我用一盘珍品录音带买通了水手长斯西塔,他答应我不把这事报告给船长。我想某些人应该为这盘带子付出些代价,连本带利……"

莫奇想说点什么,但克萨-琼却打断了他。

"别找借口!我根本用不着考虑你的情绪!像你那样从后面偷偷咬他,斯西塔原本就有权要求你对质!"

[*]他怎敢!他怎敢!
尖吻海豚中的懦夫!
[*]他怎敢……

莫奇的吟唱刚开了个头,就被克萨-琼用尾巴重重地捆了一记,撞在船舱上。他在水中往前滚了好几米才勉强停住,身子痛苦地扭曲着。克萨-琼游到他身边,低声说道:

"你、们、也是宽吻海豚!我们整个种族在大数据库里注册的都是这个名字!'友好宽吻海豚属'!要是不相信我的话,就去问问梅茨博士!跟你们一样有着尖吻海豚基因的船员都以你们为耻——包括副船长塔卡塔-吉姆和我自己!你们的所作所为和动物没什么两样!要我教你们怎么做一只友好宽吻海豚吗?真想把你的肠子扯出来当缆绳!"

莫奇浑身发抖,转弯游走了。他的嘴闭得紧紧的。

克萨-琼轻蔑地用声呐的余波目送莫奇离开,然后转过身来看着剩下的两人。哈库卡-乔和斯里卡-波尔装出一副若无其事的样子,端详着中央舱里游来游去的那些装饰用的红绸鱼和天使鱼,哈库卡-乔还轻声吹着口哨。

"休息结束了!"水手长说道,"回去工作,把你们那股子气留到没人的时候再撒!"克萨-琼转过身去,迅速游走了。他的尾鳍带起的水波差点让另外两只海豚翻了个跟头。

哈库卡-乔看他游走,压低声音,长长地叹了口气。

这样应该就够了。克萨-琼匆匆向储存舱赶去,准备执勤。尤其是莫奇,这顿斥责应该能让他老实一阵,最好如此。

现在这种时候,他和塔卡塔-吉姆最不愿意看到的,就是和种族主义有关的捕风捉影的传言。在这种事情上,人类最容易团结起来,共同对付其他种族的。

而且这种事情一定会引起克莱代奇的注意。塔卡塔-吉姆坚持说应该再给船长一次机会,让他制订一个能够把我们都活着带回家的计划。

那么好吧,我可以忍。

但如果他拿不出这样的计划呢? 如果他继续要求船员做出牺牲,又没有人愿意站出来当英雄呢?

到那时,必须有人代表船员站出来,推选出另一位船长来带领大家。塔卡塔-吉姆仍然在犹豫不决,但这种事是由不得他的。

如果出现这种情况,他们还需要有人类的支持,而像莫奇这样鼓动种族之间不和的行为,则会毁掉我们的机会。克萨-琼一定要牢牢控制住那只尖吻海豚,要他保持温和驯顺的形象。

但他也时不时有这样的冲动,想去照着那装腔作势、道貌岸然、又觉得自己高人一等的宽吻海豚狠狠咬上一口!

16. 格莱蒂克人

——欢呼吧——

暗夜兄弟会中的老四低吟着。欢呼吧，这颗死气沉沉的行星的第五颗卫星已经被我们征服了！

为了这个力量的支点，暗夜兄弟会经历了艰苦的奋战。而很快，他们就将从中获得无人可挡的力量，将异教徒与亵渎者彻底从天空中扫清。这颗卫星将保证他们获得这份奖赏，同时也是唯一的获胜者！

这颗卫星拥有克瑟米尼星系中的其他星球都没有的特质，它的地核中含有接近百分之一的终极元素①。现在，已经有三十艘兄弟会的飞船在上面着陆，开始制造终极武器。

和以往一样，大数据库是一切的关键。许多年之前，老四在某两个已经不复存在的种族之间交战的历史记录中，偶然间读到一条语意模糊的注解。大数据库如同一座庞大的迷宫，他花了半生的时间在其中刨根问底。而现在，一切都有了回报！

——欢呼吧！——

叫喊声回响着。这是一曲胜利的赞歌，其他参战各方一定

---

①Unobtainium，科幻小说中常用的虚构的稀有元素。

131

也开始注意到,克瑟米尼星系的这个角落中有什么非同寻常的事正在发生。现在最激烈的战斗仍然集中在那颗巨大的气体星球附近最有战略价值的区域,甚至蔓延到基斯拉普星球附近,但还是有一些敌人派出了侦察兵,前来窥探暗夜兄弟会正在做些什么。

——让他们来看就好了! 又能怎么样? ——

一艘索罗人的飞船已经盯着他们看了一会儿了。它会不会觉察到他们的计划了?

——绝对不会! 那条注释实在是太模糊了! 我们的新武器已经在尘封的档案中等待太久了,从不曾有人注意到它。等到这颗卫星开始在概率波的第十五频道上震动,发散出非概率波,将他们的战舰部队撕得粉碎时,他们才会明白过来发生了什么事! 他们的舰载大数据库终端里当然也有这些的记录,但一切都太晚了!——

随着谐振器的建造接近尾声,老四在外太空注视着这一切。一艘艘飞船在卫星上着陆,将它们的能量注入谐振器。在一千个单位之外,他也能感到正在形成的震波……

——他们在做什么? 那些被祖先抛弃的索罗人在做些什么? ——

仪器表明,第十五频道上不止有暗夜兄弟们! 从索罗人的飞船上传出了比较微弱的震波,那颗小小的卫星也在发出奇妙的节拍。是共振。

第十五频道开始震动了。虽然无法相信,但它却是在跟着索罗人的旋律振动!

地面上的兄弟们试图发出撤离的信号,但已经太晚了! 小小的卫星抖动着,最终完全瓦解了。几块较大的岩石碎片四处飞散,把沿途的飞船撞得粉碎。

——他们怎么会知道? 他们怎么……——

这时老四终于明白过来了。很久以前,他刚开始研究新式武器的时候,有一位数据库管理员帮了他的忙……一个皮拉人! 皮拉人给他提了许多有用的建议,帮他找出许多注释。老四当时并没有在意,毕竟数据库管理员的作用就是帮助查询材料,而且不管他们的背景如何,在任何情况下都应当保持中立。

——但皮拉人是索罗人的扈从——老四终于明白了——克拉特一直都知道他们的计划——

他发出指令,命令那些幸存下来的军队隐藏起来。——这只是一场小挫折。最终抓住地球人的一定是我们! ——

残余部队开始逃跑,而在他们身后,卫星仍然在继续解体。

17. 汤姆·奥莱

哈尼斯·苏西趴在汤姆·奥莱身边的重工艇上。苏西是飞船上的工程师，体形瘦削，已经开始秃顶了。他指着两人面前的飞船残骸说："是艘泰纳尼的飞船。虽然已经毁得不成样子了，但我可以肯定。看到了吗？船上没有装客观定位器，只有静态防护力场用来保证主要的支撑脚。泰纳尼对现实的变换心存恐惧，他们从不在船上装概率驱动器。毫无疑问，肯定是泰纳尼人，或者是泰纳尼人的恩从或者盟友的船。"

海豚们在附近缓慢地兜着圈子，轮流在艇下的空气舱里呼吸。看到前方水底那巨大的失事船只，他们不禁发出情绪激动的声波信号。

"我想你是对的，哈尼斯。"汤姆说，"真是个大家伙。"

这艘船还没有粉身碎骨真是令人惊讶。它以五马赫[1]的速度撞到海面上，在海底至少弹了两下，每下都撞出了一座海底小丘，留下了巨大的凹痕，然后在海床上犁出一道深深的沟壑，最终停在一堆海底的淤泥中，几乎散架。淤泥的表面看上去很不

---

①马赫是流体力学的常用概念，即物体在流体中的运动速度与声音在流体中的速度之比。用M表示，当M＞1时，表示比音速快。

结实,如果有什么强烈的震动,肯定会塌陷下去,把这艘沉船完
全埋葬。

汤姆知道,飞船能保持现在这副样子一定是泰纳尼人的静
态力场的功劳。众所周知,泰纳尼人的飞船就算已经奄奄一息,
也很难真正被置于死地。在战场上,这种飞船行动缓慢,缺乏机
动力,但它们的生命力却像蟑螂一样顽强。

现在还没法评估飞船的受损状况。从海面上照下来的光线
已经变成了昏暗的深蓝色。但除非席奥特宣布安全,否则海豚
绝不会打开弧光灯。幸运的是,船体入水不算太深,他们可以轻
松进入;又不算太浅,可以让他们躲过头顶间谍卫星的眼睛。

一只腹部呈粉色的宽吻海豚游到小艇旁边。她的进食嘴来
回转着,做出一副若有所思的表情。

"真是令人惊讶啊,对吧,汤姆?"她问道,"本来它应该已经
碎成千万亿片碎块了。"

在这个深度上,海豚的声音听起来异常清晰。要把从呼吸
孔中喷出的空气和声呐发出的滴答声以复杂的方式混在一起,
需要身体做出如杂技般灵巧的姿势。对于不习水性的人类而
言,新海豚在水下说的话听起来更像是先锋派交响乐的混响,而
不是英语的一个变种。

"你觉得这东西对我们有用吗?"海豚军官问道。

汤姆又看了一眼飞船。在那场为争夺基斯拉普而进行的混
战中,可能根本就没人注意到这样一艘无足轻重的飞船的坠
落。他已经有了几个试探性的想法,其中也许有那么一两个足
够大胆、足够出人意料——也足够愚蠢——可以派上点用场。

"我们去看看再说。"他点了点头,"我建议分成三队,一队去
寻找船上的发射源,可能是概率波、心灵感应或者是中微子的发

射器，找到以后就把它关掉。沿途留意一下有没有幸存者，不过看上去可能性不大。"

苏西看着那艘被摔得不成样子的废船哼了一声。汤姆继续说："第二队主要进行收集工作。哈尼斯带队，还有迪查。主要注意收集单极子和高纯度金属，这些东西可以用在'奔驰号'上。如果运气好的话，也许可以找到一些我们需要的零件的替代品。席奥特，如果你允许的话，我想带领第三队行动。我想检查一下飞船结构的完整性，以及附近区域的地形。"

席奥特的嘴开合了一下，表示同意，"您的逻辑非常完备，汤姆。我们就这样做。好运鬼阿卡留在另一艘船上负责警戒，其他人，各自归队。"

席奥特正打算用尖啸发布命令，汤姆拍了拍他的背鳍，"对了，我们最好带上呼吸器。三音体的确不够有效率，但我觉得与其让大家为了呼吸空气不断往返，还要冒受伤的危险，倒不如暂时停止用通用语做复杂的交流比较好。"

席奥特扮了个鬼脸，不过还是依言发布了命令。救援队全是由"奔驰号"上纪律性很强的海豚组成的，他们在船边聚集时，只是偶尔有人低声发了几句牢骚，愤愤地吐了几个气泡，然后就都穿上了带有呼吸管的紧身衣。

汤姆听说有种呼吸器可以给海豚供应足够的空气，同时又不至于妨碍他们讲话。如果有时间的话，他自己也会弄一副试试。用三音海豚语说话对他来说并不困难，但以往的经验告诉他，海豚们在交流技术问题时，如果不用通用语的话，总会弄出问题来。

老哈尼斯已经在抱怨了，他在帮忙给海豚递呼吸器时带着毫不掩饰的怨气。作为首席工程师，他自然精通三音海豚语，但三重逻辑对他来说有点太难了。更糟糕的是,他在写诗上实在不在行。很明显他并不想用口哨的旋律去讨论技术问题。

他们要做的工作还很多。随救援队前来的几名次级军官和船员已经返回"奔驰号",护送俊雄、希卡茜和其他那些在搁浅事件中遇难的海豚。剩下的只有二十来只海豚,如果遇到什么危险,他们就必须自行解决了。"奔驰号"就算能派出援军,等来到这里时恐怕已经为时已晚。

如果吉莉安在这儿就好了,汤姆想。检查外星人的飞船虽然不是她的专长,但她足够了解海豚,如果事情有了变化,她也知道该怎么办。

但她在"奔驰号"上还有工作要做,要努力去解开那具木乃伊的谜。木乃伊可能已经在那里放了数十亿年,甚至根本就不应该存在。如果有什么紧急情况发生,除了他自己(或者还有克莱代奇),她将是"奔驰号"上唯一知道尼斯电脑存在的人,也是唯一知道如果尼斯电脑能够得到正确的数据、将会有什么潜在意义的人。

意识到自己又在为自己的行为找借口,汤姆不禁一笑。

好吧,确实有足够合理的理由让我们现在不能在一起。就当这是必须付出的代价好了。把这里的工作做好,也许再过几天就可以回到她身边了。

两人从青年时代就已情深意笃,相识至今,他们从不曾怀疑彼此是天生的一对。汤姆有时候在想,他们的设计者是否早已预料到了这些:在选择配子时寻找特定的配对,让受精卵在成长之后彼此可以完美地契合。两人之间有时可以进行简单的超距交流,这也许就是证据。

不过,这也许只是个幸福的巧合。无论是法律还是习俗,都对人类的基因规划做出了很严格的限制。不论是否巧合,汤姆都心存感激。在为地球议会执行任务的过程中,他知道宇宙充满了危机与假象。智能生命就算有感受爱情的能力,也未必能够找到自己心中所爱。

安装好呼吸器之后,汤姆立刻打开船上的扩音器,放大了自己的声音:"大家一定要记住,虽然格莱蒂克人的技术都是建立在大数据库资料的基础上的,但大数据库中所储藏的知识实在太多,沉船上有什么样的仪器谁也说不准。在你们确认能鉴别出船上的仪器、确认它不会造成危害之前,请把它们都当成是陷阱对待。

"第一小队注意,在确认沉船不会发出信号之后,你们的首要任务是找到作战计算机。应该有许多关于太空战的第一手记录资料。这些信息对船长有着非常重要的价值。

"此外,大家请留意寻找大数据库的符号,这符号可能出现在任何地方,如果见到的话,请记录下发现的位置,然后用密电向我报告。我希望能够查出他们的船上安装的是什么形式的终端。"

他朝席奥特点了点头,"上尉,这样安排你看如何?"

"奔驰号"上的第四官员猛地合上双颚,点头表示赞成。她很感谢奥莱的礼貌,不过她宁可去咬自己的尾巴,也不会对他的建议提出异议的。"奔驰号"是第一艘由海豚指挥操控的太空探险船。但从一开始大家就很清楚,船上这几位随行的人类提出的建议,都将被视为庇护种族的指示。

她用三音海豚语喊道:

※第一队,和我一起——

四下散开,注意聆听
※第二队,紧跟苏西——
追寻气味,寻找宝藏
※第三队,追随奥莱——
尽力协助,观察地形
※时刻警惕,莫留踪迹——
※若有遗痕,迅速清理——
※思而后动,保持清醒——
※"奔驰号"船员听令——
出发!※

　　收到明确的命令之后,三队人马各自起程,其中一队在经过汤姆的小船时,还齐齐地做了一个侧滚动作向他致敬。根据席奥特的命令,整支队伍都在寂静中前行,只有海豚的声呐不断发出高频率的嘀嗒声。

　　汤姆把小艇开到离沉船只有四十米左右的地方才停下。他在哈尼斯背上拍了拍,然后从一侧翻身下水。

　　这艘飞船真的太漂亮了!汤姆用便携式光谱仪简单分析了一下船边裂缝处露出的金属成分,测出β衰变[1]产物的比例后,他不禁吹了声口哨,引得附近的海豚都好奇地转过头来看着他。关于合金的原始成分,以及飞船部件铸成之后暴露在中微子辐射下的时间都只能通过猜测得出,即便如此,大致推断下来,这艘飞船至少已经有三千万年的历史了!

　　汤姆摇了摇头。这个事实让他意识到人类与格莱蒂克人之间的差距到底有多么大。

――――――――――
　　[1]原子核自发地放射出β粒子或俘获一个轨道电子而发生的转变。

我们一直把那些使用大数据库的人想象成食古不化、缺乏创造力和适应能力的物种，汤姆想，这种说法倒是没错，大多数格莱蒂克种族都沉闷无趣，毫无想象力可言，但是……

他看着阴影里那笨重的飞船，不禁浮想联翩。

传说中千百万年前，在始祖种族前往无人知晓的星域之前，他们对知识的探求从不曾停止。但现在，绝大多数种族在需要知识的时候，都只知道向大数据库求索了。大数据库的容量增长得非常缓慢。

如果你想要研究的一切东西都已经被前人发现过上千遍了，那么你再去做研究还有什么意义呢？

比方说，要设计一艘飞船的话，从大数据库的档案中搜索出一艘先进飞船的制造方案，不管自己能否理解其中的原理，亦步亦趋地照搬所有的设计，当然要简单得多。地球人也照这样制造了几艘飞船，飞船的表现都非常令人赞叹。

地球议会是处理地球各种族与格莱蒂克文明圈之间关系的机构。他们也曾一度受到了这套说辞的诱惑。有很多人类急切地想要采用格莱蒂克文明的模板，就像那些古老的种族采用了更古老的设计一样。他们举出了日本的发展作为例证，十九世纪时日本也面临着类似的问题：如何在比自己强大了无数倍的国家之间存活。明治时代的日本把所有力量都用来学习与模仿强大的邻国的技术，最终成功地成为他们中的一员。

但大多数地球议会成员，包括几乎所有的海豚成员，都反对这样的做法。他们认为大数据库是一个蜂蜜罐子——虽然看上去充满诱惑与利益，但同时也是个可怕的陷阱。

他们对黄金时代的负面效应心存畏惧，"以古为师"有着巨大的诱惑，令人总是想从古老尘封的文本中寻找智慧，而无视最新的探索成果。

　　除了少数几个种族之外(如坎顿人和泰姆布立米人),整个格莱蒂克文明圈似乎都陷入了这样的心态。大数据库是他们解决一切问题最初也是最后的依靠。虽然几乎所有问题都能在古老的记录中或多或少找到一些帮助,但某些地球上的狼崽子却一直对它抱着厌恶的态度,其中就包括汤姆、吉莉安,以及他们的导师——雅各布·迪姆瓦①。

　　地球人最终保留了自力更生发展技术的传统,地球议会的领袖们坚信,哪怕是处于格莱蒂克所在的历史阶段,也有创新开拓的余地。至少这样的信念会让大家感觉更好一些。对于狼崽种族来说,骄傲是他们最重要的财产了。

　　作为星际间的孤儿,他们也没有其他更多的东西了。

　　但眼前这就是黄金时代力量的证明。飞船上每一个元件仿佛都是精密与雅致的象征。虽然飞船已经坠毁,但仍然可以看出设计上的简洁与美观,装潢上的庄严与华丽。没有一处肉眼可见的焊缝,承重结构在设计上与其他各部分融为一体。这里是一根静力场支架,同时还起着散热器的作用,以承载额外的概率能量。而其他某些功能重合的设计只能通过猜测了,上古时代的设计师们经过了一代代的锤炼,最终才形成了如此精妙细致的设计。

　　设计中透出的陈腐气息让汤姆感到触目惊心。从这种炫耀般的风格中,他更多感受到的是傲慢与荒诞,而非仅仅是异族文化中的陌生感。

　　汤姆在"奔驰号"上的主要工作就是对外星人的装置做出评价,尤其是军事设施。这艘飞船绝不是格莱蒂克人飞船中最先

①作者另一部作品《太阳潜入者》中的主人公。

进的,但在他看来,自己仿佛是古代新几内亚的游猎部族,正为刚刚缴获的一支前膛装药毛瑟枪自豪不已,却痛苦地发现敌人的部队已经装备了机枪。

他抬头往上看去,队伍的其他成员都在四下搜索。他用下颌按下了水下通信器的开关。

"大家的活都快干完了吗?很好,第二小分队,去看看外面的海沟是不是穿过了整个海底山脊。如果能从那边回到'奔驰号'上的话,可以缩短大约二十千米的路程。"

他听到第二小分队的队长卡拉查·杰夫发出的口哨声。很好,那只海豚很靠谱。

"小心点。"海豚们游走时,他在后面补充了一句,然后示意其他人跟着他,从一道被撕出的弧形裂口钻进飞船。

他们游进漆黑的通道,通道的设计让他们有种怪异的熟悉感。到处都是格莱蒂克文明中通用的示意符号,偶尔会有某个外星文明特有的设计夹杂其间。发光的面板和其他数百个种族飞船上的并没有什么区别,但在面板之间却装饰着泰纳尼人的象形文字。

汤姆凑过去一一检查那些文字,但他真正想要找到的是另一样东西:在五大银河系中处处可见的一个符号,一个辐射状的螺旋形。

如果他们找到了那符号,肯定会告诉我的。汤姆提醒自己。海豚知道我会感兴趣的。

不过,希望海豚们不要猜到,我是多么急着想看到那符号才好。

18. 吉莉安

"啊？为什么要我去？是你们一直拒绝和我合作！我只要
和布鲁基达谈上几分钟，难道这都算过分吗？"

吉莉安·巴斯金感到又累又气。黑猩猩行星学家查尔斯·达
特的全息影像还在盯着她看。要做出严厉一点的姿态让查理知
难而退其实也很简单，但在那之后，对方很可能去找伊格纳西
奥·梅茨抱怨，梅茨又少不了来和她谈一番"不能欺压扈从种族"
的大道理。

见鬼。新黑猩猩这副自高自大的样子，就算对方是人类，吉
莉安也不会忍这么久的！

她把落到眼前的一缕深色的金发拨开，"查理，我最后再说
一次，布鲁基达正在睡觉。他已经收到了你的消息，等玛卡尼确
定他休息够了之后，他会给你打电话的。在此期间，我要求你做
的事是拿出一个关于基斯拉普星重金属元素同位素丰度的列
表。我们刚刚给萨蒂玛做了一次四个多小时的手术，需要这份
数据来给她安排螯合净化疗程，尽快把她身体里的每一毫克重
金属元素都排出去。如果你觉得这份工作太重，如果你在那地
理谜题上花费了太多的时间，我这就打电话给船长或者塔卡塔-

吉姆,让他们派人来协助你工作!"

黑猩猩科学家做了个鬼脸,咧开嘴唇,露出一排大大的黄牙。在这种时候,虽然他有着巨大的脑容量,长着外凸的下颚和相对而生的拇指,但他看起来仍然更像一只愤怒的猿猴,而不是一位智人种的科学家。"好吧好吧!"他的双手飞快地摆动着,丰富的面部表情使他说话都显得有些结巴了,"但这事非常重要!你明白吗?我发现基斯拉普上有技术种族定居,就在不到三万年前!但格莱蒂克移民管理局在过去一亿年中一直把它当成抛荒星球,禁止任何文明接触!"

吉莉安想说"那又怎样?",但还是忍住了。在五大银河中,有着太多的文明由盛而衰,最终被人遗忘,数量连大数据库都无法完全统计。

查理一定从表情上看出了她的想法,大声喊道:"这是不合法的!如果这是真的,一定要汇报给移民管理局!他们也许会因此对我们表示感谢,让我们头顶上那帮宗教狂放我们一马!"

吉莉安惊讶地抬了抬眉毛。这是怎么回事?查尔斯·达特都在尝试着做本职之外的工作了吗?这么说来,连他都有为生存而担心的时候了。他关于移民法律的想法实在太幼稚了,强大的文明部族总是在曲解甚至篡改法律条文。不过,他的这份心思还是值得表扬的。

"好的,这想法不错,查理。"她点头道,"一会儿我要和船长一起吃晚饭,到时候我会向他提起这个的。我会问问玛卡尼能不能早点让布鲁基达出来活动。这样可以吗?"

查理带着怀疑的神色看了看她,但他没办法长时间保持这种涵义丰富的微妙表情,很快就咧着大嘴笑了。

"很好!四分钟之内我就会把材料传真给你!祝你健康!"

"也祝你健康。"吉莉安温和地答道。全息影像消失了。

她又盯着空无一物的全息显示屏看了一会儿，手肘架在桌子上，把脸埋在手掌里。

依芙妮在上！我怎么连一只发火的黑猩猩都要对付不了了，到底出了什么事？

吉莉安轻轻地按了按眼睛。我已经二十六个小时没有合过眼了，这应该也是原因之一。

之前她和汤姆那台见鬼的带有强力毒舌属性的尼斯电脑讨论了半天，她想要尼斯电脑帮她在大数据库中检索几条不那么常见的注释，但那台机器在语法上和吉莉安争辩个不停，谈话没有任何进展，也没起到任何作用。它知道吉莉安需要它的帮助，去研究躺在她私人实验室的玻璃箱里那具古代干尸，破解赫比身上的秘密，但它却不停地改变话题，在不相干的事情上东拉西扯，比如询问她关于人类性观念的看法。谈话结束的时候，吉莉安已经打算亲手把那台讨厌的机器大卸八块了。

但汤姆也许不会同意，她只好把这计划先放一放。

她正准备上床休息，就听到了外舱的紧急呼叫，然后就忙着帮玛卡尼和自动医疗机救治勘探队中的幸存者。在治疗工作完成之前，她一直为希卡茜和萨蒂玛担惊受怕，根本睡不着觉。

现在所有幸存者都已经脱离了危险，吉莉安也无法再用肾上腺素反应来填补感情中的空虚了——每到忙碌的一天结束之后，这种感觉就慢慢渗透出来。

这不是享受独处的时候，她想着。她抬起头来，在空白的全息通信屏上看着自己的影子，对面的人两眼通红。这当然和熬夜工作有关，但也是出于担心。

吉莉安当然知道如何应付这种压力，但那终究只是权宜之计。作为人类的本能需要温暖,需要与他人紧紧相拥,需要这种身体上的归属感带来的满足。

她不禁想,汤姆这时是否也有同样的想法?噢,当然了。通过两人间偶尔出现的简单的心灵感应,吉莉安知道她对汤姆有多么了解。他们两个是同一类人。

有些时候吉莉安总是觉得,设计者在汤姆身上做的工作比在她身上更加成功。每个人都知道她的能力有多么强,但却对汤姆·奥莱更加言听计从。

而在现在这种时候,过人的记忆力更像是诅咒,而非赐福。吉莉安不禁怀疑,自己是不是真的像自己的制造者保证的那样,对精神系统的缺陷永久免疫。

桌子上的传真机吐出一段打印出来的信息。那是查理答应她做出的同位素丰度分布表格,她注意到,科学家比他答应的还早了一分钟。吉莉安检查了一下表格。很好,实际数字和大数据库中那有上百万年历史的关于基斯拉普的记录出入不大。这本是意料之中的事,不过检查一遍总不是坏事。

表格下面有一行简短的注释提醒读者,这些数据只对地壳表面和软流层区域有效,地壳深度两千米以下的区域则不可参考。

吉莉安不禁微微一笑。也许有一天,查理这种强迫症可以拯救全船人的性命。

吉莉安走出办公室,来到一间巨大的开放舱室上方的栏杆上。栏杆下面两米处,船舱的中央部分被水充满,庞大的机器悬停在水面以上。吉莉安的办公室就在这间舱室的上半部分,海豚们如果不坐步行机或者蜘蛛机,是没法进入这个区域的。

吉莉安懒得解下腰带上的面罩,她朝下看了看,直接跃入水中,在两排深色的自动医疗仪中间穿过。这些巨大的长方形容器空空如也,默不作声。医疗港中所有的水路都很浅,以便让伤员呼吸空气,也可以进行大型手术。她挥动着长而有力的手臂向前游去,接着在一台仪器的角上一扶,自如地拐了个弯,穿过一道塑料卷帘门,进入了外科手术室。

她浮上水面,张开嘴深呼吸了几下,然后又重新潜下水,从一堵厚厚的铅化玻璃墙下面游过。前面那重重保护的引力池中,躺着两只全身裹着绷带的海豚。

一只海豚仍然昏迷不醒,身上插着乱麻一般的管子,双眼无神,看上去神志不清。另一只看到吉莉安游来,高兴地发出了口哨声。

"向你致敬,生命的清洁者! 你的药水已经把我的血管清洗干净了,只是这种失重的感觉实在让我作为宇航员的心脏不大好受。谢谢你!"

"别客气,希卡茜。"吉莉安轻松自如地踩着水,根本不用去借助引力池四周的横杆和轨道,"不过,别太习惯了这种舒服的感觉,恐怕过不了多久我和玛卡尼就得把你从这里踢出去了。你有一副铁打的身子,这就是给你的惩罚。"

"是啊,我为什么不是铋或者镉做成的?"希卡茜发出一阵颤舌音一样的笑声。

吉莉安笑了,"确实如此。而且一旦恢复了健康,你的好日子也就到头了。我们会马上把你从这里带出去,给你戴上呼吸泡,让你到船长面前立正待命。"

希卡茜给了她一个新海豚特有的笑容,"你确定把这引力仪打开不会有危险吗? 我可不想因为我和萨蒂玛而把所有人都卖给外星人。"

"放松点,海豚姑娘。"吉莉安摇了摇头,"我们做过三次检测,侦测引力波泄露的浮标没有任何反应。放心好了。

"另外,我听说船长可能要派一小队人去你发现的那座小岛上考察原住民的情况。我想你会对这个感兴趣的。这说明船长短期内对格莱蒂克人的动向并不担心,太空中的战斗还会持续一段时间,我们也许可以在这里一直躲下去。"

"一直躲在基斯拉普星?这可不是我想象中的天堂!"希卡茜张了张嘴,哂然一笑,"如果这就是你所说好消息的话,那要告诉我坏消息的时候,可一定要提前给我打个招呼!"

吉莉安笑了,"我会的。现在你该去睡一会儿了。要我把灯关上吗?"

"好的,谢谢了。吉莉安,谢谢你来告诉我这些。我想对原住民的处理确实是至关重要的,希望探险队能获得成功。另外告诉克莱代奇,不等他吃完一罐金枪鱼,我就会回到工作岗位上的。"

"没问题。做个好梦,亲爱的。"吉莉安碰了碰光线开关,屋里的灯光渐渐变暗了。希卡茜眨了几下眼睛,渐渐进入海民的梦乡。

吉莉安朝医务室游去,玛卡尼那里肯定有应付不过来的生病的海豚船员。吉莉安打算把查理的同位素资料交给医生,然后再回实验室干一会儿活。

睡意不断袭击着她,但她知道自己还可以再坚持一会儿。她实在不想在现在这种心境下入睡。

在她成长的过程中培养出来的逻辑观念是祝福也是诅咒。她知道汤姆现在正在他应该在的地方,在飞船外面,想办法拯救所有的人。他也一定知道这一点。汤姆的离去是形势所迫,他只是没时间来找她告别而已。

　　这一切吉莉安都知道得清清楚楚。在路上她一遍遍对自己重复着。但最后也只是证明,她个人的问题与舰队所面临的困境并不是一回事。独守空床时的寂寞与痛苦仍然无从排解。

19. 克莱代奇

"智慧学研究的是事物间的联系。"克莱代奇对听众们说，"这是我们海豚的遗产。智慧学同样也是严格的比拟的学问。这一部分则是我们从人类庇护者那里学到的。智慧学是两种世界观的统一，就像我们海豚一样。"

三十来只新海豚浮在他周围。呼吸孔中缓缓漂起气泡，偶尔可以听到他们无意发出的声呐滴答声，除此之外没有人作声。

由于没有人类在场，克莱代奇也就不必使用标准通用语里的清辅音和长元音，尽管在文书工作上，他写出的文字哪怕是研究英语语法的专家也挑不出毛病。

"想象一下海洋表面的反射现象，空气与海水交界的地方，"他向学生们说，"这给了我们什么启示？"

周围的海豚露出困惑的表情。

"你们会想，是从水的哪一边？是从水下射入空气，还是从空气射入水下？"

"这种问题还有，比如我说的是声音，还是光线？"他转向一只专心听讲的海豚，"华塔瑟蒂，假如你是我们的祖先，那么你觉得你注意到的会是哪种情况？"

引擎室的技师眨了眨眼，"声音图像，船长。半开化的海豚会思考声音在水面上发生的反射，从水中射入空气时的。"

华塔瑟蒂的声音带着疲惫，但他仍然在专心听着，急切地想要提升自我修养。对华塔瑟蒂这样的海豚来说，船长在百忙之中抽出时间来给他们上课，大大地提升了他们的士气。

克莱代奇点了点头，"非常好。那么，人类最早思考的反射又是哪种情况？"

"水面上方的光线反射。"水手长斯西塔及时答道。

"很可能是这样，不过我们都知道，就算是那些大耳朵的家伙，也是能学会听声音的。"

对这种拿庇护种族开涮的无伤大雅的玩笑，大家都报以笑声。这种笑声代表着士气，对克莱代奇而言，通过笑声判断士气的好坏，就像用嘴叼起燃料罐，判断里面油料的多少一样熟悉。

克莱代奇注意到，塔卡塔-吉姆和克萨-琼也游过来加入了他们的讨论，这还是头一遭。克莱代奇努力不让自己显示出忧虑。塔卡塔-吉姆的出现也许意味着发生了什么事情，但也没准儿只是顺便过来听听的。

如果这标志着副船长已经从长久以来无缘无故的郁闷状态中走了出来，克莱代奇就再高兴不过了。他没有把塔卡塔-吉姆送去和奥莱的救援队一起，而是把他留在船上，就是为了继续观察他的状态。之前有一段时间，他已经开始考虑是不是应该改变一下飞船上领导人员的排序了，这让他颇为苦恼。

等大家的笑声停息下来，克莱代奇继续说："那么现在想一想，人类对水面反射的看法，与我们有哪些共同之处？"

学生们都露出专注的表情。这应该是倒数第二个问题了。还有那么多的修理工作要检查，克莱代奇已经想要取消这种授课活动了,但仍然有许多海豚急不可待地想要学习智慧学的知识。

航行开始的时候,几乎所有的海豚都参与到了活动中来,演讲、游戏以及体育比赛。这些活动可以帮助他们摆脱宇宙航行中的空虚。但大家在浅滩星群经历了惊险的一幕,还有十几只海豚船员在探索可怕的失落的舰队过程中下落不明,有些人从飞船上的社交活动中疏离了出去,组成了自己的小团体。有些人甚至开始显示奇怪的返祖现象:他们使用通用语时越来越困难,甚至无法集中精神,而集中注意力对于宇航员来说是必不可少的。

克莱代奇不得不在值勤表上东挪西补,替换掉这些船员。他把寻找合适替代人选的任务交给了塔卡塔-吉姆。副船长处理这事得心应手,在水手长克萨-琼的帮助下,他给精神最差的海豚找到了合适的工作。

克莱代奇仔细地听着尾鳍的摩擦声,腮肺系统发出的令人不快的水流声,还有周围海豚心中的声音。塔卡塔-吉姆和克萨-琼都安静地伏在一边,看上去非常专心,但克莱代奇感受到了他们隐藏得很深的紧张情绪。

克莱代奇浑身打了一个激灵。他感受到了非常逼真的精神意象,那是副船长那敏锐而愤怒的眼神,还有水手长硕大尖利的牙齿。他把这意象强压了下去,不禁为自己有如此反应过度的想象而自责。为什么要害怕这两个人呢? 这在逻辑上是说不过去的。

"让我们来考察空气与水交界的层面。"他赶忙回到演讲上来,"人类和海豚在思考这样一层表面的时候,都把它当成了一种障碍。在这层表面的那一头是另一个国度,只有穿过这层障碍才能够到达。现代人类由于有了工具,不再像曾经那样惧怕水下的世界;新海豚有了工具,也可以在空气中生活和工作,并不觉得任何不适。

"想想看,刚刚听到我的问题时,你们的思维是如何展开的。大家最先想到的念头是声音在水面以下的反射。我们的祖先总结到这一步就停了下来,但你们却不是。你们不会在这一步就下结论,而是会考虑更多的情况。这就是经过改造的生物共同的标志。对我们来说,这还是一种全新的体验。"

克莱代奇工作服上的计时器发出嘀嘀声。时间已经不早了。虽然已经满身疲惫,但克莱代奇还要去出席一场会议,而且他还想到舰桥上去看看奥莱有没有发回什么消息。

"作为鲸类,我们从祖先处继承的遗产,以及我们的整个思维都是建立在直觉的思考上的,我们是如何循序渐进地学会分析更为复杂的问题的? 有时答案的关键就在你们提出问题的过程中。今天我会给大家留一点练习,在工作之余可以思考一下。

"大家试着用三音海豚语陈述一下水面反射的问题。我要的不仅仅是简单的回答,也不是三级比对,而是明确地列出所有可能的反射情况。"

他看到有几只海豚皱起了眉头。

船长笑着宽慰他们:"我知道这听起来有点困难。下面这一段我并不要求大家背诵,只是告诉你们,这样的三段体是可以写出来的,接受这梦的回声吧。"

※这层界限分离了

天上的星——与海中的星

※走向我们的是什么

如此狭小的角度?

＊章鱼冲向猎物时的吱吱声,仿佛抓住海中的星星

反射了!

＊燕鸥在夜晚到来时的呼啸声,仿佛跟随着天上星星

反射了!

＊情人眼中,星光闪动

反射了!

＊毫无声息的太阳,咆哮着炫示着荣光——

反射了!＊

周围的海豚们瞪大了眼睛,这是对克莱代奇的作品恰如其分的赞美。转身离开之前,他看到就连塔卡塔-吉姆也缓缓地摇晃着脑袋,好像在思考着什么之前从未想到过的问题。

人群散去之后,克萨-琼又开始了他的争论。

"你看到了吗?你听到他说的话了,塔卡塔-吉姆?"

"我都看到了,也听到了,水手长。和以前一样,他的演讲令人印象深刻。克莱代奇是一位天才。你特地指出这点又是为了什么?"

克萨-琼猛地将双颚一合,在自己的上级长官面前做出这样的动作可不是什么礼貌的表现。

"他根本就没有提到格莱蒂克人!也没有提到我们被包围的事情!没有提到任何让我们逃出此地的计划,甚至连作战的事都没提!除此之外,他根本就没有注意到船员中间产生的分歧!"

塔卡塔-吉姆吐出一串气泡,"这种分歧正是你一手导致的,

克萨-琼。不，别假装你什么都不知道。你做得很巧妙，我也知道你这样做是为了树立我的威信，所以我也就睁一只眼闭一只眼了。但我可不保证克莱代奇会忙得没空关注这些！等他注意到了你的做法，克萨-琼，你就要小心自己的尾巴了！你这点小手段我可一点都不知情！"

克萨-琼静静地呼出一簇气泡，并没有回答。

"至于克莱代奇的计划，我们等着看好了。看他到底是会听从梅茨博士和我的建议，还是坚持做他的美梦，想把他的秘密原封不动地带回地球。"

塔卡塔-吉姆看出大个子海豚想要打断他的话。

"是的，我知道你怎么想。你觉得我们应该考虑第三种可能，是吧？你想让我们冲出海面去，没头没脑地和格莱蒂克人决一死战，对吗，克萨-琼？"

大个子没有回答，只是用闪亮的眼睛注视着副船长。

你是我的鲍斯威尔[1]，我的西顿[2]，我的伊戈[3]，还是我的伊阿古[4]？ 塔卡塔-吉姆默不作声地想着。现在你在为我效力，但长此以往，是你利用我，还是我利用你？

---

①詹姆士·鲍斯威尔(James Boswell，1740-1795)，英国传记作家，曾为塞缪尔·约翰逊作传。

②亚历山大·西顿(Alexander Seddon，1626-1649)，苏格兰军人，因在三十年战争中忠勇护主见诸史册。

③伊戈(Igor)，恐怖小说及电影中常出现的反面人物的爪牙，如《德库拉公爵》《范海辛》等。

④伊阿古(Iago)，莎剧《奥赛罗》中的反面人物，奥赛罗的副官，工于心计，最终操纵着奥赛罗走向悲剧的结局。

20. 格莱蒂克人

战争的呼号声在萨比什人战舰四周回响。

"我们刚刚失去了希克塔乌和希库伦努！这意味着萨比什三分之一的武装力量已经被毁灭了！"

年长的萨比什上尉叹了口气，"那又如何？年轻人，告诉我些新的消息，不要重复我已经知道的事情。"

"我们的庇护种族，萨蒂尼人，正把我们像反应堆里的气体一样挥霍，却死抓着自己的部队不放手！看他们那副鬼鬼祟祟的样子，只要战斗打得更激烈些，肯定会掉头就跑的！他们只会让我们去冒险！"

"他们一直都是这样做的。"

"但如果萨比什人的舰队都毁灭在这里，葬送在这场毫无意义的争斗中，又有谁来保护我们那三颗小小的星球，谁来维护我们的权利？"

"不然要庇护种族干什么用？"老上尉知道自己的话中带着讽刺。他调整了一下防护罩，以抵抗敌人的心灵感应攻击，说话的语调并没有变化。

他的后辈对此不置一词，显然很不以为然。他继续抱怨道：

"那些地球人又怎么招惹我们了？他们对我们的庇护种族造成
什么威胁了吗？"

一艘坦度人的巡洋舰朝他们开了一炮，险险擦过这艘小型
萨比什侦察船的左翼。年轻的上尉操纵着飞船做出疯狂的规避
动作，年长的上尉若无其事地答道："我想你不相信他们的故事
吧，关于始祖种族回归的故事。"

他的同伴只是哼了一声，开始检查鱼雷瞄准器。

"我也知道那只是借口，是为了干掉地球人而不得不执行的
程序。对那些老牌的庇护种族来说，地球人就是威胁。他们是
狼崽子一样的种族，充满了危险。他们在宣扬一种全新的提升
方式……这让他们变得更加危险了。他们和泰姆布立米结成了
同盟，这是无法容忍的侮辱。而且他们破坏了条约——这又是
不可原谅的罪过。"

一枚鱼雷跃出炮管，扑向坦度人的战斗机，侦察船也随之震
动了一下。他们的小飞船全力加速，离开了战场。

"我觉得我们应该听听地球人的！"年轻的上尉喊道，"如果
银河系里所有的扈从种族都联合起来反抗的话……"

"这种事情以前发生过的。"老上尉打断了他，"去研究一下
大数据库的记录吧。格莱蒂克人的历史上有六次，其中有两次
成功了。"

"不可能！那之后又怎么样了？"

"你觉得还能怎么样？扈从种族成了其他种族的庇护种族，
对待他们的方法和之前的庇护种族没有什么不同。"

"我不相信！我不相信！"

老上尉叹了口气，"你自己去查吧。"

"我会的！"

但他再也没有机会了。一颗埋在他们航道上的非概率性地雷躲过了他们的侦测。小小的侦察飞船就这样以图画般美丽而致命的方式告别了银河系。

21. 丹妮和俊雄

丹妮又检查了一遍炸药的装量。钻孔树的根须钻出的通道又阴暗又狭小,她头盔上的光束在层层叠叠的根须间投下骇人的阴影。

她朝上喊道:"你那边快完成了吗,俊雄?"

俊雄正在比她更高一层的通道里放置炸药,那里离金属圆丘的顶部更近一些。

"快完了,丹妮。你的活做完了的话就先下去吧,我马上就去和你会合。"

从这里丹妮看不到俊雄穿着泳蹼的双脚,他的声音也在那些狭窄的、注满了水的灌木丛中扭曲得变了调。能离开这地方,她实在是感到宽慰不已。丹妮小心地往下爬着,不断和恐高症带来的反应做着斗争。她是绝不会主动来做这种工作的,但事态紧急,而两只海豚的身体结构又不允许他们来做这活。

爬到一半的时候,丹妮被一根藤蔓挂住了。一拉之下,藤蔓并没有松脱,再使劲去用脚踢时,藤蔓把她缠得更紧了。俊雄之前遇到杀人海草的故事仿佛活灵活现地出现在眼前,她清楚感觉到恐惧正在向自己包围过来。她努力控制住自己不再挣扎,深深地吸了口气,仔细察看缠住自己的藤蔓。

不过是一段枯死的树藤缠住了腿而已。她抽出刀来,轻而易举地割断了树藤,接着更加小心地往下爬去,最后终于逃命似的回到了金属圆丘下面的洞穴里。

基皮鲁和萨奥特在下面等着她。他们都戴着呼吸器,一头覆着呼吸孔,长长的管子缠在身上。两艘小艇的头灯发出的光在岩洞丝丝缕缕地散落开,洞里仿佛弥漫着一层雾气。从他们进洞的入口处射进昏暗的光线。

※回声荡漾,在这岩石的囚笼中
这绝不是捕鱼者愉快的歌声※

丹妮看着萨奥特,并不确定自己是否正确理解了诗人那想象力丰富的三音海豚语。

"噢,是啊! 等俊雄把导火线设置好,我们马上就离开这儿。爆炸时声波会在这洞里回响,我想那声音对身体可没什么好处。"

基皮鲁赞同地点了点头。自打从飞船出来以后,探险小队的这位军事指挥官大多数时候都保持着沉默。

丹妮环视着这个水下洞穴。类似珊瑚虫的微生物一点一滴地在富含硅酸盐的岩石上建筑起了海中的城堡。虽然成长得极为缓慢,但这金属圆丘最终还是升出了水面,使植物的生长成为可能。随着植被越来越繁盛,钻孔树也在上面扎下了根。

没人知道这种植物是如何钻进圆丘的金属内核,深入到小岛下面对有机物有用的营养层的。根系吸取着底层的矿物质,再运送到上层的枝干中,导致下方出现了越来越大的空洞,最后使得整个金属圆丘土崩瓦解。

作为生态学家,丹妮凭直觉感到这种共生模式中透着古怪。"奔驰号"上搭载的微型大数据库终端根本就没有提到过这种金属丘,这更让她感到不解。

很难相信钻孔树是和其他大多数物种一样,通过自然的方式进化到如今这种情况的。对于植物而言,这样的共生方式是一种不成功便成仁的赌博,需要强大的力量与坚韧的耐性。它是怎么做到这点的?

而金属圆丘最终倒塌,落入钻孔树所准备的洞穴之后,又发生了什么? 丹妮看到过几个吞噬了金属圆丘的洞穴。那些洞穴中缭绕着雾气,根本看不到底部,显然比她预料得要深许多。

丹妮用头灯朝岩洞的底部照去,结果被反射回来的光线晃得睁不开眼。她原以为底部会是粗糙而不规则的表面,没想到下面却是一片光洁、如凹面镜一般的金属表面。

她拿上摄像机,向一处比较大的低洼处游去。查尔斯·达特肯定会希望她在这次执行任务的途中拍些照片,收集些样本。她已经很了解查理了,知道他肯定不会感谢自己的。每一张照片、每一块岩石样本,可能都会换来查理的一阵愠怒的叹息,嫌她没有能够沿着这些明显的线索继续追查下去。

深坑的底部有什么东西动了一下,似乎是扭动着拐了一个弯。丹妮调整了一下光束,凑近过去仔细观察。那是什么植物的根须。她亲眼看到几株浮游植物漂进了悬挂着的藤蔓的活动范围,然后在转瞬之间就被抓住吞下了。她抓住几根藤蔓,塞进样本袋里。

"我们走吧,丹妮!"她听到了俊雄的喊声,接着传来了小艇在她下方开始发动的声音,"赶快! 我们只有五分钟,马上就要爆炸了!"

"好了好了,"她说,"再给我一分钟。"职业的好奇心暂时压过了其他的想法。丹妮实在想不通,为什么活生生的植物会钻到这样不见天日、几乎由纯金属组成的地方来。她把手往坑底伸去,抓住了那蜷曲的藤蔓的根部,然后在一块凸出的金属岩石上支住身子,努力往回拉。

根须很有弹性,丹妮拉了一下并没有拉动,甚至感觉还往回缩了一些。她可能掉进了陷阱,丹妮脑中冒出了这样的想法。

突然之间,根须被拉松了。丹妮伸手把标本抓住放进袋子里,从金属岩石的表面跳开。

回到小艇上,基皮鲁责备地看了她一眼。他操纵着机器穿过洞穴的入口,回到了阳光下,俊雄和萨奥特已经在那儿等着了。过了不一会儿,便传来巨大的震荡,爆炸声在浅滩上隆隆地回响。

他们等了一个多小时,然后又重新进入了岩洞。

穿透金属圆丘底部的钻孔树树干已经被炸得粉碎。天然形成的竖井在爆炸处下方弯出一个角度,然后继续向下延伸,直到幽暗的深处。圆丘底部的开口处仍然有碎片落下。小岛下面的石洞里则飞舞着植物的断枝残叶。

他们小心翼翼地接近了入口。"最好让机器人先进去瞧瞧。"俊雄说,"竖井里可能会有些不大稳当的石块。"

※让我来做这事——爬梯子的人
※机器人更遵从我——通过神经接口※

俊雄点了点头,"你说得对,基皮鲁,交给你了。"飞行员身体上装有直接连接机器和神经的接口,可以比俊雄更有效地控制探测器。在船上的人类中,只有埃默森·丹尼特和汤姆·奥莱安装了这种电子接口。人类需要花上很长时间才能学会像海豚那样应对这些接口带来的副作用。比起人类,海豚更需要这种接口,适应能力也要更强一些。

在基皮鲁的指引下,一台小型探测器从小艇的船尾潜入海中。它朝洞穴的方向驶去,很快就消失不见了。

俊雄之前并没有预料到会这么快就和基皮鲁一起被派出来执行任务,在他看来,两人之前在这个地方的表现并算不上优秀。而这次两人的任务是保护两位重要的科学工作者,这更让他感到困惑。为什么克莱代奇不派其他人来?为什么不找更加可靠的人选?当然了,船长可能只是希望他们四个离开飞船,不要耽误他的其他工作。但这种想法看起来也与事实有出入。

俊雄决定还是不要去揣测克莱代奇的逻辑了。船长的行为本来就高深莫测,也许这正是作为船长所必须具备的。俊雄只知道,他和基皮鲁已经下定决心,一定要圆满完成这项任务。

作为实习军官,他的军阶其实是比基皮鲁高的。但按照飞船上的习惯,除非上级有特别命令,否则飞行员和正式军官一样,可以指挥实习军官。在研究工作中,俊雄会协助丹妮和萨奥特,而在安全问题上则由基皮鲁负主要责任。

虽说如此,但俊雄只要提出建议,其他人都会停下手中的事情,专心听他讲话;在遇到情况时,大家也会例行公事地征求他的意见;这让他很是惊讶。单是这种情况就需要他花些时间来适应了。

屏幕上显示着机器人发回来的图片,可以看到泡沫塑料般的金属中间开辟出了一个圆柱形的坑道。之前钻孔树用来固定自己的根系已经被扯断了,只留下一根根残枝。从屏幕中还可以看到偶尔有碎片落到镜头上。

机器人不断向上浮去,越来越明亮的光线透过气泡散射下来。

"你看这里够宽吗?我们的船能不能过去?"俊雄问道,基皮鲁发出了一阵低啸,表示这里可以通航。

机器人浮上水面,那是一个几米宽的水池。摄像头来回摇摆了一下,他们看到了蓝天和绿色的植被。钻孔树那高大的树干已经倒在了树丛中。由于水池大小的限制,他们没办法看到它到底造成了多大的损害,但俊雄可以肯定,树干并没有倒向原住民所居住的村庄。

他们之前一直担心,在小岛内部炸出一条通道会给在岛上生活的游猎部族带来恐慌。但这险还是不得不冒。用普通的测量方法露天检测小岛下面岩洞石壁的厚度可能会带来危险,更不用说暴露在格莱蒂克人间谍卫星的侦测下有多么愚蠢了。而一座小岛上偶尔有一棵钻孔树倒下,则不大会吸引空中观察者的注意。

"喂,看!"俊雄指了指屏幕。

丹妮凑到跟前来看他的屏幕,"怎么了,阿雄?有什么问题吗?"

基皮鲁把摄像头停在刚刚扫描过的地方。"看那里,"俊雄说,"那块突出的珊瑚岩就悬在水池上面,看上去很可能掉下来。"

"能让机器人在下面垫上些东西,别让它掉下来吗?"

"我不知道,你觉得呢,基皮鲁?"

＊你的计划可能能够奏效——
如果运气站在我们这边
＊我们可以放手一搏——
只要稍作尝试＊

基皮鲁全神贯注地盯着两块显示屏。俊雄知道,这名飞行员正在聆听一系列复杂的声波图像,然后将这些图像转换到神经链接中。在基皮鲁的指挥下,机器人沿水池的边缘移动着。它那长着爪子的机械臂抓住松动的金属洞壁,向前拖动着身体。每往前走一步,都有一小堆金属岩石的碎块如雨般纷纷落下。

"小心点!"俊雄喊道。

那块突出的岩石向前倾着,从摄像机中可以看到它已经摇摇欲坠。这可不是好消息。丹妮不禁从屏幕前退了一步。

这时岩石晃动了一下,向机器人砸了过来。屏幕上的图像转眼间天旋地转。丹妮还在看着屏幕,但俊雄和基皮鲁已经把目光投向竖井的底部。突然之间,一大堆碎片从裂口处落下,坠入下面黑暗的深渊。在小艇船头灯的照射下,那些下落的碎片闪闪发亮。

沉默了好久之后,基皮鲁说道:

＊探测器还在那里——但它的肺已经不再呼吸
＊我侥幸逃脱了——假死带来的休克
＊它仍在发出笛音——但却听不到回音＊

基皮鲁的意思是探测器仍然在给他发回信号,应该是在下落的过程中被暗处突出的岩石挡住了。探测器上的微型电脑和电波发射器还完好无损,基皮鲁也没有因为神经系统信号连接的突然中断受到伤害。但机器人的悬浮箱被毁掉了,它停在下面一点用场都派不上。

※那一定是——我们最后的阻碍
※那么就让我去——小心地试上一试
丹妮,请帮我照看船只

基皮鲁和俊雄都没来得及阻止萨奥特,他就已经跃下小艇游走了。他奋力一弹,消失在竖井里。基皮鲁和俊雄面面相觑,都表示对这个疯狂的无政府人士无可奈何。

俊雄心想,他至少该带个摄像头吧!不过如果他再慢上一点,俊雄也许就可以凭借自己的军阶,要求亲自下去检查通道了。

他看了一眼丹妮。丹妮正注视着机器人探测器的屏幕,好像等着那上面能显示出萨奥特发生了什么。在俊雄的提醒之下,她才回过神来,游过去控制住另一艘小艇。

俊雄之前一直觉得丹妮·苏德曼是个更加成熟的科学工作者,又友善又神秘;但现在他已经看出,她并不比自己老道多少。虽然从专业角度讲,她的专业知识值得尊敬,但她却缺乏自己在军官训练过程中学到的为人处世之道。在职业生活中,她所接触到的人、所经历过的环境,都比自己少得太多了。

俊雄又朝竖井口看了一眼,基皮鲁也开始紧张地吐出气泡。如果再过一会儿萨奥特还不出现的话,他们就必须决定采取措施了。

　　萨奥特显然是基因实验的产物,基因工作者将一系列基因上的特性加以组合,通过计算得出最优的配比。如果最后判定实验成功,这些特性就将被添加进新海豚种族的主基因库中。这样的过程是在模拟自然界遗传基因隔离与混合的过程,只是速度上要快上许多倍。

　　不过,这样的试验有时候会得出一些出人意料的结果。

　　俊雄不知道能不能信任萨奥特。他完全不了解这只海豚。虽然深思熟虑的克莱代奇也会让人觉得无法理解,但萨奥特却与之完全不同,俊雄和萨奥特之间的隔阂就像与一个完全无法沟通的人类打交道一样。

　　另外,他也注意到了萨奥特和丹妮之间的暧昧游戏。他并不是思想保守的人,飞船上对这种行为也不曾明令禁止,但大家都知道,这种事情总是会惹出麻烦来。

　　显然丹妮并不知道,她的种种微妙行为对萨奥特起到了鼓励作用。俊雄不知道他能不能鼓起勇气去告诉丹妮这些事,或者说这种事到底轮不轮得到自己去插嘴。

　　在紧张的情绪中又挨过了一分钟。俊雄正打算亲自去看看,萨奥特已从竖井里钻出,朝他们游了过来。

　　※道路已经畅通——
　　我将引领你们走向空气!※

　　基皮鲁发动快艇,朝海豚语言学家冲了过去,激动得尖声大喊。他的音调太高,纵使俊雄有着卡拉菲亚人的敏感听觉,也没听清他到底说了些什么。

　　萨奥特的嘴巴抽搐了一阵,最后还是闭上了,做出一副屈服的姿态,然而眼神里却仍然带着轻蔑。他转过身去,将一片胸鳍放进基皮鲁的嘴里,同时还不忘瞟上丹妮一眼。

飞行员只是象征性地合了合嘴,然后转身对另外两人说道:

※道路已经畅通——我相信他
※现在我们可以扔掉这些呼吸器
※像人类那样交谈——谈论我们的工作
※去面对我们的未来——飞行员兄弟们※

小艇来到钻孔树的通道下方,然后在一堆气泡中向上升去。两只海豚紧跟在他们后面。

22. 克莱代奇

汇报会的时间已经拖得太长了。

克莱代奇开始后悔批准查尔斯·达特通过全息影像参加会议了。要是让那只黑猩猩行星学家到中央舱来,泡在嗞嗞作响的富氧水里,戴着呼吸面罩,全身湿漉漉地开着会,他的发言肯定不会像现在这样天马行空了。

达特在实验室里来回晃悠着,把图表投影到"奔驰号"圆柱形中央舱的会议室里。在那些已经开始不耐烦的听众看来,他实在有点忘乎所以了。对新海豚来说,呼吸着富氧水在操纵台前待上两个小时,可绝对不是什么舒服的事。

"当然了,船长,"黑猩猩那干涩的男中音在水中扩散着,"当您决定让我们在这样一个主地壳边缘着陆时,我是全心全意表示赞同的。如果是在别处,我肯定没法在单个的观察点获得如此丰富的研究资料。不过我想还是应该在基斯拉普星上另外选取六到七处地点进行可信度采样,以验证我们刚刚做出的具有非凡意义的发现。"

听到他在用复数的第一人称代词,克莱代奇感到有点惊讶。查理此前可从来不曾这么谦虚过。

他看了一眼从身边游过的布鲁基达。由于现在船只的修复工作不需要这位冶金学家协助，他最近一直在和查尔斯·达特一起工作。在过去这一个多小时中，他一直沉默不语，任由查理滔滔不绝地倾泻着专业术语，把克莱代奇搞得头昏脑涨。

布鲁基达这是怎么了？他难道觉得身处重重包围之中的船长没有更重要的事可做了？

希卡茜刚刚从医疗室出来不久，这时正仰天躺着，呼吸着嗞嗞作响的富氧水，一只眼睛盯着黑猩猩的全息图像。

她不该这样做的，克莱代奇心想。我要集中精力对付这些事已经够困难的了。

每次开这种漫长而烦闷的会议时，克莱代奇总会有这样的反应。他感到阴茎鞘内外开始充血，现在他想做的就是游到希卡茜身上，温柔地咬遍她肋骨周围的每个区域。

这想法是有些变态，尤其是在公开场合，但这说明他忠于自己。

"行星学家达特先生，"克莱代奇叹了口气，"我已经尽量理解您所坚称的发现了。关于基斯拉普地层中的结晶体和同位素分布异常这部分我可以理解。至于潜没板块……"

"是潜没区，指的是两个地壳板块交界的区域，一个板块压到相邻的另一个板块上面。"查理插了一句。

克莱代奇真希望自己能放下尊严，好好教训这只黑猩猩一顿。"我想这些地质知识我还是懂的，达特博士。"他小心地选择着措辞，"同时，虽然我很高兴我们降落在板块交界处对您的研究有利，但我希望您能理解，我们选择着陆点是出于战术角度的考虑，我们需要附近这些'珊瑚'岩块提供的金属，并利用它们隐蔽自己。我们在这里降落就是为了躲开追兵，修好飞船。现在我们头上已经有了许多敌人的巡洋舰，所以我没法批准在星球其他位置进行考察。事实上，我必须拒绝您关于在这个位置继续开掘的要求。格莱蒂克人已经来到星球附近，这样做的风险太大了。"

黑猩猩皱起了眉头，开始紧张地搓动双手。不等他开口说话，克莱代奇就抢先说道："另外，飞船上的大数据库终端关于基斯拉普是怎么说的？关于你的问题，它有没有提供任何信息？"

"大数据库！"达特嗤之以鼻，"那里净是成堆的瞎话！全是该死的错误信息！"他的音调都变了，听上去像在低吼，"里面根本就没提到这种异常情况！连这里的金属圆丘都没提到！最近一次调查已经是四亿多年以前的了，当时这颗行星被当作保留地划分给了卡兰克咳咳……"

查理被这一连串的爆破音卡住了嗓子，开始咳嗽，直到两眼向外突出。他开始用手捶打自己的胸膛。

克莱代奇转向布鲁基达问道："这是真的吗？大数据库居然如此忽视了这颗星球？"

"是的。"布鲁基达缓慢地点了点头，"四百个纪元实在是很长的时间了。当一颗行星被划归为保留地时，一般不外是两种情况，要么是放任抛荒，直到该行星上进化出新的智慧种族，满足提升所需的条件；要么就是为一个已经衰弱的古老种族提供一块世外净土。无论是作为保育院还是养老院，这样的行星都是禁止进入的。"

"看来基斯拉普上这两种情况都有了。我们已经发现了一个足够成熟的智慧种族，显然是上次大数据库调查这里之后才兴起的。另外卡兰克-克……"布鲁基达在这个词的发音上也遇到了问题，"……也被送到这颗行星上安享天年，他们的确衰亡了,看上去这颗行星上已经不再有任何卡兰克-克……的痕迹了。"

"但是,整整四百个纪元没有人来这里考察过?"这似乎很难想象。

"是的。一般情况下,移民管理局早就会对这颗星球重新考察划分了。但基斯拉普是个奇怪的世界……很少有种族会选择在这里定居。此外,到这里来的通路也很偏僻。这块星域的引力井很浅,这也正是我们躲来这里的原因。"

查尔斯·达特还没有喘过气来。他抱着大玻璃杯喝了一口水。趁这工夫,克莱代奇安静地躺了下来,思考着。除了布鲁基达所说的那些,基斯拉普真的是被抛荒了这么久? 银河系现在已经变得太拥挤了,任何一处地产都会有人眼馋的。

在格莱蒂克文明圈松散的官僚机构中,移民管理处是少有的权力能与大数据库管理处相媲美的机构。传统上讲,他们关于生态系统的条款对所有庇护种族的延续关系都有约束作用,如果违背这些条款,会给整个银河系带来灾难。一个微不足道的物种有一天可能会变成扈从,然后再过上许久,进化成新的庇护种族。这种潜在的可能性使整个银河系在生态上抱有相当保守的观念。

对地球人在大接触之前的行为,大多数格莱蒂克人都倾向于不予追究。地球人曾经屠杀过诸多动物,如猛犸、地懒和海牛,但由于地球人的"孤儿"特质,这些行为都得到了谅解。大家都将这些行为归咎于人类的庇护种族—— 一个只存在于推断中的种族。大家猜想,一定有个行事神秘且不留痕迹的种族,数千年前在人类的提升过程中半途而废,将作为半成品的人类留在了地球上。

鲸类也险些在人类手上灭绝,海豚对此心知肚明,但在地球之外他们从不提及此事。无论是好是坏,他们的命运已经和人类牢牢绑在了一起。除非人类举族搬迁,或者完全灭绝,否则地球永远是属于人类的。人类有权开发的十颗殖民星球都只有很短的授权期,而且需要进行复杂的生态管理规划。授权期最短的一个殖民星球阿特拉斯特只有六千年的使用期限,在那之后,那里的殖民者都必须迁往他处,那颗行星也将再度抛荒。

"四亿年,"克莱代奇暗忖,"已经有这么久没有对这个世界进行再次调查了,这有点不寻常。"

"非常对!"查理·达特喊道。这时候他已经完全恢复了状态,"如果我再告诉你,有迹象表明仅仅三万年前,基斯拉普星上就存在机械化文明,而大数据库中没有任何条目提到此事呢?"

希卡茜翻身游了过来,"你认为你发现的那些异常的晶体可能是非法移居的文明留下的痕迹吗,达特博士?"

"是的!"达特喊道,"正是如此!你猜得没错!大家都知道,有些对生态环境很敏感的种族会将他们的主要设施建在板块交界的地方,这样如果将来决定将行星抛荒,他们定居的所有痕迹都会被板块运动所掩盖,完全消失。有人认为这就是为什么地球上没有留下任何之前有物种居住痕迹的缘故。"

希卡茜点了点头,"而如果有种族曾经非法在此定居……"

"他们的建筑也一定是在板块边界处的!大数据库每隔几百万年才会对行星进行再次检测,到时候非法移居的证据已经被埋入地下了!"全息影像中的黑猩猩显得颇为激动。

克莱代奇觉得自己实在没法认真地对待查理的想法。这听上去简直像一部侦探小说!只不过罪犯换成了外星文明,犯罪线索是一座座的城市,而掩盖证据的地毯则是行星的地壳!真是完美犯罪啊！更像小说的是,转角处的警察在几百万年后姗姗来迟,什么都来不及干。

克莱代奇意识到自己刚刚用的这些比喻都是人类的。好吧,这也是意料之中的。有些场合,比如进行空间折叠航行的时候,鲸类的比拟逻辑比较有用;但要想思考格莱蒂克人之间疯狂的政治斗争,多看上几部人类的老电影、读上几卷人类自己疯狂的历史,也许会更有帮助。

布鲁基达和达特开始纠结某个技术问题……而克莱代奇脑子里想的,却全是希卡茜周围液体的味道。他急不可耐地想要问她,这味道是不是代表着他所想象的含义。那是她用的香水的味道,还是她的身体发出来的?

他花了好大的力气才把精神集中到正在讨论的话题上。

如果是平常的状态下,查理和布鲁基达的发现会很令人激动的。但现在,它对飞船和船员逃离这里没有任何用处,也没法帮他们把数据送回地球议会。相比之下,基皮鲁和俊雄调查本地半智慧种族的任务,也比在上古外星岩石中搜寻神秘的线索要紧急得多。

"很抱歉,船长,我来晚了。不过,我已经听你们讨论了一段时间了。"

克莱代奇转过身去,发现伊格纳西奥·梅茨正往这边游过来。那位瘦高个子、灰白头发的提升问题专家慢慢地踩着水,很随意地浮在舱室的水池中。光滑的褐色防水服腹部略略凸起。

布鲁基达和达特还在继续争论着什么,现在他们讨论的是放射性带来的热效应、引力、小行星冲击之类的事情。而希卡茜显然觉得这些事很有意思。

"虽然来晚了些,但我们还是欢迎您的到来,梅茨博士。很高兴您能有时间过来。"

这个人类过来的时候自己居然没有发现,克莱代奇很是惊讶。通常情况下梅茨还没进中央舱,他的吵闹声就已经传来。有时他的右耳还会发出两千赫兹左右的低频声波。现在这种声波已经听不到了,但有些时候的确很令人讨厌。这个人已经和海豚一起工作这么久了,怎么还没解决这个问题?

我现在的想法简直就像查尔斯·达特!他提醒自己,别耍脾气,克莱代奇!

他在脑中默默地唱起一节诗:

※凡有生命者均会振动
※万物皆然
※这便是世界的歌声※

"船长,事实上我是为另外一件事来找您的,不过达特和布鲁基达的发现也许已经包括了我要说的事情。我们能单独谈谈吗?"

克莱代奇一时不知该怎么回答。他需要尽快休息,然后运动运动。要是他因为超负荷工作累垮了,"奔驰号"可经不起这样的损失。

但他必须小心对待这个人类。无论是在"奔驰号"上还是其他地方,梅茨都无权对自己发号施令,但他却有着其他的权力,非常强大的权力。克莱代奇知道,无论这次任务成功与否,自己的生育权是得到保障的。但梅茨对他们的评价仍然有着非常重要的效力。船上的每一只海豚在他身边都必须"小心行事",哪怕船长也不例外。

也许这就是我尽量避免和他起冲突的原因,克莱代奇心想。不过用不了多久,他就必须要求梅茨博士回答一些有关"奔驰号"上某些船员的问题了。

"好的,博士。"他答道,"再给我一点时间,这里的工作马上就要完成了。"

克莱代奇点头示意希卡茜游过来。她咧嘴一笑,朝梅茨挥了挥胸鳍。

"希卡茜,帮我把这个会开完吧。最多再给他们十分钟时间讨论,然后让他们拿出一份总结报告来。再过一个小时,到3-A娱乐池去见我,我要听你的汇报。"

希卡茜一听到命令,马上用水下通用语答道:"好的船长,还有其他事吗?"她语速很快,还带着很强的抑扬顿挫。

见鬼!克莱代奇知道,希卡茜的声呐肯定已经探测到了自己的性冲动。雄性海豚的这种状态很容易看出来。他真想对希卡茜的体内进行一次详细的声呐检查,了解一下她这方面的信息,但那实在是太不礼貌了。

以前这种事多简单啊!

好吧,再过一个小时就可以知道她的想法了。船长的特权之一就是可以下令将一个娱乐池空出来。希望从现在起到那时候不要出什么紧急情况!

"现在没有了,希卡茜。执行命令吧。"

她用工作服上的机械臂敬了个漂亮的军礼。

布鲁基达和查理还在争个不休,克莱代奇转过身对梅茨说:"我们一起走去舰桥上吧,博士您看如何?在完成其他任务之前,我想和塔卡塔-吉姆谈谈。"

"很好,船长。我要说的事情花不了太长时间的。"

克莱代奇努力不做出任何表情。梅茨的微笑是有什么特殊含义的吗？他是不是看到或听到了什么好笑的事情？

"我对板块交界处这三千千米左右区域中的火山分布还是有些搞不明白。"布鲁基达说。他语速很慢，一半是为查理考虑，一半也是因为在富氧水里做这种技术争论是件很难的事情——水中的空气总是不够，"如果你看了我们在太空中做出的调查图表，你就会看出，这些火山在星球的其他部分很少有分布。但在这里火山的运动非常频繁，而且这种情况只集中在这一小块地区。"

查理耸了耸肩，"我不知道这些会有什么联系，老先生。我想这只是出于巧合。"

"但这一带不也是唯一发现有金属圆丘的地方吗？"希卡茜突然插了进来，"我不是这方面的专家，但对宇航员来说，两种巧合凑在一起，就足够值得怀疑了。"

查理的嘴一开一合，好像想说点什么，但经过思考没有说出口。最后他说道："真是太棒了！对啊，布鲁基达，你觉不觉得是因为珊瑚虫需要某种特定的营养物质，只有这种火山附近才有？"

"有可能。我们的外星生物学家是丹妮·苏德曼。她正在其中一座小岛上调查那里的原住民。"

"一定要让她给我们取些样本回来！"查理搓着双手，"你觉得让她顺路去火山那里做些测量会不会太麻烦了？当然了，像克莱代奇先生刚才所说的，不会让她走得太远。"

希卡茜发出一阵短促的笑声。这家伙真是厚脸皮啊！不过这黑猩猩的热情很有感染力，在大家忧心忡忡的时候是种不错的调剂。如果她也可以从这危险的现实宇宙躲开,像查理·达特这样潜心去研究抽象的世界,那该多好啊。

"还要测温度!"查理喊道,"丹妮肯定会帮我这个忙的,我已经为她做那么多事了!"

克莱代奇在人类旁边转圈游着,舒展着自己紧张的肌肉。通过神经信号发出的指令让他工作服上的主操作臂也随之一屈一伸,像人类伸胳膊的动作一样,"好了,博士,我能为你做些什么?"

梅茨用蛙泳的姿势游着。他和善地望着克莱代奇,说道:"船长,我想现在应该重新考虑一下我们的战略了。自从我们来到基斯拉普之后,许多事情已经不一样了。我们需要新的解决办法。"

"您能说具体一点吗?"

"当然了。您应该还记得,我们之所以从摩尔格伦的跃迁点逃跑,是因为不愿陷入七方势力的围堵。您当时很敏锐地意识到,如果我们向其中一方投降,唯一的结果就是会让其他各方联合对抓住我们的一方进行围剿,最后无疑将以我们的彻底毁灭而告终。我当时没能及时领会您的逻辑思维,而现在我对这一决定非常赞赏。您的战术指挥手段是非常优秀的。"

"谢谢您,梅茨博士。不过,您似乎没有提到我们这次航行的另一个目的。我们身负地球议会的命令,要把我们获得的数据直接交给他们,中途不得泄露。如果我们被捉住,无疑也是'泄露'的一种,您看呢?"

"当然了!"梅茨表示赞成,"而在我们转进到基斯拉普的时候,这种情况仍然没有改变。我认为您的这一决定是非常有创见的,只是由于运气欠佳,我们在此地躲藏的计划没有能够成功实施。"

克莱代奇忍了又忍,没有点明他们现在仍然好好地躲在暗处。这颗行星的确已经被包围了,但他们还没有落入任何人的网中。"您请继续。"

"这么说吧,只要我们还有逃脱的机会,您的飞行策略就没有问题。但现实情况已经不同了。现在我们逃脱的概率几乎为零。在战争的混乱中我们还可以把基斯拉普当作避难所,但一旦我们头顶的战事最终决出胜负,我们就没办法躲藏在这里了。"

"您是说我们已经没有希望摆脱最终被捉住的命运了?"

"没错。我想我们应该考虑一下工作的优先度,为最不幸的可能做好准备。"

"您认为目前什么工作才是最重要的呢?"克莱代奇已经知道对方会如何回答了。

"这有什么可想? 当然是飞船和船员的生存! 还有用来评价你们表现的数据! 说到底,这才是我们最终的目的,不是吗?"梅茨踩着水停了下来,用老师看待被题目难住的小学生的眼神打量着克莱代奇。

克莱代奇本可以列出半打"奔驰号"所背负的其他任务,包括检查大数据库条目的真实性,与可能的盟友建立联系,以及汤姆·奥莱所背负的情报工作。这些任务都很重要,但这次航行的首要目的是对这艘主要由海豚担任船员和指挥官的太空飞船的表现进行评估。"奔驰号"和船上的成员都是这次实验的对象。

不过,自从他们发现失落的舰队之后,一切都不一样了! 他已经不能再按照航行开始时任务的优先级行事。但他又该如何向梅茨这样的人类解释这些事情？

唉，理性啊！你已经遁入了野兽的心中，人们已经失去辨别是非的能力了。①克莱代奇心中默默念道。有时他觉得这位最伟大的吟游诗人身上也有海豚的血统。

"我明白您的意思，梅茨博士。但我不明白为什么要改变目前的战略方针。只要把嘴伸出基斯拉普的海洋，我们马上就会被彻底摧毁的。"

"如果我们在上空的战斗决出胜利者之前出现，确实如此！当然了，交火期间我们不应该暴露自己。不过一旦有了胜利者，就有了和谈的可能，而如果和谈成功的话，我们还有机会赢得这次任务的胜利！"

克莱代奇继续打着转，慢慢向前游去，博士不得不跟他一起朝舰桥方向前进。

"假设我们开始和谈，您认为我们有什么可以拿来做资本的呢，梅茨博士？"

梅茨笑了，"首先，我们有了布鲁基达和查尔斯·达特挖出的信息。这是生态犯罪，如果我们汇报上去的话，管理局会奖励我们的。那些争着要捉拿我们的势力中多数是固守传统的文明，只是他们的传统各自有别。他们会重视我们的发现的。"

克莱代奇忍住没有表示出对这种幼稚看法的轻蔑，不动声色地说："继续说，博士，我们还有什么可以拿出手的？"

"好的，船长。他们应当对我们这次航行的目的抱有尊重。虽然抓到我们的人会暂时扣留'奔驰号'，但一定会体谅这次航行的首要目的。教育崀从种族使用星际飞船是提升过程的基本要务之一。他们一定会允许我们派一部分人类和海豚带着行为

---

① 引自莎剧《裘力斯·恺撒》第三幕第二场，此处取朱生豪译本。

评估的数据回到地球,这样才可以让海豚操控飞船的实验继续进行下去。否则的话,就等于是一位陌生人因为和孩子的父母观点不同,就强行干涉孩子的发育。"

在你们人类自己的黑暗时期,又有多少人类的孩子因为父母的罪孽被迫害甚至屠杀?克莱代奇忍不住想问,如果"奔驰号"被扣,那么他希望由谁承担将提升数据带回地球的重任?

"梅茨博士,我想您对这些狂热者投入程度的估计略有不足。还有其他的吗?"

"当然了。我把最重要的部分放到最后来说。"梅茨碰了碰克莱代奇的胸鳍以示强调,"船长,我们必须考虑将格莱蒂克人想要的东西交给他们。"

克莱代奇知道他肯定会提到这个的,"您觉得我们应该把失落的舰队的位置告诉格莱蒂克人?"

"是的,还有我们在那里采集到的物品或是数据,不管是什么。"

克莱代奇又换上了没有表情的面孔。他不知道梅茨知道多少关于吉莉安手中"赫比"的事情,但大梦想家啊,那具干尸已经惹出麻烦来了。

"您应该还记得,船长,我们从地球收到的简短指令是要求我们隐藏好自己,对数据加以保密,如果可能的话!他们还说过我们应该靠自己做出最好的判断!就算我们保持缄默,真的能够长时间阻止格莱蒂克人发现那片马尾藻海吗?毫无疑问,五大银河中半数的庇护种族已经蜂拥而出,想要复制我们的发现了。他们已经知道,要找的东西就在一片与外界没有太多连接、星体稀少的星域。他们重新经过那片引力潮区域、找到正确的星丛,只是时间问题!"

克莱代奇倒觉得未必如此。格莱蒂克人往往不会像地球生物那样思考,不会和我们采取同样的方式研究问题。看到失落的舰队在那里待了那么久还没有被发现,他更确定了这一点。然而从长远来看,梅茨的话也不无道理。

"如果是这样的话,博士,我们为什么不把舰队的位置直接用广播的方式发到大数据库里? 这样一来,舰队的位置就会变得众所周知,也就不再是困扰我们的问题了。如此重要的消息,管理会肯定会派出有公信力的团队去验证的吧?"克来代奇是在讽刺对方,但看到梅茨脸上故作高深的微笑,他才意识到对方居然认真地考虑了他的意见。

"您还是太天真了,船长。我们上空的那些狂信者并不怎么把格莱蒂克那些松散的法约放在眼里,他们相信由自己主宰的时代就在眼前了! 如果每个人都知道了失落的舰队的位置,战场肯定会移到那个地方的! 那些古代的舰队即使有强大的防护力场,也一定会被战火摧毁。如果我们提供错误信息的话,到那时格莱蒂克人还会转回头来追捕我们!"

他们已经来到了舰桥的舱口。克来代奇停了下来,"这样说来,我们最好等到那些正处在战斗中的势力之间分出胜负,然后只把数据交给一个种族,让他们自己去调查古代舰队?"

"没错! 归根结底,那一堆飘浮在太空中的废旧飞船对我们有什么用呢? 我们已经在那个危险的地方损失了一艘侦察艇,以及十几位优秀的海豚船员。我们并不像那些外星人一样有崇拜祖先的情结,也根本不在乎失落的舰队是不是始祖种族时代留下的遗迹,甚至连始祖种族本身和我们都没什么关系! 这绝不是什么值得大家献身的事情。在过去的两百年中,如果我们学到了什么东西的话,那就是如果索罗人、格布鲁人那样的强势文明想要得到什么东西,像我们地球生物这样微小的文明群落最好离它们远远的!"

梅茨博士用力点着头以示强调,他那银色的头发在水中波动着,头发间涌起一圈嗞嗞作响的气泡。

克莱代奇已经很难再对伊格纳西奥·梅茨保持敬意了,不过当这个人类变得激情洋溢、放下平素那副装腔作势的样子时,还是蛮讨人喜欢的。

不幸的是,梅茨的观点犯了根本上的错误。

克莱代奇工作服上的定时器响起蜂鸣声,他这才意识到时间已经很晚了。

"您的建议很有价值,梅茨博士。现在我没有时间和您进一步讨论了。在没有经过飞船委员会集体讨论之前,我们没办法做出任何决定。您觉得呢?"

"是的,我也这么想。但……"

"除此之外,谈到基斯拉普的战事,我还要去听取塔卡塔-吉姆关于这方面的汇报,恐怕不能久留。"他本就没打算和梅茨在一起待这么久,计划中的身体锻炼已经搁置太久了。

梅茨看上去还不愿让他离开,"啊,说到塔卡塔-吉姆,我想起来一件事,之前就想和船长您提起的。某些海豚船员感觉在社交活动中被孤立了,我注意到他们恰好是某些不同实验性的亚种。他们抱怨受到了排斥,有些人则声称受到了过长时间的纪律处分。"

"我想您指的是某些尖吻海豚?"

梅茨看上去有些不舒服,"这个学术名词可能比较便于理解,但从分类学上讲,所有的新海豚都属于友善新宽吻海豚……"

"我已经在着手处理这些事情了,梅茨博士。"克莱代奇不再在乎是不是打断了人类的话语,"现在这种状况涉及某个小群体的微妙动态,我正在用我认为最有效率的方式处理类似的事务,尽力维持船员的团结。"

只有大约十只海豚表现出了不满情绪,克莱代奇觉得这可能是一种有传染性的返祖现象,在恐惧与压力之下,智慧与理性开始减退。梅茨博士本应是这方面的专家,但看上去他却认为"奔驰号"上大多数船员正在搞种族歧视。

"您是想说塔卡塔-吉姆也有问题了吗?"克莱代奇问道。

"当然不是!他是最优秀的军官之一,只是提到他的名字我想起了……"梅茨停了一下。

想起了他也是新尖吻海豚。克莱代奇默默地在脑中补完了这句话。我应该告诉梅茨,我正在考虑把希卡茜提升成副船长吗?塔卡塔-吉姆的技术虽然出众,但他却总带着一种独来独往的情绪,这已经开始影响到船员的士气了。我可不想让这样的人当我的副手。

克莱代奇想起在浅滩星群牺牲的雅查帕-简上尉,不禁悲从中来。

"梅茨博士,既然您提到了这个话题,我已经注意到了,某些船员的行为与他们在起飞前准备的心理-生理档案有所出入,这种差异甚至早在我们发现失落的舰队之前就显现出来了。我不是鲸类的心理学家,但我可以肯定地说,某些海豚根本就不应当在这艘船上工作。您对此有什么想法?"

梅茨脸上突然没有了表情,"我不知道我是否听懂了您的话,船长。"

克莱代奇工作服上的一条机械臂吱的一声转了个圈,搔了搔他右眼上方一处发痒的地方,"我不想再继续谈这事了。我会在不久的将来行使我作为船长的指挥权,重新检查一下您的研究报告。当然这不会是正式的审核。不过,您最好把材料准备好……"

一阵悦耳的信号声打断了克莱代奇,是他工作服上的通信器发出的。"是我,请讲。"他说道。神经接口上传出吱吱的声音,他仔细听了一阵,然后答道:"先不要做任何处理,我马上就到。克莱代奇通话完毕。"

他将一束声呐波聚集在舱门的传感器上,舱门在嗡嗡声中打开了。

"是舰桥上来的。"他对梅茨说,"有侦察员回来了,带回了席奥特和汤姆·奥莱的汇报。我必须去处理这事,不过我会找您仔细谈刚才的话题的,博士,不会隔得太久。"

克莱代奇猛地一弓身子,向前弹去,没两下就已经穿过舱门,向舰桥游去。

伊格纳西奥·梅茨目送着船长离开。

克莱代奇开始怀疑了,他想。他已经开始怀疑我的特别研究。我一定要做些什么,但应该怎么办呢?

在被重重包围的压力下,梅茨得到了令人欣喜的实验数据,尤其在那些他一手安排进"奔驰号"的海豚船员身上。但现在,事情开始变得麻烦了。他的某些研究目标在强大的外界压力下开始显示出他未曾预料到的症候。

现在,除了要担心那些外星狂信者之外,他还必须应对克莱代奇的怀疑。要想转移他的注意力可不容易。梅茨有分辨天才的能力,也很会欣赏天才,特别是在一只被提升的海豚身上。

如果他也是我的海豚该多好,他想道,克莱代奇,如果我能够将你也作为我的功绩该多好。

23. 吉莉安

　　那些飞船如一串水珠悬浮在太空中,反射着银河那黯淡的光芒。最近的恒星是小型球状星簇中那些红色的老年恒星,自形成之初孤寂而荒凉地存活至今,周围没有行星,甚至连金属元素都不多见。

　　吉莉安盯着这张照片。这是"奔驰号"在没有意识到事态严重之前传回地球的六张照片之一。那是一片荒凉而乏味的引力潮汇聚处,远离繁忙的星际航线。

　　那是一支诡异而沉寂的舰队,对他们发出的所有信号都没有任何回应;地球生物们完全不知道该拿它如何是好。在五大银河业已形成的太空势力结构中,完全没有这支鬼魂飞船组成的舰队的位置。

　　它像这样不为人知地待在这地方,到底过去了多久?

　　吉莉安把手里的照片放下,拿起另外一张。这张上显示的是巨大的失落飞船的近照。飞船像月球一般庞大,历尽沧桑,千疮百孔,在一团模糊的微光中闪烁——那团微光是一道保护力场,力场的性能已经无从猜想。所有的分析手段在这道光环中都失效了,他们只知道这是某种强度很高的概率力场,其性质极为罕见。

他们尝试着在一艘位于力场最外围的鬼魂飞船上登陆,但"奔驰号"的船员不知怎么触发了链式反应。古老的庞然大物与小小的巡逻船之间闪过一道刺目的闪电。雅查帕-简报告说,所有海豚都受到了强烈的视觉冲击,产生了幻觉。她试图脱离危险区域,但恍惚间她在那片奇怪的力场中打开了静态屏幕。由此引发的燃烧将小小的地球飞船和巨大的失落星舰同时撕得粉碎。

吉莉安放下照片,朝实验室的另一头看了过去。赫比仍旧安然地躺在他那静力场组成的网中。他仿佛是一个剪影,代表着数百万甚至数十亿年未经记述的岁月。

那次灾难之后,汤姆·奥莱独自去取回了这具神秘的古尸,秘密地从船侧的舱门返回"奔驰号"。

这是一项代价高昂的奖励,吉莉安注视着古尸想。我们付出了这么大的代价才得到你,赫比。如果我能弄明白我们到底得到的是什么就好了。

赫比身上包含着巨大的谜团,本应该由学院组织大规模的研究工作,而不该让一位远离故乡、又受到重重围困的女士单枪匹马试图揭开它的秘密。

这实在是有些令人沮丧,但总要有人担起这份责任,总要有人想办法弄明白他们为什么突然变成了围追堵截下的猎物。汤姆已经离开,而克莱代奇又忙着处理飞船日常运转的事务,这任务只能由她来扛了。如果她再不干,这工作恐怕永远无法完成。

虽然步履维艰,但她还是从赫比身上找到了一两处发现……至少可以证明这具尸体已经相当古老了。骨骼结构证明了他曾是生活在行星上的步行动物,而舰载大数据库终端则声称这样的生物从不曾存在过。

她把脚搭在桌子上，又拿过一张照片。通过照片上那闪着微光的概率场，可以清晰地看到硕大的船体侧面铭刻着一排符号。

"打开大数据库。"她说道。桌子上四个全息显示屏中，最左边那个带有辐射状螺旋标志的屏幕亮了起来。

"马尾藻海档案中的符号分析搜索。打开文件，显示新的变化。"

话音刚落，吉莉安左边的墙上便显示出一栏简明的文本。但列表实在是有点太简单了。

"启动子人格：数据库参考资料管理员，查询模式。"她说道。墙上的大纲仍然没有变化，在它旁边出现了一个旋转的图案，呈现出放射形的旋涡状。一个低沉而冷静的声音响起："数据库参考资料管理员模式。您有什么要求？"

"关于失落的飞船侧面的图案，这就是你所能找到的所有东西了？"

"已确认。"声音静如止水。音调非常标准，但电脑并不试图掩饰这声音是来自最低限度的模拟人格，只是舰载大数据库程序非常小的一部分。

"我已经搜索了所有与此符号相关联的记录。当然，如您所知，我只是非常小的微型终端，而这些符号已经有很长时间没有出现过了。屏幕上的大纲列出了我根据您设定的参数所找到的所有可能的参考资料。"

吉莉安看了一眼那短短的列表。真难以相信。虽然飞船上的数据库终端与行星上或太空防区的分数据库相比容量小得可怜，但它所包含的资料仍然相当于人类在21世纪末之前所出版的所有书籍内容。这其中与图案有关联的肯定不止这些!

"依芙妮啊!"她叹道,"这里面一定有什么东西,让银河系中一半的宗教狂受到了刺激。也许是我们发回地球的那张赫比的照片,也许是这些符号。到底是什么呢?"

"本机没有加载揣测的功能。"程序回应道。

"这只是一个设问句,没有要你回答。你的资料显示,与这五个符号有关的资料中,有百分之三十都和'逊位派'的宗教符号有关。给我一份关于逊位派的简单介绍。"

语音的声调变化了了,"文化总结模式……

"逊位派是从通用语词汇中选出的名词,指代格莱蒂克文化圈中一种主流哲学群体。逊位派的信仰可以上溯到传说中第十五个纪元的塔述尔时代,距今大约六亿年。那是一段充斥着暴力的时期,格莱蒂克管理局在三个强势文明族群野心勃勃的扩张中勉 力 生 存 了 下 来。(参 考 资 料 条 目:97AcF109t,97AcG136tand97AcG986s)

"这其中,有两个种族拥有着五大银河历史上最强大、最有攻击性的军事力量。第三大种族则发明了许多先进的航天技术设计,包括现在通用的……"

接下来数据库列出了大量关于硬件设施与生产工艺的技术化讨论。虽然这些资料很有意思,但看上去却与正题没什么关系。吉莉安用脚趾按下了控制台上的"跳过"按钮,让机器继续讲述。

"征服者们获得了一个称号,翻译成通用语应当是'雄狮'。他们占据了大部分跃迁点和能量中心,以及所有的大型数据库。在两千万年的时间里,他们的统治看上去无法动摇。雄狮开始了毫无节制的人口爆炸和殖民扩张,最后的结果是,五大银河中所有的前扈从种族有大约八成都灭绝了。

"在塔述尔的努力下,银河系人民召唤出六个已被认为灭绝了的远古种族。在这些种族的干预下,'雄狮'残暴的统治终于画上了句号。六大种族与塔述尔联手为格莱蒂克文明做出了成功的反击。令人奇怪的是,在此之后各大管理局的重建过程中,塔述尔和那些神秘的守护者一起被遗忘了……"

吉莉安打断了机器的话。

"帮助起义军的那六个种族是哪里来的?你说他们一度已经灭绝了?"

显示器又重新发出了声音:"根据当时的记录,那时的人们都认为这些种族已经灭绝了。您需要参考资料的编号吗?"

"不了,继续吧。"

"今天,大多数智能生物认为,参与起义的六个种族只是各族的残余,还没有完全'步入文明进化的最终阶段'。六大种族本身并未灭绝,只是已经变成了我们完全不认识的形式。当事态变得足够紧急时,他们仍然能够对世俗事务表现出一定的兴趣。您需要参考有关智慧种族自然进化模式的文章吗?"

"不,继续讲。逊位派是怎么看的?"

"逊位派认为,在某些特定时期,一些非实体的种族会将自己转化成实体形态,通过看似正常的提升途径伪装成普通的智慧种族。这些'幽灵'被当作前智能种族提升,经过契约期,继而成为成熟的文明,并不显示出他们的真身。然而在紧急情况下,这些超级种族将会用直接而迅速的方式,对凡人的事务进行干预。

"在他们看来,始祖种族就是这些幽灵最早的、也是最强大的代表。

190

"自然,这些说法与普遍流传的始祖种族传说大相径庭。传说中,那些最为年长的文明在很久很久之前离开了银河系,并向格莱蒂克文明保证终有一天将会归来……"

"等等!"数据库马上安静了下来。吉莉安听到"大相径庭"这样的说法,不禁皱起了眉头。

瞎扯! 逊位派的这种信仰只是大众传说的一个变种,与始祖种族每个千禧年"回归"一次的传说只有些许区别。其间的区别让她想起古代地球的宗教冲突,疯狂的教徒们在三位一体的本质上纠缠不休,或是争论针尖上可以有多少位天使跳舞。

如果不是有战争正在几千千米之外进行,这种细枝末节上的疯狂争论其实是挺有趣的。

她记下一条备忘录,准备之后将这种信仰与印度教中那些多面的神祇进行交叉比对。印度教的信仰与逊位派的教条之间有着诸多相似之处,奇怪的是数据库根本就没有把二者联系起来,甚至连类比都没有提到。

她已经受够了。

"尼斯!"她喊道。

最右边的屏幕亮了起来。闪光的微尘猛地飞了出来,在屏幕正上方一小块区域组成了一幅抽象的图画。

"你知道的,吉莉安·巴斯金,最好不要让数据库知道我在这艘飞船上的存在。我已经控制了那台屏幕,这样它就不会知道我们之间的交谈了。你要问我什么吗?"

"当然了。你听到刚才数据库的报告了吗?"

"我可以听到飞船上数据库终端的一举一动。这正是我在这里的首要功能,汤姆·奥莱没给你解释过这个?"

吉莉安努力控制住了自己。她的脚离这台出言不逊的屏幕太近了,不得不把脚放到地上,以抑制一脚踹过去的冲动。"尼斯,"她平静地问道,"数据库终端为什么总在拿这些话搪塞我?"

泰姆布立米人的机器发出一声酷似人类的叹息,"巴斯金博士,除了人类之外,任何一种呼吸氧气的种族,都在使用从某种庇护主-扈从关系进化而来的语言体系,而所有这些语言体系都是在大数据库的影响下产生的。以格莱蒂克人的标准,地球人的语言实在是太奇怪、太混乱了。将格莱蒂克人的档案翻译成你们那不合体统的语言时,会有数不清的问题。"

"这些我知道!早在大接触时代,外星人就要我们学习七号格莱蒂克语了,但我们告诉他们最好还是把这想法吞回去的好。"

"这说法很形象。你们没有学习格莱蒂克语,而是使用了大量的资源将地球上的大数据库改造成使用口头通用语交流,还雇用了坎顿人、泰姆布立米人和其他种族作为顾问。不过问题还是避免不了,不是吗?"

吉莉安按了按眼睛。这样下去不会有任何结果。为什么汤姆觉得这台毒舌的机器会派上用场?每次她想得到简单的回答时,它总是反过来问一大堆问题。

"他们拿语言问题作借口已经有两百多年了!还打算再这样拖多久?自从大接触时代起,我们就在学习那些已经有几百万年没人学习过的语言!我们已经对通用语、英语、日语这些所谓'狼崽'语言的复杂性做出了处理,教会了海豚和黑猩猩讲话,甚至还和完全陌生的生物进行了交流,和太阳中的那些太阳之子谈过话!

"但数据库管理局还是告诉我们,是我们的语言造成了麻烦,是这些记录翻译产生了问题!见鬼,汤姆和我都会说四五种格莱蒂克语,这些麻烦绝不是语言间的区别造成的。大数据库交给我们的数据里一定有些古怪!"

有那么一阵子,尼斯电脑一言不发,只是发出嗡嗡的声音。闪光的微尘时聚时散,就像两股互不相溶的液体,时而汇聚,时而散落成小小的水滴。

"巴斯金博士,你刚才所描述的不正是这艘飞船的主要任务之一吗?这次太空探险的目标不就是为了修正数据库记录中的错误吗?而我存在的目的,不也正是要证明大数据库在向你们撒谎,证明某些强大的庇护种族在对待人类和泰姆布立米人这样年轻的智慧种族的时候,用你的话说,在背后搞了什么手脚?

"我为什么对人类所看待事物的方式如此着迷,巴斯金博士?"尼斯电脑问道,声音里充满了同情,"我的泰姆布立米主人非常工于心计。他们的适应性让他们可以在危机四伏的银河中存活下来,但他们仍然被格莱蒂克人的思维模式局限住了。而你们这些地球人则有着全新的视角,也许可以看到他们所无法看到的东西。

"同样呼吸氧气的生物之间,生活习惯和宗教信仰都大不相同,但人类的经历却是最为特殊的。那些经过精心设计而提升的种族,从来不曾经历你们人类的国家机器在大接触之前所犯下的错误。正是这些错误让你们与众不同。"

这话倒是不假,吉莉安也清楚。人类文明早期曾经做出过许多无知甚至无耻的尝试,那些愚蠢的行为对于了解自然规律的种族来说简直无法想象。在那蛮荒的时代里,孕育过令人绝望的迷信,对形形色色的政府、诡计和哲学都做出了尝试,最终又尽数放弃。似乎地球这个孤儿已经成了一座行星大小的实验室,专门用来尝试种种毫无意义、荒诞不经的实验。

虽然现在回首望去,过去的一切都毫无逻辑,令人蒙羞,但正是这样的经验让现代人类的思想变得更加丰富。很少有哪个种族在如此短的时间内犯下过如此多的错误,也没有哪个种族在毫无希望的问题上尝试过如此多的解决方案。

许多厌世轻生的外星种族甚至专门招募地球艺术家,为他们编造的故事付以重金,那些故事是任何格莱蒂克种族都想象不出的。泰姆布立米人对人类的奇幻小说更是情有独钟,他们对那些巨龙、食人魔和魔法的故事一律来者不拒。他们认为那些故事的生动与荒诞都令人叹为观止。

"你们对数据库的厌倦并不会让我感到灰心。"尼斯说,"相反,我很高兴。我从你们的厌倦中也学到了东西!你在对所有格莱蒂克种族都信以为真的事情提出质疑!而帮助你们只是我的第二任务,奥莱夫人。我的首要任务是观察你们受苦受难的过程。"

吉莉安眨了眨眼睛。电脑使用这样古老的敬语一定是有原因的——它正努力要惹自己生气。她静静地坐在那儿,努力让自己冲动的情绪平静下来。

"这样下去不会有任何结果。"她吐了口唾沫,"我已经快发疯了。我感觉完全被困住了。"

尼斯电脑闪烁着,没有做出评论。吉莉安看着那些光点旋转飞舞着。

"你的意思是,我们现在应该静等事态变化?"最后她说。

"也许是的。泰姆布立米人和人类都存在第六感。我们也许都应该把事情搁置上一阵子,让潜在的自我去把线索综合到一起。"

吉莉安点了点头,"我会去和克莱代奇谈谈,让他把我派到希卡茜的小岛上去。原生居民是非常重要的,除了我们逃离的计划之外,这可能是最重要的东西了。"

"这是很正常的,从格莱蒂克人的观点来看也是符合道德的举动,所以对我来说也没什么意思了。"尼斯听起来已经有点不耐烦了。闪动的光点开始暗下去,变成飞旋的线段组成的图案。这些光点又转了几圈,然后合并起来,汇聚成小小的一点,最后消失不见了。

吉莉安觉得自己仿佛听到了尼斯离开时,模模糊糊地发出了砰的响声。

她给克莱代奇打了个电话,船长出现在通信线路上时,朝她眨了眨眼睛。

"吉莉安,我们是不是有什么心灵感应了? 我正要给你打电话呢! ……"

她坐了起来,"有汤姆的消息了?"

"是的。他很好。他有任务托我交代给你,你能赶快到舰桥上来吗?"

"我这就来,克莱代奇。"

她锁上实验室的门,急匆匆地向舰桥赶去。

24. 格莱蒂克人

面对如此规模宏伟的战争,贝耶·乔霍安只能叹为观止。这些疯子是如何在短时间内集结出如此大规模的力量的?

贝耶那小小的辛希安巡逻船正沿着一条古老的、布满陨石的航线巡游着,这是一颗早已死去的彗星留下的尾迹。克瑟米尼星系中明亮的闪光随处可见。在她的屏幕上可以看到,一艘艘战舰在四周旋涡状的空间结点中出现,开始互相厮杀,顷刻间又四下散开。战场上的各股势力随时都会结成同盟,而一旦其中一方感觉到有利可图,又会马上撕毁盟约。文明战争管理局所制订的法典中的种种规定都被参战各方彻底无视了。

贝耶算是辛希安隶属地的一名资深间谍了,但她从未见过这样的场面。

"我曾经见证了帕克拉图特尔的战役,J'81ek的扈从在战场上撕毁了与庇护种族的协议;我曾经目睹过'驯服派同盟'与逊位派在仪祭战争中的交火。但我从未见过如此无脑的屠杀!他们难道没有荣誉吗?难道完全不懂得战争的艺术?"

她亲眼看到,最强大的一支盟军因为内部的背叛土崩瓦解,其中一翼的部队直扑向另一翼。

贝耶厌恶地哼了一声，"没有信仰的疯子。"她喃喃道。

左边的架子上发出一阵唧唧喳喳的声音。一排小小的粉色眼睛在看着她。

"是谁说的！"她盯着这些长得像小眼镜猴一样的瓦祖。每一只瓦祖都盯着自己小型探测飞船的舱口。它们朝她眨巴着眼睛。瓦祖们发出欢快的唧唧声，但没有一个回答她的问题。

贝耶嗤笑道："好吧，当然了，你们说得对。这些疯子的反应是很快的。他们从不停下来思考，只是直接投入行动，而我们这样温和的种族则总是三思而后行。"

尤其是一向小心谨慎的辛希安人，她想。地球人本该是我们的盟友，但我们仍然在小心翼翼地讨论与思考。除了向昏聩无能的管理局提出抗议，也只是送些炮灰侦察员来查探一下那些疯子的行动。

瓦祖们喳喳叫着发出了警告。

"我知道！"她恶狠狠地说，"你们以为我不知道怎么完成任务吗？这样，前面有一个监视器，你们找人去收拾了它，别烦我了！看不到我正忙着吗？"

一双双眼睛朝她眨着。其中一双消失了，那只瓦祖钻进了自己的小飞船，关上了舱门。不一会儿，一块小小的外壳从巡逻船旁边飞过，探测飞船出发了。

祝你好运，小瓦祖，忠实的扈从。

她装出一副无动于衷的样子，眼看那小小的探测飞船穿过小行星带的碎片，曲曲折折地向前飞行着，逐渐接近了贝耶侦察船航道上的那台监视仪。

又一个炮灰侦察员。她痛心地想，泰姆布立米人正在为自己的生存而战，地球人在遭受围攻，他们有一半的殖民星球已经沦陷,而我们辛希安人还在坐等局面改观,只是把我和我的侦察队派来打探情报。

突然之间,航道上腾起一团小小的火焰,在小行星地带投下了鲜明的影子。瓦祖们发出了一阵低沉而哀痛的呻吟声,但贝耶一朝他们看去,就马上停住了。

"无须隐藏你们的感情,勇敢的瓦祖们。"她喃喃道,"你们是扈从,但也是勇敢的战士,而不是奴隶。为你们的同伴哀悼吧,他的光荣牺牲是为了我们的使命。"

她想到了自己那些永远冷静、永远小心的同类,她觉得自己是个异类。

"感受这一切吧!"她坚定地说,突然爆发出的热情连自己都吃了一惊,"关心同伴并不值得羞愧,我的小瓦祖。在这一点上你们也许会比你们的庇护种族更加伟大。等待你们成长起来,可以自立的那一天!"

贝耶开始向那个水世界飞去,那里战火正炽。她感到自己的心与那些扈从种族的同伴更加接近,而与自己那谨小慎微的同类们却越来越远了。

25. 汤姆·奥莱

汤姆·奥莱低头看着自己的战利品,那是他在过去十二年间一直追寻的东西。它看上去完好无损。这种仪器还是第一次落入人类手中。

此前人类只有两次俘获了为其他种族设计的数据库终端,都是在过去两百年间的小规模冲突中打败的外星舰船上找到的。但每次找到的仪器都损坏了。在对这两台终端的研究中获得了一些信息,但最终都因为这样或那样的错误导致终端机自毁。

这是人类第一次从强大的格莱蒂克庇护种族的战舰上获得完整无缺的终端机,也是泰姆布立米人加入地球人的秘密研究之后第一次获得这样的战果。

终端机装在一个米黄色的盒子里,盒子大约三米高、两米长、一米宽,在显眼的位置装着接口。在一侧面板的正中,画着大数据库特有的辐射状旋涡符号。

汤姆把终端机和其他战利品一起装上了载货艇,其中包括三台概率驱动线圈,都是完好无损的,也是飞船上无可替代的部分。哈尼斯·苏西会将载货艇送回"奔驰号",他会像母鸡护蛋一样保护这些战利品的。等把这些东西完好无损地交到埃默森·丹尼特手上，他才会回到这里来。

汤姆把路线图画在了一块蜡版上。如果运气好的话，这些船员回到"奔驰号"上时，会把这台微型终端交给克莱代奇或者吉莉安，且不会引起不必要的注意。他把终端机倾斜着放到了船上，挡住了大数据库的符号。

他对这台俘获的数据库终端感兴趣并不是什么秘密。是海豚船员帮他把这终端从泰纳尼飞船上搬下来的。但知道细节情况的人越少越好，更何况他们也有可能被俘。若他们完全按照指令行事，那么这台终端将直接装到他房间的通信接口上，外表看上去和普通的通信屏幕没什么不同。

他想象着尼斯电脑看到这终端时会有什么表现。汤姆真希望能亲眼看到那台泰姆布立米电脑发现自己被连接到这样一台机器上时的情景。那自以为是的家伙恐怕得有好半天说不出话来吧。

不过他不希望尼斯耽搁太久，还指望它尽快从里面挖些东西出来呢。

苏西已经睡了过去，临睡之前他把自己绑到了那些宝贵的财宝上。汤姆拉了拉缆绳，确定货艇上的东西都绑牢了，然后又朝海中那块可以俯瞰整艘外星飞船的岩石游了过去。

几只新海豚正在飞船残骸里游进游出，进行着具体的测量。根据克莱代奇的命令，他们已经在飞船里装上了炸药，随时可以将这艘巨型飞船所在的海底变成一个空无一物的大洞。

他们派出的侦察员应该已经带着他早先的报告回到"奔驰号"上。船长应该已经派出小艇，沿着他们发现的新的捷径向这里驶来，从母舰带来一条中微子通信光缆。小艇应该可以在半路与这艘载货船会合。

一切的前提是"母舰"仍然存在。汤姆猜想,基斯拉普上空的战斗应该仍然在激烈地进行中。太空战的节奏其实是很缓慢的,更何况参战各方都是有着长距离视野的格莱蒂克人。这场战争甚至可能持续一到两年,不过他对此并不抱什么希望。如果能拖上那么久的话,可能会有新的援军到达,形势将演变成消耗战,而那些疯狂的联军不会允许这样的事情发生。

无论如何,"奔驰号"船员的工作,必须以假定战争随时可能结束为前提。只要太空中战局仍然胶着,他们就还有机会。

汤姆重新思考了一遍自己的计划,得到的结论仍然是一样的;他别无选择。

想离开现在所处的困局,他们只有三种可能的途径:救援,谈判,或是诡计。

救援是个美好的想象。地球本身是没有足够的力量来帮助他们的,就算加上援军的力量,地球的实力至多也只能勉强与此刻在基斯拉普激战的伪宗教势力中的一支相抗衡。

格莱蒂克管理局有可能介入这场冲突。根据现有的法律,"奔驰号"应当向他们直接汇报。但问题是管理局本身并没有什么力量。就像地球上20世纪期间成立的各种软弱的全球政府一样,它必须服从大多数成员的意志,一切行为都依赖成员自愿贡献的力量。最后很可能占多数的"温和派"会决定将"奔驰号"的发现拿出来供所有文明分享,但汤姆心里清楚,要在管理局找到必需的同盟势力,可能需要花上好多年时间。

谈判的希望并不比救援更大。而且就算有可能与太空中战斗的胜利者谈判,克莱代奇也会有吉莉安、希卡茜和梅茨帮他处理,根本不用汤姆来管这事。

剩下的就只有精巧而微妙的阴谋诡计了……如果救援与谈判最终都告失败，他们必须找到办法阻止敌人。

这就是我的工作了，他心想。

这片海域比东边五十千米外的海水更深，颜色也更暗。在东边，地层较薄的边缘分布着海底丘陵，海水比较浅，金属圆丘也全分布在那一带。在希卡茜的小队获救的区域，由于有半休眠火山链的存在，海水中含有丰富的金属元素。这个地区并没有那些金属圆丘，已经许久不曾活动的死火山岛也被冲平了，深埋在海洋底部。

汤姆的目光从泰纳尼的飞船残骸上移开。飞船坠落时在海中造成的余波已经平息，四处一片美丽宜人的静谧风景。海底植物暗黄色的长叶子摇曳着，仿佛随波荡漾的玉米穗，让他想起吉莉安头发的颜色。

他用其他人类很少能够发出的声音低吟起一段旋律。经过基因改造，他的鼻腔可以与颅骨发出某种共鸣，将层叠的诗句扩散到身边的水中。

※睡梦中，你轻触着我的身体
※醒时我不愿让你落手的地方
※在远方，我呼唤着你的名字
※却只能够趁你在梦中时抚弄※

当然了，这首诗吉莉安肯定是听不到的。汤姆自己的心灵感应能力是很有限的，不过她应该能觉察到一点。她还做出过许多让他更为惊喜的事情呢。

海豚小队开始集结在小艇旁边，苏西已经睡醒了，开始和席奥特上尉一起检查船上的货物。汤姆从礁石上跃入水中,开始向队伍游去。席奥特见他朝这边游来,赶忙在空气舱中吸了一口气,朝他迎了过去。

"希望你再考虑一下。"两人碰头后,她说道,"坦白说,你的存在对士气是一种鼓舞。如果失去了你,对我们肯定是个沉重的打击。"

汤姆微微一笑,把手放到她的背鳍上。肯定会有人担心他生还的可能性不大,这点也在他预料之中。

"我已经想过了,但没有别的办法,席奥特。计划的其他部分都可以由别人执行,而我才是那个能够去咬钩的人。你知道的。除此之外,"他微微一笑,"如果克莱代奇对我的计划有意见,他有不止一次机会让我撤退。我让他派吉莉安到希卡茜的岛上见我,她会带去我需要的滑翔机和其他补给。如果她告诉我船长的答案是否定的,我会比你们更早回到飞船上去的。"

席奥特看着别的方向,"我觉得他不会拒绝你的。"她的语调低沉,几乎听不到声音。

"嗯?为什么这么说?"

席奥特躲躲闪闪地用三音海豚语答道:

※克莱代奇领导着我们——是我们的导师
※但我们猜想——还有秘密的首领※

汤姆叹了口气。又是这样,总有船员怀疑地球当局不会让第一艘海豚指挥的宇宙飞船独立航行,肯定会派出经过伪装的人类监管者。自然了,大多数谣言都集中在他身上。这真是令人苦恼。克莱代奇是一位优秀的船长,而且这样的流言显然对这次任务的首要目标会有影响。如果新海豚能在这次航行中展示出足够的能力，本可以鼓舞一整代新海豚的自信心。

※那么在我离开的时候——学会这一课
※留在"奔驰号"上的——才是你们的船长※

席奥特在小艇的空气舱里呼吸到的氧气一定已经用得差不多了，气泡开始从她的呼吸孔中钻出来，但她仍然服从地看着汤姆，用通用语说道："明白了。苏西出发以后，我们就为你出发做准备。我们会继续留在这里，等待克莱代奇的下一步命令。"

"很好。"汤姆点了点头，"对计划的其他部分你没有意见吧?"

席奥特转过头闭上了眼睛。

※智慧学和逻辑一起
※唱出这旋律
※只有你的计划能够将我们
※从毁灭的命运带离
※我们将各司其职※

汤姆伸手拥抱了她一下，"我知道你是最可靠的人，你这个捕鱼行家。我一点都不为你担心。现在该和哈尼斯说再见了，我也好去做我的事情。我可不想让吉尔比我先到那座岛。"

他跳下水朝小艇游去，席奥特在原地待了一会儿。肺里的空气已经开始变得凝滞，但她一直停在原地，看着汤姆游走。

汤姆潜向水下的过程中，她用声呐发出了一阵滴答声，用听觉轻抚着他,唱起一支挽歌。

※他们用网来捕捉我们——那些伊基派来的人

※但你在那里——将网剪断

※善于行走的人啊,每次皆是如此,

※你剪断了我们的网,

※但他们会要你付出代价——

※用你的生命……※

26. 克莱代奇

　　新海豚口中的通用语,哪怕讲话再用心、语法再正式,让在提升时代之前的英语国家长大的人类听来也是很难以理解的。虽然语法和许多词根是一样的,但前宇航时代的伦敦人会觉得这种语言和说这种语言的声音都非常陌生。

　　海豚那经过改造的呼吸孔可以发出啸声、嘎嘎声、元音和一部分辅音。此外,他们还会使用声呐的滴答声,以及通过颅腔内复杂的共振发出的其他声音。说话的时候,这些独立的音素时有时无。就算在最好的状态下,听起来也不过是拖长了的噬咝声,所有的 t 音都发得结结巴巴,元音更是如同呻吟。对海豚来说,说话是门艺术。

　　三音海豚语是海豚在非正式场合用的,用来讨论各自的想象,以及私人事务。它代替了原始海豚语,并扩展了原始海豚语所能够表达的意念。但正是通用语将因果律的概念引介到了海豚当中。

　　通用语是考虑了两大种族发音能力后做出妥协的结果,人类用手劳作、使用火焰的历史,与鲸梦中传承而来的缥缈的传说结合在了一起。掌握了通用语之后,海豚在分析思维上达到了与人类类似的水平,学会了思考过去与未来、制订计划使用工具,同时也学会了战争。

有些深思熟虑的人类已经在反思,教会鲸类使用通用语,对他们到底是福是祸?

两只新海豚在一起时,如果要认真思考,可能会使用通用语,但并不会在意发音是否和英语单词相似。他们会经常使用超出人类听力范围的音节,而许多辅音干脆就省略掉了。

智慧学使这一切成为可能。重要的是语义,如果所采用的语法、两层逻辑和时间上的方向性都是通用语中的,那么交流的实际效果才是最重要的。

克莱代奇听取希卡茜的报告时,有意地使用了形式非常松散的海豚通用语。他想借此向希卡茜表明,两人是在私下相处。他一边听着,一边潜进水底,沿着训练池来回游动,把抽筋的感觉从体内赶出去。希卡茜一边汇报刚才那场行星地质学会议的情况,一边享受着真正的空气涌进主肺的美妙感觉。偶尔她也会停下讲话,跳到水中和他一起游上一段,舒展一下筋骨,然后继续汇报。

这时她的语言听起来和人类说话完全不同,但如果有一台性能良好的听写机,也能够将这些话完整地译成人类语言。

"……他说自己有种强烈的预感,船长。事实上,查理说就算我们能够逃脱,也可以留下一支小规模的科考队,以后用大型救生船返航。连布鲁基达也被这主意吸引了,我实在有点吃惊。"

克莱代奇从她身前游过,用很快的语速提了个问题:"如果我们把他们留在这里,然后又被抓住了呢?"他又重新潜进水中,加速向另一边的墙壁游去。

"查理认为他和单独派出的小队可以宣布自己是非军事人员,已经在岛上的苏德曼-萨奥特小组也一样。他说这是有成例可循的。这样一来,无论我们能不能离开,至少有一部分任务可以保证完成。"

活动室就在"奔驰号"的中央环上无水轮以上大约十度仰角的地方。墙壁均呈弧形,克莱代奇不得不小心地避开水池中较浅的一侧。水池右边堆着一簇塑料球、圆环和其他复杂的娱乐设施。

克莱代奇快速游到一簇塑料球下面,然后一跃而出,在空中转了几圈,背朝下落进水里,激起一片水花。他在水下打了个转,然后又摇动尾鳍浮到水面上,重重地喘着气,用一只眼睛看着希卡茜。

"我已经考虑过这个问题了,我们可以把梅茨和他的记录一起留下。为了甩掉他,我宁可付出三十条鲱鱼,加上一顿凤尾鱼甜点。"他回到水中安静下来,"但可惜的是,这种解决方式既不道德又不实际。"

希卡茜看上去有点迷惑,正努力弄明白他的意思。

克莱代奇感觉好多了。听到汤姆·奥莱的计划时,他心中充满了沮丧,而现在已经逐渐平缓。他可以暂时把这事放在一边,不去回想自己批准那个人类的计划时感受到的绝望。

"想想看,如果我们被杀或者被俘,宣布他们是非战斗成员也许还有用。但如果我们能够逃脱,让其他那些外星朋友追在我们身后,又会怎样?"

希卡茜的嘴微微张大了些——这也是从人类那儿学来的表情,"当然。我听到了。克瑟米尼星系实在太荒凉了,只有少数几条跃迁路线经过这里。他们要靠自己返回文明区域,单有一艘救生船恐怕不够。”

“也就是说?”

“他们将变成弃子,留在有致命危险的行星上,只有最低程度的医疗设备。很抱歉,之前我缺乏这样长远的思考。”

她微微转过身去,将左边的腹鳍伸向克莱代奇。古代这一表示驯服的方式经过了文明改良,其涵义类似于小学生在老师面前羞愧地低下了头。

如果运气好的话,希卡茜有一天会指挥比“奔驰号”大得多的飞船,执行更为重要的任务。作为她的船长和老师,克莱代奇很欣赏希卡茜的聪明与谦逊,但他身体的某一部分却渴望着更直接的目标。

“这样吧,我们把他们的意见当作建议提出来。考虑到我们可能需要对计划做出临时变动,先给救生船做好准备,另外还要在那里加派守卫。”

两人都知道这是个坏信号。他们不但要提防外界的危险,还要对内部保持警惕。

一个画着明亮色彩条纹的塑料环从两人身边漂过。克莱代奇有种朝它追过去的冲动……更强烈的冲动是把希卡茜推到角落里,用鼻子去擦她的身体,直到……他全身抖动了一下。

“至于进一步的板块研究,”他说道,“就不用考虑了。吉莉安·巴斯金已经出发去你发现的小岛了,她给汤姆·奥莱带去了补给,还会帮助丹妮·苏德曼对原住民进行研究。等她回来的时候,她会给查理带回岩石的样本,这对他来说应该够了。其他人有更多的事情要忙,苏西会把飞船上能用的部件带给我们的。”

“苏西肯定他在沉船上找到了我们需要的东西?”

“非常肯定。”

"新的计划意味着我们必须移动'奔驰号'。启动引擎可能
会暴露我们的位置，但我想已经别无选择。我会开始准备移动
飞船。"

克莱代奇意识到，这样下去不会有任何结果。到苏西回来
没几个小时了，而他还在这里和希卡茜用通用语交谈……也就
是逼着她用清晰而严密的方式去思考！难怪他还没有得到任何
提示，也没有得到任何身体暗示，对方对进一步的举动到底是欢
迎还是拒绝。

他用三音海豚语答道：

※我们只会在水下——
移动"奔驰号"
※前往那艘空空的
等待着我们的飞船
※很快，当战斗——
仍然在黑暗中进行
※让太空充满——
乌贼般的喧闹
※到那个时候
奥莱，渔网的噩梦
※就会在远方
吸引
他们的注意
※在遥远的地方啊
真理的
诠释者

*将引走鲨鱼——
让我们恢复安全*

希卡茜盯着他看了一会儿。这是她第一次听到奥莱计划的这一部分,和船上其他的雌性一样,希卡茜对汤姆·奥莱一直怀着一种柏拉图式的爱慕。

我应该用更平缓的方式告诉她这消息的,或者,也许晚些再告诉她才更好!

她眨了眨眼睛,一次,两次。然后她把眼睛闭上,缓缓地沉进了水中,从额前的发音结传出了低沉的哀恸。

克莱代奇开始嫉妒人类可以伸出的双臂。他也沉到水中,来到她的身边,用自己瓶状的尖吻碰着她的身子。

*不必为锐目的飞行者
感到忧伤
*鲸类们将永远——
为他歌唱

希卡茜悲伤地答道:

*我,希卡茜——
将以奥莱为荣
*他将为船长增光
为船员添色
*但他的行为仍然——
会让一人痛苦——

*那就是吉尔·巴斯金——

亲爱的生命清洁者——

*她将蒙受损失——

体会到切肤之痛*

克莱代奇感到羞愧。悲伤如帷幕般将他紧裹起来。他闭上眼睛,感觉身边的水也在回应着他的忧伤。

很长一段时间,他们并肩躺着,偶尔浮上水面换一口气,然后再次沉进水中。

克莱代奇感到希卡茜游开的时候,思绪已经飘得很远。但很快她就回来了,轻轻地蹭了蹭他,然后温柔地用她那小小的尖利牙齿轻啮着他的身体。虽然他最初几乎觉得这有违理性,但激情很快回到了克莱代奇身上。他感觉到希卡茜的鼻触开始变得更加有挑逗性,于是把身体侧过来,发出长长的一声叹息,呼吸孔里涌出一串气泡。

希卡茜开始低声哼出最古老的原始海豚语中一脉相传而来的熟悉的旋律,水中的味道也变得甜蜜了。它似乎在说,无论怎样,生命都将继续。

27. 小 岛

长夜寂静无声。

在基斯拉普那为数众多的小月亮的牵引下,舒缓的潮水一波波地涌向离他们百米之遥的金属峭壁。海风无休无止地吹着,扯动着岛屿上树木的枝叶。

然而和他们几个月来所见到的相比,这样的夜晚已经是沉闷而寂静的了。自从他们离开地球之后,无处不在的机器轰鸣声就一直陪伴在身边。机器运转时总带着呼啸声和滴答声,偶尔还会有部件失灵,发出浓烟和噼啪声。

虽然基皮鲁和萨奥特也在附近,但海豚间交谈所发出的那些吱吱声也不见了。在夜间,这两只海豚一直跟着基斯拉普那些原住民,观察他们的捕猎行为。

金属圆丘的表面实在是太寂静了,仅有的声响仿佛亘古不变:海浪的声音,遥远的火山发出的闷响……

黑夜里传来了轻轻的呻吟声,偶尔还有气喘吁吁的低声呼喊。

"他们又开始了。"丹妮叹了口气,似乎并不在意俊雄有没有听到。

声音是从小岛南边的空地传来的。岛上的第三个和第四个人类在尽量远离原住民和钻孔树洞的地方找到了一处私密的空间。但丹妮还是希望他们能离得更远一些。

笑声远远传来，虽然低沉，但清晰可闻。

"我从来没听到过这种声音。"她叹了口气。

俊雄的脸红了，往火里又添了一根柴。附近空地上那对情侣有权保有他们的隐私，他在想，要不要向丹妮指出这一点。

"我发誓，他们肯定像貂一样！"丹妮说道，尽量做出讽刺而嫉妒的口吻，结果却让人感到一丝苦涩。

俊雄注意到了这点。虽然明知这样不好，他还是说道："丹妮，我们都知道，人类是银河系中最擅长性爱的种族之一，不过，我们的某些扈从倒有可能挑战我们的地位。"

俊雄用一根木棍捅了捅火堆。这话说起来很难为情。他感到连黑夜都在嘲笑着自己，但还是想缓解一下篝火旁边这种紧张的气氛。

"这话是什么意思？"丹妮盯着他问。

俊雄把玩着木棍，"我……我是说，在古老的戏剧中有句台词，'现在他简直比海豚还健壮！'[①]莎士比亚肯定不是第一个将这两种最好色的智能哺乳动物放在一起比较的人。恐怕没有人能够提供方式来测量性欲的程度，我猜想这会不会是发展智力的先决条件。当然了，这也只是可能性的一种，如果你相信格莱蒂克人关于提升的说法……"

他继续闲扯着，慢慢地将话题扯远，同时注意到丹妮尽管已经险些失去冷静，但还是转过了头看向其他地方。

他做到了！他居然赢了这个回合！虽然这只是场微不足道

[①] 出自《终成眷属》第二幕第三场，朱生豪译本。

的胜利,而这游戏可能他再也不会玩第二遍了。

取笑的艺术对俊雄来说一直是单方面的事,而他一直是被揶揄的一方。能够靠伶牙俐齿和洞察人心的本事,在和这位颇有姿色的年长女子的谈话中占得上风,对他来说还是头一遭。

他并不觉得自己这么做是残忍的,虽然风雅的残忍也是游戏的一部分。他只知道,这样一来,丹妮·苏德曼就不会把自己当小孩看了。两人之间一直存在着淡淡的、不言而明的好感,但如果要因此而让一方受苦,就太糟糕了。

虽然俊雄并不喜欢萨奥特,但他还是很高兴那海豚为他提供了突破口,可以让他在丹妮的盔甲上撬开一道裂缝。

他还想继续说些俏皮话,丹妮接口道:"抱歉,阿雄,我很想继续听下去,不过我必须去休息了。明天还有很多事要干,要准备好汤姆的滑翔机,把吉莉安介绍给基库伊人,还要用查理那些见鬼的机器人做实验。我想你也该睡了吧。"

"是啊。"俊雄说。也许自己还是太热情了?"我马上就睡,丹妮。晚安,做个好梦。"

她没有说话,转身背对着火焰发出的昏暗光线。俊雄也不知道她是睡了还是醒着。

人类要是有点心灵感应能力就好了,他想。他们说心灵感应也有负面作用,但有时候真希望能知道别人脑子里的想法才好。如果我知道她想的是什么,至少就不用这么紧张了……只要知道她是不是还觉得我是个讨厌的小孩就好。

俊雄抬头看着头顶布满云朵的天空。在云层之间那狭长的缝隙中,他看到了星星。

天空中有两处像星云一样的光斑,前一天晚上还没出现,那意味着战斗仍然在进行。那小小的假星云变换着各种颜色,可能还在发出其他频率的光线。

俊雄抓起一把富含硅化金属的土壤,让它们从指间落到珊瑚礁上。土壤中夹杂的金属落下时发出的耀眼闪光,仿佛是闪烁的群星。他拍干净双手,爬到自己睡觉的位置,闭上眼睛躺在那里,不想再看到星星,也不想再为自己的行为做出判断,只是仔细聆听着长夜中海风与海浪的声音。在这节拍之中,他的心情逐渐平静下来。那声音听上去就像家乡的大海吟唱的摇篮曲。

时不时,他觉得自己还是可以隐约听到喘息声和低低的笑声从南边传来。这声音中带着复杂的甜蜜,让他心中充满悲凉的渴望。

"他们又开始了。"他暗暗叹了口气,"我发誓,我肯定没听到过这种声音。"

海上湿润的空气让两人的汗水都粘在了身上。吉莉安轻轻地舔去了嘴唇上方那像髭须一样的盐分,汤姆则用同样的方式将她胸口那些闪亮的东西抹去。他湿润的嘴唇离开时,她的乳晕和乳头都感到了一丝凉意。

她伸出手去,抓住了他脑后鬈曲的长发,他头顶的头发已经略微开始脱落,而触摸这里并不会损害他的自尊。作为回应,汤姆轻轻地啮着她的身体,一阵战栗从小腿传到大腿,直通向下体。

吉莉安用脚后跟钩住他的膝盖,将盆骨紧贴上他的髋部。汤姆抬起头看着她的眼睛,她发出了轻柔的呼吸声。

"我还以为刚刚就已经要结束了呢。"他用带着点嘶哑的嗓音低声说,假装擦去额头上的汗水,"我做过线的时候你应该警告我一下才是,别让我做出力不能及的承诺。"他举起吉莉安的手,从手心一路吻上手腕内侧。

吉莉安用手指轻扫着他的脸颊,如一枚轻羽拂过下颌,划过喉头,抚过锁骨。她轻轻地拈起汤姆胸前几缕稀疏的毛发,随意摆弄着。

她的喉间发出一阵咕噜声——不像家养的小猫,而是如同雌性美洲豹的低吟,"你准备好了再来,亲爱的。我可以等着。你虽然是非法批量生产的试管婴儿,但我比你的制造者更了解你。你有着他们无从想象的力量。"

汤姆本来想告诉她,不管有没有人规划过他的基因,他都是来自地球联邦明尼苏达州的麦伊·奥莱和布鲁斯·奥莱的合法儿子……但他注意到她眼中浮动的泪水。虽然话里带着轻佻的调笑,但她却紧紧抓着他胸口的毛发,仰望着他的面孔,眼中涌出泪花,仿佛要将他脸上的每一寸都印进自己脑海中。

汤姆突然感到一阵困惑。这是两人在一起的最后一个夜晚了,他想和吉莉安尽量靠近一些。但又如何能比现在二人之间的距离更近呢?他的身体紧贴着她的,她温暖的呼吸充溢着他的鼻腔。他扭过头,隐约觉得自己正让她感到失望。

这时他感觉到了。有什么正轻抚着他脑中那紧闭的沉重思想。力道虽然温柔,但不容拒绝。他意识到自己努力抗争的对象正是他本人。

我明天就要走了。他想。

他们之间争论过谁该去做那件事,他赢了。但到了不得不离去的时候,他还是感到心中一阵酸楚。

他闭上了眼睛。是我让她从身边离开的!我可能再也无法回来,是我亲手将自己心中最深爱的一部分割了出去。

汤姆突然感到自己如此陌生,如此渺小。他仿佛正矗立在危险的地方,只身挡在他所深爱的人和可怕的敌人之间,然而他并不是超级英雄,只是个普通的凡人,以寡敌众的他已经投入了所有的赌注,生死在此一搏。他似乎是只身一人。

他感到吉莉安在抚摸着自己的脸,便睁开了眼睛,将面颊埋在她的手中。她眼里含着泪水,脸上却带着微笑。

"傻孩子,"她说,"你永远不会离开我的。你还没有意识到吗? 我会和你在一起的,而你终将回到我身边。"

他不解地摇了摇头。

"吉尔,我……"他刚开始说话,嘴就被堵上了。吉莉安将他扑倒在地,饥渴地吻着。她火热而柔软的双唇压在他的唇上,紧紧纠缠在一起,右手开始引导他。

在她身上那醉人的甜蜜味道中,汤姆意识到她是对的,她一直都这么了解自己。

第三章　杂　音

动物乃是自然伟力的造化

它们无须去理解

在它们的观念中没有过去也没有未来

只有永恒不变的

属于如今一代的当下

它的足迹在林中穿行

它的道路隐藏在天空

　　与海洋里

在宇宙中,没有什么比人类

更加孤独

因为人类进入了历史这个陌生的世界

——劳伦·艾斯利①

---

①劳伦·艾斯利(Loren Eiseley,1907-1977),美国宾夕法尼亚大学人类学教授,著有关于地球生命史的《漫长的旅程》。

28. 萨奥特

萨奥特已经跟了他们一整夜。天色将晓,他感觉自己开始明白这些生物是怎么回事了。

趁着晨光,这些基库伊人离开了他们夜间的猎场,向岛屿的安全之处游去。他们叠起自己织出的渔网,收起藏在珊瑚石缝间的陷阱,拿着简陋的长枪,急匆匆地躲开逐渐升起的太阳照亮的区域。天亮后,食人藤就会重新出来活动,更不用提还有其他危险。白天,基库伊人只能在金属小岛上的森林中收集食物,在浓密的树丛中寻找坚果和小动物。

在水下,基库伊人看上去就像绿色的河豚,只是长着短小的、指间长蹼的手臂,以及鳍状的下肢。一对长在靠近尾巴位置的鳍也帮助他们在水下控制方向。他们靠强壮的下肢蹬水,这样就把手臂解放出来,用来携带其他东西。每个基库伊人头旁都长着一圈由密密的细鞭毛组成的鳍形薄圆盘,这些圆盘在水中漂动着,收集溶解在水中的氧气,补充到他们膨胀的气囊中。

这些以狩猎-采集为生的生物拖着两块渔网,网中全是闪闪发亮的海洋生物,长得酷似螃蟹,远看上去就像一网兜五颜六色的金属雕塑。基库伊人唱着歌曲,充满了啪啪、呱呱、哇哇这样的音节。

　　萨奥特听着他们彼此呱呱叫着,他们的词汇极为匮乏,而且要把声音信号和肢体动作结合在一起才能表达意思。每次几个基库伊人浮上水面时,都可以听到动作伴着一连串的吱吱声。

　　这些稚嫩的生物根本没有注意到跟随着他们的外星人。萨奥特和他们保持着距离,很小心地不影响他们的活动。他们当然知道萨奥特在那里,年轻的基库伊人偶尔会满腹狐疑地朝他的方向发射出一道声呐波。但奇怪的是,较为年长的猎人看上去完全接受了他的存在。

　　萨奥特看着逐渐亮起来的天色,松了一口气。晚上虽然有夜色做掩护,但他还是必须将自己的声呐限制在最小范围,以免惊到这些原始人。那种感觉简直和瞎了差不多,每次险些撞上什么东西,或者"什么东西"险些撞上他时,他总是恐慌不已。

　　然而,这一切都是值得的。

　　他感觉自己已经基本掌握了他们的语言。他们的信号系统类似于原始海豚语,是建立在等级严明的氏族制度基础上的,音节和他们呼吸的节奏大体合拍。语言中的因果逻辑比原始海豚语略为复杂,无疑是使用前肢和工具劳作的结果。

　　:?:看,我们很好打猎

　　-打猎-很好

　　:?:小心,小心

　　寻找机会

　　:?:吃,好吃,可以吃

　　-没有吃,不!

　　:?:要在水上死,不要死在水里……

　　只根据语言能力来看,这些生物比当初地球海豚刚被提升时要差,很难说符合提升条件,但其他方面,包括使用工具的能力上,则要略胜一筹;单单用手劳作这一项就注定了基库伊人不可能成为优秀的诗人,但他们现在用来自吹自擂的那些歌谣还是有点魅力的。

　　萨奥特工作服上的皮带擦痛了他的鼻子。虽然重量很轻,采用了流线型设计,但他还是希望自己可以摆脱这见鬼的东西。

　　自然,在这充满危险的海洋中,萨奥特还需要它的保护。同时,基皮鲁就在离他不远的地方,按照萨奥特的要求,基皮鲁不会过来碍事,但发生的一切都会被他听到。如果被基皮鲁抓到他脱掉了工作服,他肯定会咬断自己背鳍上的骨头的。

　　和“奔驰号”上那些唯技术论的船员不同,萨奥特对这些装置都没什么好感。他不介意使用电脑,有些电脑还可以讲话,帮他和其他种族生物交谈。但那些用来移动、切割或者杀死目标的工具,在他看来则是违背自然规律的,只要有可能,他就不会使用它们。

　　他痛恨自己胸鳍上那两个块状的“鳍指”,人类说或许有一天这会进化成完整的手掌。他们真没有审美能力。他对人类改造了海豚的肺部也颇是不满,虽然这让他们对陆地疾病有了更强的抵抗力,还可以呼吸富氧水,但自然生长的鲸类根本不需要这种变异。地球上的纹齿长吻海豚和宽吻海豚没有经过任何基因改造,却可以比这些“友好海豚”游得更好。

　　对视力的扩展他却怀着矛盾的感情,这种改造是必需的,让那些通过声波只能看到轮廓的东西现在可以看得清楚了。

　　萨奥特浮上来喘了口气,然后又潜进水中,保持和原住民同样的速度。

按照他自己的想法,应该提升的是语言能力,而不是工具的使用。对他来说,扩展语言能力才是海豚自然的发展方向,比疯狂地迷恋上宇宙飞船、假扮成宇航员和工程师要自然得多。

这也就是为什么他在浅滩星群时不愿意和太空船一起去探索那些失落的舰队。没有任何证据表明那里有什么东西或者什么人可以和自己说话,就算是有,他也不愿在一小队无能的扈从种族的支援下去太空里瞎晃!让"奔驰号"自己去处理失落的舰队,就像把一颗随时可能爆炸的炸弹交给一群孩子玩耍。

他的举动招致了全体船员的鄙视,尽管探索队灾难性的后果证明了他的正确,甚至连船长的小艇也赔在那次任务里了。

他们怎么看你无关紧要,萨奥特提醒自己。他是一名非军事人员,只要他能够完成自己的任务,就不必为自己辩解。

他对自己追求丹妮·苏德曼所引起的风言风语更是不放在心上。早在人类提升海豚之前,雄性海豚就开始调戏女性研究者了。这是长久以来的传统,他觉得自己的行为也是有理由的。既然那些好色的老海豚可以这样做,他这样头脑精明的后代又为什么不行?

他最痛恨通用语的原因,就是必须为自己的行为找到正当的理由。人类总是在问"为什么",原因到底有什么重要的?任何一头鲸类都会告诉你,除了人类的方法之外,还有其他看待事物的途径。

基库伊人游到了自己居住的海岛东岸,开始发出兴奋的叽喳声,准备把他们的猎物举起来,贮藏到海边顺风的礁石裂口里去。

萨奥特感觉到一股声呐波扫过,如同被探照灯照过一样。

基皮鲁从北边过来了,一定是来招呼自己回人类宿营的地方去的。

萨奥特浮到水面上,侧着头看着逐渐变亮的天空。太阳从东方那雾蒙蒙的海岸线上升了起来,风中夹带着细雨的低吟。

空气中泛起了金属的味道,这让他意识到自己仍然还处在基斯拉普星那致命的困局中。

毫无疑问,克莱代奇和他的"工程师"们正试着制订应急计划,把他们从现在这糟糕局面中解救出来。毫无疑问,他们的计划一定充满了勇气与智慧……但最后还是摆脱不了全员阵亡的下场。

这不是显而易见的事吗? 在这场征服与被征服的战争中,地球文明这个初学者如何才能和几百万年来一直浸淫于此道的格莱蒂克人相抗衡?

当然了,他对人类是忠心不二的。但他也知道人类的本质——不谙世事的狼崽子,在这危机重重的银河系中艰难求生。

海豚有句古语:"所有人类都是工程师,所有工程师都是人类。"话虽好听,但无疑是句谎言。

基皮鲁在他身边浮出了水面。萨奥特安静地呼吸着,呼出的气体在空中凝成薄雾。他躺在那里看着初升的太阳,直到基皮鲁的耐性消耗殆尽。

"天亮了,萨奥特。我们不该再待在这里了。我们应该回去报告,我也饿了,要吃东西,然后休息一会儿。"

萨奥特继续端着心不在焉的科学家的架子,好像刚刚从基皮鲁永远也不会理解的深刻思考中缓过神来,"什么? 噢,对了,当然了,飞行员,当然可以。我搜集到了非常有趣的数据要汇报上去。你知道,我想我已经破译了他们的语言。"

"那好极了。"基皮鲁的回答使用了通用语的语义,但发音上还是海豚的嘈杂声。他潜下水朝洞穴入口游去。

飞行员的讽刺语气让萨奥特感到不快,但他努力掩饰住了。

也许我还有时间写上几首暧昧的小诗,点缀到交给丹妮的报告里,他想。她宁可站在水池旁边,也不愿意跳下水来和我做伴,这真是太糟糕了。不过也许今天她就会动心了。

他一边跟着基皮鲁游向还处在黑暗中的岸边,一边在心里琢磨着香艳的诗句。

两只海豚回到了以前是钻孔树洞的地方,里面已经点上了冷光灯。萨奥特注意到有人把两条小艇都拖出了通道,停泊在海湾中。但按原来的计划,至少应该把一条小艇停在池子里,在紧急情况下可以让丹妮和俊雄迅速撤离的!他赶快跟着基皮鲁穿过狭窄的垂直孔洞,游回到岩洞里。

上方的水池里有了两艘新的小艇。他明白了,前一天晚上一定有人从飞船上来到这里了。

俊雄和丹妮已经来到水边和基皮鲁谈话了。萨奥特盯着丹妮,心里浮想联翩,但还是决定先不要开口。今天晚上,我一定要想法子让她下水来陪我,他想。我要先想好借口,比如说钻孔树根部有什么东西。也许这不会奏效,但单是尝试这事本身就够有意思的了。

萨奥特朝里面瞄了一眼,拍打着尾巴从水中浮起,好把池边的情景看个清楚。他在想,从"奔驰号"上来的人到底是谁。

南岸那茂密的灌木丛分开了,一男一女两个人类走了出来。

吉莉安·巴斯金跪在水池边,用三音海豚语唱出欢迎的曲调:

　※忠实的基皮鲁

　你如浪涛中的岩石一般坚固

　※比逆戟鲸更加灵巧

　※变色龙萨奥特

　什么环境都可以适应

　※简直与人类相同

　※就算在黑暗的风暴中,

　也能够认出你们两个

　※你们要互相学习!

　　基皮鲁用通用语答道:"看到你很高兴,吉莉安。你也是,汤姆。"真是毫无创意,简直可悲。

　　萨奥特平静了下来,郁闷地意识到自己不能辜负了诗人的盛名。和基皮鲁不一样,他必须想出一段诗文来,回应吉莉安的问候。

　　他真希望能够找个安静地方,好好琢磨一番吉莉安的话,尤其是那句"简直与人类相同"……这是在夸奖他吗? 或者说,在吉莉安用高音唱出这一段时,声音里带着一丝同情?

　　汤姆·奥莱静静地站在吉莉安身边,萨奥特感到这个男人可以轻易地看穿自己。他长长地吸了一口气:

　※看这里! 一夫一妻制下的

　※奇迹啊!

　※一对爱人! 将自己的轮廓

　※投在了广阔的天空中。※

吉莉安抚掌大笑。

汤姆·奥莱只露出了浅浅的微笑。很明显他心不在焉。

"很高兴你们俩回来了。"他说，"吉莉安和我是昨天晚上到这儿的，她从'奔驰号'上来，我从俊雄发现的那艘坠毁的飞船那里来。吉尔给你们带来了一条中微子通信电缆，你们可以和飞船保持联系了。她会和你们在这里一起工作一段时间，处理和基库伊人有关的重要事务。另外，据说船上有些人正等着你们搜集到的数据。是吧，吉莉安？"

金发女子点了点头。俊雄和丹妮听到查理·达特的要求肯定不会高兴的。

汤姆继续说道："吉尔来的另一个目的，是把一些装备带给我。今天上午我就要乘一台太阳能滑翔机出发了。"

基皮鲁吸了一口气，正打算反对，汤姆已经举起了一只手，"我知道这很冒险，但这个实验是非做不可的。这关系到我们一起制订的逃脱计划能否成功。你们这些人是我仅能够依靠的了，我不得不请求你们的帮助。"

萨奥特的尾巴在水下拍打着。他想强忍住不表现出自己的情绪，但那实在是太难太难了！

也就是说他们真的准备试着逃走了！他还希望汤姆和巴斯金能有更好的主意。他们都那么聪明，那么有经验，简直是神话中地球议会派出的特工。他们在任何情况下都可以成为幸存者。

而现在，他们说的话和疯子没什么区别了，还要自己帮忙！他们没有意识到自己要对抗的是什么样的对手吗？

他游到基皮鲁身边，做出忠实而专注的扈从应有的样子。但在听着汤姆讲他那"疯狂"的计划、讲他们将如何从那些暴眼睛的怪物手中逃脱时，他还是心乱如麻。

29. 塔卡塔-吉姆

"飞船委员会的会议简直是场灾难。比我想象的还要糟糕。"副船长叹道。

*他们在计划欺骗
要愚弄以欺骗为生的人
*他们要用薄纱
蒙住巨鲸的面!

克萨-琼抬起他那硕大而愚钝的脑袋,表示赞成。

"我听说这次行动的暗号是'特洛伊海马',那是什么意思?"

"文学上的比喻而已。"塔卡塔-吉姆答道。他怀疑这水手长到底有没有上过学,"等以后再给你解释。现在我有事情要想。除了克莱代奇和奥莱策划的这种自杀式计划之外,一定还有别的路可走。我本希望克莱代奇可以稍微理智一点。"

"他不愿意听你的?"

"噢,他倒是够有礼貌!梅茨像河豚一样一点一点沿着我的计划走,克莱代奇则非常和善地听我们两个讲完。整个会议持续了四个小时！但船长还是决定采用奥莱的计划！那个叫巴斯金的女人已经出发去给他送补给了！"

两只尖吻海豚沉默了一会儿。克萨-琼等着副船长开口。

塔卡塔-吉姆摆了摆尾巴，"为什么克莱代奇根本不愿意考虑把我们发现的坐标广播出去来了结掉这件事情呢？他和奥莱偏偏要去招惹那些智能生物，他们之间钩心斗角已经有几百万年了！我们会被煎熟的！与其按他们的计划走，还不如按你的想法，火力全开干上一仗！至少我们还能掌握自己的命运！"

"我只是在他们那疯狂的冒险计划之外，提出一种更体面的做法。"克萨-琼说，"但我还是赞同您的计划。想想看，如果最后是我们找到的办法拯救了这艘飞船和其他船员，这样带来的好处岂不大大超出仅仅保住我们的性命？"

塔卡塔-吉姆摇了摇头，"如果是我来指挥，也许还可以。但带领我们的是一个疯狂的、满脑子都是荣誉的疯子，他只会带领我们走向毁灭。"

他转过身去，完全沉浸在自己的想法里，一言不发地沿着过道游向自己的船舱。

克萨-琼一路跟随着副船长，眼睛眯了起来。他的呼吸孔中有节奏地冒出一股细细的气泡。

30. 阿 齐

　　这不公平！随着"奔驰号"上的修理工作接近完成，飞船上几乎所有有点儿身份的成员都和希卡茜一起去那艘泰纳尼沉船上工作了，他却还被留在这里，完全没有任何重要的事情可做！

　　阿齐漂浮在研究站里。研究站离中心舱很近，上面还有一个空气室。气泡从研究站底下冒了上来，毫无阻碍地穿过他面前那几页全息显示的文献。

　　这真是最蠢的主意！飞船已经沉在海底了，还要他学星象导航有什么用？

　　他想努力集中精神，研究虫洞导航术的细节，但他的思绪早就飘走了。他开始想念俊雄。两人上一次有工夫一起搞恶作剧是多久之前的事了？自他们偷偷把鲁基达的近视镜换成弗伦内尔的老花镜，至少已经过了一个月了吧。

　　我当然希望俊雄一切都好，但至少他还在做着些什么。他们在沉船上的工作需要每个优秀的工程人员参与，为什么克莱代奇坚持要让我留在船上？

　　阿齐又一次想把精神集中到文档上，但却被争吵声打断了。他低下头，朝传来声音的食物站看去。两只海豚正轮流用尾鳍抽打着对方,其他围观的海豚在旁边围成一圈。

阿齐游出空气室,朝骚乱发生的地方游去。

"给我停下!"他喊道,"停下,马上!"他挥动尾鳍敲着萨卡塔和斯里卡-乔,让他们给自己让开一条路。

围观的海豚们朝后退了一点,但打斗中的两只海豚却无视他的存在。他们还在互相撕咬着、抽打着,其中一只把尾巴甩在了阿齐胸口上,抽得他转了个圈。

阿齐好不容易才缓过气来。他们哪儿来的力气,居然在富氧水里打了起来?

他向一只在旁边观战的海豚游去,"皮克陶……皮克陶!"他咬着对方的胸鳍,做出副居高临下的姿态。皮克陶怒气冲冲地转了个圈。要让他听命令可不容易。阿齐感觉自己还是太年轻了。但克莱代奇教过他应该怎么做。当海豚出现返祖现象时,一定要让他集中精神!

"皮克陶! 别听他们嚷嚷,用你的眼睛看着我! 作为船上的军官,我命令你协助我结束这场斗殴!"

皮克陶脸上那呆滞的表情消失了。他点了点头,"是,长官。"阿齐很奇怪这家伙为什么变得如此木讷。

两只打架的海豚动作慢了下来,一滴滴鲜血在水中化成团团粉色。由于之前的互殴,两人都开始喘不过气来。阿齐又召集了三个船员,一边拉扯,一边朝他们大喊,让他们重新集中精神。然后阿齐自己游了过去,终于把那只尖吻海豚和炊事兵分开了。阿齐指挥着海豚们把他们押到医务室去。他决定去向船长报告,这期间玛卡尼医生应该可以把他们分开诊治。

阿齐朝上看了一眼,发现水手长克萨-琼正从旁边游过。那只体型硕大的士官长根本没有打算来帮忙。他说不定一直在旁边看着,阿齐恨恨地想。克萨–琼可能根本就不用去劝解那些围观海豚,只需要一声低吼,就可以把两个打架的家伙吓得不敢动弹。

克萨–琼迅速向外舱游去,表情非常严肃。

阿齐叹了口气。

好吧,说到底,也许克莱代奇把我留在这里是有理由的。希卡茜已经和工程师一起出发了,需要有人对付这些还留在"奔驰号"上的白痴。

他用鼻子推着斯里卡–乔往前游去。这只尖吻海豚用类似原始海豚语中脏话的语调高喊着,但还是服从了他。

至少我有理由不用去学看星盘了。阿齐自嘲地想。

31．苏　西

"不！停下！退回去再来一遍——这次要再小心点！"

哈尼斯·苏西挑剔地看着几名海豚工程师将重工舰退了回去，将一根横梁从船舱里拖出来。

这已经是第三次尝试了，他们想要把这根承重梁从泰纳尼沉船尾部的一条缝中塞进去。他们已经很接近成功了，但作为导引的重工艇退得太远，险些把承重梁的一头撞到战舰的内壁上去。

"看着我，奥利罗，你要这样避开那道横梁。"他对小艇的驾驶员比画着，声音通过水下通信器传了出去，"等开到那个双头狼花纹的地方，就马上把船头抬起来！"他挥着双臂。

海豚茫然地看着他，过了一会儿才点了点头。

※知道了——我会躲开她的！※

听到海豚这俏皮话，苏西做了个鬼脸。海豚的性格就是这样，一半时间满嘴讽刺，一半时间又热情得过头。但不管怎么说，他们都在非常努力地工作。

　　况且,水下的工作环境实在是艰苦。相比之下,在真空里的建筑工作简直像在玩乐一样。

　　自从21世纪以来,人类在太空建筑方面已经取得了长足的进步。他们解决了惯性和旋转带来的问题,而这些问题连大数据库中都没有解决方案。那些已经使用了十亿年反重力装置的种族根本不需要考虑这些。

　　但相比之下,最近三百年间在水下进行重型工种的经验就少多了,就算在地球上的海豚社会中也不多见,更别提在大洋深处的海底修理(或者说掠夺)太空飞船了。

　　连在空间轨道的失重环境下,惯性都会造成问题,更不用说浸在水中的材料所产生的几乎无法预测的浮力了。要移动大件的物体所需的作用力,会根据它当前的速度变化,还和每一瞬间沿速度方向的横截面大小有关。在太空中可不需要这么复杂的计算。

　　海豚们又把探照灯的光柱打了过来,苏西往战舰里面看去,检查其他工作的进行情况。闪烁的激光锯发出足以媲美氙弧灯的亮光,借着这光线,海豚们正慢慢地在泰纳尼战舰中心拆出一个大洞,最后会形成一个巨大的圆柱形开口。

　　在席奥特上尉的监督下,工作到了收尾阶段。她手下的工人正以新海豚特有的方式移动着。海豚在靠近物体之后用眼睛和机器来干活,但在接近物体时,工人的头部会先转一个圈,从头部前方甜瓜大小的凸起处发出细细的一束声波——正是这块"甜瓜"让宽吻海豚看上去像知识分子一样——然后来回摆动下颚,那里的声感器官收到超声波回波之后,就可以构建出一幅图像来。

　　房间里到处都是吱吱声。海豚居然能从这样刺耳的嘈杂声中分辨出有意义的声音来,苏西一直感到惊讶不已。

这帮家伙挺吵闹,但苏西真希望手下多一些这样的海豚才好。

他希望希卡茜能赶快带更多的海豚过来,而且应该从船上开来一艘救生艇,不管大小都好,至少可以给他一个擦干净身子的地方,其他海豚也可以在休息的时候呼吸几口高质量的空气。如果不赶快找人来接替他手下这些海豚,恐怕很快就会酿成事故了。

汤姆提出的这计划真是太可怕了。苏西希望克莱代奇和飞船委员会可以提出其他的方案,但那些反对这一计划的人也拿不出什么更好的主意。现在只等汤姆·奥莱发出信号,"奔驰号"很快就会驶来。

显然克莱代奇认定,大家已经没有什么可以输掉的了。

水中传过来咔啦一声。苏西赶快退了出来,朝四处望去。泰纳尼飞船上的一台量子制动器悬在水中,它的连接处被奥利罗吊着的那根横梁撞断了。平日里对什么都满不在乎的海豚带着明显的痛苦表情看着他。

"我说,孩子们。"苏西抱怨道,"要是我们自己对飞船做出的伤害比敌人的还多,还怎么让人觉得这外壳是在战斗中幸存下来的?谁能相信表面上带着这么多孔洞的东西还能自己飞起来?"

奥利罗的尾巴打着水,发出一阵痛心的啾啾声。

苏西叹了口气。已经过去三百年了,但还是不能把海豚逼得太紧。批评得狠了他们就会崩溃,必须用正面的鼓励来让他们努力工作。

"好了,我们再试一次,嗯?小心些就好,你们每一次都比前一次更接近成功了!"

　　苏西摇了摇头,心想:自己当年是哪根筋搭错了,要做工程师的?

32. 格莱蒂克人

战火已经转移到了其他星域,坦度舰队又一次存活了下来。

巴斯卡人刚刚加入了泰纳尼人和格布鲁人的同盟,大多数索罗人舰队还处在危险环境下,而暗夜兄弟会已经几乎被全歼了。

接受者在意念网中央栖息着,按照平日所受的训练,仔细地一步步剥去心灵防护场。它们的坦度人主子花了几千年时间教会他们使用心灵护盾,它们可不愿漏过所发生的任何情况。

随着最后一层障碍被除掉,接受者急不可待地开始探索周围的空间,轻抚过每一片蒸汽和飘浮的碎片组成的云朵。它轻轻地绕过一处处未经触发的心灵陷阱,一座座未解决的概论场。战争看上去那么美好,但却充满着危险。

识别危险是坦度人强行教会它们的另一样本领。私下里,接受者种族并不把这当回事。已经发生的事怎么可能是坏事呢?只有埃匹西亚奇才会那么想,看看它们是怎样的疯子吧!

接受者注意到了一件通常会被忽略的情况。如果让它随心所欲地用超感波探索那些飞船、行星和飞弹,也许它的注意力会被分散掉,无法发现这样细小的差别——一个单独的、受过严格训练的意念正在思考着。

接受者欣喜地发现，发出这样思维波的人居然是个辛希安人！一个辛希安人正在战场上，还试着和地球生物联络！

这实在是不同寻常，因此也显得分外美丽。接受者从来不曾见过如此勇敢的辛希安人。

辛希安人的心灵感应技术并不出名，但这个辛希安个体却令人赞叹。它绕过了战场上密布着的数不胜数的心灵感应探测器，正在向周围的空间发送信息！

如此的举动实在是出人意料，妙不可言……这也证明了主观存在相对于客观事实的优越性，埃匹西亚奇那胡话可以见鬼去了！惊喜正是生命的本源。

接受者知道，如果再花时间赞叹、而不去把它汇报上去的话，自己一定会受罚的。

但那也是让它们疑惑的事，通过这样的"惩罚"，坦度人让接受者选择了一条路，而非另一条。在过去的四万年间，这一直让它们感到惊讶。总有一天，它们会在这一点上做出什么反应来的。不过现在还不着急。也许到了那天，它们自己已经成了庇护种族呢。只要再过上六万年，这段等待的时间一晃眼就过去了。

辛希安间谍发出的信号消失了。显然战场上激烈的炮火让她离克瑟米尼越来越远了。

接受者四处探察了一番，失去了辛希安人的信号让它略感惆怅。但这时，战争的光芒在它面前展开。接受者渴望着战场上那丰富的刺激，它决定还是晚些再报告辛希安人的事……如果到时候它还记得的话。

33. 汤姆·奥莱

汤姆回头仰望着逐渐聚拢的云彩。能不能在暴风雨到来前赶到目的地还很难说，要再往前飞上好长一段才能确定。

飞出四千英尺之后，这架太阳能飞机已经开始发出嘤嘤声了。这台小小的飞行器设计出来又不是为了打破飞行纪录的，上面除了骨架之外，没有太多的东西。推动器的动力来源只有宽阔的半透明机翼上收集到的太阳能。

一条条白色的波浪点缀在基斯拉普水世界表面。汤姆乘着信风一路朝东北飞去。回程时这信风会减慢他的速度，甚至造成危险——如果他真的能活着回来的话。

高空中的风速更快，推着乌云向东翻滚，紧跟在他的身后。

他只能靠航位演算来确定飞行的方向，基斯拉普的橙色太阳是可以用来修正航向的唯一参照。指南针没有任何用处，基斯拉普表面富含的金属早已将行星的磁极扭曲得一塌糊涂。

风从飞机头部小小的锥形尖端呼啸着掠过。汤姆趴在机翼下狭窄的平台上，几乎感觉不到风吹过身体。

他真希望能有个枕头。他的手肘已经被擦疼了，脖子也开始出现痉挛的前兆。起飞前，他对携带的给养进行了一再的削减,甚至几乎要在两件东西之间做出选择:是要带上心灵炸弹以便到达目的地之后完成任务,还是要带上一台净水器,保证自己能活下去。经过一再妥协,最后把决定要带的东西绑到了坐垫底下。鼓鼓囊囊的坐垫让他根本无法找到一个舒服的姿势让自己躺下。

在这段无穷无尽的旅程上,一路上的景色只有单调的海水和天空。

有那么两次,他看到了远方有一群飞行生物。这是他第一次发现基斯拉普上有会飞的生物。它们是从跃出水面的鱼类进化而来的吗?在高度差如此之小的世界里找到飞行生物,着实让他感到惊喜。

当然了,这些生物也可能是由远古时代某些在基斯拉普星上借住过的格莱蒂克种族改造而成的。当自然形成的多样性不足以推动进化时,智能生物就会干预其进程。比起在水世界上造出飞行生物来,汤姆所见过的基因改造要疯狂得多。

汤姆想起有一次,他和吉莉安跟着杰克·迪姆瓦①去卡斯赫林这个泰姆布立米人的学院星球参加会议。在会议的间歇,他和吉莉安参观了一个规模宏伟的陆地生态保护区,在那里他们看到大群的克利兽在原野上吃草。兽群组成了精密而复杂的几何图形,那些图形每分钟都在自发地变换着形状,但在动物个体之间却没有发现任何交流的迹象。平原上的兽群就仿佛一大块舞动着的丝绸,表面不断地变换着图样。泰姆布立米人解释说,很久之前,某个格莱蒂克种族曾经在卡斯赫林居住,是他们改变了克利兽的群居模式,将它变成了一种谜语。自那之后,一直没有人能够解开其中的秘密——如果真的有秘密藏在其中的话。

①雅各布·迪姆瓦的昵称。

吉莉安当时表示,那个种族也许是出于自身利益的目的改造了克利兽,但热衷于解谜的泰姆布立米人则不愿接受这种看法。

想起当时的情景,汤姆不禁微微一笑。那是他们二人第一次结伴出行。自那之后,他和吉莉安一起见证了无数的奇观,甚至连他们自己都无法全部记录下来。

他已经开始想念她了。

那些本地的飞鸟(或者其他什么东西)转了个方向,避开了越来越高的云层。汤姆看着它们逐渐飞离视线,发现它们飞行的方向没有任何陆地的痕迹。

飞机正以大约两百节的速度航行着,大概再过两个小时,就能够把他带到西南方的火山岛群。无线电、卫星追踪和雷达都是无法使用的奢侈品。汤姆只有靠钉在挡风玻璃上的表格来指引方向。

等回程的时候就好办多了。吉莉安坚持要他带上一台惯性记录仪。有了它,就算蒙着眼睛,他也能够回到离希卡茜所在的小岛几米之内的地方。

如果有机会返航的话。

身后追来的乌云开始在他的头顶和身后会聚。基斯拉普空中的急流实在让汤姆有些不安。他决定还是在暴风雨到来之前找个地方降落的好。

天色将晚,他又看到了另一群飞行生物,还两次瞥见水下有什么东西在游动——体型非常庞大,而且显然不怀好意。每次看到那东西时,它都很快地消失了,也没有机会好好观察一下。

下方海面上那漂浮的浪花中散落着无数海草的碎片。有些地方的海草聚在一起,一团团地隆出水面。也许那些飞行生物就在那上面栖息吧,汤姆百无聊赖地想。

他不断地和无聊斗争着。他恨透了左侧腰部下面隔着垫子顶着自己的东西,不管那是什么。

怒涛汹涌的乌云离他只有几英里①远了,这时他在北边的地平线上看到了什么东西,仿佛是灰色的天空下方一块模糊的污痕。

他把飞机的动力开大,压低机头,朝那抹灰色飞去。很快他就看清了,那是一股灰色的气旋,旋转着、扭曲着向东北方飞去,仿佛是从天幕上垂下的被熏黑的战旗。

汤姆奋力把飞机拉了起来,然而身后危机四伏的乌云已经开始遮蔽傍晚的斜阳,在机翼表面的太阳能电池上投下阴影。闷雷声隆隆不绝,闪电偶尔照亮云层下的海面。

大雨倾泻而下,电流表上的指针已经偏向红色区域,飞机上小小的引擎开始抽搐。

没错,就是这里了!就是这座小岛!小岛上的山峰看起来还很遥远,隐藏在浓浓的烟尘中。

奥莱希望能找一座火山活动不那么剧烈的伴岛上着陆。在这种情况下居然还想着挑三拣四,想到这里,汤姆不禁一笑。如果需要的话,他可能会在海上迫降,小飞机上还装了浮橇呢。

暮光黯了下去。在越来越浓的暮色中,汤姆发现海面的颜色正在发生着变化。海面似乎有什么不对劲儿,但又说不出具体的区别,这让他感到颇为困惑。

不过已经没有时间胡思乱想了,他必须控制住在风浪中上下颠簸的飞机,为每一尺高度而奋力搏斗。

希望还有足够的光线让我找到着陆的地方,他驾驶着这叶脆弱的扁舟,在倾盆大雨中航向升起滚滚浓烟的火山。

---

① 1英里 = 1609.344米。

34. 克莱代奇

克莱代奇没想到飞船的情况如此糟糕。

他已经检查了每一台受损的引擎和设备。虽然已经经过修理,而且每处修理工作都由他或者塔卡塔–吉姆进行了三遍慎重的检查,但飞船受到的损害还是太严重了,不是每处都能够修好的。

同时,作为飞船的主人,他还要应付一些非物质层面的东西。虽然审美方面的要求没有什么优先权,但毕竟得有人花心思。不管"奔驰号"飞船的功能恢复到了什么地步,它的美丽已经不复往昔。

这还是他第一次亲自到船体之外巡查。他戴着呼吸器,在遍体鳞伤的船体上方游过,检视着整艘飞船的情况。

飞船的静态支柱和主要的引力驱动器都可以正常工作。塔卡塔–吉姆和埃默森·丹尼特已经向他保证过了,而且他自己也检查过。一台火箭推进器在摩尔格伦被反物质射线击中了,但剩下的管道还都可以正常使用。

不过,虽然飞船的外壳已经足够坚固,却已不复当初的赏心悦目。飞船的外皮上留下了两处灼伤,那是反物质射线击透护盾留下的。

布鲁基达告诉他,船体上有几小块金属连质地都被改变了,从一种合金变成了另一种。飞船整体结构的完整性没有受到影响,但这意味着有人曾携带着概率放大器走到了离飞船非常近的地方。想到"奔驰号"上的某些部分和存在于另一个平行宇宙中的类似却略有不同的飞船进行过交换,想到那艘飞船中也有和他们类似却略有不同的逃亡者,实在让他有点不安。

根据大数据库中的记录,还没有人能够控制跨宇宙的转换器,只能将它当武器使用。但传说中在上古时代,某些"过度发达"的格莱蒂克文明揭开过其中的秘密,并用这样的转换器从侧门离开了这个宇宙,前往其他空间。

在人类学会使用火之前,"无穷无尽的平行宇宙"的概念早为海豚所熟知。这种概念是鲸梦的基础部分。巨鲸们泰然自若地低吟着,讲述着一个沉寂的世界。新友好海豚虽然学会了使用工具,却也失去了这种超然物外的心态。现在,他们对鲸类哲学的理解已经不比人类强多少了。

格莱蒂克人掌握了十几种改变光速的方法,像这种小功率的概率干扰器只是其中之一,然而谨慎的种族绝不会使用这东西:曾经有过使用概率驱动造成整艘飞船彻底消失的先例。

克莱代奇想象着如果用超光速飞行找到更多的"奔驰号"会是什么样子——每一艘都来自不同的宇宙,都有一个与他类似但又略有差别的船长。鲸鱼们可能会接受这种情况具有哲学上的完备性,但他自己却没有这个信心。

换而言之,鲸鱼虽然有哲学方面的天才,但在驾驶飞船和操纵机器上却完全无能为力。他们看到一支太空舰队时的感受,恐怕和狗看到自己在水中的倒影没有差别。

不到两个月之前，摆在克莱代奇面前的是失落的舰队中那些月亮般大小、寿命与中年恒星相若的飞船。他在那里失去了十几名优秀的海豚船员，而且从那之后就开始在舰队的追逐下疲于奔命。

有时他真希望自己能够像某些动物一样对世界视而不见，或者转而进行纯哲学化的思考——就像鲸鱼一样。

克莱代奇游到海底的一处丘陵，向下俯瞰飞船的全貌。明亮的氙弧灯在纯净透明的水中投下长长的阴影。下面的船员正在往飞船上安装苏西从泰纳尼沉船上带回来的仪器，大部分工作已经完成，只需要把着陆时用的支撑腿清除干净，就可以启动了。

希卡茜几个小时前刚刚离开，带走了一部分船员和飞船上的小型救生艇。克莱代奇本想派更多的人去帮助苏西，但"奔驰号"上的人手本来就已经低于维护运行的最低需求了。

他仍然想不出任何方案能够取代汤姆·奥莱的计划。梅茨和塔卡塔-吉姆提出了鼠目寸光的想法，打算向太空中战斗的胜利者投降，除此之外也没有其他建议，而克莱代奇是绝不会同意这样做的——只要还有其他任何一线机会。

被动传感器显示，太空中的战争正进行得如火如荼，应该在几天之内可以达到最高潮，而他们能够逃脱的最后机会，就是在这样的混乱中借助伪装逃脱。

希望汤姆能够安全到达，希望他的实验能够成功。

引擎在测试的时候发出一阵低沉的隆响，在水中回荡着。克莱代奇计算过自己能够接受的噪音等级，不过，与反应堆泄露出的中微子、静态力场屏发出的引力子辐射和飞船上每个人所放出的心灵感应噪音相比，声音已经是最不值得担心的了。

游着游着,克莱代奇突然听到上方传来一阵声音。他将注意力转移到海面的方向上去。

一只新海豚只身游向探测器浮标,从工作服上伸出手去拨弄着。克莱代奇游上前去,想看个清楚。

※出了什么事——让你们扰乱了
※值勤的安排?※

他认出了这只体型硕大的尖吻海豚,克萨–琼。水手长仿佛吃了一惊,睁圆了眼睛,克莱代奇甚至可以看到那扁平的船形瞳孔旁边的眼白。

克萨–琼很快恢复了正常,张嘴说道:

※有嘈杂的声音打扰了——
中微子监听员
※她无法听清——
战争的怒号
※现在她告诉我——
力场已经平静下来
※我将继续执行任务——
马上就要离开※

这确实是很重要的任务。"奔驰号"必须时刻注意天空中发生的一切,并保证能够接收关于汤姆·奥莱任务的消息。

塔卡塔–吉姆该派别人来做这件事的。处理这些浮标本是舰桥上船员的活。但现在希卡茜和席奥特都不在,大部分精英船员也都和他们一起走了，也许克萨-琼是唯一靠得住的士官了。

　　※做得很好，
　　魁梧的浪潮骑手
　　※现在赶快回到
　　需要你的地方※

　　克萨-琼点了点头，收回了工作臂。他一句话也没有说，只是吐出一片气泡，然后游向"奔驰号"那明亮的舱门。

　　克莱代奇看着大个子游走了。

　　至少在表面上，克萨-琼表现得比"奔驰号"上的其他许多海豚船员都更有活力。事实上在摩尔格伦撤退时的战斗中，他甚至表现得乐在其中，带着极为高涨的热情操纵着炮台。作为战斗员他还是非常有效率的。但为什么只要他一出现在我身边，我就止不住战栗？他也是梅茨的实验品之一吗？

　　不能再任由梅茨推三阻四了，我要命令他把报告交上来！如果需要的话，我会强行打开他的门锁——去他的条例吧！

　　克萨-琼已经成了塔卡塔-吉姆上尉固定的同伴。他们总和梅茨待在一起，这三个人是反对汤姆·奥莱计划的中坚力量。更令人担心的是，塔卡塔-吉姆比以往更加沉默寡言了。

　　副船长已经成了船上的大问题。克莱代奇对他抱着同情。这次测试性的任务最后演变成了一场严酷的考验，而这并不是他的错。但就算有着同情的想法，等希卡茜完成任务归队以后，克莱代奇还是不得不将她提升到塔卡塔-吉姆之上。

　　塔卡塔-吉姆似乎已经意识到了将要发生什么，也知道船长将会把每名军官的表现写进给提升中心的报告里。这样一来，恐怕塔卡塔-吉姆很难有机会获得留下更多后代的权力。

克莱代奇可以想象副船长的感受。有时就连他自己也会感到提升带来的逼人的压力，让他几乎想用原始海豚语大喊"是谁给了你们这样的权力？"，想听从鲸梦那美妙的催眠作用的召唤，回到上古之神的怀抱中去。

然而这样的时刻终究会过去，他仍会意识到，宇宙中他最希望做的事就是指挥星际飞船，收集太空中歌曲的录音，探索群星之间浪潮的涌动。

一群基斯拉普本地的鱼群游过他的身边。它们看上去有点像胭脂鱼，或者杂交的鲻鱼，身上长着艳丽夺目的金属般的鳞片。

他突然有一种追上去的冲动。他想呼唤那些正在辛勤工作的船员和他一起——去狩猎！

在想象中，他看到那些工程师和技师纷纷扔下工作服，加入到吱吱尖叫的队伍中，灵活地追逐着这些可怜的生物，看着它们在恐惧的驱使下跃出水面，然后在半空中把它们抓个正着。

虽然会有几只海豚被冲昏头脑，还会让大家吞下一定量的金属元素，但这对士气应该会有帮助。

他心里浮现出一首哀伤的俳句：

※春夜秘无声
雨水纷落无人听
月华逐浪涌※

没时间玩狩猎游戏了。他们自己现在还是别人的猎物。

他的工作服发出蜂鸣,告诉他只有三十分钟的空气了。他抖了抖身子。如果再这样冥想下去,努卡佩就会到来。如梦似幻的女神总是在撩弄他。她那轻柔的声音总是在提醒他,希卡茜已经远去了。

探测浮标漂了过来,一条细长的绳子把它拴在下面的海床上。他朝克萨-琼刚刚修理过的这个红白相间的卵形浮标游了过去,到跟前才发现,入口的面板被打开了一半。

克莱代奇上下摇晃着头部,发出窄窄的一束声波。游标和下面的导索组成了奇怪的几何形状,让他感到些许不安。

他的声呐扬声器发出一阵嗞嗞声。放大了的声音从神经接口传了出来。

"船长,这里是塔卡塔-吉姆。我们刚刚测试了助推器和静力场发生器。它们都能够满足您的要求。另外,苏西打过电话来,说……说特洛伊海马马上就准备好了。希卡茜已经到达了目的地,向我们送回了问候。"

"很好。"克莱代奇将这句话直接从神经接口发了回去,"奥莱有消息吗?"

"没有,长官。时间已经不早了。你确定你要执行这计划吗?如果他没法给我们发回心灵炸弹里的消息怎么办?"

"我们已经讨论过了发生意外的可能性。"

"而我们还是准备发动飞船?我真的觉得我们应该好好再谈一次。"

克莱代奇感到一阵恼怒,"我们不应该在公开频道讨论策略问题,副船长。而且,这些都已经是决定了的事。我很快就回来。在这期间,你要做的就是做好查漏补缺的工作。汤姆一旦发出召唤,我们就马上出发!"

"是,长官。"塔卡塔-吉姆听上去没有一点歉意,直接切断了通信。

克莱代奇已经数不清这是他第几次质疑这计划了。如果他们因为他"只不过是"一只海豚而缺乏信心,那他们应该知道,这计划最早是汤姆·奥莱提出的! 除此之外,他,克莱代奇,才是飞船的船长。挽救大家的生命与荣誉,本就是他的工作!

当年,他在"詹姆斯·库克号"探险船上服役的时候,可从没有见过他的人类导师阿尔瓦雷斯船长受到过这种质疑。

他在水里甩着尾巴,直到情绪逐渐平静下来。他努力数着数字,直到智慧学中冷静的思维方式重新回到自己脑中。

就这样算了吧,他下定了决心。大多数船员并没质疑他的决定,剩下的人也都听从了他的指示。作为实验性的船员,在巨大的压力下能有这样的表现,已经算不错的了。

"哪里有思想,哪里就有方案。"这是智慧学的教导。每一个问题本身都包含着答案的元素。

他操纵着机械臂伸出去,盖上了浮标上的隔板。

如果浮标工作正常的话,他会想办法奖励塔卡塔-吉姆的。一定有什么方法能够打开他的心结,把他重新带回船员的团体中去,打破他严重的自我封闭情绪。"哪里有思想……"

只需要花几分钟时间就可以弄清它是不是在正常工作。克莱代奇从神经接口中拔出一根延长线,插到浮标自带的电脑上,命令机器报告它的状态。

一道明亮的电弧在他面前闪过。电流击穿了克莱代奇工作服上的发动机,灼伤了神经接口附近的皮肤,他发出一阵惊叫。

穿透弹! 克莱代奇僵在原地,脑子中闪过这样的念头。

……这是怎么回事?

他感到身边的一切都像是慢镜头一般。电流冲击着他神经放大器上的防护二极管。主回路上的断路器自动切断了,但绝缘装置已经在回波的冲击下变形了。

克莱代奇的身体已经不能动了。他似乎听到从战场上传来的脉冲跳动的声音。那声音正在嘲弄着他:

#哪里有思想——思想——

哪里也就有欺骗——

#就有——欺骗——#

克莱代奇发出愤怒的尖叫声,令人毛骨悚然。自长大成年后,他第一次高声喊出毫无规律的原始海豚语。然后他翻过身来,腹部朝上,漂进了比长夜更深的黑暗。

第四章　海　兽

咱爹就住在涡石礁的灯塔上
把海里的美人鱼抱回家睡觉
结了婚生下了三个孩子
一只海豚,一条鲷鱼,一个娃娃
噢,都是在海浪上讨日子的人啊

　　　　　　　　　　——古老的船歌

35.　吉莉安

　　和大多数纯肉食动物进化来的种族一样,坦度人是非常难以驾驭的扈从。他们有着严重的同类相食倾向,而且在早期的提升过程中,攻击庇护主种族(即Nght6人)个体的现象屡有发生。

　　坦度人与其他智能生命形式之间的融合度之低是非常罕见的。他们皈依于某种伪宗教,其主要教义是所有被裁定为"不值得存续"的物种最终都将被毁灭。虽然他们也遵守格莱蒂克管理局的诸条规章,但他们希望在不那么拥挤的宇宙中生存,这已经不是秘密了。他们渴望着有一天,某种"更高级的力量"可以将现行的法律一扫而空。

　　根据他们所在的"继承者"阵营的成员透露,当始祖种族重返五大银河系之时,就是这种力量降临之日。坦度人认为他们是被选中的种族,到了那一天,剿灭那些不配生存的种族的任务将由他们来承担。

　　在等待千禧年降临的同时,坦度人也在从事其他活动。为了荣誉,他们挑起了数不胜数的小冲突甚至战争。在格莱蒂克管理局宣布发动的战争中,无论什么理由,他们全部参加,并多次被指控滥用武力。在至少三个具有宇航能力的种族意外灭绝的过程中,他们都被认为负有主要责任。

虽然与其他作为庇护者的种族少有共通性,但坦度人在提升技术方面却有着宗师级别的水准。在他们还处于前智能生命时期、居住在被荒弃的行星上时,就已经驯服了许多当地的生物用于狩猎,这些生物类似于地球上的猎犬。自从他们作为扈从的契约期结束之后,坦度人已经获得并改造了两个具有强大心灵感应能力的种族。长期以来,坦度人一直在接受对这两个种族滥用基因改造的调查(见参考资料《埃匹西亚奇-扈-82f49》《接受者-扈-82J50》),他们涉嫌为这两个种族添加了狂热成瘾的狩猎欲望……

还真是帮厉害家伙,这些坦度人。吉莉安想。

她把阅读板平放在靠着的树下。今天早上她安排了一个小时时间阅读,现在时间已经快到了。这期间她大约读了二十万字的材料。

这条关于坦度人的词条是昨天夜里通过电缆从"奔驰号"传过来的。显然尼斯电脑已经在汤姆从泰纳尼沉船中找到的那台迷你大数据库中挖出了东西。这些记录清晰明确,直击重点,绝不是"奔驰号"上那台可怜的翻译软件的手笔。

当然,坦度人的事情吉莉安早有耳闻。所有地球特工在训练过程中都了解过人类这些神秘而野蛮的敌人。

这份报告只是让她更加确信自己的预感:宇宙中一定是出了什么大错,才有了这种怪物的存身之处。吉莉安曾经花了整整一个夏天,阅读大接触之前时代的古代太空故事。古代小说中的宇宙显得多么开放、多么友善啊! 当时虽然也有少数悲观主义者,但他们的想象也与现在这戒备森严、危机四伏的现实相去甚远。

想到坦度人,她不禁有了戏剧化的念头:自己应该随身携带一把短匕首,如果有一天那些杀戮成性的生物抓住了她,她还可以行使作为女人自古以来最后的权力。

浓厚的有机物腐殖味道盖过了之前弥漫在水边的金属气息。昨天晚上风暴刚刚过去的时候,这味道还算清新可人。绿色的叶子在基斯拉普从不间断的信风吹拂下缓缓翻动着。

汤姆现在应该已经找到了那个关键的小岛,开始准备实验了。她想道。

如果他还活着的话。

今天早上,她第一次对汤姆的生存有了不确定的感觉。她之前一直确信,不论何时何地,如果汤姆死去,她一定会知道的。但现在,她却感到一丝迷惑。她的脑子有些混浊,唯一能够确认的是昨晚发生了非常可怕的事情。

首先,大约在日落的时候,她有了一种模糊的预感,汤姆一定发生了什么事情。她没有沿着这感觉继续想下去,但此后一直惴惴不安。

然后,昨天夜里,她做了一连串的梦。

梦中她看到了许多面孔。格莱蒂克人的面孔,有的是厚厚的皮革,有的长着羽毛,有的披着鳞片;每一张面孔都做了龇牙咧嘴的表情。他们或号哭,或嗥叫,而她自己,虽然经过了代价不菲的训练,却没办法从他们的语言或意念符号中读出任何一个字来。有几张扭曲的面孔就算在睡梦中她也能清楚地认出来——两个萨比什宇航员缓缓死去,他们的飞船被撕成碎块;一个约弗尔人,断臂上血流如注,正在烟雾中号叫;一个辛希安人,在

寒冷的真空中躲在一块石头后面,耐心地倾听着巨鲸的歌声
……

在梦中吉莉安想把它们驱走,却感到如此无助。

她突然醒了过来,夜晚才过去一半。她的脊柱如同被拨动的弓弦般颤抖着,在黑暗中喘着粗气。在意识的边缘,她感到了一缕熟悉的思想,正在痛苦中扭动着。虽然距离甚远,但她还是在那漂浮的意念符号中感受到了熟悉的味道。那意识充满着人性,绝不是一只海豚,但又混杂着太多的鲸类成分,不像是一个普通的人类。

然后一切都终止了。这场心灵意志的屠杀已经结束。

她不知道到底应该做些什么。就算有心灵感应的能力,又如何能够传递如此晦涩的信息?她通过基因强化了的直觉现在看起来反倒是个残忍的骗局,甚至比完全没有这种能力还要糟糕。

一个小时的私人时间只剩下片刻。她闭上眼睛,聆听浪涛的起伏声,听海浪永不间断地与西边的海岸线进行鏖战。树枝在风中摇摆着。

在树木的枝干碰撞发出的声音中,吉莉安可以听到那些处于半开化状态的原住民发出的高昂的叽喳声。他们管那些原住民叫作基库伊人。她还可以听到丹妮·苏德曼的声音,女孩子正在向机器讲话,让机器把她的话翻译成基库伊人使用频率最高的词语。

虽然她每天都要工作十二个小时,帮助丹妮研究基库伊人,但吉莉安还是觉得有种负罪感,好像自己在休假一样。她不断地提醒自己,这些小个子原住民是非常重要的,而她正是为此马不停蹄地从飞船上跑过来。

但她整个早上都在回想着梦中的一张面孔。直到半小时前,她才意识到那是赫比,那具给他们带来了无数麻烦的古代僵尸。那张面孔就是她在下意识中构建的赫比生前的形象。

在她的梦中,在梦到灾难之前不久,这张与人类酷似的古代生物的脸还在向她微笑着,缓慢地眨着眼睛。

"吉莉安!巴斯金博士?时间到了!"

她睁开眼睛,抬手看了看手表。也许这表就是以俊雄的声音为标准设定的时间吧。"要相信见习船员,"她想起这样一句话,"如果你告诉他在一小时后叫你,他会把时间精确到秒。"在航行开始时,她必须用动用军规才能让俊雄记住,每三句话中只准在一句后面加上"长官",或者更过时的称呼"女士",不准每说一个词都称呼一次。

"马上就来,俊雄。再等一分钟。"她抬起脚来,伸了伸腿。这段休息时间很有用,她的脑子已经乱成一团,只有平静下来才能缓解抽筋的感觉。

她真希望赶快完成这里的任务,在三天之内回到"奔驰号"上,这也是克莱代奇打算发动飞船的时间。到那时,她和丹妮应该已经把基库伊人所需的生活环境研究明白了,可以把一小组基库伊人当作样本带回地球的提升中心。如果"奔驰号"能够逃出生天,人类就能首先宣称基库伊人是自己的扈从,也就可以让他们少受许多无妄之灾。

吉莉安穿过树木,从绿荫间的缝隙里看了一眼东北方向的海洋。

如果汤姆发出呼唤,我在这里能不能感受到?尼斯说整个行星任何地方都可以接收到他发出的信号。

每个外星人肯定也都能听到。

她小心地把所有心灵感应能量控制在最低限度,这是汤姆要求她做的。但她还是用最古老的方式,在口中念着祷词,望向北方海浪翻滚的地方。

"我希望这些能让达特教授满意。"俊雄说,"当然了,传感器可能不是他需要的型号,不过机器人还是可以工作的。"

吉莉安检查了一下小型机器人的连接屏幕。她不是机器人技术或者地质学的专家,不过至少了解一些基础知识。

"没错,俊雄。X射线分光仪可以正常工作,激光遥控器和磁场检测器也没问题。机器人还能动吗?"

"就像一只大鳌虾一样!唯一的问题就是浮不起来了。它的浮力罐被一块珊瑚石砸破了。"

"机器人现在在哪儿呢?"

"在九十米深处的一个岩架上。"俊雄在小键盘上敲了几下,屏幕的上方显示出一幅全息图像,"它传回了深海处的声呐地图。不过,在和达特博士通话之前,我是不会让它再往下潜的。现在它只能往下走,每次移动一个岩架的高度。一旦机器人离开某个高度,就再也回不去了。"

从全息图上可以看到一个越来越细的圆柱形孔洞,穿过基斯拉普星富金属硅酸岩的地壳向下延伸。洞壁上凸出犬牙交错的石块,探测器现在就停在其中一个石块上。

一根结实的杆状物穿过了巨大的洞穴,和洞穴的走向之间有一个小小的夹角。这就是俊雄和丹妮几天前炸掉的钻孔树的根部了。根部的上端停靠在钻孔树自己挖出的水下洞穴边上,下面则一直向下伸去,一直延伸到声呐地图上无法看到的地方。

"我想你是对的,俊雄。"吉莉安笑着搂了搂男孩的肩膀,"知道这个查理会很高兴的。这样你也帮了克莱代奇的忙,省得查理老去烦他了。你想要自己去打电话报告这个消息吗?”

受到夸奖俊雄显然非常高兴,但马上就被吉莉安的建议打消了兴致,“噢,不,谢谢您,长官。我是说,您不能在今天向飞船报告的时候顺便提一下这件事吗? 我觉得达特博士一定会提一些我答不上来的问题的……”

吉莉安没法责怪俊雄。给查尔斯·达特带去好消息的下场,并不比带去坏消息好到哪里去。但俊雄迟早是要和那位黑猩猩行星学家共事的,还是让他自己从头开始学习处理这问题吧。

“抱歉,俊雄。只能让你去陪达特博士。别忘了我再过几天就要走了,你的任务就是让他……满意,哪怕他要你连轴干三十个小时的活,你也得听他的。”

俊雄严肃地点了点头,努力将她的建议记在心里。吉莉安看着他的眼睛笑着,最后弄得俊雄满脸通红,也不好意思地笑了。

36. 阿 齐

　　阿齐急着赶到舰桥换班,便从闸舱抄了条近路。由于匆忙,他在船舱里游过了一半,才发现有些事情不大对头。

　　他原地来了个前滚翻,猛地停了下来,腮肺感到一阵发沉。我真傻,他咒骂道,竟然在加速冲刺的时候做这种猛烈动作,这只能在氧气充足的地方才行啊!

　　阿齐四处看了看。闸舱和平日一样空空荡荡的。

　　船长的小艇在浅滩星群已经丢掉了。重工艇和许多其他设备都被开去了泰纳尼人的沉船那里,希卡茜上尉昨天刚刚乘着小型救生艇离开。

　　"奔驰号"上只剩下最后的,也是最大的一艘救生艇。那里有些人在做着什么。有几名海豚船员正操作着机械蜘蛛,往这艘小型太空艇上搬箱子。阿齐把尽早过去值班这件事抛到脑后,尾巴卷出一串螺旋形的水波,朝他们游了过去。

　　他游到一台开着蜘蛛机的海豚身后,他的蜘蛛机正用两只机械臂搬着一个大大的箱子。

　　"嘿,苏佩,你们干什么呢?"阿奇尽量把句子说得简单扼要。要是在富氧水里,他的通用语能说得更好一些,不过,如果一个卡拉非亚人连通用语都说不好,别人又会怎么想?

那一只海豚抬头看了他一眼,"噢,日安,阿齐先生。指令改动了。我等被命令检测此长船,令其可航行于太空。我等还受令将此箱子置于船上乎。"

"为什么……呃,箱子里装的是什么?"

"梅茨博士之记录,以吾观之。"蜘蛛机的第三条操作臂朝一堆防水的箱子指了指,"噫乎,吾父吾祖,吾子吾孙,其命运尽皆在此芯片之中。观之人乃感叹世间万物轮回不已,然?"

苏佩是来自南大西洋的海豚种族,他们总是把这种充满古韵的腔调当成值得自豪的事。阿奇不知道这到底是他们的文化风格,还是只是一种怪癖,"你不是负责给泰纳尼飞船送补给吗?"他问道。一般情况下,安排给苏佩的都不是什么需要动脑筋的任务。

"彼一时此一时矣,阿齐先生。然而补给已不再运输矣。飞船已将封闭,尔等未曾闻乎? 船长情况未曾确定前,我等只能绕船而游。"

"什么?"阿奇险些呛了口水,"船……船长?"

"在此船外巡视时受伤了哉,言语不能,如是我闻。他呼吸器里空气用尽之前,方有人找到他焉,至今未醒矣。目前当值的乃是塔卡塔-吉姆。"

阿齐惊讶地呆在原地。他根本没注意到,一个硕大的阴影往这边游来,而苏佩突然转过身,急匆匆回去工作了。

"我能帮你什么忙吗,阿齐先生?"那个大个子海豚的声音里带着讽刺。

"克萨-琼,"阿齐身子一抖,"船长怎么了?"

从水手长的态度中他感到有些不对,绝不只是因为他对自己的军衔不屑。克萨−琼吐出一段三音海豚语：

　※我只接受命令
　※如何能知道更多※
　※去问你的领导
　※他就在舰桥等着※

　　克萨挥了一下工作臂，态度简直无礼到了极点。他直接从阿齐身边游过，向那群正在工作的船员游去。他那强壮的尾鳍留下的余波把阿齐往回推了将近两米。阿齐很明智地没有把他叫回来。他那三音海豚语中的三重逻辑告诉阿齐，再怎么叫也不会有作用的。阿齐决定把这当作是一种警告，便加快速度向通往舰桥的电梯游去。
　　这时他突然意识到，有多少优秀的海豚已经不在飞船上了。席奥特，希卡茜，卡卡特，萨塔特，还有好运鬼阿卡，他们都去泰纳尼沉船上了。结果克萨−琼竟然成了高级军官！
　　基皮鲁也离开了。阿奇从未相信过关于这位飞行员的流言。他一直认为基皮鲁是船员中最勇敢的，他游泳的能力也无人能及。他希望基皮鲁和俊雄能在这里。他们一定能帮他搞清楚到底发生了什么！
　　在电梯跟前，阿齐遇到了四只宽吻海豚，他们聚在一个角落里，看上去不像在做什么工作。每个人的脸上都带着闷闷不乐的表情，姿势也无精打采的。
　　"苏萨塔，发生什么事了？"他问道，"你们没有工作要做吗？"
　　炊事兵朝上看来，扭了扭尾巴——在海豚中这个动作的意义类似于耸肩膀，"工作又有什么用呢，阿齐先生？"

"有什么用……每个人都该尽到自己的责任啊！来吧，说说看，到底你们在害怕些什么？"

"船……船长……"其中一只说道。

阿齐打断了他的话："如果船长在这儿，他肯定是第一个告诉你应当坚守岗位的人！"接着用三音海豚语说道：

※注意力集中在远处
地平线上！
※那才是真正需要
我们的地方！ ※

苏萨塔眨了眨眼，努力想甩掉这副垂头丧气的表情。其他海豚也照做了。

"是，阿齐先生。我们会努力的。"

阿齐点了点头，"很好。记住智慧学的教导吧。"

他钻进电梯，发出了通往舰桥的暗码。电梯门滑上之前，他看到那些海豚游走了，从方向上看是向他们的工作站游去。

依芙妮啊！摆出一副成竹在胸的姿态可真是艰难，他自己还想找人问个明白呢。但为了做出可靠的样子，他必须表现得比其他人知道得多一些。

海龟咬的！他们居然停下了发动机！船长伤得有多重？如果克莱代奇也离开了我们，那么我们还有多少活下去的机会？

他决定给自己一点时间，做个无关紧要、不惹人注意的人……然后就要去弄明白到底发生了什么。他知道军校生一直处于最惹眼的位置，他需要尽军官的责任，却得不到军官应有的保护。

而一旦有什么事情发生，军校生却是最后一个知道的！

37. 苏 西

改装基本已经完成了。他们在泰纳尼人的飞船中间挖了孔洞，加装了支架。很快，他们就可以把之前预备的货物装进飞船，然后点火升空。

哈尼斯·苏西已经不想再等下去了。在水下工作得这么久，他已经快受够了。说实话，他也快受不了和海豚们在一起了。

天哪，回到家之后，他有那么多的故事可以讲了！之前他在土卫六那烟雾缭绕的海洋下指挥过人干活，也曾经在浓汤星云里追逐包含腺嘌呤的彗星，甚至还和那些疯狂的美国印第安人与以色列人一起参加过改造金星的工程，但从没有哪项工作像这次这样让他领教到什么叫作诡异！

在这次工作中需要处理的几乎所有材料都是外星人制造的，具有异乎寻常的延展性，甚至连量子传导率都和普通材料不同。他不得不亲自测量几乎每一处联结的心灵感应阻抗，不过即便如此，在他们升空而起的时候，他们那掩饰不住的惊讶还是会将心灵磁场泄露到整个太空中去！

这帮海豚实在是让人无可奈何。他们可以毫无瑕疵地完成最复杂的操作，但如果舱门打开时发出了某种声波，他们就会游来游去,用原始海豚语发出毫无意义的叫声。

而且每次一完成工作,他们就会呼叫老苏西。"检查一下吧,哈尼斯,"他们总是这么要求,"看看我们做得对不对。"

他们工作得真够努力。他们一定感觉自己就像一群在狼崽庇护下的半成品崽从,来到了充满敌意的银河系中——更别说事实就是如此了。

苏西不得不承认,除了海豚们让他的头骨里充满种种回声之外,他没有太多可以抱怨的事情。"奔驰号"的船员们已经完成了工作,这比什么都重要。他为每一个船员感到自豪。

不管怎么说,自从希卡茜到来之后,情况已经大大好转了。她给其他人做出了榜样,用智慧学中的隐喻抚慰海豚们,帮助他们集中了注意力。

苏西翻了个身。他那小小的床铺离舱顶只有一米左右,供他休息的舱室只有丁点儿大小,水平的舱门就在离他肩膀几英寸①的地方。

我已经休息够了,他想,虽然眼睛还是干涩,胳膊仍然酸痛,不过再回去睡觉也没有意义了。就算闭上眼睛,也不过是凝视自己的眼皮而已。

苏西推开了狭窄的舱门。他坐起身来,用手挡住眼睛,避免被头顶上扶梯口射进来的光线晃到,转过身子把两腿伸到床下,溅起一片水花。

啊,是水。整艘小艇中,除了最上面一米左右的空间,其他地方全充满了水。

在船舱明亮的灯光照射下,他的身体看上去显得如此苍白。这样下去,不知什么时候我就会变成透明人。他一边想着,

---

① 1英寸 = 2.54厘米。

一边闭上眼睛滑进水里,关上舱门,朝船头方向游去。

自然,他必须等到房间里的水都排干净,才能使用里面的设施。

过了一小会儿,他向这艘小小的太空船的控制室游去。希卡茜和席奥特正在控制室里,绕着通信器惊慌失措地忙碌着。他们高声争论着,语速很快,讲的是一种叽叽喳喳的通用语,苏西根本听不明白。

"喂!"他喊道,"如果不想让我听到你们在说什么的话,没关系。不过如果我能帮上忙,你们最好把语速降到三分之一才好。我可不是汤姆·奥莱,跟不上你们这套叽叽喳喳的!"

两名海豚军官把头抬出水面,苏西抓住附近墙面上的栏杆。希卡茜的两眼朝外转了转,重新调整了一下焦距,以适应水面上方的视野。

"不知道到底是不是出了问题,哈尼斯,但我们与飞船失去联系了。"

"和'奔驰号'失去了联系?"苏西扬了扬浓密的眉毛,"有人攻击我们?"

席奥特的上半身缓缓地左右摇动着,"我们认为不是。之前我一直在这里,等着接受奥莱的信号,随时准备开动飞船。当时我没有集中全部注意力,只听到接线员突然让我们'做好准备'……然后就什么都没有了!"

"那是什么时候的事?"

"几个小时以前。我在这儿一直等到换班,希望只是飞船那边出了技术故障,却一直没有消息,我只好把希卡茜叫来了。"

"从那时起我们就一直在检查电流情况。"希卡茜添上一句。

苏西游了过去,察看了一下通信器。自然,他要做的就是把这东西打开,亲手检查一下。但所有的电器元件都经过了密封,防止水渗进去。

如果我们还在失重状态就好了,这样海豚们就不用把整艘船都充上水才能干活了。

"好吧——"他叹了口气,"如果你允许的话,希卡茜,我就得把你们两位请离控制室,检查一下通信单元了。别把这事告诉外面休息的海豚们,这只会让他们烦心。"

希卡茜点了点头,"我会派船员去检查一下光缆,看看是不是完好。"

"很好。不用担心,我相信不会有什么大事,一点小麻烦而已。"

38. 查尔斯·达特

　　"他们只把那该死的机器人又往下开了大约八十米！俊雄那小孩子每次只能坚持几个小时，然后就开小差了，去帮丹妮和吉莉安去教新的扈从走迷宫，或者教他们用棍子敲香蕉什么的。我说，这真是让人受够了！那台半残废的破探测器上带的仪器几乎都不是地质考察用的。你能想象用这样一台东西潜到深海去会发生多么可怕的事吗？"

　　有那么一会儿，冶金学家布鲁基达的全息影像仿佛根本就没有在看查尔斯·达特。显然，这位海豚科学家正在专注于自己显示屏上的东西。他的两只眼睛上各戴着一片眼镜，以纠正在阅读文字时发生的散光。过了一阵，他转过头来看着自己这位黑猩猩同事。

　　"查理，你就这么有把握把这台机器人送到基斯拉普的地壳里去？你在抱怨说它'只'往下走了五百米，你知道吗，这意味着它已经下潜半千米了？"

　　查理挠了挠他毛茸茸的爪子，"是啊，那又怎样？这洞穴只变窄了一点点，再往下走这么远应该也没有问题。这简直就是一个矿物学实验室！光是在表层区域我就已经发现了这么多种矿物质!"

布鲁基达叹了口气,"查理,你就没有想过,就算俊雄的小岛下面的洞穴只有一百米深,也是不正常的?"

"嗯? 你是什么意思?"

"我是说,这些孔洞是那些所谓的钻孔树挖出的,但如果只是为了得到碳和含硅的养分,那么本不必把洞挖到这么深的地方。它不应该……"

"你怎么知道? 你是生态学家?"查理发出了尖厉的笑声,"说真的,布鲁基达,你是基于什么做出这推测的? 有时候你还真能给我惊喜啊!"

布鲁基达耐心地等着黑猩猩的笑声落下,"任何一个对自然法则略有了解的人,哪怕是门外汉,也会得出这样的结论。这就是奥卡姆剃刀原理①。你有没有想过钻孔树挖出的物质体积有多大? 这些物质都分布在水面上了吗? 你有没有意识到,单在这个板块交界处就有几万个金属圆丘,几乎每个圆丘上都有若干株钻孔树? 就在最近的地质年代里,就可能会有几百万个这样的孔洞形成?"

达特开始时还在窃笑,但很快就停下了。他盯着这位鲸类同事的图像看了一会儿,然后露出了真诚的笑容。他拍着桌子说:"说得好,先生! 我们可以把'为什么会有这些孔洞'加到问题列表里! 幸运的是在过去的几个月中,我已经培养出了一位称职的生物学家,作为我的实验助手。我为她做了许多好事,而她恰恰正处在我们最需要研究的地方! 我会让丹妮马上开始进行研究! 别的不说,至少我们很快就能知道那些钻孔树到底要找些什么!"

---

①这个原理主要内容为"如无必要,勿增实体",即"简单有效原理"。

布鲁基达根本懒得回答,只是轻轻地叹了口气。

"这事就算定下来了,"查理继续说,"我们还是回到真正重要的事上:你能不能帮我说服船长,让我亲自到岛上去?我还要带一台真正的深潜探测机器人,代替俊雄抢救上来的那台破烂小东西。"

布鲁基达的眼睛睁大了,犹豫了一下。

"船长还没有恢复意识。"布鲁基达最后说道,"玛卡尼已经给他进行了两次手术。根据最近的一次报告,情况仍然十分危险。"

黑猩猩盯着海豚看了一会儿,然后把眼神从全息图像上移开了,"噢,对啊,我都忘了。好吧,那么也许塔卡塔-吉姆可以批准我的要求了。不管怎么说,大救生艇不是还没有用吗?我会让梅茨去和他谈谈的。你能帮帮我吗?"

布鲁基达的眼神变得幽深,"我去研究一下质量分光仪的数据,"他平静地答道,"有了结果我会和你联系的。现在我必须下线了,查尔斯·达特。"

图像消失了。查理又变成了孤身一人。

布鲁基达还真是不讲礼貌,他想。我难道又怎么得罪他了?

查理知道自己总是时不时地得罪人,但他也毫无办法。就连其他黑猩猩也觉得他太凶暴、太自我为中心了。他们说正是像查理这样的新黑猩猩影响了他们整个种族的名声。

但我已经努力了啊,他想。他已经尝试了这么多次,却屡遭失败。就算他尽力去向人献殷勤,最后仍然难免失礼。另外,他总是想不起别人的名字。好吧,这么看来,也许还是放弃的好。再说别人对他的态度也算不上特别友好。

查尔斯·达特耸了耸肩。这些都不重要了。在大众品位中间随波逐流又有什么意义呢?在岩石与熔浆之间,有一个属于他自己的世界,那世界里有涌动着的熔岩,有活生生的行星⋯⋯

但我原以为,至少布鲁基达还是我的朋友⋯⋯

他强迫自己把这想法抛开。

我一定要和梅茨联系。他一定会给我我需要的东西的。我会向他证明,这颗星球如此与众不同⋯⋯他们会用我的名字重新命名它的!之前是有先例的。他发出一阵咯咯的笑声,用一只手扯着耳朵,另一只手敲出了一段电码。

等待电脑联络伊格纳西奥·梅茨的时候,他百无聊赖间想到了一件事情:不是每个人都在等着听到汤姆·奥莱的消息吗?不久之前他们还都在念叨着这事呢。

然后他记了起来,汤姆的报告应该昨天就送回来了,大概就是克莱代奇受伤的时候。

妈的!也就是说汤姆肯定已经成功了。不管他是去做什么,反正没有任何人来告诉我。或者有人来和我说了,不过我当时根本就没有听到。不管怎么说,他肯定是找到了什么对付外星人的办法。也该是时候了。被追着满银河系跑这事实在是讨厌,不得不在飞船里灌满水也一样讨厌⋯⋯

梅茨的号码出现在通信线路上。铃声响起。

克莱代奇还真是丢人啊。作为海豚,他实在是太古板、太严肃了,而且经常不通情理⋯⋯虽然现在他已经不能阻止查理了,查理还是高兴不起来。事实上,每当想到船长已经不再属于这个集体,查理都会感到胃中一阵难受。

难受就不要去想了!见鬼!难道还有时间去担心这个吗?

"喂,梅茨博士!你是正要出门吗?我是在想,我们能不能最近找个时间谈谈?今天下午?很好!是的,我想请你帮个很小很小的忙⋯⋯"

39. 玛卡尼

医师既要做情报人员又要做炼金师,既要做侦探又要做巫医,这些玛卡尼早就知道了。

但在医师学校里,可从来没人告诉她:她还要做一名战士,一名政治家。

玛卡尼已经没办法保持举止得体了。她感到自己简直要崩溃了。她用尾巴拍着水面,把水花撒满了整个医疗室。

"我说了我没办法自己做手术!我的助手也帮不到我!就算他们能帮我,我也不保证我能做成!我必须和吉莉安·巴斯金通话!"

塔卡塔-吉姆懒懒地将一只眼睛抬到水面以上,用一只工作臂抓住墙上的管道,朝伊格纳西奥·梅茨扫了一眼。梅茨已经恢复了耐心十足的神情。外科医生这样的反应本就在他们的预料之中。

"你肯定低估了自己的技术水平,医生。"塔卡塔-吉姆说道。

"你这会儿成了医生了?我需要你的意见吗?让我和吉莉安通话!"

梅茨用安抚的口吻说:"医生,塔卡塔-吉姆上尉已经解释过了,由于军事上的原因,有部分通信线路现在无法使用。检测浮标上传来的信号表明,此处一百千米的范围内发生了心灵感应信号泄露。这可能是希卡茜和苏西那里的船员引起的,也有可能是小岛上的人。在我们找到是哪里发生的泄露之前……"

"你们是根据浮标得到的信息行动的?那浮标是有毛病的,就是它差点杀了克莱代奇!"

梅茨皱了皱眉,他还从来没有被海豚打断过。他注意到玛卡尼的情绪有些不安,甚至已经忘了在说通用语时要使用与她的地位相当的措辞。一定要把这写进档案里……包括她这剑拔弩张的态度。

"信号是从另一个浮标上传回来的,玛卡尼医生。别忘了,我们一共放出了三个浮标呢。另外,我们并没有'确认'有信号的泄露,但除非我们能够证明信号是错误的,否则必须当成已经发生泄露来进行处理。"

"但你们并没有封锁所有的信号!我已经听到了,那只黑猩猩还在接收他的机器人信号!愿幸运女神惩罚它!但你们为什么不让我和巴斯金博士通话?"

梅茨差点骂出声来。他特地要求过查尔斯·达特,让他不要和别人提起这事!见鬼,为什么还要哄这只黑猩猩开心!

"我们正逐一排除泄露的可能性。"塔卡塔−吉姆还在努力让玛卡尼平静下来。与此同时,他的头部朝前倾着,略略颔首,这是一种表示不容置疑的身体语言,"我们要挨个排查和查尔斯·达特通信的人,年轻的人类岩野,苏德曼女士,还有诗人萨奥特——只要我们确定泄露不是在他们身上发生的,就会和巴斯金博士联络。你肯定知道,无意间泄露出心灵能量这种事情出现在她身上的可能性要远比其他几个人小得多,所以我们必须先排除那些人的可能性。"

梅茨稍稍扬了扬眉毛。很好!如果仔细考虑的话,这个理由当然站不住脚,不过至少看上去很符合逻辑! 他们所需要的只是一点点时间! 只要能让玛卡尼安安静静地待上几天,就已经足够了。

塔卡塔-吉姆显然注意到了梅茨的赞同。在梅茨的鼓励下,他更加自信了,"而现在已经不能再拖延时间了,医生! 我们来到这里就是为了确认船长的状况。如果他不能继续行使责任,那么我们必须选出新的指挥官。现在情况万分危急,我们已经拖延不起了!"

如果这是威胁的话,那么起到的效果适得其反。玛卡尼甩了甩尾巴,把头抬出水面。她眯着眼睛看向雄性海豚,唱出一段讽刺的诗节:

> ※我还以为你
> ——已经忘记了
> ——责任的重要
> ※幸好你证明
> ——我误解了
> ——你的行为
> ※你不会企图
> ——匆忙间犯下错误
> ——篡夺船长的荣耀?

塔卡塔-吉姆的嘴张开了,露出两排呈 V 字形的坚实的白牙。有那么一瞬间,梅茨以为他会向那只小小的雌海豚冲过去。

但玛卡尼先行动了。她从水里跃出,然后又重重落回水面,溅起大大的一片水花,把梅茨和塔卡塔-吉姆全都笼罩在内。梅茨大吃一惊,险些摔倒在围墙边上。

玛卡尼打了个转,消失在一排深色的生命维持机后面。塔卡塔-吉姆在水下转来转去,声呐发出急促的滴答声,想把她找出来。梅茨抓住了他的背鳍,没让他去追玛卡尼。

"喂……喂!"他的另一只手抓着墙上的一根栏杆,"我们能把这愚蠢的脾气放一放吗? 玛卡尼医生,你能回来吗? 宇宙里有一半种族都在追杀我们,这难道还不够糟糕? 我们不能再起内讧了!"

塔卡塔-吉姆朝上看去,知道这是梅茨的真心话。上尉重重地喘着气。

"求你了,玛卡尼!"梅茨又喊道,"我们来谈谈吧,以真正的文明生物的方式!"

他们等待着,过了一小会儿,玛卡尼在两台自动医疗机之间冒出了头。她脸上不再有轻蔑的表情,只是显得疲惫。她的医疗工作服发出轻微的咝咝声。那套精致的仪器微微颤动着,仿佛被握在发抖的手里。

玛卡尼往上浮了一点,只把呼吸孔露出水面。

"我表示抱歉。"她发出嗡嗡的声音,"而且我想塔卡塔-吉姆也明白,除非通过飞船委员会的投票授权,他是不会永久担任船长职务的。"

"当然了! 这又不是军事飞船,探索飞船上的指挥官绝大多数职权都是行政方面的。继任者的指挥权限必须由飞船委员会授予,而且我们必须尽快召开委员会会议。塔卡塔-吉姆非常清楚这些条例,对吧,上尉?"

"是的。"

"不过在那之前,我们必须接受塔卡塔-吉姆的领导,否则一切都将陷入混乱！与此同时，'奔驰号'必须保持完整的指挥系统。如果你不能尽快验证克莱代奇还能不能继续行使船长职责，整艘飞船的指挥权限都会变得一片混乱的。"

玛卡尼闭上眼睛，呼吸变得沉重起来，"除非进行进一步手术治疗，否则克莱代奇很难恢复意识。就算进行了手术，也不能保证他可以复原。震击沿着他的神经连接器击中了脑部。受损的大部分部位都是新海豚特有的大脑皮层，友善新海豚的大部分提升功能都有赖于这部分大脑灰质。控制视觉和语言的部位受损严重，胼胝体也被灼伤了……"

玛卡尼重新睁开了眼睛，不过，她显然没有在看他们。

梅茨点了点头，"谢谢你，医生。"他说，"我们需要的你已经都告诉我们了。很抱歉占用了你这么长的时间，祝工作顺利。"

玛卡尼没有答话，那个人类把氧气面罩盖在脸上，滑进水里。他朝塔卡塔-吉姆打了个手势，转身离开。

雄性海豚又用声呐朝玛卡尼扫了一会儿，见她仍然一动不动，也打了个转，跟着梅茨朝出口游去。

两人走进舱门时，玛卡尼浑身不禁一颤。她抬起头朝他们喊道："召集飞船委员会的时候，别忘了我也是成员之一！还有希卡茜、吉莉安和汤姆·奥莱！"话没说完，舱门吱吱响着在他们身后关上了。她甚至不知道对方是不是听到了自己的话。

玛卡尼回到水中，叹了一口气。还有汤姆·奥莱，她想，别忘了他，你们这群卑鄙的混蛋！他不会让你们为所欲为的！

玛卡尼摇了摇头，知道自己已经越来越不理智了。她的假设并没有建立在事实的基础上。而且就算她的想法是真的，汤姆·奥莱也不可能在两千千米之外伸出援手拯救他们的危机。有谣言说他已经死了。

梅茨和塔卡塔-吉姆已经把她完全搞晕了。她本能地感到，他们所说的话有的是实情，有的半真半假，有的完全是谎言，但却以非常复杂的方式混杂在一起，她没办法辨清到底孰真孰假。

他们以为他们能糊弄我，因为我是雌性，年龄又大了，而且除了我和布鲁基达，其他海豚都多经历了至少两代的基因改造提升。不过，我也能猜到他们为什么要给飞船委员会里唯一的一只黑猩猩那么多特权。此时此地，在决策的时候他们已经有了大多数委员的支持。这就是为什么一提到让希卡茜或者吉莉安回来，他们就那么紧张！

也许我应该向他们撒谎……告诉他们克莱代奇随时都可能醒过来。

但如果这样的话，谁能猜出他们绝望之下会做出什么，会采取什么手段？那个浮标出的事故真的是意外吗？他们可以用谎言掩饰无知，也就一样可以掩饰阴谋。到那时，身边只有两个女性助手，我能够保护克莱代奇吗？

玛卡尼发出了一阵低沉的呻吟。这种事不是她的职责范围！她有时真希望能回到之前的日子里，那时做一名海豚救生员，只需要把你想救的人用前额顶起来，让他的头部露出水面，直到他恢复意识——或者直到你力气耗尽、心力衰竭。

她转身回到护理中心。房间里黑黢黢的，唯一的一盏灯照着一只身材魁梧的灰色新海豚，悬浮在加装了防护力场的重力池里。玛卡尼检查了一下生命维持装置的读数，各种数据都很稳定。

克莱代奇毫无意识地眨了眨眼睛，浑身上下微微抖了一下。

玛卡尼叹了口气，转过身去游到附近的一台通信器旁边，开始沉思。

梅茨和塔卡塔-吉姆肯定还没回到舰桥,她心想。她发出一串声呐暗号,激活了通信单元。几乎是在一瞬间,一只年轻的、蓝皮肤的海豚的脸出现在她面前。

"通信部。需要帮忙吗?"

"阿齐?太好了,孩子,我是玛卡尼医生。你准备好去哪儿吃午饭了吗?你知道,我这里还有些糖拌章鱼呢。你有空?真的太好了。一会儿见。哦对了,不要和别人提到我们这次约会好吗?真是个棒小伙!"

她离开了护理室,一个计划逐渐在脑中成形。

40. 克莱代奇

灰暗的引力池中一片寂静,只听到一个模糊的声音在悲鸣:

*他绝望地游着
身体被灰色的风暴抛来抛去,风暴号叫着:
淹死他! 淹死他! *

41.　汤姆·奥莱

　　一座怒气冲冲的火山在海中央低吼着,海底的地壳已经变得支离破碎。

　　雨在一小时前就停了。火山低声呻吟着,向低垂的乌云咳出火焰,给它们的下缘涂上一抹橙色。一缕缕烟尘扭动着升上天空。炽热的余烬最终还是落了下来,但并没有被洁净的海水熄灭,而是落在一片肮脏的藤蔓交织叠成的泥泞不堪的毯子上,这层毯子延伸开去,无边无际。

　　潮湿的空气里带着烟尘,汤姆·奥莱被呛得咳嗽不已。他爬上一堆湿滑的水草,拉动绑在粗制水橇上的绳子,绳子在他的左手上勒出一道血印。他用右手抓住了水草堆顶部的一条粗壮结实的藤蔓。

　　他的双脚不断打着滑。就算他努力把腿插进这一大堆黏糊糊的水草的缝隙,双脚还是不时会陷进水藤之间的泥沼。当他奋力将脚拔出来时,沼泽地会产生极大的吸力,最后发出一阵难听的吮吸声。有时候有什么东西会随着他的脚一起拔出来,沿着腿蠕动着,最后又滑落到散发着恶臭的污泥中。

　　绳索紧绷着,每往上拉一次,就更深一分地陷进他的左手。

水橇上是他那太阳能飞机的碎片,还有一些给养。坠机之后还能把这么多东西抢救出来,简直是个奇迹了。

在水草的间隙中,可以看到火山发出的褐色火光。五颜六色的金属灰烬在草堆的四周落下。天色近晚,自从他驾驶着滑翔机飞向小岛、寻找一个安全地方着陆到现在,在基斯拉普星上已经过去了整整一个白天。

汤姆抬起头,用模糊的双眼朝海草组成的平原远方望去。他那精心准备的计划完全被这片又硬又黏的草原打破了。

他原想在火山上风处的小岛上找个隐蔽的地方,或者也可以在海面上着陆,把滑翔机展开成一只宽阔的航海安全筏,然后再继续实验。

我应该考虑过这种可能性的。飞机坠毁,他在水中度过了头晕目眩、神志不清的几分钟,然后在暴风骤雨的鞭笞之下努力把落水的物资收集起来,扎成了这架粗糙的水橇。接下来的几个小时中,他一直在努力地沿着这些散发着恶臭的藤蔓爬上水草组成的稍为坚固的小岛——这一切都本应该是能够避免的。

他想要继续往前拉动,但右臂一阵抽搐,险些转变为全身的痉挛。坠机的时候机翼下方的浮桶脱落,机身在湿地上翻滚着,最后落到与海水并不相连的水池中,使得他的右臂严重扭伤了。

在最要命的那片刻间,他的左脸颊被划了一道深长的伤口,险些让他昏迷过去。创口从下颚一路划上去,几乎碰到了左耳上面的神经接口。平时用来保护这个精致的神经接口的塑料盖片在黑夜中脱落了,再也找不回来。

不过就现在来说,感染已经是最不需要担心的事情了。

胳膊抖得越来越厉害了。汤姆努力想让自己忘掉这感觉,他将脸埋在散发着刺鼻气味的坚韧的海草中。随着咳嗽的动作,如沙石般坚硬的泥巴不断擦过他的右颊和前额。

　　一定要再从哪里挖掘出些能量来。他没有时间去做微妙的自我催眠,去诱哄身体恢复正常的工作状态。纯粹靠着意志的力量,他命令那已经虚脱的肌肉做出最后的努力。对整个宇宙加诸身上的一切他无能为力,但是混账啊,在经过三十个小时的挣扎后,在这距离目的地只有几米的地方,他绝不能容忍身体背叛自己!

　　又一阵咳嗽撕扯着湿冷的喉咙,他的身体随之一抖,险些没抓住上边干燥的草根。就在他觉得胃已经撑不住了的时候,这阵咳嗽过去了。他精疲力竭地躺在泥地里,闭上了眼睛。

　　※运动的乐趣?
　　第一条好处就是:
　　永不会无聊※

　　他喘不上来气,没法吹出这段三音体俳句,不过还是在脑子里念了一遍,然后花了点力气扯动那布满伤痕和污泥的嘴唇,微微笑了一下。

　　他终于攒出了一股力气,咬紧牙关,拖着身体爬过最后一段路程。他右臂险些脱臼,但还是爬到了小山的顶上。

　　汤姆眨了眨眼,甩掉了盖在眼睛上的灰烬,放眼朝四周望去。还是海草。目光所及,到处都是海草。

　　一圈厚厚的漂浮植物藤蔓盖在这座小小的圆丘顶部。汤姆用力把水橇拖到藤蔓中间。

　　已经麻木的左手突然恢复了知觉,痛得他龇牙咧嘴,嗓子却发不出声来。他跌倒在小丘顶上,剧烈地喘着气。

疼挛再度袭来,他的整个身体都蜷曲了起来。他真想把正在噬咬着自己四肢的那上千枚牙齿扯掉,但双手却动弹不得,只能缩成一团。

不知为何,汤姆意志中掌管逻辑的一部分却没有受到这痛苦的影响。它仍然在计划着,盘算着,估计着自己还有多少时间剩下。无论如何,他来这里是有原因的。

他经受了这么多痛苦一定有什么原因的……只要能让他想起来,他为什么要来到这臭气熏天的地方,遍体鳞伤,满身都是烟尘和沙粒……

但他并没能在脑海中寻找到那让自己平静下来的思维范式。他感到自己快要消失了。

他的双眼已经痛得眯成一条缝,但突然之间,他看到吉莉安的面孔出现在自己面前。

无数碎叶的影子在她身后飞舞着。她那灰色的眼睛朝汤姆这边看来,似乎在寻找着什么遥远的东西。她的目光在他身上搜索时,汤姆不禁一阵颤抖,却无法移动分毫。最后,她看到了他的眼睛,然后露出了微笑!

充满了痛苦的静电噪音几乎要把这梦境般的言语吞没。

我送来****是为了你好****
虽然你****会怀疑,亲爱的
****通过整个****来倾听

他绷紧了神经,努力集中精神听取这段信息——但更像是幻象。他并不在乎到底是真是假,只顾死死抓住这个幻觉,哪怕每一根肌腱都已经绷得如弓弦一般紧。

她的微笑中透出同情。

为什么会乱成****这样！吾***爱
你******不小心！我是不是****
更好？

精神体汤姆并不喜欢这声音。如果这真是吉莉安发来的信息,她一定在冒着很大的险。"我也爱你,亲爱的。"他默默地说,"但你能不能赶紧把嘴闭上,别让外星鬼子听到?"

又一阵咳嗽袭来,精神广播也好幻想也好,统统不见了。他一直咳着,直到感觉整个肺只剩下一层干瘪的外皮。最后,他倒在地上,发出一声叹息。

精神体汤姆放弃了自己的骄傲。

是啊!

他将精神投入眼前这片模糊的世界,想要召回她已然消散的形象。

是啊,亲爱的。请回来吧,
回来让我能够……

吉莉安的面孔向四面八方扩散开来,仿佛是一束月光,逐渐融入了空中仍闪亮的火山灰中。真实的信息也好,精神错乱间产生的幻象也好,都如同烟尘拼出的画像一般消散了。

但他似乎还是可以听到一线来自吉莉安心底的声音……

******就是,那就是……

总能够治愈……在梦中……

他静静地听着,浑然不知时间的流逝。他逐渐不再抽搐,如婴儿般蜷曲着的身体也慢慢舒展开来。

火山仍然隆隆作响,火光冲天。汤姆身下的"地面"微微起伏着,摇晃着他的身体,将他送入浅浅的梦乡。

42. 俊　雄

"不，达特博士。我没法确定顽辉石的含量。读取数据的时候，机器人传回的信号受到了强大的静电干扰。如果你愿意的话，我可以马上再做一次检查。"

困倦让俊雄感到眼皮格外沉重。他一直在根据查尔斯·达特的要求按着按钮读着数据，已经不知道过去了多久。但这黑猩猩行星学家从来不会感到满意！不管俊雄的反应多么迅速多么准确，他都会嫌不够。

"不不不，我们没有时间了。"查理在全息显示屏中粗暴地答道。屏幕就安放在钻孔树下水池中的一角。"我下线以后你要自己一个人干活，就看你的了，没问题吧？你完全可以按现在已知的情况继续下去，俊雄。这些石头真的非常独特！如果你能对这个竖井中的矿物质进行全面研究的话，我会很高兴帮你把它写成论文。想想看这会给你带来多么高的荣誉！能发表一篇重量级的论文，对你的职业生涯肯定有很大好处，你知道的。"

俊雄完全可以想象。事实上，在与达特博士共事期间，他已经学到许多东西了。而如果有一天他去读研究生课程的话，最重要的经验就是：选择导师时一定要小心。

不过,这已经是太过遥远的问题了,头顶上的外星人随时可能冲下来将他们抓走。俊雄第一千次强迫自己把思维从太空中的战斗上转移开来。这种思考只会让他更加绝望。

"谢谢你,达特博士,不过……"

"没问题的!"查理还是一副趾高气扬的样子,"不过如果你不介意的话,我们以后再讨论你的课题细节吧。现在,我们还是来仔细研究一下探测器的具体位置。"

俊雄摇了摇头,达特这种一根筋的思维对他来说实在是新鲜。恐怕再这样下去,自己早晚会对这黑猩猩发脾气的,才不管他是不是资深的技术专家。

"呃……"俊雄检查了一下仪表,"机器人已经下降了一千米多一点,达特博士。越往下走,挖掘的痕迹就越新,而且孔洞也变得更加狭窄而平滑。现在机器人每次停下来的时候,我都需要把它固定在洞壁上。"

俊雄回过头朝东北方看去,希望丹妮或者吉莉安能出现在这里,分散一下查尔斯的注意力。但丹妮还是和基库伊人在一起,而上一次看到吉莉安时,她正盘腿坐在空地上,俯瞰着海面,似乎已经神游天外。

之前,塔卡塔-吉姆告诉她,"奔驰号"上的所有人都在忙着做准备工作,没时间过来和她讲话,吉莉安非常烦躁,哪怕是她问到汤姆·奥莱的时候,塔卡塔-吉姆也粗暴无礼地无视了她的询问。最后在收线之前,塔卡塔-吉姆说如果他们得到了任何消息,都会告诉她的。

俊雄可以看到,每次她给飞船上打的电话被转接给吉姆时,她的眉头都会蹙得更紧一些。新的通信员取代了阿齐的位置。他告诉吉莉安,她所希望交流的每个人都没时间接听。她唯一能够通信的船员就是查尔斯·达特，显然这是因为达特的技术现在还派不上什么用场。但除了他的研究课题之外，黑猩猩拒绝谈论任何事情。

吉莉安已经做好了离开此地的准备，但马上飞船上就有命令传来。那是塔卡塔－吉姆直接下达的命令，要求她无限期地留在这里，帮助丹妮·苏德曼准备一份有关于基库伊人的报告。

这次吉莉安面无表情地接受了这个消息。她对此不置一词，独自走进了丛林中。

"……那些都是丹妮发现的藤蔓。"虽然俊雄走了神，但查尔斯·达特仍在滔滔不绝。俊雄坐直了身子，开始仔细听黑猩猩科学家所说的话。

"最令人激动的是钾和碘的同位素含量。这证明了我之前的假设，在最近的地质纪年中，有智慧种族曾经把垃圾埋藏在了这个行星的潜没区域！这实在是太重要了，俊雄。在好几代的岩石中都可以找到证据，有人曾经从上方倾倒过金属，然后被频繁的火山运动快速掩盖了，这里的火山好像有自己的生命脉动一样，时起时伏。这颗行星上有很多值得怀疑的事情。自从古代的卡兰克克种族在这里居住之后，基斯拉普本应一直处于抛荒状态。但就在不久之前，还有人在这颗行星的地壳中埋藏了经过高度提纯的物质！"

俊雄差点做出很失礼的回答。还真是"不久之前"！达特的侦查工作都是以地质纪年为单位的。但现在，外星鬼子每天都可能从天而降，他却在忙着处理这些几千年前非法埋藏的工业垃圾，就像这是苏格兰场最新的秘闻一样！

"是的，先生。我马上就去做。"俊雄甚至不知道达特到底要让他干些什么，不过他还是给自己打了圆场，"不用太担心，先生。机器人可以不分昼夜地进行监测。基皮鲁和萨奥特已经接到了塔卡塔-吉姆的命令,在我不能工作的时候,他们会时刻保持机器人处于工作状态。不管情况发生什么变化,他们都会马上叫我过来,或者把我叫醒的。"

这难道还不能让黑猩猩满意吗? 海豚们听到"奔驰号"代理船长的命令并不高兴,不过他们还是会遵守,哪怕萨奥特研究基库伊人的工作受到影响,也是没办法的事。

查理居然表示了同意,这简直是奇迹中的奇迹。"好的,这样就太好了。"他低声说道,"一定要替我谢谢他们! 另外,基皮鲁在接班的时候,也许可以帮我搞清楚机器人一直接收到的静电信号是怎么回事? 我实在不喜欢这种干扰,而且现在它越来越强烈了。"

"是,先生,我会和他说的。"

黑猩猩用长着长毛的手背抹了抹右眼,打了个呵欠,"听着,俊雄。很抱歉,我真的需要休息一下了。如果你不介意的话,我们先把这工作放一放,晚些再来处理怎么样? 吃完晚饭我再呼叫你,你有什么问题到时候可以问我,好吗? 那么就这样吧,再见了!"查理往前倾了倾身子,然后全息图像就消失了。

俊雄盯着空无一物的屏幕看了一阵,感觉略微有些头晕。介意? 我会介意? 不,先生,我觉得我根本完全一点都不介意! 我只需要在这里耐心地等着,等你打电话回来,或者等着天崩地裂,砸到我的头上!

你说我介意吗,哼。

俊雄站了起来,盘腿坐了这么久,全身的关节都噼啪作响。

我还以为我这么年轻不会这样呢。好吧,见习军校生就应该什么都体验体验。

他朝森林中看去。丹妮在和基库伊人交流。我应该去打扰一下吉莉安吗？她可能还在为汤姆担心，而谁又会为这个责怪她呢？本来汤姆昨天就该给我们发信号回来的。

不过，也许她会想要找个人做伴。

最近他对吉莉安越来越动心了。当然了，这是很自然的反应。她是一个美丽而成熟的女人，尽管至少有三十岁了，但不管以哪种标准衡量，她都比丹妮·苏德曼更有魅力。

并不是说丹妮就没有她自己的魅力，但俊雄已经不愿再去想和她有关的事了。两人在一起的时候，她仿佛完全无视俊雄的存在，还有其他类似的行为，都已经含蓄而有效地拒绝了他的好感，这事想起来就让俊雄痛苦不已。

虽然丹妮从没有在口头或行动上有任何的失态，但她最近也变得情绪低落了。俊雄猜测，她可能已经意识到了自己的吸引力，却做出了过度的反应，对他冷淡起来。他告诉自己，对她来说这是一种不成熟的应对方式。但这并不能减少他感受到的伤痛……

而被吉莉安吸引则是另一件事了。他感到有一丝愧疚，但仍然不由自主地做着白日梦，想象自己如何在她需要一个男人帮助自己面对所失去的东西时挺身而出……

吉莉安可能也知道了他的想法，不过完全没有改变对他的态度。这种宽恕的姿态对他来说是一种安慰，同时也使她成为一个安全的半暗恋目标。

当然了，也许一切只是我自己在胡思乱想。俊雄想道。我正试图去用分析法探索我完全没有经验的领域，而我的感情却毫不受控制地发展。

真希望我不再只是个麻烦的孩子，而是成为一个像奥莱先生那样的人。

身后传来一阵不规则的电子音调,打断了他的幻想——通信器又开始工作了。

"噢,不!"俊雄呻吟道,"这么快就又来了!"

通信单元发出一阵静电干扰声,仿佛是调频器正在追寻着某个飘忽不定的波段。俊雄真想冲过去给它一脚,把它踢到钻孔树下面那不见底的黑暗深渊当中。

突然之间,在噼噼啪啪的噪音掩盖下,传出一阵低啸声。

※如果(噼啪)军校生团结一心
又有谁能阻挡我们?
※又有哪个军校生能够
像卡拉非亚人一样飞翔?

"阿齐!"俊雄赶忙跪在通信终端前。

※又猜对了,
潜水的同伴啊——
※你还记得我们
一起去捕捉龙虾吗?

"我还记不记得?真希望我们现在还在家捉龙虾呢!发生什么事了?舰桥上的设备出故障了吗?我接收不到视频信号,还有好多的静电干扰音。我还以为你被从通信岗上换走了呢。你又为什么在用三音海豚语说话?"

＊必需性

是其他事物之母

＊我通过封闭的神经接口

传达这些信息

＊非常焦急地寻找

温柔的高阶庇护者——

＊万分紧急

(噼啪)传递警报——

俊雄的嘴唇翕动着,默默地重复着这段信息:"……温柔的高阶庇护者。"对海豚来说,能够拥有这样称号的人类为数甚少。而此刻在这小岛上恰恰就有这么一位。

"你要和吉莉安说话?"

＊万分紧急

为她传递警报——

俊雄眨了眨眼睛,然后说:"我马上就叫她过来,阿齐!坚持住!"

他转过身跑进树林,用尽力气喊着吉莉安的名字。

43. 阿　齐

　　单纤维通信电缆埋在海底的碎石与软泥之间,很难看得清楚。就算有阿齐工作服上的灯光照着,它也只是在海底山脊的岩石与残渣之间偶尔反射出蛛丝般的闪光。

　　这种隐蔽性原本就是电缆设计时考虑的特性之一。也只有如此,"奔驰号"才可以与两支外出工作的小分队保持联系,又不会暴露自己的位置。虽然阿齐离开飞船时带上了最好的设备,也知道电缆大致的位置,但还是用了一个多小时才找到通往小岛上的线路。等到他将神经接口接入电缆的时候,呼吸器中的氧气已经用掉了一半有余。

　　大部分时间都花在离开飞船上了。阿齐到现在还不知道飞船上有没有人注意到了他的离开。负责管理电器的那伙计本是个沉默寡言的家伙,阿齐找他要呼吸器装备时,他本是不该仔细盘问阿齐是受谁的命令外出的。引擎室中执勤的海豚在他离开设备舱时还跟着他游了一段时间,阿齐不得不躲进外闸舱,才把那只尖吻海豚甩开。

　　在过去不到两天时间里,"奔驰号"的船员中间发生了微妙的变化。船员之间的权力结构重新进行了调整,那些原本无足轻重的船员现在在领食物时开始挤到前面,说话时也带上了高人一等的姿势。而其他海豚只能低眉顺眼地完成自己的工作,连尾鳍都抬不起来。

在这种情况下,军阶和职位都已经不起作用了。不过在"奔驰号"上,这些东西本来用处也就不大。相比正式的权力,海豚更习惯于用某些微妙的姿势来区别彼此间的地位。

而现在,连种族也成了影响地位的因素。在新出现的权贵之中,有相当大比例的成员都是有尖吻海豚基因的亚种。

这简直是一场非正式的兵变。按塔卡塔–吉姆公开的说法,他是代替昏迷不醒的克莱代奇行使职责,直到下次飞船委员会召开为止。但"奔驰号"上的海水中却带着一股改朝换代的味道。那些和老船长走得较近的人都受到了排斥,新领导的亲信们占据了大多数警戒岗位。

在阿齐看来,这一切都太没有逻辑了,让他感到非常不舒服。就算是"奔驰号"上这些经过精挑细选的海豚船员,在强大的外界压力下,也会屈从于一些古老的行为方式,这一幕他在自己的母星上也曾经看到过。现在他开始明白,为什么格莱蒂克人总说,三百年的提升过程对一个有志于独立进行太空航行的种族还是太短了。

意识到这一点时他很是沮丧。即使是在卡拉非亚那颗殖民行星上时,由于各种族混居的政策和公平的社会风气,他从不曾感觉到自己是扈从种族,而现在这种感觉却强烈起来。

不过这发现也是有用处的。开始擅自行动时,他心中涌起一阵原始的满足感。按照军法,像他这样擅离职守、违反执行船长专门强调过的禁令去和吉莉安·巴斯金联系,已经犯下了重罪。

但现在,阿齐感觉自己已经找到了事实的真相。"奔驰号"的船员都是些处于蹒跚学步阶段的宇航员,他自己也是其中之一。除非克莱代奇能够奇迹般地恢复,他们绝不可能靠自己的力量摆脱目前的困局,只能请求庇护种族的干涉。

伊格纳西奥·梅茨在这方面并没有什么价值,埃默森·丹尼特也不行。在这件事上,连俊雄都无能为力。他同意玛卡尼的说法,大家唯一的希望,只有巴斯金博士或者奥莱先生能够平安返回。

此时,阿齐已经接受了奥莱先生失踪这一现实。其他船员也都相信了,这也是为什么克莱代奇遭遇事故之后飞船上的士气一落千丈。

阿齐耐心地等着俊雄叫吉莉安回来,通信线路寂静无声,载波噪音不断地涌进他的听觉神经。现在查尔斯·达特不在岗上,没有别的事情时,这条线路是不会有人用的。但飞船上的通信员随时都会检测到他发出信号的回波,随着时间的流逝,这概率也变得越来越大。阿齐之前在线路上做过手脚,不会有人听到他和俊雄的谈话,但再愚蠢的通信兵海豚都会立刻注意到通信造成的副波效应。

他们现在在哪儿呢?阿齐想。他们肯定知道我带的氧气只有这么多了吧?再说这金属含量过高的水已经让我的皮肤发痒了!

阿齐慢慢地呼吸着,让自己冷静下来。智慧学中充满教诲的旋律在脑中响起:

※"过去"是曾经存在的事物
过去的残余就是我们的记忆——

＊当前事物的
"原因"就潜藏在过去当中——
＊"未来"是事物将要变成的样子
存在于想象之中,很少能看见——
＊当前事物的
"结果"就包含在未来里——
＊"现在"就如一道狭窄的缝隙
忽然而过,只留余光——
＊这便证明了"当下"
只是一个"玩笑"……

　　过去、未来和现在是三音海豚语中最难准确表达的概念。这段旋律是为了让海豚知道他们的人类庇护者(以及其他大多数智能生物)对这些概念的看法,同时又不影响鲸类生物对生命最本质的认识。

　　对阿齐来说,这些看起来都再简单不过了。他有时甚至会奇怪,为什么地球上的海豚在理解这些概念时会这么困难。只需要去思考,去假想某些行动,然后推理这些行动的后果,以及不同的后果所带来的味道和感觉,再去行动——就是这么简单!如果未来是无法确定的,那就尽力而为,然后祈祷事情向好的方向发展就是了。

　　人类文明早在混乱而孤独的无知时代就已经能够理解这些,阿齐实在不明白为什么和他同宗同种的海豚们却不行,哪怕是有人教了他们方法也是枉然。

　　"阿齐?我是俊雄。吉莉安正往这边赶过来。她还有些重要的事情要处理,我就先赶回来了。你还好吗?"

阿齐叹了口气。

※在深海中——
呼吸孔在发痒
※我默默等待——
而责任在召唤
※就像螺旋线一样——
不断往复……

"坚持住!"俊雄喊道,打断了他的旋律。阿齐扮了个鬼脸。
俊雄对诗歌从来都没有品位。
"吉莉安来了,"俊雄结束了通话,"你自己小心,阿齐!"
通信线路中断了一下,静电声传来。

※你好吗
潜游的,飞行的伙伴? ※

"阿齐?"
这是吉莉安·巴斯金的声音,虽然由于信号微弱声音变小
了,但听到她的声音还是让人非常欣慰的。
"怎么了,亲爱的? 能告诉我们船上发生了什么吗? 克莱代
奇为什么不和我通话?"
阿齐之前并没想到她会先问这个问题。出于某种原因,他
原以为吉莉安会更关心汤姆·奥莱的情况。不过如果她不提起
的话,阿齐也不想谈奥莱的事。

※玛卡尼——

耐心的治愈者

※派我前来——

传达危险的警告

※克莱代奇静躺着

无声无息，一动不动

※"奔驰号"的命运

发生了奇异的变化

※返祖现象

的臭气

※在水中漂荡……

通信线路的那头沉默了下来。吉莉安肯定正在组织下一个问题，好让阿齐可以明白无误地用三音海豚语回答。真可惜，这技术俊雄一直没有学会。

阿齐忽然抬起了头。那是什么声音？肯定不是从通信线路里来的，而是从他身边那黑暗的海水中传来的。

"阿齐，"吉莉安说道，"我会问你几个问题，你要用三重逻辑回答。答案要尽量简洁，不必太顾及修辞美。"

乐意效劳，如果我能够的话——阿齐想。他一直搞不明白，为什么用三音海豚语进行直接的交流就这么困难，一定要用充满诗意的暗示大兜圈子。三音海豚语和通用语都是他的母语，但他还是没法用三音体表达简洁的思想，这让他很是沮丧。

"阿齐，克莱代奇对梦之鱼是怎样的，是不理不睬？还是追随其后？还是已经被梦之鱼吞噬？"

吉莉安是在问克莱代奇还有没有使用工具的智能，他是不是受伤过重,陷入了无意识的追逐梦境的困局,抑或是最坏的可能性,即已经丧生。吉莉安总是有办法在第一时间抓住问题的本质,得益于此,阿齐也可以做出最简洁的回答。

※他在追逐乌贼——
已进入了最深的海域※

那声音又来了!那是一阵快速的滴答声,就在不远的地方。但阿齐必须保持神经接口连在电缆线上,他不禁咒骂了一句。声音越来越近了,没有其他可能,一定是来追他的海豚已经进入了这片海域。

"很好,阿齐。下一个问题,希卡茜有没有用她智慧学的旋律让其他海豚冷静下来?她有没有得到海豚群的遵从?还是她一直在缄口不言?"

海豚的声呐有着很强的指向性。阿齐可以感觉到一束声波就在他上方不远扫过,险些碰到他的身体。阿齐伏低身子,尽量贴近海底,努力把自己发出的紧张的滴答声传进柔软的沙子中去。他想伸出工作臂去抓住块岩石或者什么来稳定住身体,但又怕马达发出的转动声被来人听到。

※她并未在场,无法发言
希卡茜已经
※淡出了大家的记忆
※席奥特同样
没有在场发言
※苏西也一样※

他真希望自己能离开这个地方,回到"奔驰号"上那安静的通信室中去。

"好的,他们的沉默是因为被网捕获?还是因为对逆戟鲸的恐惧?或者是被喂饱了鱼?"

阿齐正打算回答,突然之间,就像人类的眼睛被突然而至的亮光晃到一样,他被一股声波脉冲笼罩了。声波的来源就在他的左侧上方。毫无疑问,那里有一只海豚刚刚注意到他的存在。

※塔卡塔-吉姆——
咬住了光缆
※我自己的工作
已经不再属于我
※他手下的海豚重复着——
他那充满谎言的歌曲※

阿齐实在是太紧张了,有些地方甚至直接把声音信号发进了通信电缆,没有调制成脉冲。这种时候再去注意保密已经没有用处了。他已经随时准备扔下电缆,朝前来干扰自己的人开火。他朝来者发出了一道强烈的声呐脉冲,希望能暂时迷惑一下对方。

通过反射回来的声波,他脑中浮现出了清晰的形象。那是非常强烈的回波,预示着一只异常健硕的海豚正朝他游来。

克萨-琼!阿齐马上认出了这回波。

"阿齐?你在做什么?为什么进入战斗状态了?马上停下来!我正准备返回飞船,你……"

　　我已经尽到责任了,阿齐从电缆上拔出神经接口,朝一侧滚去。

　　他的动作正是时候。一道蓝绿色的激光弹嗞嗞作响,从他几秒钟之前待的位置划过。

　　就是这样,他一边想,一边朝海岭旁边的峡谷中潜下去。这锤头鲨是来要我命的,已经没什么礼貌可讲了。

　　阿齐往右翻了个身,如标枪一般朝深海的阴暗处扎了下去。

　　众所周知,海豚们并不喜欢杀死任何呼吸空气的生物,但他们也不是严守清规戒律的种族。就算是在接受提升之前,人们也曾经目睹海豚之间自相残杀的场面。在赋予了这些鲸类远航群星能力的同时,人类也教会了他们在决定杀戮时如何能够更加高效。

　　一道耀眼的激光在阿齐身前一米的地方擦过。他咬紧了下颌,穿过激光搅起的滚烫水泡向下潜去。又是一道细细的、灼热的光弹在他的胸鳍之间穿过,他打了个转,钻到一堆犬牙交错的岩石构成的声波屏障中间。

　　克萨–琼的激光步枪可以在远距离上致人死命,而阿齐工作服上的焊枪仅仅是个附属工具,只能在非常近的距离上起到杀伤作用。显然,要想赢得这场战斗,他非要想些新鲜点子不可。

　　海底深处已经非常昏暗了。所有的红光都已经不见,天空中的光线到了这里只剩下蓝色和绿色,两色的光线勾勒出阴影构成的景色。阿齐利用崎岖的地形,不断地在岩石构筑出的狭缝窄墙间游弋着,然后停下来倾听。

　　由于只能听到被动的回波,他只知道克萨–琼就在外面的某处,正寻找着自己。阿齐希望自己急促的呼吸声并不像自己听上去那么响。

　　他向工作服发送了一道神经信号,面板上的微型电脑告诉他,呼吸器里剩下的空气只够不到半个小时用的了。这也意味着他只能在这里等上那么长时间。

　　阿齐合上了嘴巴。他真想用牙去咬穿克萨-琼那长长的胸鳍,但他也明白,自己不管是个头还是力量都不是那只大个子尖吻海豚的对手。

　　克萨-琼是自己从船里出来的,还是受塔卡塔-吉姆的命令来的?阿齐没办法知道。不过,要是尖吻海豚们真的在搞什么阴谋,为了保证计划能够成功,干掉毫无反抗能力的克莱代奇这种事他们一定是干得出来的。甚至,虽然有些无法想象,但他们甚至可能计划着伤害吉莉安——如果她在返回飞船时没有小心在意的话。只要想到海豚有可能犯下这样的罪行,阿齐就觉得浑身难受。

　　我得回去帮玛卡尼保护克莱代奇,一定要坚持到吉莉安回来!这比其他任何事都重要。

　　他游出岩缝,沿着一连串的"之"字形路线,贴着海底、游进东南方向的一道峡谷。那不是"奔驰号"的方向,也不是俊雄的小岛或是泰纳尼沉船的方向。克萨-琼最有可能忽视的就是这边了。

　　他可以听到克萨-琼正在四处发出声波,寻找他的踪迹,只是一串串铿锵有力的声波都落了空。如果现在就出发,很可能在被发觉之前就领先一段路程。

　　不过相比之下,如果能突如其来地给克萨-琼一个惊喜,用鼻子猛地朝他的外阴撞上一通的话,那滋味肯定会更让人心醉吧。

吉莉安从通信器前转过身,看到俊雄一脸焦急地站着。这让他看起来稚气十足。他身上那几分略经世事的坚强刚毅已然不见了。俊雄现在只是个年纪轻轻的军校见习生,刚刚知道船长重伤致残,而他最好的朋友可能正性命攸关。俊雄看着她,希望她能告诉自己一切都会好起来。

吉莉安拉起男孩的手,把他拉到身前。她不顾俊雄的抗拒,紧紧搂住了他,直到他紧张的双肩开始松弛,终于把头埋在她的肩膀上,也抱住了她的身子。

最后俊雄还是把她推开了。他没有看吉莉安一眼,慌乱地转过身去,用手掌根擦了擦眼睛。

"我想最好让基皮鲁和我一起走,"吉莉安说,"你觉得没了他,你、萨奥特和丹妮能搞定这里吗?"

俊雄点了点头。他的声音有些沙哑,不过还是控制住了自己,"是的,长官。要让萨奥特接基皮鲁的班,开始时可能会有点麻烦。不过我一直在观察你控制他的办法。我想我能对付得了他。"

"这样就好。最好能让他离丹妮远一点。从现在起你就是小队的军事指挥了,我相信你能做好的。"

吉莉安转过身去,开始在水池旁的营地里收拾起自己的装备。俊雄来到水边,把水下扬声器打开,发出信号召唤两只海豚回来。萨奥特和基皮鲁一个多小时前就出发了,去观察原住民的夜间捕猎行动。

"如果需要的话,我可以和你一起回去,吉莉安。"

她一边摇头,一边开始收拾笔记和工具,"不,俊雄。丹妮在这里研究基库伊人的工作非常重要。但没准儿哪天她就会一个心不在焉,用火柴把整座森林点着了,你是唯一可以阻止她的人。另外,我还需要你装出我还在这里的样子。你能为我做到这些吗?"吉莉安拉上防水背包的拉链,然后开始脱下外套和短裤。俊雄赶快背过脸去,满脸绯红。

然后他发现吉莉安根本就不在意他有没有在看。我也许再也见不到她了,他想,她知不知道这对我意味着什么?

"是,长官。"俊雄说道,他的嘴里感到发干,"我会和之前一样,对达特博士做出不耐烦的样子。如果塔卡塔-吉姆问起你来……我就告诉他你出去办事了,呃,还有你很不高兴。"

吉莉安已经把潜水服摆弄好,准备钻进去了。她抬头看了看俊雄,突然注意到他的窘态,然后大笑起来。她迈开一双长腿,两步就绕到了俊雄面前,又给了他一个拥抱。俊雄来不及思考,双手就抱到了她腰部光滑的皮肤上。

"你是个好男人,阿雄。"她吻了吻俊雄的脸颊,"你知道吗,你的个头已经比我还高一点了?你居然会为了我朝塔卡塔-吉姆撒谎,我保证,用不了多久,你就会成为和我一样的叛逆者的。"

俊雄点了点头,闭上了眼睛,"是的,女士。"他一边说着,一边紧紧地抱住了她。

44. 克莱代奇

　　他的皮肤在发痒。从他还跟在母亲身侧时,这种感觉就一直存在于他那模糊的记忆中。他还记得被母亲爱抚的感觉,记得她是如何轻轻地用鼻子拱着自己,提醒自己要浮上水面换气。

　　很快他就知道了触摸的感觉并非只此一种。卡塔利那的水下建筑中有不少墙壁和植物;和同龄的海豚玩闹时也没少互相抚摸、顶撞、撕咬(没错!)。还有人类,男人和女人们,噢,他们那柔软的、甜美的、变化无端的触碰啊……人类游起泳来就像足蹼类动物,又有点像海狮。无论在水下还是水面上,他们总是一边欢笑着,一边嬉戏着抓着他的身体。

　　他还记得水的感觉。水中有着无数种不同的触感。

　　从空中落入水面时拍起的水花!以无人能及的速度飞驰时平滑地流过身体的水流!还有休息时在呼吸孔下方轻柔地拍动着的水浪,仿佛在唱着摇篮曲一般……

　　噢,可真痒啊!

　　很久以前他就学会了在别的东西上摩擦身体,后来他也弄清了这种行为到底有什么用处。从那时起,只要一起这个念头,他随时都会满足自己,任何健康的海豚都会这样做的……

克莱代奇想抓痒,想自己来上一发。

但这里没有墙壁可以让他去摩擦。他好像没法移动,甚至都不能睁开眼睛,看看自己周围到底都有些什么。

他正漂浮在半空中,不知是什么支撑着他的重量……这似乎是种熟悉的魔法……"反重力",这个词汇——以及他记忆中此前无数次像这样漂浮着的情景——不知为何感觉如此陌生,甚至都想不起来到底有什么含义了。

他不禁奇怪,自己为什么变得这么懒惰?干吗不直接睁开眼看看?为什么不发出一道声波,去聆听这块空间的形状和材质?

他能感觉到,间或会有水雾喷到他身上,保持皮肤的潮湿。水雾似乎是从四面八方喷过来的。

他思考着,最后得出了结论:自己一定是出了什么问题。我一定是病了。

他无意间叹了口气,然后意识到自己还是能发出声音的。他暗自琢磨了一下发声的原理,又试了一遍,然后发出了同样的叹气声。

肯定有人在治疗我了,他想。我肯定是受伤了,不过感觉不到任何疼痛。只是空虚。体内有什么东西消失了。是睾丸?是人工器官?还是什么技能?不管是怎么,人类正试着重新给我装回来。

我相信人类,他高兴地想着。他的嘴角微微上扬,露出浅浅的微笑。

！！！！！！

他的嘴正在做什么?

对了。是在微笑。这可真是新鲜事。

新鲜事？我从生下来就会啊！

为什么？

那是一种表情！能让我的表达更加精细巧妙！它……

多此一举。

克莱代奇被弄糊涂了，发出了一阵微弱而颤抖的叫声。

*在明亮的
阳光之中
*有着许多的回答
成群结队，好似鱼群*

到这时，他已经恢复了一点记忆。他在做梦。之前发生了很可怕的事情，他被梦魇迷惑了。各种各样的形状有的向他飞来，有的则从他身边飞走。他感到古老的歌曲换成了新颖而古怪的形式。

他明白，自己一定还在做梦，两个半脑同时处于睡眠状态。这也正解释了他为什么无法移动。他开始试着用歌声把自己唤醒。

*海洋中的某些水层
只有抹香鲸才知晓
*擅长捕猎的巨鲸们
在梦境的分界线上
*与章鱼搏斗

章鱼的尖嘴化作海中山脉
*它们巨大的手臂
环抱着海洋……

　　这并不是首能让人平静下来的旋律。它蕴涵着黑暗的力量,让人不禁想要飞窜逃开。克莱代奇想在脑中止住这歌声,但他还是不由自主地制造出这些声波。

*潜入那水层吧——
潜入黑暗之中
*到你们的"摆线"
从不曾涉足的地方
*那里所有的音乐
最终将停滞
*那里汇聚着
所有重叠的水层
*呼啸的歌声
来自远古的风暴
*湍急的涡流
永远不会止息……

　　克莱代奇身边有什么东西开始浮现。在他歌声的结构中,他可以感到一个巨大的、宽阔的身影出现在附近。克莱代奇感到了它那缓慢的声波脉冲,逐渐充满了他所在的那间小小的房间……这间房间的大小根本无法容纳他身边的那头巨兽!
　　努卡佩?

※地震的声音

存储了无数个世代；

※熔岩的声音

比岩石还要古老……

每一个音节都在让这头声音巨兽变得更加现实。他身边浮现出的这生命有着强大的力量。它缓慢地摆动着巨大的尾鳍，似乎随时都可能将克莱代奇打翻。它呼吸时喷出的水雾就像暴风雨扑打在海边的山崖之上。

最后，是恐惧给了他意志，让他睁开了眼睛。他奋力撑起眼睑，潮湿的黏液沿着眼球表面淌了下来。眼球已经陷到眼窝里最深的地方，花了好一阵工夫，克莱代奇才把目光的焦点重新调整到面前的景象上。

最初他看到的是悬浮的医护槽，体积不大，整个儿密闭着。槽中只有他自己一个人。

但他听到的声音却是来自宽阔的大海，身边则有一头深海巨兽！他可以感受到它那强大的力量！

他眨了眨眼睛，突然之间，看到的东西发生了变化。眼睛转为接受声呐传回的余波的结构。房间消失了，他看到了那巨兽！

！！！！！！！

他身边的这东西绝不是任何已知海洋中的生物。克莱代奇感到无比的恐惧，险些窒息。

它的每个动作都带着海啸的力量，如同不可阻挡的巨浪。

它来自黑暗，来自深渊。

它，是，神。

※克-克-克弗-克里!!※

克莱代奇并不记得自己听说过这个名字。它一定是从其他什么地方潜入他的意识的,比如代表着梦魇的恶龙。

一只黑色的眼睛打量着克莱代奇,那目光似乎能够将他灼伤。他想要转身逃开——躲藏起来,甚至死掉也好。

这时它开始向克莱代奇说话了。

它拒绝使用三音语,克莱代奇也早就知道会是这样。它甚至也没有用原始海豚语,认为那不过是自作聪明的动物使用的卑下的语调。它唱起了歌,歌声带着有形有质的力量冲击着克莱代奇,其中所包含的可怕的寓意包裹着他,充斥着他的意识。

:你从我们身边游走了,克莱代奇:你刚刚开始学习:然后你的意识就游走了:但我们之间:还没有结束:

:我们等你这样的人出现已经等了很久:而你现在也需要我们,就像我们需要你一样:现在已经无路可退:

:你现在的样子:如同一艘废船:一具行尸走肉:空洞的身躯,再也唱不出歌声:你再也不是做梦者,也不是用火者:

:毫无用处的克莱代奇:既不是船长:也不是鲸类:毫无用处的肉身:

:你还有一条路可以走:前往鲸梦的深处:然后你会找到一条道路:一条艰难的道路:但可以让你承担起自己的责任:在那里,你可以找到办法,拯救你自己的生命……:

克莱代奇呻吟着。他无力地摇着尾巴,呼唤着努卡佩的名字。但他很快就想了起来,原来她也是这些神灵之一。努卡佩等待着他,在下面更深的地方,同时还有更多的存在准备继续折磨他,有的是他在古老的传说中听说过的上古之神,有的甚至连座头鲸都不曾提起……

克-克-克弗-克里是来带他回去的。

虽然已经无法使用通用语,但他还是用一种自己都不知道自己会说的语言恳求道:

　　:我受伤了!:我只是一具残躯! 一块死肉!:我没法说话!我失去了语言!:让我死!

它的回答声音洪亮,仿佛是从大地之下、从水底的软泥之下传来的隆隆声。

　　:你将要穿过整个鲸梦:前去你的所有族类都未曾到达的地方:哪怕是你们还在像动物一样嬉戏:未曾与人类相识的时候:比沉思的座头鲸更深:比捕猎的抹香鲸更深:比黑暗本身更深……

　　:然后你可以再决定去死。如果你承担不了那现实的话……:

这间小房间的四壁开始消失,折磨他的人开始创造新的现实。它长着硕大的额头,抹香鲸才有的雪亮的牙齿,但它的眼睛却发出灯塔一样的光,侧肋上长着银色的条纹。它身体周围闪着光环,仿佛是……仿佛是星际飞船那闪亮的防护盾……

房间彻底消失了。突然之间,环绕在他周围的空间变成了失重状态下的汪洋大海。上古之神摆动着强壮的侧鳍,开始游动。克莱代奇发出一阵尖细的叫声,但他的力量太小,根本无法从那头巨兽游动时带出的涡流中逃脱。他们开始加速,越来越快,越来越快……

虽然现在完全没有方向感,但不知为什么,克莱代奇分明知道,他们正在不断地——下潜。

"你听到了吗?"

玛卡尼的助手朝头顶的引力槽看了一眼,船长就悬在当中。重力槽中一盏昏暗的射灯照着他身上那一次次手术留下的疤痕。每过几秒钟,槽里的喷嘴都会朝昏迷不醒的海豚身上喷出一团水雾。

玛卡尼沿着助手的视线看去。

"也许吧。我刚刚也听到了什么声音,好像是有人叹气。你听到了什么?"

助手把脑袋左右摆了摆,"我也不清楚。我感觉好像是他在和什么人说话——不过不是用通用语。有几个音节有点像三音海豚语,然后……然后就是另一种声音了。听起来很奇怪!"她的身子一抖,"他可能是在做梦吗?"

玛卡尼也抬头朝克莱代奇看去,叹了口气,"我不知道。我甚至都不知道,像他这种情况,我们是应该希望他还能做梦呢,还是应该全心全意地祈祷让他不要做梦才好。"

45．汤姆·奥莱

西边来的冰冷海风吹着他的身子。汤姆在一阵战栗中醒来,时间已是深夜。他在黑暗中睁开眼睛,凝望着空无一物的虚空。

他已经不记得自己身处何方了。

稍等一下,他想,一定会想起来的。

他梦到了加斯星球,那里的海洋面积不大,但有着许许多多的河流。他与那里的人类和黑猩猩殖民者共同生活过一段时间,那是一个杂居殖民星球,物产丰饶,和卡拉非亚人与海豚聚居一样,那里也是一个充满着惊喜的地方。

虽然远离地球种族的其他殖民地,但加斯仍然是个友好的世界。

在他的梦中,加斯遭到了入侵。巨大的战舰悬停在加斯星的大城市上空,向富饶的峡谷中喷射着毒云,殖民者们纷纷惊慌逃窜。天空中充满了闪光。

他很难将残留的梦境与现实区分开来。汤姆看着如水晶般清澈的基斯拉普的夜空。半是由于寒冷,半是因为疲惫,他的身体缩成了一团,两腿蜷起,双手抱着两边的肩膀。他慢慢地放松了肌肉,想试着移动一下,但肌腱马上突了起来,关节发出阵阵呻吟。

北边的火山已经逐渐沉寂下来,只是偶尔发出微弱的红光。头顶的云层打开了一道长长的口子。汤姆可以看到天空中闪亮的光点。

他开始思考那些星星。天文学总是能让他把精神集中起来。

红色代表着较低的温度,他想。那颗红色的星星应该是颗很小的恒星,离得不远,非常古老——也可能是颗距离很远的、行将就木的星星。那边那颗明亮的星星应该是颗蓝色的超巨星。非常少见。在这个星域有超巨星恒星吗?

他一定能想起来的。

汤姆眨了眨眼。蓝色的"星星"正在移动。

他看着蓝星在星群中穿梭,和另一个明亮的小点碰在了一起,一个闪着绿光的光点。两个小亮点相遇时发出了闪光。蓝色的亮点继续移动,而绿色的则消失了。

我目睹这一幕的概率有多少?我有多大概率在那一刻望向那个方向?太空中的战斗一定还在如火如荼地进行中,目前尚未结束。

汤姆试着坐了起来,但马上就又瘫倒在藤蔓上。

好吧,再试一次。

他翻了个身,把体重压在手肘上,停了一下攒了攒力气,然后猛地撑起了身子。

基斯拉普那些小小的、昏暗的月亮已经看不到了,不过星光很亮,可以看清这片古怪的海草地。海水在不断变形的湿地间流动着,可以听到各种动物发出的窸窣声和鸣叫声。他还听到了一声尖叫,但马上就中断了,应该是什么小动物葬身于捕食者之口了吧,他想。

他很庆幸自己之前坚持着爬上了这个高坡。哪怕再低两米,也会面临迥异的命运。要是还躺在那块令人作呕的沼泽里,他可挨不过今晚。

他硬挺着转过身,开始整理那架粗陋的水橇中为数不多的补给。当务之急是让自己暖和起来。他从乱成一堆的东西里扯出防水服,小心地穿在身上。

汤姆知道,身上的伤口需要处理,不过这可以稍后再说。现在也不是安心享用食物的时候,不过,至少他抢救出的东西还足够饱餐几顿。

汤姆嚼了几口干粮,然后从水壶里抿了几小口水,就开始检查那一小堆装备了。现在最重要的是那三枚心灵炸弹。

汤姆朝天上看去。除了一颗亮星周围有几道紫色的光线之外,再也看不到战争的迹象了。不过之前看到的那一眼已经足够,汤姆已经知道应该引爆哪颗炸弹了。

吉莉安离开"奔驰号"、到俊雄的小岛上和他会合之前,在尼斯电脑上花了几个小时的时间。她已经把那台泰姆布立米人的仪器和他缴获的泰纳尼数据库终端连在了一起,同时还和尼斯一起把适当的信号封进了炸弹中。

最重要的信号是泰纳尼人痛苦的呼叫声。如果依芙妮那变化不定的运气站在他这边,保佑汤姆能完成他的实验,就可以知道"奔驰号"的"计划"到底能不能成功了。

如果泰纳尼人现在已经不在战场上了,那苏西、席奥特以及其他人在"特洛伊海马"上花的功夫都毫无意义了。若是泰纳尼人已经撤退,剩下的作战飞船看到一支离开战场的势力的残兵从星球上起飞,肯定会向它发动攻击。"奔驰号"还怎么能躲进泰纳尼飞船的外壳、用它作为掩护飞向太空呢?

汤姆拣起了一枚心灵炸弹。炸弹是圆形的,在他手里像个水晶球一样。炸弹顶上是保险栓和计时器。吉莉安小心地用胶带给每枚炸弹都做了标记,而在这一枚上她还写上了花体的签名,画了一颗小小的、被箭矢穿过的心。

汤姆微微一笑,把炸弹举到嘴边吻了吻。

之前他还为自己的大男子主义后悔过,觉得自己不该坚持一个人到这里来,把她留在身后;而现在,他知道自己是对的。吉莉安很坚强也很能干,但论飞行技术她还是不如自己,她要是来了,可能在坠机时就丢了性命。她的体格肯定不够把这水橇拖到这么远的地方来。

见鬼,他想,她现在是安全的,身边还有可以保护她的朋友,而我也很高兴这样。这理由已经足够了。就算她一只手就能干掉十条布兰克穴蜥,她毕竟也是我的女人,只要我能做到,就绝不允许她受到任何伤害。

汤姆吞下最后一口蛋白质含片。他掂量着炸弹的分量,脑子里思考着对策。之前的计划是在火山附近着陆,等滑翔机充好电,然后布下炸弹,在它引爆之前起飞。火山产生的热气可以让他飞到足够的高度,找到另一座小岛,在岛上等着观察实验的结果。如果找不到另一座小岛,他还是可以飞到足够远的地方,停泊在海面上,用望远镜观测。

这本是很完美的计划,但突如其来的暴风雨和意料之外的这片藤蔓丛林把计划打破了。他的望远镜,还有那架太阳能飞机的大部分残骸,都已经去和基斯拉普海底那些金属碎石做伴了。

汤姆小心翼翼地站起身来。吃了东西、暖了身子之后,控制痛苦对他来说已经很轻松了。

汤姆在所剩无几的材料中扒拉了一阵,从已经破得不成样子的睡袋上撕下了一条狭长的布条。睡袋是丝质的,结实,而且绝缘,当成扔炸弹的套索还算合用。

心灵炸弹在他手中显得又沉重又结实。很难想象这个小小的球体中居然灌注了如此强大的幻象,无比强力的心灵假象,只需要一道命令就可以引爆。

他把定时器设到两个小时,打开了保险阀,准备引爆。然后将炸弹小心地放到刚刚做好的套索中。他知道自己只是在做做样子。距离其实并不重要。传感器已经撒遍了基斯拉普星系的每个角落,只要炸弹引爆,总会被传感器发现的。就算在脚底下引爆也没什么区别。

不过,谁知道会发生什么呢。他还是决定把炸弹扔到尽量远一点的地方去。

他试着抛了抛套索,熟悉了一下手感,然后挥动了起来。开始很慢,然后一点一点加大力度。一阵奇妙的快感从胸口向四肢涌去。疲劳的感觉消失了,他唱起歌来:

噢,老爸是个穴居人
他穿着兽皮裙子打球
他梦想着点亮天空
却只能在泥土中爬行
你们这些外星人,你们的星星……

噢,老爸是个好战士

他杀死了自己的堂兄弟，第三个和第四个
他梦想着永恒的和平
却被长矛穿胸，钉在地面
你们这些外星人，你们的星星……

噢，老爸是个多情种
但他总是打老婆
他梦想着，渴望着成为圣人
却终身都在忏悔
你们这些外星人，你们的星星……

噢，老爸是个带头人
他心怀梦想，满口瞎话
他让那些被吓坏了的人
把导弹发上天空
你们这些外星人，你们的星星……

噢，老爸是个睁眼瞎
但一直想要学认字
他不喜欢什么都不懂
又讨厌跟人学
他踏出了一个个脚印，接着，
没人帮忙哇哇哭
老爸有天丧了命
只给我留下骨头与心

你们笑我是狼崽子

说我从小没了爹

但告诉我,伙计们,"你们凭什么这样说?"

你们是外星人,你们有星星?

你们这些外星佬,你们的星星!

汤姆感到自己的肩膀又有了弹性。他往前走了一步,抡直了手臂,将套索扔了出去。炸弹高高地飞向天空,像陀螺一样打着转。旋转的小球发出短暂的亮光,仍然在继续向上升着,最后闪着光消失在视野之中。他凝神静听,却没有听到炸弹落地的声音。

汤姆在原地站了一会儿,深深地吸了口气。

就这样吧,他想,我又有胃口了。还有两个小时时间,我要吃点东西,处理一下伤口,然后收拾出个住的地方来。在那之后如果还能有点时间的话,那就要感谢我主慈悲了。

于是他把破布条搭在肩膀上,开始在星光下准备晚餐。

第五章　震　荡

"在比我们更加古老、更加复杂的世界中,他们完美无缺。他们天生便具有我们已经失去或者从未获得过的感观,他们生活的世界中的声音我们永远无法听到……他们是另一个国度,在生命与时间的巨网中,从不曾和我们相逢……"

——亨利·贝特森[1]

---

[1] 亨利·贝特森(Henry Bateson, 1888—1968),美国自然文学家。

46. 萨奥特

天色已晚，基库伊人开始离开住处，前往狩猎场所。萨奥特听到他们在倒塌的钻孔树西边的空地上集合，激动地吱吱叫着。猎人们从水池附近不远的地方经过，前往海岛南侧一道烟囱状的孔洞，一路都在鼓着肺囊，喋喋不休地叫唤。

萨奥特听着原住民逐渐走远，然后潜到水面以下一米深的地方，沮丧地吐着泡泡。一切仿佛都不大对头。

丹妮变了，变成了他不喜欢的样子。之前她身上带着点轻佻的放纵，让他着迷不已，但现在她根本就忽视了萨奥特的存在。他费尽心力做出了最棒的打油诗，但她听了之后却一本正经地对答，完全没有领会其中双关的含义。

虽然她对基库伊人的研究非常重要，但塔卡塔-吉姆还是命令她在工作的同时为查尔斯·达特分析钻孔树的生态系统。为了收集金属圆丘下面的样本，她已经下水两次了。萨奥特在水下一直轻轻用鼻子搔着她，但她完全没有在意，只是心不在焉地拍了拍他作为回应，这比完全不理他还让人伤心。

萨奥特这时才意识到，虽然之前他一直希望攻破丹妮的心理防线，但她的改变并不是自己愿意看到的。至少不是这种方式的改变。

他闷闷不乐地在水中漂着,却被一条拴在小艇上的绳子扯住了。根据新分配的任务,他必须连接到这台混蛋电子仪器上。绳子弄得他身上发疼,游动的范围只有一块小小的水池,而他真正的工作对象,那些原始人,却在广阔的大海里!

吉莉安和基皮鲁离开的时候,他觉得这两个人不在,自己就能获得一直渴盼的自由了。哈!飞行员和人类医生前脚刚走,俊雄——居然是俊雄——就开始发号施令了。

负责这里的人本来应该是我才对。五大银河里,论谁也不该是这小子爬到我头顶上啊?

萨奥特完全记不起这事是怎么发生的了。不过最后他还是被扔到这里,为那只高傲自大目中无人的黑猩猩照看这台机器人。那猩猩除了岩石之外什么都不懂!机器人就更蠢了,连脑子都没有,根本没法和它交谈!和微处理器是没法交流的,你只能告诉它应该做什么,然后绝望地看着它完全按照字面意思去执行你的命令,这真是场灾难!

他的工作服发出蜂鸣声,又到了检查探测器的时间了。萨奥特哼出一段讽刺的歌曲作为回应。

　※遵命长官
　我的头领,我的主人
　※金属制造的低能儿,
　工人们的灾难
　※你嘀嘀得越勤
　我干活就会越快!

萨奥特把左眼对准小艇上的屏幕。他朝机器人发出一组脉冲密码,然后开始收到返还的数据流。

机器人终于处理完了最新一批岩石样本。他命令探测器将有限的存储空间清空,把所有数据都传到小艇的数据库里。俊雄对他进行了反复的训练,现在他已经可以几乎完全靠下意识控制机器人了。

他让探测器把一根单纤维丝的一端固定在坚硬的岩石上,然后又往下潜了五十米。

之前用来解释金属圆丘下面这些孔洞的理论已经被否定了。钻孔树如果是为了寻找养分,根本不需要钻出上千米的洞来。钻到这个深度已经超过它的需要了。钻孔树的根系实在是太发达了,绝不是生长在金属圆丘顶上那貌不惊人的树木所应有的。它所挖掘出的物质实在太多了,比金属圆丘露出海面的体积大出十倍有余,这些物质都散布在圆丘所坐落的那些海底山脉周围。

对萨奥特来说,这些秘密根本没有任何吸引力,只能再次证明宇宙是充满诡异的地方,也许人类、海豚和黑猩猩现在就来挑战这些深奥的谜题还是为时过早了。

机器人完成了下潜。萨奥特指令它伸出镶着金刚石的机械爪,抓住岩洞的墙壁,然后从上面收回纤维丝。这台小机器会不断潜向深处,因为它已经失去了上浮的能力。有时候,萨奥特感觉自己也和它一样,尤其是来到基斯拉普星之后。他已经不指望能够离开这个充满致命危险的星球。

还好,探测器可以自动启动采样程序。就算是查尔斯·达特也没什么理由可以抱怨了,除非……

萨奥特咒骂了一句。又来了,自从探测器下降到五百米以下之后，就一直在受到强烈的干扰。俊雄和基皮鲁已经研究过线路，但找不出是哪里出了问题。

而现在这噼啪声和萨奥特之前听到的噪音又不一样……虽然他不是线路干扰的专家，但也听得出来这干扰声中有着某种节奏，说实在的，听起来还有几分味道。萨奥特知道有些人喜欢听白噪音，这还真是种容易满足的嗜好啊。

工作服上的时钟嘀嗒嘀嗒地走着。萨奥特听着干扰声，开始思考各种古怪的话题，比如爱情，还有孤独。

*我游来——又游去

就像其他人一样

*我学会了——

独自悲伤

*我发出——无言的叹息

独自徜徉

萨奥特慢慢地意识到，他正在应和着下面传来的"噪声"的节奏。他摇了摇头又听了一遍，但那旋律仍然在唱着。

一首歌。这是一首歌！

萨奥特开始集中精神。这简直就像要同时跟上一首六声部赋格曲中的所有声部一样，所有的声型都以极度复杂的方式混在了一起。

怪不得之前所有人都把这当成是噪音了！就算他自己也只是偶然间才注意到的！

萨奥特工作服上的计时器响了，但他根本没有注意到，只顾着聆听行星在为他歌唱。

47. "奔驰号"

　　莫奇和哈奥克都是主动来值勤的,但两人各有各的理由。

　　两人都很高兴能离开飞船换换环境,而且都不介意乘着小艇在黑暗而寂静的深水里待上那么几个钟头。

　　但除此之外,两人的目的是完全不同的。哈奥克在这里,只是因为他觉得这是必要的工作。而莫奇则希望这份守备的工作能给他个机会,让他大开杀戒。

　　"我真希望塔卡塔-吉姆派去追阿齐的是我,而不是克萨-琼啊。"莫奇发出刺耳的声音,"我一样可以追上那个自作聪明的混蛋的。"

　　莫奇的小艇离哈奥克的有二十码左右,停在水底一座高高的峭壁上,可以俯瞰整艘飞船。弧光灯仍然照射着"奔驰号"的船身,但飞船周围已经变得空空荡荡,只有几只得到副船长特许的海豚还在周围游动。

　　莫奇透过小艇上透明的舷窗看着哈奥克。和平时一样,哈奥克一言不发,对莫奇所说的话不理不睬。

　　臭鱿鱼养大的崽子! 哈奥克也是那些自命不凡的宽吻海豚中的一员,与克莱代奇和惹出麻烦的那个见习军校生阿齐一样。

　　莫奇在脑海中用声波绘出一幕场景，那是一幅充满着搏杀与撕咬的画面。曾经有一次，他想象由克莱代奇来扮演受害者。船长好几次抓到他在值勤时偷懒，还经常纠正他通用语的语法，让他难堪不已。现在船长终于遭到报应了，莫奇非常高兴，不过他现在需要一个更有诱惑力的目标了。去幻想撕扯一个并不存在的人可实在是没什么好玩的。

　　卡拉非亚来的那小子，阿齐，现在就是很好的目标了，副船长已经宣布这个年轻的军校生背叛了飞船。莫奇希望被派去追捕阿齐的是他自己，但塔卡塔-吉姆却命令克萨-琼去追他。副船长的解释是，他希望将阿齐带回来依照纪律处分，而不是想置他于死地。

　　不过，看那只巨大的海豚兴高采烈地带着强力激光枪离开飞船的样子，他肯定没把这两者之间的区别放在心上。也许塔卡塔-吉姆正是觉得自己没法完全控制住克萨-琼，出于自己安全的考虑，才把他派到远处去执行任务吧。看到克萨-琼眼睛里露出的神色，莫奇对卡拉非亚的年轻海豚被逮到后的命运并不看好。

　　就让克萨-琼去提阿齐好了！失去这份小小的愉悦并不影响莫奇高兴的心情。

　　现在，他在飞船上已经变成个大人物了，这感觉真棒！休息的时候，已经没有任何人敢挡在莫奇的路上了，他已经变成鲸群的头领了！莫奇已经看上了玛卡尼的医疗队中一两只年轻而性感的雌海豚。还有几只年龄更小的雄海豚看起来也是不错的……莫奇的爱好可是相当广泛。

　　应该已经不需要太久了，他们很快就会看清潮流的方向。莫奇在努力控制自己的情绪，不过还是情不自禁，发出了一阵代表着胜利的噜噜声，这种形式在平常是被严令禁止的。

#荣耀！就是，就是，

荣耀！

#撕咬就是荣耀！所有女性都要屈从！

#荣耀属于新的头领！#

哈奥克终于有了反应。巡逻兵的身体猛地扭了一下，抬起头来看着莫奇。尽管莫奇轻蔑地看着他的眼睛，他还是一句话也没有说。莫奇把声呐发出的音波束正对着哈奥克，表明自己正等着他说些什么。

这只傲慢无礼的臭鱿鱼！等塔卡塔-吉姆抽出嘴来处理这边的情况时，他也会得到报应的。而地球来的人类绝不会对此持有异议，因为现在飞船上权限最高的人类，梅茨博士，是完全站在塔卡塔-吉姆这边的，对副船长的命令他从来不曾反对过！

莫奇又发出了一阵原始海豚语的叫声，感受着这种被明令禁止的原始行为带来的快感。这叫声仿佛在牵动着他体内深处的某种东西，每体会一次，对它的渴望就变得更加强烈。

就让哈奥克继续去发那讨厌的滴答声吧！莫奇觉得，就连格莱蒂克人也不敢来干涉他和他们新船长的行为！

哈奥克默默忍耐着莫奇发出的那野蛮的叫声。这叫声在提醒着他，他现在已经跟这群低能儿、反社会分子同流合污了。

不幸的是，恰恰是这些低能的反社会分子做出了正确的决断，而"奔驰号"上那些最优秀的船员却误入歧途，卷进了一场大灾难当中。

看到克莱代奇重伤致残，哈奥克心里很是难过。毫无疑问，船长是他们族群中最优秀的一员。但是因为这场事故,飞船上的政策无声无息地发生了改变,而这一切都是通过合法渠道完成的,对于这点哈奥克绝不会表示遗憾。至少塔卡塔-吉姆意识到,在绝望之下采用的所谓"特洛伊海马"计划是多么愚蠢。

就算"奔驰号"能悄无声息地移进泰纳尼飞船的残骸,就算席奥特的队伍创造了奇迹,把泰纳尼飞船改装成了"奔驰号"巨大的伪装,就算这些条件都满足了,他们又能得到些什么呢?

即使汤姆·奥莱发回了报告,证明泰纳尼人还在参加太空中的战斗,他们又怎么能够骗过那些泰纳尼人,让他们来行星上救援一艘被认定已经坠毁的飞船,还把他们护送到阵线后方?这种可能性实在令人不敢相信。

而这个问题本身已经没有意义了。很显然,奥莱先生已经不在人世。他已经好几天没有发回任何信息了。他们的赌博现在看来已经完全变成了绝望中的最后期待。

那些该受三重诅咒的格莱蒂克人,为什么不把他们要的东西给他们就好呢!什么为了拯救地球议会所需要的数据,这些情节只有不知所云的小说里才有的吧?难道真有人在乎那些失落已久又危机四伏的舰队吗?那些格莱蒂克人会不会在失落的舰队那里打成一团,和我们又有什么关系?还有基斯拉普这里的土著生物,也不值得我们赔上性命吧?

在哈奥克看来,这一切都再明显不过了。塔卡塔-吉姆也一定是这样想的,哈奥克对他的智慧一直抱有敬意。

但现实如此明显,为什么像克莱代奇、奥莱和希卡茜这样的人却看不到呢?

对这种事心存疑问,也许正是哈奥克只能在飞船的引擎室里做二等兵、无缘跻身上层军官行列的原因吧,智力测试的分数也说明了这一点。

莫奇又在明目张胆地用原始海豚语唱着歌。这次的声音更大了。那只尖吻海豚好像正在向他挑衅似的。

哈奥克叹了口气。其他许多船员也都开始有这样的行为了。也许不像莫奇这么严重,不过情况已经非常糟糕了。而且出问题的并不全是尖吻海豚,有些尖吻海豚表现比某些宽吻海豚还要好些。随着士气的崩溃,大家继续学习智慧学的动力也消失了,很多海豚已经不愿再去控制体内不断涌起的动物本能。如果放在几周之前,恐怕没人能够预料哪些海豚受到本能的影响最严重。

当然,最好的那些海豚都已经不在飞船上了,他们都与苏西和希卡茜在一起。

这也算是不幸中的万幸吧,哈奥克心想。他觉得现在这情况还真是讽刺,在灾难之后情况反倒有所好转,而一直沿着错误方向前进的结果,居然是转到了正确的道路上。至少塔卡塔-吉姆似乎明白他的想法,而且也没有对此表示反对。看到哈奥克支持自己的立场,副船长感激不已。

他能够听到莫奇甩动尾巴的声音,但那满腔怒火的尖吻海豚还没来得及发出嘲讽的声音,两艘小艇上的扬声器同时响了起来。

"哈奥克和莫奇在吗?通信二等兵赫鲁卡-佩特呼叫……收到请回答!"

是飞船上的通信兵兼侦察员在呼叫。居然让船员兼任这两个职位,这已经充分说明了飞船上的状况有多么糟糕。

"收到,哈奥克收到。莫奇现在不方便通信,有什么事?"

他听到莫奇发出抗议的声音。但很明显,要等他重新整理好自己的思想,转到用通用语交流的模式,可得花上一段时间。

"声呐在东边发现了异常的波动,哈奥克……听上去好像是艘小船。如果是敌人,就消灭它们。如果是从小岛上来的,就把他们拦回去。如果他们拒绝服从命令,不惜一切代价阻止他们的行动,允许开火!"

"明白了。哈奥克和莫奇听到命令。"

"行了,啰唆的家伙。"看到莫奇还是说不出话来,哈奥克冷笑了一声,"我们去看一下吧。管好你的扳机!我们只是去检查一下,如果不是绝对必要,不能对船员开枪!"

他用神经脉冲信号启动了小艇上的马达,头也不回地从泥泞的海底升了起来,然后慢慢地朝东边加速开去。

莫奇等哈奥克走得远了,才开动自己的小艇跟了上去。

#诱惑,诱惑,莫奇,受到了诱惑
#诱惑,如此美味,如此!#

两艘小艇一前一后消失在阴暗的海底。在被动声呐的屏幕上,它们只是两颗小小的光点,在海底山脉的阴影中缓缓漂过,然后消失在山峰之后。

基皮鲁松开了工作服上的右爪,把便携式窃听单元扔掉,窃听器没进了海底的软泥中。他转过头来对吉莉安说:

※完成了,都走了
他们追着我们的影子去了
※他们永远不会——
追上那虚假的猎物!※

吉莉安本就认为会遇上警卫。在离飞船几千米的地方,他们就离开了小艇,把小艇调成自动驾驶作为诱饵,然后游向西北方向。小艇再次发动的时候,他们已经绕了一个大圈,来到飞船停泊位置的西边。

吉莉安碰了碰基皮鲁的肋部,海豚那敏感的皮肤在她的触碰下微微发抖,"你还记得计划吧,基皮鲁?"

※还要你问?※

吉莉安惊讶地扬了扬眉毛。三重的颤音,还带着疑问的滴答声?在三音海豚语里,这样简明扼要的回答可真是不多见。基皮鲁这种变通的能力真是出乎她的意料。

"当然不用了,亲爱的波涛骑士。我向你道歉。我会做好我的工作,而你那方面,我是一点都不担心的。"

基皮鲁看着她,好像很想摘下呼吸器,用自己的语言和她说话。吉莉安隐约能从他的精神波动中感觉到这一点。

她抱了抱海豚那光滑的灰色身体,"自己小心,基皮鲁。记住,大家爱你,非常爱你。"

飞行员猛地抬了抬头。

※去游泳——或是去战斗
※去警告——或是去拯救
※不会辜负——你的信任※

他们爬下水下峭壁的边缘,迅速向飞船的外舱门游去。

48. 塔卡塔-吉姆

想休息是不可能的。

塔卡塔-吉姆一直羡慕人类称为睡眠的那种完全无意识的状态。人类晚上躺在床上时,他们对世界的认知就完全消失了,肌肉的神经也松弛了下来。就算是做梦,身体也不会有任何动作。

就算是经过改造的新海豚,也不可能像这样完全关闭自己的身体功能。两个半脑中总有一个保持在清醒状态,好控制自己的呼吸。对海豚来说,睡眠虽然是一种放松,却也是需要认真对待的事情。

他在船长的起居舱里四处游动着。虽然希望能回到自己那间小小的船舱里,但他知道,对刚刚接手的这些船员来说,象征意义是非常重要的。支持者们需要的可不仅仅是逻辑与合法性。他们必须亲眼看到塔卡塔-吉姆成为新的领袖,而这意味着他必须继承前任领袖的生活方式。

在水面上深深呼吸了一口空气之后,他发出了一阵声波,用声音形象描绘出房间的样子。

克莱代奇的爱好还真是广泛。只有依芙妮才知道,这位前船长收集了多少怕湿的东西。虽然在基斯拉普着陆之前,克莱代奇已经把一部分收藏品放进了存储室,但留下来的这部分仍然足够让人惊叹了。玻璃箱里放着十几个不同智慧种族的艺术品,墙上挂着一组声像照片,每张照片上都是一个陌生的世界,或是诡异而奇妙的恒星。

克莱代奇的音乐收藏更是令人印象深刻。他有几千盘录音带,里面有的是歌曲,有的则是怪异的声音……塔卡塔-吉姆播放这些录音的时候觉得脊梁都在发颤。那些鲸歌的录音是最有价值的,其中相当大一部分都是船长的个人收藏品。

桌面通信器旁摆着一张照片,那是克莱代奇和"詹姆斯·库克号"上军官们的合影,还有海伦娜·阿尔瓦雷斯船长的签名。那位著名的探险家用胳膊环着海豚同事那宽广平滑的后背,和克莱代奇一起朝着镜头举杯。

塔卡塔-吉姆也有在重要的飞船上服役的经历,比如为阿特拉斯特和卡拉非亚运送补给的货运飞船,但他从不曾有机会参加"库克号"这样传奇的冒险任务。他从不曾看到过这样的景象,听到过这样的声音。

直到他们来到浅滩星群……直到他们发现那些月球大小的古代飞船……

他沮丧地甩了甩尾巴,背鳍却狠狠地撞上了天花板。他的呼吸变得沉重起来。

这些都不再重要了。只要他能够成功,这些都不重要了!只要他能把"奔驰号"带离基斯拉普,保证船员都活着就可以!如果他做到了,将来也会有自己的照片的。在照片上用手臂环抱着他的,将是地球联邦的主席本人。

一簇闪亮的光点开始在他的右边汇聚起来。这些光点组成了一幅全息图像,离他的眼睛只有几英寸的距离。

"是我,出什么事了?"他匆忙说道。

那是一只躁动不安的海豚,工作臂一伸一缩,紧张地点着头。那是船上的军需官苏佩。

"长官! 发生了奇怪的事情,我们不知道能不能叫醒你,但……"

塔卡塔-吉姆觉得自己很难听懂苏佩的水下通用语,对方的高音部在不由自主地发出颤抖。

"冷静下来,慢点说!"他严厉地命令道。苏佩缩了缩身子,努力服从着副船长的命令。

"我……我刚才在外舱口,听到有人说有警报。赫鲁卡-佩特派哈奥克和莫奇去追小艇了……"

"为什么没人告诉我?"

苏佩吓得往后缩了一下,好一阵子都不敢开口。塔卡塔-吉姆叹了口气,让自己的声音平静下来,"别想太多了。不是你的错。继续汇报吧。"

苏佩显然松了一口气,继续说道:"过了几分钟,船员舱口上的灯亮了。华塔瑟蒂过去看了,我没有注意。但生命的清洁者和虫洞的飞行员①进来了……"

塔卡塔-吉姆绝望地吐出一股泡沫。要不是急着听完苏佩的报告,他真想把这屋子里的东西统统砸碎。

"我试着想要阻止他们,按照您的命令。但华塔瑟蒂和希斯卡却高兴得忘乎所以,跑过去把他们两个接了进来!"

"他们现在在哪儿?"塔卡塔-吉姆问道。

"巴斯金和华塔瑟蒂一起到主船舱去了。希斯卡跑掉了,正

———————
①代指吉莉安·巴斯金和基皮鲁。

在飞船里四处散布谣言。基皮鲁开走了一艘小艇,还带着呼吸器!"

"去哪儿了?"

"回去——出去了!"苏佩哀号着。他已经快控制不住自己了,很难说出标准的通用语来。塔卡塔-吉姆趁军需官还有一点点自制力,连忙说道:

"去让赫鲁卡-佩特叫醒梅茨博士。让梅茨博士带上三名警卫,到医疗舱去见我。你现在和索图特一起到无水轮的装备室去,不许任何人进来!听懂了吗?"

苏佩急切地点了点头,然后全息图像就消失了。

塔卡塔-吉姆只能祈祷赫鲁卡-佩特还有点脑子,知道把莫奇和哈奥克叫回来,让他们去追基皮鲁。有哈奥克的脑子,加上莫奇那野蛮的残忍,他们也许能在飞行员到达泰纳尼沉船之前把他拦下来。

克萨-琼为什么还没回来?之所以让他去追击那个见习军校生,就是为了让他离开飞船一段时间。如果让他留下来,对我自己也是一种威胁。我是希望能够趁他不在的时候处理飞船上的组织工作,但现在,那个叫巴斯金的女人回来得比我料想的还要快。也许我应该把克萨-琼留在飞船上的。巨海豚的战斗天赋就是在这种时候用的。

塔卡塔-吉姆吹了声口哨,打开舱门,游进了大厅。他之前希望能再拖上四十个小时,或者说希望能一直这样拖延下去,但终究还是要面对这场冲突了。

我是不是该先去看看克莱代奇?应该是很容易的事……引力槽突然断电,或者导管插错了地方,都可能……梅茨肯定不会答应,但他不知道的事情还有很多。塔卡塔-吉姆希望,有些事他还是不知道的好。

他用力游向内舱电梯。

也许我不需要克萨－琼就能对付吉莉安·巴斯金,他想。说到底,一个女性人类又能干什么呢?

49. 心灵炸弹

半干的海草堆成了一座圆丘，在这片布满藤蔓的海面上形成一个圆顶。汤姆用水橇上的零碎部件支起一个低矮的棚子，勉强做出了个粗糙的小窝。他坐在棚子入口，一边等待着黎明前模糊的光亮出现，一边从剩下为数不多的干粮中拿出一根来嚼着。

他已经尽量清理了身上的伤口，在伤处涂上了已经发硬的医疗泡沫。肚子里有了食物，疼痛减轻了不少，他终于感觉自己又有点人样了。

他检查了一下自己那台小小的滤水器。上半部分是透明的小包，一头连着过滤网，里面装着海水和泥沙；过滤嘴另一边连着他的水壶，里面已经快装满净水了。

汤姆看了一眼手表。时间只剩下五分钟。已经没时间再往滤水器里添一次水了。炸弹爆炸之前剩下的这点时间甚至都不够清洁过滤网的。

他拿起水壶，拧紧了盖子放进贴身的口袋，然后拆下过滤网，甩掉上面的大部分泥沙，叠成小团塞到腰带里。过滤网可能没法把海水里溶解的金属盐分都滤干净，本来设计的时候就没有考虑过基斯拉普的环境。不过,这个小包裹已经是他现在最有价值的财产了。

还有三分钟,手表上闪动的数字提醒着他。

汤姆仰望着天空。东边已经露出了微光,星星开始渐渐消失了。应该会是个晴朗的早晨,但天气还是很冷。汤姆一阵发抖,拉紧了防水服上的拉链,收紧了膝盖。

一分钟。

炸弹爆炸的时候,他会感觉自己听到了最响亮的轰鸣,看到了最耀眼的闪光,只是没有任何办法避开。

他有冲动想遮住眼睛、堵住耳朵,就像在面对真正的爆炸时一样。但他一动也没有动,只是凝望着地平线上的一点,默默地按着呼吸的节奏数着数,慢慢进入恍惚状态。

"七……八……九……十……"他感到胸中充满了轻飘飘的感觉。这种感觉在身体里无声无息地扩散开来,全身都感到轻松无比。

西边仅剩的几颗星星发出蛛网般的光线,射进他半睁半闭的眼睛里。他等待着那阵无声的爆炸的到来。

"萨奥特,我说过了,我已经准备好接班了!"

萨奥特拱了拱身子,抬头看着俊雄,"再过两分钟,行吗? 我听到了什么东西!"

俊雄皱了皱眉毛。他真没想到萨奥特会这样! 海豚语言学家一直很讨厌操作机器人探测器,他还是特意提前过来和他换岗的呢!

"怎么了,阿雄?"

丹妮在睡袋里坐起身来,揉了揉眼睛,看了一眼黎明前昏暗的天空。

"我不知道,丹妮。我跟萨奥特说让我来控制机器人,这样查理来电话的时候萨奥特就不用和他说话了。但他就是不愿意放手。"

丹妮耸了耸肩膀,"要我说这就是他自己的事了,你管他干什么?"

俊雄感觉不恭敬的回答已经冲到了嘴边,不过终于忍住没有开口,转身走开了。他决定还是不要去理丹妮,等她真正睡醒之后,能够正常思考的时候再说。

自从吉莉安和基皮鲁走了之后,丹妮的表现让他感到惊讶,她毫无怨言地接受了俊雄发布的所有命令。在过去的两天里,她对任何事都显得毫无兴趣,一门心思盯着自己的显微镜和样本,甚至连萨奥特那露骨的性暗示都不去理睬,对所有的问题都只用一个字来回答。

俊雄在对讲机前蹲下身子,连上了萨奥特小艇上的电缆。他朝监控器上输了一串命令,看到结果显示出来,眉头皱得更紧了。

"萨奥特!"他厉声说道,"给我过来!"

"马上就好……"海豚心不在焉地说。

俊雄撮起嘴唇,

※就是现在!
马上来这里集合!
※否则我马上关上机器
不让你再听到任何东西! ※

身后传来丹妮的呼吸声。刚才那段三音海豚语里的细节她可能没听清楚,但已经大概明白了他的意思。俊雄觉得自己并没有做错什么。这是一次测试。他知道自己没法像吉莉安·巴斯金那样掌握和海豚交流的微妙技巧,但必须让海豚服从他,否则作为军官的他就将毫无作为。

萨奥特盯着他,神情恍惚地眨着眼睛。海豚叹了口气,来到了水池的这边。

"萨奥特,过去的四个小时里,你没有记录下任何地质数据,但却让探测器下潜了两百米!你脑子里进了什么?"

新海豚在水里打着转,好像在犹豫。最后,他用轻柔的声音说:"我听到了一首歌……"

说到最后一个词的时候,海豚的声音突然低了下去,俊雄不确定自己到底听错了没有。他看着这名海豚文官,不敢相信自己的耳朵。"你听到了什么?"

"一首……歌。"

俊雄举起胳膊,然后无奈地垂在体侧。又疯了一个,他想。先是丹妮,现在是萨奥特。现在我还要负责照管两个精神病人!

他看见丹妮来到了水池边。"听着,萨奥特,"俊雄说,"达特博士马上就会来电话了。你觉得他会怎么说,嗯?你……"

"查理来电话的时候让我来对付他。"丹妮平静地说。

"你?"过去的四十个钟头里,丹妮一直在咒骂着给她安排的这份观察钻孔树的任务,那是塔卡塔-吉姆应查尔斯·达特的要求派给她的。这份工作完全占据了她的时间,使得她对基库伊人的研究停滞了下来。俊雄不能想象,她为什么会愿意和那只黑猩猩说话。

"是的,我。我会告诉他一些事,可能会让他忘掉机器人的事。随萨奥特去吧。如果他说他听到了歌声,没准儿就是有人在唱歌呢。"

俊雄盯着她看了一阵,然后耸了耸肩膀。好吧,我的任务就是保护这两个人,而不是纠正他们科研工作中的错误。只希望吉莉安在飞船上一切顺利,赶快收拾好局面,我好报告这里发生的事情。

丹妮跪在水池旁边,和萨奥特说起话来。她的声音缓慢而诚挚,萨奥特和机器人交流的时间太长,通用语已经说不流利了,不过她还是满怀耐心地和他谈着。

丹妮想潜下去察看一下金属圆丘的核心。萨奥特同意陪她一起去,不过要她先等上一会儿,让他再多录一段他听到的"音乐"。丹妮同意了,她似乎已经不再害怕和萨奥特一起下水了。

俊雄坐了下来,等着连接着飞船的通信线路响起。一夜之间,所有人都变了,而他根本不知道到底发生了什么!

他的视线突然变得模糊了。俊雄揉了揉眼睛,还是很模糊。

他眨了眨眼睛,朝丹妮跟萨奥特的方向看过去,但还是没法对准焦点,而且情况变得越来越严重了。他和水池之间仿佛出现了一层薄雾。突然之间,他感到一股可怕的感觉蔓延开来,仿佛是有一股脉冲从后脑一直传播到肩胛骨之间的区域。

他赶快用手捂住了耳朵,"丹妮?萨奥特?你们……"他高声喊着,但连自己的声音都听不到。

另外两人抬头看着他。丹妮站起身来朝他走了一步,脸上写满了关切。

这时她的眼睛也惊讶地睁大了。俊雄用余光扫到了几个模糊的身影正在移动。是树林中的基库伊人,他们正穿过灌木丛向他们冲来!

俊雄想拔出射针枪,但他知道已经太晚了。原住民已经冲到了他们身边,挥舞着手臂,细声尖叫着。三个基库伊人朝他冲来,另外两个撞倒了丹妮。他被基库伊人压在身下,奋力挣扎着,不让他们那尖利的爪子抓到自己脸上,但脑海中那喷涌而出的呼啸声更让他感到烦躁。

但是,就在转瞬之间,基库伊人不见了!

俊雄一边忍受着脑子里咆哮声的折磨,一边努力转过身来朝丹妮那边看去。丹妮正在地上滚来滚去,揪着自己的耳朵,高声呻吟着。俊雄害怕她被基库伊人的爪子抓伤了,等她滚到自己这边时,才看到她身上只有几道浅浅的伤痕。

俊雄用颤抖的双手拔出了射针枪。还能看到几个基库伊人,不过他们都没朝自己这边过来,而是一边尖叫着一边朝水池跑去,跳进水里。他模糊地意识到,这不是他们正常的行为。

俊雄突然明白了,这种像一千根指甲同时在黑板上抓挠的"声音"到底是什么。

心灵攻击!我们必须躲起来!海水应该能挡住攻击,我们应该潜进水里,像那些原住民一样!

脑子里仍然响着咆哮声,他匍匐着向水池爬去,爬到一半时停了下来。

我拖不动丹妮,而且手抖成这个样子,我们都没法戴呼吸器!

他转了个方向,朝水池边的一棵树爬了过去,背靠着树干坐起身来。虽然脑子里仍旧翻江倒海,但他还是努力让自己集中精神。

记住奥莱先生教你做的事,军校生!想想你的思维是什么样的,沉浸到思维里。要看穿敌人的幻象……不要听信他们的谎言……阴阳之道,相克相生……用逻辑穿透马拉的面纱……用信念保持自我……

几米之外,丹妮发出一阵呻吟,开始在地上打滚。俊雄把射针枪摆在膝盖上,时刻准备应付出现的敌人。他喊着丹妮的名字,努力盖过尖叫的声音。

"丹妮!听你自己心跳的声音!听你呼吸的声音!那才是真的声音,这些都不是!"

丹妮注意到了他的声音,转过身来,流露出痛苦的眼神。她用失去血色的苍白双手捂着耳朵。尖叫声更强烈了。

"数你的心跳,丹妮!就像……就像海洋一样,像海浪一样,丹妮!"他喊道,"你听到过比海浪更大的声音吗?有谁的尖叫声能盖过海浪,不被海浪所嘲笑的?"

她看着俊雄,努力尝试着。俊雄可以看到她深深吸了一口气,开始数数,嘴唇缓缓地翕动着。

"对!数数儿,丹妮!数你的呼吸,你的心跳!有什么声音能比得上你心跳时带来的浪涛声?"

丹妮终于把视线聚焦到了俊雄的眼睛上,他也盯着她的眼睛。

脑海中的呼啸声渐渐低了下去,俊雄看到她点了点头,露出了一丝感激的微笑。

萨奥特也感觉到了。心灵冲击波卷过他的时候,他发现池子里突然出现了一群恐慌的基库伊人。萨奥特感觉自己淹没在无穷无尽的噪音当中了,噪音不但来自体外,还发自他身体里。这可比被探照灯晃得睁不开眼睛难受多了。

他想潜到深水中躲开这刺耳的声音,但他咬紧牙关,努力忍住痛苦,平躺在水面上。

他在努力想把噪音区分开来,首先认出的是人类的声音。

丹妮和俊雄的状况听上去比他还糟糕。也许他们对这种攻击更加敏感,总之是不能指望让他们帮忙了!

基库伊人个个惊恐无措,尖叫着跳进水池。

:?:逃跑! 战斗……
巨大的悲伤的东西……
:?:需要人帮助
巨大的受伤的东西!

小屁孩儿们说的是这些东西。而当他仔细聆听所谓的"心灵攻击"时,却感觉那像是求助的呼唤。它很伤人,仿佛是来自地狱的深处,不过萨奥特还是能够面对它,努力分辨其中的含义。

正当他觉得已经稍微理出了一点头绪、开始能处理这噪音的时候,却听到了另一个声音,而这是通过神经接口传来的!他已经花了整整一夜去研究这来自海底的声音,但还是没法成功译解,而现在,这声音苏醒了。那是来自基斯拉普星球最深处的怒吼,简单明了,仿佛逼迫着人理解它的含义:

+谁在 呼唤我? -
-谁竟敢 打扰我+

萨奥特呻吟了一声,把联结着机器人的线路扯了下来。三个尖叫的声音,来自意识的不同层面,这真是让人受不了。再听下去他会发疯的!

泰纳尼人博奥特感到有点害怕——虽然身为替"大幽灵"效力的军官,他是不该害怕死亡,也不该害怕活着的敌人的。

他的太空梭穿过了旗舰"奎格斯弗特雷"号上的舱门。那恢宏而坚实的巨大舱门给了他一点抚慰。舱门在身后关上,太空梭的驾驶员制订了飞向坦度人旗舰的航线。

坦度人。

博奥特把头冠竖直,做出自信的姿态。坦度人飞船上的空气冰冷,热量会从他的神经末梢和血管中流失,但保持仪态是绝对必要的。

如果是和索罗人结盟,可能不会这么令人难受。和坦度族那些节肢动物相比,至少索罗人的形态和泰纳尼更相近一些,生活环境的温度也比较像样。此外,索罗人的扈从们都是些有趣的种族,博奥特所属的种族也会愿意提升它们。

如果由我们来提升,也许对它们也是种好事,他想。毕竟作为庇护主,我们还是比较善良的。

如果说全身皮革的索罗人是好战而严厉的种族,那么身材纤长的坦度人就只能用可怕来形容了。他们的扈从都是些古怪的生物,一想到它们,博奥特的尾巴根都不禁一阵抽搐。

博奥特做了个厌恶的表情。选择那些奇怪的基因改造者是出于策略上的考虑。还存活于战场上的种族中,索罗人是最强大的,而泰纳尼人则是几大势力中较弱的一支。虽然坦度人的哲学与逊位派的信条相去甚远,但他们是唯一能够阻止索罗人获得胜利的屏障。泰纳尼人必须和他们联手,至少目前来讲是这样。

就算将来让坦度人占了上风,他们也会有翻盘的机会。这种事以前发生过好多次了,以后也会再次发生的。

博奥特整理了一下思绪,开始准备即将到来的会议。他下定决心,在踏上坦度人的飞船之后,不会再流露出任何胆怯的心情。

坦度人并不在意自己到底有多少胜算,他们所倚仗的只有手中那可怕的概率驱动器,而这东西的原理连他们自己都知之甚少。他们的扈从,埃匹西亚奇,是一种毫无理智的生物,却有着改变现实的能力,这让他们拥有比敌人更快一步的速度。但有时候时空转换会将目的地的所有舰队统统吞噬掉,不管是坦度人还是他们的对手都永远从这个宇宙中消失!这简直是发疯!

只要我在飞船上时他们不要开动那疯狂的引擎就好,博奥特身上负责祈祷的器官默诵着。我就是去制订作战计划的,然后任务就完成了。

已经可以看到坦度人的战舰了。坦度人的飞船采用了非常极端而冒险的结构,完全不屑于防御,只追求速度与威力。

当然了,哪怕是这些最不同寻常的飞船,也不过是大数据库中古代设计的某个变体。坦度人的胆量不小,但就算他们也不敢将违抗传统加入到自己的罪名当中。而地球人在许多方面甚至比坦度人还要离经叛道。他们那爱耍小聪明的陋习正是缺乏教养的结果。

博奥特琢磨过那些"海豚"现在到底在做些什么。如果落到坦度人或是索罗人手中,就只能对那些生命表示同情了。就算只是一群原始的海洋哺乳动物,只是粗鄙不堪的狼崽种族的扈从,只要可能的话,也是应该加以保护的。

当然了,除此之外还有更重要的事情,不能让他们隐瞒手中的数据!

博奥特发现自己的尖爪由于焦虑已经露了出来。他将尖爪收回手中,保持着镇静的仪态,眼看飞船离坦度人的舰队越来越近了。

这时,一阵突然而至的战栗打断了他的沉思,让他的冠羽都抖动了起来……这是心灵波段上传来的振荡。

"操作员!"他拍了拍桌子,"和旗舰联系!看他们能不能辨认出是谁在呼叫!"

"马上执行,总指挥阁下!"

博奥特控制了一下自己激动的情绪。他所感受到的这股心灵能量可能是个陷阱,不过他感觉似乎很熟悉。在心灵波动的作用下,他看到"克隆多之火"的样子,他还以为已经再也看不到那艘战舰了呢。

他已经下定了决心,在即将开始的谈判中,他会要求对方多做一件事情。如果想得到泰纳尼人的帮助,坦度人必须在这件事上和他们合作。

"已经确认了,长官,是'克隆多之火号'战舰。"飞行员说,声音激动得有些嘶哑。博奥特竖起了冠羽,表示自己已经知道了。他紧盯着前方那些森然耸立的螳螂般的飞船,让自己的情绪变得更加坚定,做好了迎接冲突与谈判的准备,剩下的就只有等待了。

贝耶·乔霍安正在欣赏鲸歌。这些歌声的拷贝非常稀有,也极其昂贵,买的时候花了她整整一个月的薪水。这时她的探测器收到了信号声。她不情愿地放下耳机,开始记录信号的来源方向和强度。信号实在是太多了……炸弹,冲击波,还有陷阱。但一只小瓦祖提醒了她,有一个信号是从水世界上发出的。

贝耶捻着胡须,仔细思考着。

"我想这会让局面发生变化的,小家伙们。我们是不是该离开这个小行星带,到离战场近一点的地方去?是不是该让地球人知道,在太空中还有他们的朋友?"

瓦祖发出一阵吱吱声,表示制订策略是她的工作。根据联合协议,它们的工作只是间谍,而不是参谋。

贝耶很欣赏它们的幽默感,这讽刺还算有点格调。"非常好,"她说,"现在我们就到更近一点的地方去吧。"

希卡茜急匆匆地在大型救生艇的作战电脑上查询着。

"这是某种心灵攻击武器。"她通过水下扬声器告诉那些在外星沉船上工作的船员。她的通用语仍然冷静而准确,带着钻研过智慧学的海豚特有的口音,"我还没有检测到其他攻击的信号,可以认为我们只是被太空中的战斗波及了。之前我们其实也感觉到过类似的情况,只是不像这次这么严重。

"我们现在正处于深海当中,海水对心灵震波有防御作用。'奔驰号'的船员们,咬紧牙关,尽量不要受它的影响。一切都像热带海洋的逻辑一样正常,回去继续工作吧。"

她关上了扬声器。希卡茜知道,席奥特现在已经到船员中间去了,她会用笑话让大家保持高昂的士气。

心灵噪音就像皮肤上的瘙痒一样让人烦躁,只是带着更古怪的旋律而已。这噪音中仿佛附带着某种信息,不过她自己完全理解不了。

她朝哈尼斯·苏西看去,苏西正坐在舱壁的扶手上。他正准备交班去睡上几个小时,但心灵震波袭来时,对他造成的影响显然比对海豚们更加严重。他说那就像手指甲刮过黑板时的声音。

"有两种可能性,希卡茜,一种是好消息,一种则是糟糕透顶的坏消息。"

她上下摆了摆光滑的头部,"我们已经检查了好几遍线路,把三艘巡逻艇派回'奔驰号'报信,但还没从飞船方面收到回复。恐怕不得不假设是最坏的情况了。"

"也就是说,'奔驰号'已经被俘了。"苏西闭上了眼睛。

"是的。这次心灵震波是从行星表面的某处发出的。格莱蒂克人现在可能已经开始为争夺'奔驰号',或者'奔驰号'上还剩下的东西而战斗了。"希卡茜下定了决心,"我要乘这艘船回到'奔驰号'上去,等你把这边的工人都安排进船体我就出发。你需要大型救生艇上的动力去给泰纳尼飞船上的加速器充电。"

苏西点了点头。显然希卡茜已经急不可待地要走了。"那么我去外面帮忙。"

"你刚刚值完班。我不能批准。"

苏西摇了摇头,"你看,希卡茜,只要我们在这艘战舰里造好掩体,就可以把里面充满富氧水,到时候海豚们也可以安心休息了。这艘沉船也可以屏蔽心灵电波的信号。最重要的是,到时候我就会有自己的船舱了。我的船舱一定要是干的,没有成群的海豚吵闹,也没有叽叽喳喳的小屁孩围在我身边取笑!"他的眼睛里带着温和的嘲弄。

希卡茜的嘴巴弯出一道微妙的弧度,"那就等一两分钟再去吧,伟大的玩具制造者。我和你一起出去。工作应该能让我分分心,不去注意外星人挠指甲的这种声音。"

索罗人克拉特并没有感受到震动。她的飞船有严密的防护网,可以阻挡心灵攻击的骚扰。她是从手下船员的报告中得知这次扰动的,皮拉人库拉贝拉递上报告的时候,她也只是满不在乎地接过卷轴扫了一眼。

战斗过程中,他们侦测到许多这种信号。不过,这还是第一次有信号从行星表面发出。到目前为止的战事中,只有少数几场小冲突是在基斯拉普行附近展开的。

通常情况下,只需要简单地下令发射一枚追踪鱼雷,就不用再去管这事了。巨型气体行星附近的坦度人部队和泰纳尼人部队马上就要缔结盟约,合力对付索罗人,她还有作战计划要制订。但这信号中有什么东西引起了她的兴趣。

"在行星的地图上找到信号源的详细位置,"她向皮拉人下令,"以及每一艘坠落在行星上的敌人的战舰。"

"已经有几十艘飞船被击落在行星上了,而且位置也不是很清楚!"皮拉族数据员叫道。他的声音又高又尖,每发一个音节嘴巴都要张得大开,长长的眼睫毛在细小的黑色眼睛前面来回扫着。

克拉特连看都懒得看它一眼,"索罗人当初介入皮拉人和基萨人之间的冲突,中止了你们为他们服役的合约。"她嗤嗤地说,"但这并不意味着让你们来做长老。我是不是对扈从太过宽容了,像地球人对黑猩猩一样?"

库拉贝拉哆嗦了一下,赶忙鞠了一躬。矮小的皮拉人匆匆跑回自己的数据中心去了。

克拉特惬意地发出一阵呜噜声。没错,皮拉人已经接近完美了。他们对自己的扈从和邻近的种族都趾高气扬,而只要索罗人有什么事情吩咐下来,他们就会马上照办不误。作为最年长的种族之一实在是太美妙了。

从这点上来说,地球人对她也算是有好处的。在过去的几个世纪中,地球人已经取代了泰姆布立米人,成了纵容扈从种族的反面典型。他们是反对"提升自由主义"最好的靶子。等地球议会最终屈膝投降,地球人被"改造"成应有的扈从形态时,还需要再找一个恶劣的种族来代替他们的位置。

克拉特接通了一条私人通信线路。显示器亮了起来,索罗人普里提尔出现在屏幕上,年轻的她是克拉特麾下舰队中一艘战舰的指挥官。

"您好,舰队之母。"普里提尔微微鞠了一躬,"有什么指示?"

克拉特朝这个神情傲慢的年轻人翻着舌头,"十六号战舰在上次冲突中的行动很缓慢啊,普里提尔。"

"那只是您的看法。"普里提尔端详着自己的交配爪,在屏幕前把它擦擦干净,摆明了一副漫不经心的样子。

年轻的女性总是不明白,真正的侮辱要比这微妙得多,需要被侮辱一方花更多的时间去领会才行。克拉特决定给普里提尔上上一课。

"你需要时间休息整顿了。这样下去,下一次战斗中十六号战舰根本派不上用场。不过,还有另外的方法去赢取荣耀,也许还可以捕捉到俘虏。"

普里提尔抬起了头,显然被激起了兴趣。

"舰队之母,您的意思是?"

"我们监听到了呼叫,像是某种伪装成的信号。可能是有敌人正在请求救援,不过我认为应该是其他的东西。"

普里提尔显然受到了诱惑,"我听您号令,舰队之母。"

她的反应完全在预料之中,克拉特叹了口气。她知道,年轻的船长们私下都对她神奇的预知能力信赖有加。她也知道,普里提尔肯定不会拒绝自己。

普里提尔,她想道,在你把我拉下台、取代我的位置之前,你还有很多东西要学啊。为了这个,你先要让代表着经验的疤痕盖满你的皮肤才行。在那一天到来前,我很乐意继续教育你,我的女儿。

塔卡塔–吉姆和伊格纳西奥·梅茨一起走进了医疗室,身边还有三只宽吻海豚,他们身材健硕,工作服上佩带着武器,面无表情。吉莉安和玛卡尼抬头看着他们。

华塔瑟蒂发出一声愤怒的尖叫,挡在两人中间。外科医生玛卡尼的助手们则躲在她身后,发出一阵喳喳声。

吉莉安和玛卡尼对视了一眼。正面冲突的时候到了。她们很快就能知道玛卡尼的猜想到底是不是毫无凭据。吉莉安还抱着一线希望,希望塔卡塔–吉姆和梅茨可以给自己的行动找到足够有说服力的理由,希望克莱代奇受伤只是一场单纯的事故。

玛卡尼已经下定了决心。阿齐,那位来自卡拉非亚的年轻军校生,到现在还没回来。医生看塔卡塔–吉姆的眼光,就像面对着一头虎鲨。这只雄海豚脸上的表情更让人觉得他是凶猛的动物。

吉莉安还有一件秘密武器,但她早就发过誓,不到万不得已的时候,绝不会运用它。就让他们先行动好了,她想,在打出王牌之前,还是看看对手的牌比较好。

双方刚接触的时候是最危险的。她没有太多时间,只是在自己的办公室给尼斯电脑发了几条简短的指令,就匆匆赶来了医疗舱。如果她错误估计了"奔驰号"上出现的返祖现象的程度,可能会让自己处于极其危险的位置。也许她应该把基皮鲁带在身边才对。

"巴斯金博士!"伊格纳西奥·梅茨往这边游了一段就停了下来,抓住墙上的一根导轨,让一只全副武装的海豚游在他前面,"能再看到你真令人高兴,但你为什么一声不吭就回来了?"

"这是严重违反飞船安全条例的行为,博士。"塔卡塔-吉姆说。

和我想的一样,吉莉安想。他们可能是想抓住这一点,把我关到禁闭室里去。

"我回来是为了参加飞船委员会的会议,先生,以及海豚先生们。玛卡尼医生给我送来了消息,要我回飞船来。如果舰桥上值勤的通信员没收到我的回复的话,我很遗憾,听说有许多没有经验的船员被安排到了新的岗位上。"

塔卡塔-吉姆皱起了眉头。她可能真的发过消息回来,但由于舰桥部门处于混乱而没有收到。

"玛卡尼给你发消息也是违背命令的! 你返回飞船就是违抗我的特别指令。"

吉莉安装出迷惑不解的表情,"她难道不是传达你的指令,要召开飞船委员会吗? 飞船条例里写得很明白,如果船长死亡或者无法继续工作,你必须在二十四小时之内召开委员会会议。"

"会议正在准备当中! 但在紧急情况下,代理船长可以否决委员会的决议。对于这种明目张胆违抗命令的行为,我有权……"

吉莉安开始紧张起来。如果塔卡塔-吉姆失去了理智,她所做的准备就都派不上用场了。她也许不得不跳过那排自动医疗机,爬上舱顶的栏杆。她的办公室就在几步之遥的地方。

"……有权下令将你拘禁,待紧急情况过去之后再举行听证会。"

吉莉安朝那几只警卫海豚扫了一眼。他们真的会伤害一名人类？从他们的表情中，她知道他们一定会的。

她的嘴唇开始发干，但并没有显露出来。"你误解了你的法律地位，上尉。"她小心地说，"飞船上绝大多数海豚都不会感到惊讶的，如果我告诉他们……"

话刚到嘴边，她就感觉一阵寒意沿着脊柱散开，就连身边的空气仿佛也开始摇晃。她抓着一根导轨稳住身子，然后就听到了脑中回响起一阵低沉的轰鸣声。

其他人都盯着她，不知道她在做什么。接着他们也感觉到了。

塔卡塔-吉姆打了个转，高喊着："心灵武器！玛卡尼，给我接通舰桥！我们被攻击了！"

海豚医生马上闪到一边，心里不禁暗暗佩服塔卡塔-吉姆应变的迅速。吉莉安用双手捂住耳朵，看到梅茨也是同样的动作。噪音越来越大了。几名警卫的队形已经散乱，他们发出忧心忡忡的叫声，由于恐惧，连眼瞳都开始扩大了。

趁这时候突围出去？吉莉安努力思索着，但如果真的是有人袭击，我们应该马上放下争论，同心合力准备防御……

"……一群废物！"塔卡塔-吉姆对着通信器喊道，"什么叫'大概有几千英里远？'确定具体位置！……为什么传感器没起作用？"

"等一下！"吉莉安拍了拍手。她心里涌起一阵复杂的感情，然后笑了起来。塔卡塔-吉姆还在继续用极高的语速朝舰桥上的船员高喊着，但其他人都惊讶地看着她。

吉莉安笑得越来越响了。她拍打着水面，猛捶着身边的医疗机，然后抱住了华塔瑟蒂不住颤抖的侧鳍。就连塔卡塔-吉姆也停了下来,不明白她这近乎歇斯底里的兴奋是什么缘故。他盯着吉莉安,甚至顾不上回答舰桥上那越来越紧急的呼叫。

"是汤姆!"她高喊起来,"我告诉过你,你不会死的!见鬼,我爱死你了,你这个混……噢,要是让我去的话,我现在都已经回到家里了!"

海豚们看着她,明白过来她说的是什么之后,都不由得睁大了眼睛。

她大笑着,两行眼泪从脸颊滚落。

"汤姆,我就说过你不会死的!"吉莉安低声说道,然后抱住了离自己最近的船员——虽然根本不知道那是谁。

克莱代奇正在虚空中来回飘荡的时候,听到了那声音。有点像听贝多芬的感觉,或者是在直接与座头鲸交谈。

不知是谁把救生舱的声音接口连上了,也许是考虑到他有可能发出什么声音。只是没人注意到声音接口是双向的,外面房间里传来的声音,他在引力槽中也听得一清二楚。

这些声音中带着诱惑,仿佛是一段伟大的交响乐中捉摸不定的涵义,暗示着作曲家领悟到了什么东西,但只能模糊地表达,而无法用词句描述自己的想法。

塔卡塔–吉姆的声音杂乱而含糊,但带着明显的威胁性。吉莉安·巴斯金的声音则清晰明确,又不失警觉。如果能听懂他们的话该多好啊!但他已经完全失去了理解通用语的能力。

克莱代奇知道,飞船正处于危急之中,而他什么忙都帮不上。上古之神还没有放过他,不允许他移动分毫。它们还会给他看各种各样的东西,直到他最终决定听从它们的意志。

他已经开始习惯那一波波的恐惧了,就像潜在水中和巨章鱼搏斗时一样,有时候需要升到水面上休息一下,再重新投入混战当中。每次它们把他拉着下沉时,他都会被卷进意象构成的旋涡中,沉入令人心悸的梦境,那诡异而陌生的景象正敲击着他作为工程师的意识。

要不是那次袭击破坏了他的语言中枢,也不至于弄成这个样子。克莱代奇为自己失去语言能力悲哀不已。他听着外面传来的说话声,用尽全力,集中精神听那奇怪的、像音乐般熟悉的声波。

过了一会儿他就发现,自己的语言能力还没有完全失去。他还是能间或分辨出几个词的。简单的词,大多数都是物体或者人的名字,还有与之相应的简单的动作。

这正是他们远古时代的祖先所做的事。

但他已经忘记了所有的词汇,每次只能想起三四个,完全没法跟上他们的交流速度。每次费尽力气将一个句子的含义分辨明白,再到下一个句子时就完全想不起来了。这真是令人烦躁,最后他自己放弃了这种徒劳的努力。

不该是这样的,他想。他对自己说,应该用完形的方法①试一试。试试上古之神在他身上用过的那把戏。包容。吸收……就像通过沉浸在奇妙无比的小提琴协奏曲旋律当中,试图理解贝多芬的感受一样。

愤怒的智能生物在争吵着,抱怨的声音从扩音器中了传进来。这声音在整个医疗舱里回响着,像水滴一样扩散开来。在感受到**下方**那摄人心魄的美丽之后,他感到这声音如此疏离陌生。但他强迫自己听着,想找出什么办法,哪怕是再艰难的方法,只要能拯救"奔驰号",拯救飞船上的船员……

---

①又称格式塔疗法,心理学上将人的思维由碎块拼为整体的方法。

一旦集中起精神,他便开始体会到某种需要。他要找一个核心,将混乱无序的声音集中起来。

※怨恨
浑浊
都在那滔天的巨浪中
※无知啊
鲨鱼!
※自相残杀的斗争……会引来
鲨鱼!
愚蠢的投机者……

克莱代奇开始发出滴答声,但这并非出于他自己的意志。他知道这将带来什么样的后果,想要停下来,但滴答声却不由自主地从他的额头发出,应和着那阵低沉的呻吟。

医疗室中的争论声逐渐消失了,他自己那低声的歌唱在身边编织起一张越来越厚重的网。嗡嗡声噼啪声响成一片,墙壁又一次消失了,新的现实在周围逐渐成形。一个黑色的身影出现在他身边。

克莱代奇发出无言的要求,要它离开。

:不:我们回来了:你还有很多事不知道:

我所知道的是,你是我脑中的幻象! 你根本就不曾发出自己的声音! 你只是我自己的声呐发出的回声!

:你的声呐何时发出过如此复杂的回声:

谁知道我的潜意识会做什么？在我的记忆里有着许多奇怪的声音，其他任何活着的鲸类都不曾听过！我曾经亲眼看到过有生命的云彩在驯服暴风！我听过黑洞毁灭的声音，听过恒星的歌唱！

:这正是我们要得到你的原因:你就是我们需要的人:

这里的人也需要我！

:确实如此:来吧，克莱代奇:

上古之神，克-克-克弗-克里，又一次来到了他身边。它那半透明的声波形象闪闪发亮，尖利的牙齿反射着闪光。这真假不明的巨兽动了起来，裹挟着他，和之前一样，他毫无办法，没有任何抵抗能力。

:下去:

正当投降的念头卷过克莱代奇的脑际之时，他听到了声音。奇妙的是，这声音并不是他自己发出的，却将他从这疯狂的梦境中唤醒。声音是从别处传过来的，浑厚有力，又急不可耐！

:不要分散注意力:来吧:

克莱代奇的意念像鲻鱼群一样跃动着,外来的声音越来越响,简直震耳欲聋。

:你很敏感:你有之前所未曾知道的心灵能力:你不知道如何使用它:你放弃了眼前的奖励:选择了更艰难的道路……:

克莱代奇大笑起来,向外来的声音完全放开了自己的心灵。声音奔涌而入,将上古之神那闪耀的黑暗冲碎成声波斑点,这些斑点闪动着,逐渐开始变得模糊。

:那不是你要走的路:
:克莱代奇……:

巨额的古神消失了。想到自己居然投射出了这么可怕的幻象,克莱代奇不禁失笑,他开始感谢外面传来的声音,是它让自己恢复了自由。

但外来的声音越来越响了。刚刚获得的胜利变成了痛苦,恐慌在脑子里膨胀着,产生了巨大的压力,压迫着他的颅腔,用力敲打着,仿佛要穿透颅骨冲出来一般。整个世界都充满了呼啸的呻吟声,那是异星人正在请求帮助。

克莱代奇努力与那股摧毁一切的声浪搏斗着,发出一阵绝望的颤音。

50."奔驰号"

心灵冲击波终于消退了。

"克莱代奇！"玛卡尼叫了起来，游向船长所在的医疗舱。其他海豚也转过身来，他们刚刚注意到受伤的海豚正处在痛苦当中。

"他怎么了？"吉莉安游到玛卡尼身边。她可以看到船长正无力地挣扎着，发出缓慢而微弱的呻吟声。

"我不知道。心灵炸弹的震波最强的时候没人顾得上照看他！我也是刚刚看到他受到了影响。"

医疗舱里那魁梧的深灰色躯体渐渐平静了下来。克莱代奇背上的肌肉慢慢松弛下来，他低低地叫了一声，声音不停地颤抖。

伊格纳西奥·梅茨游到了吉莉安身边。

"啊，吉莉安……"他说道，"我想告诉你，知道汤姆还活着我很高兴，不过比计划晚了这么多，看上去他凶多吉少。我还是愿意用我的生命打赌，他的特洛伊海马计划确实有欠考虑。"

"这个我们留到飞船委员会上讨论，好吗，梅茨博士？"她冷静地说道。

梅茨清了清嗓子，"我不知道代理船长会不会允许……"不过他还是转开了眼睛，开始看着别的地方。

吉莉安看了塔卡塔-吉姆一眼。如果他有什么轻举妄动，将会是令"奔驰号"士气崩溃的最后一根稻草。吉莉安必须说服塔卡塔-吉姆，告诉他如果和自己对立必败无疑。他必须给大家一个台阶下，否则飞船上可能会爆发内讧。

塔卡塔-吉姆也在看着她，眼神里半是敌意，半是盘算。她看见海豚下颚上那感声器官依次朝旁边的几只海豚扫去，似乎在猜测着他们会如何反应。汤姆·奥莱还活着，这消息马上就会如号角一般传遍飞船。这几只宽吻海豚警卫都是他精心挑选出来的，但有一只显然已经进入了兴奋状态，忘了自己的职责，满怀希望地和华塔瑟蒂聊了起来。

我要赶快行动了，吉莉安意识到，塔卡塔-吉姆马上就会陷入绝望的。

她朝塔卡塔-吉姆游了过去，脸上带着微笑。副船长退后一步，一只忠诚的尖吻海豚警卫在他身边盯着吉莉安。吉莉安压低声音，不让其他海豚听到，"想都不要想，塔卡塔-吉姆。飞船上的海豚们现在肯定都已经记起了汤姆·奥莱，如果之前你还觉得你能够伤害我的话，现在应该重新考虑。"

塔卡塔-吉姆的眼睛睁圆了。吉莉安知道，她戳中了对手的软肋，印证了关于她自己具有的心灵感应能力的推测。"另外，我会和伊格纳西奥·梅茨待在一起的。他确实很容易欺骗，但如果他看到你伤害了我，一定不会再支持你了。你还是需要人类作为象征性的依靠，不是吗？如果连一个支持你的人类都没有，就算是尖吻海豚也不会听你的话的。"

塔卡塔-吉姆啪的一声合上嘴巴，"别想吓唬我！我不会伤害你的,但按照法律,我拥有飞船上的最高权限。我有权拘禁你!"

吉莉安看着自己的手指,"你确定吗?"

"你要煽动船员违抗飞船合法指挥官的命令?"塔卡塔-吉姆的声音颤抖着。他一定知道,许多,或者说绝大多数宽吻海豚会站在她这边,才不会管法律怎么样。但这样一来就等于发生了兵变,船员之间将分成对立的两派。

"法律是站在我这边的!"他发出嗞嗞的声音。

吉莉安叹了口气。到了亮底牌的时候了,虽然如果地球上的海豚们知道了这事,可能会感到受伤。她说出了自己从不愿出口的四个字:"秘密命令。"

塔卡塔-吉姆瞪着她,发出一阵尖厉的叫声。他立起身子朝后退去,警卫们都困惑地眨着眼睛。吉莉安转过身去,看着梅茨和华塔瑟蒂。

"我不相信!"塔卡塔-吉姆厉声说道,朝四周甩着水花,"我们在地球上得到过保证!'奔驰号'是我们的飞船!"

吉莉安耸了耸肩,"那就联系舰桥吧,看战斗控制系统还能不能用。"她提议道,"或者试试看还有没有人能通过外舱门离开,试试看你能不能打开任何一道通往武器库的门。"

塔卡塔-吉姆发出尖叫,冲向房间另一端的通信屏幕。他手下的警卫盯着吉莉安看了一会儿,然后也跟了过去。他一定感觉到了背叛。

吉莉安明白,并不是每名船员都会这样想。大多数船员可能会如释重负。不过,这一举动可能会造成更深层次的影响。"奔驰号"飞船这次任务最重要的目的之一,就是为新海豚树立独立自主的信念,而现在,这个目标也要打个折扣了。

我还有其他的选择吗？难道我不是已经试过了其他每一种可能的办法了吗？

她摇了摇头。真希望汤姆还在这里。如果是他，可能只需要用三音海豚语开上个小小的玩笑，就能够搞定一切，让其他海豚感到羞愧。

噢，汤姆，她想，真应该让我替你去的。

"吉莉安！"

玛卡尼用尾巴击打着水面，工作服呜呜作响。她用一只工作臂指向医疗舱中漂着的海豚。

克莱代奇正盯着她看！

"圣父在上——你说过他的大脑皮层都烤焦了！"梅茨瞪圆了眼睛。

克莱代奇的脸上显露出尽力集中精神的表情。他沉重地呼吸着，然后绝望地喊出声来。

"出去！"

"这不可能！"玛卡尼叹道，"他的语言中枢……"

克莱代奇的眉头皱了起来。

＊出去吧：
克莱代奇！
＊游吧：
克莱代奇！

这只是婴儿用的三音海豚语，但语调非常奇怪。克莱代奇那黑色的眼睛里已经有了理智的神色，但却在灼灼发光。吉莉安通过心灵感应隐隐感到了一阵跳动。

"出去!"他在医疗舱里转了个身,用强有力的尾鳍拍打着窗口,发出巨大的响声。他不断地重复着这个通用语单词,但却无法发出声调来,结果倒有些像原始海豚语了。

"出去!"

"把他放出来!"玛卡尼命令助手们,"轻点,但要快!"

塔卡塔-吉姆已经怒气冲冲地快速向通信屏幕游了过去。但他突然在一个引力舱前停了下来,用明亮的眼睛盯着船长。

这是压死骆驼的最后一根稻草了。

他原地打着转,好像不知道该用什么姿势才好。最后,他转过身来对吉莉安说:

"不论我做了什么,都是为了飞船、飞船的乘员以及我们的任务的最高利益考虑。我是在为地球做好事。"

吉莉安耸了耸肩,"希望你还有机会吧。"

塔卡塔-吉姆干笑几声,"非常好。我们还是要做做样子,召开飞船委员会。一个小时之后我会召开会议。不过我警告你,不要把我逼得太紧了,巴斯金博士。我还是有力量的。我们必须达成妥协。如果你们敢当众侮辱我,就等于是让整艘飞船陷入分裂状态。"

他停了一下,又加了一句:"到那时,我会与你一战!"

吉莉安点了点头。她已经达到了自己的目标,就算塔卡塔-吉姆确实做了玛卡尼怀疑中最糟糕的事,也不存在任何证据。现在的局面是,要么妥协,要么让飞船陷入内乱。目前的最高指挥官已经提出了和解,"我会记得的,塔卡塔-吉姆。一小时之后。我会出席会议的。"

塔卡塔-吉姆转过了身打算离开,两个忠诚的警卫跟在他身后。

　　吉莉安看到伊格纳西奥·梅茨正盯着上尉的背影,"你控制不住他了,不是吗?"她游过梅茨身边时说。

　　基因学家昂起了头,"什么,吉莉安?你是什么意思?"但他的表情却出卖了他。和其他人一样,梅茨总是高估自己的精神力量。现在他一定在想,她是怎么看穿自己想法的?

　　"别在意,"吉莉安脸上挂着浅浅的笑容,"我们一起去见证奇迹吧。"

　　她向玛卡尼游去,海豚医生正焦急地等待着克莱代奇出来。梅茨看着她的背影,犹豫了一下,还是跟着她一起游了过去。

51. 汤姆·奥莱

汤姆用瑟瑟发抖的双手扯下了洞穴入口处的藤蔓。他爬出藏身之处，看到外面是个薄雾缭绕的清晨，他眨了眨眼睛适应外面的光线。

厚厚的云层低垂着，逐渐在空中汇聚。还看不到有外星人的飞船，这也算是好事。他之前还怕外星人会趁自己没有从心灵炸弹的影响中恢复过来时就来袭击。

那感觉可一点都不好玩。最初的几分钟里，一波波心灵震波在他催眠状态的防御附近爆炸，余波穿透了防御，他的大脑中充满了外星人的哀号。整整两个小时里——感觉像过了一辈子——他都在与疯狂的幻象、心灵脉冲和让人神经紧张的声光搏斗。到现在汤姆还在发抖。

我当然希望泰纳尼人还在这个星系里，希望他们来寻找落难的飞船。付出了这么多，总该有点回报吧。

按吉莉安的说法，尼斯电脑非常自信，自称已经在泰纳尼沉船上的数据库终端中找到了正确的代码。如果星系中还有泰纳尼人存在，他们一定会想法回答的。不管在哪个方向上，在数百万英里之外也可以检测到炸弹的信息。

他在杂草丛生的泥地里挖出一捧淤泥,甩到一旁。冒泡的海水涌了上来,几乎填满了他挖出的洞。另一处间隙也许就在几米之外的小圆丘上,这片草地不停起伏着、呼吸着,但汤姆希望能进入海水的地方离自己越近越好。

他尽量撇清水中的淤泥,然后擦干净双手,回到藏身处开始观察天空。剩下的心灵炸弹就摆在他膝盖上。

幸运的是,这几个心灵炸弹中并不包括泰纳尼人的呼救声。它们只是预先录制好的信息广播,各自包含一段简短的信息代码,可以传播到几千千米的范围。

他只从滑翔机的残骸里抢救出来这么几个信息球,可以选择的消息也非常有限了。根据他放出的炸弹类型,吉莉安和克莱代奇就可以知道有哪些外星人来调查之前的求救信号了。

当然了,也许会有完全出乎意料的事情发生,不符合他们在讨论中设想的任何一种情况。如果这样,就由汤姆自己决定,是放出模棱两可的信号,还是根本什么都不做,静待事态发展。

也许带套电台来会更好吧,他想。不过,只要开启电台,附近的战舰马上就会找到他的位置,在遭到轰炸之前也许只来得及说上几个字。心灵炸弹可以在一秒左右的时间里发送报告,而且定位起来也更难一些。

汤姆又想到了"奔驰号"。上一次回到"奔驰号"上似乎已经是上辈子的事了。他开始怀念那里的一切,食物,睡眠,热水澡,还有属于他的女人。

意识到自己想到这些事的顺序,他不禁一笑。好吧,吉尔能理解的。

如果他的实验证明"奔驰号"还有一线机会离开基斯拉普星,也许他们就会不得不扔下他在这里了。这死法也不算不荣誉吧。他并不害怕死去，但他不希望自己没有完成自己需要做的一切，不希望死神降临时自己不能看着它的眼睛朝它吐唾沫。死前的姿态才是最重要的。

他脑海中浮现出另一种情景，远比前一种令人不快——"奔驰号"已经被俘虏了，太空中的战斗已经结束，一切努力都是白费。

汤姆耸了耸肩膀。还是想象一下自己的牺牲物有所值的情况吧。

强风不停地吹动着云层，厚厚的湿气团时聚时散。汤姆手搭凉棚朝东方看去。在薄雾中的朝阳往南大约一弧度的地方，他好像看到了天空中有什么东西在动着。他在自己挖出的洞里又缩了缩。

从东边的一团云彩中，缓缓地降下了一块深色的物体。它高悬在这片布满海草的洋面上方，盘旋的气流让人很难看清它的大小和形状。

汤姆听到了一阵低沉的轰鸣声。他从藏身的地方向外窥了一眼，不由惋惜自己把望远镜弄丢了。浓雾散开了一会儿，他可以清楚地看到悬停在半空的飞船了。它看上去像一只巨型蜻蜓，船体细长，暗藏杀机。

很少有哪个种族会在大数据库中努力挖掘出这么奇怪的设计，除了那些脾气古怪、性格凶残的坦度人。狭窄的船身上向各个方向伸出诡异的突起，这正是坦度人的标志性设计。然而在飞船的另一端，则装着一个笨重的楔形附属物，破坏了整艘飞船随性而残忍的风格，和整体设计完全不符。

还没来得及看清细节，云层就又合拢了，挡住了空中的飞船,但还是可以听到那强大的引擎发出越来越响的隆隆声。

汤姆挠了挠五天来长出的胡须。坦度人来了,这可是个坏消息。如果来星球表面的只有他们,汤姆就只能放出三号心灵炸弹,告诉"奔驰号"锁好舱门,准备拼死迎战了。

坦度人是人类绝不可能与之协商的敌人。在与格莱蒂克人偶尔发生的小冲突中,人类的飞船几乎从不曾打败过坦度的战舰,哪怕数量占优时也不可能。而在没有第三方见证的时候,坦度人特别喜欢挑起事端。军事条例中曾规定,要不惜任何代价避免与他们遭遇,直到有了泰姆布立米人顾问的教导,人类才在极其罕见的情况下战胜过这些精于偷袭的对手。

如果坦度人是唯一出现在行星上的种族,那么他很可能看不到今天的日落了。为了发出心灵炸弹,他很可能会暴露自己的位置,坦度人的扈从中,有些种族可以察觉到极细微的心灵活动,哪怕只是动动脑子,也会被他们嗅到精神上的味道。

听我说,命运女神,您能让其他种族也参与到冲突中来吗?不一定非要是泰纳尼人,哪怕是一艘约弗尔人的行星作战飞船就够了。只要您能让这里的局面混乱起来,我保证回去之后每天都念五遍佛经,十遍玛利亚颂,每天都行安息礼,您看行吗?如果您愿意的话,我也会往老虎机里塞些信用点的。

他仿佛看到,一支泰姆布立米人-人类-辛希安人的联合舰队冲破了云层,将坦度人的飞船轰成碎片,把天上那些狂热的异族一扫而光。这还真是令人欣喜的想象,但他可以想出成打的理由,说明这一切不可能发生。比如说辛希安人,虽然对地球人表示了友好,但在形势不明的时候绝不会干预事态。泰姆布立米人可能会帮助地球人守卫母星,但绝不会把他们那形状与人类酷似的可爱的脖子伸到这么远的地方来,只为了拯救一群迷失的狼崽。

好吧，依芙妮，幸运与投机的女神。他手里把玩着三号炸弹。就当那艘破旧的、孤零零的、被打得惨不忍睹的泰纳尼巡洋舰是你给我的礼物吧。

依芙妮并没有马上回答他。他也没有指望现在就得到应许。

单调的轰鸣声从他头顶上经过。飞船那强大的力场扫过这个区域时，他颈后的汗毛都竖起来了。他的心灵感应力虽然并不算优秀，但还是被飞船力场发出的尖叫声刺痛了。

轰鸣声慢慢地落向汤姆的左边。他向西方看去。破碎的云层散开了一些，正好能够露出坦度人的巡逻舰。那是一艘轻型炮船，并不是真正的战舰，就落在离他几英里之外的地方。

汤姆眼看着战舰上的附属舱脱离了船体，开始慢慢向南边飘去。他皱起了眉头。那东西看起来不像他之前见过的坦度巡逻船。设计完全不同，又结实又稳固，就像……

云雾又聚了起来，把两艘船都遮住了，真令人丧气。两艘船发出低沉的响声，盖过了附近火山那已经变得微弱的呻吟声。

突然之间，三道耀眼的绿色亮光从汤姆最后看到坦度飞船的那块云层后面透了过来，射入大海中，所到之处连海水都被汽化了。随后传来一阵超声波的震荡。

起初他以为是坦度飞船开始轰炸行星的表面了。但云层中传来了一连串爆炸，这表示被攻击的是刚才那艘炮舰。攻击来自云层以上很高的地方，有人正向坦度人射击！

没时间欢庆了，汤姆赶忙开始收拾装备。他用手护着脑袋，但还是难免被炮舰反击时射出的反物质发出的光晃到了眼睛。热浪灼烧着他的后脑勺和左臂，他把心灵炸弹绑在腰带上，抓过呼吸面具戴在头上。

湮灭产生的光束在空中发出足以与太阳媲美的热量。汤姆抓住背包,从他之前清理出的那一块海草的空洞中钻进海里,溅起一片水花。他钻过一堆纠缠的海草,雷声突然停止了。交战双方发出笔直的光束,如长矛般互刺,就是在水草的缝隙中也能看得清楚。

汤姆发现自己已经不自觉地屏住了呼吸。这其实没有什么意义。呼吸面罩中的氧气是不会漏出去的,只会滤出二氧化碳。他抓住坚实的草根固定住身体,开始吸气呼气。不久,汤姆就觉得呼吸开始变得困难了。四周都是植物,他原以为水里的氧气含量会很高,但面罩上那小小的计量器却告诉他事实并非如此。基斯拉普海水中含有大量的金属盐,却没有多少氧气。呼吸器上漂动的鳍状鳃收集到的氧气只有所需数量的三分之一,还是在他完全保持静止不动的情况下。

只要再过几分钟,他就会因为缺氧感到眩晕;再过不久就会昏迷过去。

战场上的呼啸声穿透海草,几道耀眼的光束恰恰射到了汤姆面前的草叶上。虽然他没有直视光线,但双眼还是被刺得生疼。水面上那些草叶刚刚躲过火山爆发时落下的炽热的火山灰,现在又被热浪烤得卷曲,纷纷从藤蔓上落下。

我剩下的那些补给估计也变成这样了,他想,我要是浮上去换气也是一样的下场。

他用粗粗的草根缠住双腿,扭动肩膀,把背包卸了下来,在里面翻找着,想找出些能用的东西。海草投下了昏暗的阴影,他只能用触觉辨认背包里的东西。

吉莉安让他带上的惯性追踪仪,一块干粮条,两罐"干净"的水,射针枪的银质子弹,还有工具包。

空气计量器已经变成了危险的红色。汤姆把背包夹在两腿之间,扯开了工具包。他抓住一段8号口径的塑料软管,用剪刀切下一段来,眼角瞟见有紫色的油污漂了起来。

他把管子的一端从面具的进食口穿了出去,阀门还是关着的,但管子里的东西涌进了他的嘴里,呛得他一阵咳嗽。

没时间管这些了。他扯动着海草根,浮到了能够到海面草丛那个洞口的地方,把管子的一头伸出了水面,掐住了另一头。不过把管子竖起来的时候,带着油污与苦味的海水还是涌了进来。他赶快把脸扭开,不过还是吞下了一点污水。那味道真是恶心。如果海水不是涌入这么快的话,面具上的阀门本是能把这些脏东西过滤掉一些的。

汤姆伸出手去,把管子的一头从水草的空隙间伸出了水面。空中的战斗仍然在继续,闪光直射到水底深处。他努力地吸吮着软管,然后把软泥和带着强烈金属气味的水吐掉,不顾一切地要把软管弄干净。

又是一阵炽热的爆炸,他的手指虽然没有伸出水面,但还是被烫伤了。汤姆强忍着没有喊出声来,也没有反射性地甩动烫疼了的手指。他感到意识已经开始涣散了,之前一直靠意志努力把左手伸在滚烫的水里握着软管,现在也要坚持不住了。

他最后用力吸了一口,终于吸入了一口潮湿的空气。汤姆疯狂地啜吸着。灼热而潮湿的空气味同烟尘,但至少能让他活下来。他把每一口气都呼到面罩里,相信面罩可以留住这来之不易的氧气。

肺部的灼痛平息了,他开始感到左手的痛苦。正当他觉得再也坚持不住了的时候,上面炙人的热量开始消退了,只是在天空中还有一些闪光。

几米之外就是草层的另一个缺口了,在那边他也许可以用两根草根支住通气管,又不至于暴露自己。汤姆又呼吸了几次,然后捏住管口。还没来得及做更多的准备,水中突然充满了蓝色的光线,比之前更加明亮,在四处照出晃动的影子。一阵剧烈的冲击传来,海水摇晃着他的身子,像在抛弄着破烂玩偶一样。

有什么巨大的东西落入了海面,掀起了浪涛。他绑住双腿的草根松动了,汤姆被卷进了一股旋涡,四处都是断裂的藤蔓。

浪涛卷走了他的背囊。他伸手去抓,够到了背带的一端,但什么东西敲中了他的后脑,让他一晕,带子从他手中滑脱,卷进了那片带着噪音与闪光的阴影之中。

汤姆缩成一团,用前臂挡住面罩,挡住飞舞的藤蔓。

汤姆慢慢醒来,最先感到的是惊喜:他居然还在呼吸。

起初他以为战争的风暴还在继续,但他很快意识到,自己感觉的颤动来自自己的身体,而听到的咆哮声不过是耳鸣而已。

他抽搐的左臂搭在一株植物的残骸上。泛着泡沫的绿水漂浮在他脸旁,冲刷着面罩上的集气鳃。面罩里的空气已经不新鲜了,他的肺隐隐作痛。

汤姆抬起颤抖着的右手,把面罩拉下来挂在脖子上。过滤器挡住了新鲜的空气,不过他还是深深地吸着气,心中充满感激。

在最后一瞬间,他一定做出了选择,宁可被烧死也比闷死好,于是冲出了水面。幸运的是,战事已经结束了。

汤姆忍住了没有用手去擦发痒的眼睛,手上沾的泥巴对眼睛可没什么好处。眼泪涌了出来,这是反射神经的命令,把眼睛上沾的大部分黏液冲走了。

等到眼睛能看见东西了，他抬起了头。

北边的火山还和以前一样冒着浓烟。头顶的云层已经裂开，几道色彩不同的浓烟显现出来。在汤姆周围，小小的生物纷纷沿着水草爬了上来，重新过上了它们平时的生活——吃或是被吃。空中那些用如超新星一般热量的光束互相射击的飞船已经不见了。

汤姆第一次开始感谢这块草场上一成不变的平坦地形。他几乎不用怎么抬起身子，就能看到几道烟柱从慢慢下沉的飞船残骸中升起。他亲眼看到远方一块金属残骸爆炸开来。声音在几秒钟之后传了过来，听起来就像一串低声的咳嗽，夹杂着几道爆炸的闪光。那块看不清形状的残骸沉得更深了。最后的爆炸到来之前，汤姆转开了眼睛。等回头去看时，已经什么都看不到了，只剩下冒出的蒸汽，还有模糊的嗞嗞声，随后慢慢归于平静。

四处都是漂浮的碎片。汤姆慢慢转了个圈，审视着这幕毁灭的景象。对于一场中等规模的遭遇战来说，这里的残骸显得略多了一点。

这还真是讽刺啊。汤姆大笑起来，完全不顾已经过劳的肺部的刺痛。格莱蒂克人是来调查那伪造的呼救信号的，这本是一项出于仁慈之心的救援任务，结果却变成了一场杀戮。现在他们都死了，只有他还活着。这可不像是依芙妮那善变的性格随意决定的事，应该是上帝本人饱含深意的杰作。

这是不是意味着我是这里唯一的活人了？他想，这可真够奢侈的，看了这么多的焰火，结果幸存者只有我这么一个卑微的人类吗？

不过，也许我也活不了太久了。这场战斗让他失去了几乎所有的给养,那可都是他费尽力气才找回来的。汤姆突然皱起了眉头。心灵炸弹! 他朝腰上摸去,觉得整个世界都陷了下去。只剩下一个信息球了! 其他的一定是在水下对付那些缠人的藤蔓时丢掉了。

他等右手稳住,小心翼翼地把手伸到腰带底下,掏出了那枚心灵炸弹,这是联系着他和"奔驰号"……以及吉莉安的最后纽带了。

这本该是放行的炸弹,如果放出这枚,就代表特洛伊海马应该起飞。而现在,他只能决定是放出手里这枚炸弹,还是根本什么都不做。"是"或"否",这是他能传递出的唯一信息了。

真希望我能知道那些向坦度人开火的飞船是哪里来的。

他把炸弹塞了回去,又开始四处观察。东北方可以看到一艘飞船的残骸,像是一个被打破的蛋壳。飞船里仍然冒着烟,不过似乎火已经灭了。它没有爆炸,也没有进一步下沉。

好吧,汤姆想。就把那里当成是目标好了。那残骸挺完整,是个机会。也许可以在里面找到些装备和食物。当然了,如果没有太强烈的辐射,把它当藏身之处也是不错的。

看上去大概只有五千米的距离,不过这估算未必准确。有了目标,至少也就有事可做了。他需要更多的信息,而那飞船或许能提供。

汤姆思索着,到底是该从"陆上"走过去,相信自己那筋疲力尽的双腿还能够和这片草地友好相处,还是试着从水下过去,从一个通气孔游到下一个通气孔,冒险去打扰海水深处那些不明生物呢?

突然之间,他听到背后传来一阵颤音。他转过身,看到了一艘小小的太空梭,就在一千米之外的地方,正朝北边缓缓飞来。太空梭只离海面几米高。它那闪亮的护盾正在抖动着,引擎声起伏不定,还夹杂着颤音。

汤姆把面具戴上,准备潜下水去,但太空梭并未朝他的方向飞来。它从汤姆西边飞过,厚实的力场边缘冒着火花。太空梭表面涂着一层丑陋的污痕,一块面板不断晃动,最后完全脱落了。

汤姆看着它飞过,大气都不敢喘一口。他从没见过这样的飞船,不过还是能想出几个种族,飞船的风格和眼前这艘的设计略有相似之处。

侦察船的引擎发出垂死的喘息,开始下降。引力发生器尖厉的响声也逐渐低了下去。飞船的驾驶员显然知道这意味着什么。它倾斜着改变了方向,朝小岛冲来。汤姆屏住呼吸,不由得开始同情那位绝望的外星飞行员。太空梭几乎是贴着草丛表面飞过,然后消失在了小山的另一边。

信风中传来了模糊的轰鸣声,那是太空梭最后着陆的声音。

汤姆等了一会儿。几秒之后,飞船的静态力场释放出一道响亮的震波。发光的碎片在海面上四散飞舞,这些碎片有的落入水中,有的落到草面上,烧出小洞,最后也沉了下去。

汤姆不知道飞船里的人有没有及时逃出来。不过他决定改变一下目标。长远目标仍然是几英里外漂着的蛋壳状飞船,但他要先检查一下侦察船的残骸。也许能在里面找到些参考,让他可以更容易地做出决定。也许还能找到点吃的。

他试着爬到水草上,不过没有成功。他的身体仍然在颤抖。

好吧,就走水下好了。也许可以一路游过去呢,没准儿还能顺路看看风景。

52. 阿　齐

　　那个嗜血的鳗鱼崽子就是不肯放过我！阿齐已经累坏了。
他奋力向东南方向游着,海水中的金属味道与渐渐渗进他前肺
中的胆汁味道混合了起来。真想停下来休息,但他知道身后的
追兵落后得并不远,随时都可能跟过来。

　　他时不时可以看到穷追不舍的克萨–琼,两人只相隔两千米
左右,且在不断拉近。那个长着反保护色皮肤的大个子似乎丝
毫不知疲倦。他在水中疾速穿行着,呼吸中喷出的水汽在头顶
凝成水雾,好像一发发小型火箭弹。

　　阿齐有些喘不上气来了,肚子也越来越饿,眼看要没有力气
了。他用通用语咒骂了两句,感觉一点都不爽快;大声用原始海
豚语吼上几句脏话也许能让心情稍好一点。

　　他本来是能拉大与克萨–琼之间的距离的,至少在短时间内
是可以的。不过水里好像有什么东西,对他皮肤那完美的流体
力学形状造成了影响。某些物质引起了过敏反应。他那光滑流
畅的皮肤变得起伏不平,阵阵发痒。他感到自己是在糖浆里行
进,而不是海水。阿齐在想,为什么之前没有人报告过这些？难
道只有卡拉非亚来的海豚会受到这种影响吗？

自打离开飞船时起,他就一直在不利条件下面对追兵,而这点无疑雪上加霜。

他原以为从克萨-琼手下逃脱还是挺简单的。他一直在朝东南方游,不管往左还是往右,都可以得到帮助,一边是在泰纳尼沉船上干活的希卡茜,一边是俊雄的小岛。但每当他想改变方向的时候,克萨-琼都会抄近路去截他。阿齐不敢冒险去缩短自己领先的优势。

一道集束声波从身后扫过他的身体。每次被声波扫过时,他都想把自己团成一团。对海豚来说,像这样长时间逃避另一只海豚可不是正常的事情。在遥远的过去,若是年轻的海豚冒犯了长辈——通常是调戏了年长雄海豚后宫中的雌海豚——往往当场就被撞开,有时还会被骂上一顿。但这种冲突一般不会持续太久。阿齐甚至有种冲动,想停下来和克萨-琼讲上一番道理。

讲理又有什么用呢?那只巨海豚显然是发疯了。

由于皮肤上那莫名其妙的瘙痒,他的速度优势已经消耗殆尽。潜入深水避开克萨-琼也是不可能的。尖吻海豚本就是在深海里生活的海豚,克萨-琼的潜水能力可能比"奔驰号"上任何其他船员都要强。

阿齐又回头看了一眼,克萨-琼离他只有一千米左右了。他颤抖着叹息了一声,又开始奋力向前游去。

地平线上出现了一排顶上带着绿色的圆丘,也许有四五千米远。一定要坚持着游到那里!

53. 莫　奇

　　莫奇驾驶着小艇全速向南方开去,一路上朝船前发射着声呐波,像吹号角一样。

　　"……呼叫哈奥克,呼叫莫奇。这里是赫鲁卡-佩特。收到请确认,收到请确认。"

　　莫奇恼怒地摇了摇头。飞船又在联系他了。他打开了小艇上的通信器,努力想把话说得清楚一些。

　　"收到! 有什么事?"

　　对方停了一下,然后说道:"莫奇,让我和哈奥克说。"

　　莫奇忍住没笑出声来,"哈奥克……死了! 被外星人杀死了! 我正在追阿齐,告诉塔卡塔-吉姆,我会抓到他的!"

　　莫奇的通用语很难听懂,但他不敢在通信里用三音海豚语,否则一不小心就会在公众场合说出原始海豚语了,他可不打算这样做。

　　声呐通信线路上沉默了一会儿。莫奇希望这样就可以摆脱他们了。

　　他和哈奥克发现那个叫巴斯金的女性人类的小艇只是一条空船、正以最低功率向西漂行的时候,身体里仿佛有什么东西断开了。那之后他就进入了一种混乱而亢奋的状态,思维紊乱,仿佛陷进了充满暴力的梦境。

他们好像遭到了伏击,也许只是他的想象。不过等一切都过去之后,哈奥克已经死了;而他,莫奇,没有任何后悔的感觉。

在那之后,船上的声呐发现了一个目标,正在向南方前进。那是又一艘小船。他不假思索地选择追击。

声呐通信器又响了,"赫鲁卡再次呼叫,莫奇。你马上就要超出声呐监控的范围了,我们现在不能用无线电通信。有两个指令,第一,用声呐和克萨-琼联系,命令他马上回航! 他的任务取消了! 第二,在那之后,你也要返航! 这是直接命令!"

通信器上的声音和光点对他来说已经没有任何意义了。他所在意的只有小艇上的传感器发回的声波图像。传感器扩大了他听觉的感知范围,他觉得有如神助,仿佛被大梦想家附体了。他幻想着自己变成了体型巨大的抹香鲸,深海之王,所有生物只要感受到他的存在,都要望风而逃。

南边传来快艇沉闷的响声,他已经追着这个声音走了很远。等追上对方之后,他就知道那到底是什么东西了。

左边很远的地方有两个亮点,有节奏地闪动着。声音信号很像两条快速游动的鲸类。一定是克萨-琼和那只傲慢无礼的卡拉非亚海豚。

从克萨-琼手下偷走他的猎物,这真是太美妙了,不过事分缓急,最重要的敌人要最先杀死。

"莫奇,你能收到吗? 马上回答! 你要遵守命令! 你必须……"

莫奇烦躁地合上嘴巴。不等赫鲁卡说完,他就关上了声呐通信器。那个喋喋不休的通信员说的话越来越难懂了。他还从没感觉自己这么像一只尖吻海豚,之前他一直在和宽吻海豚一起学习着智慧学,努力"做更好的自己"。

　　莫奇打定了主意,他要先对付那些飞船之外的敌人,再去收拾克萨–琼追逐着的小子。

54. 基皮鲁

基皮鲁知道身后有人跟来。他早就想到肯定会有人追过来,不让自己和希卡茜会合的。

但追他的人怎么像个白痴一样?从远处引擎的轰鸣声他就可以听出来,那艘小艇已经超过了最高限速。他想怎么样呢?基皮鲁领先他的距离足够多了,在追兵赶上他之前,他就能够用声呐联系上泰纳尼沉船,只需要把小艇的速度稍稍调高一点就可以了。

身后的那只海豚正在向四处散发声呐噪音,好像在向所有人宣示着自己的到来一样。有这一通折腾,基皮鲁很难看清东南方向的情况了。他只好集中精神,想法屏蔽掉后面传来的噪音。

两只海豚,看起来是这样的。一只已经喘不上气了,另一只身强体壮活力满满。他们都在朝着五十千米之外声呐雷达上的一排阴影狂奔而去。

这到底是怎么回事?是谁在追谁?

基皮鲁听得太出神了,险些撞上一座海底的山头。回过神来之后,他拼命往西边拐去,在离山头几米远的地方堪堪擦过。

不过,有这座小丘挡着身后的声波,暂时可以清静一下了。

　　*要留心鱼群,
　　宽吻海豚的孩子们*

他哼出一段教导性的旋律,然后转到了三音海豚语。

　　*海岸的回声
　　就像飘动的羽毛
　　从鹈鹕身上落下!*

　　基皮鲁不禁骂了自己两句。海豚本该是最棒的飞行员,正因如此,在过去的一个世纪中,太空飞船上才有他们的一席之地;而大家都认为他是海豚中最优秀的。现在只是在水下开出四十节而已,难道这比以五十倍光速通过太空中的虫洞更难掌控?

　　他操纵着小艇离开海底山丘的阴影,进入了开放的水域。模糊的影子又出现在东南偏东方向,两条追逐着的鲸类。

　　基皮鲁继续集中注意力。没错,追人的那个是只尖吻海豚,身材硕大,在声呐雷达上呈现出古怪的形状。

　　而前面那个……

　　那一定是阿齐了,他想。这孩子有麻烦了。大麻烦。

　　背后的小艇朝他发来一束集中的声波,险些把他震聋。他尖声咒骂了一句,然后摇了摇脑袋,赶走耳朵里残留的轰鸣声。他真想转过身来对付后面这个自以为是吃大粪的蠢货,但心里却明白,自己的任务就在前方。

基皮鲁开始纠结应该如何选择。严格地说,他的任务就是把口信带给希卡茜。但要弃军校生于不顾,则违背了他所有的原则与本能。听上去年轻的海豚已经筋疲力尽了,追兵马上就会追上他。

不过如果朝东边拐去,很有可能给身后的追兵赶上他的机会……

但与此同时,也可以吸引克萨–琼的注意,逼他转过身来。

这并不是要他做地球议会的军官,也用不上什么智慧学,但凭逻辑找到答案是很困难的事。

有那么一阵子,他希望自己的曾曾孙能出现在当下,一只完全进化、只凭逻辑思考的海豚应该能告诉作为粗俗的、半进化的动物祖先的他,应当如何去做。

基皮鲁叹了口气。我凭什么觉得他们会让我有曾孙的?

还是面对现实吧。他操纵着小艇往左拐去,把引擎的操纵杆又往红色的方向推了一格。

55. 查尔斯·达特

屋子里有两个地球生物,而那个人类在不停地翻腾着衣柜,心不在焉地把各种东西塞进床上一个打开的箱子里。不管黑猩猩说什么,他都只是听着。

"……探测器已经下潜了两千米。放射性增长得很快,温度也在不断上升。不知道如果探测器再下潜个几百米还能不能坚持住,不过那洞肯定不止这么深!

"无论如何,我能肯定以前有技术种族在这里倾倒过垃圾!就在几百年前!"

"很有意思,达特博士,确实很有意思。"伊格纳西奥·梅茨努力掩饰住自己的愤怒。和黑猩猩打交道需要有非常好的耐心,特别是像查尔斯·达特这样的猩猩。虽然明知如此,但看他仰在起居舱的椅子里滔滔不绝地说个没完,任谁也很难受得了。

达特完全没有意识到对方的反应,继续说着:"俊雄这孩子干活没什么效率,不过有一点我还是欣赏的,那就是他居然可以和萨奥特那个讨厌的语言学家相处!汤姆·奥莱那见鬼的炸弹爆炸之前,我收到的数据还算不错,但萨奥特却开始去听什么'地下的声音'了!那个疯子……"

梅茨整理着他的东西。我的那件蓝色陆地服呢？哦，已经打好包了。笔记的复印件也已经装到船上了，还有什么？

"我说，梅茨博士！"

"嗯？"梅茨赶忙抬起头来，"抱歉，达特博士。事情变化太快，一切都乱套了，希望你能理解。你刚才说什么？"

达特恼火地嘟哝了一句："我是说，我希望能和你一起去！对你来说这次出行等于是流放，但对我来说这是解脱！我一定要到我的工作所在的地方去！"他捶着舱壁，露出两排大大的黄牙。

梅茨想了一会儿，摇了摇头。流放？也许塔卡塔-吉姆是这么想的。当然了，他和吉莉安水火不容，吉莉安坚持要执行奥莱和克莱代奇的特洛伊海马计划，而塔卡塔-吉姆也同样坚决地要阻止她。

梅茨是站在塔卡塔-吉姆这边的，但上尉在委员会上顺从地辞去了代理船长的职位，任命吉莉安在希卡茜归队之前指挥全船，这让他大吃一惊。这意味着最后还是要执行海马计划了。再过几个小时，"奔驰号"就要开始在海底移动了。

如果他们真要行此险策，梅茨还巴不得离开飞船呢。大救生船里又宽敞又舒服，可以保证他和他的研究笔记的安全。他的物种实验结果总是能传回地球上的，就算"奔驰号"在逃脱过程中被击毁也一样。

另外这样一来，他就可以和丹妮·苏德曼一起研究基库伊人了。梅茨已经等不及要看看这些准智能生物了。

"要和我一块走的话，你必须去和吉莉安谈，查理。"他摇着头，"她已经同意让我们把你的新机器人带到小岛上去，这应该能满足你的工作需要了。"

"但你和塔卡塔-吉姆已经答应过了,如果我和你们合作,不对俊雄谈船上的事情,如果我答应在飞船委员会上支持你们……"

看到梅茨脸上的表情,黑猩猩把话咽了回去。他闭上嘴巴站了起来。

"好吧,还是谢谢你们了。"他低声嘟哝着,朝舱门走去。

"现在,查理……"

达特走进大厅,猛地关上舱门,梅茨最后的半句话被挡了回去。

黑猩猩沿着倾斜的走廊走着,一边低着头,一边下定了决心。

"我一定要离开这里!"他喃喃自语着,"一定会有办法的!"

56. 萨奥特

当吉莉安打过电话来、要他和克莱代奇通话时,萨奥特的第一个念头是:这是要逼我造反吗?

"我知道,我知道。"吉莉安那小小的影像对他说,"但你是唯一有能力帮上我的人了。再重申一遍。你是这项工作的唯一人选。克莱代奇现在已经恢复了意识,神志清醒,但是他没法说话! 我们需要有人来帮忙和他大脑中未曾受损的部位交流,而你是我们的专家。"

萨奥特从来不曾喜欢克莱代奇,而船长所受的那种伤让他想起来就胆战。不过对他的虚荣心来说,这挑战正合胃口。

"查尔斯·达特又怎么说? 他一直让我和俊雄没完没了地干活,我的尾巴都要抽筋了,而这条线路的最高优先权就是给他的。"

从全息影像中就可以看出,吉莉安已经太累了,"他已经没有优先权了。我们派塔卡塔-吉姆和梅茨给你们送去了新的探测器,他自己会通过通信线路控制它。在那之前,他的研究工作暂时搁置。保持最后的状态,明白吗?"

萨奥特大声地合上了嘴巴表示赞成。听到这样坚定果决的指挥实在让人心情舒畅,而指挥的声音又是来自于一位他很尊敬的人类,这就更好了。

"关于梅茨和塔卡塔-吉姆的事……"

"我会交代给俊雄的。"吉莉安说,"等时机合适的时候他会向你汇报,不过现在全部由他来负责。你要严格服从他的指挥,明白吗?"

就算在强大的压力下,吉莉安的遣词造句也无懈可击。萨奥特喜欢这一点。"是的,完全明白。另外,关于我在行星地壳中听到的回声,应该怎么办? 据我所知,这是前所未有的! 能让我和有数据库权限的人共享一下这发现吗?"

吉莉安皱起了眉头,"你是说,那种显然是智能生命发出的回声,是从基斯拉普地壳深处传来的?"

"正是如此。"

吉莉安揉了揉眼睛,"依芙妮在上! 就算在和平时代,要探索这颗行星也需要一整支探索船队,花上十年的时间才行!"她摇了摇头,"否决。根据我简单的猜测,在行星表层之下某种对或然率很敏感的岩石,对上方空战中发出的心灵电波产生了共振。不管什么情况,目前形势下的优先度是这样的:首先是安全,然后是基库伊人,再次是与克莱代奇交谈。你嘴边要做的事情已经够多了。"

萨奥特忍住了反抗的欲望。如果现在抗议,很可能会让吉莉安下令禁止他接触探测器。她现在还没有这样做,所以最好还是什么都不要说。

"现在你该考虑一下自己的选择了。"吉莉安提醒他,"如果'奔驰号'能够有机会逃脱,我们会派出小救生艇去接应汤姆,还有岛上其他想要和我们一起的人。你是愿意回来,还是跟梅茨和塔卡塔-吉姆在大救生艇里等待机会？等你有了决定以后,告诉俊雄就好。"

"我明白了。我会考虑的。"不知为什么,这事看起来并不像前几天那么紧要了。地下传来的声音一定对他产生了某种影响。"如果我决定留下,也会祝你们好运的。"他添上一句。

"你也一样,海豚先生。"吉莉安微笑道,"你真是个奇怪的家伙,不过如果我们能回到家,我一定会给你写推荐,让你子孙满堂的。"她断开了通信,形象消失了。

萨奥特盯着空白的屏幕。吉莉安的夸奖完全出乎他的意料,这让他一时有些失措。

过了一会儿,几个在附近狩猎的基库伊人惊讶地看到,一只巨大的海豚从小小的水池里立起身来,用尾巴支撑着,边唱边跳。

*赢得了
座头鲸的注意
*最终
凭我自己
获得了肯定*

57. 丹妮和俊雄

"我害怕。"

俊雄不假思索地用胳膊环住了丹妮的肩膀，搂了搂她，"别怕，有我在，没什么可怕的。"

丹妮抬头朝他看去，不知他是认真的还是说笑。看到俊雄的脸色，她就知道自己被耍了。她朝俊雄吐了吐舌头。

俊雄深深地吸了口气，颇感开心。他还是搞不大懂自己和丹妮之间这种若即若离的关系算怎么回事。首先，两人还没有任何肉体关系。前一天晚上两人是睡在一起的，但都衣着整齐。俊雄原以为自己会很沮丧，不过最后虽然确实有些不快，但感觉也没那么糟糕。

总会有个结果的，不管是好是坏。现在，丹妮需要的只是有个人在身边陪伴，而他能满足这个需要，这也就很满意了。

不过他还是有些怀疑。也许等这一切都过去之后，她仍然会觉得自己只是个小孩子，比她小四岁。但至少，现在她触碰自己的次数非但没有减少，反而更多了。她有时会挽着他的胳膊，有时会假装生气用拳头捶他，尤其是心灵炸弹的冲击过去之后，这点尤为明显。

"大救生船什么时候会到?"她又扭头看着海面。

"明天晚些时候吧。"他说。

"塔卡塔-吉姆和梅茨都想和外星人谈判。如果他们决定违反命令一意孤行,又该怎么阻止他们?"

"吉莉安只给了他们一点燃料,让他们能够到达这里。他们自己带着燃料再生器,花上一个月左右的时间重新充电,就可以再次进行空间航行了,不过到那时,不管结局如何,'奔驰号'肯定已经离开了。"

丹妮的身体在微微发抖。

俊雄不禁暗骂自己,怎么能这样说话呢,"塔卡塔-吉姆不会带无线电台来的。在小救生艇来接我们之前,我会保证大家的安全。他有什么能交给格莱蒂克人的?吉莉安不会让他带来任何和失落的舰队有关的数据的。"我猜他和梅茨会等其他人都走了,然后带着梅茨的记录,还有他满肚子的牢骚飞回地球去的。"

丹妮朝天上看去,基斯拉普那漫长的黄昏中,第一颗星星已经出现在天空。"你会回去吗?"她问道。

"'奔驰号'是我的飞船。感谢上帝,克莱代奇还活着,不过就算他已经不能再当船长了,我还是要履行对他的职责,作为军官这是我的义务。"

丹妮扫了他一眼,然后点了点头,又向海面望去。

她觉得我们没有任何机会了,俊雄意识到。也许我们真的没有。如果把泰纳尼战舰当成伪装,我们就没有任何机动能力了,连卡拉菲亚上捡泥巴的船都不如。欺骗格莱蒂克人也不是什么好主意。他们是想要抓住'奔驰号',不过如果看到一支败军的飞船从行星上爬起来,他们肯定不会吝啬火力的。如果计划想要成功,前提是泰纳尼人还在行星附近战斗。

但我们不能只在这里坐等了，不是吗？如果我们坐以待毙，格莱蒂克人会认为他们可以强迫地球人听他们号令。从地球的角度来说，不能让任何人觉得追逐地球探索船是一件有利可图的事。

丹妮看上去很担心。俊雄改变了话题："你的报告写得如何了？"

"噢，我觉得还好吧。很明显，基库伊人满足准智能生命的条件。他们在这个被抛荒的星球上生存了很长时间，事实上，某些达尔文主义的信徒可能会认为，他们已经到了足够成熟的阶段，完全可以自己跨过这道坎了。已经有这样的迹象了。"

人类中有些反宗教人士还是坚持自己的观点，认为前智能生命可以不依靠庇护种族的干涉，纯靠自然进化完成飞跃，发展出能够进行星际航行的文明。大多数格莱蒂克人认为这观点是荒谬可笑的。但提升人类的种族一直没有被找到，这又给这种理论增添了一定的可信度。

"那金属圆丘又是怎么回事？"俊雄问起丹妮的另一个研究项目，那是查尔斯·达特拥有最高指挥权时下令开始做的，但后来却引起了她的兴趣。

丹妮耸了耸肩，"嗯，那些圆丘是活的。作为职业生物学家，我希望能用左臂换上一年的时间，让我能够拥有全套实验室设备，待在这小岛上进行研究！"那些以金属为食的类珊瑚生物，钻孔树，小岛有生命的核心，全都是共生体。从效果上看，它们根本就是一头巨大生物的不同器官！如果能回去，以后我写写这方面的论文，一定会名声大噪的……前提是要有人相信我。"

"他们会相信你的，"俊雄安慰着她，"你会出名的！"

俊雄示意他们该回营地了。在第二顿晚餐之后，他们只有一点时间用来散步聊天。现在既然他是这里的负责人了，总要保证按时间表来行动。

　　两人转身开始朝营地走去,丹妮挽住了他的胳膊。海风吹过树枝,发出沙沙声,偶尔被树丛中的土著生物发出的叫声盖过。那些原住民已经从白天的睡眠中醒了过来,准备进行晚上的狩猎活动。

　　两人一言不发,默默地沿着狭窄的小道往回走去。

58. 格莱蒂克人

　　克拉特慢慢地舔着自己的交配爪，有意不去看那些慌忙跑过来清洗角落里那团血肉的生物。

　　这也许会带来麻烦，皮拉人的高阶议会可能会提出抗议。

　　当然了，她只是在行使自己身为舰队司令的权力，按照她认为对舰队有利的方式去处理任何船员。但传统上，司令的权力中并不包括随手把一位高级数据库操作员刺个对穿，只是因为对方带来了不幸的消息。

　　我确实有些老了，她突然意识到，而我寄予厚望、希望能将我赶下台来的女儿现在也死了。这样一来，等我的理智变得恍惚、变成部族的危险时，又有谁来给我荣耀？

　　那具矮小多毛的尸体被拖走了，一个矮壮的帕哈人开始擦洗血迹。其他皮拉人都在盯着她看。

　　让他们看好了。等我们抓到地球人之后，这些就不重要了。到时候我会声名远扬，而这场事故将不为人们所知，尤其是皮拉人更是提都不会提了。

　　如果我们能最先找到始祖种族，那么就连《法约》都不再重要了。皮拉人将不再是成年的扈从种族，而会再次归我们所有，我们可以干涉他们的进化,重新设计他们的基因,再次改变他们的形态。

"回去干活!全给我回去!"她用交配爪拍着桌子。听到砰砰的响声,船员们都退回自己的岗位上了,只有几个还在修补船体上冒烟的地方——之前与坦度人的战斗中被几发流弹击中了。

想想看,索罗之母。你还能拨出飞船,再到行星上走一趟吗?每支舰队都派人去调查了那些地狱一般的火山口,于是爆发了激烈的战斗,但没有人活着回来。

那里应该已经没有任何格布鲁人了!但在发出求救信号的地方还是出现了一艘格布鲁人的侦察船。在坦度炮舰、普里提尔的十六号战舰和两艘连她的作战电脑都认不出来的其他飞船夹击下,它已经变成了一块冒着烟的废铁。也许其中一艘是黑夜兄弟会幸存下来的战船,一直躲在基斯拉普卫星的后面。

与此同时,在飞船外面,与坦度人那邪恶联盟的"最终"一战已经演化成了血腥的消耗战。索罗人略占上风,而残余的泰纳尼人仍然和坦度盟友站在一边。

是不是该在下一场战斗中冒险投入全部兵力?坦度人如果赢了,后果一定不堪设想。如果让他们得到力量,他们会毁掉许多美丽的种族,而这些种族本该属于索罗人所有的。

如果有机会选择的话,她觉得泰纳尼人也许会再一次改变立场。

"战略部!"她喊道。

"舰队之母?"一位帕哈族战士跑了过来,但在离她一臂远的地方停下了,警惕地看着她。

如果有机会的话,她一定要把尊重深深地写进帕哈人的基因里,永不改变。

　　帕哈人看到她伸出爪子,不由自主地往后退了一步。"找几艘不那么重要的战舰,组成小分队。我们要再去星球表面调查一下。"

　　帕哈人敬了个礼,赶忙转身跑回自己的工作站。克拉特把自己深深地埋进坐垫中。

　　我们需要分散一下敌人的注意力。也许在火山链上再搞一次爆炸可以让泰纳尼人紧张起来,让坦度人以为我们知道什么事情。

　　当然了,她提醒自己,坦度人可能也知道一些我们并不知道的事情。

59. 克莱代奇

在遥远的地方
他们在呼唤
巨人们
海洋的灵魂们
　　雄伟的海兽们

克莱代奇开始理解了,开始,开始……
远古的神灵有些是虚构出来的,有些是种群的记忆,有些则是鬼魂……还有些是其他的东西……作为工程师,那些东西他绝不会允许自己用耳朵去听,用眼睛去看……

※在遥远的地方
他们呼唤着
海中的巨兽啊……

现在还不行。不行。克莱代奇还有职责在身,还有职责……

　　已经不再,已经不再是一名工程师——但克莱代奇仍然是
一名太空人。克莱代奇还不是全无用处,他会尽力,尽全力去帮
助。

　　他还能够帮忙挽救他的船员,他的飞船船员……

60. 吉莉安

吉莉安想伸手揉眼睛,但被面罩挡住了。需要做的事情太多了!

飞船里到处都有海豚来来往往,而不管她走到哪里,其他海豚都会朝她游来,几乎要把她撞倒,然后急匆匆地向她汇报一番,得到她的指令之后才会离开。

真希望希卡茜能赶快回来。我觉得自己的工作做得还算不坏,不过我可不是飞船的指挥官。她才是受过训练、知道如何指挥船员的人。

但希卡茜根本都不知道自己已经是船长了,吉莉安想。虽然我一直在祈祷能早日接通她那边的线路,但真的不希望把这个消息告诉她。

她给埃默森·丹尼特写了一条消息,最后一名信使急匆匆朝引擎室赶去了。她转身朝外舱游去,华塔瑟蒂一直陪在她身边。

船舱里有两小群海豚,一群聚在突出的舱门口,另一群则围在大救生船旁边。

那艘小型太空船的船头几乎已经碰到了外舱的挡板,船尾则被舱室尾部的金属板遮住了。

等这艘船离开之后,这地方就会变得空旷了,她想。

船舱里那群海豚中的一只看到了吉莉安,朝她这边游来,在她面前猛地停住,做了个立正的姿势。

"掩护部队和侦察兵都已经准备出发了,只等您的命令,吉莉安。"

"谢谢,扎菲特。不会太久了。修复线路的小队还是没回音吗? 基皮鲁呢?"

"没有,长官。不过,您派去找基皮鲁的信使应该很快就到沉船那里了。"

真是让人沮丧。塔卡塔-吉姆切断了和泰纳尼沉船联络用的线路,现在完全没法找到断点在哪里。她不禁开始抱怨,这条单光纤通信线路也藏得太好了吧。现在他们知道的只有一点,那就是工作小组那边遭到了灾难性的袭击,就在她打算把"奔驰号"开过去的地方。

探测器表明,太空中的战斗仍然在继续,战况还和之前一样激烈。但为什么汤姆还没有发出消息? 按计划,调查他发出的求救信号的外星人一露面,汤姆就会发射心灵炸弹,但自从收到那伪造的求救信号之后,就再也没有他的消息了。

除了这些事情之外,那台该死的尼斯电脑还在要求和她通话。它没有启动吉莉安卧舱里的警报器,说明这还不是紧急情况,但她每次使用通信器时,都会听到模糊的滴答声,表明它希望与她交谈。

这一切都让她这样的女人只想爬到床上,在那儿待到天荒地老。

突然之间,舱门附近那群海豚一阵骚动。墙上的扩音器中传出了一阵简短而急促的三音海豚语,接下来是一段比较长的报告,用的是句式松散、音调极高的通用语。

"长官!"扎菲特激动地转过身来,"他们报告说……"

"我听到了。"她点了点头,"线路已经修复。代我恭喜修理团队,让他们回来休息几个小时。然后,请赫鲁卡-佩特立刻联络希卡茜。先确认她那边的情况,然后告诉她,除非她那边情况有变,否则我们会在21点发动飞船。我很快就会和她通话。"

"是,长官。"扎菲特转身游开了。

华塔瑟蒂默默地看着她,等她下令。

"好吧,"吉莉安说,"我们去给塔卡塔-吉姆和梅茨送行吧。你已经让船员检查过了吗?任何不在我们的清单上的物品都必须卸下飞艇,在那几个流亡者上飞艇之前,必须对他们进行彻底的检查。"

"是的。他们连信号弹都不准带。不准带电台,只准携带足够航行到小岛上需要的最低限度的燃料,一点儿不许多带。"

吉莉安几个小时之前亲自检查了飞船,当时梅茨和塔卡塔-吉姆还在打包行李。她还指出了几项需要注意的事项,其他人之前都没有想到。

"和他们一起的有谁?"

"三名志愿者,都是'陌生'的尖吻海豚。全都是雄性。我们搜过了他们的身,连阴茎鞘都查过了,他们什么都没带。现在他们已经在大救生船上了,随时准备出发。"

吉莉安点了点头,"不管怎样,先把他们送走吧,我们好继续进行下面的工作。"

她已经在脑中开始预演,该怎么向希卡茜讲述飞船上的情况了。

61. 希卡茜和苏西

"要记住,"希卡茜告诉席奥特和苏西,"无论如何都要保持无线电静默。另外,想法不要让那帮发疯的海豚在头几天里就把我们的给养吃光,嗯?"

席奥特合了合嘴巴表示赞同,不过从眼神看却多少有些保留。苏西说:"你确定不需要我们中的谁跟你一起去吗?"

"我确定。如果遇上什么灾难,我不希望有更多的人丧生。如果找到幸存者,可能会需要船上有更多的空间。不管在何种情况下,救生船都能够自动驾驶,我只需要在一边看着就是了。"

"你又不能一边驾驶一边战斗。"哈尼斯说。

"如果我带上炮手,也许就会忍不住想要打仗了。而现在这样,我会第一时间选择逃跑。要是'奔驰号'被击毁或者被俘,我必须把救生船开回你们这里,否则你们就全完了。"

苏西皱起了眉头,但很难反驳她的话。他很感谢希卡茜已经在这里留了这么久,让大家用救生艇的动力在沉船里建造出了一块适合居住的地方。

我们都在担心"奔驰号"和船长,不过希卡茜一定是最着急的。

"那么好吧,再见了,祝你们好运,希卡茜。愿依芙妮保佑你。"

"你们也一样。"希卡茜轻轻地嗑着苏西的手,然后又咬了咬席奥特左边的侧鳍。

席奥特和苏西从救生艇的空气舱离开了。他们回到自己的小艇上,然后从隐蔽的出口返回外星人的飞船。

小救生艇的引擎开动了,一阵低沉的轰鸣声渐渐传开,又在坠毁的外星飞船上方那庞大的海底崖壁上反射了回来。

那艘小小的太空梭缓缓向东开去,在水下逐渐加速。希卡茜选择了一条迂回的路线,在到达"奔驰号"的藏身之处前,还要绕一个大弯子。这样一来,别人可能会有好几天联系不上她,不过她的本意也正是如此,如果敌人还在"奔驰号"所在的地方守株待兔的话,她可不希望暴露自己是从哪个方向回来的。

席奥特和苏西望着小船,直到它消失在远处阴暗的海水中。过了很久,苏西已经什么都听不到了,席奥特还在缓缓地前后摇动着下巴,跟随着那渐渐消失的声音。

两小时以后,哈尼斯正在刚刚清理出的无水舱房躺着,享受这几天来第一次酣眠的机会,床上的临时通信器突然响了起来。

千万别再是坏消息了。他叹了口气。他躺在黑暗之中,用一条胳膊挡住眼睛,另一只手按下了通信器。"什么事?"他简短地问道。

是好运鬼阿卡,一名年轻的电子技师兼实习飞行员。因为激动,他的声音有些发抖,"长官! 席奥特说您应该赶快过来! 是飞船!"

苏西翻了个身,用胳膊支起了身子。

"'奔驰号'?"

"是的! 这条线路刚刚恢复! 他们要马上和希卡茜通话!"

苏西感到所有的力气都从胳膊流走了。他跌回床上,发出了呻吟声。噢,我的老天啊! 现在她一定已经跑出声呐通信的范围了!

在这种时候,我真希望能像汤姆·奥莱一样会用海豚语念叨才好。也许三音海豚语里有什么句子,能够正确地表达宇宙间这种粗暴又不失幽默的规律。

62. 流　亡

　　救生船平缓地滑出飞船,驶进基斯拉普那被晨光映成蓝色的海洋。

　　"你走错方向了。"螺旋形的舱门在身后合上之后,伊格纳西奥·梅茨说道。小船没有转向东方,而是沿着螺旋线路向上升去。

　　"只是绕个小弯,梅茨博士。"塔卡塔-吉姆平静地答道,"斯里卡-乔,告诉'奔驰号',我正在调整航道。"

　　副驾驶座上的海豚开始用口哨声和飞船交谈。声呐扩音器中传出愤怒杂乱的声音。"奔驰号"一定也注意到了救生船航向的变化。

　　梅茨的座位位置比较高,安放在了塔卡塔-吉姆的座位后面,他腰部以下都浸在水里。"你在做什么?"他问道。

　　"我还不大习惯这飞船的控制……"

　　"喂,当心! 你正朝侦测浮标开过去!"

　　梅茨大惑不解地看着,小艇加速朝正在拆除侦听装置的工人冲了过去,工人吓了一跳,尖声咒骂着逃开了,眼看着小船把那系在绳子上的浮标撞得粉碎。金属碎片被船头撞得飞出一段

410

距离,然后散落到黑暗的海底。

塔卡塔-吉姆看上去完全没有在意。他平静地把船头转向东方,以正常的航速朝着他们的目的地开去。声呐里传来一阵怒骂,梅茨不禁涨红了脸。品性良好的海豚本不该用这样的语言说话!

"告诉他们那是个意外。"塔卡塔-吉姆对副驾驶说,"转向舵出了问题,不过我们已经恢复了控制。我们会按照原先的命令,在水下前往小岛。"

救生艇沿着狭窄的峡谷前进,逐渐把明亮的灯光和"奔驰号"都抛到了身后。

"意外! 骗我叔叔的鸟去吧!"话音未落,控制室后方就传来了一阵窃笑声,"我已经猜到了,不把你的犯罪证据销毁掉,你是不会放心离开的,塔卡塔-吉姆。"

梅茨博士努力转过座椅,一下愣住了,"查尔斯·达特! 你为什么会在这里?"

一只穿着宇航服的黑猩猩正攀在储藏室的架子上,朝他咧嘴笑着。储藏室的门已经打开了。"为什么? 只是小小地发挥了一下主观能动性而已,梅茨博士! 现在你可以把这个写到你的笔记里去了,肯定会给我加分的。"他发出一阵嗤笑,笑声被宇航服上的扩音器放大了。

塔卡塔-吉姆也转过座椅,盯着黑猩猩看了一会儿。他哼了一声,又回过身驾驶小艇。

查理从储藏室里出来,跳进水里。可以看出尽管他穿了宇航服一点儿也不会溅到水,但仍是用了很大的勇气的。眼看水漫到他的头盔边缘,黑猩猩有些手足无措。

"但你是怎么……"梅茨问道。

查理从船舱里搬出一个又大又沉的防水袋,摆在梅茨旁边的单人座位上。"只是运用了一下推理思维。"他一边爬上袋子,一边说道,"我发现,吉莉安手下那些孩子只够用来监视那几只行为不检的尖吻海豚,所以就想了,为什么我不能找一条他们都想不到需要监视的路,爬到救生船上来呢?"

梅茨的眼睛睁大了,"是管道!在地球上的时候,维护飞船的工人是通过管道在船舱里活动的,现在都已经封上了,你可以从那里进入飞船的发动机室,然后再从里面下来……"

"猜对啰!"查理面带笑容地扣上了安全带。

"你需要拆掉几块隔板才能进到管道里,用的是千斤顶吧。海豚是没法在封闭的船舱里使用这种工具的,所以他们根本连想都没想到。"

"确实没想到。"

梅茨上下打量着查理,"从离发动机那么近的地方爬过来,你居然没被烤熟?"

"嗯……根据宇航服上的温度计显示,温度大概在三分熟到五分熟之间吧。"查理假装朝手指吹着气。

梅茨笑了,"确实,我应该把你显示出的这少见的独创性写进报告里,达特博士!欢迎你来船上。本来我以为会忙不过来的,又要观察基库伊人,又要照管你的机器人。现在你自己来做肯定好多了!"

查理急切地点了点头,"这就是我来这儿的原因。"

"非常好。也许我们还能下上几盘棋呢。"

"我很愿意。"

两人靠在座位上,朝窗外看去。海底的座座峭壁在窗外退去。每过几分钟,两人都要彼此看上一眼,然后忍不住笑出声来。尖吻海豚们都默不作声。

"包里都是些什么?"梅茨指着达特膝盖上那大大的背囊问。

查理耸了耸肩,"个人用品和仪器什么的。我只带了价值最大、体积最小的东西,最基本的生活必需品。"

梅茨点了点头,坐回自己的位置上。有这黑猩猩陪着自己走这么一趟,其实也是好事。当然了,不是说海豚有什么不好,但作为和人类相处较久的扈从,黑猩猩和他更聊得来。而且,海豚不会下棋也是值得诅咒的事。

过了一个小时,梅茨才想起来查理最开始说的话,也就是他刚刚出现在小船上时。那只猩猩说塔卡塔-吉姆是在"毁灭证据",是什么意思? 这可是非常奇怪的说法。

梅茨向达特提出了这个问题。"去问上尉吧。"查理嘟哝着,"他似乎明白我的意思,不过我们之间可谈不来。"

梅茨认真地点了点头,"我会问他的。等到了小岛上,我肯定会问他。"

63. 汤姆·奥莱

在毯子一样的水草那斑驳的阴影中,汤姆小心翼翼地从一个换气孔游向另一个换气孔。有面罩在,换一次气就可以游上很远的路。离小岛的海岸越来越近,寻找草丛的缝隙也越来越困难了。

等他最后爬上岸时,橙色的克瑟米尼太阳已经开始在厚厚的云层之后西沉。基斯拉普漫长的白昼还能再持续上一段时间,不过他还是很想念阳光直射时的温暖。他在两团海草之间爬出了水面,来到布满岩石的海岸上,随着身上水分的蒸发,他冻得瑟瑟发抖。他手脚并用,爬到了离海面几米高的一块圆形石头上,重重地坐在玄武岩般的石头表面,把呼吸面罩拉了下来,挂在脖子上。

他感觉小岛也在缓慢地抖动着,好像是在海水中起伏不定的软木塞。要过上一段时间才能习惯坚实的地面,汤姆不禁讽刺地想,这段时间正好够我处理完岛上的事情,然后再回到水里。

他把肩膀上那一块块绿色的软泥抹掉,潮湿的衣服逐渐变干了,但他还是在发抖。

饥饿。没错,就是因为饥饿。

至少这可以让他忘记潮湿和寒冷。他本想拿出最后一块干粮条,不过还是决定再等等。除非能在外星飞船的残骸里找到食物,否则后面上千千米的路上他就只有这么点东西可吃了。

小型外星巡逻船就坠落在山的那边,还可以看到冒起的黑烟。腾起的水汽和缓缓飘落的火山灰混在一起,在空中越升越高。每隔一段时间,汤姆都可以听到山体中发出低吼声。

好吧,该出发了。

他努力站起身来,开始向前走去。

整个世界还在摇摇晃晃。不过他还是很欣喜,至少自己还能毫不费力地站着。

也许吉尔是对的,他想,没准儿我还有些之前没有发现的本事呢。

他往右转去,只迈了一步,就险些摔倒。站直身子之后,他沿着满是岩石的斜坡爬了上去。真该谢谢手上这双网状的手套,这山道上布满了锯齿状的石头,每一块都像打火石一样坚硬。他一步步地接近了浓烟的源头。

他爬到小丘顶上,飞船的残骸映入眼帘。

巡逻船已经摔成了三块。船尾大部分泡在水里,被浅滩上那烧焦的水草埋住了,只有前端的裂口还露在外面。汤姆看了一眼面罩边缘的辐射计。如果需要的话,他能在这种环境下待上几天。

飞船的前半截沿着长轴方向裂开了,里面的设备都掉了出来,散在满是石头的海滩上。船头已经被拧成了麻花,露出里面那纠缠凌乱的电线。

他想抽出射针枪,不过想到时刻都有可能摔倒,还是空出双手比较好。

看上去也不难,汤姆心说。只要下去察看一下这该死的东西就行了。一步一步走。

他小心翼翼地走下斜坡,没再摔下去。

但巡逻船里已经没有多少东西剩下了。

汤姆在小块碎片里翻找着,认出了几样设备的碎片,但没有任何东西能告诉他他想要知道的事情。

而且也没有食物。

变了形的大块金属挡板四下都是。汤姆走近其中一片看上去已经冷却了的,试着把它举起来。实在是太重了,没抬起几寸就只能扔在一边。

汤姆双手扶膝休息了一会儿,重重地喘着气。

几米之外有 大堆浮木。他走了过去,抽出几根又干又粗的海草。这海草很结实,不过还是太软了,不能当撬棍用。汤姆一边摸着脸上的胡碴儿,一边思索着。他朝海上看去,海面上净是藤蔓,一直延伸到天边。最后他把干燥的藤蔓都收集起来,堆成两大堆。

天黑了。汤姆坐在用浮木点燃的篝火旁,用强韧的草藤编着一对又大又平的圆盘——形状有点像网球拍子,不过一边还带着环。他不知道这东西能不能起到他想的作用,不过明天就能弄明白了。

为了分散注意力,不让自己感觉到饥饿,他低声用三音海豚语唱起歌来。儿歌般的旋律在附近的悬崖间回荡。

※双手与火焰?

双手与火焰！
※用手啊，用火啊，
可以让你跃得更高！
※梦想与歌声？
梦想与歌声！
※用梦啊，用歌啊，
可以让你跳得更远！※

汤姆突然停了下来，轻轻地抬起了头。他静听了一会儿，然后把射针枪从腰间抽了出来。

是有什么声音吗？还是他的幻觉？

他悄无声息地从火光边滚开，匍匐在阴影之中，朝黑暗中看去，想像海豚一样听出东西的形状。他猫着腰从一个隐蔽处蹿向另一个，慢慢地绕着圈接近飞船残骸所在的海滩。

"巴基姆克莱夫——安那坦——皮克雷诺。弗人类弗？"

汤姆俯身躲到飞船的碎块后面，趴在地上。他张开嘴，努力不发出呼吸的声音，仔细聆听着。

"弗'人类——肯特'宋夫？"

话音里带着回声，仿佛是从金属洞穴里发出来的……是从飞船的碎片里传来的吗？有幸存者？还是我想象出来的？

汤姆大声说："博克齐'克莱夫。弗'人类伊代斯。弗-泰纳尼-克里夫？"他等了一会儿，等黑暗中传来了回答的声音，便站起身来跑了过去。

"伊达苔斯——弗-泰纳尼-克里夫……"

他又一次俯下身子，躲到另一块金属碎片的后面，手足并用匍匐着前进，朝机头的另一边扫了一眼，接着条件反射地抽出了武器,直直地指向一双眼睛。这双眼睛长在硕大的、丑陋的面孔上,离他只有一米远。在昏暗的星光下,汤姆看到这张脸正扭曲着。

之前他只见过一次泰纳尼人,另外在卡斯赫林的学校里学习了一星期和他们有关的课程。面前这个外星人半蹲在一块巨大的、扭曲的金属板后面。汤姆猜测他的表情意味着痛苦:侦察兵的胳膊和后背都被一块机壳压断了。

"弗'人类–特'巴齐特–帕……"

汤姆换了另一种语言。泰纳尼人用的是六号格莱蒂克语的一种变体。

"……不会杀你的,人类,就算我有办法也不会。我只希望你能和我聊聊,陪我打发打发时间。"

汤姆把射针枪插进皮套,走上前去,盘腿坐在飞行员前面。出于礼貌,他决定听听这个外星人的话,如果对方需要帮忙的话,汤姆也很愿意帮他从痛苦中解脱。

"很抱歉我没法救你。"汤姆用六号格莱蒂克语答道,"虽然你是敌人,但我从不认为泰纳尼人是十恶不赦的种族。"

外星人的脸又一次扭曲了。他头顶的羽冠不时撞着金属的舱顶,每次碰到时都不禁缩了缩肩膀。

"我们也不认为你们人类无药可救。虽然你们顽固不化,野蛮又无知。"

汤姆鞠了一躬,只管把这当成是对地球人的夸奖好了。

"我已经准备好终结你的痛苦,如果你希望的话。"他提出。

"你很善良,但这不是我们的方式。我会等待,直到痛苦将我的生命消耗完毕。大幽灵会裁判我,视我为勇敢者。"

汤姆垂下眼睛,"愿他判你勇敢。"

泰纳尼人的呼吸越来越不规律了,眼睛也闭了起来。汤姆的手按在腰间,碰到了鼓起的心灵炸弹。"奔驰号"上的人还在等我的消息吗?他想。如果没有收到我的信号,克莱代奇又会怎么做?

我必须知道,基斯拉普星外层空间的战事到底进行得如何了。

"为了交流,也为了消磨时间,我们互相问问题行吗?"汤姆提议。

泰纳尼人睁开了眼睛,目光中似乎带着感激,"很好。很好的主意。作为长者,理当由我开始。我会问简单的问题,不会让你太为难。"

汤姆耸了耸肩。我们接触大数据库已经三百年了,而在那之前,我们就已经有了六千年复杂的文明史。但还是没有人相信,人类并不是无知的野人。

"你们离开摩尔格伦之后,为什么没有逃到安全的地方去?"侦察兵问道,"地球不会保护你们,那些把你们引上邪路的泰姆布立米人,那些无耻之徒也不会理睬你们。但'逊位派'却有强大的力量。和我们在一起你们是安全的。为什么你们不投奔我们?"

说起来简单!如果事实真的是这样,如果地球人真的有一个强大的盟友,可以让"奔驰号"投奔过去,而又不会要求"奔驰号"和地球付出无法承受的代价,那该有多好。该如何告诉泰纳尼人,所谓的"逊位派"和其他那些宗教疯子比起来也强不到哪儿去呢?

"人类的原则是绝不向任何威胁投降。"汤姆说,"从来不会。我们从历史中学到了这一传统的价值,这比从大数据库的年鉴中学到的知识更有用处。我们只会将发现提交给格莱蒂克管理局，而且只能由我们的地球议会领袖亲自提交。"

提到"奔驰号"的"发现"，泰纳尼人的脸上明摆着写满了兴趣，但他还是礼貌地遵守约定的秩序，让汤姆提出下一个问题。

"泰纳尼人在空中占了优势吗?"汤姆急切地问道，"我看到坦度人了，是谁在统治天空?"

空气穿过飞行员的呼吸孔时发出尖啸的声音，"光荣者战败，杀戮的坦度人繁荣，索罗异教徒众多。我们尽力战斗，但光荣者仍在败退。异教徒将夺取奖赏。"

这说法实在有欠得体，毕竟所谓的夺取"奖赏"中的一员还坐在他面前。汤姆低声骂了一句。他应该做什么呢? 有些泰纳尼人活下来了，但该不该因此就告诉克莱代奇可以起飞?

他们该不该采用那样的计策? 就算成功，也不过是获得一些弱小的盟军而已，又能有什么作用?

泰纳尼人的呼吸变得混乱。

虽然轮到外星人提问，但汤姆还是问了下一个问题。

"你冷吗? 我可以把火堆挪到这边来。另外，趁谈话的时候，我还有些其他事要做。如果这是种冒犯的话，我请求你的原谅。"

泰纳尼人用猫一样的紫色眼睛盯着汤姆，"你很有礼貌。我原以为你们人类不知何为礼节。或许你们生性尚佳，只是未经教化……"

侦察员打了个喷嚏，呼吸口中喷出了一团沙粒。汤姆赶快把他的营帐挪了过来。在跳动的火光旁边，泰纳尼人叹了口气，"被困在这样一个原始的世界，濒临死亡的时候，靠狼崽手工取火的技术取暖真是再适当不过了。我谨要求你向一个将死之人讲述你的发现。不用告诉我你们的秘密，我只要听一个故事……一个关于'伟大回归'的奇迹的故事……"

汤姆再次回想起那段记忆,不禁浑身发抖。

"想象一群浮在太空中的飞船,"他说道,"古老的宇宙飞船,每艘都残破不全,如月亮一般庞大……"

当汤姆在火堆旁边那温暖的珊瑚岩上醒来的时候,天色已近破晓,晨光在海岸上投下长长的黯淡阴影。

汤姆感觉好多了。胃部已经逐渐习惯了饥饿,而睡眠又给他补充了不少能量。他还是很虚弱,不过已经有了足够的力气,够找到下一个可能的藏身之处。

他坐起身来,拂去身上那五颜六色的沙子,朝北方看去。浮在海面上的飞船仍然在那里,他仿佛看到了希望。

在他的左边,那巨大的船头下面,泰纳尼侦察兵仍然在平缓地呼吸着,慢慢走向死亡。汤姆讲着浅滩星群的故事时,泰纳尼人一边听着那闪亮的巨大飞船、那船体上神秘的符号的故事,一边沉沉睡去。汤姆怀疑这只生物还会不会再度醒来。

他正打算转身去捡昨晚自己编出的鞋子,突然看到东边的地平线上出现了什么东西。他皱起眉头,用手遮住阳光朝东望去。

如果他把望远镜带来就好了!

他眯着眼睛看了过去,终于看清了在越来越亮的地平线上缓缓移动的一排影子,每一个影子都长着细长的腿,还有一个更小的东西在缓慢地移动着。那排剪影正慢慢朝北方飞去。

汤姆打了个激灵。它们朝那艘蛋形沉船飞去了。如果不快点行动的话,他最后一线生存的希望也将消失。

现在他已经可以看出来了,那是坦度人的飞船。

第六章　消　散

　　我们还不清楚,海兽是否能够忍受这样长期的追捕,这样无情的伤害……

　　最后的鲸,就像最后的人一样,吸了最后一口烟斗,然后消失在最后一口烟雾中。

——赫尔曼·梅尔维尔[1]

---

①赫尔曼·梅尔维尔(Herman Melville,1819–1891),美国小说家。

64. 克莱代奇 / 萨奥特

克莱代奇集中精神盯着全息显示屏。自己说话比听别人讲话要容易一些。他每次可以想出一两个词的拼法，然后慢慢把它们说出来，就像用细绳穿起一串珍珠一样。

"神经连接……修复……被吉莉安和玛卡尼……但是……但是……语言……仍然……仍然……"

"仍然没有恢复。"萨奥特的形象点了点头，"你现在还能用工具吗？"

克莱代奇集中注意力，思考着萨奥特那个简单的问题。你——能——用——……每个词都很清晰，含义也很明确，但合在一起又是什么意思？真让人丧气！

萨奥特换成了三音海豚语。

※玩乐的工具？

有气球

还有飞船——

※你的长嘴

是为了供人娱乐

还是为了做飞行员——*

克莱代奇点了点头。这样听起来就清楚多了,但就连三音海豚语,对他来说也像是异乡人的语言一样,理解起来很有难度。

*蜘蛛机行走器,行走器,行走器
*全息仪通信器,通信器,通信器
都是我的玩具,都是——

克莱代奇转开了眼睛。他知道,就算刚才那短短的几个词里,也带上了原始海豚语的元素,比如无意义的重复,高昂的啸声。自己分明还有意识,脑子可以正常工作,但在别人看起来却如此迟钝愚蠢,这让他感到非常耻辱。

与此同时,他不知道萨奥特有没有注意到他话里那梦中语言留下的痕迹——上古众神的声音。

听着船长说话,萨奥特有种如释重负的感觉。最初交谈的情况还算不错,但临结束时克莱代奇的注意力开始无法集中了,尤其是萨奥特开始对他进行一些语言学测试的时候。

现在,经过玛卡尼最后这次手术之后,他看上去已经专心多了。

萨奥特决定换一种方法测试克莱代奇的听力,把自己的发现讲给他听。萨奥特小心翼翼地放慢语速,用三音海豚语告诉克莱代奇自己通过钻孔树隧道里的一台机器人听到了"歌声"。

萨奥特用尽量简单的词语缓缓向克莱代奇解释着,船长开始时看上去有点不明所以,但很快似乎就明白了。事实上,从他的表情来看,对他来说,整个行星都在唱歌似乎是再自然不过的事情了。

"连接……连接我……求你……我要……要听……"

萨奥特合上嘴巴表示赞成,满心欢喜。不过,克莱代奇的语言中枢都烧毁了,恐怕除了静电声音之外什么都听不出来了吧。萨奥特也是凭借着自己经历过的细致的训练,以及长期的语言工作经验,才在静电声中找出了蛛丝马迹。然而除了那次显然带着怒意的吼叫之外,地底的声音一直模糊不清,无法捕捉。

想到那阵清晰的吼声,他的身体还是瑟瑟发抖。

"好吧,克莱代奇,"他一边说,一边接通了线路,"仔细听着!"

克莱代奇闭上眼睛,集中精力开始聆听线路中那噼噼啪啪响个不停的静电声。

65. 吉莉安

"该死,真该死!好吧,我们不能等她回来再行动了。希卡茜绕一个大圈回来需要两天时间,而按我们的计划,到那时,我希望'奔驰号'已经安全地移动到海马里了。"

苏西的影像耸了耸肩膀,"好吧,你可以给她留个字条。"

吉莉安揉了揉眼睛,"我正打算这么做。我们会在'奔驰号'现在的位置留下一台单纤维中继机,这样也好继续和小岛上的人员保持联络。我会在中继机里留下信息,告诉她我们已经出发了。"

"俊雄和丹妮怎么办?"

吉莉安耸肩道:"之前我是希望派小型救生艇去接他们和萨奥特的……也许还能接上汤姆。不过按目前的情况,还是让丹妮和萨奥特开他们的小艇到你们那里吧。我真不想这样。这很危险,而且在我们出发之前,我需要俊雄留在岛上看管塔卡塔-吉姆。"

她没有提到另一个原因,她希望让俊雄尽量在岛上多待一会儿。他们都知道,如果汤姆·奥莱能驾驶滑翔机返航,肯定会飞往海岛的。如果这样的话,吉莉安希望能有人在岛上等他。

"你真的准备抛下梅茨和塔卡塔–吉姆了?"苏西看上去有些不解。

"当然,还有查尔斯·达特。他混到了大救生艇上。这是他们自己的选择。他们希望在格莱蒂克人把我们送上西天之后返回地球。当然,他们可能是对的。不过最后的决定权在希卡茜,等她回到飞船之后,她才是下命令的人。"吉莉安摇了摇头,"依芙妮好像已经不准备理睬我们了,不是吗,哈尼斯?"

老工程师笑了,"幸运总是无法捉摸的,要不怎么说她是位女士呢。"

"呸!"吉莉安实在没力气和他抬杠了。控制台上,全息图像旁边的一盏灯闪动了起来。

"就这样了,哈尼斯。引擎室已经准备好了,我现在要过去了。我们马上就会出发。"

"祝你好运,吉莉安。"苏西打出一个OK的手势,然后结束了通信。

吉莉安扳动了一个开关,把通信线路切到小岛那边,"萨奥特,这里是吉莉安。很抱歉打扰你的工作,不过你能不能告诉船长,我们准备出发了?"按照惯例还是要让克莱代奇知道的,毕竟"奔驰号"是他的飞船。

"是,吉莉安。"通信器中传来了一阵高频率的啸声,其中有些音节不断地重复着,似乎是很像原始海豚语的三音体。虽然吉莉安的听力经过基因改造强化了,但大部分音节的频率还是超出了她的听力范围。

"船长希望出去看看。"萨奥特说,"他保证不会走太远。"

吉莉安想不出有什么理由拒绝,"没问题。不过告诉他要先让华塔瑟蒂给他检查一下,让他坐小艇去,另外一定要小心! 如果他走丢了,我们可没有多余的人手去找他回来!"

又是一阵尖厉的叫声。吉莉安很难听清他们讲的是什么,不过克莱代奇还是发出了表示理解的信号。

"噢,对了,萨奥特,"吉莉安添上一句,"告诉俊雄,救生艇一到就马上和我联系。"

"明白!"

吉莉安切断了连线,起身开始着装。需要同时处理的事实在是太多了!

真不知道我的选择是不是正确,比如让查尔斯·达特偷偷溜走。如果他或者塔卡塔-吉姆做出什么出乎我意料的事,又该怎么办?

控制台角落有盏小小的灯一直在闪着。尼斯电脑还在要求和她通话。不过那闪光也不是很急切,吉莉安决定还是先把这事放一放,急匆匆地走出船舱,去监督飞船的启动准备工作了。

66.　阿　齐

阿齐的肌肉一阵发痛。他慢慢地从一道海沟游出来,之前的一夜时间里他一直躲在这里,直到黎明降临。

做了几次深呼吸之后,他又潜进水里,把一群鱼一样的生物吓得四散逃窜。这些怪鱼身上的鳞片反射着晨光。他没多想什么就冲进了鱼群,咬住了一条大鱼,然后紧闭着嘴巴,直到它停止挣扎。但鱼身上散发出一股刺人的金属味道,他只好将它甩开,连连吐着唾沫。

浮上海面后,他看到东方的天空中飘过一道红色的云彩。他的复胃发出饥饿的呻吟。不知这声音会不会被身后的追兵听到。

这真不公平。如果克萨-琼找到我,至少他还会有点东西吃!

阿齐摇了摇身子。这是什么鬼念头!"他不会吃了你的,军校生。克萨-琼不是食人族,他是……"

他是什么?阿齐还记得昨晚日落时分那最后一场追逐,当时他费尽力气来到这条金属圆丘组成的岛链时,离身后追他的人只有几米距离了。然而在小岛之间的追逐战中,双方激起层层气泡与水波,加上发出的阵阵吼声,让海底变得一片混乱。最后他终于找到了一个藏身之处,在此后的几小时里,总能听到断断续续的声呐冲击声,这证明克萨-琼一直不曾远去。

每次想到这位水手长,阿齐就感到脊梁骨一阵发抖。那到底是怎样的生物啊? 让他恐惧的不只是这次毫无道理的追杀,对方在追捕自己时所表露出的某些东西也不对头。巨海豚的声呐波中包含着某些狠毒的意图,让阿齐情不自禁地想要蜷成一团。

当然了,尖吻海豚的基因可能会影响他的体型和理智,但克萨-琼身上还有着别的什么东西。水手长的基因库中一定混进了一些非同一般的片段,一些令人恐惧的元素,一些像阿齐这样在卡拉非亚上长大的海豚从不曾遇到过的东西。

阿齐游到珊瑚丘陵的边缘地带,把嘴巴朝北边探出。那边没有什么奇怪的声音。

他摇着尾巴游了出来,朝四周看去。是往西走,还是往北? 去找希卡茜还是俊雄?

北边更好一些。这一条丘陵带可能会一直延伸到营地所在的地方,可以给自己提供保护。

他冲过了一片四分之一千米长的开阔地带,来到下一座小岛旁边,然后静静地听着。四周没有什么变化。现在呼吸起来也没那么困难了,他穿过一片又一片海面,每次都高速冲刺,然后停下来聆听,然后再小心翼翼地前进。

有一次,他在右边听到了一阵奇怪而繁杂的吵闹声,连忙停了下来一动不动,不过很快就意识到,那不可能是克萨-琼的声音。他稍稍绕了个弯,游过去看个究竟。

长着蓝色面孔和气球般气囊的生物散乱地排成一排,手里拿着粗糙的工具和渔网,网里兜满了不断跃动的猎物。除了之前丹妮·苏德曼和萨奥特送回来的全息图像之外,这还是阿齐第一次看到基斯拉普的这些原住民,基库伊人。他看了一会儿,感到很有趣,就朝他们游了过去。他估算着自己还在俊雄的小岛南边很远的地方,不过如果这就是俊雄正在研究的那群基库伊人……

但猎人们一看到阿齐,就惊慌地叫了起来。他们纷纷扔下渔网,爬上附近那覆盖着藤蔓的小岛。阿齐明白了,自己一定是遇到了另一个部落,一群从没见过海豚的基库伊人。不过,看到这些基库伊人还是有意义的。他看着最后一个土著生物爬出了视野,然后继续往北游去。

但他刚刚绕过下一个小岛的北端,就感到一阵尖锐的声波扫过身体。

阿齐发出一声惊叫。怎么可能!难道克萨-琼也按照他的逻辑分析了这岛链?或者是他那恶魔般的本能在指引着他,应该到哪里去追逐猎物?

奇怪的叫声再次扫过他的身体。过去整整一夜,阿齐都在这时而尖厉时而低沉的叫声中颤抖着,而现在,声音变得更加诡异了。

叫喊声又一次响起,这次离得更近了。阿齐知道,他没法再躲下去了。那叫声会寻遍岩石上的每一处缝隙,直到恐惧压垮他的心智。他必须想法冲出去,趁自己还能控制自己的思想!

67．基皮鲁

战斗在黎明前的黑暗中爆发了。

几小时前,基皮鲁意识到他身后追兵的小艇并没有熄火的迹象,引擎一直在嘶吼,但还没有罢工。基皮鲁开始继续加大推进器的功率,但为时已晚。没过多久,他就听到身后传来鱼雷的号叫声,显然是冲着他来的。他朝左边拐了一下,然后向下闪去,甩出压舱物,在船尾留下一片杂乱的气泡。

鱼雷从他身边擦过,消失在头顶的黑暗当中。后面传来经过了放大的叫喊声,透着失望与恼火,在海底的沟壑与丘陵间回响着。基皮鲁已经习惯了追兵那原始海豚语的脏话。

就要到达金属圆丘了。几小时之前,两只海豚游到了这里,然后就消失不见了。游近圆丘时,基皮鲁听到了远处捕猎的呼号声,脑中想象出的画面令他一阵发抖,根本不敢相信那是真的。他开始为阿齐担心起来。

不过现在他还有自己的麻烦。在收拾掉尾随着自己的那个白痴之前,他只能祝阿齐好运了。

头顶的水面已经越来越亮了。基皮鲁操纵着小艇驶过一片起伏的海底,然后将引擎功率降低,缓缓地等待着。

莫奇眼看鱼雷没命中目标,不禁骂了一句。

#牙齿比——比——

所有东西——

#都要好! #

他左右摇摆着嘴巴。到这时候,他已经完全放弃了小艇上的传感器,纯粹凭借着本能控制着机器。

那个自作聪明的混蛋在哪儿! 有种出来和我打啊!

莫奇又累又烦,同时感觉到无比无聊。他从来没想到,成为伟大的雄海豚后居然会如此乏味。莫奇想要找回那种如火如荼的冲动,想唤回体内那嗜血的感觉,然而脑中想到的只有杀死鱼类的场景,而不是海豚。

如果他能模仿出刚刚听到的克萨–琼那猎手的呼叫中蕴涵的野性,那该多好! 莫奇已经不再痛恨那位吓人的水手长了,相反,他觉得克萨–琼代表着纯粹而野蛮的天性。他想干掉那只故作机灵的宽吻海豚,把他的脑袋带给克萨–琼,以证明自己作为追随者的价值。那之后,他自己也可以变得更加原始,更加恐怖,不再有任何人敢阻挡自己。

莫奇操纵着小艇绕了个圈,和海底保持着很近的距离,这样才能充分利用声波的阴影。宽吻海豚调整方向拐向了左边,他拐的弯的弧度肯定超过了莫奇,所以莫奇只需要找到合适的航线,就肯定能追上他了。

莫奇开始追踪基皮鲁的时候正在巡逻,所以小艇上装了不少鱼雷。他肯定对方是没有任何武器的,于是更加急不可耐地想要终结这场无聊的追杀。

有声音! 他赶快转了个身,结果却把鼻头碰到了塑料的舱顶上。莫奇控制着小艇向前猛冲,将又一枚鱼雷压上了膛。这次一定要干掉敌人!

前方的岩层出现了一道裂缝,那是一条宽阔的海底峡谷。莫奇灌入压舱水,沿着岩壁往下降去,过了一会儿,他拉起操纵杆停了下来。几分钟之后,左边传来了引擎的轰鸣声,声音越来越大。他追击的那艘快艇靠着谷壁停了下来,停在很深的地方。

转眼之间,莫奇就来到了敌人的上方。他决定不要马上开火,否则实在是太便宜基皮鲁了!他要让那个聪明鬼听到死亡在身后从天而降的声音,要让对方避无可避,在自己的鱼雷把对方撕成碎片之前,要让他充分感受到恐惧!

他的快艇发出咆哮,然后开始冲向猎物。对手已经来不及闪避了!莫奇发出乌鸦般的欢呼声,

#海豚群中最伟大的——
#乃是雄海豚!#

莫奇的歌声停了下来。那个机灵鬼为什么没有逃跑?

他一直完全依赖于听觉,直到这时才想起睁开眼睛,看向自己的猎物。

另一艘小艇是空的!它正在水中缓缓漂动着。但这样一来……

※猎手的耳朵
造就了雄海豚——
※眼睛

和大脑
造就了飞行员——※

声音是从他上面传来的！莫奇大叫一声，一边掉转小艇，一边想要发射鱼雷，但引擎发出一阵绝望的哀号，彻底停止了转动。他的神经链接开始僵死，最后看到的是一只通体光滑的灰色宽吻海豚，就在他上方两米的水中，牙齿反射着水面上传下来的光线。

※而愚蠢
只能造就
尸体——※

飞行员的焊枪迸发出耀眼的蓝色激光，莫奇只来得及发出一声尖叫。

68. 汤姆·奥莱

他们是从哪儿来的?

汤姆·奥莱躲在一堆低矮的海草后面,看着几支外星人的编队出现在地平线上。他数了数,至少有三队人马,沿着三个不同的方向朝漂浮在水面上的蛋壳形沉船前进着。

在他身后大约一英里的地方,火山仍然发出沉闷的声音。他在黎明时分离开了泰纳尼侦察船的残骸,临走前把一碟宝贵的淡水留在了即将死亡的飞行员嘴边,万一他醒过来还能够到。

看到坦度人的部队之后,他马上就动身了,其间还在黏滑而崎岖的水面植物上试了试自己新编出的"草鞋"。这双向外倾斜的雪鞋一样的装备可以让他小心地在光滑的藤蔓毯子上行走。

起初他比对方的速度还要快上一些,但坦度人很快就找到了新办法。他们不再在沼泽地中挣扎着往前挪动,步伐变得轻快了。汤姆低伏着身子,不禁暗暗担心,万一被对方发现的话会怎么样?

这时他发现了另外两队外星人,一队从西南方来,一队则来自西方。他还没法看清这两队人的样子,只能看到远方起伏的地平线上有一串小点,慢慢地、艰难地往前走着。这帮家伙是从他妈什么地方来的?

　　离他最近的是坦度人。至少有八到九个,排成一列。他们把六条长腿叉开,分担着身体的重量;胳膊底下夹着长长的、闪闪发光的器械,看上去只能是武器了。他们正在迅速向前走去。

　　汤姆开始猜测他们的新战术。这时他注意到,有个坦度人没有携带武器,而是牵着一只长毛的生物,正慢吞吞地往前走着。牵着它的坦度人偶尔会伏下身子,仿佛是在哄它做什么事情。

　　汤姆冒险把头抬起几英尺,从圆丘上面看了过去。

　　"见鬼,我怎么忘了这个!"

　　那长毛的生物正在创造陆地——或者至少是在那一小队人前面狭窄的范围里制造出坚固的表面!这条小路的两侧都有微弱的闪光,那是现实世界在与这有害的干扰相冲突。

　　那是一只埃匹西亚奇!汤姆恍惚间差点忘记了自己的处境,开始庆幸自己能够看到这少见的景象。

　　他看到小道在某一处断裂开来,小道旁边闪光的带子突然合拢,发出轰鸣声。站在那里的坦度战士掉到了海草中,他挣扎着,但毫无效果,只是把草毯扯出一个大大的窟窿,最后像石头一样沉入海中。

　　其他坦度人似乎根本没有注意到,小路断裂处后面的两个坦度人直接跳了过去。减少了一名成员的队伍继续朝前行进。

　　汤姆摇了摇头。他必须先到达沉船!一定不能让任何坦度人从身边超过去。

　　但如果他有任何举动,哪怕是接着走下去的话,肯定都会被对方看到。他丝毫不怀疑敌人们使用身上武器的效率。作为战士,人类是不敢轻视坦度人的。

他很不情愿地蹲下身子，解开了草鞋上的带子，把它们扔到旁边，然后小心翼翼地来到草地上的一道裂口跟前，蹲在水边。

他慢慢地数着数字，一直等到听见那队格莱蒂克人越走越近。他在脑子中勾画着对方的动作。

深深地吸了几口气之后，他戴上潜水面罩，收拾了一下确保严丝合缝，然后把收集气体的鳃泡理顺。接着从腰间抽出射针枪，用双手握好。

汤姆踩在两根结实的草根上，试了试保持平衡。水池就在自己身前。

他闭上了眼睛。

※听啊
那是虎鲨在摇动
尾巴的声音——※

他感觉到了那些外星疯子发出的强大心灵电波，离他只有八十米左右了。

"吉莉安……"他叹了口气，然后迅速站起身来，抽出武器，睁开眼睛开始射击。

69. 俊 雄

他们不顾俊雄的反对,用救生船上最后的能量升到了小岛顶部的平台上。俊雄曾提出把金属圆丘下面的空洞炸大一些,但塔卡塔-吉姆却冷冰冰地拒绝了。

这意味着要多干两个小时的苦力活儿,把砍下的树枝盖到小船上,把飞船隐藏起来。俊雄真不知道,如果格莱蒂克人的战事结束,开始集中注意力在行星表面搜查的话,这样的伪装能派上什么用场。

他本以为梅茨和达特能帮些忙的。俊雄让他们去砍树枝,但结果发现自己几乎要手把手地教他们做每一件事,还弄得达特一肚子脾气:他不能接受自己被一个军校生指使,就在几天前这军校生还在受自己指挥呢。显而易见,他想要先去看看自己那堆器材,在被编入工作小组之前,他刚刚把那些东西卸到钻孔树的水池旁边。梅茨是很愿意帮忙,不过他也急着去跟丹妮谈话,这么一分心,简直就是在帮倒忙了。

最后俊雄还是把两人都送走了,独自完成了这项工作。

终于把整艘船都盖住了。俊雄坐倒在地,靠着一棵油果树的树干休息。

　　该死的塔卡塔–吉姆！原本俊雄和丹妮只需要看着他们扎下营来，把关于基库伊人的报告交给梅茨，就可以驾驶小艇离开这里了！吉莉安要他们在几个小时之内就出发，而现在他们还什么都没干呢！

　　更重要的是，"奔驰号"在大概一个小时前才警告他，可能会有一名偷渡乘客。虽然明知查理从飞船上的实验室里偷走了成打的器材，但吉莉安还是决定不以违抗命令的罪名逮捕他。俊雄很庆幸自己少了一项麻烦的工作。毕竟在这座小岛上并没有什么地方可以用来关人的。

　　俊雄左边树丛的枝叶发出一阵声响。那是机器运转的声音，其中夹着树枝被折断的声音。四台蜘蛛机从树丛中蹿出，来到他这片小小的空地上。每台装甲机体上面的悬浮平台上都躺着一只尖吻海豚，通过神经接口操纵着蜘蛛机那四条细长的机械腿。看到它们出现，俊雄站起身来。

　　塔卡塔–吉姆从他身边经过，冷冷地扫了他一眼，一句话也没说。另外三台蜘蛛机紧跟在他身后，穿过这片空地，又回到了树林里。尖吻海豚们用三音海豚语尖声交流着。

　　俊雄看着他们的背影，发现自己居然一直屏着呼吸。

　　"我不太了解塔卡塔–吉姆，但那些和他一起的海豚们可是比阿特拉斯特上的穴居海豚还要疯狂。"他摇了摇头，自言自语道。他之前在卡拉非亚上只见过几只所谓的尖吻海豚，每只都带着点古怪的习性，性格里有优点，也有缺点，就像萨奥特一样。但他从没见过像副船长的跟班那样的眼神。

　　机器的响声逐渐消失了。俊雄站起身来。

　　他不明白为什么吉莉安会让塔卡塔–吉姆就这样走掉。为什么不干脆把他和他的同伙关进禁闭室得了？

也许她是想让一部分船员乘上大救生船,如果"奔驰号"在逃脱过程中失败了的话,可以让他们想法悄悄溜回地球。也可能,吉莉安已经没有足够可以信任的人选可派了。但……

他转身朝基库伊人的村子跑去,边跑边想。

当然了,大救生船已经没法工作了。理论上讲,就算塔卡塔-吉姆想和格莱蒂克人联系,也没有机会。而且,俊雄也想不出他要和外星人联系的理由。

但如果他有理由呢？ 如果他有办法呢？

俊雄只顾担心这个,差点没撞到树上。他抬起头来,纠正了自己走的路线。

我必须弄个明白,他下定了决心。今晚我就要搞清楚,他到底会不会惹出麻烦。

就在今晚。

部落里的成年人在村子中间的开阔地蹲成一圈。伊格纳西奥·梅茨和丹妮·苏德曼坐在一边,"巢穴之母"在他们对面叫唤着,她的气囊上长着红绿相间的条纹,现在已经鼓得满满了。部落中的长老们坐在她两侧,气囊也在不住地起伏,在树丛间照过来的阳光中,好像一排染着明亮色彩的气球。

俊雄在空地边上停下了脚步。阳光从树林间洒下,映照着两个种族密谈的场地。

基库伊人的巢穴之母喳喳叫着,上下挥舞着她的爪子,丹妮说过这是开心的表情。如果这位年龄最大的女性生气的话,她就会交叉双手。真庆幸对方用的是这么简单的表达方式。部落里其他的成员重复着她的声音,有时候会先她一步叫出声来。他们的声音起伏着,像是一曲合唱。

伊格纳西奥·梅茨激动地点着头,有时用一只手盖住耳朵,听翻译电脑里传来的声音。当合唱声结束时,他朝着麦克风说了几个词,电脑的扩音器中发出一串长长的高音。

丹妮露出欣慰的表情。她一直为这位提升专家与基库伊人初次会谈担心不已。不过显然,梅茨并没有破坏她与这些前智能种族之间长期而谨慎的协商。看起来会议可以用令人满意的方式结束了。

丹妮看到了俊雄,脸上露出灿烂的笑容。她没打招呼就站起身来,离开了那个圈子,急匆匆地朝等在空地边缘的俊雄跑了过来。

“怎么样?”俊雄问。

“太棒了!看起来我发到‘奔驰号’上的每个字他都认真读了!他能理解原住人那成套的制度,对各种性别和年龄、身份的肢体表达都很合理,而且他说我的行为分析是‘典范式’的!典范式!”

俊雄微微一笑,分享着她的喜悦。

“他还说要推荐我在提升中心就职呢!你能想到吗?”丹妮激动得不禁跳了起来。

“条约的事怎么样了?”

“噢,他们随时准备着呢。如果希卡茜能把小救生船开到这儿来,我们就可以用‘奔驰号’带走一打基库伊人,否则的话,就只能让梅茨用大救生船带几个回地球了。这些都已经谈好了。”

俊雄回头看着那些满心欢喜的村民,不想流露出担心的情绪。

当然了,对整个基库伊人种族来说这是件好事。有人类作庇护种族,比被其他星际种族庇护要好太多了。在收他们作扈从之前，人类基因学家必须对活体生物进行基因检测，所以他们必须想法保证让这批原住民活下来。丹妮的部分工作就是研究他们的生理需求，包括给他们服用必要的微量元素。不过，第一批原住民活下去的概率非常之小。就算能活下来，俊雄也不确定这些基库伊人会变成多么陌生的生命。

他们还不是智能生物，俊雄提醒自己。根据格莱蒂克法律，他们还只是动物。而且，和五大银河中其他种族不一样的是，至少我们会试着用他们那有限的知识能理解的方式向他们解释，并征求他们的同意。

但他还记得那个风暴之夜，大雨倾盆而下，电闪雷鸣，是这些原住民保护着他，还有他受了伤的海豚朋友。是他们给了自己温暖，给了自己和绝望斗争的勇气。

他转身离开了阳光明媚的空地。

"也就是说，你没必要在这里待下去了?"他问丹妮。

丹妮摇了摇头，"我还是希望能继续在这里待上一阵。既然基库伊人这边的事情了结了，我就可以去研究圆丘了。这就是前几天我为什么一直非常生气。除了要同时做两件活之外，我在那方面的研究毫无进展。不过现在问题马上就要解决了。你知道吗，金属圆丘的核心是活的? 它……"

俊雄不得不打断她的滔滔不绝："丹妮! 等一下，好吗? 回答我的问题，你准备好离开了吗?"

丹妮眨了眨眼睛，皱起了眉头，"是'奔驰号'吗? 有什么事情不对?"

"他们已经在几小时前就动身了。我希望你整理好所有的笔记和样本，放到小艇上去。你和萨奥特今天上午就得出发。"

她看着俊雄，慢慢开始理解他的话了，"你是说，你，我，还有萨奥特,是吧?"

"不。我还要再在这里待一天。必须这样。"

"为什么?"

"丹妮,我现在还不能说。按我说的办好吗,求你了。"

他转身朝钻孔树的方向走去,丹妮抓住了他的胳膊。俊雄没有理睬她,继续往前走,丹妮紧跟着他。

"但我们之前说过要一起走的! 如果你有什么事要做的话,我等你!"

俊雄没有答话,继续往前走。他实在想不出该怎么回答。他终于赢得了她的尊重,让她喜欢上了自己,但他在几个小时之后就要失去她了,这真让人难过。

如果成长就意味着这些,那就去他的吧。俊雄想,这感觉糟透了。

他们往水池边上走去,却听到那边有人高声争论着什么。俊雄加快了脚步,丹妮也跑了起来,很快他们就看到水池边的空地了。

查尔斯·达特尖声高喊着,紧紧抓着一根细长的柱状物体,而物体的另一头则抓在塔卡塔-吉姆蜘蛛机的操纵臂手中。查理努力和机械的力量抗衡着,塔卡塔-吉姆咧开嘴角露出一抹冷笑。

争夺又持续了几秒,最后新海豚强壮的肌肉还是占了上风,圆柱体从达特手中滑了出去。他一屁股坐到满是尘土的地上,朝水池方向滚去。他挣扎着爬了起来,愤怒地嘶吼着。

俊雄看到另外三只尖吻海豚操纵着蜘蛛机朝救生船走去,每台机器的操纵臂中都握着一根细细的圆柱体。他停下脚步仔细看着塔卡塔-吉姆手中那根,不禁瞪圆了眼睛。

"已经不再有危险了,"塔卡塔-吉姆对他说道,声音里透着几分漠然,"这些东西被没收了。在我的船上它们是安全的,不会造成任何伤害。"

"它们是我的,你这个贼!"查尔斯·达特愤怒地跳着脚,手臂不安地摇动着,"你这个罪犯!"他吼道,"你以为我不知道你想杀掉克莱代奇吗?我们都知道是你干的!你撞毁了那浮标,就是为了消灭证据!现在你又要偷走我干活的工具!"

"这工具是你从'奔驰号'的仓库里偷出来的,毫无疑问。你是不是希望和巴斯金博士通话,让她证明这些东西确实是你的?"

达特低声吼着,露出了满嘴的牙齿。他转身从新海豚身边走开,坐在一台复杂的潜水机器人跟前——那台机器人刚刚从包装里拿出来,放在水池的边上。

塔卡塔-吉姆的蜘蛛机也开始转弯。但他看到俊雄正在盯着自己。有那么一会儿,年轻人那愤怒的凝视似乎刺穿了塔卡塔-吉姆的冷静。他的视线移开了一下,但马上又回到俊雄身上。

"不要相信你听到的任何东西,年轻的人类。"他说道,"我做过许多事,也会再做许多事,而我相信我是正确的。不过,伤害克莱代奇的人绝不是我。"

"你摧毁了浮标?"俊雄可以感到丹妮站到了自己身后,越过他的肩膀盯着海豚。

"是的,但布下陷阱的并不是我。像亨利王和贝克特[1]一样,我只是发现得太晚了而已。等你回到地球之后,可以这么告诉

---

[1] 贝克特是12世纪英国大法官,与当时执政的亨利二世多有矛盾,后被刺客暗杀,传闻杀手是得到了亨利二世的授意,但正史中并没有证据。

他们——如果你能逃掉而我死在这里的话。虽然这机会不大，相反的可能性倒更大些。"

"那到底是谁干的?"俊雄攥紧了拳头。

塔卡塔–吉姆的呼吸孔发出了一阵长长的叹息。

"我们的梅茨博士努力往考察船上塞了一批船员，他们原本是不该参加这次航行的。梅茨博士太性急了。他的尖吻海豚里有些是从……非同寻常的家族中来的。"

"尖吻海豚……"

"只有几只是这样的！我可不是梅茨的实验品！我是宇宙飞船的军官，我的地位是自己努力得来的！"海豚的声音里充满了轻蔑，"当压力超过临界点的时候，他们中有些人开始来找我求援。我以为我能控制住他们。但事实证明，有一只海豚已经超出了我的控制。如果你能回到地球上的话，岩野俊雄，可以这样告诉他们。告诉地球人，海豚是可能变成怪兽的。他们要提高警惕。"

塔卡塔–吉姆盯着他看了很久，然后掉转蜘蛛机，跟在船员的后面往救生船走去。

"他说谎!"塔卡塔–吉姆走了之后，丹妮低声说，"听上去很合理很有逻辑，但听他说话的时候我一直在发抖!"

俊雄看着蜘蛛机沿着小路走远，最后看不见了。

"不，"他说，"他很有野心，也许有点发疯，也许是个叛徒。不过不知道为什么，我觉得他说的都是真话，完全没有隐瞒。也许是出于骄傲，他还是要坚持起码的诚实吧。"他转过身来摇了摇头，"当然这并不证明他就不危险。"

接着，他来到查尔斯·达特跟前。达特抬头看着他，脸上挂着友善的微笑。俊雄在这位黑猩猩行星学家跟前蹲了下来。

"达特博士,那些东西有多大?"

"什么多大? 俊雄,我说,你看到过那台新机器人吗? 那是我专门做的,它可以潜到坑洞的最下面,然后从侧面挖过去,一直挖到我们探测到的那道岩浆隧道……"

"到底有多大,查理?"俊雄不依不饶地问道,脸上露出紧张的神色,仿佛马上就要掐住黑猩猩的脖子,"告诉我!"

达特扫了俊雄一眼,露出惭愧的神色,然后带着渴望望向水池。

"每个只有一千吨的当量,"他叹了口气,"根本都不够产生像样的地震波的,真的。"他抬起头,无辜地睁大了棕色的眼睛,"不过是几颗小小的核弹,我说的是真的!"

70.　希卡茜

　　由于需要保持安静,虽然开着救生船,希卡茜的快艇速度并不比普通小艇快出多少。这实在是让人沮丧。

　　和其他所有人切断联系已经有一天多时间了。希卡茜一直在研究附近海底的地形,借以不让自己去猜想克莱代奇和"奔驰号"可能的命运。或迟或早,她肯定能知道到底发生了什么的。而在那之前,担心只会让她更加疲惫。

　　晨光照到了谷底。她向东行驶了一段时间之后,开始折向北方。一簇簇水草漂在头顶,背上闪着铜色光亮的鱼类偶尔会出现在小船旁边,但不久就会被抛在后面。

　　有一次她看到一个体态细长的东西,不过她一靠近,那东西就马上躲到海底的洞穴中去了。已经没时间停下来仔细考察了,但路过洞穴的时候,她还是拍了一张照片。

　　如果发现"奔驰号"已经被毁了,我该怎么办？这个想法不知不觉间涌上心头。

　　第一步肯定是回到泰纳尼沉船那里去。他们需要我。而在那之后,我就得尽指挥官的责任了。躲在海底肯定不是长期的解决方案,尤其是这个星球上这种致人死命的环境。

我该去和外星人谈条件投降吗?

就算投降,她也不会让格莱蒂克人抓到自己的。她是少数的几个知情人之一,只要有合适的资料,她就能够推算出失落的舰队的位置。

也许我可以等其他船员都安全地被收编了之后,开小救生艇逃走?她想到。但是这艘救生艇没法开回地球,甚至没法突破格莱蒂克人的封锁,不过总要有人给地球传递消息。也许有什么办法可以惩罚一下那帮疯子,让他们为自己的行为付出代价,告诉所有外星人,在对地球生物耀武扬威之前,一定要考虑明白才行。

希卡茜知道自己正在做梦。也许再过上几千年,人类和人类的扈从才能拥有那样的力量。

希卡茜仔细聆听着。有什么声音……

她打开了船上的水下拾音器,过滤装置去掉了引擎的轰鸣声与浪涛声之后,她好像听到有海洋生物疾速前进时发出的声音。

"电脑! 过滤杂音,留下鲸类的声音!"

声音的图样变了。大海似乎平静了下来。不过还是能够听到什么东西的痕迹。

"再放大一些!"噪音越来越响了。除了干扰声之外,她听到了一阵不那么清楚的叫声,但很明显那是游动的海豚发出的喊声! 那是战斗中发出的绝望的叫喊!

她找到的是灾难中的幸存者吗? 现在应该做什么? 她想冲过去援救那些绝望的海豚,但他们身后的追兵又是谁?

"搜索机器的声音!"她下令。但探测器闪烁着红光,表示范围内没有这样的声音。也就是说,那些海豚并没驾驶快艇。

　　如果她前去营救,就是在拿船员们仅存的希望冒险。她该绕过这落难的海豚,按照计划前往"奔驰号"吗?这真是个令人痛苦的选择。

　　希卡茜降低了速度,减小引擎发出的声音,然后转向北方,朝那声模糊的叫喊发出的方向驶去。

71. 查尔斯·达特

等其他人都离开之后,达特拧下了新机器人背后的螺丝,检查了一遍里面的东西。

很好,东西都在,还封得好好的。他想,好吧,我希望能够多做一次实验,不过一颗炸弹应该足够了。

72. "奔驰号"

摘自吉莉安·巴斯金的日记——

我们已经在路上了。起程时,船上的每个人都感到松了一口气。

"奔驰号"昨天晚上从海床上起航。起初,推进器几乎是在空转。我一直待在舰桥上,察看着外面的海豚传回的报告,观察压力计的读数,最后终于确定"奔驰号"没有问题了。事实上,她发出的声音表明她也已经急不可待想要挪挪身子了。

埃默森和其他引擎室中的船员对自己的工作表示非常自豪,不过,当然了,有了汤姆和席奥特发现的线圈,才可能有他们的成果。"奔驰号"终于又一次发出了星际飞船才有的嗡嗡声。

航向是正南方。我们在原地留下了一台单光纤通信中继机,以和小岛上的人员保持联系,也给即将回来的希卡茜留个口信。

希望她能快点赶上。当指挥官比我之前想象的还要复杂。我必须保证每条指令都按照正确的顺序准确执行,同时还要尽可能避免直接干预船员执行任务,省得海豚们觉得"老太婆"正随时监视着他们。这种时候,我真希望自己受过汤姆那样的军事训练,那时候我还在医学院读书呢。

我们将在三十个小时之内到达泰纳尼飞船的外壳那里。苏西说他们已经做好了准备。与此同时,我们还派出了侦察兵,华塔瑟蒂也开着侦察艇,在飞船头顶和我们保持同步前进。仪器表明我们没有露出什么痕迹,所以至少现在我们还是安全的。

如果现在希卡茜或者席奥特能在,甚至是基皮鲁,我也宁可少拿一年的薪水。之前我从来不曾明白,对于船长来说,一名优秀的执行军官有多么宝贵。

说到船长,我们的船长真是个奇迹。

在离开医疗舱之后,克莱代奇还是显得神志不清,但在和萨奥特进行了长期的交谈之后,他似乎被唤醒了。我不知道萨奥特到底做了些什么,不过我真的没想到,受了像克莱代奇这样严重的伤害的人还能这么精力充沛,或者说做出如此大的贡献。

我们出发的时候,他申请去照看侦察员和侧翼。我当时正急着找可靠的海豚负责这项工作,觉得让海豚们看到他可能对士气有所帮助,就答应了。就算是尖吻海豚,看到他也非常激动。我的"政变"(以及驱逐塔卡塔−吉姆)在他们心中留下的最后一点反对情绪也就此消失了。

克莱代奇还是只能使用简单的三音海豚语,但看起来这已经足够了。他现在就在飞船外面,开着小艇来回巡游,有时用手势,有时以身作则,保证每条命令都得到完美的执行。再过几个小时,我们的前哨就可以联系上席奥特,到那时克莱代奇就可以回到船上来了。

从我回来到现在,通信台上的一盏小灯一直在闪着。是那台疯狂的泰姆布立米电脑。而我就让它一直这么等着。

　　汤姆肯定不会同意这样做的,我猜。不过一个女人只有这么多力气了,我现在必须去睡上一会儿。如果有什么紧急情况,它肯定会强行接入系统和我说话的。

　　噢,汤姆,你的忍耐已经让我们受益匪浅了。现在你在回来的路上了吗?是不是已经开着滑翔机向俊雄的小岛飞去了?

　　我在骗谁呢?自从第一次心灵炸弹之后,我们收到的信号就只有太空战发出的噪音,有些动静表明,在已知汤姆出现的最后位置爆发了战斗。他没有放出任何的信息球。可能是他决定不要放出模糊的消息,或者发生了更糟的事情。

　　如果没有汤姆的信号,我们该怎么决定进入海马之后下一步的行动?是该升空之后试试运气,还是在船壳里能藏多久藏多久?

　　到那个时候,这都是要希卡茜决定的事情了。

　　吉莉安关掉日记,用指纹设置了自毁功能,然后起身关上了灯。

　　离开实验室的时候,她从那具悬浮在重力台上的古代干尸旁边经过。他们付出了很大代价,才把它从浅滩星群中带了出来。赫比躺在那里,在黯淡的灯光下露出一丝冷笑。那是一个上古的谜团。一个神话。

　　也是给他们带来无数麻烦的根源。

　　带着一身的伤痕,"奔驰号"沿着峡谷底部慢慢移动着。她的引擎转速不快,发出轻柔而低沉的声音。船体下面涌出一片带着泡沫的深色云雾,那是推进器搅动了海底的软泥。

　　节状圆柱体滑过黑暗的沟壑与深渊,从海底的山丘与谷壁上驶过。几艘小艇在它侧面同步移动着,用声呐信号指引着飞船的前进。

　　克莱代奇看着自己的飞船又一次移动了起来。他听着侦察兵与哨兵发回的报告,向舰桥上汇报着。他还是没法听懂详细的消息内容,复杂的技术术语让他晕头转向,就像新酿出的烈酒一样。不过,他还是可以听明白术语背后所包含的信息:飞船完全在船员的控制当中。

　　在这样的光线下,"奔驰号"是不可能闪光的。海底四处都是昏暗的深蓝色,而飞船又在他下方五十米开外。不过他还是能听到。除了飞船引擎发出的低沉的轰鸣,他自己也在朝飞船发出声呐信号,他想象着飞船再次飞向天空,而自己就坐在飞船上。

　　:永远也不可能了克莱代奇:你再也不会和她一起飞翔了:

　　那个幽灵,克-克-克弗-克里,又一次在他身边出现,鬼魂般缥缈的银色形体,投下声波的阴影。古神的出现并没有让他感到惊讶,克莱代奇甚至连动都没动。他早就知道它会回来了。它在身边懒洋洋地游着,毫不费力地追上了小艇。

　　:你从我们身边逃走了:现在你却在用歌声塑造出我的形体:是因为你听到的古老的声音吗?:从海底之下传来的声音?:
　　:是的:

　　克莱代奇想。他用的不是通用语,也不是三音海豚语,而是

457

他刚刚学会的新的语言。

:这个世界上存在着古老的愤怒:我听到了它的歌:

梦中的神灵那硕大的额头上发出星光。它小小的下颌张开了,露出闪亮的牙齿。

:你打算做什么?:
克莱代奇感觉它已经知道了答案。

:履行我的责任:他用古神自己的语言答道,:除此之外我还能做什么?:

在鲸梦最深处,古神叹了口气,表示赞成。

克莱代奇转身开大了水下扩音器的音量。前面很远的地方传过来了激动的回音,那欣喜的声音仿佛是在向他问候。

克莱代奇看着小艇上的声呐显示器。视野的边缘出现了一簇光点,正在朝飞船驶来。很快他们就遇上了"奔驰号"的前哨卫兵。第一批到来的人肯定是席奥特带到海马那边去的队伍。

他四下看了看,确定没有人会注意到,便将小艇转头驶向一堵岩壁,拐到一处阴影中,关掉了引擎。他静静地等着,看着"奔驰号"从下方驶过,然后消失在远方海水中,几艘巡逻艇也跟了过去,沿着一条弧线驶进了长长的海底峡谷。

"再……见……"他集中精力,一字一句地用通用语说话,"再……见……了……祝……你……们……好……运。"

到达安全区域之后,他启动了快艇,离开了那个小小的藏身之处。他把船头朝向北方,驶向二十小时之前刚刚离开的地方。

:如果愿意的话你可以一起来:

他对古神说道,古神一部分是他自己意念的碎块,一部分则是其他的东西。那幽灵般的人影没有说话,只是用克莱代奇自己的声呐答道:

:我会陪你一起去:我不会错过这个世界的歌声:

第七章　食物链

"老师,我在想,鱼是怎么在海里生活的呢?"

"这有什么好想,和人类在陆上的生活一样,弱肉强食而已。"

——威廉·莎士比亚,《查理二世》

73. 阿 齐

　　一阵叫声似乎让阿齐的脊髓都凝固了。只有怪物才能发出那样的声音。他拼命地逃离那声音,逃离发出那声音的怪物。

　　临近正午,阿齐已经明白,一切都结束了。

　　他的心跳越来越剧烈,呼吸越来越沉重,这都在显示着他的疲惫,而最痛苦的还是外皮上凝结出的那一层东西。在疲劳状态下,对这里海水的过敏反应越发严重了。在岛群之间出入穿行、躲避追击期间,这种感觉越来越明显。他那曾经光滑柔软的皮肤现在布满了粗糙的创口,身体已经渐渐跟不上意识了。

　　有好几次他都险险逃过了陷阱,否则现在自己已经是别人口中的肉了。有一次他为了避过声呐的反射,险些落进克萨-琼的口中。那只巨海豚咧嘴一笑,挥动着激光枪朝他冲来,阿齐转过身,疯狂地逃开了。阿齐明白,能让他保住性命的不是他的速度或是机智,唯一的原因是敌人正在戏弄着自己。

　　他原本希望能往北边逃,往俊雄小岛的方向,但现在转了这么大一圈,已经分不清哪儿是北边了。也许可以等到太阳落山……

　　不,我坚持不了那么久。必须做个了断了。

令人颤抖的呼号声再一次传来,那声音仿佛使得他身边的海水都开始凝结。

使阿齐感到疲劳的很重要一部分原因,是那叫声在他身上引起的不由自主的恐惧。身后追逐着自己的那个恶魔到底是什么?

不久之前,他感觉似乎在遥远的地方听到了另一种喊声。像是宽吻海豚搜索时发出的叫声。但那也许只是他的想象而已。不管"奔驰号"上发生了什么,他们都不会腾出人手来找自己的。就算他们派出了人,在茫茫大海之中,又怎么能找得到他?

他已经为"奔驰号"尽了一分力,把这个怪物一样的克萨-琼引开了,正带着他朝再也无法搞破坏的地方走去。

希望吉莉安和希卡茜能回去,把飞船上的事打理清楚,他想。我知道,他们一定能的。

他在岩石崖壁的阴影中静静地呼吸了几口。克萨-琼知道他在这里,这是当然的。那怪物什么时候厌倦了追逐的游戏,冲过来收获战利品?这只是时间问题。

我要没体力了,阿齐心想。一定要尽早结束这一切,趁我还有机会做点什么——哪怕只是能够选择自己何时死去,也不失为一种荣誉了。

他又检查了一遍工作服上的电池。切割喷灯只能发射两次了。喷灯只有在极近的距离上才能使用,毫无疑问,克萨-琼的激光枪能量几乎还是满的。

阿齐用工作臂把呼吸器插回气孔当中。还有十分钟的氧气可以用,已经比我需要的还多了。

高亢的叫声再次响起,令人颤抖,又令人愤怒。

好吧,怪物,他咬紧了牙关,努力止住发抖的身体。放马过来吧,我来了!

74. 基皮鲁

基皮鲁朝着东北方向疾行。夜里他曾经在这边听到打架的声音。他在水面上躬着身子奋力前进着,不禁诅咒拖累自己的工作服,但扔下工作服又完全不可能。

他又一次诅咒自己那见鬼的运气。他的快艇和莫奇的同时报销了,无法再用,只好把它丢在身后。

眼看就要游进那小岛组成的迷宫时,他第一次清楚地听到了那猎手的号叫声。

直到现在他才真正相信这声音的存在,之前他一直以为是距离太远,或者因为水体中有什么奇怪的反射,让自己产生了错觉,听到了不该听到的东西。

刺耳的尖叫延绵不绝,在金属圆丘上回响着。基皮鲁打了个转,一时间感到一大群猎人正在围攻自己。

接着他听到了另一种声音,非常勇敢,但又非常微弱的三音海豚语,很难听清楚。基皮鲁摇了摇嘴巴,找准一个方向,用最快的速度冲了过去。

他的肌肉有力地屈伸着,高速在迷宫中穿行。过了一阵,工作服上响起锉刀般的蜂鸣声,告诉他空气快要用完了。他咒骂了一句,扯下呼吸器,继续沿着海面疾行,每次钻出水面时都在急速地呼吸,喷出一阵水花。

他来到几条水路会聚的路口,在原地打了个转儿,不知该往哪里去了。

该走哪边!犹豫间,捕猎的吼叫声又传了过来,紧跟着又听到了骇人的冲撞声。他听到了带着恼火与痛苦的呼号声,然后是工作服操作时发出的低低的嗞嗞声。又是一段三音语,是在挑战,接着是令人悚然的尖叫,然后又是一声碰撞。

基皮鲁向前冲去。应该就在不远的地方了!正当他在不遗余力地赶路时,前面传来最后一声叫喊,喊声中透着疲惫,又带着无比的轻蔑。

※为了荣耀

为了卡拉非亚!※

一阵狂野的吼声盖过了三音语,那是胜利的呼号。接着,一切归于沉寂。

基皮鲁又花了五分钟时间,在狭窄的通道中疯狂地来回冲撞着,终于找到了那处战场。等到拐进那道峡谷时,海水中的味道告诉他,已经太迟了。

他抄了条近路,拐进了三座金属圆丘中间的一道小小的峡谷。头顶上方浮着水草那铜色的叶片。粉红色的泡沫从狭窄的海沟中间扩散开来,一道道鲜红的溪流随着水波的方向漫开。在这团颜色中间,漂浮着几片被撕碎的工作服碎片。年轻的新海豚已经被撕得四分五裂,腹部朝上漂在水中,一只巨海豚正用红色的大嘴撕扯着他的尸体。

　　巨海豚？自从离开地球之后,他为什么从来没注意到过这点？基皮鲁心头涌上一阵绝望。他把充满了空气的呼吸器重新戴好,一边看着那杀手,听着他的声音,一边急促地喘了几口气。

　　看那深暗的反隐蔽色,他自言自语道,看那短短的嘴巴,那硕大的牙齿,那又短又尖利的背鳍⋯⋯

　　听他的声音!

　　克萨-琼从阿齐身侧扯下一片肉,发出满意的呼噜声。这只巨海豚仿佛根本没注意到左边体侧那道灼伤,也没注意到阿齐临死时奋力一击撞出的瘀伤。

　　基皮鲁知道,怪兽已经注意到了自己。克萨-琼细嚼慢咽着,缓缓升到水面上呼吸了口空气。再次沉到水里时,他朝基皮鲁这边看了过来。

　　"啊,是飞行员?"他低声说道,显得很是欣喜。

　　虽然呼吸器让词语变得模糊,基皮鲁还是坚持用通用语说:

　　"我刚刚干掉了一个你这样的怪物,克萨-琼。你那愚蠢的错误让整个种族都为你蒙羞。"

　　克萨-琼发出一阵高亢的鼻音作为回答。

　　"你觉得我也退化了,像那个可怜的尖吻海豚莫奇一样,是吗,飞行员?"

　　基皮鲁只能摇头。水手长到底变成了什么,他心中已有定论,但实在没法用语言说出来。

　　"退化了的海豚能像我这样说通用语吗?"克萨-琼嗤笑着,"或者像我这样有条理地思考? 退化了的宽吻海豚也好,或是纯种的尖吻海豚也好,有谁能像我这样坚定地追杀一只还在呼吸的猎物⋯⋯还会获得满足感? 确实,过去几周的危机激发了我体内深处的东西,现在它自由了。不过,听着我的声音,你还觉得我是退化了的海豚吗?"

基皮鲁看着巨海豚那强健的嘴边流出的粉色泡沫。阿齐的尸体正慢慢随着水波漂走。

"我知道你是什么东西,克萨-琼。"基皮鲁换用三音海豚语说,

　※当你尖叫时
　冰冷的海水会沸腾
　※双唇染血的渴盼
　充斥着你的梦境
　※捕猎的鱼叉
　屠戮着巨鲸
　※伊基的大网
　将我们绑紧
　※然而你,在恐怖的深夜中
　独自穿行
　※你是只孤独的
　逆戟鲸!

克萨-琼心满意足地咧开了嘴,仿佛是在接受赞扬。他浮上水面喘了口气,然后转身来,往基皮鲁这边游了几米,脸上带着冷笑。

"不久之前我猜出了真相。你们所敬爱的那位人类庇护者,伊格纳西奥·梅茨,把我当作了宝贵的实验品。那个傻子虽然愚蠢,但也做出了伟大的成就。他带上'奔驰号'的其他几个蠢货要么退化了,要么发疯了,但我却是成功的那个……"

"你不是成功,是祸害!"基皮鲁发出一阵杂乱的声音,由于呼吸器的限制,他没办法说出更准确的词。

克萨–琼又漂近了几米,基皮鲁不由自主地向后退去。巨海豚又停了下来,额头间发出满意的滴答声。

"是吗,飞行员? 你,普普通通的吃鱼的家伙,能够理解比你更优秀的存在吗? 你有资格去评判处于海洋食物链中最顶端的生物的后代吗,用评价你的同类的标准?"

基皮鲁甚至都没有在听对方说的是什么。他只是注意到自己和这怪物之间的距离正在逐渐缩短,这让他感到非常难受。

"你实在是太自大了,不过是多了几段基因组,从……"

"我是逆! 戟! 鲸!"克萨–琼尖声叫道,这叫声仿佛是无数号角奏出的乐章,"躯体算什么! 重要的是大脑与血脉! 听我的声音,你敢否认我的身份吗!"

克萨–琼的下颚猛然合上,发出的声音有如枪鸣。一阵阵捕猎的呼号朝基皮鲁涌了过来,把他围在中间。基皮鲁内心深处涌起本能的冲动,想要缩成一团,从它身边躲开,否则就是死亡的下场。

基皮鲁抵抗着。他强迫自己做出自信的姿态,用轻蔑的口气说道:

"你只是个退化的实验品,克萨–琼! 不,比那更可怜,你是个异种,不会有任何后代的! 梅茨的实验失败了。你觉得一只真正的逆戟鲸会像你那样做吗? 地球上的逆戟鲸的确会猎杀海豚,但绝不会仅仅为了自己的满足感去开杀戒! 真正的杀手绝不会做无意义的杀戮!"

基皮鲁排出一摊粪便,用尾巴朝巨豚的方向甩了过去。

"你是个失败的实验品,克萨–琼! 你说你还有逻辑? 但现在你已经回不了家了。等我把报告送回地球,他们就会把你的基因样本倒进下水道里去! 你的血脉到此为止了,像所有的怪物一样!"

克萨-琼眯起了眼睛,用声呐扫描着基皮鲁,仿佛要记住这个猎物身上每一寸曲线的形状。

"你怎么会觉得自己还有机会报告什么事情的?"他发出嗞嗞声。

基皮鲁咧开嘴巴笑着,"怎么会? 事实很简单,你是个残废,一个发疯的怪物,你那短短的嘴巴连张硬纸都捅不破,雄性器官也只能满足一下池塘里的雏儿,射出来的不过是摊臭水……"

巨海豚又吼了一声,这次充满了愤怒。克萨-琼朝基皮鲁猛冲过来,基皮鲁转了个身,朝身边一条水道中游去,堪堪躲过那强壮的上下颚的一咬。

基皮鲁穿过厚厚的一丛水草,心中暗自庆幸。他对克萨-琼进行人身攻击,对方完全忘记了自己也是有工作服的……也忘了自己手中的激光枪。显然,他想用杀死阿齐同样的办法干掉基皮鲁。

身后的恶魔跟基皮鲁只有一个身位的距离。

到目前为止还好,他游过闪亮的金属山丘时心里想道。

但他很难甩掉对方。眼看着那对凶神恶煞的颚骨,基皮鲁开始怀疑自己的战术是否明智了。整整一个下午都在互相追逐中度过了,太阳落山的时候,局面仍然没有改变。

在一片黑暗之中,双方只能凭借声音与智慧作战了。

两个迅捷无比的外星怪物在群岛间的水道中蹿进蹿出,时而猛然拐弯,时而加速,在水中搅出一团团气泡组成的云雾,骇得本地的夜间生物四散奔逃。这两只怪物所到之处,总会留下或深或浅的痕迹,那是声波组成的复杂的图案,让人迷惑不解,有的是结构混乱的图像,有的甚至是回声构成的活灵活现的幻影。本地的鱼类哪怕体型再大,也不敢留在此地,所有生物都逃开了,把岛群留给两只外星生物作为战场。

这是一场诡异的游戏。游戏的内容是图像与阴影,而游戏的方式则是欺诈与伏击。

基皮鲁从一条狭窄的、布满淤泥的水道中悄无声息地滑了出来,静静地听着。最后一次听到捕猎的呼叫已经是一小时之前的事了,但这并不意味着克萨-琼就默不作声了。基皮鲁已经根据回音在脑中绘制出了附近地区的地图,不过也清楚某些地方是精心编造出的假象。巨海豚就在附近,用它那天赋禀异的声波器官绘出一片片虚假的回声,盖住了周围环境本来的模样。

基皮鲁真希望自己能看见东西。但在乌云密布的夜空下,一切都陷入了黑暗。只有含磷的植物发出黯淡的光线,让他能看到附近的海底。

他浮到海面上换了口气,看了一眼天边垂云下面那模糊的银边。在这凄风惨雨的夜里,金属圆丘上长出的植物随着海波摇摆不定。

基皮鲁呼吸了七次,然后又一次潜下水去。就在这个地方,战斗即将分出胜负。

一个模糊的影子在水道中游过,假造出的回声似乎正前往正北方向的出口。那是基皮鲁一直设想的方向,但经过仔细的检查,他看出那只是幻象而已。

之前他就险些被这样的伪装骗过,只是在最后的一瞬间才明白过来。他拼命掉转方向,不过还是撞上了藤蔓覆盖的金属圆丘,被海草缠住了。从藤蔓丛中爬出来时他已是遍体鳞伤,只来得及堪堪避开对方的冲击。克萨-琼那肥硕的鼻子从离他只有几寸远的地方擦过。基皮鲁转身逃开,却被激光枪那闪亮的子弹击中了。身体左侧传来一阵灼痛,那痛苦简直像地狱中火焰的煎熬。

当时他凭借着更胜一筹的机动性躲开了袭击,找到了一个藏身之处,忍过了伤口最痛的阶段。

也许下次也可以及时躲开那头伪逆戟鲸的袭击,不过他可没有对方那么多的时间。克萨-琼已经完全沉浸在狩猎的快感中了,根本没有想其他任何的事情。他已经不打算再重返文明世界,唯一的目的只是阻止基皮鲁把这里的情况汇报回去,而且他知道,伊格纳西奥·梅茨博士回到地球之后,肯定会保护他的生育权的。

但基皮鲁却有责任在身。而且,如果"奔驰号"有机会脱身的话,是绝不会等他的。

他还在思考着。我费了这么大力气,只是为了脱身逃掉吗?

他皱起眉头摇了摇脑袋。两个小时之前,他几乎已经确定克萨-琼看不到自己了。他没有利用这时机逃跑,而是转回身来,至于具体是什么理由,却已经回想不起来了。现在巨海豚的声音再次响起,对方一定也觉察到了他的存在。很快,那如钟声般洪亮的呼号声朝他这边接近了,那怪物又盯上了自己。

我为什么要这样做?

他脑中闪过一个想法,难道真相是……但基皮鲁马上把它抛到一边了。克萨-琼正向他冲过来。他几乎没注意到,体内高浓度的肾上腺素已经盖过了伤口和灼伤处的痛感。

幻象——消失了,仿佛是雾气散开一样,化作一段段滴答声与低语声,渐渐消失。强壮的尾鳍甩出旋涡,一只巨海豚从基皮鲁下面的海沟中游了出来。克萨-琼跃出海面换了口气,基皮鲁甚至可以看到他那强健的腹部上覆着白色的反保护色。回到海中之后,他又朝基皮鲁这边游了过来,朝前面发射着声波,想找到对方所在的位置。

基皮鲁等那怪物游开,自己也浮到了海面上。他匆匆地呼吸了五次,然后马上沉回水中,连鳍都一动不动。

那怪物就在十米开外了。基皮鲁一声不响地看着克萨-琼浮上海面又钻了下来,当他再次潜下来时,基皮鲁瞄准水道侧面的金属圆丘发出一道密集的脉冲,声波从金属圆丘上反弹了回来。

小逆戟鲸迅速转过身,朝基皮鲁左边冲去,紧贴着他下方擦过,追逐着声波造成的幻象。

基皮鲁像一枚出膛的导弹一样迅速下潜,用鼻子朝对手撞了过去。

虽然之前基皮鲁一直异常安静,但猎手的感觉却也出奇敏锐。克萨-琼一听到背后有声音,马上转过身来,动作如同直立在海底的舞蹈演员,转眼之间就已经用侧面对着基皮鲁了。

角度太小,不管是用鼻子撞还是用嘴巴咬,都够不到对方了。

激光枪朝他指了过来,巨大的嘴巴也朝他冲来,如果转身避让或是逃跑,肯定会被激光枪打中的!

基皮鲁的脑海中闪过一段记忆。他还记得在军校时的战术讲师曾经讲解过突袭的好处。

“……作为地球上的智能生物,那是我们独一无二的武器,其他人都不可能模仿……”

基皮鲁加快了速度,直冲到克萨-琼面前,用腹部紧紧贴住了对方。看到克萨－琼大吃了一惊，他大笑起来。

※谁能够拒绝
诚挚的邀请者——
※我们跳舞吧！※

基皮鲁的工作服发出嗡嗡声，三条机械臂骤然收紧，抓住了克萨－琼，让他动弹不得。

前水手长被冲晕了头脑，他愤怒地尖叫着，张嘴朝基皮鲁咬去，但却没法弯下身子。他甩动着巨大的尾鳍，但基皮鲁那充满弹性的尾部也随着他的节奏前后摇摆着。

基皮鲁感觉自己的下身硬了起来，不过这样正好。年轻的雄海豚在青春期时都爱玩这种带着情色成分的游戏，而占统治地位的一方总是扮演雄性的角色。他猛戳着克萨－琼，激得对方发出一阵愤怒的吼声。

巨海豚扭着身子，强烈地摇晃着，时而弓背，时而猛弹，朝四下里乱撞着，四周的海水中全是他激起的浪花。基皮鲁紧紧地抓住他不放，他知道克萨－琼下一步的战术将是什么。

小逆戟鲸加快速度，斜斜地朝金属圆丘撞了过去。基皮鲁紧紧抱着克萨－琼，直到眼看就要被推着撞到山崖上时，他猛地弯过身子，用尽全身力气弓起身子，朝旁边弹了过去。

克萨－琼确实体型巨大，但他毕竟不是逆戟鲸。基皮鲁的体重使得他们在撞上山崖之前偏了一偏，克萨－琼的右鳍撞上了崎岖的珊瑚岩，留下一道道血淋淋的创口。

克萨－琼朝水面游去，昏昏沉沉地摇着脑袋，在身后留下一片血色的水雾。此时这怪物对其他任何事都没有兴趣了，唯一

星潮汹涌

474

的念头就是冲上海面去呼吸一口空气。

我的空气也快不够了,基皮鲁心里清楚,但现在正是出击的时候!

他想掏出短射程的喷枪,但喷枪卡住了!卡在克萨-琼工作服的架子上了!基皮鲁努力往外拔着,但却越卡越紧。

克萨-琼瞪了他一眼。

"现在轮到你了,小色狼。"他咧着嘴说,"刚才你把我压在下面,现在我只需要把你压在水里就行了。等你求我让你喘口气的时候,该多好玩啊!"

基皮鲁想要回嘴,但知道自己需要聚集每一分力气。他努力挣扎着,想把克萨-琼翻过身来,好让自己露出海面呼吸两口空气。他离海面只有一米的距离,但那半逆戟鲸却早有准备,阻止了他的每一个动作。

努力思考,基皮鲁对自己说。我必须思考……如果我的智慧学水平再高一些……

他的肺几乎要烧起来了,差点就要用原始海豚语发出求饶的呼告声。

他还记得上一次想要用原始海豚语叫喊是什么时候。俊雄的声音又在脑中响起,那是庇护种族的责骂,也是安抚。他回忆起自己发过的誓言,永远不会再次堕落回动物的行列。

当然了!我真是个白痴,一条被高估了的鱼!我怎么就没思考呢!

他先是通过神经接口下令扔掉了焊枪,反正都已经不能用了,然后开始活动机械臂。

※对那些选择了

退化的人来说

※你不再需要太空

更不需要宇航员的工具※

　　他用一只机械爪抓住克萨-琼头部侧面的神经链接。怪物睁大了眼睛,但还没来得及有任何反应,基皮鲁就扯掉了插头,努力造成最大的伤害与痛苦。趁敌人尖叫的工夫,他把电缆从工作服上彻底扯断,对方再也别想使用工作服了。

　　没有了脉冲控制,克萨-琼的机械臂再也没有用处了,激光枪也不再发出嗡嗡的声音。克萨-琼号叫起来,猛烈地抽搐着。

　　那怪兽猛地朝上跃去,两人都浮出了水面,基皮鲁也挣扎着喘了口气,接着一起摔回水中。基皮鲁换了个姿势,用两只机械臂抓着克萨-琼的工作服,然后第三只机械臂攥紧了拳头,准备朝对方猛捶过去。

　　但克萨-琼扭动着身子,从他手中挣脱出去。基皮鲁被甩出水面飞了好远,摔在另一侧的泥滩当中。两人喘着粗气,隔着那道小小的浅滩互相盯着。克萨-琼猛地一合嘴巴,潜下水去,开始寻找绕过浅滩的道路。追逐又一次开始了。

　　黎明即将到来,各种精妙的战术都不再有用处了。没有巧妙的声波掩护,没有靠气味进行的伪装。克萨-琼一心一意地追着基皮鲁不放。这怪物根本不知道疲惫是什么意思,血流不止的伤口只是让他变得更加愤怒。

　　基皮鲁躲进一条狭窄的水道,只有大概十二寸深,他想趁自己还没垮掉之前把那个受了伤的伪逆戟鲸拖垮。基皮鲁已经不再想怎样逃出去了。这场战斗的结局,要么是胜利,要么是死。

　　但克萨-琼的耐力却显得无穷无尽。狩猎的呼号声从浅滩上面传了过来。那怪物就在附近,离他几条水道远的地方。

"飞行员! 你为什么不敢来打啊? 你知道,食物链是站在我这边的!"

基皮鲁眨了眨眼睛。克萨-琼是怎么会信上这些的?

早在提升之前,食物链的概念就已经形成了一种原始的等级观念,成为鲸类间道德的核心——也是当时鲸梦的组成部分。

基皮鲁朝四面八方发出声波。

"克萨-琼,你已经疯了。梅茨只是在你的受精卵里插入了一点点逆戟鲸的基因片段,这并不意味着你就有权力吃掉其他人!"

古时候的人类总是感到奇怪,人类对鲸类进行了如此大规模的商业捕杀,为什么海豚和其他鲸类还是能与人类保持友好的关系? 后来他们终于有点弄明白了。有一次他们在海洋公园里把逆戟鲸和海豚养在相邻的两个水池中,后来他们惊讶地发现,海豚有时候甚至会翻过水池间的栅栏,和那些鲸类中的杀手共同生活……只要那些逆戟鲸不要被饿着。

在原始海豚语中,鲸类从不曾因为某个成员或是某个种族想要杀死自己而表示责怪,只要对方在食物链中处于更高的等级。世世代代以来,鲸类一直认为人类处于食物链中最高的一层,只有人类在毫无目的地乱捕滥杀时,他们才会发出哀鸣。

而当人类了解到海豚中间有这样的荣誉观念之后,他们开始为自己的所作所为感到羞耻。

基皮鲁游到一条露天的水道中,不断变换着自己的位置。克萨-琼在最后一次交手之后肯定也会做出相应的调整。

这地方有些熟悉的感觉。基皮鲁没法确定,但水中有什么味道。似乎是海豚的腐尸。

　　※吃——或是被吃
　　咬——或是被咬
　　※回报大海吧……
　　过来喂我！※

　　太近了！克萨-琼的声音离得太近了,可以听到他唱着亵渎神明的歌曲。基皮鲁朝着一个裂隙钻了进去寻找庇护,但他突然停了下来,死亡的气息盖过了一切。

　　他慢慢地抽了抽鼻子,看到海草间的那具骷髅时,他停下了脚步。

　　"是西斯特!"他叹了口气。

　　第一天出来巡逻的时候,这名海豚宇航员就失踪了。在那滔天的巨浪里,希卡茜被卷上了海岸,而他则表现得像个傻瓜一样。海豚的尸体已经被食腐动物分食了个干净,看不出是什么导致了他的死亡。

　　我知道这是在哪儿了……基皮鲁想。就在这时,猎手的叫声再次响起。接近了！非常近！

　　他转了个弯,又一次冲进水道中。只见一道影子晃过,闪避不及,一头怪兽就从他身边掠过,巨大的尾鳍扫过他的身子,抽得他连着打了好几个滚。

　　基皮鲁赶忙弓起身子游开。体侧一阵阵刺痛,好像断了根肋骨,不过他还是高喊道:

　　※跟我来,你这退化了的混蛋

我知道,是到喂你吃东西的时候了

克萨-琼咆哮着作为回答,然后跟在他身后冲来。

领先一个身位,现在是两个,半个……基皮鲁知道他的时间已经不多了。克萨-琼张开的大嘴已经紧紧跟在他的身后。应该就是在附近了,他想,肯定就在这儿!

他看到了一道裂缝,知道自己该怎么做了。

克萨-琼看到基皮鲁被小岛挡住了去路,大声喊了起来:

#是慢啊,慢啊

还是快啊,快啊

#到了喂食的时候了——喂我吧！#

"我喂你个饱!"基皮鲁喘着粗气说道,随后朝一道狭窄的海沟钻了过去。海沟两边都是水草,不停地摇摆着,仿佛是在浪涛中起伏。

#抓到了！抓到了！

我逮到你了……#

克萨-琼惊讶地叫了起来。基皮鲁猛地蹿向裂隙的开口,藤蔓卷住他时,他已经离出口很近了。他沉重地喘息着,努力朝石壁边上靠去。

附近的海水不断翻腾着。基皮鲁惊魂未定地朝下看去,只见克萨-琼还在独自挣扎,没有工作服,也没有其他任何援助,用自己的嘴巴撕咬着那些杀人草的藤蔓,一根又一根的藤蔓不断地向他那魁梧的身躯上爬去。

基皮鲁也没有闲着。他强迫自己保持冷静,用工作臂切割着藤蔓。强壮的机械爪抓住朝他伸来的水藤,然后一一扯断。他在心中默念着乘法口诀,保持自己能够清醒地使用通用语的思维模式,一根一根地对付着藤蔓。

伪逆戟鲸不断地挣扎着,把海水搅得有如喷泉,撕碎的藤蔓直飞向天。海面上很快布满了绿色与粉色的泡沫,山洞里回荡着轻蔑的呼喊声。

几分钟过去了,还在纠缠着基皮鲁的藤蔓越来越少,更多的枝叶开始朝那挣扎着的巨海豚卷去。猎手的呼喊声越来越低,越来越弱,虽然还带着几分轻蔑,但现在又掺进了绝望的声音。

基皮鲁朝下望着,听着战斗的声音逐渐退去。奇怪的是,他心头居然涌上一阵伤感,好像到了最后关头反倒有些后悔似的。

※我说过会喂饱你※

他朝下面那濒死的生物唱道,

※但我并没有说"你"是谁
我会把你喂给……※

480

75.　希卡茜

　　自从夜幕降临开始,希卡茜就一直在寻找落难的海豚。开始她的动作缓慢又谨慎,但随着时间的推移,绝望渐渐涌上心头。她终于把小心谨慎的戒条抛到了一边,打开了声呐广播,希望给海豚们指一条回家的路。

　　但什么答复都没有!海豚们明明就在那边,但他们完全没有理会她的存在!

　　踏进迷宫之后,她才确定了声音传来的方向。她知道其中一只海豚完全疯了,双方已经开始了战斗仪式,在分出胜负之前,整个宇宙都和他们没有关系。

　　希卡茜虽然已经见识了不少,但看到这一幕还是惊得目瞪口呆。战斗仪式?在这里?这和"奔驰号"突然变得无声无息又有什么关系?

　　她感到非常不安,恐怕这场战斗仪式要以一方的死亡告终了。

　　她把声呐调到自动模式,让飞船进入自动航行状态,自己则趁机打了个小盹儿,让两边的大脑半球轮流进入阿尔法睡眠状态。救生船在狭窄的水道中穿行着,不断向东北方驶去。

声呐中传来了响亮的嗡嗡声,把她从睡眠中惊醒。救生船停了下来。船上的仪器显示,前方的那排金属岩石后面有鲸类活动的痕迹,正在缓缓朝西方游去。

希卡茜打开了水下扩音器。

"不管你是谁,"她的声音在水中炸响开来,"马上给我出来!"

那边传过来一阵含糊的询问声,啸声中透着疲惫与困惑。

"走这边,傻瓜!朝着我的声音走!"

有什么东西从两座小岛之间的宽阔水道中出来了。她打开船上的探照灯,一只灰色的海豚在明亮的灯光中朝她眨着眼睛。

"基皮鲁!"希卡茜喘着气说。

飞行员的身体上遍布着瘀伤,一侧还有一道触目惊心的灼痕,但他还是满不在乎地笑着。

※啊,温润的雨

亲爱的女士,你来了

你来救我了……※

如同火焰陡然熄灭一样,他脸上的微笑消失了,眼睛也开始往上翻去。然后,出于纯粹的本能,他下意识地让身体浮上水面,一直漂浮着,直到希卡茜来到他的身边。

第八章 "特洛伊海马"

一个个池塘泛出辉光

托起一个个乌黑的半月

它将何时落下

坠向何处远方？

海豚星座？海豚星座？

——哈米什·麦凯伦①

---

①哈米什·麦凯伦（Hamish Maclaren，1901−1987），苏格兰诗人。

76. 格莱蒂克人

贝耶·乔霍安在诅咒着她那些一毛不拔的上级。

如果辛希安最高指挥部能派一艘母舰来，观察这些狂信者的战况，她就可以驾驶飞羽，到离战场更近的地方侦察了，飞羽的体积更小，不会被敌人观测到。结果现在，她只能自己开一艘能够独立航行的星际飞船：从一方面看，飞船的体积太小，无法有效地保护自己；从另一方面看，飞船的体积又太大，无法从战舰旁经过而不被察觉。

她驾驶飞船藏在一颗小行星后面。看到一颗小小的球形飞行器飘了过来，她险些朝它开火，不过在最后时刻她还是认出来了，那是瓦祖驾驶的探测器。她按下按钮打开了舱门，但瓦祖却踌躇着没有飞进来。它朝贝耶发出密集的激光信号，传递着紧急信息：

你的位置已经暴露。信号闪动着，敌人的导弹正在接近中……

贝耶把自己知道的最恶毒的脏话都用上了。每次她接近行星，差一点距离就能够穿过一团乱麻的战场、给地球人发送消息的时候，总会有哪个嗜杀成性的疯子开始攻击她，她也只能落荒而逃。

赶快归队,和飞船对接!她向瓦祖人发出了命令。这个忠诚的扈从种族中,已经有太多人为她献出了生命。

不行。逃吧,贝耶。瓦祖二号会帮你分散敌人注意……

贝耶朝着抗命的手下高声大喊着。她左边的架子上还剩下三个瓦祖,它们缩作一团,眨着大大的眼睛朝她看了过来。

探测器加快了速度驶进夜空。

贝耶关上舱门,点燃了飞船的引擎。她小心翼翼地选择着路线,绕开一颗颗古老的石块,远远地避开了危险区域。

还是太晚了。她看了一眼警报器,心中暗想。导弹接近的速度实在太快了。

她朝身后扫了一眼,就已经知道了那只小瓦祖的最后命运。贝耶那长着胡须的上唇蜷了起来。她在琢磨着以后怎么和这些疯子算账,不过前提是她还有以后。

导弹终于到了,她一时忙得手足无措,根本没时间想这么愉快的念头了。

她用粒子机枪把两枚导弹打成了蒸汽,另外两枚则自动进行了反击。导弹上发出的激光束差点洞穿了她飞船上的护盾。

啊,地球人。她集中意念想着。你们甚至不会知道我来到了这里。在你们看来,整个宇宙都已经抛弃了你们。

但不要因为这个停下脚步,狼崽们。继续努力和那些追逐你们的人战斗吧!如果你们的武器都不管用了,就用牙齿去和他们撕咬!

贝耶又击坠了四枚导弹,最后终于有一枚在身边炸开。她那本已破损的飞船开始打转,燃烧,最后在黑暗的星际空间化为尘埃。

77. 俊　雄

　　这是一个风雨交加的夜晚,狂风大作,雨帘被吹得四散纷飞。植物宽厚的叶子不住地在风中摇摆,而风似乎拿不定主意朝哪边吹才好。离基斯拉普最近的两颗卫星有时会在云层中短暂地露个脸,借着光线可以看到叶子上滴下闪闪发光的水滴。

　　在小岛的最南端,搭着一顶小小的棚子,雨打在粗陋的棚顶上,慢慢渗了进去,落到一艘满是凹痕的小型太空船的外壳上。雨水在飞船那弧形的金属外壳顶部汇聚起来,形成了一个个月牙形的小洼,然后汇成一股股小溪流下。沉甸甸的雨滴砸在棚顶上,发出不间断的噼啪声;棚内的积水冲刷着圆柱形飞行器下面的软泥和植物,也在潺潺作响。两股声音渐渐融合在一起。

　　雨水流过飞船表面粗短的凸起,沿着这道锯齿形的路线朝瞭望窗流去。在时有时无的月光照耀下,这道水痕的颜色更深,清晰可见。

　　舱门附近的外壳上有一道道金属拼接的缝隙,雨水沿着这些笔直的缝隙流下,滴在下面那泥泞的地面上。

　　这时传来一阵机械的嗞嗞轻响,并不比雨落下的声音大多少。气密阀四周的金属缝以肉眼几乎觉察不到的速度扩宽了,附近的水流开始汇聚起来,填补了刚刚出现的缝隙。舱板后面那满是尘土的凹陷处出现了一个小小的水坑。

舱门又打开了一点。更多的水流开始汇聚,仿佛正努力想办法进入飞船。突然之间,一股奔涌的水流从裂缝下面涌出。水流变成了一道潺潺不绝的瀑布,在下方的泥地里激起水花。随后,就像出现一样突然,这道水流又消失了。

随着一声低沉的叹息,覆着装甲的舱门滑开了。舱门刚一打开,雨水便借着一阵疾风倾斜着飘入船舱。

一个黑色的、带着头盔的人影站在门口,无视肆虐的雨水。人影左右看了看,然后往外走去,脚步在泥潭中踏出片片水花。舱门吱吱响着又关了起来,最后发出咔嗒一阵轻响。

人影弯着腰冲到风雨之中,努力在黑暗中寻找一条小路的痕迹。

丹妮听到外面的湿地上传来了脚步声。她翻身坐起,双手护在胸前,压低了声音:"俊雄?"

帐篷外的门帘被掀了起来,入口的拉链被拉开了。一个黑影在门口停了一下,然后传来平静的低语声:"对,是我。"

丹妮那急速跳动的脉搏平静了下来,"我还怕是什么其他人呢。"

"你觉得会是谁,丹妮?查尔斯·达特吗?他会离开自己的帐篷来强暴你?还是那些基库伊人?"他轻声和丹妮开着玩笑,却没有掩饰住声音里的紧张。

他脱掉了防水服和面罩,挂在入口处的挂钩上,穿着内衣爬进了自己的睡袋。

"你去哪儿了?"

"没去哪儿。回去睡觉吧,丹妮。"

雨水在帐篷外绘出了不规则的纹路。丹妮坐在那里,借着入口处传来的昏暗的光线打量着俊雄。除了他眼睛中的白色部分,丹妮看不到什么东西。俊雄正睁着眼睛朝空无一物的黑暗中看去。

"求你了,阿雄,告诉我吧。我醒过来发现你不在睡袋里的时候……"她的声音渐渐低了下去,俊雄扭过头来看着她。过去的这一周左右,岩野俊雄身上起了非常大的变化,最大的特点就是开始变得少言寡语了,眼睛里也开始有了紧张的神色。

最后她听到俊雄叹了口气,"好吧,丹妮,刚刚我去救生船那儿了,钻到船里面看了一圈。"

丹妮的脉搏又加快了。她张了张嘴欲言又止,最后终于说道:"那不是很危险吗?谁知道塔卡塔-吉姆会怎么样对付你!尤其是现在,他已经摆明是个叛徒了。"

俊雄耸了耸肩膀,"有些事我必须搞明白才行。"

"但你是怎么在那里进进出出还不被发现的?"

俊雄翻了个身,用一只手肘撑着自己。她看到俊雄嘴边露出牙齿的白色,知道他在笑,"军校生有时候会知道一些连工程军官都不了解的事,丹妮,比如飞船上哪些地方能藏人什么的。换岗休息的时候,总会有个飞行员或是上尉四处晃悠,闲得手痒,或者侧鳍发痒……除了研究宇航学和外交礼仪之外,总要干点别的什么事。阿齐和我把很多时间花在了大救生船上。我们研究过怎么打开船舱,而不让控制室里的人发现。"

丹妮摇了摇头,"幸好你没告诉过我。否则我会担心死的。"

俊雄皱起眉头。丹妮又开始像他妈妈那样说话了。自己要她先离开小岛,这事还是让她不开心。俊雄希望她不要再借机扯到这件事上。

丹妮面对着他躺了下来,枕在自己的胳膊上。她想了一会儿,然后轻声问:"你发现什么了?"

俊雄闭上眼睛。"最好也让你知道这个,"他说,"我发现塔卡塔-吉姆正在用他从查理那儿拿走的炸弹做着些什么。如果明天早上我没法联系上吉莉安的话,我希望你把这个告诉她。他正把查理的炸弹里的核材料转换成救生船用的燃料。"

丹妮眨了眨眼,"但……但我们又能做些什么?"

"我不知道!我甚至都不知道到底要不要阻止他。毕竟就算没有这炸弹,再过一两周时间,他的加速器也可以收集到足够多的燃料,起程离开了。也许吉莉安不会在意这个。不过换个角度想,这也许是非常重要的情报。我还没弄明白。也许我需要采取一些紧急措施了。"

之前在飞船上,透过样本实验室的安全门上那厚厚的玻璃,他看到了几枚拆开的炸弹。不过可想而知,想溜到炸弹边上,比悄无声息地潜进飞船难得太多了。

"无论发生什么,"他试着让丹妮放下心来,"我敢肯定一切都会好的。天亮以后,你要确保把所有笔记都保存好。那些基库伊人的数据是这次疯狂的远行中获得的最大收获,一定要把它们送回地球去,明白吗?"

"当然了,阿雄。"

他放松了身体,仰面躺下,放慢了呼吸,好像要睡着了。

"俊雄?"

年轻的男子叹了口气,"怎么了,丹妮……"

"呃,有件事,关于萨奥特的。他离开小岛只是为了陪着我而已,否则的话,可能你手下又要多一个逃兵了。"

490

"我知道。他想留下来听那地底下的'声音'。"俊雄揉了揉眼睛，不明白为什么丹妮要拿这事打扰他睡觉。他已经听够了萨奥特的无理取闹了。

"别太小看这事，阿雄。他说克莱代奇也听过那声音，而且听得入了迷，他必须切断连接才把船长从出神的状态唤醒。那声音实在是太迷人了。"

"船长的脑子受伤了。"这话听起来实在不入耳，"萨奥特是个自大狂，一点儿都不靠谱……"

"我之前也是这么想的，"丹妮打断了他的话，"那时候他把我吓坏了，不过后来我才知道，他的心不坏，也不会害人。而且，就算这两只海豚的反应都是因为幻觉，我也在金属圆丘那里发现了一些东西。"

"嗯嗯……"俊雄半睡半醒地说道，"什么东西？ 新的证据，证明金属圆丘是活的？"

见俊雄这样轻视自己的研究，丹妮感到有些丧气，"是的，还有钻孔树这种古怪的生态环境。我用便携电脑分析过了，俊雄，可能的解释只有一种！钻孔树下面的洞穴是某种生物生命循环的组成部分，它在海面上生活的时候，看起来只是普普通通的珊瑚生物；而在那之后，它会滑进为自己准备好的深渊……"

"也就是说，所有这些高超的适应能力，还有消耗的能量，只是为了给自己造一个墓穴？"俊雄开始跟上她的思路了。

"不！那不是墓穴，而是通道！金属圆丘只是这种生物生命周期的开始……是它的幼虫阶段。成年形态的生物生活在海底以下，行星那浅薄的地壳下面。那里的流动的熔岩能够为这种金属有机生命形式提供它所需的能量！"

俊雄努力想要集中注意力，但他的思维却开始飘忽起来，时而想到炸弹,时而是那些叛徒,时而在为失踪的伙伴阿齐担心,时而想到北方遥远地方的那个男人——如果,不,是当他回到自己出发的这座岛上时,应该有人在这里等待着他。

"……唯一的问题是,我实在想不出这样的生命是如何进化来的!这里根本找不到进化期间的过渡形态,有关基斯拉普的古老的数据库记录中也找不到它们可能的祖先……而这种生物实在是太独特了,值得大书特书才对!"

"嗯嗯……"

丹妮仔细看着俊雄。他用胳膊挡住眼睛,呼吸越来越缓慢,好像马上就要睡着了。太阳穴上的一条血管正在迅速跳动,另一只拳头紧紧攥着。

她也躺了下来,借助昏暗的光线打量着俊雄。她真想把他摇醒,让他好好听自己说话!

我为什么要这样缠着他呢?她突然问自己。当然了,这些事情非常重要,但都是研究方面的,俊雄却要在世界的这个角落把一切都用自己的肩膀担起来。他是这么年轻,现在却承担着一名成年军人所能承担的极限。

对此我又是什么感觉呢?

胃中的一阵翻腾告诉了她答案。我一直缠着他,只是希望有人注意自己而已。

只是希望他注意我,她纠正自己,我是在用这种笨拙的方式,希望给他一个机会,让他……

虽然还是有点紧张,不过她决定直面自己的愚蠢。如果我,作为年长的一方,传达这信号都如此纠结,怎么能够指望他理清自己的思绪呢?她终于意识到了这一点。

她把手伸向俊雄太阳穴旁边鬈曲着的一缕潮湿的黑发,不过在马上就要碰到他的时候停了下来。她的身体微微颤抖着。仔细地对自己的感情审视了一番,她终于明白阻碍着自己的只是害怕被他拒绝而已。

她的手自作主张似的伸了出去,轻轻地抚摸着俊雄脸颊上那柔软的胡须。年轻人吃了一惊,转过身来,睁大眼睛看着她。

"俊雄,"她低声说,"我……好冷……"

78. 汤姆·奥莱

　　冷静下来之后,汤姆在心里写下一笔记录。下次一定要提醒我,他对自己说,千万别再去捅马蜂窝了。

　　他把自制呼吸管的一头咬在嘴里,另一头则从草丛表面那小小的洞口中伸了出去。幸运的是,这次他不需要从空气中获得氧气补充面罩的需要了。这一带的水中溶解了更多的氧气。

　　战斗光束又开始在头顶嗞嗞作响,头顶那场小型的战斗也不断传来呼叫声。有那么两次,爆炸在附近发生,震得海水都在颤抖。

　　至少这次我不用担心被附近的导弹烤熟了,他安慰着自己。这些散兵都只有手持武器而已。汤姆一阵苦笑,只有手持武器而已。

　　在之前的第一次伏击中,他干掉了两个坦度人,对手根本没来得及拔出粒子枪回击。更重要的是,在头下脚上钻进草丛中的洞口之前,他想法抓住了那只长毛的埃匹西亚奇。

　　不过,他也只是勉强捡回一条命。一道激光擦身而过,在他裸露的左脚上留下了一处二级烧伤。在落入水中之前的最后一瞬,他看到埃匹西亚奇正愤怒地狂叫着,一片虚幻的光晕围绕在它头部附近,就像一圈燃烧着的光环。有那么一会儿,汤姆觉得自己通过那片摇摆不定的亮光看到了星星。

坦度人歪歪斜斜地站着,努力留在那条不算很宽的小路上,也许正因为如此,他们那引以为傲的枪法并没有发挥作用,汤姆也得以逃出生天。

就像他预料的一样,坦度人的复仇心让他们向西走来。汤姆时不时地钻出水面,用射针枪吸引对方的注意。

此时,在他两次浮上草丛中开口换气的间隙,上面发生了战斗。汤姆听着声音,知道追着他的那群人正和另一群外星人散兵火拼,他马上在水下游走了,去找新的地方捣乱。

战斗的声音离他的位置越来越远了。根据一小时前他的粗略观察,这场小冲突中一方是六个格布鲁人,另一方则是三台伤痕累累的装着充气轮胎的机械,都是同样的型号。汤姆不知道那到底是机器人还是有人驾驶的,不过它们虽然火力充足,却显然没有适应这里奇怪的地形。

他又听了一分钟,然后卷起管子,把它塞到腰带里。他静静地浮到水面上,冒险抬起头,观察附近的水面。

在刚才那一系列小规模突击中,他一直在向着蛋壳形飞船的方向前进。现在他看到,沉船离他只有几百米了。两堆冒烟的碎片昭示着那两台装轮子的机器的下场。他亲眼看着两堆碎片先后沉入水中,消失不见。三个浑身沾满泥巴的格布鲁人正在湿地中奋力朝漂浮的飞船前进着,显然是他们这支部队仅存的人了。他们长着鹰嘴,羽毛紧紧贴在修长的身体上,看起来非常高兴。

汤姆站起身来,看到战斗的闪光渐渐向南方移去。

三个小时之前,一艘索罗人的巡逻船来到这里,扫射着视野内所有的敌人。然后,一艘坦度人的三角机翼空气层战斗机破云而出,拦住了它。在地面那些小型武器的干扰下,双方展开了激烈的对轰,直到最后在一场猛烈的爆炸中同归于尽,落入海中,变成了一大堆金属垃圾。

又过了一个小时,这一幕再次上演。这次参与的双方变成了巴斯卡的救援飞船,和暗夜兄弟会旗下一艘破损的矛式飞船。它们的飞船也再次化成了冒烟的废铁,向四处漂去。

没有食物,没地方躲藏,而我唯一想看到的疯子种族在这个血流成河的绞肉机战斗中又没有露面。心灵炸弹就在他的腰带下面压着。他又一次希望自己能够知道要不要使用它。

吉莉安肯定已经担心了,他想。感谢上帝,她还在安全的地方。

战斗仍然在继续。这意味着我还有时间。我们还有机会。

肯定没错,就像海豚们喜欢沿着海滩散步一样确定无疑。

好吧,看看我还能给你们添点什么麻烦。

79. 格莱蒂克人

索罗人克拉特看着战况图表破口大骂。她的扈从们早有准备,退到了一边,她只能在自己的坐垫上撕出巨大的口子,发泄心中的愤怒。

丢了四艘飞船! 对方只是一艘坦度飞船而已! 最近的战斗简直就是灾难!

与此同时,行星表面的小规模冲突也在消耗着她的支援队伍,每次都有一两个船员丧命!

看起来那些被打败的舰队还留下了一点残兵余勇,隐蔽地游荡在各个卫星或是小行星附近。他们似乎认定了地球人就躲在基斯拉普星北半球中纬度地区那些火山旁边。为什么他们会这么想呢?

因为他们肯定,不会有人无缘无故地在那里打起来,是吗? 那个位置的小冲突规模正在扩大,谁能想到战败方的联军还隐藏着如此强大的火力,为了得到战利品会做出如此绝望的挣扎?

克拉特的交配爪愤怒地扭曲着。万一他们的想法是对的呢? 她可不敢无视这种可能性。如果那呼救信号真的是地球人模仿出来的呢? 毫无疑问,这是诡计多端的地球人搞出来的障眼法,但她不能冒这个风险。万一那些逃亡者真躲在那里呢?

"泰纳尼人有联系过吗?"她厉声道。

通信部门的皮拉人连忙鞠了一躬答道:"还没有,舰队之母,不过他们已经和坦度盟军分开了。我们认为博奥特很快就会呼叫。"

克拉特微微点了下头,"到时候立刻通知我!"皮拉人急忙点头,然后退开了。

克拉特继续考虑着可能的行动方案。最后,她挑出了一艘受损严重、几乎派不上什么用场的飞船,决定对行星表面再进行一次突袭。

她还曾琢磨过等到新的盟约建立后,要不要派艘泰纳尼飞船过去,让这些新盟友去对付那些现在气焰正盛的坦度人。不过仔细想想,仍然觉得这办法不妥。最好还是把那些假正经的泰纳尼人留在她能看到的地方,选一艘自己的废弃飞船执行任务吧。

克拉特在脑中幻想出了地球生物的形象。长着生面团一样的皮肤、身形纤弱、毛发蓬乱的人类,那简直是奸诈狡猾的化身,还有他们那稀奇古怪喋喋不休的扈从,连手都没长出来的海豚。

等我最终抓到他们的时候,她想,我一定会让他们后悔给我带来了这么多麻烦!

80. 吉莉安·巴斯金的日记

我们到了。

在过去的四个小时里，我就像疯人院的女院长一样。感谢上帝，我们见到了哈尼斯、席奥特、好运鬼阿卡，还有那些我们思念已久的海豚。直到"奔驰号"抵达沉船，我才意识到，我们居然派出了这么多优秀的船员，来准备大家的新家。

这是一场充满了惊喜的重逢。海豚们都在水中上蹿下跳着，发出震耳的吵闹声，我不得不一直告诉自己，格莱蒂克人听不到这些声音……唯一的遗憾是还有几名船员没有回来，六只失踪的海豚，包括希卡茜、阿齐和基皮鲁。当然了，还有汤姆。

过了一段时间，我们才发现克莱代奇也不见了。

在简短的庆祝仪式之后，我们不得不开始工作了。好运鬼阿卡戴上了飞行盔，他的操作和基皮鲁一样自信而稳健，驾驶着"奔驰号"沿着一整套导轨钻到泰纳尼沉船上的空洞里。巨大的夹板降了下来，把"奔驰号"固定住，她现在几乎已经是飞船外壳的一部分了。一切都严丝合缝。技工们立刻开始安装传感器，调整力场装置的阻抗。推进器已经准备完毕了。经过精心伪装的炮口也已经打开，防备着可能意外出现的战斗。

做得真是太漂亮了！我甚至都没想到这一行动能完成得如此出色，而格莱蒂克人肯定也没预料到这样的事情。汤姆的想象力真是令人惊叹啊。

如果我们能听到他的信号的话……

我已经让俊雄用小艇把丹妮和萨奥特送过来了。如果他们用最快的速度直接回来的话，应该在一天之内就可以到达。而我们完成这边的布置，差不多也需要这么长的时间。

丹妮的记录和等离子体样本对我们来说是至关重要的。如果能和希卡茜恢复联系，我会让她到岛上去一趟，和基库伊人的使节联系上。除了带着我们的数据逃出包围之外，我们第二重要的任务就是履行对这些原住民的责任，免得他们和格莱蒂克文明中哪个疯狂的庇护种族签订条约。

俊雄表示他要留在那里监督塔卡塔-吉姆和梅茨，如果汤姆能回来的话，就等着和他接头。我想他加上后面这个原因，只是为了让我不要拒绝吧……当然了，我知道他会这样做的，这也是我当时就希望他做的事。

但这让我感觉更加糟糕了。我是在利用他去保证塔卡塔-吉姆不会轻举妄动。就算我们的前副船长没有辜负我的希望，老老实实地在那里待着，我也不知道俊雄如何能够按时回到飞船上来，更别提我们还急着起飞了。

现在我开始明白，他们所谓的"指挥官的痛苦"是什么意思了。

俊雄告诉我查理从军械库里偷走了炸弹的时候，我不得不装出一副惊讶的样子。俊雄说他可以从塔卡塔-吉姆手里把炸弹夺回来，但我没有允许他这样做。我告诉他必须等待合适的时机。

不能把他也卷进我的秘密行动里来。俊雄是个优秀的年轻人,但他可没有一张扑克脸。

我想,一切事情都已经安排好了,不过,还是没法确定下来。

见鬼的尼斯电脑又在呼叫我了,这次,我决定去看看它到底要说什么。

噢,汤姆啊。如果你在这里的话,会让整艘飞船的船长处于险地吗? 我怎么能原谅自己,居然同意克莱代奇单独行动呢?

他看起来恢复得那么好,到底是依芙妮的哪个骰子扔错了呢?

81. 查尔斯·达特

一大清早,查尔斯·达特就坐在了水边的控制台上,满心欢喜地和崭新的机器人交流着。机器人已经下潜了一千米,沿途在钻孔树的洞壁上安放了许多小小的传感器。

查尔斯·达特欢快地哼着歌。再过几个小时,他就可以到达之前那台机器人所在的地方了。他已经放弃了那台毫无用处的探测器。然后,再进行几次测试,就可以验证他关于这一带地壳结构的猜想,接下来就要开始研究更加宏伟的课题了,比如,基斯拉普这颗行星的真面目到底是什么?

现在已经没有人,没有任何人,可以阻止他了!

他还记得过去的那些日子,在卡拉非亚,在智利,在意大利,他一直在各地研究地震,和地质科学界最伟大的学者共同工作。那真是段令人激动的经历。不过几年之后,他就开始觉得事情有些不对头。

职业研究者的圈子对他是开放的,他的论文总是得到高度的评价,有时也会遭到言辞激烈的拒绝。对于有追求的科学家来说,不管哪种反应都比漠然无人理睬要好。他也从不愁没有人聘他任职。

但终于有一天,他开始奇怪,为什么没有学生愿意跟着自己做研究?

研究生找导师的时候,为什么从来不曾找上自己?他看到自己的同事们经常被学生团团围住,申请做他们的研究助手,但他呢,虽然研究成果显赫,提出的理论广为人知且争论激烈,但来找他的却只有二流的学生,只是为了混个学位,而非在学术上得到他的指导。那些优秀的青年学生没一个愿意把他当作学业上的引路人。

当然了,有那么一两次,因为一些微不足道的小事,他的脾气使得优秀的学生离他而去,有那么一两个学生走的时候带着些怨气,但这一定不是他在教学方面一事无成的原因,对吧?

渐渐的,他开始觉得这一定有其他什么原因。比如……种族。

查理一直认为,自己和大多数黑猩猩是有区别的。其他黑猩猩对提升者有种盲目崇拜,大多数表现得对人类卑躬屈膝,还有一小部分则对人类怀着强烈的不满,后者虽然数目不多,但很是惹人注目。几年之前,他开始注意到这些,而很快他就有了结论:学生们避开他,只是因为他是一只黑猩猩!

这想法让他感到震惊不已。之后整整三个月时间里,他扔下了手头所有的课题,开始琢磨这件事情。他仔细阅读了与人类对黑猩猩的庇护地位有关的种种条款,终于明白了,人类对他的种族拥有绝对的权力。他不禁怒火中烧。但后来,读过了银河系中其他种族的提升条例之后他才知道,没有任何一个庇护种族会像人类这样,在自己的最高议会中为一个只有四百年历史的扈从种族留出席位。

查尔斯·达特有些困惑，但他想到了一个词：赐予。

他开始阅读有关古代人类种族斗争的文献。这难道是真的吗？就在不到五百年前，人类还在用愚蠢的弥天大谎彼此欺骗，只是因为肤色的差异？还会因为听信了这谎言而去杀害数以百万计的同类？

他学会了一个新词，叫作"象征性"，并由此感到深深的耻辱。这就是为什么他自愿参加这次前往太空深处的航行。临行前他暗暗发誓，不证明自己在学术上的能力，就绝不回家。他要证明自己是一名足以与任何人类相媲美的科学家！

就这样，他和"奔驰号"签订了工作协议。这艘船上满是吵闹的海豚，还有海水。更令人受不了的是，那个自以为是的伊格纳西奥·梅茨从一开始就把查理和他手下那些没有完工的混血实验品同样对待！

查理渐渐学会了忍受这些，甚至开始讨好梅茨。在他关于基斯拉普的研究结果正式发表之前，他可以忍受一切。

而在那之后，查尔斯·达特走到房间时，他们就必须起立致敬了。优秀的年轻学生也会投奔他的门下。至少，所有人都会知道，他不只是一个象征！

查理的沉思被附近森林里传出的声音打断了。他赶忙盖上防护罩，挡住控制板下方的东西，绝不能让任何人发现他实验中的秘密部分。

丹妮·苏德曼和岩野俊雄出现在通往土著村庄的小路上。他们低声交谈着，手里拿着些什么东西。查理假装忙着操纵机器人，时不时地偷偷瞟上他们一眼。他们有没有怀疑到自己？

没有。他们的注意全放在对方身上，互相触摸着，轻抚着，低声说着些什么。查理低低地哼了一声，对于人类一天到晚沉迷于性事的这种习性颇不以为然。但两人朝他这边看来时,他还是露齿而笑,朝他们挥了挥手。

两人也向他挥手致意,然后转身走开了。他们什么都没注意到。这两个人堕入了爱河,我的运气还真好啊。

"我还是想留下来。万一吉莉安错了呢? 如果塔卡塔-吉姆提前转换完炸弹的燃料呢?"

俊雄耸了耸肩,"我手里有他需要的东西。"他朝水中的两艘小艇看了一眼,其中一艘是汤姆·奥莱的。"没有这个,塔卡塔-吉姆不会起飞的。"

"没错!"丹妮说,"他肯定离不开那无线电,否则还没等他和外星人谈判,就会被轰成碎片的。但这样一来,你就只剩自己一个人了! 那些海豚很危险!"

"这正是我要你马上离开的原因之一。"

"哈,又来这套大男子主义的说法了?"丹妮想挖苦他两句,但实在是狠不下心来。

"不。"俊雄摇了摇头,"这是作为军事指挥官的命令。到此为止了。现在我们来把最后这批样本装好。我会送你和萨奥特走上几英里,然后就和你们说再见了。"

他弯下腰想提起一捆包裹,但手还没伸过去,就感觉一只小手按在自己背上。那只手猛地一推,他失去了平衡,朝水里倒去。

"丹妮!"他朝丹妮看去,只见她正一脸幸灾乐祸地笑着。在倒下之前的最后一瞬间,他伸出左手抓住了丹妮的手,拉着她一起倒进水池。她的笑声变成一阵惊叫。

两人站起身来,凫着水来到两艘小艇中间。丹妮用双手抓着俊雄的头发,把他朝水里按去,发出胜利的笑声。紧接着她感到水里有什么东西正戳着自己的屁股,不禁跳了起来。

"俊雄!"她喊道。

"不是我。"俊雄终于喘上一口气,双手举出水面,"肯定是你的另一个爱慕者干的。"

"我的什么……噢,不!是萨奥特!"丹妮转过身来,一边在水里摸索,一边踢着,感到身后又有人碰着自己,忍不住喊了起来,"你们这些精虫上脑的男人,就想不出其他什么事来吗?"

一只肤色斑驳的灰海豚把头露出了水面。气孔上戴着呼吸器,但也挡不住他的笑声。

*早在人类
在圆木上划水之前——
*我们就已经发明了这个
*想要
尝试一下吗?
*尝尝
三人合体的感觉?*

他斜眼朝这边看来,丹妮的脸涨得通红,俊雄只好用大笑掩饰过去。丹妮泼了他一身的水,俊雄游了过去,抓住她的胳膊按到小艇上。丹妮嗔骂了他几句,俊雄用一个吻堵上了她的嘴巴。

她也在回吻着俊雄,嘴唇上带着基斯拉普特有的金属味道。萨奥特游到两人身边,轻轻地用他那锯齿状的尖牙在他们的腿上划过。

"你知道,我们应该尽量避免让皮肤接触这里的海水的。"俊

雄说道,两人仍然紧紧抱在一起,"你不该这样做的。"

丹妮摇了摇头,把脑袋埋在他的肩膀上。

"你骗谁啊,阿雄?"她低声说,"干吗担心慢性金属中毒的事?等不到皮肤变蓝,我们就会死在这里。"

"呃,丹妮……这……"他想找些话来安慰丹妮,但唯一能想到的办法就是紧紧搂住她的身子。海豚也游了过来,弯起身体把两人围在当中。

这时通信器响了。萨奥特游过去,打开了奥莱的小艇上的开关。那是通过单纤维光缆连到"奔驰号"之前位置的中继器上的通信器。

通信器中传来一阵单调的噼啪声,他叫了几声作为回应,然后游到水面上,松开呼吸器的带子。

"是找你的,俊雄。"

俊雄根本就没问消息重要与否。既然是这条线路上传来的,肯定是什么大事。他温柔地松开了丹妮,"你去收拾行李,我很快就回来帮忙。"

丹妮点点头,揉着眼睛。

"在这里陪她一会儿好吗,萨奥特?"俊雄一边向通信器游去,一边说道。海豚摇了摇头。

"我当然很乐意,俊雄。本来也就轮到我去取悦女士了。不过可惜的是,我必须去给你做翻译。"

俊雄迷惑不解地看着他。

"是船长,"萨奥特告诉他,"是克莱代奇要和我们通话。他肯定是要我们帮他联系这个世界的智慧居民的。"

"克莱代奇?和这里通话?但吉莉安说他失踪了!"听明白萨奥特的话之后,俊雄的眉头皱得更紧了,"智慧居民……他是要和基库伊人讲话?"

萨奥特微笑着。

"不,长官,基库伊连无畏的军人都算不上。我们的船长想要我和那'声音'交谈,他想和海底之下的居民交谈。"

82. 汤姆·奥莱

　　暗夜兄弟会的老十二低声笑着。他的快乐在附近的水中扩散开来,一直延伸到水草底下。他离开了伏击的地点,受害者那模糊的挣扎声在他身后渐渐消失。水草下的黑暗对他没有什么影响,没有了光线,暗夜兄弟只会感到更加舒服。

　　"阴暗的兄弟啊,"他发出嗞嗞声,"你和我一样欢喜。"

　　从他左边的某处,在那些纠缠的海底藤蔓中,传来了一阵兴奋的回答。

　　"我很欢喜,吾兄。那批帕哈人的武士再也不需要在那个索罗女人面前下跪了。感谢古代武神的庇护。"

　　"我们应该亲自去感谢他们,"老十二答道,"等我们从那些半智慧的地球人口中知道他们返回人世的舰队位置后就去。现在,我们需要感谢那早已消逝的暗夜猎手庇护主们,是他们将我们改造成了不可阻挡的战士!"

　　"我会感谢他们的灵魂,吾兄。"

　　他们继续向前游去,根据水下冲突的战术条例,彼此间保持着六十个身长的距离。由于那些水草的存在,保持这阵形并不容易,而且水草的回声听起来有些古怪。但条例就是条例,就像本能一样不容置疑。

兄长回头聆听了一阵,直到那溺死的帕哈人发出的最后一阵挣扎声也消失不见。现在他和他的　兄弟将向那艘漂浮在海面上的船只残骸前进,那里肯定有猎物在等着他们。

这就像从树上摘取水果一样容易。就算是坦度人这样强大的武士,来到这样的水草地毯上,也成了一个个站都站不稳的傻瓜,但暗夜兄弟就不会! 他们可以随时适应情况,甚至产生变异。靠着这能力,他们可以在水下游泳,避开每一处可能存在的危险。

他的鳃口搏动着,吸进这含有金属盐的海水。老十二发现前面有一处含氧量较高的水域,于是稍稍偏离了点航线,朝那里游去。坚守教条当然重要,但在水下的环境中,又有什么能伤害到他们?

突然之间,左边传来了一阵碰撞声,短暂的一声喊叫,然后就归于平静。

"吾弟,那边的骚乱是怎么回事?"他朝自己那个幸存下来的伙伴所在的方向问道。但话语在水中的传播是很难的。他等待着,变得越来越着急。

"阴暗的兄弟!"

他潜到一簇悬浮着的藤蔓下面,四只工具手各拿着一把掷弹枪。

那到底是什么东西,可以战胜他的兄弟,一名无可匹敌的战士? 他知道自己认识的庇护种族中,没有一个可以做到。而如果有机器人在附近,他的金属探测器肯定已经响了。

突然他想起来了,也许就是他们找的那种半智慧生物,"海豚",它们在水中是非常危险的。

但不是海豚。它们是呼吸空气的动物,体形硕大。他扫描了整个地区,并没有听到回声。

最年长的兄弟指挥着舰队剩余的力量,他正在一个小型卫星的洞穴中发令。他认定,地球人并不在北半球的这个海域,但还是派出了一艘小型飞船,一边观察敌人的动态,一边骚扰他们的行动。一起出发的人中,只有水中这两位还活着了,但他们也证明了猎物并不在附近。

老十二迅速绕过一个水池的边缘。是他的小弟迷了路,来到开放海域,被上面行走的敌人杀死了吗?

他听到一阵模糊的声音,便把武器拿在手中游了过去。

在黑暗中,他感觉到一具庞大的尸体悬在脑袋顶上。他发出一阵啾啾声,然后努力分辨着复杂的回声。

回声显示只有一个庞大的生物,没有动也没有发出声响。他游上前去,抱住了尸体。水刺激着他的鳃口,他终于哭了起来。

"我会为你报仇,兄弟

"我会杀掉海中的每一个会思考的生物

"我会把黑暗带给他们

"我会……"

又是一声响亮的溅水声。他发出了一个短短的"呃"的音,什么沉重的东西掉到他的右边,用长长的手脚缠住了他。

老十二挣扎着,但他根本未料到自己的敌人居然是个人类!一个半智慧种族,长着毫无防御力的皮肤的狼崽子人类!

"在你做你说的那些事之前,还有一件事是你首先要做的。"

那声音用十号格莱蒂克语说着。

　　阴影兄弟发出一阵悲鸣。有什么尖锐锋利的东西划过他的喉咙,刺穿了后背上的神经接口。

　　他听到对手用近乎同情的语气说:"你要去死。"

83. 吉莉安

"吉莉安·巴斯金，我能告诉你的是，他知道怎么找到我。他坐着一台'步行机'来到这里，在大厅里和我说了话。"

"克莱代奇来过这里？我和汤姆猜到了，他会推测出我们有一台私人高级电脑，但他不该知道这地方……"

"我并不感到非常惊讶，巴斯金博士。"尼斯机器打断了她的话，用平静的抽象图形把这唐突的举动掩饰了过去，"船长当然了解这艘船，我早知道他会猜出我的位置的。"

吉莉安坐在门旁边，摇着头，"你第一次给我发信号的时候我就该来的。本来我有机会阻止他离开……"

"这不是你的错。"机器继续用毫无特点的语调讲话，"如果我认为情况紧急的话，会用更激烈的方式要求你到这里来的。"

"噢，当然了。"吉莉安讽刺道，"不过是飞船上阶级最高的军官开始犯返祖病而已，跑到遍地都是外星人的野外去，有什么大不了的？"

电脑图像舞动着，"你错了。克莱代奇船长并非逆转性精神分裂的受害者。"

"你怎么知道？"吉莉安怒气冲冲地说，"自从摩尔格伦的那场伏击战之后,飞船上已经有三分之一的船员开始显示出返祖症候了,尤其是那几只有尖吻海豚基因的。克莱代奇已经经历了这么多的痛苦,你居然还说他没有得病? 如果他连话都说不了了,还怎么去运用智慧学?"

尼斯用冷静的声音答道:"他来这里是为了搜索特定的信息。他知道我不仅可以接入'奔驰号'的数据库终端,还能接入从泰纳尼沉船上找到的数据库。他没法说明白自己要找的是什么,不过我们还是想出了办法,克服语言的障碍。"

"你们怎么做到的?"吉莉安的惊讶已经盖过了愤怒和愧疚。

"通过图形程序,视频和声音的图像,我可以很快地提供给他各种选择,他用是或否来回答我,告诉我有没有——像你们人类说的——跟上他的思路。很快,就变成他在指引我思考了,他给我提供的帮助,是我之前完全没有想象到的。"

"什么样的帮助?"

光点闪亮了起来,"这个世界的许多神秘之处都拼凑了起来,比如最后一批居住在此的生物灭绝之后那长得古怪的抛荒期,比如钻孔树圆丘那古怪的生态环境,比如萨奥特听到的'地底深处的声音'……"

"萨奥特那样性格的海豚总是会听到'声音'的。"吉莉安叹了口气,"别忘了他也是那些尖吻海豚实验品中的一个。我敢肯定,那些海豚上船时根本没通过普通的压力测试。"

电脑稍微停顿了一下,然后就用了然于胸的语气说道:"这是有证据的,巴斯金博士。显然伊格纳西奥·梅茨博士是提升中心里一小撮激进势力的代表……"

吉莉安站了起来,"提升中心! 见鬼,我知道梅茨做了什么! 你以为我是瞎子吗? 因为他的计划,我失去了几个最好的朋友,几名无法替代的船员。噢,他在'现场测试'着他的产品,很好,结果他的几个新模型在压力下崩溃了!但那些都结束了!提升和海底下传来的声音有什么关系?和金属树与圆丘有什么关系?又和基斯拉普的历史,或者我们那僵尸朋友赫比有关系吗?这其中,又有哪样能帮助我们救回失踪的人,能让我们从这里逃出去的?"

吉莉安心跳加快了,她发现自己已经攥紧了拳头。

"巴斯金博士,"尼斯平静地答道,"这正是我向你们的船长克莱代奇提出的问题。当他把这些碎片拼在一起时,我也意识到,提升并不是一个无关紧要的问题。那是这里唯一的问题。基斯拉普星上发生的一切,正是这延续了数十亿年的系统中正邪力量交锋的体现。很有可能,整个格莱蒂克社会的基础就将在这里得到审判。"

吉莉安眨着眼睛,看着那抽象的图片。

"多么讽刺啊,"那空洞的声音又一次响起,"这个问题却落在了你们人类身上,千万年来第一个自称以'进化'的方式获得智能的种族。你们在浅滩星群发现的东西可能会在五大银河中引起战争,也可能像其他荒诞不经的危机一样烟消云散。但在基斯拉普星上所发生的一切,必将成为传奇。所有的要素都已经齐备,哪怕战争也可能被遗忘,而传奇所造成的影响将亘古长存。"

吉莉安盯着全息屏看了半天,摇了摇头。

"能不能麻烦你讲讲明白,你到底在说些什么啊?"

84. 希卡茜/基皮鲁

"我们得快点了!"飞行员说。

基皮鲁被皮带扣着,躺在一台网状医疗机下面。网子里伸出各种各样的导线和导管,把他吊在半空。小艇引擎的声音充斥着这个狭小的空间。

"你必须放松些。"希卡茜安抚着他,"自动导航系统已经在工作了,我们正以水下所能达到的最高速度前进,应该马上就到了。"

关于克莱代奇的消息让希卡茜好一阵没回过神来,塔卡塔–吉姆的叛变行为也让她震惊不已,但她还是没有让自己被基皮鲁那疯狂的情绪所煽动。基皮鲁对吉莉安·巴斯金表示得忠心耿耿,强烈要求尽快赶回去帮助他。但希卡茜却有着不同的看法。她知道,吉莉安应该已经控制住了飞船上的局面。和她之前几天里想象出的灾难相比,听到的消息简直是太令人开心了。就连克莱代奇受伤的事也没有妨碍她感到欣慰:"奔驰号"毕竟还是活下来了。

她的工作服发出低鸣声,用机械手按了一个按钮,给基皮鲁服下了一片慢性安眠药。

"现在,我希望你去睡上一会儿。"她对基皮鲁说,"你一定要恢复体力。既然你说我现在已经需要行使船长的职权了,就把这当成是命令吧。"

基皮鲁的眼睛开始下陷,眼睑慢慢地合拢,"很抱歉,长官。我……我觉得自己运用逻辑的能力也没比莫奇好到哪里。我总是在制造麻烦……"

药效开始发挥作用,他的话音变得模糊了。希卡茜游到这位沉沉睡去的飞行员下方,唱着一首简短而轻柔的催眠曲:

＊做梦吧,护卫者——
梦到那些爱你的人
他们会赞美你的勇气——＊

85. 吉莉安

"你是说那些……卡兰克克人……是最后一批被批准生活在基斯拉普星上的智能生物？在一亿年以前？"

"正确。"尼斯电脑答道，"他们的庇护种族对他们进行了过度的改造，远远超出了条约允许的程度。根据泰纳尼飞船上数据库中的记载，这在当时也是一大丑闻。作为补偿，卡兰克克人作为扈从的合约立即中止，同时当局为他们挑选了一个满足他们生活要求、又没有什么可能发展出前智能文明的世界。这个水世界因此成为他们退隐后的家园。这样的行星很难进化出前智能生命，而基库伊人看上去却是个例外。"

吉莉安在上下颠倒的房间里沿着倾斜的天花板来回走着。金属墙壁上偶尔传来叮当声，那是"奔驰号"正在完成与特洛伊海马对接的最后工序。

"你没有提到基库伊人和这些古人有任何联系……"

"没有。那些生物是非常重大的发现，这也正是你们应当努力尝试逃脱陷阱、把研究成果带回地球的主要原因。"

吉莉安露出讽刺的笑容，"谢谢指点。我们会尽力而为的。那么，那些卡兰……卡兰克克人又怎么样？"她努力发出最后两个连续的爆破音，"为什么他们要藏在基斯拉普星上，不愿再与格莱蒂克文明接触？"

尼斯机解释道："在前智能阶段，他们是一种类似鼹鼠的生物，生活在富含金属的世界中，和基斯拉普星差不太多。他们的新陈代谢也是和你们一样的碳–氧形式，不过他们是非常好的挖掘者。"

"让我来猜猜。后来他们被培养成了矿工，专门从金属贫瘠的星球开采矿物。进口并培养卡兰克克族的矿工，比通过空间航行运送大批量的矿石要划算多了。"

"猜得很不错，巴斯金博士。作为扈从，卡兰克克人的确是被转化成了矿工，新陈代谢的形式也变成了直接从放射性物质获得能量。庇护主们认为，这可以激励他们更好地工作。"

吉莉安低声说："这样大规模的结构转变是不可能完全成功的！依芙妮在上，他们吃了多少苦啊！"

"这确实是非常之举。"尼斯表示同意，"所以当事情败露之后，卡兰克克人就重获自由，并得到了补偿。但是经过了几千年的尝试后，他们还是没法转变成标准的宇航生命，于是他们决定退隐到基斯拉普星。这颗行星被特批给他们使用，只要他们的种族还存在，这颗行星就属于他们。但没人能想到他们会活得这么久。

"他们没有灭绝，而是继续改变着自身的形态。现在看来，他们已经变成了已知的宇宙中一种独一无二的存在。"

吉莉安将之前交谈中的各条线索综合起来，得到了一个结论。她的眼睛睁大了，"你是说那些金属圆丘……"

"是一种智慧生命的幼体形式，而这种生命生活在这个行星的地壳当中。是的，我本来应当可以从丹妮·苏德曼最新发回的研究材料中推论出这些,但克莱代奇却在没有看过她的研究的情况下直接得出了结论。这就是为什么他过来找我,想证实自己的猜想。"

"萨奥特听到的声音,"吉莉安低声说,"那就是卡兰克克人!"

"可接受的试验性推理。"尼斯赞成,"要不是你们这次航程中还有其他成果,这可能就是本世纪最大的发现了。你们人类有句老话,叫作'不鸣则已,一鸣惊人。'——听上去很老套,不过确实适合现在的情况。"

吉莉安根本没有听它的话,"那些炸弹!"她拍了下前额。

"您说什么?"

"我放任查理·达特从军械库里偷走了几颗低当量的炸弹,我知道塔卡塔-吉姆肯定会把它们没收,转化成飞船的燃料。这本是我计划的一部分,但……"

"你是说,你原以为塔卡塔-吉姆会没收所有的炸弹?"

"没错,如果他没注意到的话,我本打算在通话时提醒他一下的,但他的动作太快了,马上就发现了炸弹。我不得不对俊雄撒了个谎,但似乎也没起什么作用。"

"如果一切都按照计划进行,我不认为会有任何问题。"

"问题就是塔卡塔-吉姆也许没有得到所有的炸弹! 以前就算查理手中还有炸弹,他也绝不会伤害活着的智能生命,但现在……我一定要和俊雄联系,马上!"

"能等上几分钟吗? 塔卡塔-吉姆也许已经没收了所有的炸弹,而我还有些其他事想和你讨论。"

"不行! 你不明白,俊雄马上就要毁掉通信机了! 这也是计划的一部分! 查理手里也许还有一枚炸弹,我们必须马上弄明白!"

全息图像也显得急躁了。

"我马上帮你联系他,"尼斯机说,"需要用几分钟时间才能在不被察觉的情况下攻破'奔驰号'的通信系统。你准备好吧。"

吉莉安在倾斜的天花板上走来走去,希望还来得及。

86. 俊 雄

俊雄重新连接了线路,把防护罩盖在汤姆·奥莱小艇上那台发报机外面,又往上抹了薄薄的一层泥,看上去好像从来不曾打开过似的。

他从通信器上排出了那条单纤维光缆,在一端贴上一条红色胶带做记号,然后把这条几乎看不到的光缆扔到水里。

现在,他已经完全和"奔驰号"失去了联系。这让他感到前所未有的孤独——就连丹妮和萨奥特早上离开的时候他也不曾有过这样的感觉。

他希望塔卡塔-吉姆能够遵守命令,等待"奔驰号"出发之后再离开这里。如果他按计划行事,吉莉安会在起飞之后和他联系,把救生船和发报器上动过手脚的地方告诉他。

但如果塔卡塔-吉姆真的是个背叛者呢?如果他提前起飞了呢?

那样的话,查尔斯·达特肯定也在飞船上了,还有伊格纳西奥·梅茨和那三只尖吻海豚,也许还有三四个基库伊人。俊雄不希望他们中有任何人受到伤害。这还真是个艰难的决定啊。

他抬起头来,看到查尔斯·达特正一边开心地哼着歌,一边玩着他的新机器人。

俊雄摇了摇头。还好,至少他现在还很开心。

他悄悄潜到水中,朝自己的小艇游了过去。一个小时之前,他已经把小艇上的电台扔到了水中。他钻进快艇,启动了引擎。

在小岛下面,还有一个任务要完成。那台旧机器人,查尔斯·达特那台报废了的探测器,已经被抛弃在了钻孔树洞穴的底部。但它还有最后一位使用者。克莱代奇还待在"奔驰号"原来的位置附近,想要和萨奥特所谓的"声音"交谈。俊雄觉得自己应该帮船长做这件事,虽然看起来这似乎只是他的幻觉。

小艇向水中潜去,俊雄开始琢磨这里还有其他什么任务……在他离开之前还需要做些什么。

希望我回到水面上时,汤姆·奥莱已经在这儿等我了。他虔诚地祈祷着。那样的话,一切问题就都解决了。保佑奥莱先生,完成他在北边的任务,趁我在水下这段时间飞回岛上来吧。

俊雄露出了讽刺的笑容。如果你真的在保佑我们的话,依芙妮,为什么不干脆派一支好心人的舰队过来,把天上那群混蛋一扫而光呢?

他沿着狭窄的洞穴一路下潜,沉入一片黑暗当中。

87. 吉莉安

"该死的！三重地狱啊！线路断了,俊雄关闭了通话！"

"别太激动。"尼斯机很有把握地说,"很有可能塔卡塔-吉姆没收了所有的炸弹。军校生岩野先生不是报告了吗,他看到塔卡塔-吉姆把几个炸弹拆开,用来给飞船补充燃料了。这不正是你预料到的吗?"

"是的,我也跟他说了不用担心。不过,我并没有让他仔细数过炸弹的数量——我当时正忙着准备转移'奔驰号'。而且,我当时以为就算查理留下一颗炸弹,也不会造成太大影响的!"

"当然了,不过现在我们知道情况并非如此。"

吉莉安朝上看着,不知道泰姆布立米机器这样说是出于礼貌,还是变着法子挖苦她。

"好吧,"她说,"事已至此,不必再提了。那边发生的事对我们不会有太多影响。我只希望不要再在这次航程的记录里添上一条,背上毁灭智慧种族的罪名。"

她叹了口气,"现在你能不能再给我讲一遍,你刚才说的传奇到底是什么意思?"

88. 俊 雄

线路连通了。现在克莱代奇可以直接听到地下的声音,听到他满意为止。俊雄把单纤维光缆扔到泥里,清空了压舱水,小艇在钻孔树的洞穴中盘旋着向上升去。

升到海面上时,俊雄马上就知道这里发生了变化。第二艘小艇,原本属于汤姆·奥莱的那艘,被从陡峭的水池中拖了上来,扔在水池南边的草坪上。控制板被凿破了,电线被从破口扯了出来。

查尔斯·达特在水边蹲着,朝前俯着身子,把手指放在唇边。

俊雄关上马达,松开安全带。他坐起身来,朝外面的空地望去,但只看到树林中摇晃的叶子。

查理带着喉音低声说:"我想塔卡塔-吉姆和梅茨马上就打算起飞了,俊雄,不管有没有我都一样。"他看上去有些困惑,仿佛被这个愚蠢的想法搞昏了头脑。

俊雄带着戒备的神色问道:"你为什么这么想呢,博士?"

"你刚潜到水里,塔卡塔-吉姆手下的两只海豚就过来了。他们抢走了小艇上的无线电。另外,你在水下的时候,他们测试了引擎。刚开始声音有些乱,不过他们正在修理。我想他们现在已经不再在意你会不会报告上去了。"

俊雄听到南边传来一阵低低的轰鸣声,然后是时高时低的嗡嗡声。

他看到北边有什么人正在移动。那是伊格纳西奥·梅茨,正匆匆地穿过林间小路往南走去,手里拿着一捆捆的记录。四个矮小的基库伊人志愿者排成一队,紧跟着他从村子里走了出来。他们骄傲地鼓起了气囊,但显然不愿走近发出轰鸣声的引擎。每个人手中捧着一捆简陋的工具。

树林中,几十双大眼睛正紧张地朝这边望着。

俊雄听着引擎的声音,琢磨着自己到底还有多长时间。塔卡塔-吉姆已经回收完了炸弹里的燃料,这比他预料的还要早。也许他们低估了海豚上尉的能力。为了让救生船提前起飞,他还备下了什么后招吗?

我应该想法子阻止他们起飞吗? 如果我再在这里待下去,也许就没法及时回到"奔驰号"上了。

"你怎么样,达特博士? 在塔卡塔-吉姆准备好之前,你能完成这里的工作吗?"

查理看了一眼他的控制台。"我还需要六个小时,"他低声说道,"现在,阻止飞船起飞是我们共同的利益了。你有什么想法吗?"

俊雄想了想。

好吧,这正是你要做的,不是吗? 该你下决定了。如果想走的话,现在正是机会。

俊雄深深地吸了一口气。好吧。

"如果我能够想出拖延的办法,达特博士,你愿意帮助我吗? 可能会有点危险哦。"

达特耸了耸肩,"我现在所能做的就是等着我亲爱的机器人在地壳上挖个洞,然后埋下……一个设备,在那之前我都没什么事做。要我做什么?"

俊雄从快艇里卸下光纤输电器上的线圈,把联结着机器的那一端切断了,"那么,我想首先需要有人爬到树上去。"

查理扮了个鬼脸,"又是这一套,"他自言自语道,"老是拿这一套来骗我们……"

89. 吉莉安

　　她缓缓地摇着头。也许是太累了吧,她对尼斯电脑说的话只能理解一鳞半爪。每次她试着想让电脑将格莱蒂克人的传统用简单的语言解释一下时,它都会举出一些毫不相关的例子,把事情弄得更混乱更复杂。

　　她觉得自己就像一个旧石器时代的穴居人,想要理解路易十四时期的宫廷诡计。尼斯电脑似乎在说,"奔驰号"的发现带来的后果,其影响将远远超过失落的舰队造成的危机。但其中微妙的细节她却无论如何也领会不到。

　　"巴斯金博士,"电脑又一次尝试着,"每一个时代都有其转折点。有时候出现在战场上,有时候则以技术进步的形式出现。有时候,这种转折点会出现在哲学领域,而且其形式非常模糊,以至生活在那个时代的种族可能都没意识到这转折的发生,但他们的世界观却会因此发生天翻地覆的变化。

　　"不过通常情况下,这种转折点是以一个传奇作为先导的。我不知道通用语中哪个词可以形容它……这样的故事,会在所有的智能生命脑海中留下不可磨灭的印象……真实的故事,讲述着丰功伟绩,塑造着影响后世的形象,预示着变革即将到来。"

"你是说,我们会成为这样的传奇?"

"正是如此。"

吉莉安从未感觉自己如此渺小。她根本担负不起尼斯电脑所说的这重任。她的职责只是对地球尽忠职守,单单这飞船上一百五十名船员,一百五十条生命,就已经足够沉重了。

"原型象征?你是说……"

"巴斯金博士,还有什么能比'奔驰号'和她的这一系列发现更有象征意义的?仅仅其中一支失落的舰队,就已经把五大银河折腾了个底朝天了。现在,再加上'奔驰号'所发现的最新的扈从种族,他们的庇护主又是曾声明过不控制任何种族的狼崽。在这里,基斯拉普星上,前智能生命不可能兴起的地方,他们发现了一种成熟的前智能生命,又冒着无比的风险去保护这些无辜的生灵,远离格莱蒂克文明那死板僵化的制度的影响……"

"现在只是……"

"现在又有了卡兰克克人。在最近的几个历史时代中,还没有哪个种族受到过像他们那样的虐待,没有哪个种族,被原应保护自己的制度摧残到这个地步。

"一艘飞船选择这颗行星作为其最后的庇护所的可能性有多大?你看不到更深层次的景象吗,巴斯金博士?从始祖种族到最新的种族,人们所看到的是对提升系统的一次最有力的冲击。

"不管你们逃离基斯拉普的尝试最终结果如何,不管你们是成功还是失败,群星间都会为你们的冒险谱写伟大的颂歌,四处传唱。这首歌带来的改变将超出你的想象。"尼斯电脑停了下来,说到最后几句话时,它的声调变得低沉,甚至近乎虔诚。组成尼斯的光点开始无声地旋转起来。

黑暗中，吉莉安站在倾斜的天花板上，眨着眼睛看着那些光点所组成的旋转的图案。寂静一直持续着。最后，她摇了摇头。

"又是泰姆布立米人的玩笑。"她叹了口气，"该死的笑话，一个见鬼的狗屁故事。你只是在扯我的后腿而已。"

光点无声地旋转了一会儿。"如果我说是这样的，会不会让你好受一点，巴斯金博士？ 如果我说我不是开玩笑，你又会不会改变你所做的一切？"

她耸了耸肩，"我想不会。至少你让我在这一段时间里摆脱了烦恼。这种哲学上的思考让我放松了一些，也许我还能睡个好觉呢。"

"随时准备为您效劳。"

吉莉安挤出一个笑容，"我知道你会的。"她爬上一个包装箱，朝门把手伸出手去。打开门之前，她回头看了一眼电脑。

"告诉我，尼斯电脑，你是不是把刚刚给我讲的这堆狗屁都给克莱代奇说了？"

"不是用通用语说的。不过我们聊过同样的主题。"

"他相信你了？"

"是的，我觉得他是相信的。坦白说，我有点惊讶。看上去好像他之前就听说过这些似的，从别的什么地方。"

这也就部分解释了船长神秘失踪的原因。而且，至少现在他们还什么都做不了。

"如果他相信你的话，克莱代奇觉得他能在这里做些什么？"

"巴斯金博士，我觉得，他的第一选择是为我们寻找盟友。在某种层面上说，他正在试着为我们这个传奇增加几个新的乐章。"

90. 克莱代奇

他们在呻吟。他们一直处于痛苦中。数千万年来,生命对他们来说就意味着煎熬。

:听我说:

他用上古之神的语言说道,想让卡兰克克人回答他。

:听我说:你们这些埋藏在地底深处的人——:你们这些忧伤的、饱受摧残的人:我在外面呼唤着你们:我恳求你们聆听:

悲哀的歌声停了下来。他感到了一丝怒意。既有声音,又有心灵波动。就像是耸了耸肩,想要甩掉一只讨厌的虱子。

哀痛的歌声再次响起。

克莱代奇不断地努力着,一边催促,一边观察。他浮在"奔驰号"留下的信号中继机附近,在快艇的空气室中呼吸着,想要吸引那些上古的避世者的注意。他遥控着机器人,发出电流的嗡嗡声,用来增强他那模糊的信号。

:我从外面来到这里:寻求帮助:古时折磨过你们的人也是
我们的敌人:

虽然有些歪曲事实,不过大体是没错的。他急匆匆地继续
说着,不停地塑造着声音形象,终于感觉到他们的注意力转向了
自己这边。

:我们是你们的小兄弟:你们愿意帮助我们吗?:

低沉的嗡嗡声突然强烈起来。心灵传感的部分变得愤怒而
陌生,而声波的部分则变得像一团干扰的杂音。克莱代奇知道,
如果没有梦之海中的那段经历,自己一定会觉得这些信号根本
无法理解。

+别来打扰我们！—
—别待在这里！我们+
+没有兄弟—
—我们拒绝+
+这个宇宙！—
—走开！+

这强烈的拒绝信号在克莱代奇的脑中回响着。但心灵电波
中却包含着一些让他感到鼓舞的成分。
一直以来,"奔驰号"的船员们需要的就是盟友,任何盟友都
可以。他们需要帮助。如果汤姆·奥莱那天才的瞒天过海之计

有机会实施的话,至少需要有人帮他们吸引敌人的注意力。这些地下的生命虽然是异类,又充满了怨恨,但他们至少曾经是能够进行星际航行的种族,也许会愿意帮助另一批被格莱蒂克文明压迫的受害者。

克莱代奇坚持说道——

:看啊!:听啊!:你们的世界正被基因的改造者包围:他们在寻找我们:还有那些和你们一起生活在这个世界上的小生命:他们想要扭曲我们:就像对你们之前做过的一样:他们会侵入你们的私人领地:

他制造出声音的形象,一艘艘巨大的舰队,飞船上绘着箕张的大口。他在形象中加上了极度恶毒的意图。

但雷声般的轰鸣将他的图像震得粉碎。

+我们不想被扯进来! −

克莱代奇摇了摇头,继续集中精神:

:他们也会找到你们的:

+我们对他们没有用! +
−他们要找的是你+
+不是我们! −

这回答让他有些眩晕。克莱代奇的力气只够提出一个问题的了。他想要询问卡兰克克人，如果他们被攻击的话怎么办。

问题还没说完，他就得到了答案。那是非常刺耳的声音，就算是用上古之神的表意图形，也没法解读其中的含义。那不像是什么有含义的话语，更像是带着轻蔑的咆哮。突然之间，声音和意念的回声都切断了，只剩下他在那里漂浮着，脑中还回荡着那些生物愤怒的吼声。

他已经尽了全力。现在该做什么？

已经没有什么事可做了。克莱代奇闭上眼睛进入冥想。他用声呐发出一串螺旋的信号，利用附近岩石的回音编织出各种形象。感觉到努卡佩渐渐在身边成形，心头的失望感慢慢减轻了。他发出的声音混杂着海水的波动构筑出她的身体，仿佛在他的体侧轻轻摩擦着。克莱代奇仿佛能够感觉到她的存在，不由得感到性趣盎然。

:那些人并不很和善:她说道。

克莱代奇露出悲哀的微笑。

:不，不算太好:但他们很痛苦:若非万不得已，我不会打扰这样的隐士:

他叹了口气。

:世界之声似乎不愿帮助我们:

努卡佩嘲笑着他的悲观。她改变了语速，用愉快的音调低声说着:

*向下潜

聆听明天的天气

*向下潜

便能获得预知,预知……*

克莱代奇集中着注意力,想理解她的话。为什么她在说三音海豚语?现在这语言对他来说几乎和通用语一样困难。还有另外一门语言,更精妙,也更强大,他们现在完全可以共享。为什么她要让他意识到自己的残疾?

克莱代奇摇了摇头,感到迷惑不解。努卡佩是他自己意识的碎片……或者说,她的声音要受限于他自己声音所造出的回音。所以,为什么她反倒可以使用三音海豚语?看来还是有着许多秘密,他走得越深,就会遇到越多的神秘事件。

*向下潜

深夜的潜入者

*向下潜

便能获得预知,预知——*

他把这段话重复给自己听。她的意思是说有什么东西可以预知未来吗?还是说有什么无法避免的东西,注定会打破卡兰克克人与世隔绝的状态?

他还在试着解开这谜题,突然听到引擎的声音。克莱代奇仔细听着。他不需要打开小艇上的水下扩音器,就能认出这引擎的型号。那是一艘小型太空船,小心翼翼地钻进峡谷。声呐缓缓地从一端扫到另一端。探照灯照向"奔驰号"之前离开海床的位置,仔细巡视着飞船留下的痕迹。声呐与灯光扫过了"奔驰号"扔下的设备,最终停在中继机的盒子以及克莱代奇的小艇上方。

在明亮的光线照射下,克莱代奇眨了眨眼睛。他张开嘴巴,露出欢迎的微笑,但却发不出任何的声音。这么多天以来,他第一次感到害羞,害怕自己会结巴,甚至会连最简单的词都说不出来,惹得对方嘲笑。

飞船上的扩音器放大了一个声音,那高昂的声音中透着欢乐。

※克莱代奇!※

他认出了那个声音,一阵暖意涌上心头。他打开了小艇的推进器,切断了与中继机的连线,加速向救生船打开的舱门驶去。他认真地拼出通用语的单词,一字一顿地说道:"希卡茜……再次……听到……你的……声音……真好……"

91. 汤姆·奥莱

布满海草的海面上雾气缭绕。从某方面来说这是好事,潜伏变得更加容易了。但同时,辨别陷阱也变得更加困难。

汤姆匍匐着穿过最后一块草地,一路细心搜索着,最后来到了巡洋舰残骸的入口处。最后这段路肯定不能再在水里走了。毫无疑问,躲在船体里的人肯定已经做好了防备。

在离裂口几米的地方,他发现了一台装置。细细的电线从一小团藤蔓延伸到另一团。汤姆仔细观察着这装置,然后小心地在绊网下面拨开水草,滑进水草下面的海水当中。离开电线网的范围后,他悄无声息地爬到漂浮的船壳边缘,靠在布满凹坑的船壳上休息了一阵。

生活在海草间的兽类早在交火时就躲开了,但现在大部分参战者都已经阵亡,它们又跑了出来。它们青蛙般的呱呱声被臭味熏天的水汽折射,听起来十分怪异。远处传来了火山的低吼。汤姆那空空如也的胃开始翻腾,没准儿光他肚子的响声就足够把始祖种族唤醒了。

他又检查了一遍武器。射针枪只有几发子弹了。他希望自己猜对了躲在这飞船里的外星人的数量。

我希望自己猜对的事情还有很多，他提醒自己。我把赌注都压在这飞船里有食物上了，也必须在这里找到我需要的信息。

他闭上眼睛，短暂地冥想了一会儿，然后蹲在裂口下方，只从那不规则的边缘露出一只眼睛窥探着。

三个像鸟一样的格布鲁人在烟熏火燎的甲板上挤成一团，围在一排乱七八糟的仪器旁。有两人正端详着一台小型加热器，它的能量已不够正常工作，他们正把自己那瘦骨嶙峋的胳膊放在上面取暖。第三个则坐在一台坑坑洼洼的便携控制台前，用四号格莱蒂克语叫唤着。那是一种在类鸟种族中很流行的语言。

"没有找到人类和它们的扈从种族。"那生物发出吱吱声，"我们的深海探测装置也坏掉了，所以没办法完全确定，但我们确实没发现地球生物的痕迹。这里已经没什么可做的了，来接我们回去！"

无线电台发出噼啪声，"无法从隐蔽地出去。不可能在这种时候用尽最后的能量。你们必须坚持。你们必须隐蔽。你们必须等待。"

"等待？我们的藏身之处就是一个船壳，这里储藏的所有食物都被辐射污染了！所有的设备都毁坏了！而这船壳已经是现在还浮在海面上的最好的藏身之处了！你们必须来接我们！"

听到这消息，汤姆不禁暗暗咒骂了一句。别指望找到食物了。

无线电的操作员仍然在抗议着，另外两个格布鲁人一边听，一边不耐烦地摇晃着。其中一个跺了跺长着爪子的脚，突然转过身来，似乎想要打断操作员的话。他的目光正好扫过这个裂口。汤姆还没来得及躲回去，那生物的眼睛就睁大了。他用前爪指着这边,"是人类! 快……"

汤姆一枪打在对方喉咙上,根本不去看敌人倒下的样子。然后他钻进裂口,就地一滚,躲到了一台倾斜的操作台后面。他从操作台的另一端探出身来,趁第二名站立的格布鲁人还没来得及开火,迅速朝他开了两枪。小小的手枪口喷出微弱的火焰,在早已遍布创痕的天花板上又添上了一道灼痕。外星人尖叫着仰面跌倒。

站在电台旁边的格莱蒂克人看着汤姆,然后瞥了一眼身边的发报机。

"想都不要想。"汤姆用带着浓重口音的四号格莱蒂克语说。外星人吃了一惊,胸口起伏着。他放下了双手,站在原地一动不动。

汤姆小心翼翼地站起身来,枪口仍然指着格布鲁人,"扔下你的武器带,然后站得离发报台远一点儿。记住,我们人类可都是狼崽子。我们野蛮成性,同类相残,而且已经饿得发疯了! 别逼我吃了你。"他用尽全力咧开嘴唇,尽可能多地露出牙齿。

那生物浑身发抖,顺从地走开了。汤姆发出一阵咆哮,让对方更加驯服。有时候,原始人的名声也还是有点用处的。

"好了。"外星人走到了他示意的地方,离裂口很近。汤姆拿枪指着对方,坐在了发报台旁边。听筒中传来了激动的吱吱声。

感谢女神,他认出了电台的型号,把它关上了。"你的朋友看到我时你正在发报吗?"他朝俘虏问道。他还不知道隐藏着的格布鲁人军队指挥官听没听到"人类"这个词。

格莱蒂克人脖子上的羽毛蓬了起来。他的回答完全和问题无关,汤姆不禁在想,他问的那句话有没有错误?

"你必须抛弃骄傲,"对方唱道,羽毛抖动着,"所有的年轻种族都必须放弃骄傲。骄傲带来错误，自信带来大错。只有正道可以拯救。我们可以拯救……"

"够了！"汤姆高喊。

"……将你们从异教徒手中拯救出来。带我们回去找始祖种族。带我们去找远古的主人。带我们去找法规的制订者。带我们去找他们。他们一定也期待着回到自己很久之前抛弃的天堂之中。他们期待的是天堂，但他们无法与索罗人、坦度人、泰纳尼人，或者……"

"泰纳尼人！这就是我要知道的！泰纳尼人还在战斗吗？他们的部队还留在战场上吗？"汤姆摇晃着身子，充分表达出自己有多么急切地想要知道答案。

"……或者是暗夜兄弟。他们需要保护，直到他们真正理解异教徒以他们的名义做出了多么可怕的事情。正道被毁灭，异端在崛起。带我们去，帮助我们净化这个宇宙。你们将得到丰厚的奖励，你们不会受到太多的改造，条约期限也可以缩短……"

"闭嘴！"汤姆感觉几天来积累下来的疲惫与压力开始汇成沸腾的怒火。格布鲁人对人类犯下的暴行仅次于索罗人和坦度人。他已经从这个家伙身上得到足够多的信息了。

"不准废话，回答我的问题！"他朝外星人脚边的地板上开了一枪。格布鲁人惊讶地跳了起来，睁圆了眼睛。汤姆又开了两枪，第一枪时格布鲁人猛地跳开，躲过了弹射的子弹；第二枪时他往后缩了一步，但枪却没响，卡住了。

格莱蒂克人盯着汤姆看了一会儿，然后发出了欣喜的叫声。他张开自己那覆着羽毛的长臂，露出长长的爪子。

两人相遇后，他第一次说出这么直接易懂的话："现在，轮到你回答了,无礼的人,半成品,毫无教养的暴发户!"

他高喊着冲了过来。

汤姆低身闪开,鸟人尖叫着从他身边冲过。由于饥饿和疲劳,汤姆的动作变慢了,一根剃刀般锋利的爪子划过他的防水服,在两道肋骨之间留下一道伤口。他喘着粗气靠在染满血迹的墙上,格布鲁人转过身来,准备下一次攻击。

两人都根本没有考虑落在地板上的手枪。他们都筋疲力尽,两脚打滑。那武器并不值得他们冒险弯腰去捡。

"海豚们在哪儿?"格布鲁人上蹿下跳,叽叽喳喳地问道,"告诉我,否则我就要换种方式,教你怎么对长者保持尊重了!"

汤姆点了点头,"等你学会游泳,我就带你们去找他,鸟脑袋。"

格布鲁人张开了爪子,尖叫着朝他冲过来。

汤姆聚集起全身的力气。他跳到半空中,猛地一脚踢到对方的脖子上。尖叫声戛然而止。他能听到格布鲁人摔在地上时颈椎断裂的声音。他在潮湿的甲板上滑开,撞到墙上,堆成一团。

汤姆跌跌撞撞地走到他身边,眼前一片模糊。他手扶着膝盖,重重地喘了几口气,俯视着敌人。

"我告诉过你……我们是……狼崽!"汤姆低声说。

等到能站起身来,他就蹒跚着朝飞船侧面那锯齿状的裂口走去,靠在焦黑的、朝外翻卷的裂口边缘,凝望着船外那飘浮不定的雾气。

现在他所拥有的只有自己的面罩、净水器、身上的衣服,还有……噢,对了,还有格布鲁人那几乎完全没有用处的武器。

还有心灵炸弹,当然了。他还可以感觉到它悬在腰间的分量。

我已经拖得太久了,他下定了决心。在战斗还在进行的时候,他可以假装自己还没得到答案。但也许,他只是在拖延时间而已。

我希望能再确定一些。我希望我的计划能有更高的实现概率。而要做到这点,必须保证空中还有泰纳尼人的舰队。

我遇到了他们的侦察兵。格布鲁人也提到了泰纳尼人。我真的需要亲眼看到他们的舰队,才能确定空中那场战斗中还有他们的部队吗?

他意识到,还有其他的原因让他迟迟不愿下决定。

如果我发射了炸弹,克莱代奇和吉莉安就会走了。他们肯定不能留下来等我回去。我得自己想办法回到飞船上,如果真有这可能的话。

在水草上战斗的时候,他还指望能找到一艘能用的飞艇,或者任何一件能让他飞回家去的东西。但这里只有沉船的残骸了。

他重重地坐在地上,背靠着冰冷的金属,拿出那枚心灵炸弹。

我该引爆它的。

海马计划本就是他的主意。若非如此,为什么他要跑到这地方来,远离吉莉安,远离母舰,只为了查明这计划能否实行?

外星飞船的甲板上染满了鲜血。他的视线落在甲板另一头,格布鲁人的无线电发报机上。

你知道的,他对自己说,你还有一件事可以做。虽然这意味着把自己放到枪靶的正中央,但至少可以把你知道的情况告诉吉尔,还有其他人。

也许还不止这点作用。

汤姆使出全部力气,再次站起身来。啊,好吧,他摇摇晃晃地走着。反正已经没东西可吃了,不如选择一种更体面的死法。

第九章　上　升

日落,星升
谁人唤我,声可闻
我愿沙洲住悲声
赴汪洋

——A.丁尼生[①]

[①]A.丁尼生(Alfred Tennyson,1809-1892),英国诗人,重视诗的形式美、音韵和谐、辞藻华丽。1850年被封为桂冠诗人。

92. 丹妮和萨奥特

"我们在绕远路，丹妮。你确定我们不该直接往西南方向走吗？"

萨奥特在小艇旁边游动着，不费什么力气就跟上了小艇的速度。每划几下水，他就会浮出水面换口气，然后再回来陪丹妮聊上几句。这丝毫没有打乱他游泳的节奏。

"我知道走那边更快，萨奥特。"丹妮的眼睛没有离开声呐显示屏，她努力地避开每一座金属圆丘。这是杀人草生长的海域。俊雄曾经讲过他和那些可怕植物的遭遇战，丹妮至今心有余悸。她下定决心，一定要远远避开那些圆丘。

"那么，我们为什么要回'奔驰号'原来的位置去，而不是直接朝南走？"

"原因有很多。"丹妮答道，"首先，我们对这条路很熟悉，走过很多次了。而从'奔驰号'原先的位置前往海马，只需要直接朝南走就行。这样走我们不会迷失方向。"

萨奥特发出窃笑声，显然并不怎么信服，"还有呢？"

"走这条路的话，我们有可能找到希卡茜。我猜她现在已经在朝老位置前进了。"

"吉莉安要你去找她吗?"

"是的。"丹妮撒了个谎。事实上,她找希卡茜自有理由。

对俊雄决心要做的事,丹妮还是有些担心。有可能他只是想留在小岛上,直到"奔驰号"做好万全的准备,让塔卡塔–吉姆无法从中作祟。当然,到那时他肯定来不及再开小艇返回飞船了。

如果这样,小救生船就是俊雄唯一的希望了。她一定要在吉莉安之前找到希卡茜。如果是吉莉安的话,肯定会把救生船派去接应汤姆·奥莱,不会去管俊雄的。

她知道她这想法不大对头,对自己这个决定有些愧疚,但既然已经朝一只海豚撒了谎,再去骗另外一只也就不算什么了。

93. 塔卡塔-吉姆和梅茨

前副船长猛地抬起了头。他看到眼前被破坏的地方，不禁咬牙切齿。

"我要把他们的肠子扯出来挂在树林里！"他嘶吼着。装甲蜘蛛机上的机械臂发出呜呜的声音。

伊格纳西奥·梅茨看着那一根根细得几乎看不到的电线。电线在救生艇四周交织着，把它固定在地面上。他眨了眨眼睛，想沿着这导线看清它延伸进树林里的什么地方。

梅茨摇了摇头，说道："你是不是有点反应过度了，副船长？在我看来，这孩子只是要确保我们按照之前所商定的时间起飞罢了。"

塔卡塔-吉姆转过身来，低下头看着人类，"你什么时候改变主意了，梅茨博士？你觉得我们应该眼看那个控制着'奔驰号'的女疯子把船员们送上死路吗？"

"不，当然不！"面对海豚军官愤恨的表情，梅茨朝后退了一步，"我们必须坚持到底，这点我同意。我们必须向格莱蒂克人提出谈判的要求，但是……"

"但是什么？"

梅茨没有把握地耸了耸肩,"我是觉得你不该责怪俊雄,他只是在完成自己的任务……"

塔卡塔-吉姆的嘴巴猛地合上,响声犹如枪鸣。他驾驶着蜘蛛机朝梅茨走了两步,在离对方只有不到一米的地方停了下来。梅茨不禁紧张起来。

"你觉得,你**觉得**! 这简直是最大的笑话! 自作聪明,以为自己的智慧超过了地球议会的是你;把自己养出的怪物塞进这群本就脆弱不堪的船员中间的是你;不断自欺欺人,假装一切正常的人是你;在绝望的扈从们需要帮助的时候,对危险的信号视若无睹的也是你——好吧,伊格纳西奥·梅茨,告诉我,你觉得现在这一切怎么样!"塔卡塔-吉姆哂然一笑。

"但我们……每一件事都是你和我共同决定的! 我那些经过基因改造的尖吻海豚是你最忠实的支持者! 只有他们是一直站在你身边的!"

"那些海豚根本不配称为尖吻海豚! 他们只是些愚蠢的、不稳定的动物,根本不该参加这次任务! 我是在利用他们,就像利用你一样。不过,别把我和你的那些怪物混为一谈,梅茨!"

梅茨愣住了,他后退几步,靠在救生船的外壳上。

附近响起蜘蛛机的声音。塔卡塔-吉姆恶狠狠地扫了梅茨一眼,要他保持沉默。斯里卡-波尔的蜘蛛机从树丛中钻了出来。

"那些电线是通往水池的。"海豚说。他的通用语声调太高了,梅茨几乎听不懂他在说些什么,"一直通到水下去,在钻孔树的洞里绕了一圈。"

"你把它们切断了?"

"是的!"新海豚昂起了头。

塔卡塔-吉姆点了点头，"梅茨博士，请让基库伊人做好准备。他们是我们最重要的交易筹码，不管我们接触的是哪个种族，都必须接受他们的检查。"

"你要去哪儿?"梅茨问道。

"你不会想知道的。"

梅茨看着塔卡塔-吉姆那坚定的表情。这时他注意到了身边三只尖吻海豚，他们的眼中闪烁着极度疯狂的渴望。

"你在用原始海豚语刺激他们!"他的呼吸急促起来，"我看出来了! 是你把这些海豚推过了底线! 你要把他们变成同类相残的罪犯!"

塔卡塔-吉姆叹了口气，"以后我会和自己的良心斗争的，梅茨博士。不过现在，我有必须做的事情。我要拯救飞船，挽救我们的任务。既然神志正常的海豚不能杀害人类，那么我需要的就是疯狂的海豚了。"

三只尖吻海豚朝梅茨笑着。他惊恐地看着他们的眼睛，听他们发出充满野性的滴答声。

"你们疯了!"他低声说。

"不，梅茨博士。"塔卡塔-吉姆带着怜悯摇了摇头，"发疯的是你，是那些海豚，而我只是在做任何一个绝望而忠诚的人类都会做的事情。是罪犯还是爱国者，不过是立场不同而已，但我的神智是清醒的。"

梅茨的眼睛睁圆了，"你不能把这样的海豚带回地球……"他的脸色开始变白，转身朝舱门跑去。

塔卡塔-吉姆甚至不必下命令。斯里卡-波尔的蜘蛛机发出一道蓝光，伊格纳西奥·梅茨哀叹着，跌倒在满是泥泞的地上，离舱门只有一步之遥。他抬头盯着斯里卡-波尔，就像一位被自己深爱的儿子背叛了的父亲。

塔卡塔-吉姆转身朝向几名手下,努力掩饰着心里涌起的恶心感。

> #寻找,寻找
> 寻找,然后杀戮
> #杀掉那
> 软皮肤的人类
> 长毛的猿猴
> #我会等待
> 在这里
> #在此等待——#

海豚们发出一阵叫喊,然后齐刷刷地转过身去,冲进了树林。重型机械臂把两边的树木拦腰扫断,就像折断一根根嫩枝一样轻松。

人类呻吟着。塔卡塔-吉姆低头朝他看了一眼,考虑是不是给他一个痛快。他并不想让梅茨受苦,但也不愿意对人类直接使用暴力。

没什么区别了,他想。还有些东西要修理。等我手下那些家伙回来的时候,我必须做好准备。

塔卡塔-吉姆目不斜视地迈过躺在地上的人类,爬进了舱门。

"梅茨博士!"俊雄把受伤的梅茨拖到旁边,扶起他的脑袋,一边朝他的脖子上喷着止痛药,一边急切地说道,"梅茨博士,能听到我说话吗?"

梅茨看着年轻的人类,感到视线开始变得模糊,"俊雄吗?我的孩子,快跑啊! 塔卡塔-吉姆已经派……"

"我知道,梅茨博士。他们朝你开枪的时候,我就躲在旁边的树丛里。"

"你都听到了。"他叹了口气。

"是的,先生。"

"你也知道我之前办了什么蠢事……"

"现在不是说这个的时候,梅茨博士。我们得把你带到别的地方去。查尔斯·达特就在附近躲着,我马上就去和他会合。那些尖吻海豚肯定正在岛上其他地方找我呢。"

梅茨抓住俊雄的胳膊,"他们也会杀了查理的。"

"我知道。你肯定没见过黑猩猩被吓成这个样子。他以为塔卡塔-吉姆不会觉得他和我是一伙的呢! 我去找他,然后我们一起带你走。"

梅茨咳嗽着,嘴边涌出红色的泡沫。他摇了摇头。

"不。和维克多·弗兰肯斯坦①一样,我是死在自己的骄傲之下。别管我了,赶快开上你的小艇离开这里。"

俊雄的脸抽搐了一下,"他们首先就去了水池,梅茨博士,我跟在他们后面,亲眼看到他们把我的小艇弄沉了。我赶在他们前面,把基库伊人从岛上赶了出去。丹妮教过我他们表示恐慌的信号是什么,我一发出那信号,他们就四散逃开了,像发疯的旅鼠一样。至少他们现在不会落在尖吻海豚手里……"

"那不是尖吻海豚,"梅茨纠正道,"应该叫作'梅茨Ⅱ型改良海豚',我想,或者应该叫'梅茨的疯海豚'吧……要知道,这可能是第一批有犯罪倾向的海豚……"他用拳头挡着嘴巴,又咳嗽起来。

----

①科幻小说《弗兰肯斯坦》中创造了科学怪人的主人公。

梅茨看着手上那红色的唾液,然后抬头对俊雄说:"我们本打算把基库伊人交给格莱蒂克人。我是不愿意这样做的,但他说服了我……"

"塔卡塔-吉姆?"

"是的。他觉得只告诉外星人失落的舰队的位置可能还不够……"

"他拿到录像了?"俊雄惊呆了,"但他是怎么……"

梅茨并没有听俊雄说话。他的生命正迅速地流逝,"……他觉得那还不足以交换'奔驰号'的自由,所以……他决定把原住民也交给格莱蒂克人……"

他用无力的手抓着俊雄的胳膊,"你必须把他们放走,俊雄!不要让那些疯子得到他们!他们是前途无量的生物,一定要给他们找个合适的庇护主。也许是林顿人,辛希安人也可以……但我们不合适……我们……我们会把他们也卷进麻烦里的……我们会……"

基因学家昏了过去。

俊雄陪在他的身边。他能为这个人做的也只有这些了。他那小小的急救包只能暂时缓解疼痛,其他什么都做不了。

过了一分钟,梅茨又努力坐起身来。他的眼神开始涣散。

"塔卡塔-吉姆……"他喘着气说,"我之前没有想到。这是为什么?他明明就是我们正在寻找的那种海豚!我一直没有意识到,他已经不再是海豚了……他是人类……谁又能够想到……"

他的声音渐渐低沉下去,眼睛朝上翻着。

俊雄摸了摸梅茨的脖子,脉搏停止了。他把尸体放到地面上,溜回森林里。

"梅茨死了。"俊雄对查尔斯·达特说道。黑猩猩朝树丛外面望去,瞳孔收缩,已经可以看到白眼球了。

"但……但那是……"

"那是犯罪,我明白。"俊雄点了点头。他有些同情查尔斯·达特了。人类从格莱蒂克人那里学到提升技术之后,有一条操作规程是从不曾改动过的:在扈从种族基因中植入了因子,让他们对谋杀庇护主产生本能的厌恶。有少数人觉得这项技术毫无用处,毕竟人类在其他方面都非常开明。但……

"也就是说,他们在朝你我开枪的时候,肯定都不会有任何犹豫了。"

俊雄耸了耸肩。

"我们怎么办?"查理已经抛下了专业人士的风度,等着接受俊雄的指挥。

他是个成年人了,我还只是个孩子。俊雄苦恼地想,事情本应反过来才对的。

不,这想法太傻了。和年龄无关,和庇护主–扈从的关系也无关。我是一名军人。保护他的生命是我的职责。

他努力掩饰着自己的紧张,"我们尽力而为吧,达特博士。一定要阻止他们,尽量拖延他们起飞的时间。"

达特眨了眨眼睛,抗议道:"但我们怎么离开呢!你难道不能让'奔驰号'过来接我们吗?"

"如果可能的话,我相信吉莉安会想办法安排的。但是现在,你和我都只能作为牺牲品了。希望你能理解这点,达特博士。我们是军人。人们都说,牺牲自己去保护别人可以带来满足感,我想是有道理的。否则的话,又怎么会有那些传说呢?"

　　黑猩猩在尽力让自己相信俊雄的话。他拍着巴掌,"他们如果能回到地球的话,肯定会给别人讲我们的事迹的,是吧?"

　　俊雄微微一笑,"你猜呢。"

　　查理盯着地面看了一会儿。他们可以听到远方传来尖吻海豚们在树林中发出的碰撞声。

　　"呃,俊雄,我有件事要告诉你。"

　　"什么事,达特博士?"

　　"呃,你还记得吗,之前我想让他们在起飞之前再等上几个小时?"

　　"你的实验,我还记着呢。"

　　"我留在'奔驰号'上的仪器还会继续收集数据的,就算我们没办法回家,也可以把信息带回地球。"

　　"嘿,那可是太棒了,达特博士! 我真为你感到高兴。"俊雄知道这对科学家来说意味着什么。

　　查理苦笑道:"是啊,不过我当时没法阻止飞船起飞了,所以,我想告诉你一件事,省得一会儿吓到你。"

　　他说话的方式让俊雄感到有些不安,"说吧。"

　　查理看了看表,"再过八十分钟,机器人就会到达我事先设置的地方了。"他抬头看了看俊雄,表情显得有些紧张,"然后……我的炸弹就会爆炸。"

　　俊雄坐了回去,靠在树干上,"噢,太棒了,这正是我们需要的……"

　　"我之前是打算告诉塔卡塔-吉姆的,这样在爆炸的时候我们也可以找个安全的地方。"查理带着无辜的表情解释道,"不过也没什么可担心的。我检查过丹妮绘制的那张小岛下面的地图。我敢说,至少有一半的把握,小岛是不会坍塌的。不过你知道……"他摊开双手。

俊雄叹了口气。不管怎么说,反正他们是死定了。幸运的是,最后的这段转折可不像是来自大宇宙的暗示。

94. "奔驰号"

"都准备好了。"他毫无感情地说出了这句话。

吉莉安从全息显示器上抬起头来,哈尼斯·苏西正靠在门边,并拢两指朝吉莉安行了个军礼。屋子里很暗,从明亮的走廊中照进来的光线在地板上绘出一个不规则的四边形。

"阻抗匹配呢?"她问。

"几乎完美,说实在的,等回到地球之后,我会建议再买几艘泰纳尼飞船的旧外壳,把所有的蛇鲨级飞船都安进去。我们没法飞太快,中央舱灌满水之后更是如此,不过,'奔驰号'还是能升空、飞行、进行空间跃迁。想把这层外壳打穿,可够那帮外星人轰一阵子的了。"

吉莉安把一只脚放到了桌子上,"少不了有人轰我们的,哈尼斯。"

"她肯定能飞起来。至于其他的……"工程师耸了耸肩膀,"我能给出的唯一建议是,让工程师到睡眠机里休息上一个小时左右,如果你不想让我们在起飞以后累垮掉的话。除此之外,就都看你的决定了,船长女士。"

没等吉莉安说话,他又抢着说道:"别指望我们能给你什么建议,吉莉安。到目前为止,你做的工作都太棒了,不管是席奥特还是我,都无话可说,只有唯你的命令是从,船长。只要你一声令下,我们马上就会执行。"

吉莉安闭上眼睛,点了点头。"好吧。"她低声说道。

吉莉安办公室里通往实验室的门敞开着。苏西朝里面望了一眼——他知道古代干尸的事情,当时就是他帮着汤姆·奥莱把尸体搬进飞船的——可以看见玻璃柜中悬浮着一具黑影。他打了个冷战,赶忙转过身去。

吉莉安的全息显示屏上有一个乒乓球大小的球体,代表着基斯拉普。行星周围的几个BB弹则是基斯拉普的卫星。空中有两簇光点,一簇是蓝色,一簇是红色,旁边悬浮着电脑加上去的文字注释。

"看上去也没剩几只虫子了嘛。"苏西说。

"那只是近地空间的飞船。如果把视野扩大,比如扩大到一个天文单位,就可以看到两支舰队,规模非常大。当然了,我们还没法确定舰队的来历,战斗电脑根据他们的移动方式标上了不同的颜色。格莱蒂克人之间的同盟关系在不断变化着。另外,还有一大群残兵躲在卫星后面呢。"

苏西的嘴唇动了动。他肯定是想问那个所有人都在关心的问题,不过还是咽回去了。但吉莉安还是回答了他。

"还是没有汤姆的消息。"她看着自己的双手,"在此之前,就算他发消息回来,也没有任何用处。但现在……"她停下话头。

"但现在我们必须知道,起飞是不是意味着自杀。"苏西替她把话说完,他注意到吉莉安又在研究显示器了,"你是想自己搞明白情况,对吗?"

吉莉安耸了耸肩膀,"你们可以休息一个小时,哈尼斯。也许是三小时,或者是十小时。告诉海豚们,让他们就在工作岗位上休息,把他们的睡眠机接到舰桥上去。"她盯着那些变幻的光点,皱起了眉头,"我也不知这样做对不对。也许我们可以选择比较没有痛苦的死法,在海底一直躲下去,直到皮肤开始因为金属中毒变成蓝色,或者活活饿死。但我有种预感,我们可能很快就要行动了。"她摇了摇头。

"俊雄、希卡茜,还有其他人呢?"

吉莉安没有答话。实在没必要回答了。过了一会儿,苏西转身离开,随手关上了舱门。

一些光点。"奔驰号"上的被动传感器只能探测到这些了。光点飘浮着,偶尔会彼此碰撞,迸出一簇簇火花,然后再分开时,数量便减少了。战斗电脑可以通过分析它们的行为模式得出一些结论,但还远不足以给出她所需要的答案。"剩下那些舰队看到泰纳尼这艘消失已久的战舰重新出现,会无动于衷吗? 还是会集中火力,把它从天空中抹去?"所有的决定都要由她来做出,吉莉安从不曾感觉如此孤独。

"你在哪儿啊,小伙子? 你还活着,我知道的。我能够感觉到你在远方呼吸着。但你在做什么呢?"

左边的一盏绿灯开始闪烁,"请讲。"她对通信员说。

"巴斯金博士!"是华塔瑟蒂在舰桥上呼叫她,"希卡茜呼叫我们了! 她就在中继机那边,还找到了克莱代奇!"

"接过来!"

接线员把声音信号调大了,扩音器中发出了一阵嗞嗞声。

"吉莉安? 是你吗?"

"是我,希卡茜。感谢上帝! 你还好吗? 克莱代奇在中继机附近吗?"

"我们都没事,生命的清洁者。舰桥上的海豚已经告诉我们了,看上去你也不需要我们嘛。"

"那帮鬼话连篇的小崽子! 不过就算要拿他们换我的一条胳膊,我也不会反对的! 听着,有五只海豚失踪了,我得提前警告你们,有两只身上发生了返祖现象,非常危险!"

有很长一阵子,线路里只有嗞嗞的声音。"我已经找到他们了,吉莉安。"希卡茜终于答道,"四只海豚已经死亡。"

吉莉安闭上了眼睛,"上帝啊……"

"基皮鲁和我在一起。"希卡茜回答了她没有问出的问题。

"可怜的阿齐。"吉莉安叹了口气。

"请带话到卡拉非亚,他一直尽忠职守。基皮鲁说,直到最后一刻,他都表现得勇敢而冷静。"

希卡茜的话里暗示着什么,吉莉安感到不安,"希卡茜,现在指挥飞船的是你了。我们需要你马上回到飞船来,我们需要你。我正式把指挥权移交给你……"

"不,吉莉安。"竖琴般的声音打断了她的话,"现在还不行,求你了。救生船还有任务。我们必须救回留在小岛上的船员,还有那些基库伊志愿者。"

"我不知道有没有那么多时间了,希卡茜。"话刚出口,吉莉安就感到一阵心痛。她想起了聪明而谦逊的丹妮·苏德曼,博学多智的萨奥特,还有俊雄,那个年轻而优秀的孩子。

"汤姆有消息吗? 还是有什么紧急情况?"

"都没有,但是……"

"那是什么事?"

她解释不出来。试着用三音体说吧。

※我听到刺耳的声音——
※军号齐鸣,引擎轰响
※被抛弃的爱人的泪水——
※很快就来了……※

　　救生船那边长时间沉默着。接着传来的不是希卡茜的声音,而是克莱代奇。他只能使用三音海豚语中最简单的词汇,还经常重复,但吉莉安能听明白他在说什么。他的话中有些深刻甚至古怪的含义。

※声音,所有的声音
都在回答,都在回答:
※行为,所有的行为
都有声音,都有声音:
※然而责任,所有的责任
无声地呼喊,无声地呼喊:

　　吉莉安屏住呼吸,听着克莱代奇的声音渐渐低沉下去。她的后背一阵发凉。
　　"再见了,吉莉安。"希卡茜说,"做你必须做的事吧。我们会尽快赶回来,但不要等我们。"
　　"希卡茜!"吉莉安伸手抓过通信器,但还没来得及说话,线路就切断了。

95.　俊　雄

　　"两个气阀门都反锁着，"俊雄回到藏身之处，不断拍打着裤子，"看来我们只能试试你的办法了。"

　　查尔斯·达特点点头，领着他来到了飞船尾部的推进器旁。

　　之前有两次，他们爬到树顶，躲过了巡逻的尖吻海豚。看起来那些发疯的海豚已经不知道怎么朝上看了。但俊雄知道，如果他和查理在开阔地带被抓到，肯定立刻就会没命的。

　　查理拆下了一块盖板，那下面就是引擎之间的维护通道了，"我上次是从两条供电线中间爬过去的，就在那边。一路爬过去就是船头的入口了。"他用手比画着。

　　俊雄朝那管道组成的迷宫瞧了一眼，扭过头来看着达特，惊奇不已，"怪不得没人想到你会偷偷混上飞船。你也是这么爬进武器库的吗，从人类钻不进去的管道里爬过去的？"

　　行星学家点了点头，"我想你是没法和我一起去了。也就是说，我必须自己一个人把那帮小崽子救出来，对吗？"

　　俊雄点头说："我想他们就在后舱里面。给你，拿着翻译机。"

　　俊雄把像挂在项链上的巨大奖牌似的翻译器递给查理。所有的黑猩猩都很熟悉这东西：三岁之前黑猩猩都不怎么会说话，需要用这东西和人类沟通。查理把它套在脖子上，开始往船壳上的开口爬去。临钻进飞船前，他停了下来，回头看着军校生。

"我说俊雄，想象一下，这是20世纪'动物园'的一艘船，一群处于前智能状态的猩猩被关在帆船里——不管什么船吧——有人正把它们从非洲运往实验室，或者马戏团。你会偷偷爬进去救他们吗？"

俊雄耸了耸肩膀，"说实话，我不知道，查理。我想告诉你说我会的，但到底会不会我也不清楚。"

新黑猩猩和人类长久地对视着，最后他低声说："好吧，守住入口。"

他朝俊雄挥了挥手，钻进了机械的迷宫中。俊雄躲在推进器的管道下面，听着树林间传出的声音。查理使劲推开内层挡板的时候，发出了一阵吓人的响声，不过后来就什么声音也没有了。

俊雄偷偷钻进森林，小心翼翼地在附近侦察了一番。

从基库伊人村子的方向传来了一阵碎裂声，他猜是那些尖吻海豚正在四处搞破坏，满足着自己的欲望。他希望那些小家伙不要目睹这一幕，至少不要被卷进这暴行当中。

他转了一圈，回到飞船跟前，看了看手表。离炸弹爆炸还有十七分钟。时间越来越近了。

他钻进维护区，花几分钟时间拧松了阀门，在设备上乱搞了一气。当然了，塔卡塔-吉姆根本用不上这些推进器。如果他真的重新加上了燃料，就可以利用反重力装置起飞了。从空气动力学的角度讲，拧松这些挡板可能会降低飞船的稳定性，不过这效果也微乎其微。像这样的救生船设计时本来就把各种各样的损坏都考虑到了。

他停了下来,仔细听着。有什么东西怒冲冲地穿过森林,朝这个方向过来了。那些海豚终于要回来了。

"快点啊,查理!"他的手指按在射针枪的扳机上,但不确定靠自己的枪法能不能击中蜘蛛机上护甲最薄弱的地方。

"跟我来!"

飞船里传来了一阵声音。某些又小又湿的东西正在拍打着管道,断断续续的尖叫声在狭窄的空间里回响着。接着,他就看到了一双张开的手,手指间还长着绿色的蹼;这双手后面是满脸迷惑的基库伊人的脑袋。这个原住民干脆利索地从内舱钻了出来,爬过迷宫般的管道,跳到俊雄的怀抱里。

俊雄不得不把这吓坏了的小家伙从身上扯开,放到地上,准备接下一个出来。小个子基库伊人发出一阵恐惧的吵闹声,叽叽喳喳地叫个没完。

四个基库伊人终于全钻出来了。俊雄往管道里望去,看到查尔斯·达特正在把内板安回原来的地方。

"别管它了!"俊雄急急地说。

"马上就好! 塔卡塔-吉姆肯定会注意到管道里气压的变化的! 到现在还没注意到,已经算我们走运了!"

"快啊! 他们正……"他听到了机械马达发出的吱吱声,正从树丛中一路穿过来,"他们来了! 我去把他们引开,祝你好运,查理!"

"等等!"

俊雄爬了几米,钻到一片灌木丛里。这下他们就没法猜到自己是从哪里来的了。接着他猛然站起身,开始朝反方向跑去。

#在那里！在那里！
#捕鲸人！伊基的撒网人！
#追捕金枪鱼的人！
#就在那儿！杀掉他！在那儿！#

尖吻海豚的叫声离他已经很近了。俊雄弯下腰，躲到一棵油坚果树的后面，一颗颗蓝色的光弹从头顶飞过。基库伊人尖声惊叫着，四散躲进森林。

俊雄打了个滚儿，重新站起身来继续跑着，想方设法地让树木挡在自己和身后的追兵之间。

左右两边都传来了声音。海豚们的速度更快，已经把他包围了。他身上的防水服也拖慢了速度，不知他还能不能在包围圈合拢之前跑到海边的悬崖那里去。

96. 汤姆·奥莱

　　他听了一会儿收音机，又辨认出了几个外星种族的语言，不过对方的绝大多数交流都是通过计算机完成的，用这样的方式很难听到什么消息。

　　好吧，他想，那我就试试自己来造句吧。希望这个能管用。

97. 救生船

丹妮结结巴巴地说出那些精心准备好的说辞,正想重复自己的观点,希卡茜阻止了她。

"苏德曼博士,不用再多说! 不管怎么说,我们的下一站都是小岛。如果俊雄还没有离开的话,我们就把他带上,也许我们还需要对付塔卡塔-吉姆。只要克莱代奇这边一结束,我们马上就出发。"

丹妮长长地松了一口气。这样一来,她就没有什么可做的了。余下的事就由专业的人来吧。她也可以放松一下了。

"要多久才……"

希卡茜抬起了头,"还不知克莱代奇这次结果如何。不过不会花太长时间的。你和萨奥特要不要趁这会儿去休息一下?"

萨奥特在旁边游着,"我说,丹妮,既然我们都准备放松一下,干吗不互相擦擦背呢?"

丹妮笑了,"好吧,萨奥特,不过你可不要想太多,啊?"

克莱代奇想再和对方讲讲道理。

:我们走投无路了:你们也曾经有过这样的时刻:我们为这个世界上那些未完全进化的小家伙带来了希望:让他们能够自由地成长:

:我们的敌人也会伤害到你们:帮助我们吧,趁还来得及!:

静电有节奏地抖动着。它带来了某种心灵上的感受,让人感觉到封闭,压迫,仿佛带着烧熔一切的热量。那是一首害怕幽闭的歌曲,它赞美着坚固的石块,以及流动的金属岩浆。

+停止-
-平静+
+释放-
-隔离+

突然响起了一阵机械的摩擦声,然后一切归于沉寂。那台在两千米深度的钻孔树洞中的机器人被毁掉了。

克莱代奇用三音海豚语说出了一个熟悉的词组。

※它是,那是——※

他想再次进入鲸梦,但在这个层面的现实中,已经没有那么多时间了。

他的职责现在就在这个层面的现实当中。也许再过上那么一阵子,他还会再去拜访努卡佩。也许到那时,她会给自己展示那些无法言说的事物,那些她通过亘古长存的模糊渠道所得知的事情。

　　他朝那艘小太空船的舱门走去,希卡茜看到他过来,马上开始给引擎加热。

98. 汤姆·奥莱

"……从这里往北几百帕克塔的地方发现海豚小队！他们正高速向北边移动，一定是过来观察战场局势的。要快！是时候出击了！"

汤姆弹了弹接收器。他的脑袋开始隐隐作痛，这么长时间一直在集中注意力，用超高的语速说十号格莱蒂克语，实在有些受不了了。他并不指望暗夜兄弟会能相信他就是失踪的侦察兵，不过这对他的计划也没什么影响。他希望做的，只是在自己完成最后的任务之前，多吸引一些敌人的注意力。

他又切换了一个频道，撮起嘴唇准备说十二号格莱蒂克语。

其实这还挺好玩的！他已经忘记了疲劳与饥饿，沉浸在语言的美感中。就算很快所有敌人都会带着虿从冲向这里，要把他捉住，他也不在乎了。

"……帕哈族的战士们！帕哈-ab-克勒普科-ab-普伯-ab-索罗-ab-胡尔！告诉索罗人，告诉舰队之母，我们有新的消息了！"

汤姆大笑起来，他想出了一个笑话，不过只有用十二号格莱蒂克语才能讲，然而他可以肯定，索罗人是无论如何都听不明白的。

99. 吉莉安

有什么东西让太空中的舰队突然开始移动了。从那些受到重创的舰队中飞出了几支小分队,和基斯拉普卫星后面的那些舰队会合,一起向行星表面飞来。这些飞船聚齐之后,队伍中就不断爆发小规模的爆炸,爆炸的亮光盖过了每艘飞船上的照明光线。

这个世界到底怎么了?但不管发生了什么,吉莉安从中看到了一线生机。

"巴斯金博士!吉莉安!"席奥特的声音从通信器里传了出来,"我们又在行星表面收到了无线电信号!那是从一台单向发报机中传出来的,但却用了好几种格莱蒂克语!我敢发誓,所有的声音听起来都像是一个人的!"

她弯腰按下了一个开关,"我马上就来,席奥特。让刚刚换岗的那一半工作人员马上回到岗位,让其他人多休息一会儿。"然后她就把通信器关掉了。

噢,汤姆。她急匆匆向舱门走去,心里想,为什么要这样做?你难道不能用更巧妙的办法解决问题了吗?为什么要用这么绝望的方式?

　　肯定是没有别的办法了。在走廊里飞奔的时候,她就开始反驳自己。得了吧,吉莉安,你能做的就是不要再抱怨了。

　　不一会儿,她就来到了舰桥上,听到了那信号。

100. 俊　雄

　　俊雄被堵到了角落里,连爬树都做不到了。他们离得太近了,只要听到他发出一点动静,马上就会朝他冲过来。

　　他可以听到他们一点点走近的声音,包围圈越来越小了。俊雄掏出了射针枪,决定先下手为强,趁对方互相间隔还远,彼此无法提供支持时行动。对手乘着全副武装的机器,还有高能激光枪,他的这把小手枪不会有太大用处,他自己又不是汤姆·奥莱那样的神枪手。事实上,他还从来不曾朝有智慧的目标开过枪。不过,总胜过在这里等着吧。

　　他趴下身子,缓缓地朝着右边海岸线的方向爬了过去。他努力避免踩断树枝,但刚刚爬出来不到一分钟,便惊动了一只小动物,它逃开时的动静整个树林都能听到了。

　　机器马上朝这边走来。俊雄钻到一丛茂密的灌木下面,刚一露头,就对上了蜘蛛机那宽大的脚板。

　　#抓到啦! 抓到啦! #

　　这是胜利的呼喊声。俊雄抬起头来,正对上斯里卡-波尔那疯狂的眼睛。海豚瞥了他一眼,就操纵着蜘蛛机抬起脚来。

俊雄打了个滚,机械脚踩在刚刚他脑袋所在的位置。他改变了方向,避开了紧跟的一脚飞踢。蜘蛛机朝后退了一步,现在两条前腿都可以用来战斗了。俊雄眼看无处可逃,便抬起枪口,朝着蜘蛛机装了护甲的腹部扣下扳机,小小的针弹打在装甲上弹射开来,没有造成任何伤害。

海豚用来庆祝胜利的是纯粹的原始海豚语。

#抓到啦! #

就在这时,整座小岛都开始摇晃起来。

地面上下起伏着。俊雄被震得左摇右摆,脑袋有节奏地撞着地面。蜘蛛机摇晃着,最后朝身后的树林中倒了下去。

振动的频率正在逐渐加快。俊雄努力翻过身来,肚皮贴地卧在那里。他正努力克服地面的颤抖,想法站起身来。

两台蜘蛛机跌跌撞撞地朝空地跑去,发出嘎吱嘎吱的声音。其中一台恐慌地从俊雄身边经过;另一台看到了他,开始愤怒地吼了起来。

俊雄想再把射针枪端稳,在这颠簸不定的小岛上,这也不是那么容易的事。局面演变成他和疯海豚之间的比赛,先掏出枪瞄准,能够击中对手的就是胜者。

这时,一阵尖叫在他们脑中响起,两人都被吓得不知所措。

+坏-

-坏人+

+放-

－我们＋

＋走！－

充满反抗欲望的咆哮声让俊雄不禁发出一阵呻吟,他努力按住太阳穴,射针枪从手中滑落,掉在地上。地面正在迅速地朝一侧倾斜。

海豚发出颤抖的尖叫声,它的蜘蛛机抽搐了一阵子之后不再动弹了,海豚厉声哭号起来,仿佛是孤立无援的士兵在战壕里向人投降一样。

#抱歉！抱歉！

#请庇护种族原谅！

#原谅！#

俊雄继续往前走着,"原谅你!"他只能想到这一句话可说,然后就匆匆跑开了。他实在没时间来应付海豚这种精神分裂的症状,"如果你还能走的话,来这边!"他回头喊了一句,然后继续朝海滩跑去。脑子里的声音就像是地震一样。俊雄努力站稳了身子,在树丛中跌跌撞撞地前进着。

等他来到金属圆丘的边缘时,下面的海洋已经变成了一团泡沫。俊雄左右看了看,也没有找到更好的躲藏之处。

就在这时,引擎的轰鸣声从北边传来。他回头望去,几百米开外的一道飓风把残枝败叶都吹上了天空。灰色金属制成的大救生船升到半空,在它下面树木纷纷倒伏。船边围绕着一圈等离子化的物质。跃动着的反重力场扫过整个小岛,俊雄的汗毛都竖了起来。飞船缓慢地拐了个弯,没有多作迟疑,发出一阵雷鸣般的轰响,朝东方的天空飞去。

俊雄连忙蹲下身子,飞船喷出的气流如鞭子般抽打着他,撕扯着他的衣服。

没时间再耽搁了，更没空去搞清楚查尔斯·达特的办法有没有奏效。俊雄把面罩盖在脸上，用一只手扶着，然后朝海中跳去。

"依芙妮保佑……"他一边祈祷，一边跳进了波涛汹涌的大海。

101. 格莱蒂克人

　　行星的上空,几支小舰队正在彼此厮杀,但却突然停止了攻击。

　　他们之前都躲在基斯拉普小小的卫星后面,想赌最后的一线机会:希望行星北半球刚刚发出的那阵奇怪的无线电波确实是人类的手笔。但就在他们朝基斯拉普下降的途中,这支小小的盟军便已经开始互相攻击了,大家都想要削弱对方的实力。突然之间,一波心灵噪音席卷了整个舰队,所有人都停止了动作。那震波是从行星上发出的,带着超乎所有人意料的力量,击穿了心灵护盾,让每个船员都呆若木鸡。

　　飞船继续朝行星表面俯冲,但飞船上的船员们都在迷惑地眨着眼睛,已经没有人再控制武器,也没人去操纵飞船了。

　　如果那是武器的话,这样一波心灵冲击已经可以干掉舰队里一半船只上面的船员了。就算不是,那阵心灵尖啸中的愤怒与拒斥的情绪也一直在他们的大脑中回响,有些意志不够坚定的船员已经开始发疯了。

　　很长一段时间中,所有的舰船都在不受控制地飘浮着,阵形已经彻底被破坏,飞船纷纷坠入大气层顶部。

这波心灵尖啸终于开始消退。令人恐惧的愤怒尖叫逐渐消失，在每个人脑中留下燃烧般的残像。神情麻木的船员渐渐恢复了意识。

萨蒂尼人和他们的扈从们在飘行中渐渐离开了队伍，他们四处张望了一番，已经没有兴趣再这样打下去了。他们决定按照收到的指令撤退。四艘残缺不全的飞船将引擎开到最大功率，以最高速度离开了克瑟米尼星系。

J'8lek人离行星越来越近了。在刚刚那阵心灵风暴中，他们的船员全都失去了行动能力，飞船飘到了暗夜兄弟会的队伍当中。兄弟会的船员们早一步清醒过来，于是J'8lek人的飞船就成了他们练习射击的靶子。

复杂的自动导航系统指引着两艘约弗尔人的战舰停靠在一座冒着浓烟的火山山坡上，比他们原定的着陆点要往南偏了很多。自动武器系统已经启动，开始四处搜索敌人，而约弗尔人还在努力从混乱中恢复过来。最后，那阵摄人心魄的噪音终于消失了，船员开始恢复活动，重新开始控制已经着陆的飞船。

约弗尔人刚刚离开地面，打算向北边的目标前进，他们所在的整座山峰就被一股过热蒸汽卷上了天空。

102."奔驰号"

　　吉莉安双目圆睁,嘴唇微张,直到那烦人的"声音"最终消失才缓过神来。她咽了口唾沫,感到耳膜发出呼的一声,又摇了摇头,才摆脱了麻木的感觉。她看到周围的海豚们都在盯着自己。

　　"真是可怕!"她说道,"你们都还好吧?"

　　席奥特看上去松了口气,"我们没事,吉莉安。就在刚才,我们探测到了非常强烈的心灵震波。它轻易就击穿了我们的护盾,有那么几分钟你好像晕过去了。不过除了片刻的不适之外,我们什么都没感觉到。"

　　吉莉安揉了揉太阳穴,"一定是我的前庭神经太敏感了,才有这样的感觉。最好祈祷那帮外星人接下来不要攻击离我们更近的地方……"看到席奥特摇了摇头,她停了下来。

　　"吉莉安,我觉得不大像是外星人。就算是外星人干的,他们瞄准的也不是我们。仪器分析显示,震波发出的地方离我们非常近,而且经过了精心的调谐,正好不会让鲸类生物收到!你的大脑和我们的有些类似,所以只感觉到一点冲击。苏西报告说他几乎没有任何感觉。不过我想,这波心灵风暴恐怕会让某些格莱蒂克人非常不好过了。"

吉莉安又摇了摇头，"我不明白怎么回事。"

"这么说我们都一样了。不过我想也用不着追究到底是怎么回事。需要告诉你的是，就在心灵震波爆发的同时，离这里两百千米的地方发生了强烈的地震。地壳中的冲击波马上就要来了。"

吉莉安游进舰桥上透明的半球形指挥室，来到席奥特的位置上，海豚上尉正用嘴巴指着行星的球状模型上的某个位置。离"奔驰号"在星球上的位置不远的地方，代表着地震的一簇红色亮点正在闪动着。

"那是俊雄的小岛！"吉莉安说，"也就是说，查理还是把炸弹投下去了！"

"抱歉？"席奥特看上去不明所以，"但我还以为塔卡塔-吉姆把炸弹没收了……"

"有飞船起飞！"侦察员说道，"监测到反重力，还有防御力场——和地震源是同一个位置，一百五十千米之外……正在追踪，正在追踪……飞船正以两马赫的速度朝东飞去！"

吉莉安看了席奥特一眼。他们的想法是一样的：塔卡塔-吉姆。

吉莉安从海豚军官的眼中看出了她的问题，"我们也要马上做决定了。继续追踪他的飞船，看他往哪边去了。叫醒那些需要值勤的船员。"

"是，长官。看有谁能一直睡到这时候吧。"席奥特转身下达命令。几分钟之后，战术电脑开始嗡嗡作响了。

"现在怎么样了？"吉莉安问道。

明亮的黄色指示点开始闪现，在基斯拉普星球的表面组成了一条曲折的光带，从俊雄的小岛所在的位置开始向两边延伸出去。

　　"那是爆炸。"席奥特说,"计算机认为那是炸弹造成的,但我们没监测到任何导弹! 而且为什么会是这样的分布? 爆炸为什么只出现在这么窄的范围里?"

　　"发现更多的心灵扰动!"操作员说道,"比刚才的还要强烈! 干扰源也很多,在整个星球表面!"

　　吉莉安皱起了眉头,"那爆炸不是炸弹造成的。我还记得这张分布图。那些都是行星地壳板块的交界处。心灵干扰也是火山造成的。我想,这是本地人表示不快的方式吧。"

　　"什么?"席奥特迷惑地问道。

　　吉莉安的表情很是严肃,仿佛在看着远方的什么东西,"我想我开始理解这里发生的事情了。心灵干扰对海豚没有作用,我们应该感谢克莱代奇才对。"

　　海豚们都在盯着她。吉莉安微微一笑,拍了拍席奥特的侧鳍,"不用担心我。这是个很长的故事,我们还是有空再讲吧。我想对我们造成最大影响的应该就是地震了。我们应该尽快起航,能躲过地震造成的冲击波吗?"

　　海豚上尉皱了皱眉。人类思维的跳跃程度让她感到有些难以理解。

　　"是的,我想可以,吉莉安。只要那家伙保持稳定就好。"她指着一个舷窗,从窗口看出去,可以看到一座海底山崖就悬在飞船的上方。

　　吉莉安也抬头望向那块巨石,透过泰纳尼沉船外壳上的裂缝,可以把它看得清清楚楚,"我都快把它忘记了。最好现在就开始监视它的情况。"

　　她转身面对全息显示屏,仔细看着那道慢慢延伸开来的黄线。

快点啊,希卡茜!她默默地催促道,赶快接上俊雄和其他人,回到这里来吧!我马上就要做出决断了,你要迟到了!

几分钟就这样过去了。一波波低吼从海底席卷而过,让他们觉得整个海洋中的水都在颤抖。

吉莉安望着蓝色的基斯拉普星球。一串黄色的亮点渐渐朝北延伸开来,仿佛是星球表面一道透着怒意的疤痕。最终,亮点在东北半球的一座小岛附近汇聚了起来。

那是汤姆所在的小岛,她还记得。

突然之间,通信员从他的座位上跳了起来,"指挥官!我收到了广播信号!是通用语!"

103. 汤姆斯·奥莱

汤姆拿着话筒,感觉无比别扭。这本来就是给外星人的手设计的。他舔了舔干裂的嘴唇。已经没时间再回顾一遍自己的讲话了,外星人时刻都可能到来。

他把传输控制杆推了上去。

"克莱代奇!"他小心地说道,"仔细听着! 把这段话录下来,回放给吉莉安听! 她能明白我的意思的!"

他知道近地空间的每一艘飞船现在都在听着这个波段了,也许其中很多已经动身往他这里飞来。如果他编的谎话达到了预期的效果,会有更多的敌人往这里前进的。

"我和飞船的连接线路断掉了,"他说,"要送信过去的话,几百千米也太远了一点,所以我决定冒险试用一下新的密码机,希望没有在战斗中损坏。"

这几句话只是用来迷惑那帮格莱蒂克疯子的诱饵,接下来才是真正的消息。他必须把自己知道的东西隐藏在字里行间,告诉"奔驰号"。

"吉尔? 我们的蛋已经孵出来了,亲爱的,里面有一个动物园呢! 整个园子里都是些凶猛的小家伙!

"不过在我们想找的那个品种里,我只找到一个湿漉漉的样品。我听说那个品种还在销售,只是已经放在更高层的货架上了。只是听说而已,具体的决定你跟H还有C一起去做吧。

"还记得杰克·迪姆瓦带我们一起去做的任务吗,到坦尼斯星的中立数据库去考察的那次? 还记得他是怎么给我们讲直觉的吗? 把那时的情况告诉克莱代奇,要下决定的也是他,不过我的第一感觉是,应该按杰克说的去做!"

他感到喉咙有点发痒。该切断联系了,不能让外星佬们沿着信号追踪到太近的地方。

"吉尔,"他咳了一声,"亲爱的,我现在已经出局了。把赫比和剩下的数据交给议会,还有那些原住民。希望所有的这些都是值得的。"

他闭上了眼睛,紧抓着话筒,"再见到老杰克的时候,和他一起为我举杯吧,好吗?"

他还想再说些什么,不过他知道自己的话已经越来越明确了。不能让格莱蒂克人的语言计算机搞明白他到底在说些什么。

他舔了舔嘴唇,用专门为这种场合设计的语言说出了告别的话。

※花瓣随风扬,
※拂过心上人手旁,
※伊人永不忘——※

扬声器发出一阵嗞嗞声,他切断了电路。

汤姆抬起电台,把它搬出舱外。他小心地走到一个水池旁边,把发射器扔了进去。就算哪个外星人已经锁定了仪器里晶体的谐波,也要跳到水里才能把它找出来。

他在水池边站着,看着远方低垂的云层不断翻滚。低垂的黑色云层下面是永不止息的暴雨。

他们随时都可能到来。他的武器就挂在腰带旁边,还有一截呼吸管,以及一盒食物。他已经准备好了。

他就一直那样站着,一边凝望一边等待。地平线上一座火山冒出滚滚浓烟,然后低吼,咳嗽,最后开始愤怒地向天空倾泻焰火。

舰桥在吉莉安眼中模糊了。她的眼睛变得潮湿,但她眨眨眼忍住了泪水。她的眼睛紧紧噙住泪珠,仿佛那是最宝贵的东西。

“我们要回答吗?”席奥特在她身边柔声说道。

吉莉安摇了摇头。她想说不,但只能用嘴唇拼出这个词来。通过心灵感应,她感到周围的船员都在同情着自己。

我又怎么能哀伤呢？她想,我还可以模糊地感觉到他的存在,他就在那里,在某个地方。我为什么要哀伤?

她感到水流的变化,有只海豚小心翼翼地来到了旁边,想在不打扰她的情况下向席奥特汇报。

吉莉安用手捂住发烫的眼睑。泪水终于还是流了下来,在脸颊两侧汇成细细的涓流。她没法擦拭面具下的脸庞,只好让泪痕留在那里。重新睁开眼睛的时候,视野已经变得清楚多了。

“我已经听到了,华塔瑟蒂。塔卡塔–吉姆正在向哪个方向前进?”

“朝格莱蒂克舰队的方向,司令官。不过,那些舰队看起来也乱成一团了！在刚才那次心灵震波爆发之后,他们已经完全陷入混乱,正在疯狂地四处扫射。一场混战即将形成,就在……就在奥莱先生所在的位置。"

吉莉安点了点头,"我们需要再等上一会儿。保持黄色警戒状态,时刻向我汇报情况。"

所有在值人员都回到了岗位上。苏西和达内特报告说引擎已经预热完毕。

这是最后的机会了,希卡茜。吉莉安想着,你会出现吗?

"吉莉安!"好运鬼阿卡喊道。他工作服上的手臂指着一个窗口,"看那悬崖!"

吉莉安转过身来,看清了飞行员所指的位置。整个岩层都在颤抖着,"奔驰号"旁边的岩壁开始出现裂缝。

"所有船员就位!"吉莉安喊道,"席奥特,马上起航!"

104. 格莱蒂克人

库尔库尔阿巴拉在索罗人克拉特面前鞠了一躬。

"你破解了人类的广播了吗?"她问道。

矮壮的皮拉人又鞠了一躬,稍稍朝后退了一点,"不,舰队之母,没有完全破译。人类在使用两种原始的语言,他们分别称为'通用语'和'三音语'。当然了,我们有这两种语言的翻译程序,但人类广播里的措辞充满了混乱与隐喻,与任何文明语言都不相同……"

克拉特朝他发出一阵嗞嗞声,数据库操作员不禁缩起了身子。"什么都没读出来?"

"女士,我们认为消息的最后部分,那段海豚语的部分,应该是最重要的。初步猜测应该是他向扈从发出的命令,或者……"

数据库操作员惶恐地躲开一枚朝他飞来的石楠果,躲回自己的工作站去了。

"以为! 初步猜测!"克拉特大发雷霆,"坦度人兴奋得满脑子冒光了,他们派了一支又一支探测队到行星表面去察看信号源了,我们该怎么办? 是跟过去,还是按兵不动?"

她扫视着四周,没有一个船员敢直视她的目光。

"有没有人能给出个假设,解释一下不久前的那次心灵冲击?为什么这个星系的所有智能生物都乱了阵脚?那也是地球人搞的鬼吗?那些火山发出的心灵电波让我们所有的仪器都失效了,这也只是他们的小把戏?"

船员都努力做出一边忙着干活,一边认真听她说话的样子。没人敢冒险激怒舰队之母。

帕哈族的武士从侦察室中走了出来。

"女士,"他说道,"行星表面一直有心灵感应信号传出,之前被火山的声音盖住了,我们没有注意到。"

克拉特心中一喜。这正是她一直等待着的!虽然她已经派出了几艘飞船去调查无线电信息,但舰队的核心力量一直没有分散。

"声东击西!那些都是障眼法!无线电也好,心灵攻击也好,甚至火山都是障眼法!"

她意识中的一部分非常好奇,地球人到底是如何做到后两者的,但等到抓到地球人和他们的扈从之后,总不难审问出个结果来。

"地球人一直在等待机会,等战事扩展到行星附近才开始行动。现在他们正试着逃跑!我们必须……"

库尔库尔阿巴拉来到她身边,鞠了一躬,"女士,我已经在数据库里进行了深入的搜索,我想我知道那心灵电波的来源了,还有……"

皮拉人的眼珠鼓了出来。克拉特的交配爪刺进了他的腹部,把数据库操作员穿了起来,悬在空中,然后把那具已经没有生命的身体甩到了墙上。

她站在尸体跟前,深深地吸了口气,闻着死亡的味道。这次杀人没有引起任何麻烦。这个白痴皮拉人居然敢打断她！这一回没有人敢质疑她的权力了。

她缩回爪子。这感觉真好。虽然对方不会回击，比跟同族雄性交配时的感觉还是差了一些，不过已经够棒了。

"告诉我地球人的飞船怎么样了。"她低声对帕哈人说。

她注意到，帕哈人过了几秒钟才开口回答："女士，那不是他们真正的飞船，看上去只是某种侦察船。"

克拉特点了点头，"一个诱饵。我不明白的是之前他们为什么不想法子谈判或者投降。舰队出发，拦截那艘飞船，必须在坦度人注意到它之前开始行动！让我们的新盟友泰纳尼人掩护后方。我要让他们明白，在这次联盟中谁才是主导的一方。"

"女士，泰纳尼人已经准备离开我们的阵营了。他们好像急着参加行星表面的混战。"

克拉特喉咙里发出咕噜声，"让他们去吧，最多不过我们和坦度人回到同一起跑线上。泰纳尼人已经没什么用了，随他们走好了。我们先截住侦察船，然后再行动。"

她坐回软垫上，自顾自哼起歌来。

很快了。很快了。

主人要求得太多了。有这么多事情都在发生，他们怎么能指望接受者——向他们汇报？

实在是太美了！每件事都是在瞬间发生的！星球表面那闪闪发亮的战斗……明亮而灼热的火山……还有那充满了愤怒的、超大规模的心灵咆哮，就在不久之前，那是行星本身所发出的！

愤怒的心灵电波仍然在喷涌而出。如此罕见的景象，为什么主人却无动于衷呢？那可是来自行星地表之下的心灵电波啊！接受者可以告诉坦度人许多关于这声音的情况，但主人却只希望能赶快将它停下来。那声音让坦度人感到迷惑，可能会因此遭受攻击。

接受者一直在带着狂喜见证这一切，直到又一次遭到主人的惩罚。主人使用了神经皮鞭。那种痛苦的感觉穿过脑海时，它的所有肢体都在抽搐着。

这次该不该让这"惩罚"改变自己的行为呢？接受者思考着。

它最后决定不去管那"痛苦"。就让他们去吼吧。接受者已经被地层以下传来的怒吼声迷住了，用尽全力聆听着。

105. 救生船

"这是什么鬼东西?"

丹妮被掀下防水垫,掉到水中。小船倾斜了,萨奥特迷惑不解地尖叫着。

身体被抛起来之后,一波翻滚而来的心灵电波涌进了他们的脑海。丹妮呛了口水,紧抓着墙上的柱子,想把耳朵堵上。

"不!又来了……"她呻吟道。她尝试着使用俊雄教给她的法子,集中精神数自己的心跳,把脑子里那折磨人的干扰排除出去。她几乎没注意到萨奥特的喊声:"是他们!"

海豚用嘴按下了舱门按钮,加速游出船舱来到大厅里,冲进了小小的控制室。

"克莱代奇!"他喊道,有那么一瞬间仿佛已经忘了船长听不懂自己的话,"是他们。这是海底来的声音!"

克莱代奇看了他一眼,萨奥特才意识到船长已经知道了。克莱代奇低低地哼着一段赞同的旋律,似乎对现在的状况非常满意。

基皮鲁在工作台前说:"我已经检测到了中微子,还有反重力波动!是正前方来的!一艘小型飞艇正在起飞。"

希卡茜点了点头，"那应该是塔卡塔-吉姆。吉莉安说她已经有了对付他的办法，希望她没说错。"

他们继续在水下向东行驶。过了大约半小时，基皮鲁又喊了起来："检测到了更强的反重力作用！是艘大船！正从西南边升起！"

克莱代奇用鳍拍打着水面。

※上面，上面！

快往上看！

※看啊！：

希卡茜朝基皮鲁点了点头，"我们起飞。"

小艇浮上水面。海水沿着它的两侧流下。

船上的几人挤在朝南的一侧，远远地望着一艘楔形飞船从地平线上升起，慢慢地加快速度，朝天空飞去。他们看着飞船驶向南方，逐渐超过了音速，最后消失在高高的云层之上。

他们一直注视着"奔驰号"，直到她留下的尾迹开始飘动，慢慢地在基斯拉普上空的逆风中消散开来。

第十章　狂　欢

这些小家伙,大风来前劲头十足。

——赫尔曼·梅尔维尔

106. 俊 雄

俊雄吃力地游着,每一波海浪都在把他往后拖。他与浪头搏斗着,向开放的海域游去。最后,当他觉得自己那酸痛的四肢已经无以为继的时候,终于触到了冰冷的海水。他感觉肺都要烧起来了。回头望去,离那座正缓缓沉入深渊的金属圆丘已经有大约两千米距离了。

圆丘最终还是停止了下沉。他和丹妮炸毁那棵钻孔树时,树根正在向下挖掘的过程中。也许等岛下面的岩洞被填满之后,这座圆丘就可以长久留在那里了。

沉闷的爆炸声在四处回响着。俊雄踩着水向周围看去,各处的小岛上的钻孔树都开始摇动,这绝不是风造成的。在这个距离上他可以看到,至少有三处翻滚的蒸汽云雾和烟尘从沸腾的海水中升起。那是海底地震所发出的咆哮。

这一切都是那颗小小的炸弹引起的?尽管刚刚经过这么一番折腾,俊雄还是尽力让自己冷静下来,思考这一切的原委。现在除了选择一种体面的死法,恐怕也没有别的事可做了。一种奇妙的解脱感涌上心头。

俊雄在想,是不是那枚炸弹疏通了岩浆的流动?如果火山出现在其他地方,我会认为是钻孔树引起的,但出现在现在的位置,就很可能是那座小岛导致的了。

在过去的两周中他一直当成家的那座金属圆丘似乎已经不再下沉了。树顶的几根藤蔓在水面上漂浮着。

查尔斯·达特的命运又会如何?俊雄想着,他没法想象黑猩猩如何能游出这么远的距离。这样也许更好,至少查理会有一个干脆的了断。

休息了一会儿,俊雄感觉好多了,开始继续往开放的海域游去。

二十分钟之后,又传来了一阵低沉的隆隆声。他回头看去,正好看到远处的那座金属圆丘在一阵剧烈的爆炸中摇动了起来。泥土和植物四散纷飞,圆丘本身被向上抛起,几乎飞出水面,然后破裂开来,又落回水中,激起一阵蒸汽的云雾。

107. 塔卡塔-吉姆

"呼叫前方舰队！呼叫前方舰队！这里是地球测绘特勤部队的塔卡塔-吉姆上尉。本部希望谈判！请回答!"

对方一言不发。塔卡塔-吉姆咒骂了一句。广播肯定没有问题，那是他从汤姆·奥莱的小艇上卸下来的，那个人类的设备一直保养得很好。但格莱蒂克人为什么不回答呢？

大型救生船是为多人驾驶设计的，但岛上突如其来的灾难让他不得不放弃了尖吻海豚同胞们。现在已经没有人可以帮他了，他必须同时应付两人甚至三人的工作。

他注视着作战电脑的显示屏。一簇黄色的光点正从格莱蒂克人的阵形北侧朝他这个方向飞来。和之前几个星期涌入这个星系的庞大的舰队相比，那些飞船看上去不过是些小不点儿。但它们仍然拥有强大的火力。那些飞船朝着他的方向直飞过来。

其他的地方一片混乱。能量在整个行星表面四处喷涌而出，就像人脸上长出的疥疮，到处都是沸腾的蒸汽形成的龙卷风，标示着海底火山的喷发。行星北半球的上空则正在进行着一场多方混战。

塔卡塔–吉姆放大了显示屏上的图像,看到了另一支舰队。它们也刚刚离开阵形,朝他的飞船冲来。

空间中充斥着各种声音的咆哮。短波,长波,脉冲信号,每一个波段都十分混乱。是不是因为这个,他们没法听到我的呼叫?

不可能。格莱蒂克人有着非常高级的电脑。一定是他自己的设备出了问题。不过没时间检查所有仪器了。塔卡塔–吉姆紧张地看着地图。他飞到了一群虎鲨中间,想要和他们谈判,想保住"奔驰号",最后让他们放走自己。但他清楚地记得,一周之前自己在会议上提出把外星人想要的东西交给他们时,在吉莉安·巴斯金脸上看到的表情。当时梅茨站在他这边,但现在他想到的却是那个女人脸上的表情。她同情地看着自己,告诉自己这一套对那帮外星疯子完全行不通。

"他们会拿走我们的一切,礼貌地表示感谢,然后把我们扔下油锅。"她当时是这么说的。

塔卡塔–吉姆猛地抬起头来。我不相信。再说,任何行动都比她的计划要好!

他看着全息战术显示屏。第一支舰队离自己只有十万千米了。计算机终于把敌方飞船的数据发了出来。那是索罗人的战列巡洋舰。

索罗人!塔卡塔–吉姆感到胆汁流到了自己的上胃中。所有与索罗人有关的故事都涌上心头。

如果他们先开火了呢?如果他们根本不打算活捉俘虏怎么办?他看着自己面前的战斗控制台。救生船上的武装力量是很可怜的,但是……

他工作服上的一只爪子伸了过去,打开了武器开关……这样至少能让心里好受一点。

108."奔驰号"

"两支大舰队都转向塔卡塔-吉姆了!"吉莉安点了点头,"随时汇报情况,华塔瑟蒂。"她转过身去吩咐道,"席奥特,我们还能靠这些东西躲多久?"

"我们的反重力系统五分钟前就可以被检测到了,吉莉安。我觉得靠在这些火山上面飞行躲开能量检测的方案撑不了太久。如果想要结束这种状态,我们就得升得高一点。"

"我们被远程遥感看到了!"侦测器操作员突然说道,"奥莱那个方向的战场上有几艘飞船已经开始怀疑我们了!"

"就知道会这样,"席奥特说,"我们冲过去吧。"

吉莉安摇了摇头。

"再争取五分钟时间,席奥特。我不在意北边那些零星的部队。只要再躲开主力部队一段时间就好!"

席奥特在富氧水里打了个转,留下一串带气泡的尾迹,"好运鬼阿卡! 朝西南偏南方向转舵,朝那座新出现的火山飞!"

吉莉安紧盯着屏幕。那个小小的蓝色亮点标出了救生船所在的地方,它正朝着那一大堆巨大的亮点飞去,那边足足有三十个亮点。

"上吧,塔卡塔-吉姆,"吉莉安喃喃说道,"我知道你会这样做的。来,证明给我看!"

叛逃的上尉没有发出任何广播信号。俊雄一定完成了他的任务,在岛上的破坏工作也成功了。

蓝色的小点离敌人还有不到十万千米……

"是遥感信号!塔卡塔-吉姆启动了武器系统!"华塔瑟蒂说。

吉莉安点了点头。我就知道。那家伙简直和人类没什么区别了。他的性格比我想象的还要强硬。这样做肯定不止是为了打开飞船的保护罩。虽然这样的举动看起来毫无意义,但面对强大的敌人时,谁会关上枪上的保险栓?

好了,只要再近一点儿……

"吉莉安!"侦测员喊道,"真不敢相信!塔卡塔-吉姆他……"

吉莉安笑了,但笑容中带着一丝悲伤。

"让我来猜猜看。我们勇敢的副船长正朝整个舰队开火。"

席奥特和华塔瑟蒂转过头看着吉莉安,双眼睁得大大的。她耸了耸肩膀,"现在承认了吧,虽然塔卡塔-吉姆有种种不是,但谁也没法否认他的勇敢。"

她用笑容掩饰了自己的紧张,"所有人,准备出发。"

109. 塔卡塔-吉姆

塔卡塔-吉姆尖叫一声,抓住了操纵杆。不管用!火力控制系统没经他的指令就启动了!

每过几秒钟,都有一枚弹壳从小小的船舱旁边经过,表明已经有一枚追踪导弹从船上唯一的鱼雷发射管中射出。一波波反物质能量从救生船的船首喷涌而出,自动搜索着最近的外星舰船。

一发幸运的炮弹打中了冲在最前面的索罗人飞船,飞船爆炸了,如同一朵怒放的花朵。这波攻击实在是太猝不及防,设计上可以抵御超新星热量的护盾根本没来得及展开防御。

他骂了一句,想强制停止射击,但毫无用处。

索罗人的舰队开始还击。塔卡塔-吉姆哀号一声,掉转船头,做出了一连串大幅度的规避动作。凭借着海豚与生俱来的三维空间感,他操纵着飞船高速旋转,自己则承受了极高的加速度,这才险险躲过几枚呼啸着擦过船体的炮弹。

只有一件事可以做了,唯一的一线生机。塔卡塔-吉姆操控飞船飞奔向另一支舰队。他们一定看到了我对这一方舰队的攻击,应该觉得我是站在他们那方的,如果我能够活着飞到他们那边的话。

　　小艇在太空中逐渐加速，身后跟着一大群庞然巨舰，每一艘都开始转向，缓缓向它靠近。

110."奔驰号"

"现在动手吗,吉莉安?"

"马上就好了,亲爱的。再等一下。"

"北边的那些飞船看上去已经做出决定了。有几艘开始转向……更正,整个战场的所有飞船都开始向南飞来了,是朝我们来的!"

把战火从汤姆的方向引了过来,吉莉安感觉相当不错。无论如何,这是唯一能够报答他的方式了。

"很好。你来选择轨道,第二支舰队只要一转向我们,马上沿黄道面向东前进。"

席奥特发出不耐烦的颤音,叹了口气,"是的,长官。"她游向飞行员位置,和好运鬼阿卡交谈起来。

111.　汤　姆

　　他从藏身的水池中抬起头来,浮出水面。

　　其他人呢? 怎么突然之间就不见了?

　　几分钟之前,天空仿佛都被焰火点着了。燃烧的飞船从空中四散落下。而现在,他只能看到几艘掉队的飞船高悬在远处的天幕上,正加速向南飞去。

　　他花了好一阵工夫才猜出发生了什么事。

　　谢谢了,吉尔。他想,剩下的事就瞧我的吧!

112. 塔卡塔-吉姆

　　塔卡塔-吉姆沮丧地发出一阵无规律的噪音。他实在腾不出手来处理火力控制系统了。绝望之下，他发出好几道信号，切断了整个电脑的内存连接。努力终于得到了一点回报：武器系统关闭了。

　　他疯狂地控制着飞船往左侧翻滚，然后全力加速，躲开了一串鱼雷。

　　两支舰队同时高速靠拢，将他夹在中间。

　　塔卡塔-吉姆本是打算飞向第二支舰队，在它后面停住，表达他无法通过无线电发出的意愿：他希望得到庇护。

　　但控制器没有反应！他没办法纠正之前的规避动作！肯定是切断的内存太多了！

　　救生船飞跃而出，做了一个直角拐弯，朝远离两支舰队会合位置的方向飞去。

　　两支舰队同时掉头向他追来。

113."奔驰号"

"就是现在!"吉莉安说。

不等她催促,飞行员已经开始加大动力了。得到命令之后,他将动力调到最大,"奔驰号"的引擎咆哮着,在身后的空气中留下一道离子体尾迹。就算有静力场的保护,在充满液体的舰桥上,仍然可以感受到飞船的加速度。

灰蒙蒙的海水消失在一片白色的云层下面。地平线逐渐弯曲,变成了一段圆弧。"奔驰号"驶进了群星的海洋。

"他们追着我们上来了。北边那些散兵。"

"有多少艘船?"

"大概二十艘。"席奥特将神经接口连进网络听了一会儿,"他们正在展开阵形。人数较多的一支舰队还留在后方,除了那支舰队之外,几乎没有哪两艘飞船属于同一个种族。我听到他们正在互相射击。就算已经快要抓住我们了,他们还是在彼此攻击。"

"跟得上我们的有多少船?"

"呃……六艘,似乎是。"

"好吧,那就让我们舒展一下筋骨,看能做点什么。"在幸运的阿卡的操控下,"奔驰号"正在朝吉莉安指定的方向加速,行星早已被甩到了身后。

在基斯拉普的地平线上,正在进行一场激烈的战斗。吉莉安选择的这条路线可以让他们在行星后面躲上几分钟,然后就要面对战场了。

一百万千米之外的空间已经被爆炸的能量和纷飞的炮火填满了。不断响起的尖叫声穿透了每一块正在监听的心灵感应屏幕。

席奥特说:"那些家伙正在抢着去抓塔卡塔-吉姆呢。我们甚至有可能在他们转向我们之前就离开这个星系。"

吉莉安点了点头。俊雄的牺牲没有白费。"然后就是跟在我们屁股后面的那些家伙了,总得想办法摆脱他们。也许我们可以在那颗巨型气态行星后面躲一会儿。还要多久才能飞到那里?"

"这很难说,吉莉安。可能要一小时左右。我们不能在星系里进行跃迁,而且飞船上还有这么多额外的质量。"

席奥特全神贯注地在接口上倾听着,"跟在我们后面那些家伙停止互相攻击了。他们可能受了重伤,但我想至少有两艘领头的飞船可以在我们到达气态行星之前追上我们。"

吉莉安注视着全息屏。基斯拉普已经缩小成了角落里的一个小球,而代表着战争的光点仍然在它附近亮起。在屏幕另一边,则是一串小小的光点,代表着"奔驰号"身后的追兵。

在船头方向的屏幕上,一颗带着彩色条纹的圆球开始变大。那是一颗由寒冷气体组成的巨大行星,看起来和木星有些相像。球体在屏幕上越变越大,虽然缓慢,但很清晰。

吉莉安抿了抿嘴唇,吹出轻柔的口哨声,"好吧,如果我们跑不过他们,就试着打个埋伏吧。"

席奥特紧盯着她,"吉莉安,那是战舰啊!我们可只是一艘载重过量的蛇鲨级考察船。"

吉莉安笑了,"这条蛇鲨已经变成深渊巨兽了,姑娘。泰纳尼船壳的作用可不只是拖慢我们的速度,而且我们会尝试一些他们绝对想不到的战法。"

她没有提到的是,只要有一点点机会,她就希望能够在这个星系中多停留一刻,希望有奇迹发生。

"所有松动的东西都绑好了吗?"

"这是标准流程,没问题的。"

"很好。命令所有海豚船员撤离中央舱,尽量把自己绑结实点。"

席奥特下达了命令,然后转回身来,困惑不解地看着她。

吉莉安解释道:"我们的速度太慢是因为超重,对吧?不等我们飞到气体巨行星,他们就可以追上我们,更不用提拉开距离做超空间跃迁了。席奥特,告诉我是什么让我们超重的?"

"泰纳尼的船壳!"

"还有呢?船上还有什么?"

席奥特做出困惑的表情。

吉莉安用一道谜题提示着她:

＊每个生命都可以触摸到
那流动的物质
＊像空气一样,被每个人忘却,
直到人们失去了它! ＊

　　席奥特困惑地盯着她看了一会儿,然后明白了。她的眼睛睁大了,"这招真棒! 是的,肯定能成功的。真高兴你告诉了我,我要去告诉船员穿上太空服。"

　　吉莉安本想打个响指,但在水中没能成功,"对了,太空服! 你说得对,席奥特! 没有了你我可怎么办啊!"

114. 格莱蒂克人

"侧面的战场上那些残兵的战斗已经从行星附近移开了。"帕哈人汇报道，"他们正从基斯拉普撤退，追逐着一架体型比较大的飞船。"

索罗人克拉特不再咬嘴里的石楠果了。她的左臂因紧张而微微发抖，她正努力想遮住它。

"能认出他们追的是哪艘飞船吗？"

"似乎并不像我们的猎物。"

舰队女主人听到这消息，明显松了一口气。帕哈人识趣地没有理会，"目标体积太大，不像是地球人的飞船。我们进行了试探性观测，确定那是一艘已经失去战斗力的泰纳尼飞船，不过……"

"怎么？"克拉特警觉地问道。

帕哈人犹豫了一下，"它行动的方式有点古怪，飞船的质量也大得不正常，发出的思维波有点像泰姆布立米人。但我们毕竟离得太远，不可能读得很清楚。"

克拉特发出一阵嘟哝声，"我们的战舰状态如何？"

"坦度人一直与我们同步行动，在远处阻击我们侧翼的部队,我们也在做同样的事情。我们都在追那艘地球侦察船。只要那艘小船不靠近任何一方,我们就都不会向它开火。"

克拉特低吼着:"这小船正把我们带得离行星越来越远——远离真正的猎物。你难道没有想过,这艘侦察船的目的可能正是让我们离开行星?"她猛地咬紧了嘴唇。

帕拉人想了一下,点了点头,"是的,舰队之母。这很像是泰姆布立米或是那些狼崽子的花招。您有什么建议吗?"

克拉特感到十分绝望。这肯定是个花招!但她还是不愿意放弃追逐,否则就会让坦度人得到那艘侦察船。而且这样下去,追得越远,双方的损失肯定就会越大!

她把手里的一枚果子扔向房间的另一头,敲在墙角那个代表着大数据库的放射性螺旋状花纹上。一个皮尔人惊惶失措地跳了出来,然后无礼地瞪着克拉特。

"传输三号标准休战协议,"克拉特心有不甘地下令,"和坦度人指挥官联系。我们必须结束这场闹剧,立即回到行星上去。"

坦度指挥官又一次召见了训练师,"你能唤醒接受者吗?"

训练师在指挥官面前跪下,将自己的头伸了出来,"属下无能。它受到了太多的刺激,已经进入了极度兴奋的状态。所有的操作都没有效果。"

"也就是说在这场奇怪的追逐战中,我们已经没办法进行多重空间侦察了?"

"是的,只能通过物理手段了。"

指挥官把几条腿弯到了一起,"去把你自己的脑袋砍下来吧。趁你还有自主能力的时候,把它放到我的战利品挂架上。"

训练师用砂纸般的声音附和。

"也许我新长出的头会更好地为您效劳。"

"确实如此。不过在那之前,先为我接通索罗人的通信线路。当然了,为了和他们交谈,先要砍断我的腿,以偿还这份耻辱。不过现在看来,这也是必需的事情了。"

博奥特咬了咬胳膊上的尖刺,然后用它们梳理了一下突起的毛发。他猜对了!他把最后六艘泰纳尼飞船抽离了坦度人和索罗人之间的战场,及时来到行星轨道上,加入了这场长途追逐。十艘乌合之众的飞船在自己前方,追赶着黯淡的、只能勉强看到的目标。

"加速!"他催促道,"那些飞船之间没有配合,坦度人和索罗人已经中了计,我们是这一带唯一一支成建制的舰队!我们必须抓到他们!"

在泰纳尼人前面很远的地方,格布鲁人飞船的船长弄乱了自己的羽毛,咯咯叫道:

"我们追上他们了!我们追上那个慢吞吞的家伙了!看啊!现在我们已经离得很近了,它发出的思维波显然是人类的!他们正在船壳里飞行,但我们已经离得足够近了,可以看到他们,可以看清他们,可以抓住那船壳里的东西了!"

"我们来到了跟前,我们会抓到他们的!"

当然了,还是存在失败的可能,但已经没有全面溃败的风险了。

"等我们抓到了他们,"他提醒自己,"一定要把他们彻底消灭掉!"

115."奔驰号"

巨大的气体行星横亘在面前。超负载的"奔驰号"缓慢地向它移动着。

"他们肯定以为我们会沿着紧贴行星表面的双曲线行进。"席奥特说,"在行星系统中被追逐时这通常是最正确的战术。在行星附近,只要进行一次短暂的加速,就可以很大程度上改变我们的航向。"

吉莉安点了点头,"那正是他们期待的,不过我们不会这么做。"

她们看着屏幕,三个亮点开始逐渐变大,最后已经可以看出它们的形状——身上带有丑陋疤痕的飞船,装备着更丑陋的武器。

追击的飞船在视野里越来越大,但行星已经近在眼前了。

"所有海豚都到安全位置了吗?"

"是的!"

"你来选择时机,上尉。你的空间感比我的要好,你知道我们要做什么。"

席奥特重重地合上嘴巴,"我懂的,吉莉安。"

他们朝行星表面冲去。

"马上就好。他们马上就会中计了……"席奥特眯起了眼睛。她把注意力集中到神经接口传来的声波影像上。舰桥上寂静无声,只有海豚们的声呐发出的滴答声。吉莉安想起了人类飞船上紧张状态下的情况,至少有一半船员会在不经意间透过牙缝发出嗞嗞声。

"准——备!"席奥特通过对讲机对工程兵们说。

身后追来的飞船被行星的光环挡住了那么一瞬。

"就是现在!"她朝苏西喊道,"打开后方舱门! 开启所有水泵!"然后转向飞行员,"发射诱饵探测器! 全速侧向加速! 开启反重力场,保持向船尾方向一个G的重力! 重复一遍,一个G的重力,船尾方向!"

舰桥上有一半的操作板上都亮起了红灯。船员早就做好了准备,当"奔驰号"将中央舱里的存水全部向船后的真空中倾泻时,船员们都安然无恙。

格布鲁人船长的注意力几乎都放在一艘巴斯卡人飞船上,想挤掉它的领先位置。指挥官已经做好了计划准备干掉对方,但主电脑突然狂躁不安地尖叫起来,吸引了他的注意。

"这不可能!"船长看着屏幕上发生的一切,完全无法相信自己的眼睛,反复低声说着,"他们怎么会这样做? 他们怎么能设下如此邪恶的陷阱? 他们怎么能……"

他亲眼看到巴斯卡人的飞船以相对论速度撞上了一道屏障,而在几分钟之前那里还一无所有。

那只是一团逐渐散布开的气体微粒,飘浮在巴斯卡人飞船的前进轨道上。但由于他们完全没有注意到它的存在,巴斯卡人的飞船仿佛撞到了一面坚固的墙上。在以接近光速行驶的过程中,任何障碍都是致命的。

"开始转向!"格布鲁人命令道,"火力全开,向猎物射击!"

疯狂的能量从炮口急速涌出,但所有的射线仿佛都打在了格布鲁人和前方正在急转弯的地球飞船之间一道无形无质的墙上。

"那是水!"看到光谱分析,司令官尖叫道,"一道水蒸气组成的墙!哪个文明种族会在大数据库中找到这样的伎俩!哪个文明种族如此自降身份!哪个文明种族……"

格布鲁人的飞船撞上了一团飞舞的雪花组成的云朵。

"奔驰号"已经减掉了几百万吨的质量,现在正沿着一条比几分钟之前更加陡峭的双曲线飞行着。所有舱门都已经关上,船中充满了空气。船体内部的反重力装置又重新启动了。穿着太空服的海豚们从刚才躲着的安全舱飞回自己的位置上。

舰桥上仍然充满了水。吉莉安看到了追兵中头两艘飞船的毁灭。看到第三艘飞船急忙转开方向,船员们纷纷欢呼起来。第三艘飞船在最后时刻仍然遭到了重创,撞上了前两艘飞船爆炸留下的不断扩散的物质云,随即也化为了一团离子态的火球。

"剩下的飞船还在气态行星后面,目前还看不到。"吉莉安说,"在基斯拉普的追击战之后,他们肯定觉得已经掌握了我们的动力特点,绝不会想到我们还可以这样转弯!"

席奥特看上去就没那么自信了,"也许如此吧。我们已经沿着之前的航道发射了一个诱饵探测器,它会模拟我们的辐射。外星人一定会追着它飞去的。"

"我愿意赌一把,他们肯定是沿着一条弧度更大的双曲线、以更快的速度追过来的。"

"而他们一冒头,我们就把他们干掉!"吉莉安感到了一阵晕眩。要想干净利索地结束战斗,他们只有一个机会。如果能做到,他们就可以在这里停留一段时间等待希卡茜和克莱代奇,期待另一个奇迹。

"奔驰号"奋力改变着航向,发出低沉的鸣响。

"苏西说墙体的支架正承受很大的压力。"幸运的阿卡报告说,"他问你们是不是要打开防护力场,或者想别的……呃,他的原话是'疯女人的狂野主意',长官!"

吉莉安没有回答,苏西显然也没有期待她回答。

"奔驰号"拐了一个大弯,朝来时的方向加速,又有两艘飞船出现在气态行星的光环附近。

"干掉他们,席奥特。"吉莉安对海豚军官说。几周来的疲惫让她的声音带上了之前从未有过的怒火,"你自己决定战术,不过一定要干掉他们!"

"是!"席奥特注意到了吉莉安握紧的双拳。她自己一定也感觉到了,"就是现在!"

她吹出一段旋律,在通信器上唱给其他的海豚。

※我们默默地
忍受了侮辱
※我们默默地
任恶人横行——
※现在,
我们不再忍耐——
※鲸梦与逻辑,

将联手作战！ ※

　　舰桥上的船员们发出一阵欢呼。"奔驰号"朝着惊讶不已的敌人猛扑过去。

116. 格莱蒂克人

索罗人君主的声音在通信网上咆哮着："也就是说我们同意停止追击,联合双方的军力了?"

坦度指挥官暗自发誓,为了弥补缔结这条协议的耻辱,切掉自己一条腿已经不够了,要两条才行。

"是的。"他说,"如果我们继续按现在的情况发展下去,会把彼此的军力全部消耗掉,最后什么也得不到。为了扑灭那些害虫,你们索罗人战斗得很勇敢。我们联合起来,结束这一切吧。"

克拉特详细阐述了协议的内容:"以一号契约,大数据库中最古老、最有约束力的契约的名义,我们发誓要一同捉住那些来自地球的害虫,一同获取他们的信息,一同寻找祖先的密使,让他们为我们的争端做个了断。"

"同意。"坦度人赞同道,"现在,我们先把这里的战斗结束掉,然后一起去收获战利品吧。"

117. 塔卡塔-吉姆

　　他现在终于明白人类所说的"楠塔基特滑水[①]"是什么意思了。

　　塔卡塔-吉姆已经筋疲力尽。他已经逃了一个多小时了。每次他把小艇转向其中一方舰队、想向他们投降时,另一方就会向他和目标之间发动齐射,把他逼回原位。

　　不久之前,他发现有一批飞船离开了基斯拉普,飞向另一个方向。不用花太多脑筋,就可以猜出"奔驰号"一定是开始行动了。

　　一切都结束了,他想。我已经尽了我的责任,也努力想要拯救自己的生命。现在死亡降临,我的计划也失败了。

　　我输了。到头来我什么事都没做成,也许唯一做到的就是为"奔驰号"争取了一点时间。

　　一段时间之前,两支舰队停止了彼此攻击,开始专心追逐塔卡塔-吉姆。他意识到二者间一定达成了什么协议。

　　突然间,他的接收器上传出了格莱蒂克一号语的通信信

───────

①楠塔基特是早期的世界捕鲸业中心之一。位于美国马萨诸塞州。捕鲸船射中鲸鱼后,会在受伤的鲸鱼牵引下在海上疯狂地滑行,因此得名。

号。信息很简单:停下船,向坦度-索罗联合舰队投降。

塔卡塔-吉姆猛地合上了嘴巴。他没有发射机,也就无法回答。但如果他停下船,一动不动地待在原地,对方应该会把这当成是投降的姿态吧?

他停了一会儿,等那消息重复了三遍,然后开始减速……不过是很慢很慢地减速,争取再拖延一点时间。

格莱蒂克人终于接近了,他们的警告也开始变得像最后通牒,塔卡塔-吉姆叹了口气,把救生船的火力控制系统再次打开。

随着一串小型飞弹跃出炮口,小艇猛然跃起,又一次全速前进。

两支舰队同时开始射出弹幕,塔卡塔-吉姆仍然想试着躲避。如果这时候就放弃,也未免太没有竞技精神了。

但他并没有花多少心思努力规避,而是作起诗来——

最悲伤的事情
对海豚来说
就是独自死去……

118. "奔驰号"

在气态行星旁的伏击大大出乎敌人的预料。他们直冲到"奔驰号"跟前,利用行星的重力做出了夸张的转向,但却没有准备好接受来自侧翼的打击。

和敌人那能甩断人脖子的转弯相比,"奔驰号"几乎静如磐石。然而在两艘战舰向它猛扑过来的时候,"奔驰号"动了,开始向下俯冲,在敌人前方的路径上留下蛛网般密集的反物质。

一艘战舰在瞬间炸开,化为一颗火球,"奔驰号"上的电脑甚至没来得及辨认出它来。它的防护罩可能在之前几周的战斗中就已经损坏了。

另一艘战舰看上去略好一些。它的防护罩上闪过危险的紫光,船壳上出现了一条条明亮的细线,那是金属和残余的反物质湮灭产生的光芒。但它还是硬撑着穿过了陷阱,开始疯狂地减速。

"它躲过了地雷,真不走运。"席奥特说,"当时来不及把地雷摆成完美的阵形了。"

"不要太苛责自己,"吉莉安答道,"你们干得很棒了。敌人要过一阵才能追上我们。"

席奥特仔细盯着屏幕,听着神经接口传来的信号,"它应该不会追过来了,引擎挂了。它现在正沿着螺旋线向行星表面撞过去。"

"很好,不用管它了,我们去对付别的飞船吧。"

"奔驰号"开始飞离巨大的气态行星,迎向另外五艘急驰而来的战舰。对方已经看到了刚才那场伏击,正慌忙改变飞行线路。

"现在就让我们看看,特洛伊海马计划到底能不能成功吧。"吉莉安说,"第一波过来的部队应该已经认出了我们引擎能量的特征,知道我们是地球飞船了。但后面这些飞船离得还太远。苏西把我们的能量输出装置换到泰纳尼模式了吗?"

华塔瑟蒂发出了确认的口哨声,"已经完成了。苏西说转换起来很快,但还是提醒你别忘了我们的引擎并不是泰纳尼的。"

"替我谢谢他。现在,为了大家的性命,接下来就要看他们是不是像汤姆猜测的那样,真的完全没有想象力了。

"心灵防护护盾,能量充满!"

"是,长官!"

飞向它们的船体发出了探测射线,能量检测器上的灯亮了。几艘参差不齐的外星飞船犹豫了一下,似乎产生了分歧。

"一号、四号、五号飞船止在加速,马上就要从我们身边经过!"席奥特说。海豚们纷纷喝彩,舰桥上充满了叽叽喳喳的声音。

"其他几艘呢?"

席奥特的操作臂指向全息显示器上的两个亮点,"它们已经开始减速了,正在进行战斗准备! 我们收到了一束通信波,十号格莱蒂克语,那是挑战的仪式!"

席奥特摇了摇头,"他们确实认为我们是泰纳尼人! 但他们还是要停下和我们决战!"

"他们是谁?"

"暗夜兄弟!"

放大了的屏幕上可以看到朝他们驶来的两艘战舰,船体涂着代表死亡的黑色,已经越来越近了。

怎么办? 吉莉安脸上不露声色。她知道海豚一定在看着自己。

我们不可能逃脱他们的攻击,更别说现在还在假装使用泰纳尼人的引擎、罩着这么一层泰纳尼人的壳子。

只有傻瓜才会和他们正面作战——汤姆这样好斗的傻瓜,她苦笑着,或者克莱代奇那样的。如果是他们在船上指挥,我恐怕就得给暗夜兄弟准备吊唁的花圈了。

"吉莉安?"席奥特不安地问道。

吉莉安的身子晃了一下。就是现在,必须决定了!

她看着越来越近的死亡机器,"钻到他们的喉咙里去,向基斯拉普返航!"

119. 格莱蒂克人

"我们应该把联合舰队的一半飞船留在行星上。既然我们已经结成同盟，其他飞船肯定不敢再回来了。另外我们还应该派出小分队，清理躲藏在卫星后面的敌人，再调查一下那颗气态巨行星上到底发生了什么。"

坦度人指挥官的六条腿已经只剩下四条了。索罗人克拉特打量着这位不讨人喜欢的盟友，不禁开始猜想他身上到底发生了什么事。

不过这些都不重要了。克拉特幻想着有一天，能够亲自将指挥官剩下的几条残肢卸下来，然后把他所有能长出脑袋的肉芽都剃掉。

"有没有这样的可能，外轨道行星上的混乱是逃跑的那艘飞船引起的？"她问道。

从通信屏幕上看不出坦度人的表情到底意味着什么。"一切都是可能的，哪怕不可能的事也是可能的。"听起来像是坦度人的格言，"但就算那只是些杂兵，逃跑的猎物也不是他们的对手。如果猎物被他们抓到，杂兵们肯定会为了争夺战利品打起来的。等我们的部队到达那里之后，就可以把猎物抢回来了。

就是这么简单。"

克拉特点了点头,这办法的确够简洁。

不会太久了,她告诉自己。用不了太久,我们就可以把信息从地球崽子那里榨出来,或者从他们的残骸里找出来。而那之后,用不了太久的时间,我们就可以到达祖先们的面前。

拿到始祖种族的坐标之后,我一定要想法留下几个活的人类和海豚。我的扈从们对我拿他们取乐很是不满,但如果拿其他文明种群里的成员消遣,他们就不会有意见了。

她不由得浮想联翩,渴望和雄性同类缠绵一番。与此同时,联军派出一支由十三艘飞船组成的联合小分队,喷射着火焰,全速向巨型气态行星前进。

120."奔驰号"

"左舷侧静态支撑架受损!"华塔瑟蒂说道,"左舷的导弹全用完了!"

"内部船体有损伤吗?"吉莉安紧张地问。

海豚脸上显出迷茫的表情,那是因为他正集中精神检查控制电脑,"没有。至少到目前为止,泰纳尼人的外壳还能承受敌人的火力。不过苏西说支架已经快撑不住了!"

席奥特说:"他们肯定会集中火力攻击已经受损的左舷,希望我们掉转航向。右舷弹舱充电! 方位角四十,正南方向,距离一百! 慢速发射,藏好引信!"

"但那里没有人啊!"

"他们会走那边的! 发射! 司舵员,掉转船头,每分钟往左转两个弧度,向下转一个弧度!"

"奔驰号"颤抖了一下,然后在太空中慢慢开始转向,发出低声呻吟。在远远超过设计强度的火力打击下,它的护盾发出了警示的火花。它没有向敌人开炮还击,只是在规避着敌人的炮火;敌人的飞船很快就驶近了。

"奔驰号"船体背对战场的一侧,六枚小小的飞弹慢吞吞地弹出船舱,然后停在原地。"奔驰号"转动着方向,努力保护着护甲薄弱的一侧,但同时控制转动速度略低于极限速度。

敌方的战舰也察觉到了"奔驰号"那致命的弱点,跟着"奔驰号"绕起圈来,一道道光柱刺向"奔驰号"受伤的侧面——暗夜兄弟们还认为自己正在攻击的是敌人真正的船壳。

光柱穿透外层防御护盾,打在泰纳尼飞船护甲上的时候,"奔驰号"也随着颤抖。静力场摇晃着,船上的所有人都莫名地涌起一阵似曾相识的感觉。就连充满了水的舰桥上,船员也险些被爆炸从座位上掀起来。伤害控制监视器尖叫着,报告船体四处涌出的浓烟和火光,飞船的护罩开始熔化,连墙体都开始变形了。

敌人的战舰满怀自信地驶进了雷区,飞弹爆炸开来。

吉莉安紧握着扶手,指节都发白了。通过那些还没有被炸成蒸汽的传感器,她可以看到敌人的飞船被一团浑浊的气体挡住了。

"加速!二十度、两百七!"席奥特说,"停止转动,向下加速!"

负载过重的引擎仍然在挣扎着。"奔驰号"开始改变方向加速前进,支撑着她外面那层船壳的支架开始嘎嘎作响。

"多亏了那些见鬼的泰纳尼盔甲!"一只海豚叹道,"要不然那些光束早就把'奔驰号'切成面包片了。"

吉莉安凑近一台还在运行的全息显示屏,努力想从太空中那些烟雾和碎块中看到些什么。最后她看到了敌人的飞船。

"打中了!很明显打中了!"她狂喜不已。

一艘战舰的侧面被撕开了一个巨大的口子,燃烧的金属正从破口处旋转着飞出,高温引发的爆炸使整艘船都在摇晃着。

另一艘飞船却没有受到什么损伤,不过行动比之前更加小心了。

继续犹豫下去吧,她暗暗想着。给我们一点时间!

"附近还有其他飞船吗?"她问席奥特。如果这两艘飞船是最后的追兵,她就可以把引擎开到全功率了,哪怕让那些恶魔知道他们是地球飞船也无计可施了!

上尉眨了眨眼睛,"是的,吉莉安。还有六艘。正在调整接近中。"她摇头道,"我们已经没法躲开新来的这支部队了。它们来得太快了。抱歉,吉莉安。"

"暗夜兄弟已下定决心了,"华塔瑟蒂说,"他们朝我们过来了!"

席奥特的眼睛转了转。吉莉安默默地同意了。我们没法再骗过他们了。

"苏西来电,他问还……"

吉莉安叹了口气,"告诉哈尼斯,已经没有什么'女人的花招'了。我的主意都用完了。"

两艘战舰飞得更近了,紧紧跟在"奔驰号"身后。它们已经不再开火,明显是要俘获"奔驰号"上的所有物资。

吉莉安开始想汤姆在这种情况下会如何做。她感觉自己辜负了他的努力。

这原本是个很好的计划,亲爱的。真希望我能为你完美地实现它。敌人开始朝他们直逼过来,危险的阴影越来越近。

幸运的阿卡喊了起来:"航向变化了!"驾驶员甩着尾巴说,"暗夜兄弟正像鲻鱼一样逃走!"

吉莉安困惑地眨着眼睛,"但他们已经抓到我们了啊!"

"是新来的飞船,吉莉安!正在接近的六艘飞船!"席奥特惊喜地喊着。

"什么？他们是什么人？"

席奥特把嘴咧开,脸上带着新海豚能摆出的最大幅度的笑容,"那是泰纳尼人！他们开火了,目标并不是我们！"

在屏幕上可以看到,两艘刚才追在他们身后的巡洋舰现在正全速冲来,像帕提亚人一样朝与他们接火的那两艘飞船射击着。

吉莉安笑了,"华塔瑟蒂！告诉苏西关上发动机,停止一切仪器的运行,放出烟雾。我们要伪装成一艘严重受伤的战舰！"

片刻之后,工程师的回答传了回来。

"苏西说完全没问题。"

121. 格莱蒂克人

博奥特头顶的冠羽起伏着,心情激动不已,"克隆多之火"就在他的面前,虽然经历了严重的打击,但仍傲然矗立。他原以为这艘古老的战船在战斗的第一天就已经阵亡,指挥官埃布莱姆瑟夫男爵也殉难沙场了。博奥特真希望早点再见到这个老同伴。

"还是没有回复吗?"他问通信官。

"没有,司令,对方保持缄默。有可能他们已经受到了致命的打击……等一下!有信号了!他们正用灯光信号发出没有加密的明文通信,从一个瞭望口发出来的!"

博奥特赶忙向前探出身子。

"他们说什么? 他们需要帮助吗?"

通信官趴在屏幕跟前,注视着闪动的灯光,草草记了些笔记。

"武器和通信设备全部毁坏。"他读道,"生命维持系统和后备动力仍然可以工作……地球生物就在前面,还有些渣滓追着他们……我们将撤退……祝猎运亨通……'克隆多之火'通信完毕。"

布尔特觉得这消息有点古怪。既然飞船还能够行动,至少还可以吸引敌人的火力,为什么埃布莱姆瑟夫会选择离开战场?

也许他想表现得勇敢一点,不希望拖累大家。博奥特正准备坚持派人去协助老友,通信官又说道:"司令!从水世界方向飞来了一支部队!至少有十艘船!我查过了他们的标志,是坦度人和索罗人!"

博奥特的羽冠下垂了一会儿。最终还是来了,这是异教徒们最后的同盟力量。

"我们还有唯一的机会!马上去追那些逃亡者!就算他们已经被之前那些散兵打败,我们也可以战胜那些散兵,不等坦度人和索罗人过来,我们就可以离开这里了!"

他的飞船加速向前驶去,给"克隆多之火号"留下了最后一条信息:"愿大幽灵与你同在……"

122. "奔驰号"

"你居然一直藏着这么高级的小电脑!"席奥特说道。

吉莉安笑了笑,"事实上这是汤姆的。"

海豚点了点头。这解释已经足够了。

吉莉安向尼斯电脑表示了感谢,谢谢它在危急关头帮他们把地球语言翻译成了泰纳尼语。一簇细碎的闪光飘浮在她身边,在不断冒泡的富氧水里飞旋舞动着,发出空洞的声音。

"别的我就什么也做不了了,吉莉安·巴斯金。"它答道,"在经历了这么多危机与困境之后,你们这些迷失的地球人所积累下来的数据,已经比我的主人在过去一千年中所收集的都多了。单是在提升这件事上,泰姆布立米人就可以得到相当多的经验,他们一直希望学习,哪怕是从狼崽种族身上也可以学到东西。"

吉莉安还没来得及答话,声音就停止了,闪亮的光点也消失不见。

"侦察兵从瞭望点发来报告,吉莉安。"席奥特说,"泰纳尼人跟着我们的影子一路追下去了,不过他们很快就会回来。我们现在怎么做?"

　　吉莉安这时感受到了肾上腺素反应所留下的乏力感。她的计划只做到这里，之后的事情则完全没有想过。她现在全心想做的只有一件事，在整个宇宙中，只有一个她想去的地方。

　　"基斯拉普啊……"吉莉安一边颤抖着，一边喃喃自语。

　　"基斯拉普怎么样了？"她朝席奥特看去。虽然心里已经知道答案，但还是希望自己是错的。

　　席奥特摇了摇头，"还有一支舰队停留在基斯拉普星的轨道上，吉莉安。战斗已经停止了，战争应该已经分出了胜负。另一支部队正在朝这个方向快速驶来。一支规模很大的部队。最好别离它们太近，我们的伪装会被看穿的。"

　　吉莉安点了点头。她真的不想发出这些声音，但还是下达了命令：

　　"往北边飞。我们朝格莱蒂克人北边飞，席奥特……到跃迁点去。全速前进。等到足够近的地方，就抛下这艘海马，然后离开这个依芙妮诅咒的地狱……带着我们剩下的一切。"

　　海豚们回到了自己的岗位上。引擎的轰鸣声越来越响亮。

　　吉莉安游到一个黑暗的角落，通过透明的穹顶向外望去。泰纳尼飞船的装甲上裂开了一条缝，透过这条裂缝，她可以看到外面的星空。

　　"奔驰号"开始加速。

123. 格莱蒂克人

坦度–索罗联军正在逼近虚弱不堪的逃亡者。

"主人,一艘失去战斗能力的泰纳尼飞船正在向跃迁点飞去,看它的轨道是要逃离了。"

克拉特在座垫上蠕动了一下,咆哮着说:"那又怎样?! 又不是第一次有飞船退下战场了,每一个阵营都在转移伤员。我们已经很接近目标了,干吗拿这种事来烦我!"

身材矮小的皮拉族侦察员急忙躲回自己的立方形孔洞里。克拉特弯下身去看着面前的屏幕。

一支泰纳尼人的小部队正奋力向前。稍远些的地方,在侦察器的范围边缘,可以看到星星点点的战火,那些领先一步的家伙离猎物这么近了还在争斗不休。

如果他们错了呢? 克拉特心想。我们追着泰纳尼人来到这里,他们追着那些杂兵,杂兵们又在追谁? 这些傻瓜没准儿正互相追击呢! 这已经不重要了。坦度–索罗联军还有一半飞船停在基斯拉普的轨道上,不管是哪种情况,地球人都还没逃出陷阱。

等到时机合适时,我们就先收拾这些坦度人。她想,然后就

可以单独去对付那些老家伙了

"主人！"皮拉人惊慌地叫道，"跃迁点传来通信！"

"再拿这些无关紧要的事来烦我我就……"她低吼着，伸出交配爪威胁着这个扈从，但他打断了克拉特！皮拉人居然敢打断她！

"主人，是那艘地球飞船！他们在嘲弄我们，在藐视我们！他们……"

"放给我看！"克拉特发出嗞嗞声，"那一定是诡计！放给我看！"

皮拉人赶快弓了弓身子退回工作间。克拉特的主屏上显示出了一个人类的全息影像，她身边还有几只海豚。克拉特可以从外形上判断出那是一名女性，也许还是他们的首领。

"……愚蠢的生物，你们根本配不上'智能'二字。提升你们这些低能的前智能生命是你们主人的错误。我们从你们所有的武装力量中逃出来了，你们那傻乎乎的策略根本就是笑话！我们每次都可以这样逃走，你们这些可怜虫！现在我们又要先走一步了，你们永远别想抓住我们！这再次证明了始祖种族所青睐的不是你们，而是我们！这再次证明了……"

嘲讽还在继续。克拉特听得怒火中烧，但同时她也在回味其中的含义。这些人类比她想象的更加优秀。他们这些侮辱的言语辞藻过于浮夸，结构过于繁冗，但确实才华横溢。他们配得上充满敬意的、缓慢的死亡过程。

"主人！和我们一起的坦度人开始转向了！他们的舰队正在撤离基斯拉普，向跃迁点转进！"

克拉特发出绝望的嘶嘶声，"跟着他们走！马上跟上他们！我们已经追着他们跨越了这么远的距离，只要继续追下去就是了！"

　　船员顺从地回到了自己的岗位上。地球飞船所待的地方很适合逃脱,因此就算是最理想的情况,他们也将面对一场漫长的追逐。

　　克拉特这时意识到,她已经不可能及时回到母星进行交配了。她会死在这里。在她的屏幕上,人类还在嘲笑着他们。

　　"数据管理员!"她喊道,"人类的话里有个词我听不懂,查查'你奶奶的'这个词在那帮野兽一样的狼崽语言里到底是什么意思!"

124. 汤姆·奥莱

汤姆盘腿坐在海草编成的席子上，一块战舰碎片挡住了阳光。他仔细听着火山低沉的轰鸣逐渐归于平静。虽然已经饿得要死，但他还是在保持着冥想的状态，聆听那海草间传来的温润而潮湿的声音，感觉仿佛回到了家乡。那不规则的窸窸窣窣声逐渐混成一片，成了他冥想的背景。

在他面前的草垫上，放着那枚还没有引爆的心灵炸弹，像是供奉着一尊佛像。炸弹的外壳反射着阳光，这是基斯拉普星北半球几周以来的第一次晴天。金属外壳上已经满是疤痕，每一个凹陷处都反射着阳光。坑坑洼洼的表面上闪闪烁烁。

你现在在哪里呢？

海面下涌动的水波轻轻摇晃着他坐着的小平台。他在一层层意识中恍惚地穿行着，像坐在阁楼里无所事事的老人在回忆中徜徉，像古代的流浪汉带着一丝好奇，从行驶着的货车车厢里透过板条之间的缝隙向外张望。

你现在在哪里，我的爱人？

他记起了一首18世纪的日本俳句，作者是伟大的诗人与谢芜村：

春风观细雨

灰瓦叠叠彩手鞠

漉漉渐如许

　　他望着心灵炸弹凹陷处映出的灰白的影像,耳边听着漂浮的树丛发出的嘎嘎声,树丛中飞蹿而过的小动物发出的叫声,还有湍急的海风吹过潮湿平滑的叶片发出的声音。

　　我的另一半啊,你现在在哪里?

　　他听到了这个海洋世界缓慢的脉动,看着金属弹壳上的图案。过了一会儿,在炸弹上的凹痕与皱褶之间,一幅图画进入了他的脑海。

　　一个庞大的钝角楔形插入了虚空中的某处,在漆黑的太空中闪耀着更加暗淡的色彩。他将目光移了过去,巨大的形状瞬间裂开了一道开口。厚重的外壳缓慢地龟裂开来,像是一枚巨卵正在孵化。碎片四下跌落,留下一个细长的圆柱形物体,看上去有点像蝴蝶的幼虫。它的周围闪动着一圈光晕,仿佛是一个概率场,正以肉眼可见的速度慢慢变厚。

　　这不是幻觉,他断然想,这绝不是幻觉。

　　他将自我完全向这图像放开,用整个心灵去接受它。一道思维从那幼虫中破茧而出,展开双翼飞向了他。

仲春梨花白,

墨香盈盈月光海,

红袖拂卷开

　　他笑了,还未痊愈的嘴唇感到一阵刺痛。那是芜村的另一首俳句。在这种情景之下,她发出的信息非常模糊。应该是她收到了自己之前想到的那句诗,然后挑选了一句同样类型的诗句与他应和。

　　"吉尔……"他用尽全身的力气将这个想法投了出去。

　　这思想也化成了幼虫的形状,周围裹着如茧般的静力场,飞向了空间中那巨大的空洞。它向虚空之中落去,逐渐变得透明,最后消失了。

　　之后许久,汤姆一动不动地坐在那里,凝视着金属球体上反射的阳光。随着清晨逐渐过去,阳光也在不停地移动着。

　　最后他终于意识到,做些对自己生存有利的事,无论对他还是对宇宙都是没有坏处的。

125. 救生船

"你们两个疯男人,有没有搞清楚他到底在说些什么?"

基皮鲁和萨奥特只是回头瞪了希卡茜一眼,并没有理她,又继续争论起来。两人都挤在克莱代奇身边,努力想听懂船长所发出的含义模糊的指示。

希卡茜翻了翻白眼,转去对俊雄说:"你不觉得他们应该让我也参加他们的'降神会'吗?不管怎么说,克莱代奇和我是情侣啊!"

俊雄耸了耸肩,"克莱代奇需要萨奥特的语言能力,以及基皮鲁的驾驶员技术。但你看到他们的表情了。他们都已经快要回到鲸梦里去了。你是我们的指挥官,如果你也成了这样,我们可受不了。"

"嗯……"希卡茜吐出一股泡沫,情绪略略平静了一点,"我想你已经整理完我们的设备了吧,俊雄?"

"是的,长官。"俊雄点了点头,"我已经列出了书面清单。现在的消耗品足够坚持到跃迁至下一个传送点,还可以再跃迁一次。当然了,我们现在正处在一片荒漠中,需要进行至少五次传送跃迁才能够到达最近的文明星域。我们的宇航图粗糙得可怜,如果进行长途旅行的话动力系统也可能失效。像我们这样大小的飞船,其实很少能够成功通过传送点的。除了这些困难以及生活舱略显拥挤之外,其他情况都还不错。"

希卡茜叹了口气,"尽管去做吧,反正我们已经不会再失去什么了。至少格莱蒂克人已经走了。"

"是啊。"俊雄答道,"真是一步妙棋,吉莉安在传送点嘲讽了那些外星佬,现在至少他们不会跟在我们后面了。"

"别说'外星佬',俊雄。这很不礼貌。如果习惯了这种说法,没准儿哪天就会得罪很友好的坎顿人或者林顿人的。"

俊雄不再说话了,把头低了下去。不论何时何地,上尉都不会对见习船员放松要求的。"是,长官。"他说道。

希卡茜笑了笑,用下颚拍着水面,轻轻地朝年轻人泼出一团水花。

　*责任,责任
　勇敢的啮鲨战士
　*有什么样的奖励
　会比这更甘甜? *

俊雄的脸红了,连忙点了点头。

小救生艇又继续向前驶去。基皮鲁回到了驾驶员的位置上。克莱代奇和萨奥特正激动地用类似原始海豚语的音调交谈着,听到这声音,希卡茜还是感觉脊柱一阵发麻。萨奥特说,克莱代奇是故意用这样的语言说话的!

她还是没有习惯将克莱代奇的受伤看成是打开了另一扇门,而不是关上了一扇门。

小艇从海中飞出,开始加速朝克莱代奇预感的方向飞去。

"船员的士气如何?"希卡茜问俊雄。

"我想还好吧。那对基库伊人只要和丹妮在一起就会觉得开心。而丹妮只要……呃,丹妮现在已经够开心了。"

希卡茜被逗乐了。为什么只要提到丹妮,这个年轻人就变得害羞起来?她很高兴这两个年轻人能够拥有彼此,就像她拥有了克莱代奇一样。

尽管克莱代奇新的样子很是古怪,但他本质上和原来没什么不同。他会适应自己这些新特性的,看上去他才刚刚开始探索。现在他还不怎么能说话,但已经用别的方式表现出了极高的智慧,以及对他们的关心。

"查理怎么样了?"

俊雄叹了口气,"还觉得丢人呢。"

他们是在大地震之后一天找到黑猩猩的。当时查理正抓着一根漂浮的树干,浑身泡得精湿。那之后有整整十个小时他都没说出话来,一直在试着爬到小艇的舱壁上去,最后好不容易才平静下来。

后来查理承认,他在小岛爆炸前的最后一刻爬上了一棵大树。这救了他的命,但黑猩猩这种痼习让他感觉非常羞耻。

俊雄和希卡茜挤在基皮鲁的驾驶舱后面,眼看大海在小艇下面猛烈地翻滚着。有那么几分钟时间里,他们从一大片水藤的碎片上飞过,大海变成了明亮的绿色。小艇加快速度朝太阳的方向飞去。

自从"奔驰号"离开之后,他们已经在这里搜寻了近一个星期。

　　最早被发现的是俊雄,他正努力向西游着,从不曾放弃过希望。然后是丹妮,她把他们带到了另一座小岛上,那里有一个基库伊人的部落。她和那些基库伊人达成了新的协议,而在此期间,他们一直四下寻找着,发现了查尔斯·达特的踪迹。

　　塔卡塔–吉姆的尖吻海豚们不是失踪,就是已经死了。

　　在那之后,他们展开了最后的搜索,却至今一无所获。已经搜索好多天了。

　　希卡茜已经想要放弃了。他们不能再继续这样浪费时间,以及船上的补给。前面还有很长的路要走。

　　其实他们生还的机会本就不大。他们所计划的航程简直前所未闻,和乘坐小型救生艇跨越整个星系相比,布莱[1]船长开着"慷慨号"长船横跨太平洋的壮举就像是午后的散步一样。

　　她暗自估摸着,克莱代奇和基皮鲁应该也已经明白等待着他们的是什么了;俊雄似乎也猜出了一部分。不过,在下次削减口粮分配之前,还没有必要把一切都告诉他们。

　　她叹了口气。

*除此之外
还有什么能够铸就英雄
*像我们这样的
男人和女人们
将永远尝试——

　　基皮鲁发出尖锐的小号一样的声音,那是胜利的呐喊。他

---

[1]威廉·布莱(William Bligh, 1754–1817),因"慷慨号"哗变而闻名。船员叛变后,他与忠于他的船员靠着极为有限的给养航行了四千英里,最终获救。

趴在座位上,昂首高唱着。小艇左右摇摆着,然后尖啸着向上爬升。

"你他妈……"俊雄把后半句咽了下去,"老海龟啊,基皮鲁,快看,那是什么!!"

希卡茜用工作服的手臂撑在墙上,朝左舷方向看去。她长长地叹了一口气。

起初那个男人生起的火堆冒出的烟尘挡住了小艇,过了一会儿他才看到小艇。他首先感觉到的是一束声呐波扫过了他的身体。他从手织的水草垫子上站起身来,差点把身边的烤肉架撞翻。他正打算跳到水中躲起来,但心中灵光一闪,决定停下脚步朝天上看去。

阳光的刺激让他眯起了眼,眼角在过去的几周中长出了几道皱纹。黑色的胡子中也夹上了细细的白丝。胡子已经长得很长了,不再让他感觉发痒,而且也几乎盖住了一侧脸颊上那道灼伤留下的疤痕。

他眯起眼睛望了过去,还没看清小船的样子,就已经认出了那疯狂的动作。小艇疾冲向天空,翻了几个跟头,然后带着尖啸又一次从他头顶飞过。

震雷般的呼啸声险些震翻烤肉架,他赶快出手去扶住。浪费掉这些肉实在是太不应该了,他费了不少工夫收集到了这些肉,剥干净皮,准备烹饪。也许在前方的航程中他们还用得上这些食物呢。他不知道海豚觉得这东西怎么样,至少营养还是很丰富的……这也是这个星球上仅有的可供地球生物食用的东西了。

格布鲁人的肉干,坦度人的肉条,还有剥了皮的埃匹西亚奇,这肯定不是时尚美食,不过吃多了味道还是能够习惯的。

他笑了起来,向基皮鲁挥了挥手。基皮鲁也终于冷静了下来,驾驶着小艇停在了他的身边。

我怎么会觉得他死了呢? 希卡茜欣喜地想,吉莉安说过,他肯定还活着。没有哪个格莱蒂克人可以伤他一根指头。他们怎么配?

而且,在这广阔无边的宇宙中,我为什么还要为回家而担心呢?

尾　声

:休息吧,克莱代奇:

:你当聆听,你当谨记:

:在黑暗的波涛中:

:星潮将要涌起:

:我们已等待太久:

:等待那必将到来的一切:

后 记

初看起来,海豚的名字类似波利尼西亚语或者日语。事实上的确如此,新海豚往往倾向于选择发音比较相近的名字,通常是辅音与元音交错出现的多音节词汇。

在通用语中,如无特别说明,"人"和"人类"均泛指地球人类;在需要说明性别的特定情况下,女性人类称为fem,而男性人类称为mel。

海豚语是作者自己的发明,并不意味着现在自然界的海豚在用这样的语言交流。我们对鲸类动物在这个世界上地位的认识才刚刚开始,对人类来说也是一样。

文中引用了与谢芜村先生的俳句,译文选自《日本文学作品选》(Grove出版社,Donald Keene编)。

作者在此感谢所有对本书提供了帮助的人,感谢他们的建议、批评和鼓励。尤其是马克·格莱吉尔、安尼塔·艾弗森、帕特里克·马赫、里奇·哈珀和帕蒂·哈帕、雷·费斯特、理查德·斯帕尔、提姆·拉塞尔、伊桑·芒森,当然还有丹·布林。班塔姆图书公司的卢·阿罗尼卡和塔潘·金在我情绪最低落的时候给予了我鼓励。

　　无论在现实中还是想象里,世界都充满了多样性。小说中的种族都是想象出来的,但也许真的有一天,其他的哺乳动物也会成为我们的伙伴。为了可能存在的未来,我们应该为它们提供生存的机会。

大卫·布林

1982年8月